ROXANNE ST. CLAIRE
Barfuß durch den Regen

Die Romane von Roxanne St. Claire bei LYX

Die Milliardär-*Reihe (exklusiv als E-Book erhältlich):*
1. Nichts als Sonne, Strand und Liebe
2. Mit dir in die Sonne

Die Barfuß-*Reihe:*
1. Barfuß ins Glück
2. Barfuß durch den Regen
3. Barfuß im Sonnenschein *(erscheint Juli 2015)*

Romantic Thrill:

Bullet Catcher:
1. Bullet Catcher. Alex
2. Bullet Catcher. Max
3. Bullet Catcher. Johnny
4. Bullet Catcher. Adrien
5. Bullet Catcher. Wade
6. Bullet Catcher. Jack
7. Bullet Catcher. Dan
8. Bullet Catcher. Constantine

Guardian Angelinos:
1. Die zweite Chance
2. Tödliche Vergangenheit
3. Sekunden der Angst

Weitere Romane der Autorin sind bei LYX in Vorbereitung.

ROXANNE ST. CLAIRE

Barfuß durch den Regen

Roman

*Ins Deutsche übertragen von
Sonja Häußler*

EGMONT

Die Originalausgabe erschien 2012
unter dem Titel *Barefoot in the Rain* bei Forever,
an imprint of Grand Central Publishing, New York, NY, USA.

Deutschsprachige Erstausgabe Februar 2015 bei LYX
verlegt durch EGMONT Verlagsgesellschaften mbH,
Gertrudenstraße 30–36, 50667 Köln
Copyright © 2012 by Roxanne St. Claire
This edition published by arrangement with Grand Central Publishing,
New York, NY, USA.
All rights reserved.
Dieses Werk wurde vermittelt durch die Literarische Agentur Thomas
Schlück GmbH, 30827 Garbsen.
Copyright © der deutschsprachigen Ausgabe 2015
bei EGMONT Verlagsgesellschaften mbH
Alle Rechte vorbehalten.

1. Auflage
Redaktion: Birgit Sarrafian
Satz: Greiner & Reichel, Köln
Printed in Germany (670421)
ISBN 978-3-8025-9500-4

www.egmont-lyx.de

Die EGMONT Verlagsgesellschaften gehören als Teil der EGMONT-Gruppe zur
EGMONT Foundation – einer gemeinnützigen Stiftung, deren Ziel es ist, die sozialen,
kulturellen und gesundheitlichen Lebensumstände von Kindern und Jugendlichen zu
verbessern. Weitere ausführliche Informationen zur EGMONT Foundation unter:
www.egmont.com

Für Louisa Edwards und Kristen Painter ...
Meine besten Freundinnen, die mir immer, wenn es regnet,
den (Cocktail-)Schirm reichen.

Prolog

August 1997

»Ich weiß, weshalb man eine Decke auch *comforter*, also ›Tröster‹ nennt.« Jocelyn zog den zerfledderten Baumwollstoff bis zu ihrer Nase hinauf und schnüffelte direkt über dem Logo der Los Angeles Dodgers daran.

Will blickte nicht auf, während er Socken in die Ecken seines Koffers stopfte. »Weshalb, Joss?«

»Weil …« Sie atmete tief und geräuschvoll ein. »Weil sie nach Will Palmer riecht.«

Langsam hob er den Kopf, ein süßes Lächeln breitete sich auf seinem Gesicht aus, und eine gelockte Strähne seines dunklen Haars fiel ihm in die Stirn. Eine Glückssträhne. Jocelyn juckte es in den Fingern, sie nach hinten zu streichen und die Hand ein wenig in den seidigen Strähnen verweilen zu lassen.

»Sag doch so was nicht«, sagte er. »Sie stinkt nach Schweiß, Gras und einem Hauch von Verlässlichkeit?«

»Nein.« Wieder roch sie daran. »Sie riecht nach Trost.«

Er richtete sich auf, umrundete den Koffer, um ein paar Schritte näher am Bett zu sein. Dann musterte er sie mit Augen, die dieselbe Farbe hatten wie die dodgersblaue Decke. »Du kannst sie gerne mit nach Gainesville nehmen. Meine Mom hat mir eine neue Garnitur von dem Zeug für die Wohnung gekauft.«

»Meine Zimmergenossinnen werden bestimmt ganz gelb vor

7

Neid werden.« Mädchen, die sie noch gar nicht kannte. Sie kannte nur ihre Namen, die auf einem Stück Papier standen, das ihr eine Wohnheimsprecherin namens Lacey Armstrong geschickt hatte. Würden Zoe Tamarin und Tessa Galloway ihre Freundinnen werden? Würden sie sich nächste Woche über sie lustig machen, weil sie die Decke ihres Nachbarn in ihr Wohnheimzimmer mitbringen würde?

»Möchtest du sie haben?«, wollte er wissen, und die Frage klang auf anrührende Weise aufrichtig.

»Nein, ich brauche sie nicht«, erwiderte sie. »Ich brauche …« Sie stockte. Warum konnte sie es ihm nicht einfach sagen, es ihm erzählen, ehrlich sein zu ihrem besten Freund auf der ganzen Welt, der morgen früh wegfahren würde, um aufs College – ein *anderes* College als sie – zu gehen? »Dich.«

Er fuhr herum, als wäre er sich nicht sicher, ob er die geflüsterte Silbe richtig verstanden hatte. »Das war ein Eingeständnis. Das klingt so überhaupt nicht nach Jocelyn Bloom.«

»Ich trainiere mein neues Ich.«

»Ich hoffe, du veränderst dich nicht *zu* sehr an der UF. Ich mag dich genau so, wie du bist.«

Ich mag dich. Ich *mag* dich.

In letzter Zeit wurden diese drei Worte hin und her geworfen, wie seine Bälle beim Baseballtraining. Es war fast, als wollten Will und sie mehr damit sagen. Aber sie konnten es nicht. Das würde alles an diesem Drahtseilakt zwischen Freundschaft und Anziehung verändern, auf dem sie sich all die Jahre bewegt hatten.

»Ohnehin«, sagte sie rasch, »wirst du derjenige sein, der sich verändern wird. Du wohnst nicht auf dem Campus, reist mit dem Baseballteam der University of Miami herum und wehrst dich gegen diese Profiangebote.«

»Also bitte, jetzt klingst du schon wie mein Dad.«

»Das meine ich ernst. Niemand wird den Goldjungen von Mimosa Key wiedererkennen, wenn du zu Thanksgiving nach Hause kommst.«

»Du bist doch diejenige, die eine volle akademische Laufbahn absolvieren und so viele Stipendien absahnen wird, dass sie beim Studieren noch Geld *verdient,* Miss Bestnoten-Abräumerin.«

»Du bist derjenige, von dem es irgendwann Sammelbilder in der Cornflakes-Schachtel geben wird, Mr Star-des-Tabellenführers.«

Er verdrehte die Augen. »Also echt, jetzt klingst du wirklich wie mein Dad.« Er schüttelte sein Haar ein wenig nach hinten, kam ein bisschen näher und setzte sich auf die Bettkante, sodass die Matratze unter seinem Gewicht nachgab. »Also, was ist mit Thanksgiving?«

»Was soll damit sein?«

»Kommst du da zurück nach Hause, Bloomerang?«

Ihr Herz machte einen kleinen Sprung, als sie den Spitznamen hörte, den er ihr vor Jahren gegeben hatte.

Jocelyn Bloom-erang nannte er sie damals. Weil du immer zu mir zurückkehrst, sagte er, nachdem sie ein paar Tage gefehlt hatte. Die Wahrheit war jedoch, dass sie eigentlich keinen Grund hatte, auf diese Barriere-Insel zurückzukehren, die sich an die Küste Floridas schmiegte. Außer ihm. Und er strebte nach Größerem, Besserem.

Als Antwort auf seine Frage zuckte sie nur mit den Schultern. Sie wollte nicht lügen – und schon gar nicht selbst eine Frage stellen: Würde er jemals in Erwägung ziehen, sie mitzunehmen auf seiner Reise zu Ruhm und Vermögen?

»Du kommst nicht zurück, nicht wahr?«, fragte er.

»Ich … vielleicht.« Sie winkelte den Ellbogen an und legte ihren Kopf auf die Schulter, sodass sie sich hinter ihren Haaren verstecken konnte, die ihr übers Gesicht fielen. »Du weißt doch, wie es ist.«

Er streichelte ihr die Wange und strich den Wasserfall aus Haaren über ihre Schulter nach hinten. »Ich weiß, wie es ist.«

Mehr brauchten sie nicht zu sagen. Seit die Palmers angebaut hatten, damit ihr Starathlet von Sohn einen Fitnessraum neben seinem Zimmer bekam, hatte er obendrein einen Vorzugsplatz in der ersten Reihe, wenn es darum ging, sich das Drama, das sich nebenan bei den Blooms abspielte, anzuschauen. Die Fenster hinter seiner Kraftstation ließen Licht herein – und Lärm.

Er hatte genug gehört, um zu wissen, was nebenan los war. Deshalb ließ er auch die Tür unten an der Treppe offen, damit sich Jocelyn in das Loft ihres besten Freundes schleichen konnte, wo Sicherheit und Trost sie umfingen.

Und das hatte sie auch unzählige Male getan.

»Deine Mom wird dich vermissen«, sagte er. Seine Stimme klang ungewohnt gepresst.

»Meine Mom …« Eigentlich wollte sie sagen, dass es ihrer Mom gut ergehen würde, aber sie wussten es beide besser. »Meine Mom wurde ohne Rückgrat geboren.«

»Was bedeutet, dass sie dich noch mehr vermissen wird.«

»Ich mache es meinen Eltern nicht immer recht, so wie du, Will. Na ja, offenbar *kann* ich es ihm gar nicht rechtmachen, und ihr brauche ich es nicht rechtzumachen. Sie weigert sich, ihn zu verlassen, und weißt du, die halbe Zeit glaube ich, dass sie das Gefühl hat, zu verdienen, was sie bekommt.«

Er erwiderte nichts; was sollte er dazu schon sagen? Jocelyns Dad war eine tickende Zeitbombe, und niemand wusste, wann das Ganze explodieren würde. Alles, was man wusste, war, dass ihre Mutter hinterher grün und blau geprügelt wäre. Oder noch schlimmer. Und ehrlich gesagt war es nur eine Frage der Zeit, bis diese Faust auch mal Kontakt mit Jocelyn aufnehmen würde.

»Aber ich *habe* Rückgrat«, sagte Jocelyn und hob ihr Kinn. »Und ich kann es kaum noch abwarten bis nächste Woche.«

Etwas flackerte in seinen Augen auf. Trauer? Mitleid? Sehnsucht? »Ich wünschte, Miami würde nicht eine Woche früher anfangen als Florida.«

»Du bist bereit«, sagte sie. »Du bist dem Schrein entwachsen.«

Er lachte über ihren Lieblingsnamen für sein Loft. Wusste er, dass sie eine andere Art von Schrein meinte, wenn sie das sagte? Nämlich eine Zufluchtsstätte? Das war es nämlich für sie. Die Zimmer im ersten Stock mochten für ihn Trainingsraum und Schlafzimmer sein – für sie waren sie ein sicherer Hafen. Der Anblick seiner zahllosen Trophäen und eingerahmten Zeitungsartikel gaben ihr immer das Gefühl, in Sicherheit zu sein vor dem Schlamassel nebenan, das ihr Zuhause war.

Oder vielleicht waren es auch die breiten, starken Schultern eines Jungen, an die sie sich immer anlehnen konnte und die ihr das Gefühl von Sicherheit vermittelten.

Sie merkte, dass er sie direkt anblickte. Sein Gesicht war ernst, seine Hand lag immer noch an ihrem Hals.

»Was ist?«, fragte sie.

Ohne zu antworten, fuhr er ihr mit den Fingern ins Haar und zog sie ein wenig näher. »Das ist unser letzter Abend, Jossie«, flüsterte er. »Und ich werde dich höllisch vermissen.«

Wärme strömte durch sie hindurch, sündhaft und fremdartig – nein, eigentlich sehr vertraut, vor allem in den letzten paar Monaten. Sie waren den ganzen Sommer lang um diese Situation herumgetanzt, beide hatten sie zu viel Angst gehabt, das Sicherheitsnetz ihrer Freundschaft zu zerreißen und zu tun, woran sie die ganze Zeit dachten.

Sie hatten beinahe darüber gesprochen. Sich beinahe geküsst. Sich häufig berührt. Und jedes Mal, wenn sie sich trennten, spürte Jocelyn an Stellen, die nie wehgetan hatten, ein Zerren, ein Ziehen und Verlangen.

Sein Adamsapfel hob und senkte sich, als er versuchte zu schlucken. Unfähig, dem zu widerstehen, berührte sie diesen maskulinen Klumpen an seinem Hals.

»Als ich dich kennengelernt habe, hattest du so etwas nicht, Will.«

Gleich würde er lächeln. »Da hatte ich eine ganze Menge von Dingen noch nicht.«

»Zum Beispiel diese männlichen Stoppeln.« Sie fuhr mit der Hand die Kante seines Kinns entlang, seine weichen Teenager-Barthaare streiften ihre Knöchel.

»Oder diese massiven Kolben.« Er grinste, hob den Arm und ließ die Muskeln spielen, um mit seinem beeindruckenden Fänger-Bizeps anzugeben.

Dann senkte er den Blick von ihren Augen zu ihrer Brust. »Wo wir gerade von Dingen sprechen, die früher nicht da waren.«

Sie spürte, wie sie rot wurde und – oh Gott – ihre Brustwarzen sich aufrichteten. Da war wieder dieses Ziehen.

»Will …« Sie senkte den Blick, sodass er direkt auf ein schockierend großes Zelt fiel, zu dem seine Jeans vorne ausgebeult war. Das hatte er noch nicht gehabt, als er vor sieben Jahren hier eingezogen war.

Sie starrte auf die Wölbung, ihre Kehle wurde trocken, ihre Brust zog sich zusammen, ihre Finger juckten. Gütiger Himmel, sie wollte ihn anfassen.

»Jossie«, flüsterte er. Er strich mit den Fingern an ihrer Kehle hinauf und über ihre Unterlippe. Damit sandte er ein Feuerwerk von ihrer Kopfhaut hinunter bis zu ihren Zehen – und über eine ganze Menge köstlicher Stellen dazwischen. »Ich möchte nicht weggehen, ohne …«

Sie blickte zu ihm hinauf, sein Gesicht war so nah, dass sie jetzt seine sündhaft langen Wimpern hätte zählen können. »Findest du, es wäre an der Zeit …« Langsam holte sie Luft. »Dass wir …«

»Es geht hier nicht um *Zeit*«, sagte er. Seine Stimme stockte und brachte sie ganz aus der Fassung. »Du musst wissen, was ich für dich empfinde.«

»Das weiß ich doch.«

»Nein, weißt du nicht.«

»Ich bin deine beste Freundin«, sagte sie rasch. »Das Mädchen von nebenan. Die einzige Person am Ort, die nicht in Ohnmacht fällt, wenn sie sieht, dass du zum einunddreißigsten Mal auf der Titelseite der *Mimosa Gazette* abgebildet bist.«

Sie dachte, er würde darüber lächeln, tat er aber nicht. Stattdessen schloss er die Augen. »Du bist so viel mehr als das.«

War sie das? Gott, sie sehnte sich danach. Sie wollte wirklich, wirklich mehr sein. Aber wenn diese Freundschaft zerstört würde, was dann?

Sie hatten sich Millionen Male umarmt. Sie hatten sich auf die Wange geküsst. Als sie fünfzehn waren, hatten sie sogar ein paarmal miteinander herumgemacht, doch dann hatte er angefangen, mit so einer Dumpfbacke von Cheerleader auszugehen. Alles Körperliche hatte damals aufgehört, aber ihre Freundschaft und das unausgesprochene Angebot, der Hölle ihres Zuhauses entrinnen zu können, hatten weiterhin Bestand gehabt.

Doch diesen Sommer, wo das College bevorstand, die Uhr tickte, die Hormone verrückt spielten und …

Er küsste sie. Ein zärtlicher, sanfter, süßer Kuss und ihr ganzer Körper schmolz dahin.

»Joss«, murmelte er in ihren Mund. »Ich muss dich etwas fragen.«

Sie wich zurück, die Ernsthaftigkeit seiner Frage machte ihr Angst. »Was?«

»Ich muss wissen, was du für mich empfindest.«

Fast hätte sie gelacht. »Was ich für dich empfinde?« Wusste er das nicht? Merkte er es nicht? Er war *alles* für sie – ihr Fels, ihr Halt, ihr Ort, an dem sie sich fallen lassen konnte. Ihr Held, ihr Fantasiebild, ihr Ein und Alles. »Will, ich … ich …«

»Ich liebe dich, Joss.« Tränen traten ihm in die Augen bei diesen Worten, wodurch sie noch tausendmal süßer und vollkommener wurden.

Sie nahm sein Gesicht in ihre Hände, suchte in seinen Augen die Farbe und Tiefe des Golfs von Mexiko, in dem sie in den letzten sieben Jahren schon so viele Male geschwommen waren. Die Worte lagen ihr auf den Lippen, so warm und süß wie sein Kuss. Aber etwas hielt sie davon ab. Tief in ihrem Inneren hielt etwas diese Worte zurück und wollte sie nicht herauslassen.

»Ich liebe dich«, wiederholte er, weil er kein derartiges Problem hatte.

Tat er das? Liebte er sie wirklich? Liebe war so unbedeutend. Hatte sie nicht oft gehört, wie diese Worte zu ihrer Mutter gesagt wurden und zehn Minuten später eine Handfläche klatschend auf ihre Haut traf?

Seine Hand glitt aus ihrem Haar, an ihrem Hals hinunter, über ihr Brustbein. »Jocelyn, ich halte es nicht mehr aus.«

Vor Liebe oder …

Er schob sie nach hinten zum Bett, bedeckte sie mit seinem Körper.

Sex.

Hielt er es nicht mehr aus, bis sie *ich liebe dich* sagte oder …

Er schnüffelte an ihrem Hals, küsste sie sanft, jede Berührung seiner Lippen wie ein kleines Feuer auf ihrer Haut, durch das sich alles angespannt, heiß und sehnsüchtig anfühlte. Die Decke ballte sich zwischen ihnen zusammen und bildete Klumpen, aber sie war nicht dick genug, um den Druck seines Körpers zu blockieren.

Er wiegte seine Hüften, langsam zuerst, dann ein wenig schneller. Farben blitzten hinter ihren Augenlidern, so intensiv war ihre Lust. Feurige Bänder aus Verlangen und Hitze schlängelten sich zwischen ihre Beine, während sie jeden Stoß seiner Hüften empfing.

Er packte die Decke, riss sie weg und warf sie beiseite, um näher bei ihr sein zu können. Alles, was sie vernahm, war lauter keuchender Atem – beide keuchten sie bereits, als sie den Rhythmus fanden. Einen Rhythmus aus Küssen, Berühren, Reiben, Reiten.

»Will …«

»Ist es okay, Joss? Sag mir, dass es okay ist.« Er knurrte die Worte regelrecht in ihre Kehle und küsste sie, während eine Hand – eine zitternde, große, männliche, geliebte Hand – über ihr Baumwoll-Tanktop auf ihre Brust glitt.

Sie keuchte beim Schock dieser Empfindung auf, was ihn dazu brachte, den Kopf zu heben. »Alles in Ordnung?«

»Ja. Das fühlt sich gut an.« Kaum hatte ihr Mund diese Worte ausgesprochen, wären ihr fast die Augen nach hinten in den Kopf gerollt, weil es sich so toll anfühlte. Seine Hand war so groß, dass sie ihre ganze Brust bedeckte, er umfasste sie, bis sich ihre Brustwarze anfühlte, als würde sie gleich bersten.

Seine andere Hand wanderte unter ihr Oberteil, über ihren Bauch in ihren BH – Berührungen über Berührungen.

»Oh, mein Gott«, stöhnte er und stieß heftiger gegen sie. »Ich kann gar nicht fassen, wie toll du dich anfühlst.«

Sie konnte nicht antworten, zu verloren war sie in dem Neuen, dem Fremden, dem vollkommenen Wunder von Wills schwieliger, starker Hand auf ihrer Haut. Sein ganzer Körper erschauerte, und sie wusste, dass er genauso überwältigt war wie sie selbst.

»Zieh es aus«, flehte er, während er mit ihrem Oberteil kämpfte. »Zieh es aus.«

Er zog ihr das T-Shirt über den Kopf und schob den BH nach oben, ohne sich die Mühe zu machen, die Häkchen zu öffnen. Ihre Brüste waren so klein, dass sie geradewegs heraushüpften.

Er starrte sie an, versengte ihre Haut mit der Intensität seines Blickes. »Genau wie ich es mir vorgestellt habe.«

»Du hast es dir vorgestellt?«

»Jocelyn, im Ernst jetzt? Glaubst du etwa nicht, dass ich …«

»Nicht.« Sie legte ihm die Hand auf den Mund. »Sag es mir nicht. Mach einfach … weiter.«

»Bist du dir sicher?«

Sie nickte, angetrieben von dem Verlangen, das tief in ihrem Bauch und ihrer Brust loderte.

Es war unvermeidlich.

All diese Stunden, zusammen in diesem Zimmer. Sie war nach Hause gegangen, hatte ihr Kissen geküsst, sich selbst angefasst, sich Wills Finger dabei vorgestellt, seinen Mund und seinen …

Sie ließ die Hand zwischen sie gleiten, über den harten Penis in seiner Jeans, sodass er vor Überraschung und Lust grunzte. Wieder küsste er ihre Brust, bewegte sich von einer Brust zur anderen, fummelte an ihren Shorts herum.

»Ich habe ein Kondom«, flüsterte er zwischen abgehackten Atemzügen. »Soll ich es holen?«

»Gleich, ja.« Sie schlang ihm die Arme um den Hals. »Bist du noch Jungfrau, Will?«

Er schwieg einen Moment und gestand dann: »Ähm, nein, nicht so direkt.«

»Ich schon.«

Sie hörte, wie er schwer schluckte. »Das dachte ich mir schon. Ich werde dir nicht wehtun, Jocelyn. Ich liebe dich.«

Er *liebte* sie.

»Sag es mir«, drängte er sie, während er an ihrem Reißverschluss zupfte. »Sag, dass du mich liebst.«

»Das werde ich.« Wenn er in ihr drin wäre. Wenn sie eins wären. Dann würde sie es ihm sagen. »Hör einfach nicht auf.«

»Auf keinen Fall.« Er ließ die Hand in ihr Höschen gleiten und sie hätte fast geschrien, als sein Finger sie berührte. »Ich liebe dich so sehr, Jossie.« Er war drin. »Ich liebe dich.« Tiefer. »Ich liebe dich. Du hast keine Ahnung, wie sehr ... oh, verdammt, du fühlst dich gut an.«

Hitze strömte durch sie hindurch, während sie sich auf seiner Handfläche bewegte, verloren in seinen Worten, seinen Händen, seinem schönen, schönen ...

»Du gottverdammter Hurensohn!«

Das ganze Zimmer vibrierte von dem Schrei, als Jocelyn aufkreischte und Will von ihr heruntersprang. Beide drehten sich um und blickten in die vor Zorn lodernden Augen von Guy Bloom.

»Runter von ihr!« Guys fassförmiger Brustkorb hob und senkte sich vor Wut, seine Sheriffuniform spannte, als er näher kam und den Arm bereits in eine Stellung brachte, die sie nur allzu gut kannte.

»Nein, Dad, nein!« Jocelyn schrie, sprang auf und schnappte sich ihren BH, um ihn anzuziehen.

Aber es war zu spät. Ihr Vater sah sie finster an, sein Gesicht war rot vor lauter Zorn, und in seinen Mundwinkeln sammelte sich Spucke. »Ich bring dich um, verdammt noch mal.«

»Nein!« Sie zog die Körbchen über ihre Brüste, als Will sich mit ausgestreckten Armen vor sie stellte.

»Deputy Bloom, bitte, es tut mir wirklich leid …«

Guy schubste ihn beiseite, um zu Jocelyn zu gelangen. »Du Hure! Du miese, billige Hure!«

»Nein, Dad, nein, ich bin keine …« Das Klatschen seiner Handfläche war zu hören und ihr Kopf flog nach hinten.

»Aufhören!« Will schubste ihn so heftig, dass der ältere Mann ins Taumeln geriet.

Er senkte den Kopf, seine Nasenlöcher flatterten wie die eines Bullen, während er Will anstarrte. »Du vergreifst dich an einem Mann des Gesetzes, Junge?«

»Schlagen Sie sie nicht.«

Guy wischte sich Schweiß von der Oberlippe, seine Aufmerksamkeit galt jetzt ausschließlich Will, während sie sich gegenseitig in Grund und Boden starrten. Will ballte die Fäuste und spannte den Kiefer an.

Oh Gott. Oh, *Gott.* »Nicht, Will, bitte.«

Er sah sie nicht einmal an. »Rühren Sie sie nicht an.« Wills Stimme war kaum mehr als ein Knurren.

»Du willst es mit mir aufnehmen, Junge?«

Will starrte ihn nur an.

Guy trat einen Schritt näher, wodurch nur noch augenfälliger wurde, dass er gut zehn Zentimeter kleiner und dreißig Jahre älter war als sein Gegner. Will würde ihn töten können.

»Bitte, Will.« Sie wollte aufstehen, aber Guy schubste sie zurück aufs Bett.

Das war alles, was Will brauchte. Er stürzte sich auf Guy, der sich rasch duckte und seine Pistole herauszog.

Jocelyn kreischte. »Nein, nein!«

Wurstförmige Finger wanden sich um den Abzug einer Waffe, die sie schon Millionen Male auf der Theke hatte liegen sehen. Und nicht einmal er hatte bisher den Nerv gehabt, diese Waffe herauszuholen, wenn er die Beherrschung verlor.

Will erstarrte.

»Man wird mir nichts anhaben können, wenn ich denjenigen erschieße, der sich an meiner Tochter vergriffen hat.«

»Er hat sich nicht …«

»Halt die Klappe, du kleine Hure!« Die Worte hallten durch das Loft und klangen so falsch an diesem Ort der Zuflucht, als würde man in der Kirche fluchen.

»Oder noch besser: Warum setze ich deiner Superstar-Baseballkarriere nicht einfach ein Ende? Ein Anruf genügt.« Er prustete, als würde ihm diese Idee gefallen. »Ein Anruf aus dem Sheriffbüro bei der University of Miami und du kannst deine Stollenschuhe an den Nagel hängen, du kleiner Scheißkerl.« Auf Guys Gesicht breitete sich ein hässliches, böses Grinsen aus. »Vergewaltiger bekommen keine Stipendien. Vergewaltiger werden nicht in die Oberliga berufen. Vergewaltiger landen im Gefängnis.«

Will rührte sich immer noch nicht. Nicht mal seine Augen. Nur seine Brust hob und senkte sich durch lange, gequälte Atemzüge, als ihm bewusst wurde, wer in diesem Raum wirklich die Macht hatte.

Das kannte Jocelyn bereits seit ihr Dad zum ersten Mal das hatte, was sie und ihre Mutter als »Anfall« bezeichneten. Aber sie hatten gelernt, dass das Einzige – und zwar wirklich das *Einzige* –, was man da tun konnte, war, ruhig zu bleiben, bis es wieder aufhörte. Und einzustecken, was er austeilte.

»Raus mit dir, Joss«, befahl ihr Vater.

Sie sah sich nach ihrem T-Shirt um, und plötzlich lag seine große Hand auf ihrem Arm.

»Scher dich nicht um deine Klamotten, verschwinde einfach von hier.« Er zerrte sie vom Bett.

»Hey!« Will trat näher und war nur noch Zentimeter von der Waffe entfernt, die noch immer auf ihn gerichtet war. »Tun sie ihr nicht weh.«

»Dasselbe könnte ich zur dir sagen, Palmer.« Er gab Jocelyn einen deftigen Schubs, wobei er Will nicht aus den Augen ließ. »Und glaub mir, nichts würde mir mehr Vergnügen bereiten, als dich von dem verdammten Podest zu stoßen, auf das dich diese Stadt gestellt hat, und dich im Gefängnis verrotten zu sehen, weil du meine Tochter vergewaltigt hast.«

»Er hat mich nicht vergewaltigt!«

Guys Handrücken peitschte über Jocelyns Gesicht, sein Ehering traf einen ihrer Zähne.

Jocelyn schlug die Hand vor den Mund, um ein Schluchzen zu unterdrücken.

»Aufhören!«, rief Will. »Sie gottverdammtes Tier!«

Guy stieß Will die Waffe direkt in den Bauch, sodass dieser mit einem Ächzen nach vorne einknickte und seine Augen vor Entsetzen hervortraten.

»Niemand wird es einem Sheriff verübeln, wenn er den Kerl erschießt, der seine Tochter in sein Zimmer zerrt und sich ihr aufzwingt!«

Ein Schluchzen entwich Jocelyns Kehle. »Dad, bitte, bitte.« Sie weinte bei diesen Worten und zitterte am ganzen Körper. »Tu ihm nichts. Bitte, tu ihm nichts.«

Guy ließ die Schultern ein wenig hängen, als er seinen Kopf zur Tür hin ruckte. »Geh. Um dich kümmere ich mich, wenn ich nach Hause komme.«

»Bitte«, schluchzte sie. Sie griff nach seinem Arm und hatte fast vergessen, dass sie beinahe nichts anhatte. »Erschieß ihn nicht.«

»Geh!«, brüllte er.

Verängstigt stolperte sie zur Tür und drehte sich um, um

Will noch einmal anzusehen, als sie oben an der Treppe anlangte. Seine Augen waren vor Angst rot gerändert, sein Gesicht schneeweiß. Sein großer, gesunder, athletischer Körper war einer Waffe ausgeliefert, die fünfzehn Zentimeter von seinem Herzen entfernt war.

Sie hatte ihm das angetan. Ihr Vater konnte Wills Leben zerstören, alles, worauf er hingearbeitet hatte, all seine Pläne, seine Zukunft. Sie liebte Will – liebte ihn wahrhaftig und aufrichtig –, viel zu sehr für das hier.

»Tut mir leid …«, flüsterte sie, bevor sie die Treppe hinunterrannte und sich auf halbem Wege an das Geländer klammerte, um zu lauschen.

»Wenn du dich meiner Tochter jemals, *jemals* wieder auf weniger als anderthalb Meter näherst, dann zerstöre ich deinen Namen, dein Gesicht und deinen verdammten kostbaren Arm. Hast du mich verstanden?«

Schweigen.

Jocelyn umklammerte das Geländer so fest, dass ihre Knöchel weiß wurden, und wartete ab – machte sich auf einen Schuss, ein Wort, irgendetwas gefasst.

Aber es herrschte Stille. Natürlich würde Will nicht für sie kämpfen. Konnte sein Leben nicht für sie riskieren. Kein Mädchen war diese Art von Liebesbeweis wert.

Solange Guy Bloom am Leben war, hatte er die Macht, Wills Leben zu ruinieren. Der gemeine, elende Mistkerl hatte immer die Macht. Deshalb gab es nur eins, was sie tun konnte. Will gehen zu lassen, für immer.

Sie hörte Guys Schritte, und sie hastete weiter, um vor ihm draußen zu sein. Sie wollte über den Rasen zu ihrem Haus rennen, in der Hoffnung, sich einschließen zu können …

Am Pool holte er sie ein.

»Rein ins verdammte Haus mit dir.«

Was würde er mit ihr machen? Was für eine Rolle spielte das? Nichts konnte so wehtun wie die Entscheidung, die sie gerade getroffen hatte. Nichts konnte so wehtun, wie Will zu verlieren, aber sie hatte keine andere Wahl. Sie liebte ihn zu sehr.

1

Fünfzehn Jahre später

Die Situation war inzwischen mehr als nur schrecklich.

Will stand im Wohnzimmer seines direkten Nachbarn und sah sich das Chaos an. Das tiefe, dumpfe Pochen an seiner Schädeldecke, das angefangen hatte, als er zur Mittagszeit hier angekommen war, steigerte sich rasch zu fiesen, stechenden Kopfschmerzen.

Zum Teufel – es sah aus, als würde ein Rudel wilder Hunde hier hausen statt eines verwirrten, armseligen, vergessenen alten Mannes, der sich nicht mehr an seinen eigenen Namen erinnern konnte.

»William!«

Aber er kannte Wills Namen, und er rief ihn oft mit dieser zittrigen, schwachen Stimme, die gerade durch den Flur zu ihm herüberdrang.

»William, bist du das?«

»Ja, ich bin es, Guy.« Mit einem Seufzer, der seinen ganzen Körper durchlief, stieg Will über einen Stapel Zeitschriften, die in Millionen Schnipsel gerissen waren – zweifellos das neue Sammelalbum-Projekt – und hob einen Korb auf, der mit Garn, Faden und Spulen vollgestopft war. Er stellte ihn auf einen Tisch neben die Überbleibsel eines Sandwichs, das Will für Guy zum Mittagessen zubereitet hatte. Dann ging er in den Flur.

»Ich habe beschlossen, diesen alten Schrank auszuräumen«, rief Guy aus einem der Gästezimmer.

Das klang nicht gut.

Mist. Überall lagen Klamotten verstreut: Anzugjacken, Frauenkleider, Kindershorts sowie ein kleiner Berg aus abgenutzten Schuhen. Woher zum Teufel hatte er all den Kram? Seine Frau war jetzt schon seit zehn Jahren tot. Hatte er immer noch nicht alles ausgemistet?

»Guy, was machst du da?« Will musste sich zusammenreißen, um sich seinen Ärger nicht anmerken zu lassen. Wenn er seine Stimme auch nur um ein Dezibel erheben würde, würde Guy weinen wie ein Baby, und das zerriss Will das Herz.

»Ich habe eine Show gesehen, die *Clean House* hieß, und dabei bin ich auf diese Idee gekommen.« Guy stand in einem begehbaren Schrank und hielt einen Stapel von etwas in der Hand, das wie alte Jeanshosen aussah. Seine Brille saß schief, seine weißen Haare waren wirr und standen ihm vom Kopf ab, und sein blauer Strickpulli war mit roten Flecken nur so übersät. Punsch oder roter Früchtetee wahrscheinlich.

Er hatte Tee gekocht? »Hast du daran gedacht, den Herd auszuschalten?«

»Kann schon sein. Ich war so vertieft in diese Sendung auf dem Wohnkanal. Eine dicke schwarze Frau hat eine Menge Wind um Aufräumen und solchen Kram gemacht.« Er grinste. Seine gelben Zähne legten Zeugnis von all den Jahren ab, in denen er das Büro des örtlichen Sheriffs mit seinen Marlboros verpestet hatte. Und trotzdem lebte er, während seine Frau an Krebs gestorben war. Und seine Tochter …

Will schob den Gedanken von sich weg.

»Ich glaube, sie hieß Nicey. Kluge Frau.«

Will starrte ihn nur an. »Von wem redest du?«

»Von der Frau im Fernsehen«, sagte Guy. »Sie sagt, das Geheimnis des Glücks ist ein sauberes Haus.«

Will blickte über die Haufen von Krempel. »In deinem Haus

sieht es aus, als wärst du noch meilenweit vom Glück entfernt.«

»Das ist es ja gerade, Will! Darum geht es in dieser Show. Dieses Team kommt bei dir vorbei und stellt dein Haus auf den Kopf, veranstaltet einen privaten Flohmarkt und verkauft deine Sachen und putzt alles perfekt.«

»Alles *war* perfekt«, sagte Will und hob ein hellgelbes Kleid auf, das der Größe nach einem jungen Mädchen gehört hatte. Hatte er Jocelyn je in diesem Kleid gesehen? »Warum hast du diesen Kram überhaupt noch?«

Guy starrte ihn mit leerem Blick an. »Ich weiß es nicht, mein Sohn.«

Sohn.

Will hatte schon lange aufgehört, den alten Mann davon zu überzeugen, dass dies eine unzutreffende Bezeichnung war. »Komm schon, Kumpel. Wir bereiten jetzt etwas zum Abendessen zu und machen dich bettfertig.«

Aber Guy rührte sich nicht, sondern blickte einfach nur wehmütig in den Schrank. »Komisch, ich habe gar keine alten Klamotten mehr von dir gefunden. Nur Mädchensachen. Deine Mutter muss sie wohl weggeworfen haben, bevor sie gestorben ist.«

Seine Mutter war nach Bend, Oregon, gezogen, zusammen mit seinem Dad. »Ja, das hat sie wohl«, stimmte er zu.

»Glaubst du, dass sie herkommen würden, Will?«

»Wer?«

»Die Leute von *Clean House*. Wenn man in die Show will, soll man sie einfach anrufen und sagen, dass man ein sauberes Haus möchte, sagen sie.« Er zog dabei die Worte in die Länge und ahmte einen Sprecher nach. »Würdest du das für mich tun?«

»Ich schaue mir das mal an«, sagte Will vage und streckte die Hand aus, um Guy von dem Chaos wegzuführen. »Wie wäre es, wenn ich diese übrigen Spaghetti für dich aufwärmen würde?«

»Wirst du dort anrufen?«

»Wie schon gesagt …«

»Wirst du es tun?« Seine Augen, die das Stahlgrau eines bewölkten Himmels hatten, verengten sich hinter den gewölbten Brillengläsern, die auf einer Knollennase saßen.

»Warum ist das so wichtig?«

»Weil …« Guy stieß einen langen, traurigen Seufzer aus. »Es ist, als würde man noch mal neu anfangen, und wenn ich mir dieses Zeug da so anschaue, dann … werde ich einfach traurig.«

»Bei manchen Erinnerungen ist das so«, sagte Will.

»Ach, William, ich habe keine Erinnerungen. Von der Hälfte dieses Krames weiß ich nicht einmal, wo er herkommt.« Er hob einen Pulli mit Rosenmuster auf, den Will vor vielen Jahren an Mary Jo Bloom gesehen hatte. »Das alles erinnert mich nur daran, dass ich mich an nichts erinnere. Ich will einen Neuanfang. Ein sauberes Haus.«

»Das kann ich verstehen.« Er schaffte es, Guy sanft durch den Flur zu bugsieren.

Als er sich in seinen Lieblingssessel setzte, griff Guy nach Wills Hand. »Du wirst diese Leute anrufen.«

»Klar, Kumpel.«

Im Kühlschrank fand Will den Tupperbehälter mit den Spaghetti, doch seine Gedanken kehrten zu dem gelben Kleid dort oben zurück.

Der Gedanke an Jocelyn zerrte so an seinem Herzen, dass er den Schalter am Herd zu heftig drehte. Er ließ den Klumpen kalter Nudeln in eine Pfanne plumpsen, wobei Fleischsoße auf sein T-Shirt spritzte.

»Wo ist die Fernbedienung?«, rief Guy. In seiner Stimme lag

aufkommende Panik. »Ich kann die Fernbedienung nicht finden, William! Was hast du damit gemacht?«

Will öffnete die Spülmaschine und zog das obere Fach heraus, wobei ihm die Fernbedienung sofort ins Auge sprang. Wenigstens lag sie nicht ganz unten im Müll, so wie letzte Woche.

»Ich habe sie.« Er sah nach der Nudelpfanne und brachte die Fernbedienung dann Guy, der aufgegeben hatte und den Fernseher direkt am Gerät anschaltete. Er drückte auf den Lautstärkeregler, sodass die Klänge von *Entertainment Tonight* durch das Wohnzimmer plärrten.

Schon wieder dieses beschissene Programm? Die Alzheimer-Krankheit hatte ihm nicht nur die Erinnerungen geraubt, sondern auch jeden einzelnen Aspekt seiner Persönlichkeit verändert. Der Mistkerl von Sheriff war zu einem kleinen Hutzelweib mutiert, das von Promis und Handarbeiten besessen war.

Will legte die Fernbedienung vorsichtig auf Guys Armlehne; Guy bedachte ihn mit einem dankbaren Blick und tätschelte ihm die Hand.

»Du bist ein guter Sohn, Will.« Guy drehte die Lautstärke höher und die Stimme des Ansagers dröhnte durch die Lautsprecher.

»… und nun mehr über die schockierende Trennung von Hollywoods Traumpaar.«

Gütiger Himmel, konnten sie nicht wenigstens während eines einzigen lausigen Abendessens den Sportkanal schauen? Doch aus dem Schundprogramm drang grell die Stimme des aufgeregten Sprechers und verschlimmerte seine Kopfschmerzen nur noch.

»*TMZ* hat ›die andere Frau‹ bei der überraschenden Scheidung von Miles Thayer und Coco Kirkman als Lebensberaterin Jocelyn Bloom identifiziert.«

Will erstarrte, dann wirbelte er herum, um auf den Bildschim zu schauen. Das ungläubige »Was zum Teufel ...« blieb ihm dabei im Halse stecken.

»Die als ›Lebensberaterin der Promis‹ bekannte Jocelyn Bloom arbeitet schon seit einem Jahr für Coco Kirkman. Dabei hatte sie täglich Zugang zu Coco Kirkman, und offenbar nicht nur zu ihr, sondern mehr noch zu Cocos Ehemann Miles Thayer.«

Will starrte einfach nur auf den Fernseher, blinzelte und trat einen Schritt näher. Das Bild war verpixelt, weil es aus weiter Entfernung mit einem starken Zoom aufgenommen worden war, aber es war nicht zu verschwommen, um zu erkennen, dass es sich um die Frau handelte, an die er vor ein paar Sekunden gedacht hatte. Ebenholzschwarzes Haar, das straff nach hinten gespannt den Blick auf die zarten Gesichtszüge und die riesigen Augen freilegte, schmale Schultern, die angespannt und steif wirkten.

Jocelyn hatte eine Ehe zerstört?

»*TMZ* hat einen SMS-Austausch zwischen Jocelyn Bloom und Miles Thayer veröffentlicht«, fuhr der Sprecher fort, in seiner Stimme lag kaum verhohlene Freude. »In den schlüpfrigen SMS ging es um detaillierte Schilderungen sexueller Handlungen ...«

Will stürzte auf den Sessel zu und schnappte sich die Fernbedienung, um auf »stumm« zu drücken.

Guy sah überrascht aus. »Jetzt kommt doch der spannende Teil!«

Will klappte den Mund auf, um zu widersprechen, doch das Bild wechselte und nahm seine Aufmerksamkeit gefangen. Diese Aufnahme war aus geringerer Distanz aufgenommen und somit schärfer. Und – verdammt – sie sah gut aus. Eigentlich besser denn je. »Weißt du, über wen sie da berichten?«, fragte er Guy.

»Über irgendwelche Filmstars. Wen kümmert das schon? Mir gefällt dieser Kram.«

»Filmstars und …« *Deine Tochter.* »Niemand, den du kennst?«

Guy schnaubte. »Ich habe keine Ahnung, wie diese Leute heißen, Will. Ich kenne kaum meinen eigenen Namen. Was bedeutet überhaupt ›schlüpfrig‹?« Er versuchte, an die Fernbedienung zu gelangen.

»Es bedeutet …« Dinge, von denen er sich nicht vorstellen wollte, dass Jocelyn sie mit irgendjemandem machte. »Sexy.«

»Schmutzige Dinge machen mir nichts aus, Freundchen. Ich bin zu alt, als dass sie irgendeine Wirkung auf mich hätten.« Guy gelang es, sich die Fernbedienung zu schnappen und den Ton wieder anzustellen. Unfähig, sie wieder zurückzuholen, wandte sich Will wieder dem Fernseher zu.

»Jocelyn Bloom muss sich jedoch noch Medien gegenüber äußern«, sagte der Reporter. »Oder eine Stellungnahme abgeben, in der sie diese Vorwürfe dementiert. Alles, was wir im Moment über diese Frau wissen, ist, dass sie eine diplomierte Lebensberaterin ist und dass Coco Kirkman auf ihrer langen Liste reicher und berühmter Klienten steht.«

Will sah Guy noch einmal scharf an, doch der Ältere starrte den Fernseher nur an, ohne das geringste Aufflackern eines Wiedererkennens.

»Was zum Teufel ist überhaupt eine Lebensberaterin?«, fragte Guy mit einem leisen Räuspern. »Klingt nach einer Ausrede, reichen Leuten das Geld aus der Tasche zu ziehen und ihre Ehen zu zerstören.« Er drehte die Lautstärke höher.

War es das, was aus Jocelyn Bloom geworden war?

»Laut Coco Kirkmans Anwalt war Ms Bloom über ein Jahr lang eine enge Vertraute seiner Mandantin gewesen und hatte in dieser Zeit häufig im Haus der Eheleute übernachtet.«

Wills Magen zog sich zusammen, als er sich dazu zwang, das Zimmer zu verlassen.

»Verdammt!« Qualm und der Geruch verkohlten Essens erfüllten die Küche, und er stürzte sich auf den Griff der Pfanne, um die verbrannten Spaghetti von der Herdplatte zu schieben. »Verdammt und zugenäht!«

Während er seine Hand schüttelte – eher aus Wut als vor tatsächlichem Schmerz –, stieß er eine weitere Reihe von Flüchen aus. Er riss sich zusammen, rührte die Spaghetti um und verbarg die verbrannten Stellen zwischen den Nudeln. Guy würde nie bemerken, wenn das Abendessen verbrannt war. Himmel, Guy würde wahrscheinlich nicht mal sein *Abendessen* bemerken.

Will verdrängte den Gedanken an ein Mädchen, das er einst geliebt hatte, aus seinem Kopf. Er schob das Essen auf einen Teller und trug diesen ins Wohnzimmer, wo Guy – Gott sei Dank – auf eine Spielshow umgeschaltet hatte.

»Wo ist deines?«, fragte Guy, während er seine Sessellehne aufrichtete, damit er den Fernsehtisch erreichen konnte. »Komm und dreh mit mir am Glücksrad.«

Als Will nach Mimosa Key zurückgekehrt war, hatte er versucht, den alten Kauz zu hassen. Das hatte er wirklich. Aber im Laufe der Zeit, nun ja – wie konnte man einen Kerl hassen, der sich nicht mehr daran erinnerte, was für ein fieses Schwein er früher einmal war? Das Schlimmste, was Guy Bloom heute anrichtete, war, massenweise Bastelarbeiten anzufangen und niemals zu Ende zu bringen.

»Heute nicht, Guy. Ich muss noch arbeiten.«

»Du hast doch den ganzen Tag gearbeitet.« Ein Hauch von Trauer lag in seiner Stimme, genug, um Will Gewissensbisse zu bereiten. Guy war schlicht und ergreifend einsam, und Will war alles, was er hatte.

»Ich muss nur meine E-Mails checken und ein paar Rechnungen begleichen.« Denn wer sonst sollte Guys Rechnungen bezahlen? Er warf einen Blick auf den Fernseher, vor seinem geistigen Auge sah er immer noch Jocelyns hübsche Gesichtszüge und nicht die alternde Moderatorin der Spielshow, die gerade durch das Bild tänzelte.

»Ich schaue später noch mal vorbei, Guy.« Was bedeutete, dass er sich vergewissern würde, dass der alte Mann ins Bett gegangen war, ein Licht angelassen hatte und sein eigenes Spiegelbild nicht für einen Einbrecher hielt.

Bevor Guy ihn darum bitten konnte zu bleiben, schlüpfte Will hinaus, überquerte die Veranda und das kleine Rasenstück, das die Häuser voneinander trennte. Drinnen ließ er sich auf einen Küchenstuhl fallen und starrte auf Guys Stapel Post. Arztrechnungen, Rechnungen von Versicherungen und Apotheken und noch mehr Arztrechnungen. Und das alles, um Guy einigermaßen stabil zu halten. Eine Schlacht, die an allen Fronten verloren war.

Und die Kosten für eine private Pflegekraft? Astronomisch.

Will wusste genau, wie viel Geld Guy hatte; er stellte jeden Monat die Schecks aus. Das Guthaben auf Guys Konto wurde stetig kleiner und kleiner. Er fuhr sich in die Haare und atmete aus, während er sich vorstellte, wie viel Geld Jocelyn als Lebensberaterin einnahm. Wie viel sie bekommen würde, wenn sie ihre Geschichte über Sex mit Miles Thayer an die Klatschpresse verkaufen würde.

Egal. Soweit man wusste, war Jocelyn in den letzten fünfzehn Jahren genau dreimal zu Hause gewesen nach … jener Nacht. Er hatte gehört, dass sie zur Beerdigung ihrer Mutter vor fast zehn Jahren da gewesen war. Und einmal, vor etwa einem Jahr, als der Hurrikan Barefoot Bay zerstört hatte, hatte Will sie bei einer Stadtratssitzung in Mimosa Key gesehen.

Doch kaum hatte er sie entdeckt, war sie auch schon wieder verschwunden. Und er hatte gehört, dass sie zu Lacey und Clay Walkers Strandhochzeit gekommen war, an der er selbst nicht teilgenommen hatte.

Jetzt lebte sie in einer anderen Welt, dreitausend Meilen entfernt, und ruinierte die Ehen von Filmstars. Komisch, dass eigentlich er derjenige hätte sein sollen, der reich und berühmt wurde, während sie in einem gemütlichen Haus auf dem Land leben wollte, wenn er sich noch recht an ihre Kindheitsträume erinnerte.

Fünfzehn Jahre waren vergangen, und seitdem war eine Menge Wasser unter dieser zerstörten Brücke hindurchgeflossen. Und er konnte es ihr eigentlich nicht verübeln. Oder sie um Hilfe bitten. Er konnte sie nicht mal vergessen, sosehr er das auch versuchte.

Und Gott weiß, dass er es versucht hatte.

2

Jocelyn versuchte alles, um es sich bequem zu machen, aber das war auf einem Flug quer durch das Land kaum möglich. Sie rutschte auf dem Flugzeugsitz hin und her, ihr Rücken und ihr Hintern waren taub, ihre Kopfhaut brannte wegen der juckenden Perücke und ihre Hand pochte, weil sie drei Notizbücher mit insgesamt ... weiß Gott wie vielen Listen gefüllt hatte.

Die Listen verhalfen ihr zu einem gewissen Maß an innerem Frieden, wenn auch nicht besonders viel. Jede von ihnen hatte einen Titel und ein Thema, eine Strategie mit potenziellen Handlungsansätzen, und sie alle waren nach Priorität geordnet, hatten eine Deadline und natürlich die Form der Zeichensetzung, die ihr die allerliebste war: das Häkchen.

Bisher war nur ein Handlungsansatz abgehakt, auch wenn das eher eine Überlebenstaktik als eine Strategie war: *Aus L. A. verschwinden und untertauchen.*

Auch war der Zielort nicht gerade ihre erste Wahl auf einer Liste der möglichen Verstecke, aber all ihre reichen Freunde und Klienten – Besitzer mehrerer Berghütten in Aspen und Zufluchtsorte in Italien – waren praktischerweise nicht erreichbar gewesen. Eigentlich keine große Überraschung.

Doch Lacey hatte sich natürlich als die einzig wahre ihrer guten Freundinnen herausgestellt. Als sie vorgeschlagen hatte, dass Jocelyn im Casa Blanca Zuflucht finden konnte, Laceys teilweise fertig gebautem Resort an der Barefoot Bay, hatte Jocelyn nicht gezögert. Sie brauchte einen Zufluchtsort vor diesem Sturm in ihrem Leben, einen Ort, an dem sie sich vor den Medien verstecken und überlegen konnte, welche Richtung ihr Leben jetzt nehmen sollte.

Seltsam, dass eine solche Entscheidung auf der Insel Mimosa Key getroffen werden musste, aber Bettler und Leute, die Ehen zerstörten, konnten es sich nicht leisten, wählerisch zu sein.

Außer dass Jocelyn weder das eine noch das andere war.

Zwei Sitze weiter blätterte eine junge Frau das *People*-Magazin durch und war sich der Tatsache nicht bewusst, dass »die andere Frau« in Miles Thayers Leben nur einen halben Meter von ihr entfernt saß, an ihrem Wasser nippte und sich wünschte, es wäre etwas Stärkeres.

Jocelyn erhaschte ein paar Blicke auf die Seiten, als sie ihre Notizbücher schloss und in die Tasche steckte. Aus schmalen Augen betrachtete sie das Bild von Coco Kirkman auf dem Cover der Zeitschrift.

Ihr hilfloser Blick hatte ihr vor der Kamera gute Dienste geleistet und sie zu einer einfühlsamen Darstellerin gemacht, ganz egal, welche Rolle sie gerade spielte. Diese Verletzlichkeit hatte auch Jocelyn angezogen, weil sie sie an eine andere Frau erinnerte, die ein wenig Hilfe bei der Entwicklung von Rückgrat benötigt hätte. Coco war eine junge, talentierte, noch behandelbare Version von Mary Jo Blum, doch auch hier war Jocelyn daran gescheitert, diese Behandlung vorzunehmen.

Jocelyn lehnte sich an die Glasscheibe und blickte hinunter auf die sumpfigen Everglades an Floridas Südwestküste, die üppigen tropischen Feuchtgebiete, die so anders waren als der Bundesstaat, der heute ihr Zuhause war. Kalifornien war den überwiegenden Teil des Jahres braun, hoffnungslos überbevölkert und vollgestopft mit Leuten, die *glaubten,* sie wären Paradiesvögel, aber keine *echten* Paradiesvögel waren.

Aber das hier? Diese kleine Ecke am Golf von Mexiko war ihr Zuhause. Ein beschissenes Zuhause voller Herzeleid und schlechter Erinnerungen, aber hier war sie zu Hause. Und wenn ihre liebe Freundin vom College nicht ebenfalls auf dieser Insel leben würde, wäre sie niemals wieder hierher zurückgekommen.

Und das wäre möglicherweise traurig gewesen, denn Mimosa Key war trotz all der dunklen Erinnerungen ein schöner Ort. Vor allem die Barefoot Bay. Die malerische Einbuchtung am nördlichen Ende der Insel war weit genug entfernt von diesen Erinnerungen, sodass sich Jocelyn sicher fühlen konnte. Relativ sicher.

Als das Flugzeug zum Stehen kam und die Passagiere über Lautsprecher aufgefordert wurden, sich für den Ausstieg bereit zu machen, warf die Frau das Magazin auf den leeren Sitz zwischen ihnen. »Sie können es sich gern nehmen«, sagte sie zu Jocelyn und warf ihr einen raschen Blick zu.

Einen Augenblick lang spannte sich Jocelyn an, weil sie befürchtete, erkannt zu werden. *Oh, mein Gott, Sie sind die Frau, die eine Affäre mit Miles Thayer hatte!*

Aber sie erntete nur ein kühles Lächeln, und Jocelyn senkte ihren Blick auf die grellen, schreienden Lügen auf dem Cover.

Coco am Boden zerstört! Sexy Lebensberaterin stiehlt amerikanischem Engel den Ehemann!

»Nein, danke«, erwiderte Jocelyn und wandte sich ab.

Sicherheitsgurte schnappten auf und die Gepäckfächer über ihren Köpfen klapperten. Jocelyn zupfte an ihrer langen blonden Perücke und rückte ihre Sonnenbrille zurecht, wobei sie sich nicht darum scherte, dass an der Ostküste die Sonne bereits untergegangen war. Wenn ein Hut über diese dumme Perücke gepasst hätte, hätte sie auch den noch aufgesetzt.

Der örtliche Flughafen war klein, und sie entdeckte Lacey und Tessa gleich hinter den Sicherheitsabsperrungen. Sie standen dicht nebeneinander und spähten über all die Köpfe hinweg, um sie zu finden. Lacey strahlte wie an dem Tag, als die Feier zur Grundsteinlegung des Casa Blanca in ihre spontane Hochzeit mit Clay Walker gemündet war. Ihre rötlich blonden Locken umrahmten ihr sommersprossiges Gesicht und sie runzelte ein wenig die Stirn, während sie die Menschenmenge absuchte.

Tessa, die neben ihr stand, sah entspannt, um nicht zu sagen blendend aus – gebräunt von Stunden im Garten, straff von ihrem mehr als gesunden Lebensstil. Ihr Blick aus tiefbraunen Augen huschte über Jocelyn hinweg. Als Jocelyn mit ihrem Handgepäck auf sie zuging und langsam ihre Sonnenbrille hob, schnappten sie nach Luft, weil sie sie da erst erkannten.

»Oh, mein Gott«, sagte Tessa.

»Joce…«

Jocelyn legte Lacey die Hand auf den Mund. »Psst. Wir müssen hier raus, sofort.«

»Ich habe dich überhaupt nicht erkannt.« Tessa wollte nach einer Strähne ihres Perückenhaars greifen, doch Jocelyn wich ihr aus.

»Genau. Kommt, los jetzt.«

Lacey legte den Arm um Jocelyn, Tessa griff nach dem Trolley, und beide flankierten Jocelyn wie Bodyguards.

»Es sind keine Paparazzi am Flughafen«, versicherte Lacey ihr, während sie sich so langsam vorwärtsbewegte, dass Jocelyn am liebsten geschrien hätte. »Und ganz bestimmt nicht auf Mimosa Key.«

»Und genau deshalb bin ich hier«, sagte Jocelyn. »Wir brauchen nicht zum Gepäckband. Ich habe alles bei mir. Gehen wir.«

»Geht nicht.« Tessa bewegte sich sogar noch langsamer und schob sie alle vom Ausgang weg.

»Und warum nicht?«, schoss Jocelyn zurück. »Ich muss diese Perücke loswerden.«

»Da drüben«, sagte Lacey. »Sie ist schon gelandet.«

»Wer ist schon gelandet?« Der Flughafen war nicht so groß, aber es fühlte sich an, als würde sie die Sahara durchqueren, als sie von einem Gate zum nächsten gingen.

»Glaubst du wirklich, Zoe Tamarin würde es aushalten, dass wir drei zusammen wären ohne sie?«, fragte Tessa. Ihr Gesichtsausdruck veränderte sich, als sie auf Leute zeigte, die gerade ein paar Gates weiter aus dem Flugzeug stiegen. »Da ist sie. Sie hat ein Vermögen, das sie nicht hat, dafür ausgegeben, damit sie direkt von Phoenix hierherfliegen konnte und gleichzeitig mit dir landet.«

Sofort entdeckte Jocelyn Zoe mit ihrer wilden blonden Mähne und ihrem strahlenden Lächeln. Sie schlängelte sich durch die Menge und winkte wie verrückt. Sosehr Jocelyn auch fürchtete, dass Zoe plötzlich ihren Namen rufen könnte, durchzuckte sie ein Schauder purer Freude, dass sie alle vier wieder beisammen waren. Sie würde Zoe das Flugticket bezahlen, das war es ihr wert.

»Hurra! Geschafft!« Zoe tanzte förmlich durch die Menge, ihre jadegrünen Augen funkelten, als sie auf Tessa und Lacey zustürzte. Gott sei Dank bemerkte oder erkannte sie Jocelyn nicht.

Lacey ging ihr entgegen und war als Erste bei Zoe. Sie umarmte sie und flüsterte ihr etwas ins Ohr. Sofort hob Zoe den Kopf und nahm Jocelyn ins Visier.

Sie starrte sie an, zog eine Augenbraue nach oben und schüttelte dann einfach nur den Kopf, als sie sich Jocelyn und Tessa näherte. Sie streckte die Arme aus und schlang sie um Jocelyn.

»Diese Perücke sieht so was von falsch aus, dass ich noch nicht mal Witze darüber machen kann«, flüsterte sie Jocelyn ins Ohr.

»Das wird dich aber nicht davon abhalten.« Sie umarmte ihre Freundin. »Danke, Zoe. Ich bin froh, dass du da bist.«

Zoe plusterte ein paar Strähnen von Jocelyns Perücke auf und verdrehte die Augen. »Als würde ich mir das entgehen lassen.« Sie wandte ihre Aufmerksamkeit Tessa zu, und die beiden fielen sich kreischend in die Arme. »Ich bin froh, dass du mich angerufen hast«, sagte Zoe zu Tessa und schloss sie alle in eine Gruppenumarmung. »Wir kommen zusammen, wenn es Schwierigkeiten gibt, nicht wahr? Das haben wir nach dem beschissenen Sturm auch für Lace getan. Nun machen wir das für dich ... *während* dem beschissenen Sturm.« Sie beugte sich vor und flüsterte: »Im Ernst jetzt mal, Joss. Miles Thayer? Er ist doch gar nicht dein Typ.«

Jocelyn schloss einfach nur die Augen. »Um Gottes willen – lasst uns jetzt bitte zum Wagen gehen, damit ich dieses Ding abnehmen kann.«

Ein Mann ging vorbei und warf Jocelyn einen langen Blick zu, sodass sie zusammenzuckte und die Sonnenbrille herunterzog, um dahinter in Deckung zu gehen. »Habt ihr gesehen, wie er mich angestarrt hat?«

»So schauen Männer alle Blondinen an«, versicherte ihr Zoe. Sie hakte sich bei Jocelyn unter und schob sie vorwärts. »Vor allem falsche Blondinen.«

Jocelyn behielt die Sonnenbrille auf, bis sie in Laceys Wagen waren. Dann riss sie sich die Perücke herunter, kratzte sich am Kopf und zerrte an der Spange, die ihr langes Haar zu einem festen Knoten zusammengefasst hatte. »Oh, mein Gott, tut das gut.«

Lacey grinste in den Rückspiegel. »Da ist ja unsere Joss wieder.«

»Gib mir das Ding.« Tessa, die neben ihr saß, schnappte sich die Perücke. »Du brauchst sie hier nicht, okay? Keine Reporter, keine Paparazzi, niemand, vor dem du dich verstecken müsstest.«

Na ja, es gab hier mindestens eine Person, vor der sie sich verstecken musste. »Das kommt darauf an. Wo hast du beschlossen, mich unterzubringen, Lace?« Letztes Jahr, als sie hierhergekommen war, um Lacey zu helfen, ihr Leben wieder aufzubauen, war sie im Ritz Carlton in Naples abgestiegen, und wenngleich ihre Freundinnen ihre unerschütterliche Entscheidung, gewisse Gegenden auf Mimosa Key nicht zu betreten, nicht wirklich verstanden hatten, so fanden sie sich zumindest damit ab. Das ging jetzt nicht mehr; die Medien würden sich geradewegs auf sie stürzen in einem so bekannten Hotel.

»Zoe wohnt bei mir in dem Haus, das ich in Pleasure Pointe gemietet habe«, sagte Tessa.

Zu nah, um angenehm zu sein. »Dort übernachte ich nicht«, stellte Jocelyn unmissverständlich klar.

»Das wissen wir«, sagte Lacey beruhigend. »Du übernachtest in der Barefoot Bay.«

»Sprach die ehemalige Wohnheimsprecherin und Gruppenälteste«, konstatierte Zoe.

»Zwei Jahre. So viel älter ist das nun auch nicht«, schoss Lacey zurück.

»Ein Jahr mit einem jüngeren Mann verheiratet, und schon ist sie wieder ein Teenager. Also gut, junge Dame.« Zoe drehte sich auf dem Beifahrersitz zu Jocelyn um, die hinten saß. »Rück endlich heraus mit der Sprache.«

Wo sie übernachtete, war ein leichtes Thema im Vergleich zu diesem. Sie würden die Wahrheit hören wollen, und das würde knifflig werden. Aber sie war bereit. »Da gibt es nichts herauszurücken.«

Wieder reagierte Zoe mit dem für sie typischen Augenverdrehen. »Komm schon, Joss. Miles Thayer? Er ist so ungefähr der heißeste Typ auf Erden. Ich möchte schmutzige Details, einschließlich Größe, Stehvermögen und perverses Zeug jeglicher Art.«

»Zoe«, sagten die anderen beiden.

Aber Jocelyn schüttelte den Kopf. »Na schön, Ladys. Jetzt hört mir mal zu. Ich sage das nur ein einziges Mal. Ich habe nicht mit Miles Thayer geschlafen. Ich spreche ja kaum mit ihm, und wenn doch, dann herrscht zwischen uns nicht das winzigste Quäntchen Zuneigung oder Anziehung. Ich hasse Miles Thayer, und wenn ihr die Wahrheit wissen wollt – Coco Kirkman tut das auch.«

Alle starrten sie einfach nur an.

»Warum?«, fragte Tessa.

»Das werde ich nicht verraten«, sagte Jocelyn knapp. »Und wenn ich nicht darauf zählen kann, dass ihr drei den Müll, der in der Klatschpresse verbreitet wird, nicht glaubt, dann könnt ihr gleich wieder umdrehen und mich zurück zum Flughafen bringen. Dann werde ich mich woanders verstecken.«

Tessa legte ihre Hand auf Jocelyns Arm. »Du kannst auf uns zählen«, sagte sie. »Du kannst auch darauf zählen, dass Zoe völlig indiskret ist und ausschließlich an Sex denkt.«

»Da war kein Sex. Tut mir leid, dich zu enttäuschen, Zoe. Und nichts davon verlässt diesen Wagen, verstanden?«

»Ich bin nicht enttäuscht«, versicherte ihr Zoe. »Ich bin stolz auf dich, weil du ihm widerstehen konntest, obwohl er so heiß ist. Aber wenn kein Sex im Spiel war, warum behauptet Coco dann, dass du ihre Ehe zerrüttet hast?«

Jocelyn ließ sich nach hinten in ihren Sitz fallen und atmete lang und tief aus. »Es ist kompliziert«, sagte sie. Ihr vager Tonfall brachte ihr einen raschen, misstrauischen Blick von Tessa ein. »Coco will aus dieser Ehe ausbrechen, und sie tat es ... auf ihre Weise.«

»Ihre Weise?« Lacey hob ungläubig die Stimme. »Warum hat sie nicht einfach die Scheidung beantragt? Grundgütiger, das ist doch Hollywood. Warum alles auf dich schieben?«

Weil Cocos Schultern nicht stark genug waren, die Konsequenzen zu tragen. Und das hier war der einzige Ausweg.

»Sie muss jemand anderem die Schuld dafür geben«, sagte Jocelyn in ihrem besten Seelenklempner-Tonfall.

»Okay, aber das erklärt nicht, warum du nicht öffentlich jedes Wort dementierst«, sagte Tessa.

»Und zwar wirklich öffentlich«, fügte Zoe hinzu. »Zum Beispiel auf einer Werbetafel auf dem Sunset Boulevard.« Sie beschrieb mit der Hand einen Kasten, als sähe sie die Überschrift direkt vor sich. »*Ich bin keine Ehebrecherin.*«

»Aber ich *bin* eine Lebensberaterin«, sagte Jocelyn. »Und Werbetafeln auf dem Sunset Boulevard sind so scheinheilig und geschmacklos wie der Rest dieser Stadt. Aber mein Job setzt bestimmte Moralvorstellungen in Bezug auf Privatsphäre voraus. Ich weiß gewisse Dinge.«

»Sie hat dich also zu ihrem Sündenbock gemacht?«, fragte Tessa. »Das verstehe ich nicht.«

Und das würden sie auch nicht, bevor sie nicht wüssten, was für »Dinge« Jocelyn wusste. Und wenn sie sie wüssten, dann ...

»Hört mal, Leute, ich will nicht darüber reden. Ich brauche einfach eine Verschnaufpause, um in Abgeschiedenheit über alles nachzudenken.«

Tessa schnaubte. »Du weißt genau, dass dich das innerhalb von zwei Tagen völlig kirre machen wird.«

Jocelyn lächelte sie an, widersprach ihr jedoch nicht, was darauf hindeutete, dass Tessa mit ihrer Bemerkung ins Schwarze getroffen hatte. Jeder einzelne Klient hatte sie letzte Woche auf Eis gelegt – oder gleich gefeuert. »Gibt es im Casa Blanca etwas für mich zu tun?«

»Das Resort ist noch gar nicht richtig fertig gebaut«, sagte Lacey. »Wenn du also nicht gerade mit einem Hammer umgehen kannst, bleibt dir nichts anderes übrig, als mit Tessa im Gemüsegarten zu arbeiten.«

Sie streckte den Daumen hoch. »Total grün. Es sei denn, deine Pflanzen brauchen Life Management.«

»Weißt du, Joss«, sagte Lacey. »Ich habe Recherchen über die Spitzenklasse durchgeführt, und einige der besten davon bieten ihren Kunden die Dienste eines Lebensberaters an. Glaubst du, du könntest mir dabei behilflich sein, wie ich das in mein Serviceangebot einbauen könnte?«

»Mit Vergnügen.« Sie beugte sich vor und legte Lacey die Hand auf die Schulter. »Übrigens bekommt dir die Ehe echt gut, Mädchen. Du strahlst im wahrsten Sinne des Wortes.«

Sie lachte. »Das liegt daran, dass ich über Wellnessbereiche und den ganzen Kram ›recherchiere‹, wenn mich Clay aus dem Bauwagen kickt. Das ist gar nicht so übel.«

»Hör nicht auf sie«, sagte Tessa. »Sie ist wahnsinnig verliebt, und das sieht man ihr an.«

Lacey grinste. »Er ist einfach toll, wie ihr wisst. Wie kann ich euch je genug danken, dass ihr mich zu diesem tollen jungen Architekten überredet habt?«

»Als wäre es schwer gewesen, dich davon zu überzeugen«, sagte Zoe lachend.

Den ganzen Weg über den Damm bis hinauf zur Barefoot Bay plauderten sie über Laceys erstes glückliches Ehejahr, die Herausforderungen, vor die sie ihre halbwüchsige Tochter stellte, und das Resort, in das sie alle finanziell und emotional investiert hatten.

Zum ersten Mal seit über einer Woche war sich Jocelyn sicher, dass diese Reise eine ausgesprochen gute Idee gewesen war. Selbst als sie über die Center Street fuhren und sie nach Süden blickte, wo Erinnerungen lauerten, ignorierte sie diese.

Es gab absolut keinen Grund, ihren Vater zu besuchen, während sie hier war. Überhaupt keinen. Deshalb machte sie sich gar nicht erst die Mühe, das Thema aufzubringen, und da die anderen gute Freundinnen waren, taten sie es auch nicht.

Wie lange würde das so gehen?

3

Etwas war anders im Casa Blanca. Will konnte eine Veränderung in der salzigen Luft der Barefoot Bay praktisch in dem Moment riechen, in dem er vor dem Bauwagen des Resorts aus seinem Pick-up stieg. Im Westen lag der Golf von Mexiko absolut ruhig da. Die kobaltfarbenen Wellen wurden noch kaum von den feuerroten Strahlen erfasst, die über dem Laubwald im Osten des Resorts auftauchten. Der Parkplatz auf dem Baugelände war natürlich leer, und die Gebäude standen in verschiedenen Stadien der Vollendung still da.

Trotzdem – in der Luft lag ... Veränderung. Seltsam, wie er das spüren konnte. Als würde sich der Wind im Außenfeld drehen und das Spiel sich wenden.

Als er einen prüfenden Blick über das Hauptgebäude schweifen ließ, bemerkte er ein paar Veränderungen, die vorgenommen worden waren, seit er das letzte Mal auf der Baustelle gewesen war. Clay und Lacey Walker folgten einem strikten Zeitplan, fest entschlossen, das exklusive Resort innerhalb eines Jahres fertigzustellen und in Betrieb zu nehmen. Deshalb war es kein Wunder, dass die Subunternehmer am Freitag noch hart gearbeitet hatten, während er nach Tampa gefahren war, um den Boden für eines der Ferienhäuser zu kaufen.

Als er seine Augen über das Gebäude schweifen ließ, konnte er feststellen, dass auf dem Dach des Hauptgebäudes definitiv mehr Ziegel waren, die in Form und Farbe den marokkanischen Einfluss auf die Bauweise unterstrichen. Und auch der Fensterbauer war fleißig gewesen, er hatte mindestens

ein Dutzend riesiger Glasscheiben seitlich und vorne am geschwungenen Eingangsportal abgestellt, die eingebaut werden
konnten, sobald das Dach fertig war.

Doch Will interessierte sich eigentlich nicht besonders für
das Hauptgebäude des Casa Blanca. Seine Arbeit konzentrierte sich auf die sechs Ferienhäuser, die den betuchteren Gästen
des Resorts vorbehalten waren. Er hatte einen Großteil des
letzten Jahres damit verbracht, diese kleineren Gebäude zu
bauen, einschließlich aller abschließenden Schreinerarbeiten
an Rockrose, dem ersten fertigen Ferienhaus am nördlichen
Ende des Hauptwegs.

Er spähte durch die Palmwedel und Elefantenohrblätter, die
so üppig gesprossen waren, seit vor über einem Jahr ein Orkan
die Bäume entlaubt hatte, und betrachtete die ungepflasterte
Straße, die zu den Ferienhäusern führte. Tiefe, frische Reifenspuren durchzogen die vom Tau durchweichte Erde. War hier
jemand an einem Sonntag entlanggefahren?

Selbst wenn einer der Subunternehmer an einen Sonntag
hier gewesen wäre – was sehr unwahrscheinlich war –, so konzentrierten sich die Bauleute vor allem auf Bay Laurel, das Ferienhaus, dem er dort, wo er gerade stand, am nächsten war.
Dorthin sollte auch der afrikanische Holzboden, den er auf
seinen Pick-up geladen hatte.

Warum sollte jemand diesen Weg entlangfahren? Laceys und
Clays neues Haus stand ganz am nördlichen Ende des Grund-
stücks, aber von hier aus konnte man nicht ganz dorthin fahren;
sie hätten die Straße, die hinten am Anwesen entlangführte,
genommen.

Er blieb an der Beifahrertür stehen und machte sie auf,
um den Becher Kaffee herauszuholen, den er auf dem Weg
hierher im Super Min gekauft hatte. Als er den Becher aus
dem Tassenhalter nahm, spritzte ein Tropfen von dem heißen

schwarzen Kaffee durch den Plastikdeckel und tropfte auf den Sitz.

Na ja, eigentlich nicht auf den Sitz, sondern auf die Zeitung, die er dort abgelegt hatte. Und das war eigentlich auch keine richtige Zeitung, es sei denn, man betrachtete den *National Enquirer* als solche.

Auf der Titelseite prangte eine höhnische Schlagzeile.

Coco Kirkman: Meine Lebensberaterin hat mir den Ehemann gestohlen!

Warum zum Teufel hatte er diesen Mist überhaupt gekauft? Um in Jocelyn Blooms Elend zu schwelgen? Um eine Frau schlechtzumachen, die er einst für vollkommen erachtete?

Ach, Mist, Menschen veränderten sich. Wer wusste das besser als Will?

Den Kaffee in der rechten Hand, benutzte er die linke, um das Titelblatt umzublättern, um die verschwommene Aufnahme einer Frau mit langen dunklen Haaren, großen braunen Augen und Gesichtszügen zu sehen, die ihm so ins Gedächtnis eingebrannt waren, dass es eigentlich nicht des Weitwinkelobjektives bedurft hätte, um sie einzufangen.

Sie hatte sich zu ihrem Besten verändert, zumindest physisch. Die Jahre waren gnädig zu ihr gewesen, wenn auch nicht die Presse. Die Erinnerung, die ihn fast sein halbes Leben lang verfolgt hatte, hätte ihn fast mit Haut und Haar verschlungen, als er sich ihr Bild ansah.

Dann sieh es dir eben nicht an, du Dummkopf.

Er klappte die Seite wieder zu, stieß die Tür mit der Hüfte zu und trank seinen Kaffee zu Ende. Er wunderte sich so über die Reifenspuren, dass er ihnen folgte, nachdem er den leeren Becher in die Mülltonne geworfen hatte. Er folgte dem Weg, der später einmal der idyllischste Pfad des Ressorts sein würde, von einem grünen Laubdach überschattet und von exotischen afrikanischen Blumen gesäumt. Jedes der Ferienhäuser war nach einem anderen Gewächs an diesem Pfad benannt.

Er kam an einigen der halb fertigen Ferienhäuser vorbei und ging im Geiste jeden einzelnen Bauplan durch, doch seine Gedanken kamen zum Stillstand, als er um die Bäume und Sträucher herumging, die Rockrose, das einzige ganz fertig gebaute Ferienhaus, vor Blicken schützten.

Das war also anders.

Er blinzelte in die Sonne, die von dem cremefarbenen Haus reflektiert wurde und die Tatsache betonte, dass die Glastüren an der Seite weit geöffnet waren; die hauchdünnen Vorhänge, die Lacey dort aufgehängt hatte, flatterten wie Gespenster. Es war windstill, deshalb musste jemand dort drin den Deckenventilator eingeschaltet haben.

Mist. Vandalen? Hausbesetzer? Vielleicht Laceys halbwüchsige Tochter oder eine ihrer Freundinnen?

Eine andere Erklärung gab es nicht. Rockrose war seit zwei Wochen offiziell bewohnbar. Das bedeutete aber nicht, dass es auch wirklich bewohnt *wurde,* und Lacey sorgte dafür, dass das abgeschiedene Ferienhaus immer gut abgeschlossen war, damit keiner der Bauarbeiter dort hindurchlief oder die Toilette benutzte.

Er trat ein paar Schritte näher, spannte instinktiv die Muskeln an, bereit für ein Gebäude zu kämpfen, dass irgendwie »seines« war.

Er ging hinter einem Oleander in Deckung und schlich sich um das Haus, um einen besseren Blick ins Schlafzimmer zu ergattern. Er sah das hauchzarte Netz, das Lacey als Baldachin über das Bett gehängt hatte. Die Einrichtung war so romantisch wie Marokko selbst.

Wenn irgendjemand auch nur einen Zentimeter dieses Ferienhauses ruinierte, würde es höllisch teuer werden. Er hatte den Marmor im Bad verlegt, das Eichenholz der Decke gefräst und höchstpersönlich die Säulen der Kaminverkleidung geschnitzt. Der ganze Auftrag hatte ihm mehr Befriedigung verschafft, als wenn es ihm beim Baseball gelang, einen Runner durch Pick-Off daran zu hindern, die zweite Base zu erreichen.

Gereizt näherte er sich der Holzveranda – noch eins der Dinge, die er mit seinen eigenen Händen hergestellt hatte. Wenn irgendwelche dummen Jungs …

Der duftige Flor um das Bett erzitterte und ging dann plötzlich auf. Zum Teufel, jemand *schlief* in diesem Bett. Er sprang näher und holte Luft, um einen Schrei loszulassen, als ein langes, nacktes, wohlgeformtes Bein aus dem wolkenhaften weißen Stoff auftauchte.

Seine Stimme versagte, und er blieb abrupt stehen. Die Sonne beleuchtete weiße Haut und rosa lackierte Zehennägel an Zehen, die sich anspannten und streckten, als gehörten sie einer Ballerina, die kurz davor war, an der Ballettstange zu tanzen.

Das andere Bein kam zum Vorschein, gefolgt von einem hörbaren Gähnen und einem Seufzer, der über der tropischen Luft schwebte; das Nackenhaar stellte sich ihm auf. Er schlich sich heran, weil er das Überraschungsmoment auf seiner Seite haben wollte, aber zum Teufel, er wollte nicht verpassen, was als Nächstes aus diesem Bett käme.

Die Füße berührten den Boden, und aus dem Netz tauchte eine Frau auf. Sie war von Kopf bis Fuß nackt, und dunkles Haar fiel über den Großteil ihres Gesichts. Nicht dass er auf ihr Gesicht geachtet hätte.

Nein, sein Blick schweifte über lange Beine, eine schmale Taille und sanfte Kurven, die danach lechzten, angefasst zu werden. Ihre Brüste waren klein und die Brustwarzen hatten die Farbe von Rosen. Ihre Weiblichkeit war von einem schmalen Streifen ebenholzfarbenen Haares bedeckt, das die gleiche Farbe hatte wie der sexy Wirrwarr auf ihrem Kopf.

Sie breitete die Arme aus und streckte sich, wieder gähnte sie und bot ihm volle Sicht auf ihre Brüste, die sich dabei hoben. Jede funktionstüchtige Blutzelle in seinem Körper raste gen Süden, sodass sein Gehirn total leer ausging, während sein Penis so hart wurde wie die Dielen aus afrikanischem Holz hinten auf seinem Pick-up.

Mistkerl. Er wich zurück, duckte sich wieder hinter dem Oleander und fluchte darüber, dass er im Gebüsch hockte wie ein perverser Spanner. Er musste den Weg zurückgehen und später – geräuschvoll – in seinem Pick-up zurückkehren, um herauszufinden, wer zum Teufel sie war.

Auf der Holzveranda waren Schritte zu hören, und Will rückte ein wenig zur Seite, unfähig, sich davon abzuhalten hinzuschauen. Wenigstens hatte sie sich inzwischen ein dünnes weißes Oberteil und einen Slip angezogen. Mit beiden Händen fasste sie ihr Haar zusammen zu …

Sein Herz setzte mindestens vier Schläge aus und beschleunigte dann auf das Vierfache.

Jocelyn.

War das die Möglichkeit? Hatte er Halluzinationen? War es eine Fata Morgana, hervorgerufen durch ein paar lausige Bilder in der Presse und drei Tage voller Fantasien und Frustration?

Sie ließ ihr Haar wieder los und schüttelte den Kopf, sodass ihr die dicke schwarze Mähne wie ein Wasserfall aus Tinte über die Schultern fiel. Dann schloss sie die Augen und wandte ihr Gesicht der aufgehenden Sonne zu.

Alle Zweifel verschwanden. Zusammen mit seinem gesunden Menschenverstand, dem Versuch, vernünftig zu sein, und anderthalb Jahrzehnten, in denen er sich eingeredet hatte, keine Wahl gehabt zu haben – auch wenn er es besser wusste.

Alles änderte sich plötzlich beim Anblick von Jocelyn Mary Bloom. Die Sonne war wärmer. Die Luft klarer. Und sein Herz zog sich auf eine Art und Weise zusammen, wie es schon seit fünfzehn Jahren nicht mehr passiert war.

Sie drehte sich um und rieb sich den Arm, als hätte ein sechster Sinn sie erschauern lassen. »Ist da jemand?«

Reiß einen Witz. Sag etwas Lustiges. Geh zu ihr, lächle, rede. Komm schon, Will Palmer, steh nicht nur da und glotze, als hättest du noch nie eine Frau gesehen.

»Ich bin's.«

Sie spähte ins Gebüsch und fuhr dann erschrocken zurück, als er hervortrat, um sich zu zeigen. Ihre Lippen bewegten sich, formten seinen Namen, aber sie brachte kaum einen Ton heraus.

»Will«, sagte er anstatt ihrer. »Ich dachte, jemand wäre hier eingedrungen.«

Sie starrte ihn einfach nur mit heruntergeklapptem Kiefer und großen Augen an, jeder Muskel schien erstarrt, als wäre sie eine Statue aus Eis.

Er unterdrückte das Bedürfnis, loszustürzen, mit einem Satz die drei Stufen zur Terrasse hinaufzuspringen und … sie aufzutauen. Aber hey – er wusste es besser, wenn es um Jocelyn Bloom ging. Eine falsche Bewegung, und *Puff!*, weg war sie.

»Was machst du hier?«, fragten sie beide gleichzeitig, dann lachten sie beide verlegen.

»Lacey hat dich hierher gebracht, oder?«, riet er.

Sie nickte und fuhr sich mit der Hand durch die nachtschwarzen Haare, dann trat sie in den Schatten des Ferienhauses zurück, als sei ihr plötzlich klar geworden, wie wenig sie anhatte. Aber ihr Gesicht konnte er immer noch sehen.

»Und du?«, fragte sie.

Er räusperte sich. »Ich arbeite hier.«

Sie sah vollkommen verblüfft aus. »Du spielst Baseball.«

»Im Moment nicht. Ich arbeite auf dem Bau. Und du?«

»Ich übernachte hier.«

Du versteckst dich hier eher. Alles passte zusammen wie Nut und Feder. Sie war vor dem Chaos in L. A. geflohen, und ihre beste Freundin hatte sie hier an einem Ort untergebracht, der nicht mal in einem Navigationssystem auftauchen würde, und schon gar nicht vor der Kamera eines Reporters.

Dann schoss ihm ein weiterer Gedanke, schnell wie ein Fastball, durch den Kopf. »Bist du allein?« Seine Stimme musste ein wenig vorwurfsvoll geklungen haben, denn sie zog eine Augenbraue nach oben und sah enttäuscht aus.

»Ja«, sagte sie leise, in ihren Augen lag Trauer und ihre Haltung wurde weicher.

Mist. Er hatte sie gekränkt. Er hatte die Frage schon in dem Moment bereut, in dem sie ihm herausgerutscht war. Sie versteckte sich vor neugierigen Augen und persönlichen Fragen, und was hatte er getan? Herumgeschnüffelt und Fragen gestellt.

Er hob die Hand, als würde das als Entschuldigung reichen, und kam ein paar Schritte näher. »Wie lange bist du hier? Ich würde gern …« *Mit dir reden. Dich küssen, bis du keine Luft mehr bekommst. Jede Nacht in deinem Bett verbringen.* »Ich würde dich gern treffen.«

»Ich bin nicht so lang hier.«

Mit anderen Worten, nein. »Schade«, sagte er und ließ sich nicht anmerken, wie schwer enttäuscht er war. »Vielleicht sehen wir uns unten im Süden, wenn du nach Hause fährst.«

»Ich werde nicht dorthin fahren.« Die Feststellung war klar und unmissverständlich. *Widersprich mir nicht,* war zwischen den Zeilen zu lesen.

Sie würde ihren Dad nicht einmal *besuchen?* Ein Gedanke flackerte auf und veranlasste ihn, näherzutreten, die Stufen hinaufzugehen. Sie würde nicht mal vorbeifahren, um sich zu vergewissern, ob der alte Mann noch am Leben war oder schon tot? Denn er würde seinen nächsten Gehaltsscheck darauf wetten, dass sie ... überhaupt nichts wusste.

Etwas pulsierte in ihm, und dieses Mal war es nicht sein Herz, das auf den Anblick einer schönen, nur dürftig bekleideten Frau reagierte. Nein, es war ein physisches Aufwallen von Wut und eine ganz andere Art der Frustration.

»Also, was genau machst du auf dem Bau?«, fragte sie und war sich offensichtlich nicht bewusst, dass sie gerade in ein Wespennest gestochen hatte.

Doch die beiläufige Frage wurde kaum wahrgenommen, ihre erstaunliche Beinahe-Nacktheit praktisch vergessen, trotz Gottes professioneller Beleuchtung, die Will einen perfekten Blick auf ihren Körper unter dem weißen Baumwollslip bot.

»Schreinerarbeiten«, sagte er durch zusammengebissene Zähne, ein wenig überrascht, von wie vielen Gefühlen er gerade heimgesucht wurde. Er musste sich ins Gedächtnis rufen, was sie durchgemacht hatte, was ihr Vater in ihren Augen war, doch im Moment konnte er nur an einen harmlosen, hilflosen alten Mann denken, der niemanden hatte.

Obwohl er eine Tochter hatte, die absolut in Ordnung war und jetzt direkt vor Will stand.

»Ein Schreiner, genau wie dein Vater«, sagte sie nickend. »Ich weiß noch, dass er ziemlich talentiert war.«

»Wo wir gerade von Vätern sprechen ...« Er zog das Wort in die Länge, lang genug, um zu sehen, wie ihr Gesicht ausdruckslos wurde. »Ich wohne wieder im Haus meiner Eltern. Sie sind nach Oregon gezogen, um in der Nähe meiner Schwester und ihrer Kinder zu sein.«

Mit anderen Worten: Ich wohne neben deinem Vater. Er wartete auf ihre Reaktion, doch sie hob nur die Hand, um ihn zum Schweigen zu bringen. »Ich muss jetzt wirklich gehen, Will. Schön, dich wiedergesehen zu haben.«

War das jetzt ihr Ernst? Sie würde ihn nicht mal bis zu Ende anhören?

Sie trat durch die Glastür wieder nach drinnen und entschwand seinem Blickfeld. »Aber ich bin mir sicher, wir sehen uns bald wieder«, rief sie, während sie mit der einen Hand nach dem Türknauf griff, um ihn auszusperren.

Er griff nach dem hölzernen Türrahmen und hielt ihn so fest wie damals, als er ebendiese Tür, die sie ihm jetzt vor der Nase zuschlagen wollte, eingebaut hatte. »Jocelyn.«

»Bitte, Will.«

»Hör mir zu.«

»Ich bin mir sicher, unsere Wege werden sich wieder kreuzen.« Aber ihre Stimme sagte etwas ganz anderes. Und die Geschichte ebenfalls. Ein falsches Wort, und Jocelyn würde sich ein anderes Versteck in einem anderen Winkel der Welt suchen.

War er bereit, das zu riskieren? Sobald er auch nur den Namen Guy Bloom aussprechen würde, würde sie in einem Flugzeug zurück nach Kalifornien sitzen. Aber verdammt noch mal, sollte sie es nicht *wissen*?

Er ließ die Tür los und sie schob sie zu. Er rammte seinen Stiefel in die Türlaibung, um zu verhindern, dass sich die Tür schloss.

»Will, ich muss …«

»Dein Vater hat Alzheimer.« Er hatte genug Kraft im Fuß, um die Tür etwas weiter aufzumachen, damit er nähertreten und ihr schockiertes Gesicht sehen konnte, aus dem alle Farbe gewichen war. »Ich kümmere mich um ihn.«

Er zog den Stiefel heraus und die Tür knallte zu.

Nun, er hatte recht gehabt mit dem Wind der Veränderung. Und vielleicht bestand diese Veränderung einfach darin, dass er jetzt, ein halbes Leben später, endlich über Jocelyn Bloom hinwegkäme.

Rede es dir nur weiter ein, Junge. Irgendwann glaubst du es vielleicht.

Mimosa Key schlängelte sich genau wie ein Fragezeichen am Golf von Mexiko und bildete damit die perfekte Metapher für die Kindheit, die Jocelyn Bloom hier verbracht hatte. Als sie in dem Auto, das sie sich von Lacey unter dem Vorwand geliehen hatte, shoppen zu gehen, die Kurve um Barefoot Bay herum nahm und in den Süden der Insel fuhr, dachte Jocelyn über die ewige Frage nach, die über den siebzehndreiviertel Jahren hing, die sie hier auf dieser Barriere-Insel verbracht hatte.

Was würde als Nächstes passieren?

Bei Guy Bloom konnte man das nie wissen. Als sie klein war, waren die Dinge noch nicht besonders aus dem Rahmen gefallen. Doch dann hatte er sich über Nacht – zumindest war ihr das in ihrer kindlichen Wahrnehmung so vorgekommen – plötzlich verändert. Er konnte wochen-, sogar monatelang völlig ausgeglichen sein – hitzig zuweilen, aber beherrscht. Bis er ausrastete. Dann flogen Geschirr und Bücher durchs Zimmer, gefolgt von grausamen Worten. Und dann musste er jemanden schlagen.

Genauer gesagt musste er Mary Jo Bloom schlagen, die diese Schläge einsteckte, als hätte sie sie verdient. Aufgrund ihrer Reife, des inzwischen gewonnenen Abstands und ihrem Abschluss in Psychologie wusste Jocelyn inzwischen, dass das *niemand* verdient hatte. Niemand.

Dein Vater hat Alzheimer.

Nicht zum ersten Mal an diesem Morgen stellte sie sich die offensichtliche Frage: Waren diese Anfälle eine Art frühe Anzeichen für diese Krankheit gewesen? Als sie zu Moms Beerdigung nach Hause gekommen war, schien es ihm gut zu gehen. Aber vielleicht waren die Anzeichen bereits da gewesen, und sie hatte sie nicht erkannt.

Schuldgefühle vermischten sich mit Hass und Wut, und dieser ganze Cocktail zog den Knoten in ihrem Magen, der sich seit ihrer Begegnung mit Will Palmer dort zusammengeballt hatte, nur noch enger zusammen.

Will.

Sie schloss die Augen, weil sie nicht über ihn nachdenken wollte. Und darüber, wie gut er aussah. Wie stundenlanges Training auf dem Baseballfeld ihn zu einem sonnengebräunten, muskulösen Exemplar von einem Mann gemacht hatten, der immer noch diese saphirblauen Augen hatte, die einen zu durchschauen schienen und einen absolut ungewöhnlichen Farbkontrast zu seiner sonnengebräunten Haut und seinen zerzausten schwarzen Haaren bildete.

Gott, wie hatte sie ihn in all den Jahren vermisst. All diese Jahre, in denen sie ihn aufgegeben hatte, damit er nicht mit einem Mädchen belastet wäre, das ein Monster zum Vater hatte, und jetzt …

Sie schlug mit dem Handballen auf das Lenkrad.

Er *kümmerte* sich um den Mistkerl? Es schien in keinerlei Hinsicht richtig oder vernünftig zu sein.

Ob sie wollte oder nicht – Guy war ihr Vater. Wenn er in ein Heim gesteckt werden müsste, würde sie das tun. Doch bevor sie dieses Problem mithilfe einer Liste möglicher Lösungen angehen konnte, musste sie herausfinden, wie schlimm die Lage und wie weit seine Demenz fortgeschritten war.

Das Wort lastete schwer auf ihrem Herzen. Sie wusste ein wenig über Alzheimer – wusste, dass die Krankheit einen Menschen unleidlich und gehässig werden lassen konnte. Wow, es musste eine wahre Wonne sein, sich um Guy zu kümmern, wenn man bedachte, dass er es auf der Unleidlich-und-Gehässigkeitsskala auf eine glatte Zehn brachte. Warum sollte Will diese Aufgabe freiwillig übernehmen?

Weil Will eine Schwäche hatte: Er hatte das sanfteste, liebevollste, weichste aller Herzen. Und war es nicht genau das, was sie früher so sehr an ihm geliebt hatte?

Das und diese Schultern.

Sie drückte mit dem Fuß auf das Gaspedal, warf einen Blick auf die einstöckigen Häuser und die Palmen, die Fahrräder in den Einfahrten, die Blumen vor den Briefkästen. Ein hübsches Wohnviertel, in dem normale Familien ein normales Leben führten.

Na ja. In dem gestörte Familien einen auf normal machten. In dem …

Oh Gott. Guy war auf der Veranda.

Er saß auf der Hollywoodschaukel, über eine Zeitung gebeugt. Seine einst mächtigen Schultern wirkten schmal, seine gigantische Brust ausgehöhlt, als wäre die ganze heiße Luft daraus entwichen.

Ihn anzusehen war, als würde man etwas betrachten, das man aus seiner Kindheit kannte und das man als Erwachsener weit weniger groß oder beängstigend oder gefährlich empfand.

Jocelyn erinnerte sich daran, dass ihre Mom diese Schaukel gekauft hatte, in der Hoffnung, dass die Familie an lauen Sommerabenden darauf sitzen, die Sterne zählen und den Mond betrachten würde.

Wohl kaum, Mary Jo.

So etwas wie Familienabende gab es nicht im Bloom'schen Haushalt. Und da drüben saß in einem verwaschenen Karohemd, einer staubigen grauen Hose und einem Paar Pantoffeln der Grund dafür.

Als Jocelyn vor dem Haus anhielt, blickte Guy auf, und eine Zeitungsseite flatterte zu Boden. Er sah ihr in die Augen, und die eisigen Finger der Angst prickelten auf ihrem ganzen Körper.

Sie wartete auf eine Reaktion, irgendeine emotionale Regung des Wiedererkennens, aber es kam nichts.

Na schön. Er würde sie nicht erkennen. Gut. Das würde das Ganze einfacher machen. Es war absolut möglich, dass er sie nicht erkannte, wenn stimmte, was Will gesagt hatte.

Aber soweit sie wusste, würde er sich bei Alzheimer an Dinge erinnern, die vor langer Zeit geschehen waren, nicht jedoch daran, was er zum Frühstück gegessen hatte. Wenn das so war, suhlte er sich wohl in so manchen unglücklichen Erinnerungen.

Gut. Das hatte er verdient.

Langsam stand er auf, er hatte die Stirn gerunzelt und den Kopf schief gelegt, und selbst aus dieser Entfernung sah sie, dass seine grauen Augen eher wie Regenwolken als wie blitzender Stahl aussahen und dass seine Hände wegen seines Alters und nicht vor Zorn zitterten.

»Kann ich Ihnen helfen?« Die Frage klang rau, als hätte er den ganzen Tag noch mit niemandem gesprochen.

Sie stellte den Motor ab und öffnete die Wagentür. »Erkennst du mich nicht?«

Er schüttelte den Kopf. Wie alt war er? Fünfundsechzig? Sechsundsechzig? Er sah aus wie neunzig.

»Was wollen Sie?« Er klang *verängstigt*. War das überhaupt möglich? Einem ehemaligen Sheriff konnte nichts Angst einjagen.

»Ich bin es, Jocelyn.« Sie trat auf den Rasen, ihre Absätze bohrten sich in das Gras wie kleine Spieße in ihr Herz.

»Was immer Sie auch verkaufen – ich kaufe nichts.«

»Guy, ich bin es.« Sie hatte nicht vor, ihn Dad zu nennen; er hatte diesen Titel in einer heißen Sommernacht 1997 verspielt, als er gedroht hatte, das Leben eines jungen Mannes zu zerstören. Desselben jungen Mannes, der ihn heute pflegte.

Ein Gefühl der Ungerechtigkeit überfiel sie, doch sie ging mit festen Schritten auf ihn zu.

»Kenne ich Sie?«

»Du kanntest mich, ja«, sagte sie.

»Irgendwie kommen Sie mir bekannt vor.« Er rieb sich über das Gesicht, das schon ziemlich lange keine Rasierklinge mehr gesehen hatte, und runzelte die Stirn. »Hübsch sind Sie auch. Wie heißen Sie, junge Dame?«

Hatte er sie je als hübsch bezeichnet? Sie konnte sich nicht daran erinnern. Vielleicht als sie noch klein war, bevor seine gewalttätigen Phasen Normalität wurden und nicht mehr nur ein gelegentlicher Albtraum waren.

Sie fuhr mit der Zunge hinten an ihren Schneidezähnen entlang, über einen winzigen Abspliss am rechten Schneidezahn, der ihr als heilige Mahnung dafür diente, wozu dieser Mann fähig ist.

»Ich bin Jocelyn. Deine Tochter.«

Er lachte aus tiefstem Herzen – auch etwas, woran sie sich nicht erinnern konnte, dass er es je getan hätte. »Ich habe keine Tochter. Aber einen Sohn.« Er streckte die Hand aus, eine Geste, bei der er fast das Gleichgewicht verlor. »Bestimmt möchten Sie zu ihm. Er ist gerade nicht da, aber er bleibt nie lange weg.«

»Du hast keinen Sohn.«

»Nicht?« Er zuckte die Schultern und lächelte sie fröhlich an. »Aber ich habe eine Schwester.«

Nein, hatte er nicht. Er hatte weder einen Sohn noch eine Schwester – noch ein *Gedächtnis*. Doch plötzlich klappte ihm

59

der Kiefer herunter und in seinen silbrigen Augen leuchtete Wiedererkennen auf. »Mensch, jetzt weiß ich, wer Sie sind.«

»Ja, das dachte ich mir schon.« Sie erreichte den asphaltierten Weg und verschränkte die Arme, nur für den Fall, dass er eine Anwandlung hätte und sie umarmen oder ihr die Hand schütteln wollte.

»Sie sind die Dame aus dem Fernsehen! Ich habe Sie im Fernsehen gesehen!«

Seine Stimme hob sich vor hysterischer Aufregung, doch ihrem Herzen versetzte es einen Stich. Also hatte die Klatschmaschinerie Hollywoods auch Mimosa Key in Aufruhr versetzt.

»Habe ich Sie nicht im Fernsehen gesehen?« Er verzog das Gesicht zu einem Teppich aus Falten, deutete auf sie und wühlte tief nach dem Hauch einer Erinnerung, den seine zerbrochenen Synapsen noch zu bieten hatten. »Doch, ich bin mir ganz sicher! Ich habe Sie im Fernsehen gesehen.«

»Das stimmt wahrscheinlich«, sagte sie resigniert.

»Sie arbeiten für Nicey!«

Nicey? Langsam schüttelte sie den Kopf. »Nein, ich bin Jocelyn.«

»Oh, Sie können mich nicht an der Nase herumführen.« Er klatschte sich wie ein Rodeoreiter auf den Schenkel. »Dieser William. Er ist ein wirklich bemerkenswerter junger Mann, nicht wahr? Wie hat er Sie hierhergeholt? Hat er Sie angerufen? Bilder geschickt? Was hat er gesagt, um Sie am Ende davon zu überzeugen, hierherzukommen und mir zu helfen?«

»Er hat mir von deiner Situation erzählt.«

»Also hat er tatsächlich einen Brief geschrieben.« Glucksend schüttelte er den Kopf. »Dieser Junge ist anders als alle anderen.« Er streckte die Hand nach ihrem Arm aus, doch sie zuckte zurück, noch bevor er sie berühren konnte. »Schon gut, schon gut«, sagte er. »Lassen Sie uns zuerst ein wenig plaudern, bevor wir hineingehen. Ich sage es nur ungern, junge Dame, aber da wartet jede Menge Arbeit auf Sie.«

»Arbeit?« Sie hatte keine Ahnung, wovon er redete.

»Nun, wahrscheinlich wollen Sie zuerst mit mir reden, bevor Sie sich, ähm, daranmachen. Wer loslässt, gewinnt?« Er entblößte seine fleckigen Zähne zu einem selbstgefälligen Lächeln. »Sehen Sie? Ich bin ein Fan von Ihnen.«

Ein Fan?

»Setzen Sie sich hierhin«, sagte er und zeigte auf die Hollywoodschaukel. »Dann können wir uns nett unterhalten.« Er streckte sich zu einer Seite, dann zur anderen, um über ihre Schultern zu schauen. »Keine versteckten Kameras?«

»Ich hoffe nicht.«

Wieder lachte er. Hatte er früher auch so viel gelacht? Konnte man durch Alzheimer ein glücklicherer Mensch werden? »Man weiß ja nie, diese Kameraleute sind manchmal ganz schön ausgebufft.«

»Ja, ich weiß«, stimmte sie. Sie folgte ihm und setzte sich auf die Kante der Hollywoodschaukel.

Okay, gut. Sie konnten dieses Spielchen spielen, solange sie abzuschätzen versuchte, wie schlimm es um ihn stand. Und dann würde sie tun, was zu tun war. Ihn irgendwohin abschieben. Wahrscheinlich würde ihm das nicht gefallen, wenn er davon erfuhr.

Stell dich deinen Problemen und löse sie, Lebensberaterin. Du hast hier einen alten Mann, der in ein Heim gehört. Du schuldest ihm nichts, aber …

Eigentlich nichts. Trotzdem. Sie war nicht vollkommen herzlos.

»Möchten Sie vielleicht etwas Limonade?«, fragte Guy.

»Nein.« Sie zog ihre verschränkten Arme noch dichter an ihre Brust.

»Wird es einen privaten Flohmarkt geben?«, fragte er.

Sie blinzelte ihn an. »Einen privaten Flohmarkt?«

»Um meinen ganzen Kram loszuwerden.«

Vielleicht *wollte* er ja in betreutes Wohnen und wusste nur nicht, wie er es bewerkstelligen oder bezahlen sollte. In diesem Fall würde er es ihr nicht schwermachen. Alles würde freundlich und unkompliziert ablaufen.

»Nun, das ist eine sehr vernünftige Frage«, sagte sie und kreuzte innerlich bereits Dinge an, die erledigt werden mussten, solange sie hier war. »Ich denke schon, dass wir einen privaten Flohmarkt veranstalten können, auch wenn es einfacher wäre, alles wegzuwerfen.«

»Alles? Wird ihnen nicht manchmal erlaubt, Dinge zu behalten, an denen sie am meisten hängen?«

Sie? Wer? Patienten in Heimen? »Ich denke schon.« Bei dem bloßen Gedanken, er könnte je an etwas gehangen haben, musste sie sich auf die Lippen beißen, um kein trockenes Gelächter auszustoßen. An seiner Frau und seiner Tochter hatte er ganz gewiss nicht besonders gehangen. »Was würdest du denn gerne behalten, Guy?«

»Na ja …« Er rieb sich die Hände an seiner abgewetzten Hose und dachte nach. »Ich glaube, meine Stickereien und mein Strickzeug.«

Der stellvertrende Sheriff von Mimosa Key stickte und strickte? Wann war das denn passiert? Nach Beginn seiner Frührente oder nach dem Tod seiner Frau? »Klar kannst du das behalten.«

»Und meinen Fernsehsessel?«

Oh, er liebte diesen Thron. Auch wenn er inzwischen wahrscheinlich einen neuen hatte. »Ich denke, das hängt vom Platz ab.«

»Sie werden sich um alles kümmern, nicht wahr? Werden Sie mit einem Team anrücken?«

»Ich denke, das schaffe ich schon«, sagte sie. »Ich werde wohl ein paar Wochen brauchen, um den ganzen Papierkram zu erledigen, aber ich werde schon morgen mit den Vorbereitungen anfangen.« Gott, das würde ja einfach werden. Er wollte weg von hier. Keinerlei Protest.

Und bei Guy hieß das schon etwas.

»Das wird nicht schwer werden, weil ich ganz allein bin«, sagte er und klang dabei unglaublich bedauernswert.

Klar, und wessen Schuld war das? »Das ist … gut«, sagte sie.

»Ich habe keine Frau«, sagte er traurig und lächelte ein wenig zittrig. »Ich meine, ich hatte eine, aber ich kann mich nicht mehr an sie erinnern.«

Ihr fehlten die Worte. Er hatte sie *vergessen?* Vergessen, was er getan hatte? Wie viel Leid er verursacht hatte? Hatte er die Zeit vergessen, in der er seiner Frau eine Enzyklopädie an den Kopf geworfen und ihr Lieblingsparfüm in die Toilette geschüttet hatte oder …

»Wenn Sie bereit sind, hineinzugehen, kann ich Tee zubereiten«, sagte er und war eindeutig gerade auf einer ganz anderen Wellenlänge als sie.

Tee? Seit wann machte er Tee? Oh, er konnte ganz bestimmt eine Kanne davon nach jemandem werfen, der seinen Zorn erregt hatte.

Sie würde das *nicht* vergessen, im Gegensatz zu ihm.

Er stemmte sich nach oben. »Na, dann kommen Sie mal mit, ähm … wie, sagten Sie, war noch mal ihr Name?«

»Jocelyn.« Musste sie da wirklich hineingehen? Nein, das brauchte sie sich nicht anzutun. Noch nicht. Sie würde zum Ferienhaus zurückfahren, ein paar To-do-Listen aufstellen und ein paar Anrufe erledigen. Das wäre so viel besser, als das Haus ihrer Kindheit zu besichtigen, zusammen mit dem Mann, der sie daraus vertrieben hatte.

»Eigentlich ist meine Arbeit hiermit vorerst erledigt, Guy.«

»Erledigt?« Er lachte herzlich. Seit sie denken konnte, war dies das seltsamste Geräusch, das Jocelyn je gehört hatte. Ein aufrichtiges Lachen, das aus tiefstem Herzen kam. »Das glaube ich kaum, Missy. Ich habe irgendwie gewusst, dass Sie kommen würden, deshalb habe ich schon mal angefangen, alles für Sie auszuräumen.«

Er wusste, dass sie kommen würde? »War Will da und hat es dir gesagt?«

»Nee, Will hätte mir niemals die Überraschung verdorben.« Er öffnete die Fliegengittertür und schob dann die Haustür aus Holz auf. Sie bestand nicht mehr aus diesem abgesplitterten, fleckigen dunkelgrünen Holz, an das sie sich vom letzten Mal, als sie hier gewesen war, erinnerte. Diese Tür war neu lackiert und leuchtend weiß gestrichen.

Will?

Wieder überkamen sie Gewissensbisse, gefolgt von einem Anflug von Wut. Wie konnte Will so nett zu ihm sein? Nach allem, was passiert war?

»Kommen Sie, kommen Sie«, drängte Guy und winkte mit seiner von Altersflecken übersäten Hand.

Irgendwann würde sie ja ohnehin hineingehen müssen.

Sie folgte ihm durch den Vordereingang und wurde auf der Stelle von üblen Erinnerungen heimgesucht. Das Linoleum war immer noch dasselbe: gelb-weiße Vierecke, die den Eingangsbereich bedeckten und in die Küche überleiteten, die sich ungewöhnlicherweise vorne im Haus befand. Diese seltsam freiliegende Backsteinwand, die jetzt weiß gestrichen war, stand immer noch und trennte den Eingangsbereich von der Küche und dem Wohnzimmer ab, das um die Ecke lag.

Ohne nachzudenken berührte sie die glänzende Farbe auf den Backsteinen, und ihre Hand schmiegte sich in eine der dekorativen Öffnungen. Einmal hatte er ihre Mutter gegen diese Wand geschleudert. Sie zog die Hand weg und schaute sich gut um – sie schaute in die Küche, am Esszimmer vorbei über den Flur bis zu den Schlafzimmern.

Heilige Sch...

Das ganze Haus war ein einziges großes Durcheinander. Die Küchenschränke standen offen und spien Geschirr, Gläser, Kochtöpfe und Küchenutensilien aus. Im Esszimmer waren die Vitrinentüren aufgerissen und gaben den Blick frei auf leere Borde. Dafür war der Esstisch jedoch mit Porzellan, Vasen und Teegeschirr nur so vollgestapelt.

Das nannte Will also »sich um ihn kümmern«?

»Ich weiß, ich weiß«, sagte Guy kopfschüttelnd. »Ich war ein wenig voreilig, aber das lag an diesem Marathon, den sie heute Morgen gelaufen sind.«

Endlich sah Jocelyn ihn an und versuchte, einen Sinn aus seinen Worten herauszulesen. Aber nichts ergab einen Sinn.

»Wer ist Marathon gelaufen?«

»Im Fernsehen! Ich kann mich aber nicht daran erinnern, Sie gesehen zu haben.« Er legte sich die Hand auf die Stirn und drückte fest, als ob er dadurch sein Gehirn dazu zwingen könnte zu kooperieren. »Egal. Jetzt sind Sie hier und ... und ...« Sein Gesicht wurde sanft und verzog sich zu einem Lächeln. Pure Dankbarkeit und Zuneigung kamen darin zum Ausdruck. »Oh, Missy. Ich kann Ihnen gar nicht sagen, wie froh ich bin, dass Sie mir helfen wollen.«

»Ehrlich?« Sie konnte immer noch nicht glauben, dass er nicht mit ihr über seinen Umzug stritt, auch wenn er keine Ahnung hatte, wer sie war.

»Natürlich bin ich das.« Wieder streckte er die Hand nach

ihr aus, und dieses Mal erwischte er die ihre. Er drückte sie zwischen seinen beiden Fäusten, aus denen inzwischen alle Stärke gewichen war. Diese großen Hände bestanden nur noch aus schwachen, knorrigen Fingern, die zu der Wut, die sie so viele Male entfesselt hatten, nicht mehr fähig waren. »Ich warte auf Sie, seit ich Sie das erste Mal im Fernsehen gesehen habe.«

Schockiert blinzelte sie. »Echt?«

»Na ja, ich glaube schon, dass Sie das waren.« Wieder verzog sich sein Gesicht.

»Die Bilder waren verschwommen, aber ich war es«, gestand sie. »Es steckt mehr dahinter, als im Fernsehen gezeigt wird, glaub mir.«

»Oh, das glaube ich gern.« Er lachte und drückte ihr die Hand. »Aber nur damit Sie es wissen – das ist kein Fehler. Ich brauche das unbedingt. Es ist alles, woran ich gedacht habe, seit ich Sie im Fernsehen gesehen habe.«

Eine Woge des Mitleids spülte über sie hinweg und verwässerte eine ganze Lebensspanne alter Gefühle. Na ja, wenigstens würde das glattgehen. Dann würde sie kein schlechtes Gewissen haben, ihn in irgendein Heim wegzusperren. Und vielleicht konnte sie etwas von diesem Hass loswerden. Vielleicht.

»Also, was passiert als Erstes?«, fragte er strahlend. »Wann kommen die Leute mit den Kameras? Und wann lerne ich diese dicke, resolute schwarze Dame mit der Blume im Haar kennen?«

»Wie bitte …?«

Hinter ihr wurde die Fliegengittertür aufgerissen, und sie drehte sich um. Will stand wie erstarrt im Türrahmen und sah sie fast genauso schockiert an wie heute Morgen, als sie sich vor dem Ferienhaus begegnet waren.

»William!« Guy stürzte sich mit ausgebreiteten Armen praktisch auf ihn. »Du bist der beste Sohn der Welt. Wie kann ich dir nur dafür danken, dass du sie hierhergeholt hast?«

Der alte Mann zog Will in eine ungestüme Umarmung und drückte seinen grauhaarigen Schopf an Wills Brust.

Über seinen Kopf hinweg starrte Will Jocelyn an, sein Mund stand offen, aber er brachte kein Wort heraus.

»Du hast es geschafft«, sagte Guy; er lehnte sich endlich zurück, um Will anzustrahlen. »Du hast *Clean House* hierhergebracht, und dieses hübsche Mädchen hier wird mein Leben perfekt machen. Ich liebe dich, mein Sohn, weißt du das eigentlich?«

Jocelyn legte die Hand an die kühle Backsteinwand, um sich Halt zu verschaffen. Nicht weil der alte Mann missverstanden hatte, weshalb sie da war. Nicht weil er glaubte, sie wäre gekommen, um sein Leben in Ordnung zu bringen. Nicht einmal weil er glaubte, dass Will Palmer sein Sohn wäre und sie selbst eine Fremde.

Er hatte nur noch nie die Worte *ich liebe dich* ausgesprochen, es sei denn, er entschuldigte sich weinend, weil er jemandem wehgetan oder etwas kaputtgemacht hatte. Diese Worte waren für ihn immer bedeutungslos gewesen.

Aber nicht jetzt. Guy liebte Will wirklich. Und als Will dem alten Mann den Rücken tätschelte und ihn tröstete, war offensichtlich, dass Will auch Guy liebte.

Und die Ironie des Ganzen schmeckte wie eine einzige bittere Pille auf ihrer Zunge.

5

Wie sie da im Eingang ihres eigenen Zuhauses stand, sah Jocelyn noch realer, noch schöner und sogar noch fassungsloser aus als heute Morgen, als Will sie zufällig im Casa Blanca entdeckt hatte.

Mit einem letzten zärtlichen Klaps auf Guys Rücken warf Will Jocelyn einen flehenden Blick zu, in der Hoffnung, dass sie einfach mitspielen würde.

»Er glaubt, ich käme von einer Fernsehshow mit dem Titel *Clean House?*«, fragte sie, offenbar noch immer verwirrt von dem, was sich ihr hier gerade darbot. »Warum sagst du ihm nicht, dass ...«

»Ich bin so froh, dass du gekommen bist«, sagte er ein wenig gezwungen, während er Guy von sich wegschob. »Warum gehen wir nicht ein paar Schritte und reden unter vier Augen über ...« Sein Blick wanderte an ihr vorbei zur Küche. »Himmel noch mal, Guy, was zum Teufel ist denn hier passiert?«

»Kein Grund zu fluchen, mein Sohn. Ich bin euch nur einen Schritt voraus. Diese Dame hier, diese ... äh, ähm ... wie war noch mal der Name?«

»Jocelyn«, sagte sie mit unverhohlener Ungeduld.

»Jocelyn *Bloom.*«

Guy blinzelte nicht mal, als er seinen eigenen Namen hörte. »Diese Jocelyn wird alles wieder geradebiegen und Ordnung herstellen. Das ist ihr Job, oder? Ist das nicht Ihr Job, Missy?«

Will hielt den Atem an, während er beobachtete, wie eine Reihe von widersprüchlichen Gefühlen über ihre feinen Gesichtszüge hinweghuschten. Ihre dunklen Augenbrauen zogen sich entsetzt zusammen und ihre Unterlippe bebte zweifelnd. Aber schließlich hob sie das nur scheinbar zarte Kinn und nickte.

»Ja, genau das ist mein Job.«

Will atmete langsam aus und kämpfte gegen den Impuls an, Jocelyn dankbar zu umarmen. »Lass uns irgendwohin gehen, um die Einzelheiten zu besprechen«, schlug er vor. »Guy, du machst es dir im Wohnzimmer bequem, und ich führe Jocelyn herum.«

»Ist das der Teil, in dem sie eine Führung machen?«, fragte Guy. »Die ›Tour davor‹?«

»Ja«, bestätigte Will und trat näher an Jocelyn heran. »Aber du musst dich jetzt hinsetzen und mich mit Jocelyn die Tour machen lassen.«

»Warum?«, fragte er. »Ich möchte ihr alles zeigen.«

Will warf Jocelyn wieder einen Blick zu, mit dem er sie förmlich um Hilfe anflehte.

»Er hat recht. Ich muss mir das alles ohne dich anschauen. Setz dich hin, und wir kommen zurück, wenn wir alles angeschaut haben.«

Oh, Mann. Am liebsten würde er sie küssen. »Komm, wir fangen in der …« Er sah sich in dem Chaos um. »Garage an. Dazu müssen wir da drüben durch die Waschküche …«

»Ich weiß, wo sie ist.« Sie ging um die Backsteinwand herum und floh durch das unbenutzte – aber nicht minder verwüstete – Büro, das vor der Waschküche lag.

»Will.« Guy griff nach seinem Arm. »Danke.« Er streckte die Arme aus, um ihn erneut zu umarmen. »Ich habe dich nicht verdient, weißt du das? Du bist so ein guter Sohn.«

»Schon gut, Guy. Lass mich jetzt mit ihr reden.« Will schob ihn beiseite, weil er wusste, dass Jocelyn so etwas wie flüssiges

Quecksilber war, wenn es darum ging, einem Mann durch die Finger zu schlüpfen. Womöglich war sie schon verschwunden, wenn er in die Garage käme.

Er fand sie an der Tür dorthin. Sie hatte die Unterhaltung mitbekommen. Mist.

»Hey, danke«, flüsterte er, als er näher kam. »Lass uns da rausgehen und reden.«

Sie betrat die Garage; er folgte ihr, schloss die Tür hinter ihnen und nahm all seinen Mut zusammen. Er hatte den ganzen Morgen an nichts, aber auch gar nichts anderes gedacht, als an die Wirkung, die seine Begegnung mit Jocelyn Bloom auf ihn gehabt hatte.

Er hatte mit Lacey gesprochen und erfahren, dass Jocelyn »auf unbestimmte Zeit« bleiben würde – und er nahm an, dass er wusste, warum. Aber so, wie sie sich heute Morgen verhalten hatte, wäre er niemals davon ausgegangen, dass sie Guy von sich aus besucht hätte. Zumindest nicht so schnell.

»Ich hatte eigentlich gehofft, zusammen mit dir hierherzukommen«, sagte er und sprach damit seine Gedanken laut aus. »Ich dachte, ich könnte dir schonend beibringen, was dich erwartet.«

Zweifelnd zog sie eine Augenbraue nach oben. »Warum hast du dann abschließend gesagt, dass du dich um ihn kümmerst? Ich meine, was wolltest du damit erreichen, außer mich dazu zu bewegen, hierherzukommen?«

»Verzweiflung, nehme ich an. Hör mal, Jocelyn, ich …«

»Ich bin mir sicher, diese ganze Situation gibt genug Anlass zur Verzweiflung. Aber ab jetzt werde ich mich an deiner Stelle darum kümmern, dann bist du es los. Ich werde das Problem lösen.«

Er stieß den Atem aus, es juckte ihn in den Fingern, sie in den Arm zu nehmen, sein Herz schlug unnatürlich schnell, seit er Laceys Wagen vor dem Haus hatte stehen sehen. »Das ist doch kein Problem«, widersprach er.

»Einen gebrechlichen alten Mann zu pflegen, der …«

»Er ist nicht direkt gebrechlich.«

»… haust wie ein Schwein und …«

»Das Chaos ist erst vor Kurzem entstanden.«

»… früher mal gedroht hat, dich umzubringen, und dich jetzt für seinen Sohn hält.«

Er starrte sie an. Natürlich lauerte jene Nacht direkt unter der Oberfläche und wartete nur darauf, sich den Weg nach oben zu bahnen, um ihn zu zerreißen; darauf, ihn mit seinen Schuldgefühlen zu ersticken, weil er in der Lage gewesen war zu verzeihen, wenn nicht gar zu vergessen.

»Er hat sich geändert, Jocelyn.«

Sie stieß ein freudloses, trockenes Lachen aus. »Das sehe ich.«

»Nein, ich meine, er ist ein ganz anderer Mensch geworden.«

»Er hat keine Ahnung, wer ich bin«, sagte sie. Sie war noch immer kühl und beherrscht und tat so, als würde sie das alles gar nicht tangieren, dabei *musste* es sie tangieren. »Aber dich mag er offensichtlich.«

»Er ist verwirrt.« Er versuchte zu lächeln. »Ich denke, *das* ist nur allzu offensichtlich.«

Sie verschränkte die Arme fest vor der Brust, sowohl schützend als auch herausfordernd. »Ich sollte mich wohl für das, was du getan hast, bei dir bedanken.«

Wow, das klang jetzt aber ganz und gar nicht so, als würde sie es so meinen. »Hör mal, ich bin vor anderthalb Jahren hierher zurückgekehrt, um das Haus meiner Eltern zu renovieren und zu verkaufen, und ich hatte ganz bestimmt nicht vor, mit dem Mann auch nur zu sprechen.« Er steckte die Hände in die Hosentaschen, als könne er dadurch verhindern, dass es ihn weiterhin in den Fingern juckte. Nach all den Jahren wollte er sie *immer noch* berühren.

»Warum hast du es dann getan?«

»Weil ich … ein Mensch bin. Und er in einer bedauernswerten Verfassung war.« Allein, mitleiderregend und ein echt netter Kerl, verdammt noch mal. »Es hat einfach damit angefangen, dass ich an dem Tag, an dem die Müllabfuhr kam, seinen Müll rausgestellt habe, und dann habe ich seinen Rasen gemäht, als er zu ungepflegt wurde. Normale Dinge, die man für seine Nachbarn tut. Ich habe ein paar Sachen repariert, zum Beispiel die kaputte Spüle und die Fliegengittertür hinten, die nicht mehr richtig zuging, und … was?«

Mit jedem Wort war sie blasser und kleiner geworden und ihre Körperhaltung immer angespannter. »Was? Du fragst *was,* Will? Weißt du, weshalb die Fliegengittertür kaputt war?«

Er schluckte schwer. »Ich kann es mir denken.«

»Warum solltest du dann *irgendetwas* für ihn tun wollen?«

Er atmete tief durch. »Weil er krank ist, Jocelyn.«

»Dann hättest du mich anrufen sollen.«

Schuldgefühle überkamen ihn. Er *hätte* sie anrufen sollen. Nicht erst, als er feststellte, wie schlecht es Guy ging, sondern schon fünfzehn Jahre früher, als sie ohne sich zu verabschieden aus Mimosa Key verschwunden war. Er hatte gewusst, dass sie an der University of Florida war, hatte sie aber nicht angerufen. Er hatte einfach die Zeit verstreichen lassen, und dann war plötzlich *zu viel* Zeit verstrichen.

»Ich habe dich letztes Jahr dreißig Sekunden lang gesehen, dann bist du weggelaufen.«

Sie schluckte schuldbewusst. »Ich bekam einen …«

»Einen Anruf, ich erinnere mich. Aber wie hätte ich dich danach anrufen können, wo doch allzu offensichtlich war, wie du dazu stehst?« Ihm wurde diese Erkenntnis erst jetzt bewusst, und er strich sich frustriert durch das Haar.

»Ich werde das Haus aufräumen und seine Angelegenheiten regeln«, sagte sie ruhig. »Ich hoffe, das geht mit einem Minimum an Aufregung oder – um ehrlich zu sein – so wenig Einmischung von seiner Seite wie möglich über die Bühne.«

Er versuchte, sich auf ihre Worte zu konzentrieren, ihr geschäftiger Tonfall machte ihn wachsam. »Du meinst, du spielst bei all dem mit? Tust so, als wärst du von dieser Show? Das wäre nämlich großartig. Weißt du, wenn es nicht nach seinem Kopf geht, dann …«

»Ich *weiß*, was passiert, wenn es nicht nach seinem Kopf geht.« Ihre Stimme war eisig, und er hätte sich selbst ohrfeigen können. Natürlich glaubte sie zu wissen, was passierte, wenn es nicht nach seinem Kopf ging, aber sie kannte diesen Guy noch nicht, sie kannte einen anderen. »Wie ich schon sagte, verdiene ich damit meinen Lebensunterhalt. Du würdest dich wundern, wie viele Leute dazu bereit sind, einen Lebensberater zu bezahlen, der einfach nur Schränke und Akten sortiert. Danach bringen wir ihn irgendwo anders unter.«

Er legte den Kopf schief und sah sie fragend an. »Was meinst du damit?« Tief in seinem Herzen wusste er jedoch ganz genau, was sie damit meinte.

»Irgendwo in einem Heim.«

Ja. Genau. »Er ist in seinem Heim. In seinem Zuhause.«

Sie reckte das Kinn nach vorne und sah bemerkenswert stark aus für eine so kleine Frau. Aber sie war schon immer stark gewesen. Selbst in den schwächsten Momenten, in denen sie wirklich geknickt gewesen war, hatte Jocelyn ein Rückgrat aus purem Titan gehabt. Das war eines der Dinge, die er einst an ihr geliebt hatte. Eines von vielen.

»Er kann nicht hierbleiben«, sagte sie nur. »Und von dir

kann man nicht erwarten, dass du jemanden pflegst, der nicht dein Vater ist, ganz egal wie sehr er glaubt, dass er … dich mag.«

Glaubte sie etwa, er könnte nicht mehr jede Nuance in ihrem Tonfall und ihrer Betonung herauslesen? Sie kannten sich, seit sie zehn Jahre alt gewesen waren. »Er hat gesagt, dass er mich liebt.«

»Na ja, ich nehme an, er sagt viele seltsame Dinge.« Sie biss sich auf die Lippen und verschränkte die Arme so fest, dass er jede Sehne in ihrer Hand erkennen konnte. Mann, sie stand echt unter Strom.

»Es muss deine Gefühle verletzt haben, dass er dich nicht mal erkennt.«

Sie stieß ein trockenes Lachen aus. »Du gehst davon aus, dass ich in Bezug auf ihn überhaupt Gefühle *habe,* Will. Hast du denn vergessen, was er für ein Mensch war?«

»Nein, das habe ich nicht«, sagte er leise. »Er aber schon.«

»Und damit ist das alles in Ordnung?« Ungläubig hob sie die Stimme.

»Ich verstehe, wie du dich fühlst. So ist es mir auch ergangen, als ich zum ersten Mal hierhergekommen bin. Aber mit der Zeit … verdammt, er wächst einem irgendwie ans Herz.«

Ihre Augen weiteten sich vor Entsetzen und Ungläubigkeit.

»Vielleicht könntest du …« *Ihm eine Chance geben.* War das überhaupt möglich? »Denk noch ein wenig darüber nach.«

»Ich habe genug darüber nachgedacht.« Sie drehte sich um, als würde sie etwas suchen – vielleicht konnte sie ihm auch einfach nicht mehr in die Augen sehen.

»Ich glaube bloß nicht, dass er weggesperrt zu werden braucht wie irgendein Verbrecher.«

Sie wirbelte zu ihm herum und brachte ihn mit einem finsteren Blick zum Schweigen. »Er *ist* ein Verbrecher, und vielleicht hat sein Anblick dein Herz erweicht, aber meines nicht. Meines wird er nicht erweichen. Niemals.«

»Vielleicht gibt es noch einen anderen Weg«, sagte Will. »Er ist alt und völlig neben der Spur. Er ist krank und dement. Aber das ist sein Zuhause. Es wäre grausam, ihn …«

»Grausam?« Sie schleuderte das Wort zu ihm zurück wie einen Hundertfünfzig-Stundenkilometer-Fastball. »Ist das dein Ernst? Er hat das Wort ›grausam‹ selbst erfunden. Er hat meine Mutter geschlagen, Will. Er hat gedroht, dich zu erschießen. Er … er …« Sie presste den Kiefer zusammen und holte zittrig Luft. »Er ist ein böser alter Mann.«

Was wollte sie ihm damit sagen? Was war in jener letzten Nacht noch vorgefallen? Am Tag danach hatte Jocelyn Mimosa Key verlassen; er hatte nie erfahren, wie sie von dort weggekommen war. Und, verdammt noch mal, er hatte zu große Angst gehabt, es herauszufinden. Angst, sein Stipendium zu verlieren. Angst, alles zu verlieren, was er seinem Vater versprochen hatte. Angst vor der Schuldzuweisung, er hätte einem Mädchen nachgestellt, von dem er glaubte, er … nein, einem Mädchen, das er wirklich und wahrhaftig liebte.

Er war nicht gewillt gewesen, den Preis zu bezahlen, und damit musste er leben. Er musste ihn jetzt auf andere Weise bezahlen.

»Jocelyn.« Er trat einen Schritt näher, ganz behutsam, und nahm dabei seine Hände aus den Hosentaschen. Er verspürte noch immer das starke Bedürfnis, sie zu berühren. Stattdessen ließ er seine Finger knacken, wie er es Hunderte von Malen getan hatte, wenn er bei einem spannenden Inning draußen auf der Bank gesessen hatte. »Ich verstehe deine Haltung. Vielleicht könntest du … könnten *wir* … jemanden finden, der bei ihm wohnt. Oder tagsüber bei ihm bleibt.«

»Das ist …«

»Teuer, ich weiß. Gott, ich weiß genau, was das kostet, und er hat nicht genug Geld übrig und ich auch nicht. Oder ich könnte …«

Sie bedeutete ihm zu schweigen. »Ich würde nie von dir erwarten, für seine Pflege aufzukommen. Er ist mein Problem, und ich werde eine Lösung finden. Das ist mein Job. Das ist genau meine Baustelle.«

»Deine Baustelle?« Er hätte sich fast verschluckt, als er diesen Begriff hörte, der so eng mit seiner Arbeitswelt verbunden war, ein Ausdruck, der ihm hier in vielerlei Hinsicht unpassend erschien.

»Ja, das ist genau das, was ich beruflich mache. Ich bin Lebensberaterin, Will. Ich bringe das Leben von Menschen wieder in die Spur. Ich helfe ihnen dabei, Lösungen für die Probleme des Lebens zu finden. Ich organisiere, strukturiere, setze Prioritäten und regle ihren Alltag. Normalerweise bringe ich ihnen noch bei, wie sie das künftig selber machen, aber in diesem Fall werde ich diesen Schritt einfach weglassen.«

Sie klang so *gefühlskalt*. »Eigentlich«, fuhr sie fort und sprach zögerlich, als wäre ihr gerade ein Gedanke gekommen. »Wenn die Sache dadurch erleichtert wird, dass er glaubt, ich käme von irgendeiner Fernsehshow, kann ich das Spiel gerne mitspielen, solange wir ihn am Ende irgendwo anders hinbringen können.«

»Wohin?«

»Ich weiß nicht. Ich werde schon eine Einrichtung finden.«

Eine Einrichtung. »Du kannst ihn nicht einfach wegsperren. Er ist ein Mensch«, sagte er steif.

»Er ist ein Tier …«

»Nein, das ist er nicht mehr!« Sein Ausruf hallte durch die Garage, sodass Jocelyn die Augen aufriss und blass wurde. Verdammter Mist, das war jetzt genau das Falsche. »Die Krankheit hat ihn verändert«, fügte er leise hinzu.

»Alzheimer betrifft nicht die Seele.« Sie zischte das letzte Wort förmlich aus, dann schloss sie die Augen und wandte sich ab. »Funktioniert das Auto?« Sie deutete auf Guys alten Toyota.

Er räusperte sich und drückte noch einmal auf einen seiner Knöchel, der sich weigerte zu knacken. »Ja, ich lasse einmal pro Woche den Motor an, um sicherzustellen, dass sich die Batterie nicht entlädt.«

»Gut, dann muss ich mir keines mieten, um aufs Festland zu fahren. Du brauchst dir keine Sorgen mehr um ihn zu machen, Will.«

Er legte ihr die Hand auf die Schulter und drehte sie langsam zu sich um. »Nicht um ihn mache ich mir Sorgen.«

Sie hielt seinem Blick stand; er war nur wenige Zentimeter von ihr entfernt und entdeckte zum ersten Mal einen Hauch von Verletzlichkeit in ihren Augen. Sie schüttelte seine Hand ab. »Dann mache ich mich jetzt besser an die Arbeit.«

»Jetzt?« Er spuckte das Wort förmlich aus. »Heute? Sofort?«

»Natürlich. Es besteht kein Anlass zu warten.« Sie stemmte die Hände in die Hüften, während sie sich in der Garage umsah und hinauf zum Speicher schaute, wo sich noch mehr Kisten stapelten. »Sind von diesen Kartons welche leer? Die werde ich brauchen. Und die hier auch.« Sie schnappte sich eine Packung Müllsäcke vom Arbeitstisch und riss einen der dicken schwarzen Plastiksäcke heraus. »Ich bin mir sicher, hier liegt jede Menge Müll herum.«

Er starrte sie einfach nur an. Wer war diese Frau? Wo war das liebevolle, verletzliche, warmherzige junge Mädchen geblieben, in das er mit siebzehn so heftig verliebt gewesen war?

Sie riss den Sack mit einem geräuschvollen Knacken auf. »Musst du nicht zurück an die Arbeit?«

Er trat einen Schritt zurück. »Ja, ich muss los. Ich komme später wieder.«

»Warum?«

»Um ihm Abendessen zu machen.«

Sie zog eine Augenbraue nach oben. »Ich erledige das schon.«

Er atmete leise aus und nickte einfach, als hätte er verstanden. Aber zum Teufel, eigentlich verstand er gar nichts mehr an ihr.

»Die Sendung kommt!« Guy kam ins Esszimmer gehüpft, wo Jocelyn Porzellan mit drei verschiedenen Mustern auf Stapel sortiert hatte – keiner davon reichte aus, um ein komplettes Service abzugeben. »Sie müssen kommen und sie mit mir anschauen«, beharrte er.

»Ich habe keine Zeit zum Fernsehen«, sagte sie, während sie einen Stapel Teller hochnahm, um ihn in einen der Kartons zu stellen, die sie in der Garage gefunden hatte.

»Nicht die mit den blauen Rosen!«, sagte Guy und schlug sich entsetzt die Hände vors Gesicht. »Die liebe ich.«

Sie schaute ihn an, weil sie sich noch immer absolut nicht an die Worte gewöhnt hatte, die aus seinem Mund kamen. »Seit wann denn das?«, fragte sie.

»Seit …« Er ließ die Schultern sinken. »Ich weiß nicht, es ist einfach so. Sie haben einen ideellen Wert.«

Fast hätte sie sich verschluckt. Ihre einzige Erinnerung an dieses elende Porzellan bestand darin, dass eine Schüssel davon eines Abends über den Tisch gesegelt war, weil Mom Pilzsuppe gekocht hatte.

»Sie haben keinen Wert«, sagte sie und verdrängte diese Erinnerung.

»Aber ich mag Blumen wirklich.«

Sie blickte auf, die Erinnerung schlich sich trotzdem in ihr Herz, und es verblüffte sie, dass derselbe Mann, der *verdammte Pilze hasste, Blumen wirklich mögen* konnte.

»Klar doch«, sagte sie. »Aber es ist kein vollständiges Ser-

79

vice, das man noch verkaufen könnte, deshalb werfe ich das weg.«

Er schüttelte den Kopf, als könne er das einfach nicht verstehen, während er eine der Teetassen mit der blauen Rose von der Untertasse nahm und bedenklich von seinem Finger baumeln ließ.

Sie spannte sich an, drückte die Schultern nach hinten, und ihr stockte der Atem, als sie das zarte Porzellan anstarrte, das an seinem dicken Zeigefinger eingehängt war. Jede Sekunde. Jede Sekunde, und … *zack!* Was immer in seiner Hand war, konnte mit einem lauten Krachen an die nächste Wand geschleudert werden.

Doch er bewegte die Tasse nur wie ein Pendel von rechts nach links, und ein Lächeln zog seine Mundwinkel nach oben. »Sie müssen mich beschenken.« Er sang die Worte förmlich, hob die Stimme ausgelassen.

Einen Moment lang konnte sie nichts sagen, wurde einfach nicht schlau aus diesem Mann. »Dich beschenken?«

»Sie wissen schon. Ich trenne mich von etwas Kostbarem, und Sie beschenken mich dafür. Mit einem Sofa. Einem neuen Teppich.« Er sog die Luft ein und riss vor Freude den Mund auf. »Mit einem dieser schicken Flachbildfernseher!«

»Ich werde nicht …«

Vorsichtig stellte er die Tasse mit einem winzigen Klirren von Porzellan auf Porzellan wieder zurück auf die Untertasse. Dann streckte er die Hand nach ihr aus. »Ihr Gedächtnis bedarf in Bezug auf Ihre Sendung einer kleinen Auffrischung, mein liebes Fräulein.«

»Meine …« *Clean House.*

»Ich habe so gut wie alle Folgen gesehen, weil sie sie ja dauernd wiederholen.« Er schloss die Hände um ihre Arme, seinen dicken Fingern fehlte es an Kraft, aber nicht an Entschlossenheit. »Aber die Wiederholungen stören mich nicht. Kommen Sie schon, wer loslässt, gewinnt, wie sie immer sagen.«

»Wie wer sagt?«

Er klatschte in die Hände und stieß ein Lachen aus. »Sehr witzig.«

Sie folgte ihm ins Wohnzimmer, wo aus dem Fernseher gerade eine Werbesendung dröhnte. Er bedeutete ihr, auf dem Sofa Platz zu nehmen; er selbst setzte sich in seinen Fernsehsessel und schwenkte die Fernbedienung wie einen Zauberstab.

»Ich hänge wirklich an diesem Teil hier – so wie Sie hier durchfegen, würde ich mich nicht wundern, wenn Sie es auch verschwinden ließen.«

Sie setzte sich auf die Kante eines abscheulichen karierten Sofas, an das sie sich nicht erinnerte. Ihre Eltern – beziehungsweise Guy – mussten es gekauft haben, nachdem sie weggegangen war. Hätte Mom etwas so Hässliches ausgesucht?

»Entspannen Sie sich mal«, sagte Guy und deutete mit der Fernbedienung auf die Sofalehne. »Das ist die Stunde im Fernsehen, die am schnellsten von allen vorbeigeht. Aber das wissen Sie bestimmt.«

Sie entspannte sich nicht, weil sie ihre Aufmerksamkeit aufteilen musste, und zwar zwischen einer Einrichtungsshow, die von einer gefühlvollen, einfühlsamen, geradlinigen Dame namens Niecy – das war wohl die, die Guy Nicey nannte – moderiert wurde, und dem Mann neben ihr.

Sie musste einfach noch mehr über Alzheimer in Erfahrung bringen. Machte die Krankheit ihre Opfer nicht gehässig und unleidlich? Oder veränderte sie einen Menschen einfach nur komplett? Denn dieser Mann war …

Nein, daran wollte sie einfach nicht denken. Die Katze und das Mausen und so.

»Schauen Sie sich die Show an«, sagte er zum wiederholten Male, als er sie dabei erwischte, wie sie ihn musterte. »Das ist das, was Sie für mich tun werden.«

Niecy Nash machte sich daran, das Chaos einer Familie in den Griff zu kriegen, alles, was Müll war, wegzuwerfen, zu verkaufen, was noch zu retten war, und dann ihr Zuhause wieder herzurichten. Dabei half sie ihren »Klienten« zu erkennen, was in ihrem Leben schiefgelaufen war. Etwa das, was Jocelyn auch machte, nur witziger.

Würde sie *das* für ihren Vater tun?

Auf keinen Fall. Sie wusste bereits, was mit ihm nicht stimmte – sowohl damals als auch heute. Sie würde nichts wieder herrichten, sondern einfach nur eine Einrichtung für betreutes Wohnen finden und dieses Problem lösen. Dann hatte sie auch etwas zu tun, solange sie hier war.

»Nette Show«, sagte Jocelyn, während sie sich auf dem Sofa vorbeugte, um die große Enthüllung am Ende zu verfolgen.

»Mehr als nur nett«, sagte Guy. »Es geht vor allem darum, was in den Menschen vorgeht. Das gefällt Ihnen, nicht wahr?«

»Ich habe meine ganze Karriere darauf aufgebaut«, sagte sie beiläufig. »Ich geh besser mal zurück zum Geschirr.«

»Sie müssen mir etwas dafür schenken.«

»Nein, nein.« Sie ging zurück ins Esszimmer, mit ein wenig mehr Wissen ausgestattet, wie dieses Spiel zu spielen war. »Man wird beschenkt für Dinge, die einen großen ideellen Wert haben. Ein angeschlagenes halbes Porzellanservice hat keinen ideellen Wert. Also keine Geschenke.«

»Woher wollen Sie wissen, was für mich einen ideellen Wert hat?«, fragte er direkt hinter ihr.

Abrupt blieb sie stehen, und er wäre fast mit ihr zusammengeprallt. Ganz langsam drehte sie sich um und sah sich Auge in Auge einem Mann gegenüber, der ihr einst überlebensgroß erschienen war, doch die Schwerkraft hatte ihm ein paar Zentimeter geraubt, und bestimmt lasteten Schuldgefühle auf seinen Schultern.

»Wetten«, sagte sie, ohne den Blick abzuwenden, »dass du durch dieses Haus gehen kannst und keinen einzigen Gegenstand findest, der dir auch nur annhähernd etwas bedeutet.«

Sie hatte nicht vorgehabt, die Herausforderung ganz so grausam klingen zu lassen, doch überraschend plötzlich und heftig traten ihm Tränen in die Augen. »Genau das ist das Problem«, sagte er mit brechender Stimme.

Sie wich einen Schritt zurück, weil dieser Anblick sie sprachlos machte. Nicht dass sie ihn nicht schon hatte weinen sehen; nach seinen Anfällen konnte er die Tränen auf Bestellung fließen lassen. Er konnte mit Entschuldigungen und Versprechungen um sich werfen und schwören, dass er seine Frau nie wieder schlagen würde.

Und Mom war jedes Mal darauf hereingefallen.

»Was ist das Problem?«, fragte sie mit derselben sanften Stimme, die sie für Klienten reserviert hatte, die sich selbst etwas vormachten. »Warum weinst du?«

Er wischte sich über die Augen und verbog seine Brille dabei noch mehr. »Sie verstehen das nicht, oder?«

Offensichtlich nicht.

»Sie verstehen nicht, wie wichtig manche Dinge sind«, sagte er.

»Doch, das verstehe ich«, sagte sie so überaus geduldig wie jemand aus dem *Clean-House*-Team, der sich mit einem sturen Hausbesitzer herumschlug. »Ich möchte, dass du mir zuerst eine Frage beantwortest, Guy.«

»Alles, was Sie wollen.«

»Hast du wirklich in diesem Haus gewohnt?« Oder hatte er es nur zur Hölle auf Erden für die Menschen gemacht, die hier

83

wohnten? »Hast du hier irgendjemanden geliebt? Jemanden glücklich gemacht? Etwas von Dauer geschaffen?«

»Vielleicht schon.«

»Tatsächlich?«, sagte sie herausfordernd – sie spürte ihre Verbitterung und Selbstgerechtigkeit bis zu ihrer großen Zehe hinunter. Schlimm genug, dass er sich nicht mehr an das Leid erinnerte, das er verursacht hatte, aber dass er es jetzt auch noch zu etwas Glücklichem verdrehte? Das ging einfach zu weit. Das ging über die Symptome einer traurigen, kräftezehrenden Krankheit hinaus und war in jeder Hinsicht unfair.

Vergiss die Vergangenheit, wenn dies schon die grausame Strafe der Natur ist, aber *verändere* die Vergangenheit verdammt noch mal nicht.

»Ich glaube schon«, sagte er unsicher.

»Du glaubst also, dass du das getan hast?« Sie schluckte ihre Gefühle hinunter und versuchte zu verhindern, dass ihr die schlimmsten davon zu sehr zu Herzen gingen, gewillt, sich nicht allzu sehr davon verletzen zu lassen.

»Ich weiß es nicht«, sagte er schließlich, wobei jede Zelle seines Körpers seine Niederlage ausströmte. »Ich weiß es einfach nicht. Deshalb habe ich solche Angst, irgendetwas wegzuwerfen. Ich dachte, es könnte mir dabei helfen, mich zu erinnern.«

Eine Woge des Mitleids überkam sie, eine natürliche Reaktion auf den Anblick eines hilflosen, schluchzenden alten Mannes. Mitleid? Sie erstickte dieses Gefühl im Keim und suchte hektisch nach einer Schublade in ihrem Kopf, in der sie jegliche Chance auf *Mitleid* wegschließen konnte.

Sie hatte keinen Platz in ihrem Herzen für Verständnis oder Mitgefühl. Nicht, wenn es um diesen Mann ging, der ihre Kindheit ruiniert und ihr jegliche Hoffnung auf ein normales Leben geraubt hatte. *Mit Will.* Mit diesem großen, starken, zuverlässigen, gut aussehenden Mann, bei dessen Anblick ihre Knie immer noch weich wurden und ihr das Herz aufging.

»Na ja, diese Hoffnung musst du wohl aufgeben«, sagte sie grob und meinte damit eher sich selbst als den alten Mann vor ihr. Ohne seine gequälte Reaktion abzuwarten, drehte sie sich zum Tisch um, bereit, diese Aufgabe zu Ende zu führen, Ordnung zu machen und ihr sehr einfaches Ziel zu erreichen. Sie musste diese Situation in den Griff bekommen und durfte nicht zulassen, dass die Situation *sie* im Griff hatte.

»Warum?«, fragte er direkt hinter ihr. »Warum muss ich diese Hoffnung aufgeben?«

Sie ignorierte die Frage und nahm die Teetasse und die Untertasse in die Hand.

»Warum sollte ich die Hoffnung aufgeben?«, wollte er hartnäckig wissen und ließ sich auf einen Stuhl fallen. »Ist das der Teil der Sendung – Sie wissen schon – in dem Sie die Person dazu zwingen, in sich hineinzublicken?«

Das lass mal lieber sein, Guy. Dir würde nicht gefallen, was du da siehst. »Das ist keine Show«, sagte sie steif. Das ist das echte Leben.

»Ist es so etwas wie Vor-der-Show? Wenn Sie die Leute darauf vorbereiten, bevor die Kameras kommen?«

Sie spürte, wie ihr Geduldsfaden zum Reißen gespannt war, brüchig wurde und zu reißen drohte. Gott, war sie etwa so schlimm wie ihr Vater? Sie hatte immer befürchtet, dass diese schreckliche Finsternis erblich wäre, aber jahrelanges Studium der Psychologie hatte sie gelehrt, dass sie jegliche hässlichen Eigenschaften, die sie von Guy geerbt haben könnte, überwinden konnte.

Sie atmete noch einmal zu ihrer Beruhigung durch und fuhr damit fort, das Porzellan zu verpacken.

»Was soll ich tun?«

Sie blickte auf und suchte mental nach einem Weg, zu ihm durchzudringen. »Du solltest anfangen, dir neue Erinnerungen zu schaffen.« Sie ließ vier Salatteller in den Karton auf dem Tisch gleiten und wandte sich wieder dem Buffet zu. »Das hier ist eine gute Veränderung für dich. Du kannst das alte Zeug durch neue, bessere Sachen ersetzen.«

Irgendwo in einem Heim, mit Menschen, die genauso sind wie du.

Aber diese Worte kamen ihr nicht über die Lippen. Hinter ihr war es still, kein Schniefen, keine Atemgeräusche. Oh Gott. Würde er gleich explodieren? Er war viel zu ruhig.

Ganz langsam drehte sie sich um. Sein Kopf lag auf dem Tisch, lautlose Schluchzer ließen seine Schultern erbeben. »Ich möchte mich erinnern«, schluchzte er.

Automatisch streckte sie die Hand nach ihm aus, dann zuckte sie zurück, als hätte sie beinahe eine heiße Oberfläche berührt. »Vielleicht auch nicht«, sagte sie einfach. *Vielleicht erweist dir die Natur einen Gefallen, alter Mann.*

»Ich will mich so gern erinnern.« Er hob den Kopf, und seine Brille rutschte auf seiner tränennassen Nase nach unten; seine Augen waren rot, seine Lippen bebten. »Das ist alles, was ich mir auf der ganzen weiten Welt wünsche, Missy. Eine einzige Erinnerung. Eine einzige kristallklare Geschichte aus meiner Vergangenheit, die nicht mit einem Aufblitzen wieder verblasst, bevor ich sie festhalten und mich daran erfreuen kann.«

Sie starrte ihn an. »Ich … kann dir nicht helfen.« Aber das war gelogen. Sie hatte so viele Erinnerungen, genug, um dieses ganze Haus damit zu füllen. Sie konnte ihm ein ganzes Leben an Geschichten erzählen. Es war einmal ein abscheulicher Mann, der keine Kontrolle über sich hatte, eine schwache Frau, die die Kontrolle abgegeben hatte, und ein verängstigtes kleines Mädchen, das für jedes Fitzelchen Kontrolle lebte, das es aufbringen konnte.

»Dann erfinden Sie doch welche«, sagte er.

»Wie meinst du das?«

»Das könnte doch Ihr Geschenk sein, wissen Sie?« Er setzte sich ein wenig auf, weil eine Idee Gestalt annahm. »Dafür, dass Sie mein Porzellan wegwerfen, beschenken Sie mich mit einer Erinnerung.«

»Aber sie wäre nicht … echt.« Oder schön.

Er zog nur eine Augenbraue nach oben, und eine einzige verrückte Sekunde lang dachte sie, dass er genau wusste, mit wem er da redete. War das möglich? Sie schluckte schwer. Hatte er sie womöglich erkannt und ihr die ganze Zeit etwas vorgespielt? »Guy?«

Er nickte aufgeregt und schniefte ein wenig. »Haben Sie eine für mich? Eine Erinnerung?«

»Wie könnte ich?«, fragte sie. »Wo ich dich doch gerade erst kennengelernt habe?«

»Sie sind so klug und freundlich«, sagte er. »Und Sie sind schon halb durch meine Sachen durch. Sie haben die ganze Küche aufgeräumt. Die Schubladen sind jetzt sehr ordentlich, sogar die chaotische mit den Batterien. Bestimmt wissen Sie genug, um mir eine einzige Erinnerung zu schenken.«

»Also gut«, willigte sie ein. Sie schaute sich um und nahm die Überbleibsel ihrer beider Leben in sich auf: eine Teekanne, die eine Freundin ihrer Mutter aus England mitgebracht hatte, Salz- und Pfefferstreuer, die als Santa und Mrs Claus angemalt waren, ein Set vergilbter Deckchen, die ihre Mutter geliebt hatte.

Das Deckchen.

Irgendwo in ihrem Kopf war ein kleines goldenes Schloss, das sich an einem imaginären Tresor befand, in den sie alle schlimmen Dinge eingeschlossen hatte, die nie wieder hervorgeholt und betrachtet werden sollten.

Bis sie dazu gezwungen wurde.

Der Tresor ging auf, und da sah sie die Kristallvase auf diesem Deckchen stehen, vollgestopft mit einem bunten Strauß Gladiolen, den Mary Jo Bloom für nur drei Dollar neunundneunzig bei Publix gekauft hatte.

»*Vier Dollar*«, *hatte sie mit einem Kichern in der Stimme zu ihrem kleinen Mädchen gesagt.* »*Er kann nicht allzu zornig werden wegen vier Dollar, oder?*«

Ihre Mutter hatte die Vase auf den Küchentisch gestellt, dreißig Zentimeter lange Stiele voller Leben und Glück.

»*Jeder sollte frische Blumen in seinem Leben haben, findest du nicht auch, Joss?*«

Jocelyn schlug die Augen auf, sie hatte kaum bemerkt, dass sie sie geschlossen hatte, und starrte den alten Mann an, der ihr gegenüber am Tisch saß. Sie ignorierte seinen erwartungsvollen Blick und sah nur den Zorn, den Abscheu, den Selbsthass, den er an seiner Familie ausgelassen hatte.

»Erinnerst du dich an den Tag, an dem du von der Arbeit nach Hause gekommen bist und deine Frau frische Blumen auf den Tisch gestellt hatte, Guy?«

Langsam schüttelte er den Kopf. »Tut mir leid. Wie haben sie ausgesehen?«

»Es waren Gladiolen.«

Er hob eine seiner in sich zusammengesunkenen Schultern. »Ich weiß nicht, was das ist, Missy.«

»Das sind bunte Blumen mit langen Stielen«, erklärte sie. »Sie werden in großen Sträußen verkauft und recken sich wie blumige Arme in den Himmel. Sie haben Blütenblätter, die wie ein Sträußchen aus Rüschen aussehen, es gibt sie in den schönsten Rot- und Orangetönen, die du je gesehen hast.«

Er schnappte nach Luft, sein Kiefer klappte herunter. Hatte sie eine Erinnerung angestoßen?

»Du bist nach Hause gekommen und hast die Blumen gesehen …«

»Alle waren rot und orange? Lange Stängel mit Blüten dran?« Er nickte, seine Aufregung wuchs mit jedem Wort.

»Du wolltest wissen, wie viel sie gekostet hatten.«

»In einer Glasvase?« Sie merkte, dass er ihr nicht zugehört hatte, als er den Stuhl nach hinten schob. »Ich kenne diese Blumen. Ich erinnere mich an sie!«

»Erinnerst du dich auch daran, was passiert ist, Guy?«

Fast hätte er den Stuhl beim Aufstehen umgekippt, erschrocken hielt Jocelyn den Tisch fest. Was hatte er vor? Wollte er das Ganze noch mal neu inszenieren?

»Warten Sie hier«, sagte er, während er aus dem Zimmer trampelte.

Wollte er nun die Erinnerung oder wollte er sie nicht? Wollte er nicht erfahren, wie er diese Vase genommen, etwas von Geldverschwendung gebrüllt und das Ding über den Linoleumfußboden geschleudert hatte, wobei Wasser und Blumen in alle Richtungen geflogen waren, während sich ein verängstigtes Kind unter sein Bett verkrochen und sich die Ohren zugehalten hatte?

Du hast kein Recht, glücklich zu sein!

Das waren die genauen Worte, die er zu ihrer Mutter gesagt hatte. Sie konnte das Echo seiner Stimme noch in ihrem Kopf hören.

»Ich habe es gefunden! Ich habe es gefunden!«

Genau wie das kleine Mädchen schlug sich Jocelyn die Hände auf die Ohren, presste die Augen zu, blendete das Geschrei dieses Mannes aus. *Hol dich der Teufel, Mary Jo, hol dich der Teufel.*

Warum hasste er sie so?

»Sehen Sie, Missy!«

Er knallte ein halb fertiges Stickmuster, das in einen runden Stickrahmen gespannt war, auf den Tisch.

»Das sind Gladiolen«, sagte er stolz.

Die Handarbeit sah schrecklich aus, keine zwei Stiche waren gleich lang, überall lose und verknotete Fäden, aber die Form einer orange- und pfirsichfarbenen Gladiole war klar zu erkennen, auf dem großmaschigen Gitter für Stickanfänger waren ein Strauß und eine Glasvase abgebildet.

»Ich konnte es nie fertig machen«, sagte er niedergeschlagen. »Es hat mich traurig gemacht.«

»Es ist die Erinnerung, die dich traurig macht.«

»Wirklich? Was ist passiert?«

Sie blickte die Handarbeit an, jede kleine Reihe von Stichen war so eindeutig das Werk von jemandem, der Mühe hatte, den seidigen Faden durchzuziehen und dem einfachen Muster zu folgen.

»Spielt das wirklich eine Rolle, Guy?«, fragte sie.

Seine Schultern sanken nach unten, und wieder kamen ihm die Tränen. »Ich möchte einfach nur wissen, warum mich das so verdammt traurig macht. Jedes Mal, wenn ich diese Blumen anschaue, möchte ich weinen.« Eine dicke Träne rollte ihm über die Wange. »Haben Sie eine Ahnung, warum, Missy?«

Natürlich hatte sie das. »Nein«, log sie. »Ich weiß nicht, weshalb sie dich traurig machen.«

»Schon gut«, sagte er und tätschelte ihr mit mächtigen, mit Leberflecken übersäten Fingern die Hand, auf seinem Gesicht breitete sich wieder ein Lächeln aus. »Vielleicht kann mir diese Nicey helfen, dahinterzukommen, wenn sie die Show machen.«

»Ja. Vielleicht kann sie das.«

»Gute Arbeit, Palmer.«

Will blickte nicht auf beim Klang der weiblichen Stimme, die über dem Kreischen seiner Tischsäge kaum zu hören war. Aber er kannte die Stimme. »Sekunde, Tessa.« Wenn man so kostbares Holz sägte, brauchte man eine ruhige Hand und volle Konzentration, und um beides musste er sich verdammt bemühen, seit er vor ein paar Stunden Guys Haus verlassen hatte.

Als er das Brett fertig zugeschnitten hatte, schaltete er die Säge aus, schob die Sicherheitsbrille hoch und erwiderte den Blick seiner Besucherin, die am Eingang des größten Ferienhauses des Casa Blanca stand – dem Bay Laurel.

»Gefällt es dir?«, fragte er und deutete auf das Viertel des Wohnzimmerbodens, das er bereits angenagelt hatte.

»Ja.« Sie hob ihre grellrote Sport-Wasserflasche zu so etwas wie einem Toast. »Das muss das astronomisch teuere afrikanische Holz sein, von dem Clay schon seit zwei Monaten redet, nicht wahr?«

Er grinste. »Ich habe es am Freitag abgeholt.« Er schnappte sich seine eigene Wasserflasche und ein Halstuch, mit dem er sich den Schweiß von der Stirn wischte. Dann hielt er inne, um den Holzboden zu bewundern, den er bisher verlegt hatte. Das Beängstigende war, dass er von der Hälfte dieser Bretter nicht mehr wusste, wie er sie angepasst und angenagelt hatte. Er war mit den Gedanken nicht bei der Sache. Aber das Holz war wundervoll, perfekt gemasert und schön gebeizt. »Bay Laurel wird einfach sensationell sein, wenn es fertig ist.«

»So schön wie Rockrose?«, fragte Tessa. »Ich habe es gestern Abend zum ersten Mal ganz fertig gesehen.«

»Ja, wie ich mitbekommen habe, haben wir dort schon unseren ersten Gast.« Er nahm ein frisch zugeschnittenes Brett, staubte die gesägte Kante ab und umrundete seinen Schneidetisch, um das Verlegen des Bodens fortzusetzen.

Sie nickte. »Die Welt ist klein, nicht wahr?«

Er warf ihr im Vorbeigehen einen Blick zu und versuchte, den Ausdruck auf einem Gesicht zu deuten, das er in den Monaten, in denen sie beide am Casa Blanca gearbeitet hatten, so gut kennengelernt hatte. Aber es gelang ihm nicht.

»Sieht ganz danach aus«, sagte er. Er legte das Brett so an, dass er sofort mit dem Nagler draufloshämmern konnte.

Tessa stieg über das neue Holz und setzte dabei den Fuß auf dem Zwischenbelag auf, der noch nicht bedeckt war. Dann machte sie es sich in der Ecke des Raumes bequem, als wäre sie darauf aus, ein wenig zu plaudern.

Das war nichts Ungewöhnliches; sie hatten sich oft über das Resort, Tessas Gärten oder ihren Ärger mit anderen Bauarbeitern unterhalten. Aber er wusste, dass sie es wusste – nein, er wusste nicht, was genau sie wusste.

Und das machte die ganze Situation unangenehm.

Er drückte den Nagler mit dem Knie gegen das Brett und überließ es ihr, welche Richtung das Gespräch nehmen sollte und welchen Ton sie darin anschlagen wollte.

»Du und Jocelyn habt also direkt nebeneinander gewohnt.«

Das war also Sinn und Zweck der Unterhaltung.

»Sie sind neben uns eingezogen, als wir beide zehn waren«, bestätigte er, während er den weichen rückschlagfreien Hammer nahm und anfing, den Bodenbelag anzunageln. Das war ein sehr entscheidendes Brett, weil es Teile eines dekorativen Bandes aus dunklerem Holz war, das die Form des Zimmers hervorhob – eine Idee, die von ihm stammte, und er wollte, dass alles absolut perfekt wurde, um Clay zu beeindrucken.

Die Chance, diesem Anspruch zu genügen, wäre größer gewesen, wenn er beim Nageln nicht dieses Gespräch hätte führen müssen.

Doch Tessa nippte an ihrem Wasser, schaute ihm zu und blieb, wo sie war.

Er hob gerade den Hammer, als sie fragte: »Standet ihr euch nah?«

Er holte aus und verfehlte das blöde Brett total.

»Tut mir leid«, sagte sie verlegen. »Ich wusste nicht, dass das wie ein Schlag beim Baseball ist.«

»Es ist überhaupt nicht wie Baseball«, sagte er; er verlagerte sein Knie auf der Unterlage und blickte zu ihr hinüber. »Und ja, wir waren gute Freunde.« Die nächste Frage brannte ihm unter den Nägeln, und er konnte nicht anders, als sie zu stellen. »Hat sie mich nie erwähnt?«

Tessa sah ihn einen Herzschlag zu lange an, eine Locke ihres welligen Haares löste sich aus ihrem hellgelben Bandana, der Blick aus ihren sanften braunen Augen war auf ihn geheftet. Ihm war aufgefallen, dass sie nie Make-up trug, nicht einmal auf Mitarbeiterfesten oder auf Grillpartys bei Lacey und Clay. Aber ihre Augen strahlten immer, was wahrscheinlich von all diesen Vitaminen und dem biologisch angebauten Kram kam, den sie aß.

»Nein«, sagte sie schlicht und ergreifend. »Nicht ein einziges Mal.«

Er nickte und hob wieder den Hammer. Dieses Mal traf er und schlug fest zu, sodass ein zufriedenstellendes Vibrieren seinen Arm durchzuckte. *Nicht ein einziges Mal.*

Warum sollte sie ihn auch erwähnen? Er hatte nie angerufen,

um herauszufinden, wo sie war, ob sie es ans College geschafft hatte, wie sie es zum College geschafft hatte. *Nicht ein einziges Mal.* Und sie hatte ihn auch nie angerufen. Irgendwann in der Mitte seiner ersten Baseballsaison hatte er aufgehört zu warten, weil ihn eine Mischung aus Erleichterung und Verlust bis auf die Home Plate verfolgt hatte – es war so etwas wie eine einjährige Durststrecke gewesen.

»Als Lacey letztes Jahr um die Genehmigungen für den Bau des Casa Blanca gekämpft hat, habe ich Jocelyn gesehen«, sagte er, weil er sich daran erinnerte, wie er sich praktisch auf sie gestürzt hatte und sie daraufhin aus dem Rathaus gestürmt war. »Und noch jemand anderes war bei euch, eine Blondine.«

»Das war Zoe Tamarin. Wir drei haben in einem Dreierzimmer gewohnt. Lacey war die Wohnheimsprecherin. Zoe ist übrigens auch hier. Sie ist gestern Abend mit dem Flugzeug angekommen und wohnt gerade bei mir.«

»Echt? Veranstaltet ihr ein College-Wiedersehen oder so?«

Sie verzog das Gesicht, als hätte er keine Ahnung. »Jocelyn steckt in Schwierigkeiten«, sagte sie, und ihre Worte versetzten ihm einen seltsamen Schlag in die Brustgegend. »Wir vier sind wirklich eng befreundet. Wenn eine von uns ein Problem hat, so wie Lacey letztes Jahr oder Jocelyn jetzt, dann sind wir zur Stelle.«

»Das ist … schön.« Sie hatte also ein anderes Sicherheitsnetz gefunden, als er aus dem Rennen war. Er wusste nicht so recht, was er dabei empfinden sollte, aber der nächste Schlag mit dem Hammer war noch kräftiger.

»Wie nah habt ihr euch gestanden?«, fragte sie.

»Vielleicht solltest du sie das selbst fragen.«

Sie schnaubte leise. »Du kennst sie nicht besonders gut, oder?«

»Komisch, genau das habe ich eben auch gedacht. Ich kenne sie überhaupt nicht mehr gut.«

»Na ja, sie ist nicht gerade der, ähm, mitteilsamste Mensch. Sie grenzt sich ziemlich ab.«

Sie hatte sich schon immer sehr bedeckt gehalten, aber nicht ihm gegenüber. Zu ihm war sie offen gewesen. Aber das war schon so lange her. Er schob den Nagler auf dem Holzbrett weiter und rückte ihn zurecht, dann hob er wieder den rückschlagfreien Hammer.

»Du glaubst aber nicht, dass sie eine Affäre mit diesem Thayer hatte, oder?«, fragte sie, als er gerade ausholte.

Verdammt, schon wieder daneben.

»Tut mir leid, Will.«

Er schloss die Augen, akzeptierte die Entschuldigung schweigend und zögerte seine Antwort hinaus.

»Glaubst du das?«, fragte sie noch einmal.

»Ich habe nicht wirklich darüber nachgedacht.« Was durch und durch gelogen war. Er hatte viel darüber nachgedacht, seit er es im Fernsehen gehört hatte, und er hatte noch immer dieses verdammte Klatschblatt in seinem Wagen.

»Nun, hatte sie jedenfalls nicht«, sagte sie. »Das sind alles Lügen.«

»Warum sagt sie dann nicht irgendwas, um all diese Reporter zum Schweigen zu bringen?«

Sie nahm einen Schluck Wasser. »Wie es so ihre Art ist, will sie nicht darüber reden. Aber ich kenne sie, und ich versichere dir, dass sie in etwas verwickelt ist, das weder fair noch wahr ist.«

»Das ist wirklich eine Schande.« Und das meinte er ernst. Sie hatte in ihrem Leben schon genug Mist erlebt. »Gut, dass sie es hier an der Barefoot Bay aussitzen kann.«

»Na ja, ihr Dad lebt ja auch hier, aber ...« Sie verstummte.

»Kennst du ihn?«

Das war ein echter Curveball, ein bogenförmiger Wurf im Baseball – flach, langsam und völlig unerwartet. Gut, dass er früher mal seinen Lebensunterhalt damit verdient hatte, Curveballs zu fangen.

Er schlug ein paarmal mit dem Hammer zu und dachte nach. Wie viel hatte Jocelyn ihren Freundinnen erzählt? Bei jeder anderen Frau würde er davon ausgehen, dass sie ihnen alles erzählt hatte. Jocelyn war aber nicht wie jede andere Frau. Und wie viel wollte sie überhaupt davon preisgeben? Wahrscheinlich gar nichts.

»Ich wohne im alten Haus meiner Eltern, direkt neben ihm, deshalb kenne ich Guy Bloom natürlich.«

Tessa rückte näher, Neugier blitzte in ihren Augen auf. »Wie ist er so?« Als er nicht antwortete, sagte sie: »Ich möchte ja nicht neugierig sein oder so, aber sie spricht nicht viel über ihn. Eigentlich überhaupt nicht.«

Er schlug den letzten Nagel ein und hockte sich auf die Fersen, um sich das Brett anzuschauen, dann zog er seine Wasserwaage heraus.

»Er ist alt«, sagte er, weil er nicht annahm, dass er damit ein Staatsgeheimnis preisgab. »Und nicht ganz gesund. Ich kümmere mich hin und wieder ein wenig um ihn.« Also, jeden Morgen, jeden Nachmittag und jeden Abend.

»Nett von dir.«

Er warf ihr einen Blick zu. »Anständig und menschlich, würde ich sagen. Ich würde das für jeden tun, auch für jeden anderen alten Mann, der nebenan wohnt.«

»Schon gut.« Sie hob die Hand und lächelte. »Ich sagte doch, dass ich das nett von dir finde, Will.«

Er stieß den Atem aus, ließ sich auf die Unterlage fallen und schüttelte den Kopf. Worte kamen in ihm hoch, gegen die er einfach ankämpfen musste.

»Was ist los?«, fragte sie.

»Hör mal, sie grenzt sich ab, wie du bereits sagtest. Ich möchte nicht indiskret sein.«

»Will, wir wollen ihr helfen«, sagte sie und beugte sich vor. »Wir haben sie lieb. Aber als sie das letzte Mal hier war, wollte sie nicht in die Nähe dieses Teils von Mimosa Key kommen, und wahrscheinlich ist das dieses Mal nicht anders. Sie weigert sich, über die Mitte hinaus Richtung Süden zu gehen.«

»Nun, in diesem Moment ist sie südlich der Mitte.«

»Und was macht sie dort? Ich dachte, sie wollte shoppen gehen.«

Er knackte mit den Knöcheln und sah seinen frisch verlegten Boden an. Diese Frau war eine von Jocelyns besten Freundinnen, sie war das für sie, was er früher einmal für sie gewesen war. Vielleicht konnten sie ihr helfen – und Guy auch.

Er würde keine alten Geheimnisse verraten, nur neue. »Er hat Demenz«, sagte er leise. »Ich glaube, sie ist da unten, um sich zu überlegen, was sie mit ihm machen soll.«

Tessa schnappte leise nach Luft und hob mit großen Augen die Hand zum Mund. »Ich hatte ja keine Ahnung.«

»Sie auch nicht.«

»Oh mein Gott, arme Joss. Was wird sie jetzt tun?«

Das war eine rhetorische Frage, das wusste er, aber er antwortete trotzdem. »Mal schauen. Sie wird sein Leben ordnen, seine Sachen katalogisieren, nach Einrichtungen suchen, seine Sachen packen, sein Haus verkaufen, seinen Umzug organisieren und alle anderen Dinge tun, die sie auf eine Art To-do-Liste setzen kann.«

»Oh.« Sie lächelte beinahe. »Braves Mädchen. Sie war also schon immer ein Kontrollfreak?«

»Nicht so sehr wie heute, wie es scheint.« Er fuhr sich mit den Fingern durch das schweißnasse Haar und fühlte sich nun der Wahrheit verpflichtet. »Ich halte das nicht für den absolut richtigen Weg. Ich möchte nur, dass sie es sich gut überlegt. Er ist nicht …« Er atmete tief aus. »Er hat sich verändert, seit sie ihn das letzte Mal gesehen hat.«

Sie dachte einen Augenblick darüber nach, vielleicht rang sie gerade damit, wie viel *sie* preisgeben sollte. »Ich kenne keine … Einzelheiten, aber ich nehme an, dass eine Veränderung in der Persönlichkeit ihres Vaters nur eine Verbesserung bedeuten kann. Das sind nur Vermutungen meinerseits, aber ich war vier Jahre lang mit ihr auf dem College und habe hier und da etwas aufgeschnappt.«

Er nickte nur und wählte seine Worte mit Bedacht: »Er war nicht gerade der netteste Kerl auf Erden. Aber jetzt, na ja, ich möchte einfach nur, dass er es gut hat.«

»Nun, eines muss man Jocelyn lassen«, sagte Tessa. »Sie ist fair. Und sie ist eine echt gute Lebensberaterin. Sie hat eine beachtliche Karriere vorzuweisen, weil sie Menschen dabei geholfen hat, zu Ausgeglichenheit und Lebensfreude zu finden.«

Dann müsste sie vielleicht mal an ihrem eigenen Leben arbeiten und nicht an Guys. Und zum Teufel, Will könnte auch ein wenig Ausgeglichenheit und Lebensfreude vertragen. »Dann braucht sie vielleicht einfach Zeit, um sich zu überlegen, wie sie ihm am besten helfen kann. Ich weiß nur nicht so recht, wie ich sie davon überzeugen kann.«

Tessa lächelte. »Willst du meinen Rat hören? Was immer dir vorschwebt – gib ihr das Gefühl, dass es ihre eigene Idee ist und dass die Verantwortung bei ihr liegt. Wenn nicht, dann *zack* und …«

»Weg ist sie.« Er hörte den Schmerz in seiner Stimme, und ihrem Gesichtsausdruck nach zu urteilen, war er Tessa ebenfalls nicht entgangen.

»Das mit dem Verschwinden hat sie echt drauf.«

Das konnte man wohl sagen.

Tessa stemmte sich hoch und kaute besorgt an ihrer Unterlippe. »Ich frage mich, ob sie da unten wohl Hilfe braucht.«

»Nein, nein«, sagte er schnell. »Ehrlich, Tess, lass es gut sein. Es geht ihr gut, und ich fahre schon ganz bald zurück. Ich glaube nicht, dass sie will, dass ...«

Sie winkte ab. »Keine Sorge, Will. Ich bin nicht erst seit gestern ihre Freundin. Ich habe bereits vor langer Zeit herausgefunden, wie ich mit ihrer Geheimniskrämerei umgehen muss, und ich werde ihr nicht verraten, dass du mir das erzählt hast. Ich werde abwarten und sehen, wie viel sie von sich aus preisgibt.«

»Danke.« Er schnappte sich seine Flasche, um einen Schluck Wasser zu nehmen. Als er sich danach den Mund abwischte, wurde ihm klar, wie froh er war, mit jemandem darüber reden zu können. »Weißt du, ich muss mich nur einfach noch an den Gedanken gewöhnen, dass sie hier ist.«

Sie lächelte bedächtig. »Du magst sie, oder?«

Himmel, war das so offensichtlich? »Ich mochte sie schon immer.« Die Untertreibung des Jahres. »Ich habe sie schon immer ... sehr gemocht.«

Nachdenklich legte Tessa den Kopf schief. »Dann musst du der Eine sein.«

»Der Eine?«

Sie stieß einen kleinen Seufzer aus. Es war, als würden Puzzlestückchen genau an ihren Platz fallen, und sie nickte ihm zu. »Wow, ich hätte ja nie gedacht, dass ihr beide zusammen wart.«

»Das waren wir nicht, nicht so richtig jedenfalls. Warum?«

»Einmal war sie betrunken.« Sie lachte leise. »Ein einziges Mal nur – immerhin reden wir hier von Jocelyn. Zoe nahm sie eines Abends mit zu einer Party und brachte sie sturzbetrunken zurück.« Sie sah ihn an, erinnerte sich aber noch an ein weiteres Detail.

»Und?«

»Zoe war bei ihr, als sie sich, ähm, du weißt schon, die Seele aus dem Leib reiherte. Als Zoe wegging – wie ich sie kenne, ging sie wahrscheinlich wieder zurück auf die Party –, hatte ich das Vergnügen, Jocelyn ins Bett zu bugsieren.«

Er versuchte, sich Jocelyn betrunken, kotzend und hilflos vorzustellen, aber er schaffte es nicht. »Was passierte dann?«, fragte er.

»Sie hat mir erzählt …« Sie riss sich zusammen und schüttelte den Kopf. »Egal. Das sind Informationen, die nicht für einen Ex bestimmt sind.«

»Ich bin nicht ihr Ex. Wir waren nur Freunde.«

»Aber sie hat gesagt, dass sie …« Sie unterbrach sich und sein Verdruss steigerte sich ins Unermessliche.

»Komm schon, Tess. Ich habe dir gerade mehr erzählt, als ich hätte sollen. Kann ich da nicht eine kleine Gegenleistung erwarten?«

Sie dachte darüber nach und wog zweifellos ihre recht neue Freundschaft mit ihm und ihre sehr viel längere, tiefere Freundschaft mit Jocelyn gegeneinander ab.

»Sie sagte, sie wäre in jemanden von zu Hause verliebt, aber …«

Verliebt. »Aber was?«

»Aber es sei nichts daraus geworden.«

Weil er ein Feigling und ein Idiot gewesen war. »Es gab einige … Hindernisse.«

»Das hast du nicht von mir gehört«, sagte sie und ging über den Holzboden zurück zur Tür. »Ich gehe und rede mit Lacey.«

Er stand auf und klopfte sich Sägespäne von der Hose, sein Schädel surrte wie seine Tischsäge und heulte genauso laut auf, als ihm das sagte, was jetzt zu tun wäre. »Wenn du Lacey siehst, dann sag ihr, dass ich früher weg muss. Und dass ich morgen vielleicht nicht komme. Aus persönlichen Gründen.«

Sie lächelte nur. »Ich würde sagen, aus *sehr* persönlichen Gründen.«

8

Die Haustür ging auf und Jocelyn erschrak. Sie und Guy drehten sich um und sahen Will im Türrahmen stehen, ein rotes Bandanna um den Kopf geschlungen und einen Schmutzfleck auf seinem weißen T-Shirt. Sein Gesicht war völlig entsetzt, als er Guy anstarrte.

»Warum weinst du?«, fragte er. Sein Blick wanderte zu Jocelyn und sie erahnte seine Frage: *Hast du ihm gesagt, wohin du ihn schicken willst?*

»Natürlich weine ich, mein Sohn!« Guy stand auf und zuckelte mit ausgestreckten Armen zu William hinüber. »Du hast doch die Show gesehen! Sie erreichen ihre Einschaltquote nicht, wenn sie die alten Säcke nicht zum Heulen bringen.«

Will sah Jocelyn an. »Also läuft diese ganze *Clean-House-*Sache noch gut?«

»Es ... läuft«, sagte Jocelyn.

»Sie schenkt mir Erinnerungen«, sagte Guy.

»Tut sie das?«

»Und weißt du, was sie sich jetzt verdient hat, Guy?«

Ein zaghaftes Lächeln zog an Wills Mundwinkeln, ein altes Lächeln, das sie wiedererkannte – eines, bei dem ihr das Herz immer höher geschlagen hatte. Er hielt eine Tüte hoch. »Enchiladas aus dem South of the Border. In meinem Kühlschrank ist auch noch Bier. Kannst du bleiben, Joss?«

Ein seltsamer Druck legte sich Jocelyn auf die Brust. Das Bedürfnis, Ja zu sagen, überkam sie so aufrichtig und stark und selbstverständlich, dass es ihr fast den Atem nahm. Sie wollte es sich wirklich gern gemütlich machen und mit Will und Guy Enchiladas essen.

Wie irrsinnig und falsch war das? In jeder Hinsicht falsch. »Ich habe Lacey versprochen, heute Abend zu ihr zu kommen«, sagte sie rasch und stand auf. »Aber vielen Dank.«

»Werden Sie morgen wiederkommen?«, fragte Guy besorgt.

»Ich muss morgen früh ein paar, ähm, Anrufe erledigen.« Bei Einrichtungen für betreutes Wohnen. »Vielleicht später oder übermorgen. Richte kein Chaos an, während ich weg bin, Guy.«

»Versprochen, Missy.« Er löste sich von Will und streckte beide Arme aus. »Lassen Sie sich umarmen.«

Sie erstarrte. »Schon gut.«

»Kommen Sie her.« Er schlang beide Arme um sie und drückte sie an sich. Dabei streckte er das Gesicht zur einen Seite, sodass sie freie Aussicht auf Will hatte, der die ganz Szene in sich aufnahm und eindeutig nicht wusste, wie er damit umgehen sollte.

»Danke«, flüsterte Guy ihr ins Ohr; er flüsterte laut genug, dass Will es hörte und überrascht eine Augenbraue nach oben zog.

»Schon gut«, sagte sie steif und wich zurück, ohne seine Umarmung zu erwidern. Sie konnte nicht über ihren Schatten springen. »Bis dann, also.«

Sie ging auf die Tür zu und schnappte sich ihre Tasche vom Pflanzkübel, auf dem sie sie aus jahrelanger Gewohnheit abgestellt hatte.

»Ich bringe dich noch hinaus«, sagte Will rasch.

»Nicht nötig.«

Aber er hatte die eine Hand schon an der Haustür und die andere auf dem Knauf, sodass sie im Raum dazwischen gefangen war. Er fühlte sich warm an, von Sonnenschein und Arbeit, und sein Geruch erinnerte sie so sehr an damals, wenn er vom Training nach Hause kam und sie in seinem Zimmer vorfand, wo sie sich versteckt und Schutz gesucht hatte.

Sie wurde weich und sah zu ihm auf; sie musste gegen das Bedürfnis ankämpfen, die Haarlocke beiseitezustreichen, die über sein Auge gefallen war.

»Ich muss mit dir reden«, flüsterte er kaum hörbar und viel zu dicht an ihrem Ohr.

Sie wollte schon den Kopf schütteln, aber er war so nah, so stark, so vertraut. Stattdessen nickte sie. »Lass uns draußen reden.«

Schweigend gingen sie über den schmalen Gartenweg, während Jocelyn in ihrer Tasche nach dem Autoschlüssel kramte.

»Lacey fragt sich wahrscheinlich schon, wo ich die ganze Zeit stecke«, sagte sie. »Oder hast du es ihr erzählt?«

Sie hörte, wie er hinter ihr den Atem ausstieß, was sie dazu veranlasste, sich umzudrehen, als sie die Fahrertür des geliehenen Wagens erreichten.

»Du hast es ihr gesagt, nicht wahr?«

»Ich habe es Tessa gesagt …«

»Na großartig.«

»Nur sehr wenig, Joss. Nichts über … die Vergangenheit. Ich habe ihr erzählt, dass du hier bist, dass dein Dad krank ist und dass du dir überlegst, was du tun sollst.«

Sie nickte. »Das hätte ich ihr ohnehin erzählen müssen«, sagte sie.

»Du wahrst eine ganze Menge Geheimnisse, nicht wahr?«

»Ja, du hast mit Tessa geredet. Sie hasst Geheimnisse.«

»Na ja, sie sagte, sie sei deine beste Freundin.«

»Eine davon, aber auch beste Freundinnen brauchen nicht alles zu wissen.«

Er trat einen Schritt näher, sein mächtiger Körper und der

Wagen hinter ihr strahlten Hitze aus. Die Sonne Floridas hatte die Wirkung eines Backofens – selbst im November.

»Du hast Glück«, sagte er ein wenig später.

»Inwiefern?«

»Du hast so viele beste Freunde.«

Sie lächelte. »Ich weiß. Ich habe drei großartige Freunde.«

»Vier.«

Sie runzelte die Stirn, weil sie ihm nicht folgen konnte. »Zählst du Clay als Ehemann einer besten Freundin dazu?«

»Ich zähle mich dazu.«

Die Bemerkung verschlug ihr einen Augenblick lang den Atem und die Sprache ebenfalls.

»Ich war früher dein bester Freund.«

War. Früher. *So viel mehr.*

»Was ist passiert, Jossie?«

Wieder verschlug es ihr den Atem, und sie verspürte einen Druck auf der Brust. »Du weißt, was passiert ist. Ich musste einfach …« *Dich von mir befreien.* »… weiterziehen.«

»Was ist passiert … nachdem du in jener Nacht weggegangen bist?«

»Was passiert ist?« Das wollte er verdammt noch mal ganz bestimmt nicht wissen, oder? Dieser Mann, der jede Entscheidung in seinem Leben auf der Grundlage von Loyalität und Liebe traf, einschließlich der Entscheidung, einen Mann zu unterstützen und zu pflegen, der einst gedroht hatte, ihn umzubringen?

Nein, *das* meinte er bestimmt nicht. Er meinte, weshalb sie ihn aus seinem Leben entfernt hatte. »Das College, Will.«

Er legte die Hand auf das Autodach hinter ihr, sodass sie rundum in der Falle saß. »Wir müssen reden.«

Aus dieser Nähe konnte sie alle Details in lebendigen, sonnengebadeten Farben sehen. Den marineblauen Rand um das hellere Blau seiner Augen, die rötlichen Spitzen seiner dichten schwarzen Wimpern, sogar die hauchdünnen Krähenfüße, die er sich in all den Jahren eingehandelt hatte, in denen er die Augen zusammengekniffen hatte, um den achtzehn Meter entfernten Werfer ins Visier zu nehmen.

Ohne nachzudenken wischte sie ihm ein paar Sandkörner und Schmutz von der Wange, seine Haut fühlte sich warm und fest unter ihren Fingern an. »Du machst dich schmutzig bei deiner Arbeit.«

»Solche Jobs mochte ich schon immer.«

Sie spürte geradezu, wie sie im Blau seiner Augen versank – wie im Golf von Mexiko, wenn er warm, einladend und sanft um sie herumwirbelte. »Arbeitest du gerne als Schreiner, Will?«

»Wann reden wir?« Seine Stimme war tief und direkt, genauso unbeirrt wie sein Blick.

»Ich komme in den nächsten Tagen zurück«, sagte sie und blieb absichtlich vage, auch wenn offensichtlich war, dass er das ganz und gar nicht gut fand.

»Sag für heute Abend ab. Geh mit mir essen.«

Sie versuchte, zurückzuweichen, aber das Auto stand direkt hinter ihr. »Ich kann nicht. Ich habe versprochen …«

»Lacey, ich weiß. Aber mich kennst du schon länger.«

Sie schluckte und war überrascht von seiner Entschlossenheit – und so wahnsinnig von ihm angezogen. In seiner Gegenwart hatte sie immer noch das Gefühl, dass ihre Haut in Flammen aufging und ihr Kopf ein wenig zu leicht war. Immer noch.

Aber er empfand bestimmt nicht mehr so, nicht nach all diesen Jahren. Denn wenn das so wäre, dann würde er sich bestimmt nicht um die Person kümmern, die sie auseinandergerissen hatte. Seine Loyalität – die unerschütterliche, felsenfeste Loyalität, die durch seine Venen pulsierte – galt jetzt wohl Guy.

Und dann wusste sie plötzlich, was er von ihr wollte: Er wollte sie umstimmen. »Du willst mir das Ganze hier ausreden, nicht wahr?«

»Nein.«

Sie glaubte ihm kein Wort. »Bist du sicher? Vor fünf Stunden warst du nämlich noch total dagegen, ihn in ein Heim zu stecken.«

Er schloss die Augen. »Das bin ich immer noch, aber ich möchte mit dir reden.«

»Es gibt nichts zu reden.«

Seine Augen blitzten. »Nach fünfzehn Jahren? Da gibt es viel zu reden. Eine ganze Menge aufzuholen.« Er beugte sich vor, sein Gesicht war nur noch Zentimeter von ihrem entfernt. Zu nah. Zu warm. Zu attraktiv.

»Bitte, Jocelyn. Wir kennen uns schon zu lange, wir haben viel zu viel zusammen durchgemacht, um jetzt so zu tun, als wären wir nur flüchtige Bekannte, die ein« – er deutete zum Haus hin – »Problem haben. Wir müssen über … alles reden.«

»Was denn zum Beispiel?«

»Zum Beispiel über dein Leben und meines, zum Beispiel darüber, wo du gewesen bist, mit wem du …« Beklommen verstummte er. »Ob du jemals an mich gedacht hast.«

Fast hätte sie gelacht. Beinahe hätte sie ihm die Wahrheit gesagt.

Nur jede verdammte Nacht und fast jeden Tag, Will. »Natürlich habe ich an dich gedacht. Ich …«

»Ich auch.« Er kam noch näher. Zu nah. Das Magnetfeld zwischen ihnen sprühte Funken und zog sie unweigerlich zu ihm hin. Anstatt nachzugeben, legte sie ihm die Hand auf die Brust, bereit, ihn von sich zu schieben, und überrascht zu spüren, dass sein Herz wie ein Presslufthammer hämmerte. Seine

Brust fühlte sich feucht, hart und so ausgesprochen warm an unter seinem dünnen Baumwoll-T-Shirt.

Bevor sie ihre Hand von dieser Hitze entfernen konnte, presste er seine Hand auf ihre. »Schließ mich nicht aus.« Nicht schon wieder. Diese Worte blieben unausgesprochen, aber sie konnte sie trotzdem hören – stumm und dennoch ohrenbetäubend.

»Ich … ich …« Es war, als würde der Boden unter ihr schwanken, ein beängstigender Ruck, der ihr das Gefühl gab, die Kontrolle zu verlieren. Sie versuchte, ihre Hand wegzuziehen, aber er drückte sie noch stärker. »Ich werde dich nicht ausschließen. Ich bin mir sicher, dass wir uns oft sehen, während ich hier bin und Guys Sachen in Ordnung bringe.« Ihr Blick huschte zum Haus. »Dann können wir uns gegenseitig auf den neuesten Stand der Dinge bringen.«

Ganz, ganz langsam schloss er seine Faust über ihrer und ließ seine Hand um ihre gleiten, sodass sich ihre Finger ineinanderschlangen. »Ich möchte einfach nur wissen, was für ein Mensch du geworden bist.«

»Warum?«

Seine Augen flackerten überrascht auf. »Warum? Weil mir etwas an dir lag. Ich … habe mich immer gefragt, was aus dir geworden ist.«

Allerdings nicht genug, um nach ihr zu suchen. Sie schob den Gedanken von sich; Will ohne Abschied zu verlassen und ihn niemals anzurufen war ihre Entscheidung gewesen. Er hatte nur mitgezogen.

Sie holte tief und bebend Luft. »Also gut, aber es kann sein, dass dir nicht alles, was ich zu sagen habe, gefällt.«

»Das Risiko nehme ich gerne in Kauf.« Er zog ihre ineinander verschlungenen Hände zu seinem Mund und versengte ihre Knöchel mit seinem warmen Atem. »Weil … dich wiederzusehen, nun ja …« Er senkte den Kopf, berührte ihre Wange mit seiner und flüsterte ihr ins Ohr: »Kein einziger Tag ist vergangen, an dem ich nicht an dich gedacht habe.«

Ihr Herz geriet ins Stocken, sie schloss die Augen und ließ die Worte auf sich wirken.

»Das ist verständlich«, sagte sie so kühl sie nur konnte. Was ihr unter diesen Umständen nicht besonders gut gelang. »Schließlich siehst du jeden Tag meinen Vater.«

»Das ist nicht der Grund.«

Sie blickte zu ihm auf, beinahe bereit einzugestehen, dass auch sie eine Million Male, tausend Nächte, an ihn gedacht hatte. Und an jedem Morgen, an dem sie allein aufwachte.

»William! Ich kann meine Brille nicht finden!«

Vor Frustration atmete er langsam aus, was unwillkürlich einen Schauer über ihre überhitzte Haut jagte. Er beugte sich von ihr weg und drehte sich zur Haustür um. »Schau in der Spülmaschine nach, Guy.«

»Hab ich schon! Hab meine Lieblingstasse mit den Vögeln gefunden – hey, küsst ihr beiden euch etwa?«

Will trat beiseite. »Ich komme gleich, Guy.« Er unterdrückte ein Lächeln. »Das werde ich mir jetzt bis in alle Ewigkeit anhören müssen.«

Aber sie sah ihn einfach nur verdutzt an. Merkte er nicht, dass genau der Grund, weshalb sie fünfzehn Jahre verloren hatten, in der Haustür stand und sie neckte?

Wollte er sie etwa mit Erinnerungen umgarnen, oder hatte er in Bezug auf Guy irgendeine Absicht? Glaubte er, er könne sie umstimmen?

Sie wollte es herausfinden. »Wir werden reden, Will. Nicht heute Abend, aber bald.«

»Ich kann es kaum erwarten.«

Verdammt, sie auch nicht.

»Ich gehe ein Flasche Wein holen, und zwar *pronto.*« Mit diesem trockenen Kommentar wurde sie von Lacey an deren Haustür begrüßt, was Jocelyn zum ersten Mal an diesem Tag zum Lachen brachte.

»Sieht man mir schon an, dass ich gestresst bin?«, fragte sie, während sie Laceys nagelneues Zuhause betrat, das etwas abseits in der nördlichen Ecke des Casa Blanca lag.

»Nein. Tessa hatte heute ein langes, nettes Gespräch mit Will.«

»Echt jetzt.« Interessierte er sich deshalb plötzlich dafür, was sie in den letzten fünfzehn Jahren getrieben hatte? Er hatte nicht nach dem Skandal gefragt. Hatte Tessa ihm alles erzählt?

»Echt jetzt.« Tessa kam aus der riesigen rustikalen Küche, zwei Kelche mit einer roten, verlockenden Flüssigkeit in der Hand. »Du brauchst mich nicht anzuschauen, als hätte ich dein Tagebuch gelesen«, sagte sie, während sie Jocelyn das Glas reichte. »Es wird nur Zeit, dass du mal mit deinen Freundinnen redest, Süße.«

»Von denen schon eine hier drin sitzt und auf dich wartet«, rief Zoe aus dem Wohnzimmer.

»Los, komm rein.« Lacey legte Jocelyn sanft den Arm um die Schulter und schlüpfte bereits in ihre Rolle als Erzieherin und Friedensstifterin, die sie seit der ersten Woche innegehabt hatte, in der sie sich alle in Tolbert Hall kennengelernt hatten. Die schlimmsten von Jocelyns blauen Flecken waren dank ihres seltsamen Schutzengels da schon verheilt gewesen. Den Rest konnte sie verbergen.

Obwohl Jocelyn an ihrem Ferienhaus vorbeigegangen war und die Erinnerungen, die den ganzen Tag auf sie eingestürmt waren, unter der Dusche fortgespült hatte, war sie noch immer aufgewühlt von den Ereignissen des Tages, doch sie ließ sich trotzdem von Lacey in den großen Raum mit der hohen Decke führen. Der Duft von Tomaten und Basilikum wehte aus der Küche nebenan zu ihnen herüber, und ein Schwung karamelliger Brownies lockte von der Kücheninsel aus Granit.

Jocelyn atmete den Wohlgeruch in sich hinein und umarmte Lacey. »Du hast gebacken. Was für ein Glück für uns.«

»Brownies? Wohl kaum eine Herausforderung für meine Backfähigkeiten. Aber riechst du diese Kräuter? Höchstpersönlich angebaut von unserer Tessa Galloway.«

Tessa verbeugte sich zum Dank ein wenig. »Es kann nur besser werden, wenn ich endlich gelernt habe, mit diesem sandigen Boden umzugehen. Aber mit den Kräutern klappt es gut, deshalb habe ich sie heute Abend für uns in einer herrlichen Vollkornlasagne verarbeitet. Rein biologisch und gesund.«

Jocelyn nahm ihr Weinglas und stieß mit Tessa an, wobei sie sie aufmerksam musterte. »All diese Gartenarbeit, und trotzdem findest du noch Zeit, mit den Bauarbeitern zu plaudern.«

Tessa lächelte. »Komm setz dich. Lass uns reden.«

Jocelyn nahm sich kurz Zeit, um sich umzusehen, weil ihre erste Besichtigung, als sie angekommen war, so kurz gewesen war. Clay hatte, wie versprochen, dem Bau seines Zuhauses auf dem Gelände des Casa Blanca oberste Priorität eingeräumt, und man konnte schon die ersten Anzeichen eines glücklichen Familienlebens erkennen. Ein gerahmtes Bild von Clay, Lacey und deren Tochter Ashley, das letztes Jahr an Weihnachten aufgenommen wurde, hing an einem Ehrenplatz in der Nähe eines Kamins. Ein weicher, fleeceartiger Sofaüberwurf sah aus, als würde oft auf ihm gekuschelt, und auf dem Pool draußen vor den Schiebetüren aus Glas dümpelten ein Wasserball und ein Schwimmring – zweifellos der Hintergrund für entspannte Stunden mit der Familie.

»Ich stehe nicht auf«, sagte Zoe, die es sich mit ein paar Kissen und einem Weinglas auf dem Boden gemütlich gemacht hatte. »Vielleicht stehe ich nie wieder auf.«

»Was ist los?«

»Ich habe sie mit ins Hot Yoga genommen«, sagte Tessa.

»Auch bekannt als der zweite Kreis der Hölle«, sagte Zoe, während sie ihren Nacken bewegte. »Aber der Lehrer war fast so heiß wie die Raumtemperatur.«

»Jedenfalls mochte er dich.«

Zoe lachte. »Wer tut das nicht? Setz dich, Joss, und beuge dich der Spanischen Inquisition.«

Oh Mann. Sie ließ sich in die Ecke eines plüschigen Sofas fallen. »Ich hatte einen harten Tag.« Mit anderen Worten: *Immer mit der Ruhe, Mädels.*

Sie reagierten nicht. Tessa rollte sich in einem großen Sessel auf der anderen Seite des Tisches zusammen, und Lacey brachte ein Tablett mit Gemüse und Dips herein, das sie auf dem Tisch abstellte. Dann setzte sie sich neben Jocelyn.

»Ist Clay da?«, fragte Jocelyn, als ihr das unangenehme Schweigen ein wenig zu lang dauerte.

»Er ist zu Ashleys Fußballtraining gegangen, und danach wollen sie zusammen Abendessen«, sagte Lacey. »Die Stiefvater-Tochter-Beziehung pflegen.«

»Sie kommen also gut miteinander aus?« Jocelyn griff nach einer Karotte und wusste, dass der Smalltalk nicht mehr lang andauern würde.

Lacey nickte und tätschelte Jocelyn den Arm. »Komm schon, Kleines. Wir wissen bereits, dass du nicht den ganzen Nachmittag shoppen warst.«

Jocelyn legte die Karotte auf eine Serviette, anstatt sie zu essen, und erhob stattdessen ihr Glas. »Wie wäre es, wenn wir erst mal einen Toast aussprechen!«

»Großartige Idee.« Tessa hob ebenfalls ihr Glas. »Auf die Ehrlichkeit zwischen Freundinnen fürs Leben.«

»Darauf, dass ihr wisst, dass ihr in diesem Zimmer sicher seid und geliebt werdet«, fügte Lacey hinzu.

»Auf eine tolle Runde ›Wahrheit oder Pflicht‹.« Zoe grinste und hob ihr Glas. »Worauf möchtest du trinken, Joss?«

Sie holte tief Luft und schaute von einer zur anderen. »Darauf, dass nicht hinter meinem Rücken geredet wird.«

Sie warfen sich schuldbewusste Blicke zu, und alle nahmen einen Schluck aus ihrem Glas, bis auf Lacey, die Jocelyns Arm drückte. »Wir würden nie schlecht über dich reden, das weißt du. Wir haben dich lieb.« Sie setzte ihr Glas, ohne einen Schluck daraus zu nehmen, ab und rückte näher. »Und du musst auch nicht über irgendetwas reden, worüber du nicht reden willst.«

Tessa atmete langsam aus. »Aber du weißt, wie ich dazu stehe. Ich hasse es, wenn wir Geheimnisse voreinander haben.

»Dann sag mir, was dir Will heute erzählt hat«, sagte Jocelyn herausfordernd.

Tessa zuckte mit den Schultern. »Nicht viel, aber er hat mir erzählt, dass du deinen Vater besuchen gegangen bist, was seltsam ist, wie wir alle wissen, weil du …« Sie zögerte und suchte nach Worten.

»Ihr euch einander entfremdet habt«, half Lacey aus.

»Und er hat gesagt, dass dein Vater krank ist«, fuhr Tessa fort. »Das ist alles. Na ja, so ziemlich.«

Jocelyn sah sie finster an.

»Ich meine, ich glaube, er … steht irgendwie auf dich«, fügte Tessa hinzu. »Aber das ist nur so eine Vermutung. Gesagt hat er es nicht.«

Zoe stand auf, die Schmerzen vom Yoga waren offenbar verschwunden. »Das hast du uns gar nicht gesagt.«

»Ehrlich gesagt wusste ich das schon«, sagte Lacey; sie nahm eine Zucchinischeibe und lächelte schlitzohrig, während sie daran knabberte. »Erinnert ihr euch an die große Stadtratssitzung, als ich die Pläne für das Casa Blanca präsentiert habe und Clay …« Sie machte ein völlig verklärtes Gesicht. »Ihr wisst schon, als er mir praktisch einen Heiratsantrag gemacht hat?«

»Und wie wir uns daran erinnern!« Zoe gab Kussgeräusche von sich. »Genau wie der ganze Rest dieser Insel.«

»Wir sind zu spät gekommen«, sagte Jocelyn, als sie sich an die wilde Fahrt von einem Stunden entfernten Krankenhaus erinnerte. Das war ein verrückter Tag gewesen, und sie erinnerte sich nicht daran, Will damals gesehen zu haben. Aber sie hatte ihn auf der vorangegangenen Stadtratssitzung gesehen. »War er da?«, fragte sie.

Lacey nickte. »Als ich mit meinem Dad dort ankam, habe ich Will gesehen, und die erste Frage, die er mir stellte, galt dir. Und diese Frage war ganz und gar nicht beiläufig.«

»Sondern?«

»Interessiert.«

»Und wann gedachtest du mir das mitzuteilen?«

Lacey atmete aus und suchte den Blick ihrer Freundin. »Ehrlich gesagt, Joss, habe ich gedacht, dass Will der Grund wäre, weshalb du nie weiter südlich als bis zum Zentrum gingst, wenn du hier zu Besuch warst. Dass es da vielleicht mal etwas gegeben hat. Ich meine, ich weiß, dass deine Beziehung zu deinem Dad …«

»Ich habe gar keine Beziehung zu meinem Dad.«

»Das wusste ich, aber ich dachte einfach, dass zwischen dir und Will irgendetwas Wichtiges sein musste. Stimmt das nicht?«

Sie nippte an ihrem Wein. »Was verstehst du unter ›etwas Wichtiges‹.«

Auf Knien krabbelte Zoe zum Tisch hinüber. »S-E-X.«

»Nein, wir haben nie …« Fast. Beinahe. Das hatte ich gewollt. Wollte ich immer noch.

Dieser letzte Gedanke durchzuckte sie, überraschte sie durch seine Intensität. »Wir standen uns wirklich nah, als wir jung waren. Wir waren richtig gute Freunde. Er war eine großartige Quelle …« Der Fantasien. »… des Trostes für mich.«

»Welcher Art Trost?«

»Warum hast du uns auf dem College nie von ihm erzählt?«, fragte Lacey.

Jocelyn ignorierte Zoes Frage, beantwortete jedoch Laceys. »Wir gingen einfach getrennte Wege«, sagte sie. »Er ging auf die University of Miami und schlug eine große Baseball-Karriere ein. Ich ging auf die University of Florida und traf …« Sie hob das Glas. Die frühe Wirkung des Weines beruhigte die Nerven ein wenig. »Die drei besten Freundinnen, die je ein Mädchen hatte.«

»Oooh«, sagte Zoe. Sie kam auf Knien um den Tisch herum und schlang ihre Finger um Jocelyns Hand. »Das ist ja so süß.« Ihr Griff wurde fester. »Aber lenk jetzt nicht ab. Hat er dich geschlagen?«

»Was?« Jocelyn fuhr bei dieser Frage zurück, die so unerwartet kam, vor allem von Zoe.

»Zoe!«, sagten die beiden anderen wie aus einem Munde.

Doch Zoe ließ Jocelyn nicht aus den Augen. »Am ersten oder zweiten Abend am College hast du dich in unserem Zimmer umgezogen, und ich habe ein paar Blutergüsse an dir gesehen.«

Jocelyn gefror das Blut in den Adern. »Will hat mich nicht geschlagen, nein. Will hat mir niemals wehgetan. Im Gegenteil, er …« Hat versucht, mich zu verteidigen. War bereit, sich eine Kugel für mich einzufangen. Oder? Gott sei Dank würden sie das nie herausfinden.

»Er was?«, drängte Zoe.

»Er war genau das, was ich in dieser Zeit brauchte.«

Niemand sagte etwas, das einzige Geräusch war das leise Brummen der Poolpumpe draußen vor der Tür.

»Jocelyn«, sagte Lacey schließlich. »Wir wissen, dass dein Dad wirklich krank ist. Und wir wissen, dass deine Beziehung zu ihm schwierig ist. Du brauchst uns, Süße, und du kannst uns alles anvertrauen. Auch Dinge, die du noch nie jemandem erzählt hast.«

Trotz der kühlen Abendluft, die von der Veranda hereindrang, brach Jocelyn der Schweiß aus. Alle drei sahen sie besorgt und voller Zuneigung an.

Schuldbewusstsein überkam sie und zerriss ihr fast das Herz. Wenn sie wüssten, dass sie es Coco erzählt hatte – einer Klientin und, ja, auch Freundin – und ihnen nicht? Lacey wäre gekränkt. Tessa wütend. Und Zoe würde sie bei jeder sich bietenden Gelegenheit daran erinnern.

Aber sie hatte es Coco aus einem bestimmten Grund erzählt, und es gab keinen Grund, dass es diese drei Frauen erfahren mussten, außer dass sie eher Schwestern als Freundinnen waren. Man konnte ihnen vertrauen, und sie waren liebevoll. Außerdem: Da Will nichts unversucht ließ, sie davon abzuhalten, Guy in ein Heim zu stecken, konnten sie als ihre Verbündeten fungieren.

»Ich hasse meinen Vater«, sagte sie einfach.

Ja, es war irgendwie schwierig, diesen weinerlichen alten Mann zu hassen, mit dem sie den Nachmittag verbracht hatte, einen Mann, der sich nicht mehr an ihren Namen erinnerte. Aber sie hasste ihn immer noch, ihn und den, der er gewesen war.

Niemand sagte etwas, alle ließen ihr Zeit, in ihren Erinnerungen herumzustöbern und die richtigen Worte zu finden. »Er ...«

Hat meine Mutter geschlagen. Hat mich so heftig getreten, dass er mir eine Rippe gebrochen hat. Hat den Kontrollfreak aus mir gemacht, der ich heute bin. »War körperlich aggressiv.«

»Oh Liebes.«

»Himmel noch mal.«

»Er gehört erschossen, der Mistkerl.«

Jocelyn lächelte Zoe an. »Glaub nicht, dass mir der Gedanke nicht auch gekommen wäre. Aber ich habe das Nächstliegende getan. Ich bin von zu Hause weggegangen und habe nie wieder zurückgeschaut. Bis heute hatte ich vor, nie wieder mit ihm zu sprechen, ihn auch nur anzusehen oder an ihn zu denken, bis zu dem Tag, an dem mir jemand mitteilt, dass er gestorben ist.«

Das brachte sie alle zum Schweigen.

»Ich weiß, dass das hart klingt«, sagte sie. »Vor allem, wenn man sich den Kerl jetzt mal ansieht. Er ist zu einer kleinen, alten Oma mutiert, er stickt und schaut sich Haus- und Garten-Ratgebersendungen im Fernsehen an. Aber ich weiß, was er ist … was er *war*.« Ihre Stimme brach und Zoe reichte ihr das Weinglas.

Sie lächelte ein wenig, nahm es mit leicht bebenden Händen entgegen und nahm einen tiefen Schluck.

Tessa beugte sich näher zu ihr hin, Schmerz verdunkelte ihre Augen. »Manchen Leuten sollte verboten werden, Kinder zu bekommen.«

»Ohne Witz.« Sie nahm noch einen Schluck und ihre Glieder fühlten sich endlich ein wenig schwerer an, während ihr ums Herz ein wenig leichter wurde. »Bevor ich aufgebrochen bin, um ans College zu gehen, habe ich … hat er …« Verdammt. »Es war ein ziemlich schlimmer Abend.« Ihr brach die Stimme, was sie mit einem vorgetäuschten Husten zu übertünchen versuchte. »Will war dabei.«

»Hat er Will geschlagen?«, fragte Tessa.

Sie schüttelte den Kopf. »Er war wütender auf mich als auf Will, aber er hatte eine Waffe.« Als Zoe nach Luft schnappte, fügte Jocelyn hinzu: »Er war zu dieser Zeit der stellvertretende Sheriff von Mimosa Key und verkörperte somit Recht und Ordnung. Und er war mein Vater. Deshalb beschloss ich praktisch in diesem Moment, dass Will, der auf dem besten Weg war, eine erfolgreiche Karriere einzuschlagen, besser dran wäre, wenn wir uns nie wiedersähen.«

»Und er war einverstanden?«, fragte Zoe.

»Es sieht ganz danach aus. Er hat jedenfalls nie versucht, mich an der University of Florida zu finden, und unsere Freundschaft war damit beendet.«

»Und jetzt pflegt er den Kerl, den du hasst«, sagte Tessa.

Zoe grunzte leise. »Das muss wehtun.«

»Aber so ist Will«, sagte Lacey. »Er tut immer das, was richtig ist. Das ist sein Charakter.«

»Ich finde nicht, dass es richtig ist«, sagte Jocelyn. »Ich weiß, das klingt kalt, aber das ist meine Ansicht. Außerdem ist er mein Vater, nicht seiner. Auch wenn Guy das glaubt.«

»Guy glaubt, dass Will sein Sohn ist?« Zoe hätte sich fast verschluckt.

»Er ist ziemlich verwirrt.« Sie stellte das Glas so heftig ab, dass ein wenig Wein auf ihre Serviette spritzte. »Ist die Inquisition jetzt beendet? Ich bin am Verhungern.«

»Das ist keine Inquisition.« Lacey rückte näher und legte den Arm um Jocelyn. »Und eigentlich hatten wir schon alle vermutet, dass es in diese Richtung geht. Ehrlich, Joss, Will hält den Zustand deines Vaters ziemlich unter Verschluss. Ich wusste, dass er ab und zu mal nach ihm sieht, aber er hat nicht verraten, wie schlimm es um Guy steht, sonst hätte ich dir ehrlich gesagt Bescheid gegeben, damit es dich nicht aus heiterem Himmel trifft, wenn du hier ankommst.«

»Es hat mich nicht ganz aus heiterem Himmel getroffen. Ich bin heute Morgen Will begegnet, und er hat mir erzählt, wie krank Guy ist, deshalb bin ich heute hingefahren und ...« Sie stieß ein trockenes, freudloses Lachen aus. »Er erinnert sich nicht an mich, er erinnert sich nicht an die Vergangenheit, und ganz bestimmt erinnert er sich nicht an ...« *Jene Nacht.* »... an irgendetwas von dem, was er seiner Frau und seiner Tochter angetan hat.«

Alle stießen einen bestürzten, ungläubigen Seufzer aus. Alle bis auf Zoe, die fragend die Augen zusammenkniff. »Vielleicht wusste Will gar nicht, wie schlimm es für dich mit deinem Dad war.«

»Er wohnte nebenan und hatte praktisch einen Vorzugsplatz in der ersten Reihe.«

Tessa beugte sich vor. »Weißt du, was du tun musst, Joss? Du musst das verarbeiten. Du musst darüber hinwegkommen.«

Jocelyn runzelte die Stirn. »Ich *bin* darüber hinweg. Was glaubst du, weshalb ich an all diesen Psychologiekursen teilgenommen habe? Was glaubst du, weshalb ich Lebensberaterin geworden bin?«

»Ich glaube nicht, dass du darüber hinweg bist«, sagte Tessa. »Sonst könntest du darüber reden.«

»Aber ich rede doch gerade darüber! Was willst du von mir, Tessa? Bilder? Narben? Details?«

Tessa sank auf die Knie, sodass nur noch der Couchtisch zwischen ihnen stand. »Tut mir leid, Joss. Ich wollte dich nicht aus der Fassung bringen, ehrlich. Wir wollen dir nur helfen.«

»Dann wechselt das Thema. So viel habe ich noch nie darüber gesprochen.«

»Auch nicht in einer Therapie?«, fragte Tessa. »Musstest du nicht eine Therapie machen, bevor du deinen Abschluss bekommen hast?«

»Nichts ... Tiefgreifendes.« Sie war sehr geschickt darin, Themen zu meiden, über die sie nicht reden wollte.

»Nicht einmal, um dein Zertifikat als Lebensberaterin zu bekommen?«

Sie zog eine Augenbraue nach oben. »In Kalifornien? Häng dir ein Schild an die Tür, Baby, und besorg dir ein paar hochkarätige Klienten.« Sie fuhr mit der Hand durch die Luft, als wollte sie alle falschen Vorstellungen, die sie vielleicht hinterlassen hatte, vertreiben. »Ich bin von mehreren Organisationen zertifiziert.« Sie griff nach ein paar Trauben. Sie hasste diese heiß-kalten Gefühle, die in ihr aufkamen.

Lacey legte Jocelyn die Hand aufs Bein. »Du weißt, dass wir dir nur helfen und dich unterstützen wollen.«

Sie nickte und biss in eine riesige grüne Weinbeere. »Dann helft mir, eine Betreuungseinrichtung für ihn zu finden.«

Tessa stützte die Ellbogen auf den Tisch. »Bist du sicher, dass es das ist, was du willst?«

»Ja, da bin ich mir sicher. Ich werde ihn nicht pflegen.«

»*Will* tut das«, sagte Tessa.

»Was ... nett von ihm ist.«

»Wie hat er es verkraftet«, fragte Tessa. »Ich meine das, was mit deinem Dad war, als ihr noch jung wart? Hat Will je versucht, ihn aufzuhalten? Er kommt mir vor, als würde er so etwas tun.«

Sie warf Tessa einen finsteren Blick zu, überrascht über den kleinen eifersüchtigen Stich, den ihr die Tatsache versetzte, dass Tessa – und Lacey – Will Palmer kennengelernt hatten, als er für Jocelyn verloren war.

»Mein Dad war damals das Gesetz. Nein, nein. Er stand so weit *über* dem Gesetz, dass er einen unterbuttern konnte. Und Will hatte eine große Karriere vor sich, über die er sich Gedanken machen musste.«

»Als würde er seine Karriere über so etwas stellen«, sagte Tessa.

»Er ist loyal bis zum Abwinken«, stimmte Lacey zu. »Er ist eindeutig unser bester und zuverlässigster Subunternehmer, der sein ganzes Herzblut in seine Arbeit und in sein Leben fließen lässt.«

»So war er schon immer«, sagte sie, und eine Art Besitzerstolz kam in ihr hoch. Immerhin hatte sie Will schon vor ihnen gekannt – und geliebt. »Und so ist er auch heute noch, deshalb will er Guy auch nicht in ein Heim stecken oder will zumindest, dass ich über Alternativen nachdenke.«

»Würdest du denn über Alternativen nachdenken?«, fragte Tessa.

Bevor sie antworten konnte, piepste der Herd und Lacey stand langsam auf, weil sie Jocelyns Antwort abwarten wollte, bevor sie das Zimmer verließ.

Jocelyn zuckte mit den Schultern. »Erst mal gibt es da unten noch eine Menge für mich zu tun. Und er …« Sie lächelte, weil sie wusste, dass sie gleich lachen würden. »Er glaubt, ich komme von *Clean House* und bringe ihn ins Fernsehen, wenn ich alles aufgeräumt und einen privaten Flohmarkt veranstaltet habe.«

Zoe blickte auf und schüttelte den Kopf. »Na, dann lass los und gewinne, uh-huh!«

Jocelyn lachte sich kaputt über die spontane Niecy-Nash-Imitation, genoss die Unbeschwertheit und ergriff die Chance aufzustehen, um Lacey in der Küche zu helfen. Aber Tessa stand ebenfalls auf und ergriff Jocelyns Hand, um sie zurückzuhalten.

»Hey«, flüsterte sie. »Du weißt, dass wir dir nur helfen wollen.«

Jocelyn nickte, weil sie sich nicht auf ihre Stimme verlassen konnte.

»Und Will will das auch.«

Noch ein Nicken und Tessa zog sie ein wenig an sich.

»Er ist auch verletzt.«

Jocelyn sah sie nur an. »Ich habe irgendwo gelesen, dass er verheiratet war.« Nicht dass sie ihn in einer besonders einsamen Nacht in L. A. gegoogelt hätte oder so.

»Er wurde geschieden, bevor er hierherkam. Ich dachte immer, dass deshalb dieser Hauch von Trauer oder so etwas in seinem Blick läge. Oder weil er so weit weg vom Baseball ist und kein Jobangebot als Trainer bekommen hat.«

Noch mehr Insiderinformationen, die Tessa hatte und Jocelyn nicht. Wem konnte sie das übel nehmen? Sie hatte Will nie angerufen, hatte den Kontakt nicht gehalten – und er natürlich auch nicht.

»Aber heute dachte ich, dass er vielleicht …« Sie wartete ein paar Sekunden, bis Jocelyn sie anstieß.

»Vielleicht was?«

»Ich glaube, dass du es warst, die ihn verletzt hat.«

»*Ich?*«

»Ich weiß nicht. Vielleicht auch seine Exfrau. Die Ehe war kurz, und er spricht nie darüber. Du solltest das herausfinden.«

Das hatte sie auch vor. Wenn sie dieses Gespräch hätten, das er sich so wünschte und in dem sie sich gegenseitig »auf den neuesten Stand der Dinge« bringen würden.

Die Sache war nämlich die, dass sie sich dieses Gespräch auch wünschte.

9

Will bog mit seinem Truck vor dem Super Min ein, so wie jeden Tag auf seinem Weg zur Barefoot Bay, um ein paar Kröten für Charity Gramblings Kaffee zu blechen. Genau wie die Besitzerin des Mini-Markts war der Kaffee bitter und hatte seine Glanzzeit bereits hinter sich. Aber er wurde für gewöhnlich mit einer guten Portion Klatsch und Tratsch serviert, den Will zu den Akten legte oder aber mit Clay teilte, wenn es etwas mit dem Casa Blanca zu tun hatte.

Und ihre Klatschgeschichten drehten sich oft um das Resort, weil Charity sowie ein paar ihrer Familienmitglieder davon ausgingen, dass sie bei allem, was mit Mimosa Key zu tun hatte, das letzte Wort hätten. Der Bau des Casa Blanca, das erste richtige Urlaubsresort der Insel, war so ziemlich das Größte, was in Charitys Welt passierte.

Die Glocke läutete, als Will die Tür aufschob, ein charmantes Andenken an alte Zeiten, als dies noch ein kleiner Tante-Emma-Laden war und nicht die Shell-Tankstelle mit Super-Mini-Markt. Ohne aufzublicken riss Charity die Zeitschrift, die sie gerade las, unter den Ladentisch, bevor sie ihre braunen Knopfaugen auf ihren Kunden richtete.

»Guten Morgen, Will.«

»Charity.« Er nickte ihr zu und verschwand nach hinten, um sich ein paar Energy-Drinks für die Arbeit zu holen. Er zog die Kühlschranktür auf und warf einen missmutigen Blick auf die miserable Auswahl. Früchtepunsch und der blaue Mist. Er atmete laut aus.

»Tut mir leid, ich verkaufe nicht genug davon, um diese Original-Geschmacksrichtungen für dich zu besorgen, Will«, rief Charity nach hinten. »Dafür müsstest du schon in eine höhere Liga zurückkehren. Steht das denn bald mal an?«

Er nahm zwei Halbliterdosen von den roten und trug sie zurück zur Theke. »Du wirst es als Erste erfahren, wenn die Yankees anrufen, Charity.«

Sie schenkte ihm ein Lächeln, das sich weder in ihren Augen widerspiegelte, noch ihr ledriges altes Gesicht auch nur im Entferntesten attraktiver machte. Sie rutschte auf ihrem Hocker hin und her und ließ ihre blutroten Fingernägel über die Registrierkasse kreisen. »Ist das alles?«

Er sah sie finster an. »Einen Kaffee noch.« Als hätte er nicht jeden Tag, seit dem Beginn der Bauarbeiten an dem Resort, einen mittelgroßen schwarzen Kaffee gekauft.

»Okay.« Sie tippte auf der Kasse herum, beendete die Transaktion jedoch nicht. »Wie läuft es denn da oben mit dem Koloss?« Sie ließ nie eine Gelegenheit aus zu sticheln, weil es sie immer noch fuchste, dass sie den Kampf verloren hatte und Lacey und Clay nicht davon hatte abhalten können, ein Resort zu bauen, das dem klobigen Hotel, das ihre Schwester besaß, Kunden abspenstig machen könnte.

»Es geht echt gut voran«, sagte er. Zumindest wäre das so, wenn es ihm heute gelingen würde, sich auf den Fußboden von Bay Laurel zu konzentrieren.

»Werden schon Gäste aufgenommen?«, fragte sie.

»Nee.« Wenn man mal von Jocelyn absah. Trotzdem ließ ihn etwas an der Art, wie sie gefragt hatte, stutzen; Charity wusste immer erstaunlich gut Bescheid über alles, was in Mimosa Key vorging. Es würde ihn nicht überraschen, wenn sie irgendwie dahintergekommen wäre, dass eine seiner berüchtigtsten Einwohnerinnen zurückgekehrt war.

»Ich habe gehört, dass eine der winzigen Hütten fertig sein soll und Lacey ein Vermögen dafür ausgegeben hat, um sie auszustatten, als wäre sie aus einem Humphrey-Bogart-Film.«

Woher *wusste* sie solche Dinge?

»Wir sind noch weit davon entfernt, Gäste aufzunehmen«, sagte er.

»Auch wenn es nur einer ist?«

Er sah sie eindringlich an. Woher konnte sie das wissen? Aus den Zeitschriften, die sie verkaufte? Waren zu einer von ihnen Informationen über Jocelyns Flugpläne durchgesickert? Die Presse war zu allem fähig.

Er drehte sich zu dem Regal mit den Klatschzeitschriften um, bereit, sich alle zu schnappen und zu entfernen, wenn es nötig wäre. Das würde natürlich nur lokal etwas bewirken.

Das ganze obere Regal war leer.

Er sah genauer hin und schaute sich die übrigen monatlich erscheinenden Titel darunter an. *Maxim* und *Cosmopolitan*, ein paar Schundblätter zum Thema Fischen und ein Stapel *USA Today*, der neben der *Mimosa Gazette* ganz unten lag. Nichts, worin etwas über Jocelyn enthalten sein könnte. Aber diese geschmacklosen Klatschblätter wie der *National Enquirer*, den er tags zuvor gekauft hatte, waren alle weg.

Mist. Hatte die ganze Stadt sich auf die Schlagzeile gestürzt, weil es sich um eine Einheimische handelte?

»Was suchst du?«, fragte Charity scharf.

»Die Zeitschriften.«

»Ausverkauft.«

»Komplett?«

Sie zuckte die Schultern. »Wäre das dann alles, Will?«

»Wann kommen denn normalerweise die neuen Zeitschriften?«, wollte er wissen.

Sie kniff die Augen zusammen und sah ihn an. Dann drückte sie dienstbeflissen eine der Tasten auf der Kasse. »Interessierst du dich auf einmal dafür, welcher Filmstar gerade eine Entziehungskur macht, Will?«

»So ungefähr.« Wieder blickte er zu dem leeren Regal hinüber und zog den Geldbeutel heraus. »Heute ist Dienstag«, dachte er laut. »Kommen diese Woche noch Zeitschriften?« Er würde jede einzelne davon kaufen, wenn es sein musste, nur um die Einheimischen davon abzuhalten, dieses dumme Kool-Aid zu trinken und ihre Meinung über Jocelyn zu ändern – oder sich eine zu bilden.

»Kommt darauf an.« Sie nahm sein Geld und fing an, das Wechselgeld abzuzählen – schneller als sonst, wie ihm auffiel.

Die Glocke läutete; sie blickten beide zur Tür und entdeckten den stellvertretenden Sheriff Slade Garrison und zwei weitere Männer, die eine kleine Videokamera bei sich hatten.

»Charity, kann ich dich mal kurz sprechen?« Slade wurde zwar allgemein respektiert, war aber noch ziemlich jung, weshalb er Charity gegenüber einen respektvollen Tonfall anschlug.

»Was gibt es, Slade?« Ihr Blick heftete sich auf die Kamera, und die Farbe wich ihr ein wenig aus dem Gesicht. »Ist irgendwas?«

Will stand an der Kaffeestation, nahm sich eine Tasse und hörte dem Gespräch zu, während er sich einschenkte.

»Die Herren hier sind von einer Internetseite und Fernsehshow namens *TMZ*.«

Der Kaffee spritzte, als Will die Tasse verfehlte.

»Was zum Teufel ist das?«, fragte Charity, während sie Wills Wechselgeld auf die Theke knallte.

TMZ? Heilige Sch… Will wusste, was das war. Er wusste genau, was es war – *vielen Dank, Guy* –, und er wusste auch,

weshalb sie hier waren. Teufel noch mal, wenn Charity preisgegeben hatte, dass Jocelyn hier war, würde er sie umbringen.

»Sie kamen zu mir ins Büro«, sagte Slade und ignorierte
damit ihre Frage. »Sie sind auf der Suche nach Informationen über eine ehemalige Einwohnerin, die ich nicht persönlich kenne, aber ich habe ihnen gesagt, dass du Bescheid weißt,
wenn in Mimosa Key irgendetwas vorgeht.«

Nur in einer Ortschaft von der Größe Mimosa Keys bekamen
auswärtige Reporter eine Eskorte aus dem Sheriffbüro.

Charity stand auf, schob ihren Hocker zurück und hob die
Klappe hoch, damit sie hinter der Theke hervorkommen konnte. Während sie noch dabei war, ließ Will ein paar Münzen fallen, aber das ignorierte sie, weil sie sich voll und ganz auf die
Männer konzentrierte.

Klar. Charity war jetzt in ihrem Element. Die klatschsüch-
tigste Wichtigtuerin im Staate Florida bekam die Gelegenheit,
auf *TMZ* aufzutreten. Das würde sie vor lauter Wichtigkeit
schier zum Platzen bringen. Und wenn sie den Namen Jocelyn
Bloom auch nur ein Mal fallen ließe, würde Will die verdammte Kamera zertrümmern und sie alle mit seinem Pick-up über-
fahren. Geradewegs vor Slades Augen.

Will musterte die beiden Männer. Einer von ihnen trat vor
und reichte Charity eine Visitenkarte.

»Bobby Picalo«, sagte er. Er zeigte ein falsches Lächeln und
ließ seine weißen Zähne dabei aufblitzen. Dann fuhr er sich
mit der Hand durchs Haar, das entweder zu lange der Sonne
oder aber einem Frisörsalon ausgesetzt gewesen war. »Rasen-
der Reporter für TMZ.com.« Mit anderen Worten: freiberuf-
licher Schmierfink. »Wir sind eine Organisation, die Nachrichten sammelt.«

Will hätte beinahe laut aufgestöhnt. *Nachrichten?* Das nannten sie Nachrichten? Verdammt, der Mistkerl würde dafür sor-

gen, dass Charity heute Abend überall im Fernsehen zu sehen war – oder in einer Stunde überall im Internet –, und sechzig weitere Schmierfinken wie er würden schon morgen früh über den Damm gerast kommen.

Er musste sie aufhalten.

»Was führt Sie nach Mimosa Key?«, fragte Charity.

»Wir verfolgen eine Riesenstory aus Los Angeles und halten es für möglich, dass sich jemand, den wir gern hierzu befragen würden, hier auf dieser Insel aufhält. Es geht um eine junge Frau namens Jocelyn Bloom.«

Obwohl es ihn heiß überlief, blieb Will vollkommen ruhig, er reagierte nicht, atmete nicht, sondern wartete einfach ab, die Kaffeekanne in der Hand.

Charity sagte absolut gar nichts.

»Kennen Sie sie?«, fragte der Reporter.

Charity warf Deputy Sheriff Garrison einen Blick zu. Dieser reagierte nicht, und sie hob ihre klapperdürren Schultern. »Ich habe schon von ihr gehört.«

Vielleicht wollte sie sie einfach nur hinhalten, damit sie eine längere Sendezeit herausschlagen konnte. Das würde ihr ähnlich sehen.

»Aus der Zeitung oder kennen Sie sie persönlich, Ma'am?«, fragte Picalo.

»Vor Jahren hat sie hier gelebt. Vielleicht ist sie dann und wann hierher zurückgekommen, aber ich glaube, sie hatte größere Pläne, als in einer Kleinstadt wie dieser zu versauern.«

Vorsichtig stellte Will die Kanne zurück auf die Platte. War das Charity Grambling? Die nicht die Gelegenheit ergriff, im Mittelpunkt eines Skandals auf nationaler Ebene mitzumischen? Irgendetwas stimmte da nicht.

»Hat sie Angehörige hier?«

Wieder ein Blick auf den Deputy Sheriff, dann ein Seitenblick auf Will. Wenn er Charity nicht besser kennen würde, hätte er schwören können, dass sie ihm eine Warnung geschickt hatte. Ihm? Denn wenn diese Schwachköpfe in die Nähe von Guy kommen würden, dann würde er …

»Ihre Mutter ist vor etwa zehn Jahren gestorben«, sagte sie. »Und ihr Vater ist frühzeitig aus seinem Amt als stellvertretender Sheriff ausgeschieden. Nicht wahr, Slade?«

»Richtig«, stimmte Slade zu. Will wartete darauf, dass er erwähnte, dass der pensionierte Deputy Sheriff ein paar Meilen weiter südlich von hier wohnte, aber er schwieg.

»Keine weiteren Angehörigen?«, fragte der Mann und blickte von Charity zum Sheriff.

»Nein.« Charity stemmte die Hände in die Hüften. »Niemand.«

Will konnte nicht glauben, was sich da gerade vor seinen Augen abspielte. Charity ließ sich die Gelegenheit entgehen, mit einem Reporter zu tratschen? Warum? Geld natürlich. Bestimmt wollte sie ordentlich geschmiert werden, bevor sie irgendwelche Informationen preisgab.

»Aber wenn jemand sie kennen oder sehen würde, wie würde …«

»Das würde ich wissen, junger Mann«, sagte sie; sie wippte in ihren Turnschuhen und verschränkte die Arme mit bemerkenswertem Selbstbewusstsein, wenn man mal betrachtete, dass sie weit über sechzig war, wenn nicht noch älter. »Ich weiß alles, was auf dieser Insel passiert, und ich kenne jede verdammte Person, die hier wohnt. Am besten Sie kehren wieder zurück nach Hollywood, um ihre Geschichte zu schreiben.«

»Na ja, ich …«

»Sie haben gehört, was die Lady gesagt hat«, sagte Slade.

Charity schnipste mit den Fingern in Richtung Tür. »Schönen Tag noch, die Herren.«

Sie gingen hinaus, und Charity folgte ihnen, als befürchtete sie, sie würden noch eine Weile auf dem Parkplatz des Super Min herumlungern.

Kein Geld, keine Sendezeit, nichts.

Was stimmte hier nicht?

Will kehrte mit seinem Kaffee zurück zur Theke, um die Kassenbelege zu nehmen, die sie für ihn dort hingelegt hatte. Dabei bemerkte er die beiden Vierteldollarmünzen, die auf den Boden gefallen waren. Er stellte den Kaffee auf der Theke ab, um sich zu bücken und sein Wechselgeld aufzuheben. Dabei schaute er zufällig zu Charitys vierbeinigem Hocker hinüber und zu dem Stapel Zeitungen und Zeitschriften dahinter.

Es waren nicht irgendwelche Zeitungen und Zeitschriften. Es waren Klatschmagazine.

Er beugte sich weiter vor, um besser sehen zu können. Oben auf dem Stapel war Jocelyns Gesicht zu erkennen, so klar und deutlich, wie er es in seinem unruhigen Schlaf letzte Nacht vor sich gesehen hatte.

Ein Stapel Klatschblätter, ungefähr fünfzehn Zentimeter hoch. Sie waren nicht ausverkauft. Sie hatte sie aus den Regalen genommen.

Warum?

Er kannte Charity Grambling seit er ein Kind war. Mit seinem ersten Auto hatte er im Super Min getankt, hatte auf dem Rückweg vom Baseballtraining dort etwas zum Essen gekauft. Solange er sie kannte, war sie immer die gewesen, die sie war: eine besserwisserische, habgierige, rechthaberische Unruhestifterin, die sich in alles einmischte und sich selbst für Gesetz und Ordnung in Mimosa Key zuständig sah.

Etwas stimmte also nicht. Und das verhieß nichts Gutes. Nicht, wenn Charity Grambling dahintersteckte.

Als sie wieder hereinkam, sah sie so griesgrämig aus, dass die Falten in ihrem Gesicht noch tiefer wirkten.

»Sieht dir gar nicht ähnlich, dass du nicht im Rampenlicht stehen willst«, sagte er beiläufig, während er sein Wechselgeld einsteckte.

»Das liegt nicht am Rampenlicht«, sagte sie mürrisch, während sie zurück hinter ihren Ladentisch ging. »Diese Idioten sind einfach nur … Lügner.« Sie schlüpfte hinter die Theke, schloss die Klappe und brachte dadurch sich selbst – und ihren Stapel Klatschblätter – in Sicherheit. »Was guckst du so?«, wollte sie wissen.

»Ich wundere mich nur wegen dieser Zeitschriften, Charity.«

Er hätte schwören können, dass sie schluckte. »Was für Zeitschriften?«

Er deutete auf das leere Regal. »Die, die – du weißt schon – ausverkauft sind.«

»Warum interessieren sie dich so wahnsinnig?«

»Ich würde gern eine kaufen. Wann wirst du wieder welche bekommen?«

»Etwa dann, wenn ich deine kostbaren Energy-Drinks mit dem Originalgeschmack bekomme«, knurrte sie und fuchtelte in Richtung Tür. »Du gehst jetzt besser arbeiten, Will. Der Schandfleck am Strand baut sich schließlich nicht von allein.«

»Charity, ich …«

»Ich bin nicht in der Laune zu plaudern, Will, ist dir das nicht aufgefallen?«

»Es ist mir aufgefallen. Mir ist so einiges aufgefallen. Zum Beispiel, was du zu diesen Männern gesagt hast.«

»Wag es bloß nicht, mit ihnen zu sprechen«, sagte sie warnend und zeigte mit ihren karmesinroten Klauen auf ihn. »Wir können diese Tratschtanten in Mimosa Key nicht gebrauchen.«

»Nein, da hast du recht«, stimmte er zu. »Wir haben unsere eigenen Tratschtanten – dank dir.«

Sie hatte Humor genug, um zu lachen. »Ja, zum Teufel. Diese Stadt ist nicht groß genug für mehr als eine Tratschtante, vergiss das nicht.«

»Keineswegs, Ma'am. Und, ähm, danke.«

Sie nickte nur, und ihr Mund war untypischerweise zugeklappt.

Die Männer waren weggefahren, aber Slade stand noch neben seinem Sheriffwagen und unterhielt sich mit einer jungen Frau, die Will als Gloria Vail, Charitys Nichte, erkannte.

Einen Augenblick lang zog Will in Erwägung, den Deputy in die Pflicht zu nehmen, um Jocelyn zu schützen, aber nach dem, was er gerade erlebt hatte, war er sich nicht sicher, wem er trauen sollte oder warum.

Jedenfalls musste Jocelyn erfahren, dass der Feind auf der Insel war.

Das Moskitonetz über dem Bett war an einem kühlen Novembermorgen nicht wirklich notwendig, aber Jocelyn zog es trotzdem zu, schloss sich in den weißen Flor ein, während sie auf ihrem Laptop tippte und die Optionen bezüglich betreutem Wohnen eruierte.

Sie konzentrierte sich bei ihrer Suche auf die benachbarten Ortschaften Naples und Fort Myers, die sich auf dem Festland befanden, und erhielt eine Reihe von Vorschlägen. Gerade als sie sich durch die zweite Website klickte, hörte sie, wie sich ein Mann räusperte.

»Bist du salonfähig da drin?«

Will. Allein seine Stimme sandte elektrische Ströme durch ihren Körper.

»Was verstehst du unter salonfähig? Ich bin angezogen.«

Sie hätte schwören können, dass er daraufhin einen enttäuschten Laut von sich gab. »Empfängst du Besuch?«

Sie sah, dass er außerhalb des Moskitonetzes am Rahmen einer der Glastüren lehnte; sein vertrauter männlicher Duft schien plötzlich so fehl am Platz zu sein zwischen dem Duft des Räucherwerks aus Kräutern, der noch in der Luft hing. Tessa hatte geschworen, dass sie davon besser schlafen würde.

Doch Tessa hatte sich geirrt.

»Du kannst hereinkommen«, sagte sie und beugte sich über das Bett, um den durchsichtigen Vorhang beiseitezuschieben. »Ich arbeite gerade.«

Er lächelte, und – verdammt – all der Sonnenschein da draußen ergoss sich auf einmal in ihr Zimmer. Seine Augen leuchteten so blau wie der Himmel hinter ihm, sein ansehnlicher Körper füllte plötzlich den ganzen Raum aus. »Hübsches Büro.«

»Nicht wahr?«

Er zog den Vorhang ein wenig weiter zurück, und der Duft nach Seife und Sonne, den Will verströmte, war plötzlich beunruhigend nah. Er trug ein weißes T-Shirt, das am Ende des Tages nicht mehr so sauber sein würde, und uralte, khakifarbene Cargo-Shorts. In der einen Hand hielt er einen Werkzeuggürtel, in der anderen einen Becher Kaffee.

»Du hättest mal besser zwei davon mitgebracht«, sagte sie, während sie den Kaffee fixierte. »Der Zimmerservice, der mir das Leben retten sollte, geht nicht ans Telefon.«

Er lachte über den Witz und hielt ihr den Becher hin. »Ich fürchte, Lacey ist in einem Meeting, in dem es um Dachdeckung geht.«

Sie nahm den Kaffee und nippte daran; ihre Augenbrauen schossen nach oben. »Bäh.« Sie schluckte und verzog das Gesicht. »Super Min?«

»Manche Dinge ändern sich nie.«

»Komm.« Sie klopfte einladend aufs Bett. »Früher oder später wirst du ohnehin herausfinden, was ich gerade an diesem Computer mache.«

Er legte seinen Werkzeuggürtel auf den Boden und setzte sich auf die Bettkante, um auf den Computerbildschirm zu schauen. »Ich hoffe bei Gott, dass du nicht auf der Website von *TMZ* bist.«

Fast hätte sie sich verschluckt. »Ich bin doch nicht masochistisch veranlagt, Will. Warum, warst du heute schon auf der Seite? Haben sie neuen Schmutz online gestellt?«

Langsam holte er Luft, als wollte er ihr etwas sagen, dann schüttelte er den Kopf und zeigte auf den Computer. »Was ist das?«

Sie drehte den Bildschirm. »The Cottages an der Bucht von Naples.« Sie klickte auf die nächste Seite. »Summer's Landing.« Und die nächste. »Palm Court Manor.« Und die letzte. »Esther's Comfort.«

Er hob die Hand, um sie vom nächsten Klick abzuhalten.

»Ich finde, das hört sich gut an«, sagte sie. »Aber ich kann schon heute in eines, das Autumn House heißt.«

»Du kannst heute schon rein? Du ziehst bereits heute mit ihm um?« Er konnte die Bestürzung in seiner Stimme nicht unterdrücken.

»Nein, ich bin heute zu einem Gespräch eingeladen. Einen Platz zu bekommen ist viel schwerer, die meisten dieser Heime haben eine Warteliste.« Die sich bestimmt durch ein wenig Bares verkürzen ließe, da war sie sich sicher.

Er klappte den Bildschirm des Laptops nach unten und sah ihr in die Augen. »Warum hast du es so eilig?«

»Weil ich vor langer Zeit etwas herausgefunden habe: Wenn man sich die unangenehmsten Aufgaben gleich morgens als

Erstes vorknöpft, dann sind sie erledigt. Ich habe diese Strategie in meinen Alltag übernommen. Je länger ich an etwas sitze ...«

»Desto größer ist die Gefahr, dass du deine Meinung änderst.«

Sie schüttelte nur den Kopf. »Ich will nicht mit dir streiten, Will. Ich statte Autumn House heute einen Besuch ab.«

»Dann begleite ich dich.«

Auf keinen Fall. »Nein, danke.«

»Du kannst nicht allein gehen.«

Sie sah ihn finster an. »Gewiss kann ich das, und wenn ich Wert auf Gesellschaft lege, dann nehme ich eine meiner Freundinnen mit.«

»Ich bin auch dein Freund«, sagte er. »Ich komme mit dir.«

»Du musst arbeiten.«

»Ich werde ... mich krankmelden.«

Und das würde er auch tun, das wusste sie. Dann wäre sie den ganzen Tag mit ihm unterwegs, wäre ihm zu nah, als dass es angenehm wäre, wenn er anfing, sich ihrem Plan zu widersetzen. Nein, das würde niemals funktionieren. »Will, du kannst nicht mitkommen, und damit basta.«

»Warum nicht?«

»Weil du mich ablenken würdest.«

Er zog die Augenbrauen nach oben, als würde ihn das belustigen und nicht im Geringsten überraschen.

»Und du würdest versuchen, mir meinen Plan auszureden.«

»Du brauchst mich dort, und ich werde nicht nachgeben.«

Verdammt sei der kleine Schauer, der sie überlief. Wollte er so sehr mit ihr zusammen sein? War es unbedingt nötig, dass sich diese Vorstellung so gut anfühlte? »Ich brauche dich dort nicht.«

»Trotzdem, du brauchst einen Bodyguard.« Seine ernste, geradezu unheilvolle Miene radierte jegliche kleine Schauer aus.

135

»Großer Gott. Die Presse hat mich aufgespürt.«

Er legte die Hand auf ihre. »Noch nicht, aber sie suchen dich schon.«

»Waren sie bei Guy zu Hause?« Aus irgendwelchen Gründen beängstigte sie das mehr, als wenn sie sie selbst gefunden hätten.

»Nein, das glaube ich nicht, aber wir sollten runterfahren und ihm einschärfen, dass er niemandem die Tür öffnen soll.«

»Woher weißt du es dann?«

»Sie sind in den Super Min gekommen.«

Sie keuchte leise. »War Charity da?«

»Ja, und sie hat nicht nur nicht mit ihnen geredet, sie hat sie auch mit einem Tritt in den Hintern nach draußen befördert und Slade Garrison wissen lassen, dass er ihnen keine Informationen geben soll. Das heißt, Charity hat entweder eine Überdosis von ihren netten Medikamenten erwischt oder irgendetwas ist da im Busch.«

Weder noch. Doch sie würde Will nicht den wahren Grund für Charitys Verhalten verraten. Manche Geheimnisse würden für immer Geheimnisse bleiben.

»Nicht nur das«, fuhr er fort, »sie hat auch die Klatschblätter versteckt.« Ratlos schüttelte er den Kopf. »Ich habe noch nie erlebt, dass sie nicht jede sich bietende Gelegenheit genutzt hätte zu tratschen, und heute hätte sie das sogar auf überregionaler Ebene tun können.«

Natürlich würde er das glauben. Die meisten Leute würden das. Aber die meisten Leute kannten Charity Grambling nicht so, wie sie sie kannte. »Wer war es, *TMZ*?«

Er nickte.

»Schmeißfliegen«, sagte sie und klappte den Laptop wieder auf. »Ich rufe jetzt diese Heime an und mache mit jedem einzelnen einen Termin.«

»Lass uns mit einem beginnen, Joss«, sagte er. »Lass uns erst mal eines anschauen. Zusammen. Lass uns herausfinden, ob das alles richtig ist. Dann kann ich auch Lacey sagen, dass ich nicht den ganzen Tag weg sein werde, worüber sie sich freuen wird.«

»Und ich kann mich heute Nachmittag weiter um Guys Unordnung kümmern«, stimmte sie zu.

»Und wir können heute zusammen zu Abend essen.«

Sie machte einen Rückzieher. »Warum?«

»Wir müssen immer noch reden.«

»Wir haben den ganzen Nachmittag zum Reden.«

Er legte seine Hand über ihre, sie war so warm und groß und vertraut. Unwillkürlich schaute sie auf sie hinunter; wie seine Finger ihre eigenen verdeckten, wie stark und tüchtig diese Hand war.

»Wir müssen fünfzehn Jahre aufholen«, sagte er. »Das dauert länger als eine Fahrt nach Naples und wieder zurück.«

Sie klappte den Mund auf, um zu widersprechen, um ihm eine Abfuhr zu erteilen, um die Mauer wieder um sich zu ziehen, die sie erstmals in jener schrecklichen Nacht in seinem Loft errichtet und der sie geschworen hatte, sie niemals wieder einzureißen.

Aber sie brachte kein Wort heraus.

Und dann nickte sie.

»Ist das ein Ja?«, wollte er wissen. Seine Augen waren ganz dunkelblau vor Hoffnung.

Wieder nickte sie, weil sie sich nicht ganz sicher war, was herauskommen würde, wenn sie den Mund aufmachte.

»Ich möchte nur, dass du mir verzeihst«, sagte er.

Einen Moment lang wusste sie nicht, ob sie ihn richtig verstanden hatte. »Dir verzeihen?«

»Weil ich dich nie angerufen habe, dich nicht gesucht habe.

Weil ich nicht dafür gesorgt habe, dass diese fünfzehn Jahre nicht so einfach ohne … uns … verstreichen …«

Er verstummte, aber das spielte keine Rolle; ihr Puls hämmerte so laut, dass sie Will kaum hören konnte.

»Will«, flüsterte sie, »ich bin diejenige, die dafür gesorgt hat, *dass* diese ganze Zeit verstrichen ist. Ich hätte dich nicht zurückgerufen, denn ich ging davon aus, dass … es war besser so.«

»Besser?« Er umklammerte ihre Hand, hob sie an seine Lippen und sah Jocelyn in die Augen. »Besser für wen?«

»Für dich.«

Er schloss die Augen und küsste ihre Fingerspitzen. »Es war nicht besser für mich.«

Es zerriss ihr das Herz vor Reue, aber – verdammt – es keimte auch Hoffnung auf. Vielleicht könnte sie dies für immer abschalten, wenn sie einen Nachmittag mit ihm verbrachte.

Vielleicht würde sie danach auch auf mehr hoffen. Es gab nur einen Weg, dies herauszufinden.

10

Warum blieb dieser verflixte Faden immer in der Aufwärtsschleife stecken? Guy schob sich die Brille auf die Nase und neigte das geringelte Plastikgeflecht zum Fenster hin, um besser sehen zu können. Nicht, dass das Kunstwerk gut ausgesehen hätte. Nein, das hier war ein einziger Schlamassel von einer Stickerei.

Vielleicht würde ihm Will diesen kleinen Film auf dem Computer zeigen, den mit der Dame, die diesen Stich irgendwelchen Kindern beibrachte. Das hatte ihm wirklich geholfen.

Seufzend musterte er sein bisheriges Werk noch einmal. Er kniff die Augen zusammen, um das Ganze ein wenig verschwommen zu sehen, damit er die Form und die Farbe der Blumen wahrnehmen konnte und die Beulen und Klumpen, die seine Fehler hinterlassen hatten, nicht mehr sah. Seit gestern hatte er ein halbes Blütenblatt geschafft, dann hatte er das Interesse verloren. Warum konnte er nicht so lange an einer Sache dranbleiben, bis sie fertig war?

So war das auch mit seinem Gedächtnis. Dinge verschwanden so schnell, wie sie auftauchten, und immer blitzten sie auf wie diese Lichter am Weihnachtsbaum, lockten ihn mit so kühnen, grellen Farben, die dann zu Schwarz und Weiß verblassten, bevor sie vollständig in einem grauen Nichts verschwanden.

Doch seit dieses Mädchen auf seiner Veranda aufgetaucht war, waren ein paar Lichter angegangen. Und waren auch an geblieben. Erinnerungsfäden wickelten sich um sein kaputtes

Gehirn, als wäre es dieses Stickgitter aus Plastik; die Farben wurden fast greifbar – und *zack* fielen sie wieder dem Schatten anheim.

Trotzdem. Wenn er sie ansah, regte sich tief in seinem Inneren etwas.

Er kannte sie. Und zwar nicht nur aus dem Fernsehen.

Das war der Gedanke, der hängen blieb, genau wie sein orangefarbenes Stickgarn.

Er *kannte* sie. War das möglich? Sorgfältig hatte er den Faden eingefädelt und setzte dazu an, die Nadel in das Loch zu schieben, als ihn die Türklingel aufschreckte und die Nadel die Stelle wieder verlor.

»Heiliges Kanonenrohr!« Um diese Tageszeit war es keine Mädchen-Pfadfindergruppe, die Kekse verkaufte, deshalb hoffte er, dass es kein Hausierer war, denn er wollte sich nichts andrehen lassen. Er hatte ohnehin schon viel zu viel Krempel im Haus.

Er stemmte sich hoch, legte den Stickrahmen samt Stickerei auf seinem Sessel ab und schlurfte in Richtung Haustür. Er stellte sich auf die Zehenspitzen und erspähte zwei Männer, die er beide nicht kannte.

»Ja, was gibt es?«, rief er.

»Mr Bloom? Mr Guy Bloom? Der ehemalige Deputy Sheriff von Mimosa Key?« Er war früher einmal Sheriff gewesen, das wusste er genau. Er hatte zwar keine einzige verdammte Erinnerung an diese Zeit, aber Will hatte es ihm gesagt, deshalb musste es stimmen.

»Was kann ich für Sie tun?«, fragte er. Moment mal! Konnten das die Leute von dieser Show sein? Aber wo war Missy? Sollte sie nicht hier sein? Verflixt, sie könnte Ärger kriegen, wenn sie zu spät kam, und das wollte er nicht. »Sind Sie vom Fernsehen?«, fragte er.

Er sah, wie sie sich gegenseitig einen Blick zuwarfen. Einer hatte schütteres Haar und hielt etwas Schwarzes in der Hand. Der andere hatte eine Hornbrille und »Strähnchen«, wie Frauen das nannten. Er fand, dass das an Männern einfach nur lächerlich aussah.

»Ja, und von der Website.«

Hatte *Clean House* eine Website? *Natürlich, du alter Kauz.* Jeder Depp war heute in dem verdammten Netz.

»Können wir kurz mit Ihnen reden, Mr Bloom?«

»Über die Show?«

Nach kurzem Zögern sagte der Mann: »Über Jocelyn.«

Das war ihr Name, auch wenn er Guy nie einfiel. Er hatte gehört, wie William sie »Joss« nannte. Aber er wusste nicht, wo sie war. Und was, wenn sie hereinkamen und ihn nicht so mochten wie sie? Was, wenn sie sich umschauten und zu der Ansicht gelangten, dass es sich nicht lohnte, oder ein chaotischeres Haus gefunden hatten oder jemanden mit Kindern? In dieser Show waren sie ganz versessen auf Kinder.

Das Einzige, was er tun konnte, war, sich dumm zu stellen. Ein winziges Lächeln hob seine Mundwinkel. Als wäre es eine große Herausforderung, sich dumm *zu stellen*.

»Ich kenne niemanden, der Jocelyn heißt«, sagte er. Seine Hand lag auf dem Türriegel, und er hielt ihn in der »geschlossen«-Position fest. »Tut mir leid.«

»Ihre Tochter, Jocelyn«, sagte der Mann.

Er empfand einen Stich im Herzen, zwar nicht besonders heftig, nicht wie mit einem so spitzen Gegenstand wie der Sticknadel, die er gerade noch gehalten hatte, aber immerhin ein Stich.

»Ich habe keine Tochter, nur einen Sohn.«

Er stellte sich wieder auf die Zehenspitzen und sah, wie sich die beiden Männer verwirrt ansahen.

»Sind Sie nicht Guy Bloom, der Vater von Jocelyn Bloom? Der Sheriff hat gesagt, dass Sie hier wohnen.«

Moment mal, er *war* der Sheriff. Nun ja, jetzt nicht mehr.

Ein dünnes Rinnsal Schweiß, das überraschend kalt war, bildete sich unter seinem Kragen und schlängelte sich seinen Rücken hinunter.

»Sie haben den Falschen erwischt. Mein Sohn heißt William und er ist gerade nicht da. Ich habe keine Tochter.«

»Sind Sie sicher?«, fragte der mit den Strähnchen.

»Was ist denn das für eine Frage?«, schoss er zurück, auch wenn es eine verdammt gute Frage war, verflixt noch mal. Er konnte nicht sagen, welcher Tag heute war, in welcher Straße er wohnte oder wie der Präsident der Vereinigten Staaten hieß. Doch das behielt er meistens für sich, damit man ihn nicht in irgendeine Anstalt steckte.

»Sind Sie hundertprozentig sicher, dass Sie keine Tochter haben?«, fragte der Mann; seinem Tonfall nach glaubte er Guy kein Wort.

»Ich habe keine Tochter«, versicherte Guy. Plötzlich öffnete sich die Briefkastenklappe und eine kleine weiße Karte flatterte herein.

»Das ist meine Telefonnummer, Mr Bloom. Vielleicht ändern Sie Ihre Meinung ja noch, es würde sich für Sie lohnen, mit uns zu sprechen. Sehr sogar.« Er schwieg einen Moment, dann fügte er hinzu: »Und zwar in Form von fünfzigtausend Dollar.«

Fünfzigtausend Dollar! Funktionierte die Show etwa so? »Für die Umgestaltung?«, fragte er und dachte daran, wie viel Geld sie für all die Farbe, die Möbel und für das hübsche blonde Mädchen ausgegeben hatten, das all die Regale und Schränke einräumte.

»Sie können es ausgeben, für was auch immer Sie wollen,

wenn Sie uns zu Jocelyn lassen oder uns Informationen über sie geben.«

»Wozu brauchen Sie das?«

»Niemand weiß, wo sie ist, Sir. Und eine ganze Menge Leute wollen mit Ihrer Tochter sprechen.«

»Ich habe keine …« Er hob die Karte auf. *Robert Picalo, TMZ.* Kopfschüttelnd steckte er die Karte in einen der offenen Schlitze zwischen den Backsteinen, wo er früher seinen Autoschlüssel aufbewahrt hatte, als er noch fahren konnte.

Komisch, dass er sich ausgerechnet daran erinnerte. Einen Moment lang legte er seine Hand auf die kühlen Steine und erinnerte sich so genau an seine Schlüssel, dass er ganz geschockt war. Und … an eine Frau. Die Farben in seinem Kopf waren weich und hell, die Farbe von Pfirsichen und …

»Rufen Sie mich an, wenn Sie Ihre Meinung geändert haben, Mr Bloom.«

Mit wem redete er da?

Er drehte sich um und schaute wieder aus dem kleinen Fenster zu den Männern. Wer waren sie? Bevor er fragen konnte, gingen die Männer den Weg hinunter. Sie unterhielten sich und schauten sich um.

Ach so, ja, jetzt erinnerte er sich wieder und war erleichtert. Sie kamen von *Clean House.* Er griff nach der Erinnerung, umklammerte sie, damit sie nicht verschwand. Da hob der glatzköpfige Typ das schwarze Ding hoch, das er in der Hand hatte – war das eine Kamera?

Oh, jetzt machten sie Videoaufnahmen von seinem Haus!

»Das wird schon alles«, sagte er zu sich selbst und drehte sich um, als sie in einen Lieferwagen stiegen, der am Straßenrand geparkt war. »Missy wird wissen, was zu tun ist.«

Sind Sie hundertprozentig sicher, dass Sie keine Tochter haben?

Die Worte hallten in seinem Kopf wider, und er wurde ganz unsicher, ob er sie gerade gehört oder selbst erfunden hatte.

Vielleicht hatte er ja eine Tochter.

Einem Instinkt folgend, den er nicht verstand, schlenderte er durch den Flur zu seinem Schlafzimmer, und genau in dieser Zeitspanne blitzten diese verflixten Weihnachtslichter wieder auf – in grellem Gelb. Orange. Rot. Grün.

Weg.

Er schüttelte den Kopf und stand im Schlafzimmer. Warum war er hierhergekommen?

Mit einem tiefen, frustrierten Knurren presste er seine Finger an die Schläfen, als würde er versuchen, die Gedanken von der Peripherie in die Mitte des Gehirns zu drücken. Er stellte sich vor, dass sich diese kleinen Linien und Täler öffneten und ihm sagten, weshalb er verdammt noch mal in dieses Zimmer gekommen war, was er hier holen wollte.

»Gottverdammt!« Er schlug gegen den Türrahmen.

Er konnte sich nicht daran erinnern. Er konnte sich nicht daran erinnern, was er tat, sah, dachte. Alles war in Nebel gehüllt.

Frustration pulsierte in jeder einzelnen Ader. Er öffnete die Schranktür in der Hoffnung, dass es ihm wieder einfallen würde. Einen Pullover? Schuhe? Etwas zu essen?

Nein, nein, nicht hier.

Und dann fiel ihm das Kästchen wieder ein.

Im Schrank schob er die Kleider beiseite, entschlossen, sein geheimes Kästchen zu finden. William wusste nichts von diesem Kästchen. Das hübsche Mädchen vom Fernsehen wusste nichts von diesem Kästchen. Niemand wusste von diesem Kästchen, das er hinten im Schrank im Safe aufbewahrte. Der »Safe« war eigentlich eine Tür in der Wand, die übermalt worden und kaum zu sehen war. Gute Sache, denn wenn es ein echter Safe gewesen wäre, würde er sich ganz bestimmt nicht an die Zahlenkombination erinnern können. Aber in diesem Loch in der Wand war das große rosafarbene Kästchen.

Oben war es geschwungen, und eine gestickte Rose war daraufgeklebt. Vorne im Schloss steckte ein Schlüssel, an dem eine zerlumpte silberne Quaste hing, aber das Schloss funktionierte nicht mehr. Er hob den Deckel und schaute hinein.

Zwei Ringe. Eine angelaufene Halskette. Er hob den oberen Teil heraus und fand darunter das, was er gesucht hatte. Das Bild. Das Bild eines Mannes und eines Mädchens in einem Ruderboot.

Das Mädchen war vielleicht sechs oder sieben? Er wusste es nicht. Aber sie steckte tief in einem schimmernden silbernen Boot, das nicht viel breiter war als ein Kanu, hatte Ruder in der Hand und langes schwarzes Haar, das im Wind flatterte. Sie blickte in die Kamera und lächelte. Ihre Schneidezähne fehlten. Hinter ihr saß ein Mann, der von einem Ohr zum anderen grinste.

Der Hauch einer Erinnerung. Das Lachen des Mädchens, es drehte den Kopf und sagte etwas.

Daddy.

Lange Zeit starrte er das Mädchen einfach nur an, und etwas in seinem Inneren brach in viele kleine Stücke.

Daddy. *Daddy.*

»Guy? Bist du da?«

Missy war auch da! Ein Lächeln überkam ihn, während er sich aus dem Schrank herausarbeitete. Was sie wohl sagte, wenn sie sah, wie weit er mit diesen Blumen gekommen war.

»Ich bin hier in meinem Zimmer, ihr zwei.«

Ihr zwei. Sie gaben ein hübsches Paar ab, nicht wahr?

»Oh, ich bin so froh.« Sie kam herein, ihr langes Haar war zu einem Pferdeschwanz zusammengefasst. Himmel, dieses

Mädchen war ein echter Augenschmaus, auch wenn man so schlechte Augen hatte wie er.

»Wir wollten nur nach dir schauen«, sagte sie.

»Mir geht es gut. Allerdings könnte ich etwas zum Mittagessen vertragen.«

»Ich mache ihm ein Sandwich, Will. Rede du mit ihm.«

Während sie durch den Flur wegging, betrat Will das Zimmer. Er legte seine großen Hände auf eine Art und Weise auf Guys Schultern, die Guy das Gefühl von Sicherheit vermittelte. So einen wie seinen William gab es kein zweites Mal.

»Alles okay, Guy?«

»Ja, ja, alles bestens. Warum?«

Will warf ihm einen merkwürdigen Blick zu. »Du bist rot im Gesicht.«

»Ich?« Er berührte seine Wange. »Ich habe nur – du weißt schon – über einiges nachgedacht.«

Will führte ihn zum Bett; dafür, dass er so riesig war, war er immer so lieb. Immer so lieb. »Gott, ich hab dich lieb, William.«

Will lächelte. »Ich weiß, alter Junge. Hör mal, ich wollte dir sagen, dass du niemanden …«

»Was ist das?« Missy stand in der Tür, ihre Augen waren groß, ihr Gesicht bleich. Sie hielt eine weiße Karte in der Hand. »Sie waren *hier?*«

Sie streckte die Hand mit der Karte aus und William nahm sie entgegen; daraufhin sah er ebenso fassungslos aus wie sie. »Hast du mit diesem Mann gesprochen, Guy?«, fragte er.

Hatte er?

»Mit welchem Mann?«

»Oh Gott.« Missy schlug beide Hände vor den Mund, vor Panik wurden ihre braunen Augen groß wie Untertassen. »Bitte sag mir, dass du ihnen nicht verraten hast, dass ich hier bin.«

In seinem Kopf blitzte ein Licht auf, und er griff nach dem Gedanken, stand auf, entschlossen, ihn festzuhalten, bevor der Nebel zurückkam. »Ich habe ihnen gesagt, dass ich nicht weiß, von wem sie reden.«

»Wirklich?«, fragte sie. »Bist du sicher?«

War er das? Verflixt, sicher wusste er gar nichts mehr. »Ich habe sie nicht hereingelassen, das schwöre ich.«

»Schon gut, Guy.« Will schob ihn wieder nach unten aufs Bett. »Du hast nichts falsch gemacht.«

Aber das Mädchen sah völlig entsetzt aus. »Du bleibst besser hier, Will. Ich gehe nach …«

»Nicht allein, auf gar keinen Fall.«

»Aber du musst bei ihm bleiben.«

Guy wurde wütend, und es kam zur Verknüpfung einiger Synapsen, die eigentlich so gut wie tot waren. »Hört auf zu reden, als wäre ich gar nicht da!«, brüllte er ziemlich laut, denn Missy keuchte wieder auf und machte einen Satz nach hinten.

Dann erstarrte ihr Gesicht irgendwie. »Ich gehe, Will.« Sie drehte sich um wie ein Soldat und marschierte durch den Flur.

Oh nein! Er hatte sie verärgert! »Missy!«, rief er. Er sprang auf, um ihr zu folgen, heimgesucht von einer Woge der Reue. »Nein, nicht böse sein! Es tut mir leid. Es tut mir so leid!« Die Stimme versagte ihm bei seinen letzten Worten. Er hasste es, dass er kurz davor war, loszuheulen, und wandte sich Hilfe suchend an Will.

»Bleib einfach hier, Guy. Lass mich das bitte regeln.« Will drückte ihm rasch die Schultern. »Warte einfach hier und lass mich mit ihr reden. Bitte.«

»Sie ist verärgert, William. Ich habe ihre Gefühle verletzt. Ich habe sie angeschrien.« Wieder blitzte in seinem Kopf ein Licht auf, dieses Mal ein babyblaues. Eine vertraute Farbe, die ihn an Trauer erinnerte. »Sprich mit ihr, William. Lass nicht zu, dass sie weggeht. Ich mag sie. Ich mag sie so sehr.«

William schenkte ihm ein angespanntes Lächeln und nickte. »Ich auch, alter Junge. Das kannst du mir glauben.«

Als er allein war, zählte Guy auf zehn. Und dann noch einmal. Und noch mal und so viele Male, dass er bestimmt die Hundert erreicht hatte. Dann stand er auf und ging langsam durch den Flur, von wo aus er sie in der Küche flüstern hören konnte.

Oh, er wollte nicht hören, was sie gerade sagte. Er konnte sich ihre Worte nur allzu gut vorstellen: *Ich hasse ihn. Ich muss fort von hier. Ich kann nicht bei ihm bleiben.*

Wo hatte er das schon einmal gehört? Er presste seine Finger gegen die Schläfen, so stark, dass er davon Kopfschmerzen bekam.

Doch als er die Küche betrat, stand William neben ihr, seine Hand lag auf ihrer Schulter, und sie hielt sich ein Telefon ans Ohr.

»Ruft sie jemanden von der Show an?«, fragte Guy.

William hob den Zeigefinger, um ihm zu signalisieren, dass er ruhig sein und warten sollte.

»Zoe?«, sagte sie. »Du musst mir einen riesigen Gefallen tun, Süße. Ich meine, wirklich *riesig*. Kannst du zum Haus meines Vaters kommen und, ähm, dir eine Weile die Zeit mit ihm vertreiben?« Sie meinte, die Babysitterin spielen, aber Guy hütete sich davor zu widersprechen.

Nach einer kleinen Pause nickte sie. »Ich wusste, dass ich auf dich zählen kann.«

William seufzte erleichtert, und hinten in den Nischen von Guys Gehirn verblasste das blaue Licht und wurde durch den vertrauten Nebel ersetzt.

11

Ein Déjà-vu überkam Jocelyn, als Wills Pick-up zum Damm hinaufrumpelte. Sie schloss die Augen und gab sich dem seltsamen Gefühl hin, dass sich nicht zum ersten Mal ihre Moleküle mit den äußeren physischen Reizen zu einem besonderen Moment verbanden.

»Alles okay?«, fragte Will und streckte die Hand in Richtung Konsole aus, um sie auf ihre zu legen. Dabei streiften seine Fingerspitzen ihren Schenkel.

Sie zog die Hand nicht weg, aber sie drehte auch nicht die Handfläche, um seine Hand zu halten. Auch wenn sie es am liebsten getan hätte, weil es Freude machte und tröstlich war, Wills Hand zu halten – seine stumpfen, sauberen Fingerspitzen gehörten immer noch zu den Dingen, die sie am liebsten anfasste.

Das war auch Teil ihres Déjà-vus. Ein großer Teil. Nach Angst und Zorn war da immer Will. Sie blickte auf seine Finger hinunter – wie breit und lang sie waren! –, die dunklen Haare, die darauf sprossen, die starken Handgelenke. Will hatte großartige, männliche Hände. Und groß waren sie. Früher hatte er immer gesagt, dass er eigentlich gar keinen Fanghandschuh brauchte.

»Joss?«

»Ich habe gerade daran gedacht, dass ich das schon mal gemacht habe.«

»Über den Damm fahren?«

Ja, und zwar mit dem wilden Verlangen, der brüllenden Stimme und der Gewaltandrohung zu entfliehen, die in ihren

Ohren widerhallte. »Vor ihm davonlaufen, mir wünschen, ich könnte etwas ändern … ihn ändern.«

»Das hat schon die Natur für dich erledigt.«

Sie warf ihm einen scharfen Blick zu. »Der alte Guy ist noch da, Will, er lauert direkt unter der Oberfläche. Du hast mitbekommen, wie er mich angebrüllt hat.«

»Eine winzige Sekunde lang, Joss.«

Sie zog ihre Hand weg. »Hör auf, ihn zu verteidigen. Alles kann ich ertragen, aber das nicht.«

Er ließ seine Hand auf ihrem Bein ruhen. »Das hätte wirklich noch ein, zwei Tage warten können«, sagte er. »Ich habe das Gefühl, wir hätten bei ihm bleiben sollen, anstatt Zoe anzurufen.«

»Du hättest ja bleiben können.«

»Als hätte ich dich allein hier rüberfahren lassen. Ich verstehe nur einfach nicht, weshalb wir nicht noch ein paar Tage warten konnten.«

»Erstens ist Aufschieben etwas für Loser.« Sie hätte schwören können, dass er ein wenig zusammenzuckte, aber sie war zu sehr darauf erpicht, ihre zahlreichen Argumente vom Stapel zu lassen. »Zweitens werden mich die Medien finden. Es ist nur eine Frage der Zeit, bis sie …«

»Nein, nein. Das stimmt nicht. Wir reden mit Slade Garrison – er hat eine gute Truppe von Deputys – und werden ihm die Situation schildern. Er muss wissen, dass du hier bist, damit er Reporter, die auf der Suche nach dir sind, ablenken kann. Und er kann ein oder zwei Zivilfahrzeuge vor Guys Haus positionieren, dann bist du im Casa Blanca vollkommen sicher.«

Sie sagte nichts und blickte stattdessen hinaus aufs Wasser. Sonnenlicht tanzte auf den Wellen, und ein riesiger Kabinenkreuzer glitt unter der Brücke durch und zog grellweißes Kielwasser hinter sich her. Bestimmt war es schön auf diesem Schiff, inmitten frischer Luft und Salzwasser.

Weg von allem. Allein.

Oder vielleicht mit Will.

»Kann ich dich etwas fragen, Joss?«

»Mmmm.« Ihre Antwort kam verhalten, aber sie kannte ihn gut genug, um zu wissen, dass er trotzdem fragen würde.

»Du hattest keine Affäre mit diesem Kerl, oder?«

Oh. Mit dieser Frage hatte sie nicht gerechnet – auch wenn sie ganz natürlich und normal war und sie damit hätte rechnen müssen. Tief in ihrem Inneren wollte sie, dass Will wusste, dass sie es nicht getan hatte. Sie blieb jedoch stumm.

»Ich wünschte, du würdest nein sagen«, sagte er leise. »Ganz schnell und sehr nachdrücklich.«

»Miles Thayer und ich hatten keine wie auch immer geartete Beziehung. Aber alles, was das Verhältnis zu meinen Klienten und somit auch Coco betrifft, ist streng vertraulich, und ich werde nicht darüber reden.«

Er gab einen leisen, geringschätzigen Laut von sich. »Sie schert sich einen Dreck darum, deinen guten Ruf zu schützen. Warum solltest du dich um ihren scheren?«

Sie drehte sich zu ihm, weil auch ihr eine Frage unter den Nägeln brannte. »Dachtest du, dass es wahr wäre?«

Er zögerte so lange, dass ihr die Antwort klar wurde. Verdammt. Vielleicht hatte sie das alles nicht gut genug durchdacht. Sie hatte so viel für Coco geopfert.

»Ich habe dich in den letzten fünfzehn Jahren keine fünfzehn Sekunden lang gesehen«, sagte er schließlich. »Ich wusste nicht, was ich glauben sollte.«

Das war verständlich, nahm sie an. »Glaubst du es jetzt?«

»Nicht, wenn du mir sagst, dass es gelogen ist. Ich glaube dir. Und ehrlich gesagt …« Er griff wieder nach ihrer Hand und hielt sie dieses Mal so fest, dass sie sie nicht wegziehen konnte. »Du stehst nicht auf überbewertete, hagere blonde Kerle, die als Schauspieler nichts taugen.«

Sie lachte leise. »Das stimmt.«

»Und so sehr kann sich niemand verändern. Du würdest nicht mit einem verheirateten Typen schlafen.«

»Nein, das würde ich nicht, deshalb danke für die Vertrauensbekundung. Ich wünschte, meine Klienten würden das auch so sehen.« Heute Morgen hatte sie wieder zwei von ihnen verloren.

»Das tun sie wahrscheinlich auch, aber Coco ist diejenige, auf deren Seite sie sich schlagen müssen, weil sie in der Filmindustrie viel mehr Einfluss hat.«

Sie seufzte. Natürlich hatte Will das alles durchschaut; er durchschaute *immer* alles. »Genau.«

Er drehte seine Hand und verschränkte seine Finger mit ihren. »Ich verstehe aber immer noch nicht, was es schaden kann, wenigstens ein Statement abzugeben.«

»Ihr würde es schaden«, sagte sie einfach.

»Und das hält dich davon ab? Hast du irgendeine Vertraulichkeitserklärung unterschrieben?« Er drehte sich um, als er auf dem Festland an einer Ampel halten musste, seine blauen Augen blitzten. »Denn ein guter Anwalt könnte …«

»Nein, Will, stopp. Respekt und Berufsethos verbieten mir das. Ich glaube, an der nächsten Ampel musst du rechts abbiegen.«

»Ich kenne den Weg.«

»Warst du schon mal in Autumn House?«

»Ich habe mir ein paar Heime angeschaut, als ich hierhergekommen bin.«

Aus irgendwelchen Gründen war sie schockiert. Warum hatte er ihr das nicht erzählt? »Und?«

»Dafür, dass sie tierisch überteuert sind, kommen sie mir gar nicht mal so großartig vor.«

»Du hast dieses Heim schon mal besichtigt?«

Er schüttelte den Kopf. »Das hier nicht, aber andere. Hier habe ich zwar angerufen, aber dann habe ich es mir anders überlegt.«

»Ich kann es mir leisten«, sagte sie leise.

»Auch wenn du geschäftlich in Schwierigkeiten steckst?«

Wieder beim Thema … »Ich habe eine Menge Geld gespart.«

»Wie wäre es mit einem neuen Betätigungsfeld?«

Sie zuckte mit den Achseln. »Ich komm schon klar.«

»Nach all dem könnte sich das in L. A. als Herausforderung erweisen.«

»Ich habe schon größere Herausforderungen gemeistert.«

Er lächelte und schüttelte ein wenig den Kopf.

»Was ist? Hab ich auch.«

»Das weiß ich. Aber musst du bei allem immer so verdammt abgebrüht sein? Es ist, als hättest du eine harte Schale um dich herum.«

Das hatte sie auch. »Die habe ich schon so lange, dass ich gar nicht mehr weiß, wie es ohne ist. Ich habe sie schon … seit … sehr langer Zeit.«

Er schloss die Augen, als hätte sie ihn geohrfeigt. Sie beugte sich vor, um ihre Tasche zu umklammern, damit sie ihn nicht anzusehen oder seinen Schmerz zu spüren brauchte. Sie zog die Adresse heraus und versuchte sie zu lesen, doch die Buchstaben tanzten ihr vor den Augen.

»Es ist nicht mehr allzu weit«, sagte sie und zwang sich zu lesen und darüber nachzudenken, wo sie waren und wo sie hinmussten. Ganz konkret, auf dieser Straße – nicht emotional, in ihrem Kopf.

»Jocelyn.«

Sie ignorierte die Zärtlichkeit in seiner Stimme, die Wärme seiner großen Hand, den Trost, den das ihr immer spendete. »Noch zwei Ampeln«, sagte sie angespannt.

»Ich weiß.«

Sie räusperte sich, als könnte sie dadurch die Unterhaltung über Schutz, Schmerz und harte Schalen, hinter denen sie sich verbarg, ungeschehen machen. »Und warum hattest du dir noch mal dieses Heim nicht angeschaut?«, fragte sie und klammerte sich dabei an Smalltalk wie an einen Strohhalm.

»Ich habe beschlossen, dass er in seinem Zuhause wohnen soll.«

Die Worte rüttelten sie auf. Diese Fürsorge. Die Sorge um einen Menschen, der gedroht hatte, sein Leben zu ruinieren oder zu beenden.

»Ich merke schon, dass dir das nicht gefällt.«

»Sollte es das, Will?«

Er stieß den Atem aus und ließ ihre Hand los, um das Lenkrad zu drehen. »Ich weiß, dass er dein Dad ist und nicht meiner, und du nimmst es mir übel, dass ich mich um ihn kümmere.«

Glaubte er, dass es das war, was sie störte? Dass *er* sich um *ihren* Vater kümmerte? Er erinnerte sich nicht mal mehr an das, was sie auseinandergerissen hatte. Was *eine harte Schale* bei ihr hinterlassen hatte?

Sie musste sich ins Gedächtnis rufen, dass er nicht alles wusste.

»Ich konnte einfach nicht zu Hause sitzen und die Tatsache ignorieren, dass er Hilfe brauchte«, sagte er.

Nun, das hatten sie gemeinsam. War das nicht in erster Linie der Grund, weshalb sie sich in dieser Situation befand, in Bezug auf Coco? »Du hättest einfach zum Hörer greifen und mich anrufen sollen. Ich hätte mich dann darum gekümmert.«

»Nun, das habe ich aber nicht getan.«

»Warum nicht?«

Er warf ihr einen Blick zu. »Vielleicht hatte ich ja das Gefühl, dir etwas zu schulden.«

Ihr? Was sollte er ihr schulden? »Mir? Warum?«

»Wenn ich nicht gewesen wäre, wäre das … an diesem Abend … niemals passiert. Du hättest dein Zuhause gar nicht verlassen oder du wärst hin und wieder zurückgekommen.« Er schluckte und in seiner Stimme schwangen Bedauern und Reue mit. »Ich gebe mir selbst die Schuld an dem, was an diesem Abend passiert ist.«

»Das solltest du nicht«, sagte sie nur. »Du solltest die Schuld demjenigen zuschieben, der sie auf sich geladen hat.«

»Dir?«, fragte er ungläubig.

»Nein, Will. Guy Bloom.« Sie deutete auf ein großes weißes Gebäude mit Stuckverzierungen inmitten einer Rasenfläche und ein schlichtes Schild am Rand des Parkplatzes. »Wir sind da.«

Als er auf den Parkplatz gefahren war und eingeparkt hatte, wollte sie gerade die Tür aufmachen, als er ihre Hand ergriff und sie zu sich zog.

»Was würde es brauchen?«, fragte er.

Die Frage und sein intensiver Blick verblüfften sie. »Mich davon zu überzeugen, ihn nicht in ein Heim zu stecken?«

»Nein.« Er streckte die Hand aus und streifte mit den Knöcheln ihre Wange, seine Berührung war unerwartet und glühend – und gleichzeitig überlief sie ein Schauer. »Diese Schale zu durchbrechen.«

»Tut mir leid, Will. Sie ist unzerbrechlich.«

Aber er beugte sich einfach nur vor und hauchte seine letzten paar Worte; es war beinahe ein Kuss, auch wenn er sie dabei nicht wirklich berührte. »Das kann nicht sein.«

»Möchte Ihr Mann nicht auch mit hereinkommen?«

Sie standen vor dem Büro der Leiterin; Will drehte sich um und ertappte Jocelyn dabei, wie sie ein überraschtes Gesicht machte und rot wurde. Die Annahme der Frau war völlig natürlich. Sie hatten auf ihrer Besichtigungstour nie erwähnt, dass sie nicht verheiratet waren, nur dass sie wegen Jocelyns Vater hier waren.

»Ich werde hier draußen warten, während ihr euch unterhaltet«, sagte er und deutete auf die Lobby.

Jocelyns dunkle Augen suchten seinen Blick, doch dann nickte sie und betrat das Aufnahmebüro. Aufnahme. Als wäre es ein College und kein Heim für alte Menschen, das den albernen Namen Autumn House – Herbsthaus – trug.

Passender wäre wohl Tiefster-Winter-am-Ende-der-Tage-Haus.

Will hatte in den letzten zwanzig Minuten, in denen sie durch die speziellen, für Besucher offenen Bereiche gegangen waren, genug von ihrem Friede-Freude-Eierkuchen-Mist gesehen. Nichts von dem, was er wissen wollte, würde zutage treten während dieser oberflächlichen Besichtigung. Und die Wahrheit würde auch hinter der Tür der Leiterin nicht ans Licht kommen, wenn Jocelyn noch mehr nichtssagende Fragen wie »Wie oft werden sie gefüttert?« gestellt haben würde.

Großer Gott, das war doch kein Hundezwinger.

Oder vielleicht doch?

Aber er hatte sich all diese Kommentare verkniffen, während Bernadette Bowers, Leiterin des Aufnahme- und Patientenberatungsbüros, die Philosophie, die dieser Laden verfolgte, heruntergeleiert hatte.

Vor einem Jahr hatte er zwei ähnliche Einrichtungen besucht. Keine von ihnen war so vornehm wie diese gewesen, musste er zugeben, während er durch die sanft beleuchtete Lobby des Haupthauses ging und der Rezeptionistin zunickte, die hinter einer Plastikpalme verborgen war. Aber sie waren alle gleich: Wartesäle Gottes. Mit künstlichen Pflanzen.

Vielleicht gehörte es nicht zu der Art von Einrichtung, in der sie jemanden acht Stunden lang in seinem Rollstuhl vergaßen. Vielleicht würde hier kein alter Mann in seinem Bett verrotten, weil man ihn schlicht und einfach vergessen hatte. Vielleicht gab es hier kein Personal, das – mit fatalen Folgen – Medikamente vergaß und außer einem guten Herzen praktisch keinerlei Ausbildung besaß. Er hatte das Gefühl, dass Autumn House besser war als die meisten dieser Heime.

Aber es war nicht Guys *Heim*.

Er stieß die Tür auf und trat auf die Terrasse hinaus, blickte über das gepflegte Anwesen, die perfekt platzierten Hibiskusbäumchen, die sorgfältig positionierten Tische und Stühle.

Kein Mensch zu sehen.

Okay, vielleicht war es draußen heute zu heiß für die alten Leutchen. Oder es hatte sie niemand herausgebracht. Oder es herrschte Personalknappheit.

Die Tür hinter ihm ging auf, und er drehte sich um, weil er Jocelyn erwartete, aber eine andere Frau kam heraus. Sie war in den Fünfzigern, hatte traurig heruntergezogene Mundwinkel und feuchte Augen.

»'tschuldigung«, murmelte sie, als sie an ihm vorbeiging.

»Kann ich Sie etwas fragen?« Er hatte die Frage gestellt, noch bevor er darüber nachdenken und es sich anders überlegen konnte. Aber gehörte es nicht auch zur »Besichtigungstour«, sich mit Bewohnern oder deren Angehörigen zu unterhalten?

Die Frau zögerte und wich ein wenig zurück. »Ja?«

»Haben Sie hier einen …« Fast hätte er »geliebten Men-

schen« gesagt, aber er verbesserte sich selbst. »Einen Angehörigen?«

Sie nickte und tupfte sich abwesend am Auge herum und biss
sich auf die Lippe.

»Wie ist es hier so?«, fragte er. »Wir ziehen es in Erwägung
für meinen … wir suchen nach einem Pflegeheim.«

Sie antwortete nicht sofort, sondern wählte ihre Worte sorgfältig und rang mit ihren Gefühlen. »Es ist sehr teuer, aber es
gehört zu den besseren Heimen.«

»Wie ist die Pflege?«

Sie zuckte mit den Achseln. »Sie wissen schon.«

Nein, er wusste es nicht. »Die Ärzte?«

Nach kurzem Zögern stieß sie den Atem aus. »Einige sind
besser als andere.«

»Das Pflegepersonal?«

»Gut, kein Heim ist perfekt.« Sie versuchte, fröhlich zu klingen, aber er konnte zwischen den Zeilen lesen – vor allem zwischen den beiden, die sich tief in ihre Stirn eingegraben hatten.

»Würden Sie sich noch mal hierfür entscheiden?«, fragte er
und wusste, dass er für ein zufälliges Gespräch zwischen Fremden die Grenzen bereits weit überschritten hatte.

»Im Grunde ist mir keine andere Wahl geblieben«, sagte sie.
»Meine Mutter kann nicht mehr zu Hause wohnen.«

Er nickte verständnisvoll.

»Wenn sie zu Hause wohnen bleiben könnte oder wenn ich
sieben Tage lang vierundzwanzig Stunden bei ihr bleiben könnte, dann würde ich es so machen. Aber man muss realistisch
sein. Man muss Kompromisse schließen.« Sie neigte den Kopf
und lächelte. »Ein Elternteil von Ihnen?«

»Nein, ein Freund.« Er war sich nicht ganz sicher, wann genau Guy sein Freund geworden war, aber es war so. Das Wort
fühlte sich richtig auf seinen Lippen an.

In diesem Moment öffnete sich die Tür und Jocelyn trat in den Sonnenschein heraus. Sie sah frisch und kühl aus und nicht annähernd so geschlagen wie die Frau mit der fahlen Haut, mit der er sich gerade unterhielt.

»Alles ist abgemacht«, sagte sie leise.

»Du hast ihn angemeldet?« Ein besseres Wort fiel ihm nicht ein, nicht wenn ihn weißglühender Zorn durchzuckte.

»Noch nicht. Natürlich muss ich mir noch ein oder zwei andere Heime anschauen, aber im Großen und Ganzen bin ich ziemlich zufrieden.«

Womit? Der kühlen Cafeteria? Den trostlosen Fluren? Dem Einzelzimmer für einen Mann, der daran gewohnt war, ein ganzes Haus zu bewohnen?

Jocelyn warf der anderen Frau einen Blick und ein rasches Lächeln zu, das jedoch nicht warmherzig genug war, um zu einer Unterhaltung einzuladen.

»Hören Sie«, sagte die Frau, wandte sich an Will und erhielt damit die winzige Verbindung aufrecht, die sie in dieser kurzen Zeit zwischen sich aufgebaut hatten. »Ich kenne Ihre Situation nicht, aber wenn Sie irgendeine Möglichkeit haben, ihn zu Hause zu pflegen, wenn es irgendeinen Weg gibt, diesen Schritt zu vermeiden, dann sollten Sie das unbedingt tun.«

Jocelyn trat vor, so aufrecht, als hätte sie einen Stock verschluckt. »Da haben Sie recht.«

Hoffnung keimte in ihm auf.

»Sie *kennen* unsere Situation nicht«, sagte Jocelyn. »Aber danke für den Rat. Gehen wir, Will.«

Er stand wie versteinert da, während sie in Richtung Parkplatz davonging.

»Danke«, sagte er leise zu der Frau. »Alles Gute.«

Jocelyn war schon fast am Pick-up, als er sie einholte.

»Du brauchst mich gar nicht dafür zu tadeln, dass ich ihr gegenüber so zickig gewesen bin«, sagte sie, während er nach der Tür griff. »Du musst diese Entscheidung nicht treffen.«

»Du warst nicht zickig«, erwiderte er. »Du steckst in einer angespannten Lage.« Und ja, verdammt, sie hatte recht, es war nicht seine Entscheidung. Doch das hinderte ihn nicht daran, sich über deren Folgen Sorgen zu machen.

Sie kletterte in den Pick-up und riss am Gurt. »Ja, die Lage ist angespannt. Hast du mit ihr gesprochen.«

»Ganz kurz.« Er schlug die Tür zu und wollte gerade um den Wagen herumgehen.

»Warten Sie, Sir. Warten Sie!« Die Frau von der Terrasse kam mit ausgestreckter Hand auf ihn zugerannt. »Eins wollte ich Ihnen noch sagen.«

Jocelyn blieb im Wagen, aber er wusste, dass sie sie durch den Seitenspiegel beobachtete, möglicherweise hörte sie auch das Gespräch, auch wenn ihre Tür geschlossen war.

»Was denn?«

Die Frau legte ihm die Hand auf den Arm, auf ihren Fingern zeichneten sich Venen und Altersflecken ab, woraufhin er seine Einschätzung ihres Alters nach oben korrigierte. »Zu den Neuen sind sie ganz okay. Zu denjenigen, die sich noch nicht zu weit … entfernt haben. Aber die richtig schlimmen Fälle?« Sie schüttelte den Kopf und ihr kamen die Tränen. »Die sind verloren und vergessen.«

Vergessen. Genau wie er vermutet hatte. Er tätschelte ihr die Hand. »Ihre Mutter ist nicht vergessen. Sie hat doch Sie.«

Sie lächelte und ging weg.

Er wartete einen Moment, dann kletterte er hinter das Steuer des Pick-ups. Er warf Jocelyn einen Blick zu, während ihm seine Möglichkeiten durch den Kopf schwirrten. Die Verantwortung für ihren Vater lag bei ihr, das stimmte. Er konnte nicht von ihr verlangen, dass sie in dieser Hinsicht ihre Meinung änderte, aber vielleicht konnte er sie dazu bringen, noch ein wenig darüber nachzudenken.

»Hunger?«, fragte er.

»Nicht im Geringsten.«

Verdammt. »Wir sind nämlich nicht weit vom Kaplan's entfernt.«

Ihre Augen wurden groß und sie lächelte. »Oh mein Gott, diese Reuben-Sandwichs.«

Es wäre nicht ihre erste Fahrt hinunter nach Marco Island; sie waren oft nach Baseballspielen hingefahren, wenn ihn spätabends der Hunger eines Halbwüchsigen überkommen hatte und sie einfach mal rauswollte. Vor allem in diesem letzten Sommer waren sie bestimmt ein Dutzend Mal zu diesem Restaurant in der Nähe des Jachthafens gefahren.

»Mit extra Thousand-Island-Dressing und die Pommes ohne Ketchup«, sagte er lächelnd. »Die Lady mag keine nassen Pommes.«

»Ooh, daran erinnerst du dich noch?«

Er erinnerte sich noch an so viel mehr, dass es schon nicht mehr komisch war. »Ist das ein Ja?«

Sie überlegte ein wenig, dann nickte sie. »Aber ich muss diese Mütze tragen.« Sie griff in ihre Tasche und zog die Baseballmütze heraus, die sie gekauft hatte. »Ich will nicht, dass mich irgendjemand erkennt.«

»Sie werden dich nicht erkennen.«

»Da wäre ich mir nicht so sicher«, sagte sie und setzte die Mütze auf.

Er zog die Krempe ein wenig herunter. »Ich erkenne dich kaum wieder, Joss.«

Sie hielt inne und blickte zu ihm auf. Ihre Augen waren so braun und seelenvoll, dass es ihn innerlich fast zerriss. »Was soll das heißen?«

161

»Du hast dich verändert, das ist alles.«

»Du dich auch«, schoss sie zurück.

»Stimmt.« Er zuckte mit den Schultern. »Ich habe eine Menge durchgemacht.«

»Warum erzählst du mir das nicht alles über einem Reuben-Sandwich?«

»Alles?«

»Alles.«

Das war nicht der Grund, weshalb er mit ihr ins Kaplan's gehen wollte. Er wollte ihr ausreden, überstürzte Entscheidungen zu treffen, stattdessen traf er selber eine. »Okay.«

12

Je mehr sie sich dem Kaplan's näherten, desto besser wurde Jocelyns Laune. Vielleicht hatte sie ja doch Hunger. Oder vielleicht fühlte sie sich zum ersten Mal, seit sie Mimosa Key verlassen hatten, entspannt; immerhin fuhren sie auf einer vertrauten Straße, die sie an lange Nächte und lange Gespräche erinnerte – und an einen wunderbaren Jungen an ihrer Seite, den sie einst geliebt hatte.

Verstohlen warf sie ihm einen Seitenblick zu, der an seinen Schultern hängen blieb, die heute noch breiter waren als damals. Eigentlich war alles an Will jetzt stärker ausgeprägt. Sein Profil, seine Muskeln, seine Persönlichkeit. Noch immer war sein Herz so groß wie seine Hände, nur hatte er jetzt die absolute Körperbeherrschung eines Mannes.

Und verdammt, sie betrachtete ihn gern. Es raubte ihr den Atem, wenn er lächelte, und das tat er mehr und mehr auf der kurzen Fahrt über die Uferstraße hinunter zum Kaplan's.

»Der Ort hat sich ziemlich verändert, findest du nicht?«, fragte er und zeigte auf die riesigen Hochhäuser mit Wohnungen, die die Sicht auf das Wasser jetzt vollständig versperrten.

»Das ist genau das, was sie in Mimosa Key versuchen zu vermeiden.«

»Wir *werden* das vermeiden«, sagte er. »Clays Entwurf ist das genaue Gegenstück zu diesen abscheulichen Klötzen. So etwas wie das Casa Blanca gibt es kein zweites Mal.«

Sie nahm den Stolz in seiner Stimme wahr. »Du arbeitest gern dort.« Das war eine Feststellung, keine Frage, und sie war ein wenig überrascht, als ihr klar wurde, wie wahr das war.

»Es gefällt mir«, räumte er ein. »Viel mehr, als ich gedacht hätte. Es ist toll, von Anfang an mitzuwirken und zu sehen, wie es entsteht.« Er neigte sich ein wenig zu ihr. »Außerdem bist du eine der Investorinnen, weißt du?«

»Ja, ich weiß, und deshalb wundere ich mich auch darüber, dass Lacey nie erwähnt hat, dass du dort arbeitest.«

»Hast du sie gefragt?«

Ehrlich gesagt, nein. »Ich hatte keine Ahnung, dass du wieder dauerhaft in Mimosa Key lebst. Als ich dich letztes Jahr auf dieser Stadtratssitzung getroffen habe, dachte ich, du besuchst deine Eltern oder so.«

Er seufzte. »Eher ›oder so‹.«

»Was willst du damit sagen?«

»Ich hatte nie vor, so lange zu bleiben«, gestand er, während er in die Ladenzeile abbog. Der mittägliche Ansturm war bereits vorbei, deshalb fanden sie nicht weit vom Restaurant entfernt einen Parkplatz. »Lass uns reingehen, dann erzähle ich dir davon.«

Sie hatte die Kappe weiterhin tief ins Gesicht gezogen und ihre Sonnenbrille auf, aber sie hätte sich keine Sorgen zu machen brauchen. Die Kellnerin, die sie begrüßte und zu einer der Fensternischen führte, nahm gar keine Notiz von ihr. Sie hatte nur Augen für Will.

Dieser legte die Hand auf Jocelyns Rücken, um sie zu führen. Er blieb dicht hinter ihr, bis sie in die Nische geglitten war, dann nahm er ihr gegenüber Platz. Er nahm die Speisekarten entgegen und bestellte Eistee für sie beide.

Nach kurzer Zeit kam sich Jocelyn eher albern vor als getarnt, deshalb nahm sie die Sonnenbrille ab und sah sich um, um herauszufinden, was sich in den vergangenen fünfzehn Jahren verändert hatte. Nicht viel. Will sah ihr jetzt direkt in die Augen. Die Intensität seines Blickes wärmte jede Faser ihres Körpers.

»Sieht es anders aus?«, fragte er.

Ihre Blicke begegneten sich, und sie war einen Moment lang ergriffen vom tiefen Blau seiner Augen. Sie hatte sich nie daran gewöhnen können, wie erstaunlich blau sie waren im Kontrast zu seiner sonnenverbrannten Haut. »Nein, aber der Junge, der mir gegenübersitzt.«

Seine Lippen verzogen sich zu diesem trägen, süßen, seelenvollen Lächeln, das sie stets innerhalb von zehn Sekunden von tiefstem Kummer in absolute Glückseligkeit katapultierte. »Er ist kein Junge mehr.«

»Das habe ich gemerkt.«

Er zog eine Augenbraue nach oben und forderte sie wortlos dazu auf, weiterzusprechen.

»Du hast ein paar Krähenfüße bekommen.«

Er kniff die Augen zusammen, um die Runzeln um seine Augenwinkel noch zu verstärken. »Was noch?«

Sie antwortete nicht sofort, sondern kostete den Vorwand aus, jeden Zentimeter seines Gesichts zu studieren, genoss die kleine Achterbahnfahrt, auf die sich ihr Inneres begab, als sie und Will sich ausschließlich aufeinander konzentrierten.

»Du hast dir die Haare länger wachsen lassen.«

»Es gibt keinen nervigen Trainer mehr, der darauf besteht, dass ich sie mir schneiden lasse.«

»Und das ist das, was sich vor allem verändert hat«, sagte sie. Sie lehnte sich zurück, weil die Kellnerin ihre zwei Eistees servierte. Als sie weg war, führte Jocelyn den Gedanken zu Ende. »Du spielst nicht mehr Baseball.«

Er berührte seinen Bauch und tat, als wäre er gekränkt. »Findest du mich etwa verweichlicht?«

Wohl kaum. »Ich kenne dich nur auf dem Weg zu oder von einem Spiel, wie du über das Spiel redest, dich ärgerst, weil ihr das Spiel verloren habt oder ›We Are the Champions‹ pfeifst, weil ihr die Collier High Blue Devils so richtig in die Mangel genommen habt.«

Sie dachte, er würde jetzt grinsen, weil sie sich an das Maskottchen der rivalisierenden Highschool erinnerte, aber er blickte nur auf seinen Eistee hinunter, drehte das Glas in den Händen und damit auch die Papierserviette.

»Meine Karriere hängt … in der Warteschleife.« Er schnaubte leise und fügte hinzu: »Um es optimistisch auszudrücken.«

Sie wartete einfach ab, weil sie Will gut genug kannte, um zu wissen, dass da noch etwas kommen würde. Doch er griff nach seinem Eistee und nahm einen langen Schluck davon. Sie beobachtete, wie er dabei die Augen zuklappte und sich seine Kehle bei jedem Schluck hob und wieder senkte.

Dann stellte er das Glas mit einem dumpfen Geräusch auf den Tisch und atmete langsam aus. »Wenn wir über Baseball sprechen, solltest du dir lieber eine Mütze von den Miami Marlins aufsetzen anstatt dieses Designer-Ding.«

»Wo wir gerade von Mauern und Schalen sprechen, die man um sich herum errichtet – du solltest mir jetzt verdammt noch mal sagen, was mit deiner Karriere los ist.«

Er schmunzelte ein wenig. »Gute Retourkutsche, Jossie. Setz die Kappe ab, dann sage ich es dir.«

»Warum?«

Er streckte die Hand aus und tippte auf die Krempe, dann zog er ihr die Kappe herunter, sodass ihr das Haar auf die Schultern fiel, als die Strähnen durch das Loch hinten in der Kappe glitten. »Weil ich dein Haar mag, und weil ich dein hübsches Gesicht nicht sehen kann, wenn du das Ding aufhast.«

»Das ist eigentlich der Sinn der Sache«, sagte sie, während ihr Blick zu der leeren Nische gegenüber huschte.

Er nahm die Mütze und warf einen Blick auf die Innennaht. »Dolce e Gabbana? Was zum Teufel ist denn das?«

»Teuer ist das. Warum ist es optimistisch zu sagen, dass deine Karriere in der Warteschleife hängt?«

»Weil, meine Freundin mit den teuren Mützen …« Er ließ die rot-blaue Mütze auf seinem Finger rotieren, eine übermütige Geste, die über die Emotionen, mit denen seine Stimme aufgeladen war, hinwegtäuschte. »Weil Will Palmer, Nummer einunddreißig, ein Spieler, der mit einigen unbedeutenden, nichtssagenden Siegen in die Annalen der unteren Baseball-ligen eingegangen ist, aufgehört hat zu spielen.«

Er probierte den Hut auf, der natürlich gerade einmal den oberen Teil seines Kopfes bedeckte.

»Für immer aufgehört?«, fragte sie.

Er legte die Kappe auf den Tisch und wich ihrem Blick aus. »Es sei denn, ich kann einen Job als Trainer finden, und das ist verdammt schwer, sowohl in den oberen als auch in den unteren Ligen. Mein Agent schaut sich um, und ich versuche, die Hoffnung nicht zu verlieren.«

»Glaubst du nicht, dass du einen Job als Trainer bekommen kannst?«

»Ich weiß es nicht«, sagte er aufrichtig. »Jeden Tag stirbt die Hoffnung ein wenig mehr.«

»Was ist mit dem Schreinerhandwerk? Gefällt dir deine Arbeit? Ich meine, du machst deine Sache so gut.«

»Weißt du, es gefällt mir schon, aber es ist so …« Er schüttelte den Kopf, als würde ihn das, was er gleich sagen wollte, überraschen. »Unbedeutend?«

Dass das wie eine Frage klang, wunderte Jocelyn. »Resorts und so schöne Ferienhäuser zu bauen, dass einem die Kinnlade herunterklappt, Ferienhäuser, die ihren Gästen Stunden des Glücks bescheren und ihren Eigentümern Berge von Geld? Was ist daran unbedeutend?«

Er lachte leise. »Touché, Lebensberaterin.«

»Du hast immer gern mit deinem Dad gearbeitet. Ich erinnere mich daran, wie er den Schrein gebaut hat – ähm, den Anbau.«

Er grinste. »Es ist ein Schrein geblieben, auch wenn ich ins Haupthaus gezogen bin.«

Sie versuchte, nicht an das Zimmer und all die Erinnerungen zu denken, die sie mit diesem Loft verband. »Du … benutzt es also gar nicht?«

»Nur zum Trainieren.«

»Ist es nicht seltsam, im ehemaligen Schlafzimmer deiner Eltern zu schlafen?«

»Ich habe es von Grund auf renoviert, eine Wand eingerissen, den Wandschrank ausgebaut, das Bad umgestaltet. Das ganze Haus ist praktisch neu, und man kann es auf diese Weise auch besser verkaufen.«

»Aber du hast es noch nicht zum Verkauf angeboten.«

Er zuckte mit den Schultern. »Ich … warte noch.«

»Worauf?«

Bevor er antwortete, trat die Kellnerin zu ihnen an den Tisch, blendete ihn mit einem Lächeln und fragte nach ihrer Bestellung.

»Zwei Reuben-Sandwichs mit Pommes.« Er klappte seine Speisekarte zu und reichte ihr beide, zwinkerte dabei aber Jocelyn zu. »Für die Dame bitte ohne Ketchup.«

Jocelyn lächelte; die Erinnerung an die Zeit, als er bei einem gemeinsamen mitternächtlichen Mahl aus Versehen Ketchup auf ihre Pommes geschüttet hatte, stand ihr immer noch lebhaft vor Augen. Sie hatten miteinander gerangelt und gelacht und sich so verdammt wohlgefühlt.

Das war nur einen Monat oder so, bevor …

Rasch zog sie die Serviette auf ihren Schoß und richtete das Besteck gerade, bis sie wieder allein waren.

»Also, warum hast du ihr Haus nicht verkauft? Worauf wartest du?«, fragte sie und griff das Thema wieder auf, bevor er ihre Miene entschlüsseln konnte. Früher war er darin so gut gewesen.

»Na ja, auf eine Stelle als Trainer natürlich. Das ist der nächste natürliche Schritt in meiner Karriere.«

»Und wenn sich keine solche Stelle auftut?«

Er lehnte sich ganz zurück, verschränkte die Arme hinter dem Kopf – eine Bewegung, die den Bizeps betonte, auf den sie sich so sehr bemühte nicht zu starren. »Dann werde ich mir wohl überlegen müssen, was ich mit meinem Leben anfange.«

»Das solltest du mal besser, Will. Du bist vierunddreißig.«

»Ja. Kennst du zufällig eine gute Lebensberaterin, die mir helfen kann?«

Sie grinste. »Klar doch, aber sie ist teuer.«

»Natürlich ist sie das.« Er entspannte sich, nahm die Kappe, klappte sie auf und warf sie gekonnt über die Zuckerdose. »Diese Dingsbums-e-Cabana-Kappen sind nicht gerade billig.«

Automatisch rückte sie die Mütze gerade und stapelte die Süßstoffpäckchen wieder ordentlich. »Man sagt, dass sie Rabatt gewährt, wenn sie jemanden mag.«

»Magst du mich wirklich, Joss?«

Sie schob den Zucker zurecht und richtete den ganzen Stapel wieder auf. Ihr Herz machte einen kleinen Satz in ihrer Brust, ein Gefühl, das so intensiv und süß war, dass es ihr fast den Atem nahm.

»Ich habe dich immer gemocht, Will«, sagte sie und suchte sorgfältig nach einem Weg, die Leichtigkeit dieses Gesprächs beizubehalten. »Und das bedeutet, dass du den Rabatt für ganz besondere Freunde bekommst.«

»Das heißt?«

»Meine Dienste gegen ein Reuben-Sandwich mit Pommes. Bezahl mein Mittagessen, und wir bringen dein Leben wieder in Ordnung.«

»Wenn es doch nur so einfach wäre.« In seiner Stimme lag etwas so überraschend Trauriges, dass es ihr naheging.

»Ist es so schlimm?«

»Na ja, ich bin nicht auf der Flucht vor dem *National Enquirer*, werde nicht fälschlicherweise des Ehebruchs beschuldigt und bin nicht gezwungen *Clean House* zu spielen, also hätte es wohl schlimmer kommen können.«

Sie musste lachen. »Also gut, fangen wir mit der Beratung an.«

»Jetzt gleich?«

»Ich hasse es, Dinge aufzuschieben. Du möchtest eine Beratung für dein Leben, also los. Wofür würdest du sterben?«

Er starrte sie einfach nur an, blinzelte und runzelte die Stirn. »Was hast du gesagt?«

»Wofür wärst du bereit zu sterben? Das ist die erste Frage, die ich im Eingangsgespräch stelle«, erklärte sie. »Ich muss wissen, was meinem Klienten am allerwichtigsten ist, und dann geht es von da aus Schritt für Schritt weiter.«

»Weißt du, wofür *du* bereit wärst zu sterben?«, fragte er zurück.

»In diesem Beratungsgespräch geht es nicht um mich.«

Er nahm einen weiteren Schluck von seinem Eistee, eindeutig eine Verzögerungstaktik. »Das ist eine bescheuerte Fangfrage«, sagte er schließlich, nachdem er geschluckt hatte. »Die Antwort ist bei allen gleich. Liebe, Familie, Freundschaft, Wahrheit, Ehre, Gerechtigkeit und den großen Wurf bei der

Weltmeisterschaft.« Er hielt inne und grinste. »Okay, das steht vielleicht nicht auf deiner Liste.«

»Keines dieser Dinge steht auf meiner Liste, Will.« Nicht ein einziges.

Er sah sie so verblüfft an, dass sie ein wenig verlegen wurde.

»Na ja, vielleicht würde ich für eine meiner Freundinnen sterben, wenn es sein müsste, aber eine Familie habe ich nicht wirklich, und wenn ich ehrlich bin, kann ich nicht von mir behaupten, dass ich für Ehre oder Gerechtigkeit sterben würde, auch wenn ich beides sehr schätze. Und ich bezweifle, dass ich je an einer Weltmeisterschaft teilnehmen werde.«

»Du hast das Erste ausgelassen.«

Liebe. Das hatte sie mit Absicht ignoriert. Trotzdem runzelte sie die Stirn, als könnte sie sich nicht mehr an den ersten Punkt auf seiner Liste der Dinge, für die er sterben würde, erinnern.

»Liebe«, rief er ihr ins Gedächtnis.

»Oh, tatsächlich«, sagte sie. »Na ja, ich habe nie ...« Oh doch, das hatte sie. »Ich war nie verheiratet, du aber schon.« Gott sei Dank hatte sie während ihrer Ausbildung diese Frage-Umkehr-Technik gelernt, wie man den Leuten die Worte im Mund herumdrehen konnte. »Erzähl mir doch mal etwas über sie.«

»Müssen meine Ehe und meine Scheidung unbedingt Teil dieses Gesprächs sein?«

»Wenn wir deine Ehe verstehen, können wir uns ein besseres Bild machen von deinem ...« *Herz.* »... Problem.«

»Dann wäre mein Problem blond, verrückt, unsicher und kameraverliebt.« Er legte den Kopf zur Seite und sah ein wenig verwirrt aus. »Und das ist irgendwie interessant, nicht wahr?«

Dass seine Frau blond, verrückt, unsicher und kameraverliebt war? Zoe würde diesen Tratsch aufsaugen wie ein Schwamm. »Warum?«

171

»Weil meine Ex alles war, was du nicht bist.«

Seine Ex hatte einen Namen. Nina Martinez. Und vielleicht war sie blond und verrückt, aber sie war auch absolut umwerfend. »Siehst du?«, sagte sie mit aufgesetzter Fröhlichkeit. »Das ist schon ein Durchbruch. Die Beratung funktioniert.«

Die Kellnerin näherte sich mit dampfenden Tellern dem Tisch und zog den köstlich rauchigen Duft von Corned Beef hinter sich her. Als die Frau Jocelyns Teller abstellte, blickte sie Jocelyn an. Dann schaute sie noch einmal genauer hin.

Sofort senkte Jocelyn den Blick und starrte auf ihren Teller, doch die Spuren, die der Grillrost hinterlassen hatte, verschwammen vor ihren Augen. Shit. *Shit.*

»Kenne ich Sie nicht irgendwoher?«, fragte die Kellnerin und zwang Jocelyn, aufzublicken und in ihr verkniffenes, unerbittliches Gesicht zu schauen – das Gesicht einer Frau, die ihr Kurzzeitgedächtnis durchforstete und dort gleich auf Promi-Klatsch stoßen würde.

»Wir waren früher regelmäßig hier«, sagte Will rasch. »Das ist erst mal alles, was wir brauchen, vielen Dank.«

»Ooh.« Sie zog das Wort in die Länge und blickte von einem zum anderen, aber dann konzentrierte sich ihre Aufmerksamkeit auf Jocelyn. »Nun, ich habe erst vor Kurzem hier angefangen, das kann es also nicht sein.«

»Danke«, sagte Jocelyn scharf und nahm Gabel und Messer in die Hand, obwohl sie für diese Mahlzeit keines von beidem benutzen würde.

Die Kellnerin verstand die Botschaft und entfernte sich.

»Uff«, sagte Jocelyn seufzend. »Wie lange werde ich mich noch auf diese Weise verstecken müssen?«

»Bis du die Wahrheit sagst.«

Also nie. »Du verstehst das nicht.«

»Wenn ich dich richtig verstanden habe, schützt du einen Menschen, der dich ohne Bedenken vor einen Bus stoßen würde.«

Sie legte ihr Besteck wieder hin, richtete es vollkommen gerade aus, sammelte jede Menge möglicher Erklärungen und verwarf die meisten davon wieder. »Wir tun alle, was wir für richtig halten, egal, was die anderen dazu sagen.«

»Noch mehr Beratungs-Gewäsch«, sagte er und nahm sein Sandwich, das in seinen riesigen Händen winzig wirkte.

»Ist es das?«, schoss sie zurück. »Ich tue jedenfalls, was ich für richtig halte, auch wenn du mir da nicht zustimmst, genau wie du mit meinem Vater tust, was du für richtig hältst, auch wenn ich nicht damit einverstanden bin. Was ist daran so anders?«

Er schüttelte nur den Kopf und nahm einen Bissen. Nachdem er ihn hinuntergeschluckt hatte, sagte er: »Es gibt noch etwas, worin sich meine Exfrau von dir entscheidet.«

Die Eifersucht versetzte ihr einen Stich. »Und das wäre?«

»Sie würde nie das Thema wechseln, wenn es um eine andere Frau geht. Möchtest du nicht mehr über meine Ehe erfahren?«

Eigentlich wusste sie bereits genug. »Natürlich. Wie habt ihr euch kennengelernt? Wie lange wart ihr verheiratet? Wie ging das Ganze in die Brüche?«

Kurz bevor er den nächsten Bissen nahm, blickte er auf. »Nicht ›War sie hübsch‹? Das ist doch das, was die meisten Mädchen wissen wollen.«

Nur dass dieses Mädchen hier bereits wusste, dass seine Frau einmal das Titelblatt der Zeitschrift *Fitness* geziert hatte. »Als ich das letzte Mal nachgeschaut habe, war ich eine Frau und kein Mädchen mehr.«

»Sorry.« Er blickte sie an und lächelte, was gut und schlecht zugleich war. Es war die Art von Lächeln, bei der Jocelyns Innerstes Höhenflüge machte und seufzte. »Du bist eine Frau. Und eine schöne noch dazu.«

Da waren sie wieder, die Schmetterlinge in ihrem Bauch.

Sie nahm eine Pommes und knabberte daran. »Wir sprachen gerade von deiner Frau.«

»Ex.«

»Lappalien.«

»Unglaublich wichtige Lappalien.« Langsam und vorsichtig biss er in sein Sandwich, wischte sich mit der Serviette über den Mund und zog das Schweigen ein paar Sekunden in die Länge. »Na schön. Wir haben uns auf dem Baseballfeld kennengelernt, wir waren drei Saisons verheiratet, und die Ehe ging in die Brüche, als ihr schmerzlich bewusst wurde, dass ich es nicht in die Oberliga schaffen und auch sonst keine Karriere machen würde, bei der ich in irgendeinem Rampenlicht stehen würde, was alles war, worauf es ihr ankam.«

Jocelyn lächelte. »Die meisten Leute zählen ihre Jubiläen in Jahren, nicht in Saisons.«

»Sie war die Nichte meines Managers«, sagte er und zuckte mit den Schultern, während er in seinen Pommes herumstocherte. »Es war definitiv eine sehr baseballlastige Ehe.«

»Sie ist eine Latina, nicht wahr?«

Sein Kopf fuhr nach oben. »Woher weißt du das?«

Ach, verdammt und zugenäht. Warum hatte sie das verraten? »Ich habe da etwas in der Zeitung gesehen.«

»In Los Angeles?« Offenbar glaubte er ihr nicht. »Sorry, aber ich habe es nie in irgendwelche Zeitungen außerhalb Floridas geschafft.« Er zeigte mit einer ketchupverschmierten Pommes auf sie und konnte die Freude nicht verhehlen, die ihn gerade überkam. »Du hast mich gegoogelt.«

Sie spürte, wie ihre Wangen heiß wurden, und aß weiter, anstatt zu antworten.

Aber er lachte; es war ein zufriedenes Lachen, das aus tiefstem Herzen kam. »Ja, das hast du. Wann war das? Vor Kurzem? Gestern? Nachdem du mich letztes Jahr gesehen hast?«

»Vor ein paar Jahren. Und eigentlich soll das hier *deine* Beratungs-Session sein, nicht meine.«

»Warum?«

»Weil du noch nicht weißt, was du werden willst, wenn du mal groß bist, ich aber schon.«

»Ich meine, warum hast du mich gegoogelt?«

Sie blinzelte und war hin und her gerissen zwischen Wahrheit und Lüge. Sie fand einen Mittelweg. »Ich wollte wissen, was du so treibst.«

Er nickte langsam und sah sie forschend an. »Aber du hast nie daran gedacht, mich anzurufen, oder? Oder eine E-Mail zu schreiben?«

Sie schüttelte den Kopf, gerade als die Kellnerin wieder vorbeiging. Sie ging langsam und sah Jocelyn an, die den Kopf senkte und ihr Haar über ihre Wangen fallen ließ. »Ich glaube, ich wurde ertappt.«

»Das kann man wohl sagen. Wer hätte gedacht, dass du mich googeln würdest?«

»Ich meinte von der Kellnerin, Will.«

Er nickte. »Ich weiß.« Jocelyn drehte das Gesicht zur Wand, während Will der Frau einen scharfen Blick zuwarf, sodass sie sich eilig davonmachte. Er streckte die Hand über den Tisch und legte sie auf Jocelyns.

»Alles ist gut, Jossie.«

Wieder überkam sie ein Déjà-vu, dieses Mal noch stärker – eine Art Ganzkörper-Erinnerung, die sich nicht nur auf die Vergangenheit bezog, sondern sie aus dem Heute herausriss und in sämtliche Gefühle zurückversetzte, die sie je für Will empfunden hatte.

Respekt. Wertschätzung. Bewunderung. Und etwas, das so viel mehr, so viel tiefer war. »Aber wenn du gehen willst, können wir das gern tun«, sagte er.

»Nein, lass uns an deiner Karriere arbeiten. Was genau tust du, um an diesen Trainerjob zu kommen?«

»Ich warte auf Nachricht von meinem Agenten.«

»Dann willst du ihn wohl nicht besonders dringend.«

Er schüttelte energisch den Kopf. »Da liegst du falsch. Ich will ihn unbedingt.«

»Dann wäre das erste Wort, das dir für dein ›Tun‹ in den Sinn kommt nicht ›warten‹«, schoss sie zurück. »Du würdest Worte verwenden wie anrufen, treffen, suchen, netzwerken, bewerben, kämpfen, Gelegenheiten ergreifen, Vorstellungsgespräche …«

Er hob die Hand. »Schon kapiert.«

»Ach ja?« Sie stützte die Ellbogen auf dem Tisch auf und legte das Kinn auf ihre Handknöchel. »Beweise es.«

»Was gibt es da zu beweisen. Wenn du in der unteren Liga endest, bekommst du eine Trainerstelle in der unteren Liga.«

»Empfindest du für diesen Trainerjob so etwas wie Leidenschaft?«

»Ich empfinde Leidenschaft für …« Als er zögerte, verkrampfte sich ihr ganzer Körper vor Spannung. Wofür entwickelte Will Leidenschaft? Sie wünschte sich, es wäre …

»Baseball.«

»Natürlich.«

»Das hast du in Zusammenhang mit mir bestimmt nicht vergessen.«

»Ich habe in Zusammenhang mit dir überhaupt nichts vergessen.« Himmel, warum hatte sie ihm das gesagt? Weil er diese Gabe hatte: Sie fühlte sich so wohl bei ihm, dass sie vergaß, sich unter Kontrolle zu halten.

Das Geständnis brachte ihn zum Lächeln, nicht so keck wie in dem Moment, als er herausgefunden hatte, dass sie ihn gegoogelt hatte, sondern einfach nur … na ja, sie konnte diese Vielzahl unterschiedlicher Gefühle, die in seinen dunkelblauen Augen aufflackerten, nicht entschlüsseln. »Dann sind wir ja quitt. Und du weißt auch, dass, seit ich fünf bin, dieses Spiel mein ganzes Leben bestimmt, sogar im Schlaf. Du weißt, dass ich Baseball liebe. Das ist alles, was es dazu zu sagen gibt.«

»Weißt du«, sagte sie, »ich habe jetzt zwei Wahlmöglichkeiten.«

Fragend zog er die Augenbrauen nach oben und wartete darauf, dass sie ihm das genauer erklärte. »So, hast du? Ich dachte, hier geht es um meine Wahlmöglichkeiten.«

»Das stimmt. Aber ich muss eine Entscheidung treffen.« Sie nippte an ihrem Getränk und wählte ihre Worte mit Bedacht. »Wenn ich eine Beratung durchführe und glaube, dass sich der Klient selbst belügt, habe ich zwei Möglichkeiten. Ich kann ihn entweder vom Haken lassen, weil er die Wahrheit eigentlich gar nicht sehen will, lieber einen Scheck ausstellt und glaubt, er hätte seine Antworten gefunden, oder …«

Er erwiderte nichts, sondern kratzte sich stattdessen am Hals, als würde er sich fragen, worauf sie hinauswollte. Und ob es ihm gefallen würde, wenn er es erfahren würde.

»Ich kann sie dazu auffordern, der Wahrheit ins Auge zu blicken und sich damit auseinanderzusetzen, was das Ganze nun bedeutet.«

»Glaubst du, ich belüge mich selbst?«

»Ich glaube, du hast gar keine so große Leidenschaft für Baseball.«

»Bist du verrückt? Wenn dem nicht so wäre, was hätte ich dann die letzten – Himmel noch mal – dreißig Jahre lang gemacht, seit mir mein Dad meinen ersten Baseballständer gekauft und mir einen Schläger in die Hand gelegt hat?«

Sie starrte ihn nur an. »Ganz genau.«

»Ganz genau *was?*«

»Will, Baseball war immer die Leidenschaft deines Vaters. Großer Gott, ich kann mich daran erinnern, wie er von dem Tag an, an dem ihr neben uns eingezogen seid, davon gesprochen hat, dass du später mal für seine geliebten L. A. Dodgers spielen wirst.«

»Es hat ihn gewurmt, dass ich dort nie unter Vertrag genommen wurde«, gab Will zu. »Aber die Leidenschaft haben wir geteilt, Joss. Sonst hätte ich es niemals so weit gebracht.«

Da war sie sich nicht so sicher. »Mit deinem natürlichen Talent hättest du sehr, sehr weit kommen können. Und das bist du ja auch. Aber …«

»Aber was?« Er knurrte seine Frage förmlich. »Aber wenn ich mich mehr reingehängt hätte, *hätte* ich es in die Oberliga schaffen können? *Hätte* ich für die verdammten Dodgers spielen können?«

Sie zuckte zusammen, und seine Hand schoss über den Tisch, um ihre zu ergreifen. »Sorry, ich wollte dich nicht anschreien.«

»Macht nichts«, log sie. »Das ist genau der Grund, weshalb ich manche Klienten vom Haken lasse. Das ist auch für mich einfacher.« Sie zog ihre Hand unter seiner vor. »Und ich will damit nicht sagen, dass alles anders gelaufen wäre, wenn du dich mehr in deine Karriere reingehängt hättest, denn ehrlich gesagt, spielt die Vergangenheit keine Rolle mehr, es sei denn, sie hilft dir, die Muster zu erkennen, nach denen du handelst.«

Er nickte, aber sie merkte, dass es ihm nicht leichtfiel, irgendetwas von dem, was sie da sagte, zuzustimmen.

»Ich unterstelle jetzt mal«, sagte sie, »und das meine ich durchaus ernst – wenn du von tiefer, wahrhaftiger Leidenschaft erfüllt und von einer Baseballkarriere beseelt wärst, dann würdest du die Dinge in die Hand nehmen und nicht ›warten, bis jemand anruft‹.« Sie deutete mit den Fingern Anführungszeichen in der Luft an, als sie diese Formulierung zitierte.

Er nahm eine Pommes, fuhr damit durch sein Ketchup und schüttelte Überschüssiges ab. »Mein Name ist da draußen im Umlauf«, sagte er und versuchte, es nicht nach Verteidigung klingen zu lassen, was ihm misslang. »Mein Agent versucht es für mich bei allen Teams der unteren Ligen, und ich werde für die nächstbeste freie Stelle im Aufwärmbereich oder für das Anfängertraining in Betracht gezogen.«

»Ist das die Art von Trainerjob, die du haben möchtest?«

»Es ist ein Anfang.«

Sie setzte ihn ein wenig mehr unter Druck. »Ich weiß auch nicht – mir kommt es so vor, als könntest du eine ganze Mannschaft trainieren, wenn du wolltest. Du bist immer der Captain, immer der Anführer gewesen.«

Er atmete tief ein, das Thema behagte ihm offenbar gar nicht.

»Hey, du wolltest von dir aus mein Klient werden«, sagte sie. »Es ist nicht immer einfach. Aber wenn du in dich gehst und dich zwingst, darüber nachzudenken, was dich beflügelt und dir tief in deinem Inneren Befriedigung verschafft, dann könntest du deine Karriereziele dem anpassen.«

Er antwortete nicht sogleich, dann sagte er: »Ich weiß, dass das jetzt verrückt klingt, aber meine Eltern haben ihr ganzes Leben lang alles dafür gegeben, damit ich Erfolg habe. Ich habe immer noch das Gefühl, dass ich sie nicht im Stich lassen darf, weißt du?« Er zögerte kurz, und man merkte, wie sich die Rädchen in seinem Gehirn drehten, während er darüber nach-

179

dachte. »Vielleicht ist es nicht mein größter Wunsch, Trainer in der Unterliga zu sein, aber das wäre wie eine Ohrfeige für meinen Vater, der alles dafür getan hat, dass meine Karriere – meine ganze Karriere – in die richtige Richtung gelenkt wurde. Und meine Vorliebe für das Schreinerhandwerk? Das wäre, als würde ich alles in den Wind schlagen, was er mir je gesagt hat. Schreiner zu sein war für ihn irgendwie gleichbedeutend mit erfolglos. Proletarisch und … *gewöhnlich*.«

Sie nickte, weil sie sein Dilemma erkannte und verstand. »Aber du kannst keine Lebensentscheidung aufgrund der Opfer treffen, die deine Eltern gebracht haben, als du noch klein warst, Will.«

»Das weiß ich.« Er lächelte. »Deshalb warte ich ja auch. Und willst du noch etwas wissen? Ich glaube, deine Standardfrage ist bedeutungslos, eine reine Phrase, und sie sagt nichts über den Menschen an sich aus.«

»Die Frage, wofür man bereit ist zu sterben?«

»Eine dumme Frage, wenn du mich fragst.«

Sie beugte sich vor, weil sie eher interessiert war als gekränkt. »Aber die Antwort sagt mir alles über einen Menschen. Sie sagt mir, was ihm wichtig ist.«

»Nein, sie sagt dir, was er oder sie für wichtig *hält* und nicht das, was wirklich wichtig ist. Mich interessiert eher, was jemand in der Vergangenheit geopfert hat.«

»Wie meinst du das?«

»Ich zum Beispiel habe mein Leben dem Baseball geopfert. Das College war ein Witz. Ich war nie auf einer Party, habe mich keiner Studentenverbindung und keinem Klub angeschlossen oder sonst irgendwas. Ich habe trainiert und gespielt, bin zu Spielen gefahren und habe gelernt. Ich habe für Baseball alles geopfert, deshalb glaube ich, dass deine ganze Theorie ein Schwindel ist.«

Sie zuckte mit den Achseln, musste aber unwillkürlich lächeln. »Ich glaube trotzdem, dass du einen Durchbruch hattest.«

»Du willst doch nur, dass ich das Essen bezahle.« Er grinste und legte seine Hand auf die Rechnung, die die Kellnerin dagelassen hatte, als sie das letzte Mal von den mindestens fünf Malen in den letzten zehn Minuten vorbeigekommen war. »Und was ist mit dir, Joss? Was hast du geopfert?«

Sie sah ihm tief in die Augen, sie fühlte sich so zu ihm hingezogen, war sich seiner so sicher, dass sie geradewegs in die Vergangenheit zurückversetzt wurde.

»Ach, wo wir gerade von Durchbrüchen sprechen«, sagte er. »Ich kann es von deinem Gesicht förmlich ablesen.« Er beugte sich so weit zu ihr vor, dass sie jetzt jede einzelne seiner Wimpern, jeden marineblauen Tupfer in seinen Augen, jede einzelne Bartstoppel und sogar den winzigen Spritzer Ketchup in seinem Mundwinkel erkennen konnte.

Alles in ihr sehnte sich danach, diesen Spritzer wegzuküssen. Und dabei hasste sie Ketchup.

»Keinerlei Durchbruch«, sagte sie. »Das war *dein* Gespräch mit dem Lebensberater.«

»Beantworte meine Frage. Was hast du für deine Leidenschaft geopfert?«

Sie schluckte, aber nicht einmal das konnte die Wahrheit zurückhalten. »Ich habe alles für die Liebe geopfert.«

Sein Kiefer klappte herunter. Die Kellnerin kam und nahm die Rechnung und das Geld mit. »Der Rest ist für Sie«, sagte er, ohne den Blicke von Jocelyn abzuwenden. »Echt?«

»Alles«, versicherte sie ihm. Alles, worauf es ankam, hatte sie an einem Sommerabend draußen auf einer Treppe vor seinem Schlafzimmer aufgegeben.

»Ich muss dir sagen, Joss, wer immer er ist – oder war – ich hasse ihn bis aufs Blut.«

Wohl kaum, wenn er die Wahrheit kennen würde.

»Warum?«

»Weil ich eifersüchtig auf jeden bin, den du geliebt hast«, sagte er nur. »Weil ich es hätte sein sollen.«

Das Essen kam mit einem dumpfen Schlag unten in ihrem Magen an, und ihr wurde sogar ein kleines bisschen übel.

Du warst es.

»Warum hast du mich dann nicht angerufen, als ich ans College ging, wenn du so empfunden hast?«, fragte sie.

Er schloss die Augen. »Ich habe auf dich gewartet.«

Sie versuchte zu lächeln, aber ihr Mund zitterte zu sehr. »Ich glaube, ich erkenne da ein Muster, Will Palmer.«

Er lachte und tippte ihr mit dem Fingerknöchel ans Kinn. »Verdammt, Lebensberaterin, du bist gut.«

»Nur wenn du dein Muster durchbrichst, Will.«

»Ja. Nun ja, ich werde es versuchen.« Das süße Versprechen in seiner tiefen Stimme drang direkt zu ihrem Herzen vor und presste es zusammen.

13

Guy knallte den Pikbuben auf den Tisch und warf Zoe den treuherzigsten Blick zu, den sie gesehen hatte seit – nun ja, seit sie ihre Großtante in Flagstaff, Arizona, zurückgelassen hatte.

»Sie altes Schlitzohr«, sagte sie, ließ ihre übrigen Karten auf den Stapel fallen und schüttelte den Kopf. »Sie zocken mich beim Egyptian Rat Screw voll ab. Das schafft noch lang nicht jeder.«

»Ich bin ziemlich gut im Kartenspielen«, sagte er, während er gegen ein selbstgefälliges Lächeln ankämpfte.

Sie stützte sich auf einen Ellbogen und zeigte auf ihn. »Mögen Sie ältere Frauen?«

»Ich bin vielleicht verblödet, aber blind bin ich nicht, Blondie. Sie sind wohl kaum älter als ich.«

»Nicht ich.« Lachend winkte sie ab. »Meine Großtante. Sie ist ein ziemlicher Feger, dafür, dass sie schon achtzig ... und etwas ist. Wie alt sind Sie?«

Er legte den Kopf zur Seite und dachte nach. »Ich habe keine Ahnung.«

Sie wusste nicht, ob sie lachen oder weinen sollte, er war so verdammt süß. »Na ja, Sie sind nicht in ihrem Alter, so viel kann ich Ihnen versichern. Ich tippe auf fünfundsechzig. Trotzdem, Sie würden Pasha mögen.«

»Wer ist Pasha?«

»Meine Großtante, die, wie ich hinzufügen darf, in diesem Spiel, das ich Ihnen vor gerade mal einer Stunde beigebracht habe, fast so gut ist wie Sie.« Sie staunte darüber; für einen

Mann, der an Alzheimer litt, funktionierten da oben noch immer ein paar ziemlich pfiffige Gehirnzellen.

Es klingelte an der Tür und seine Augen wurden groß. »Wer ist das?«

Sie stemmte sich von ihrem Platz hoch. »Das können wir erst wissen, wenn ich nachschaue. Aber ich hoffe und bete, dass es ein Reporter ist.«

»Warum?«

Sie grinste. »Damit ich die Meryl Streep in mir heraufbeschwören kann.« Sie spähte durch das Fenster in der Tür und lächelte. »Sie sind wieder da«, rief sie. »Bleib in der Küche, Pops. Ich mache das. Oh!« Sie wandte sich zu ihm um. »Was ist Ihr richtiger Name? Ist Guy die Abkürzung von etwas?«

»Alexander.« Dann schnappte er nach Luft. »Wo zum Teufel ist das denn jetzt hergekommen?«

Sie lachte. »Aus Ihrem Gedächtnis, Sie Schlauberger. Bleiben Sie dort stehen.« Sie schüttelte ihr Haar und ihre Arme aus, holte tief Luft und öffnete die Tür. »Ja?«

Der kleine glatzköpfige Adler trat vor. »Wir sind auf der Suche nach Mr Bloom. Eigentlich nach seiner Tochter.«

»Schwiegertochter«, sagte sie. »Und die haben Sie hiermit gefunden.«

Er runzelte die Stirn. »Seine Tochter, Jocelyn Bloom.«

Sie seufzte genervt und aus tiefster Seele, lehnte sich an den Türrahmen und schüttelte den Kopf. »Wann geht das euch Volltrotteln endlich in den Kopf? Das ist nicht der Mann, den ihr sucht, hier wohnt keine Jocelyn Bloom, und alles, was ihr in der Zeitung lest, ist gelogen.«

Eigentlich war nichts davon gelogen.

Der Glatzkopf kaufte ihr das nicht ab. »Wir haben Beweise, dass in diesem Haus Jocelyn Bloom aufgewachsen ist, sie hat hier mit ihren Eltern Guy und Mary Jo gewohnt.« Er hielt ihr einen offiziell aussehenden Zettel vor die Nase, und Zoe kräuselte die Lippen.

»Sie haben mal hier gewohnt, vor ungefähr zehn Millionen Jahren. Das hier ist das Haus von Mr Alexander.«

Wieder keine Lüge. Doch er sah sie aus schmalen Augen voller Misstrauen an; zweifellos war er solche Ausweichmanöver schon gewohnt. »Wo ist Jocelyn?«

»Keinen blassen Schimmer, aber ihr Typen seid an der falschen Adresse.«

»Sie hat hier aber mal gewohnt.«

Zoe beugte sich vor und schnipste mit dem Finger gegen das Blatt Papier in seiner Hand. »Eure Informationen sind falsch. Schwirr ab und komm bloß nicht wieder, sonst bekommst du es mit dem Sheriff persönlich zu tun. Wir haben die Nase voll von euch allen.«

»Waren schon andere Reporter da?« In seiner Stimme schwang ein Hauch von Besorgnis mit.

»Ein paar. Aber jetzt sind sie weg, so wie du auch gleich.«

Sie schloss die Tür, und sofort flatterte eine weitere weiße Karte durch den Briefkastenschlitz. Zoe riss sie in kleine Stücke und warf sie wieder nach draußen.

»Das sollte das Pack eine Zeit lang fernhalten«, sagte sie. Sie rieb sich die Hände, als wäre die Sache damit erledigt, und ging zurück ins Wohnzimmer, wo Guy gerade die Karten für die nächste Runde mischte.

»Wie sieht sie aus?«, fragte er.

»Oh, es war ein er. Glatzköpfig und hässlich.«

Er grinste. »Ich meinte Ihre Tante.«

»Großtante. Glauben Sie mir, sie ist ... einfach großartig.«

Zoe ließ sich Guy gegenüber auf das Sofa fallen und sah ihn mit hochgezogenen Augenbrauen an. »Sie mögen also ältere Frauen?«

»Wenn sie Ihnen auch nur ein klein wenig ähnelt, dann ja.«

»Ach, wie entzückend von Ihnen.« Sie nahm ihre Karten auf, die er langsam und mit größter Sorgfalt austeilte. »Für eine Über-Achtzigjährige ist sie total funky.«

Er lachte. »Ich weiß zwar nicht, was das bedeutet, aber ich glaube, es gefällt mir.«

»Das bedeutet, dass sie ihre grauen Haare wie Stacheln trägt, zu viele Ohrringe hat und eine Schwäche für Bier.«

»Mit achtzig?«

Sie zuckte die Achseln. »Wenn man jung ist, kann sich ja jeder jugendlich geben, wissen Sie?«

»Ich würde sie gern kennenlernen.« Er nahm seine Karten auf und klopfte die übrigen sorgfältig zu einem Stapel. »Was passiert noch mal, wenn man ein Ass legt?«

»Der andere Spieler hat vier Versuche, es zu schlagen.«

Er ließ die Schultern ein wenig hängen, eine Geste, die sie auch an Pasha bemerkte, wenn sie ein wenig überfordert war. »Machen wir eine Pause«, schlug sie vor und legte ihre Karten zur Seite. »Ich glaube, ich würde mich lieber eine Weile mit Ihnen unterhalten. Möchten Sie noch etwas von diesem leckeren Tee?«

»Nein, davon muss ich nur pinkeln.«

Wieder lachte sie. »Mir gefällt, dass Sie sagen, was Sie denken. Das ist auch mein Problem – schon immer.«

»Meinen Sohn stört es.«

Seinen Sohn. »Will?«

Er nickte.

»Hat es ihn schon immer gestört? Schon als er klein war?«

Er kaute an seiner Unterlippe, während er darüber nachdachte. »Ich würde jetzt gern weitersticken.«

Entweder konnte er sich nicht mehr daran erinnern oder er wollte es nicht sagen. Oder er wollte nicht lügen. Denn ihr machte ein Gedanke zu schaffen: Konnte es sein, dass sich Guy *doch* an die Vergangenheit erinnerte?

»Klar«, sagte sie und stand auf, um das Kreuzstichbild zu holen, das er ihr zuvor gezeigt hatte.

Vielleicht erinnerte er sich doch daran, wer Jocelyn war, und vielleicht wusste er auch, dass Will nicht sein Sohn war. Denn was gäbe es für einen besseren Weg, die Vergangenheit auszulöschen – vor allem eine finstere –, als bequemerweise alles zu vergessen, was man je getan hatte? Entweder so oder einfach davonlaufen, wenn jemand misstrauisch wurde; Gott weiß, dass sie selbst sich auf diesen Trick nur allzu gut verstand.

So abgebrüht kam er ihr nicht vor, aber konnte man es wissen?

Sie reichte ihm den Rahmen mit dem grobmaschigen »Übungsgitter«, wie sie Kinder verwandten, wenn sie sticken lernten, und das Perlgarn mit der Nadel. »Wie haben Sie das gelernt?«, fragte sie, während sie sich überlegte, wie schwierig es wohl wäre, ihm eine Falle zu stellen.

»Will hat es mir beigebracht.«

»Ehrlich? Und wo hat er es gelernt?«

»Computervideos. Von diesem Tube-Dings.«

»YouTube.« Sie beobachtete, wie seine Hand ein wenig zitterte, während er den Faden durchzog, um einen ganz einfachen halben Kreuzstich zu machen. »Will ist gut zu Ihnen«, bemerkte sie und achtete sorgfältig auf seine Reaktion.

Er blickte auf, seine grauen Augen waren plötzlich klar. »Ich liebe diesen Jungen mehr als mein Leben.«

Mehr als seine eigene Tochter? »Wie war er als Kind? Er hat Baseball gespielt, soviel ich gehört habe.«

Guys Augen wurden wieder trübe und er senkte den Blick. »Ich erinnere mich nicht.«

»Erinnern Sie sich nicht oder kennen Sie ihn vielleicht gar nicht so gut?«

Er weigerte sich aufzublicken. »Sie wissen doch, mein Kopf.«

»Nein, eigentlich kenne ich Ihren Kopf nicht. Bestimmt haben Sie ein Bild von ihm? Seine Pokale? Wo sind sie?«

»In seinem Haus nebenan.« Er stach mit der Nadel zu. »Ich gehe dort nicht hin.«

»Warum nicht?«

Er zuckte mit den Schultern. »Ich tue es einfach nicht.«

»Warum nicht?«

Die Nadel steckte in einem Loch und er versuchte, sie durchzustechen, zog aber etwas Faden mit, sodass ein unansehnlicher Klumpen entstand. »Lassen Sie uns doch lieber über Ihre alte, Bier trinkende Großtante reden.«

Sie beugte sich vor. »Warum gehen Sie nie in das Haus Ihres Sohnes?«

Er blickte auf. »Einmal bin ich dort gewesen.«

»Und?«

»Ich musste weinen.« Seine Stimme brach und seine Augen füllten sich mit Tränen. Zoe kam sich wie ein Schuft vor.

»Tut mir leid«, sagte sie und nahm ihm den Rahmen aus den Händen, um ihm dabei behilflich zu sein, den verhedderten Stich zu lösen. »Ich hätte Sie nicht dazu zwingen sollen, darüber zu reden.«

Er schüttelte nur den Kopf und schluckte schwer. »Ich kann mich nicht daran erinnern«, sagte er und wischte sich unter der Brille über die Augen. »Aber …«

Sie schaffte es, den Faden durchzuziehen, und konnte ihn wenigstens von diesem kleinen Fehler in seiner Stickerei befreien. »Aber was?«, hakte sie nach und gab sie ihm zurück.

»Sie wären nicht die Erste, die versucht zu beweisen, dass ich lüge.«

»Ich …« Sie verstummte, und er zog die Augenbrauen nach oben. Dann fing sie an zu lachen. »Mist.«

Er grinste. »Was heißt hier Mist?«

»Sie würden sich wirklich gut mit meiner Tante verstehen.«

Lächelnd lehnte er sich zurück und arbeitete schweigend an seinen Blumen weiter.

• • •

»Um die Ecke ist ein kleiner Jachthafen, erinnerst du dich?«, fragte Will, als sie das Restaurant verließen. »Wollen wir vielleicht noch dorthin gehen? Es ist viel zu schön, um …« *Noch mehr Seniorenheime anzuschauen.* »… drinnen etwas zu machen.«

»Gerne.« Sie setzte wieder die Sonnenbrille auf und zog an der Krempe ihrer roten Mütze. »Und wir können unser Life-Coaching-Gespräch zu Ende führen. Willst du?«

»Ich will …« Er griff unter ihre Mütze und zog ihr die Sonnenbrille auf die Nase herunter. »Dass du diese dummen Dinger absetzt. Ich kann deine Augen nicht sehen, Jossie.«

Sie wollte lächeln, unterdrückte es aber. »Ich muss sie tragen.«

»Nein.« Er nahm ihr die Brille weg und steckte sie in seine Tasche, dann legte er ihr den Arm um die Schultern. »Ich werde dich vor umherstreifenden Paparazzi beschützen.

Sie lachte. »Du spielst gern den Bodyguard.«

»Wer spielt hier was?« Er spähte über den Parkplatz, dann drückte er auf einen imaginären Ohrstöpsel. »Die Luft ist rein. Lasst uns Bloomerang zu ihrer Jacht bringen.«

Sie lächelte zu ihm auf, es war das hübscheste, breiteste, süßeste Lächeln, das er bisher an ihr gesehen hatte. »So hast du mich früher immer genannt.«

»Weil du immer wieder zu mir zurückgekommen bist«, rief er ihr ins Gedächtnis und drückte sie.

Sie sah ihn lange an; der Zauber, der sie einst verband, war in diesem Moment so real, dass er ihn geradezu physisch spüren konnte. »Das hat mir gefallen«, gab sie zu. »Ich war gern dein Bloomerang.«

»Mir hat es auch gefallen.« Seine Stimme klang schroff, selbst in seinen Ohren, und er überspielte seine Emotionen, indem er sie an sich drückte. Sie ließ ihren Arm um seine Hüfte gleiten, es war die natürlichste, wunderbarste Bewegung der Welt. Sie fühlte sich neben ihm klein und gedrungen an, und er hätte schwören können, dass sie sich sogar ein wenig entspannte.

Er führte sie über den Gehweg an der Ladenzeile entlang, vorbei an einem Kommissionslager und einem Geschäft für Bilderrahmen, während sein Blick auf den Eingang zum Jachthafen am anderen Ende gerichtet war.

»Du warst schon immer gut darin, mich zu beschützen«, sagte sie leise.

Seine Schritte verlangsamten sich – unmerklich, wie er hoffte – bei ihren Worten.

»Nicht gut genug«, murmelte er.

Sie blickte zu ihm auf. »Vielleicht ist ›beschützen‹ das falsche Wort. Du hast mir immer … Sicherheit geboten. Sicherheit. Zuflucht.«

Er zog sie enger an sich. Gott ja, das hatte er versucht.

»Sicherheit und Zuflucht«, sagte sie, »sind die Dinge, für die ich sterben würde. Das habe ich gesagt, als mir diese Frage zum ersten Mal in meiner Therapie gestellt wurde.«

Er wollte etwas dazu sagen, wollte sich etwas dazu überlegen, doch stattdessen schoss ihm eine andere Frage durch den Kopf. »Du warst in Therapie?«

»Das gehört zu einem Abschluss in Psychologie. Oh, Will, sieh nur.« An dem großen Bogeneingang zum Jachthafen blieb sie stehen. »Es ist wie ein vollkommen neuer Ort.«

Der idyllische kleine Anleger mit seinen handgeschriebenen Schildern, der verwitterte Stand, an dem man Köder und Angelruten kaufen konnte, und die verfallenen Bootshäuser waren vollständig verschwunden. Sie waren einer Anlage aus vier individuellen, halbinselförmigen Liegeplätzen gewichen, an denen sich Millionen Dollar schwere Jachten, Kabinenkreuzer und Hightech-Fischerboote drängten. An einer Seite versperrte ein betriebsamer Jachtklub durch riesige Säulen und hell orangefarbene spanische Fliesen die Sicht. Ein schickes Hinweisschild aus Marmor verkündete, dass sie *Marco Harbour* erreicht hatten.

»Irgendwie traurig, was aus dem kleinen Hafen geworden ist«, sagte Jocelyn, während sie unter Wills Arm hindurchschlüpfte und über den asphaltierten Weg lief, der zu den Booten führte.

Sie gingen durch das erste Gewirr von Anlegestellen, an denen Boote lagen, die so groß waren, dass sie ihren Schatten über die beiden warfen. Als Will Jocelyns Hand ergriff, waren das Krächzen eines Reihers und das rhythmische Schlagen der Wellen gegen die Bootsrümpfe die einzigen Geräusche. Eine Takelage schlug gegen einen Mast, ein Laut, der wie eine melodische Glocke über den stillen Hafen scholl, und in der Ferne hörte man das gleichmäßige Trappeln von …

Sie blickten sich an, als sie im selben Moment das Geräusch rennender Füße registrierten.

»Da ist sie! Gleich da vorne!«

Sie wirbelten herum, als sie die Stimme der Frau hörten und sahen, dass ihre Kellnerin auf sie zurannte. Sie hielt ein Handy hoch; neben ihr rannte ein Mann mit einer professionelleren Kamera.

»Das ist die Geliebte von Miles Thayer!«

Jocelyn erstarrte, doch Will stieß sie sofort vorwärts. »Lauf.«

Sie rannten los, über den nächsten hundert Meter langen Anleger, und duckten sich hinter einem riesigen Trawler; dann stoben sie um eine Ecke, um sich zu verstecken.

»Verdammt«, flüsterte sie, sie war bereits außer Atem.

»Sie sind da lang!«, schrie die Frau.

Will blickte in die eine Richtung, dann in die andere. Sie konnten Richtung Lagergebäude aufs offene Gelände hinausrennen, ins Wasser springen oder auf eines der leeren Boote klettern.

Er schob sie auf die Rückseite des Trawlers zu. »Klettere hoch!«

Ohne zu widersprechen griff sie nach dem Geländer und kletterte an Deck. Er folgte ihr und führte sie um die Kabine auf die andere, der Anlegestelle abgewandte Seite zu.

»Runter.« Er drückte sie nach unten auf das Fiberglasdeck und legte sich auf sie, sodass sie beide in den schmalen Raum des Backbord-Stegs passten. Unter ihm strengte sie sich an, ruhig zu atmen, jeder ihrer Muskeln war angespannt.

»Oh Gott, was für ein Albtraum«, flüsterte sie.

»Psst.« Er küsste ihr Haar und legte ihr den Finger auf die Lippen. »Hier sind wir für sie unsichtbar. Sie müssten sich jedes einzelne Boot vorknöpfen, um uns zu finden. Sei einfach ruhig und rühr dich nicht.«

Sie hörten Schritte und Stimmen auf dem nächsten Anleger, und Jocelyn drehte sich zu Will um, ihr Gesicht nur wenige Zentimeter von seinem entfernt. Sie blickten sich in die Augen. Beide hielten den Atem an, und er packte sie ein wenig fester, er hatte die Beine um sie herumgeschlungen, ihr Rücken lag an seinem Bauch.

Die Schritte dröhnten wie Donner über ihren Anleger, so laut, dass man sie durch das Fiberglas spüren konnte.

»Sie haben uns entdeckt«, formte sie mit den Lippen, die Augen weit aufgerissen.

Er schüttelte nur ein wenig den Kopf und legte ihr abermals den Finger auf die Lippen.

Gott, war sie hübsch. Ihre Kurven schmiegten sich nahtlos an ihn, ihr Haar kitzelte sein Gesicht, ihre Lippen, die sich zu einem heimlichen Lächeln verzogen, fühlten sich unter seinen Fingerspitzen warm an.

Er wünschte sich, sein Mund wäre dort und nicht seine Fingerspitzen. Er wünschte sich so sehnlich, dass sich ihre Lippen berührten, dass ihm der Mund schmerzte. Seine Muskeln taten weh, weil er gegen das Bedürfnis ankämpfte, diesen Hauch von Abstand zu überbrücken, der sie von einem Kuss trennte.

»Sie müssen auf einem der Boote sein.« Die Stimme der Frau drang über das Wasser zu ihnen, so klar und deutlich, als wäre sie nur ein, zwei Meter entfernt. Sie hörten ein Platschen, als jemand auf ein Boot in der Nähe kletterte.

»Na, dann finde sie doch«, sagte der Mann. »Hast du irgendeine Ahnung, wie viel die Klatschpresse für ein Bild von ihr bezahlt? Himmel noch mal, Helen, wir könnten sofort in Rente gehen.«

»Ich werde sie finden«, sagte sie entschlossen. »Ich werde auf jedes Boot in diesem Jachthafen klettern und dich finden, du miese Ehebrecherin!«

Jocelyn zuckte bei den letzten drei Worten, die die Frau in den Wind brüllte, zusammen.

»Du könntest es ihr sagen«, flüsterte Will. »Du könntest ihr die Wahrheit sagen.«

Sie schüttelte den Kopf und verkroch sich irgendwie noch tiefer unter ihm, wodurch sie seinen ohnehin mächtigen Beschützerinstinkt nur noch mehr anstachelte.

Und weiß Gott, er hatte viele Instinkte, was Jocelyn betraf, aber sie zu beschützen hatte schon immer ganz oben auf seiner Liste gestanden.

»Entschuldigen Sie? Kann ich Ihnen helfen?« Eine neue Stimme, in der männliche Autorität lag. »Das ist nicht Ihr Boot, Ma'am«

»Ich suche jemanden«, sagte die Frau. »Sie sind …« Sie verstummte, und der andere Mann redete auf sie ein, aber es war zu weit weg, als dass Will seine Worte hätte ausmachen können.

»Sie dürfen nicht an Bord eines Schiffes gehen, das Ihnen nicht gehört. Tut mir leid.« Noch mehr Schritte. »Sie werden es wohl wieder verlassen müssen, Ma'am.«

Will spürte, wie sich Jocelyn unter ihm ein ganz klein wenig entspannte.

»Aber eine Frau versteckt sich auf diesen Booten! Sie wird gesucht von den … Leuten.«

»Ich muss Sie beide jetzt leider bitten, mit mir zu kommen.«

Ihre Schritte entfernten sich, die Stimmen wurden leiser, und einen Moment später war es still, abgesehen vom Plätschern der Wellen und dem leisen Schlagen der Segeltaue im Wind.

»Sollen wir versuchen, hier rauszukommen?«, fragte Jocelyn.

Er schloss die Augen und rief sich die Hafenanlage ins Gedächtnis, durch die sie gerade gerannt waren. Wenn sie sich von diesem Boot schlichen und eine Reihe weiter zogen, konnten sie hinter die Lagergebäude gelangen. Wahrscheinlicher war jedoch, dass sie vom Management des Jachthafens aufgegriffen würden, mit dem Ergebnis, dass sich ihre Verfolger auf sie stürzten, sobald sie außerhalb des Hafens wären.

»Lass uns einfach abwarten«, sagte er.

»In dieser Lage?«

Er lächelte. »Hast du eine bessere Idee?«

Sie bewegte sich ein wenig und verzog das Gesicht. »Meine Hüftknochen sind zerquetscht.«

Er hob sein Gewicht ein wenig an und bedauerte, dass er sich dadurch von ihrer Wärme entfernte.

»Rutsch rüber. Aber bring das Boot nicht zum Kentern.«

Vorsichtig rutschte sie unter ihm hervor und drehte sich um, sodass sie den Rücken an die Kabinenseite drückte. Er drehte sich auf seiner Seite, sodass sie sich Körper an Körper, von Angesicht zu Angesicht gegenüberlagen. Und beinahe auch Mund an Mund.

Sie ließ ihre Hand zwischen ihrer beider Brustkörbe nach oben gleiten und berührte zärtlich sein Gesicht. »Danke, Will. Danke, dass du mitspielst. Ich weiß, dass du mit dem, was ich tue, nicht einverstanden bist und es nicht verstehst, aber ich bin dir hierfür wirklich dankbar.«

»Schon gut«, versicherte er ihr. »Fühlst du dich einigermaßen wohl?«

»Mit dir fühle ich mich immer wohl, Will. Du *bist* mein Wohlgefühl.«

Das Kompliment rührte ihn. »Das sagst du *jetzt*. Warte nur ab, bald schlafen dir der rechte Arm, der Rücken und beide Füße ein.« Er schob sein Gesicht näher an ihres, so nah, dass sie ihn nur noch verschwommen sah. So nah, dass sich ihre Nasen berührten. So nah, dass er ihren warmen Atem auf ihren Lippen spüren konnte. »Es sei denn, du sorgst dafür, dass der Blutfluss weiterhin funktioniert.«

»Und bestimmt hast du auch schon eine Idee, wie man das bewerkstelligen könnte.«

»Jede Menge Ideen.« Er übte nur einen Hauch von Druck aus, und sofort kam alles wieder zurück, all diese alten, schmerzhaften Bedürfnisse.

Er hatte sie gewollt, schon immer.

»Rate mal, was ich gleich machen werde«, sagte er.

»Das Boot zum Kentern bringen?«

»Dieses eine Mal werde ich nicht … *warten.*« Er schloss den Abstand zwischen ihnen und streifte ihre Lippen ganz leicht, zärtlich, kaum merklich mit seinen. Die Berührung löste winzige Explosionen von weißem Licht hinter seinen Augen aus.

Wie konnte sie das noch immer in ihm bewirken? Fünfzehn Jahre, fast fünftausend Kilometer und ihr komplettes Erwachsenenleben waren sie voneinander getrennt gewesen, und doch kamen durch die Andeutung eines Kusses all die Gefühle mit Wucht zu ihm zurück.

Aber er hielt sich zurück. Ihre Münder waren nicht ganz offen und ihre Zungen hielten sich für diese erste Begegnung bereit. Ihre Hände rührten sich nicht, kribbelten aber vor Sehnsucht danach, den anderen zu berühren.

Und ganz da unten wurde er allmählich hart.

Ihr Mund war süß und schmiegsam – und gefügig, als sie sich endlich entspannte und ihm ihre Zunge anbot. Er nahm sie, schlang seine eigene darum herum, schmeckte Pfefferminztee, süße Erinnerungen und … sie.

Ein leises Wimmern, und er sehnte sich danach, ihre Kehle zu berühren, einfach nur aus purer Lust, die zarte Haut unter seiner Fingerspitze pulsieren zu spüren. Er schloss eine Hand um die schmale Säule ihres Nackens, die andere legte er ihr auf die Schulter und zog sie ein wenig näher.

Sie versteifte sich nicht und wehrte sich auch nicht dagegen, sondern ließ sich in den Kuss fallen und presste ihre Handfläche an seine Brust. Direkt über seinem hämmernden Herzen.

Sie unterbrachen den Kuss, entfernten sich aber nur um die Breite eines Haares voneinander und schlugen gleichzeitig die Augen auf.

»Was tun wir hier, Will?«

»Wir verstecken uns vor den Kameras.« Er küsste sie noch einmal, und sie übte dabei ihrerseits auch ein wenig Druck aus, deshalb ließ er seine Hand über ihre Kehle gleiten, über die leicht feuchte, vollkommen weiche Haut unter der Senke ihrer Schlüsselbeine.

Sie wiegte die Hüften ein wenig, genug, um noch mehr Blut in seine ohnehin schon hochexplosive Erektion zu pumpen; er keuchte, als er sich mit dem Mund von ihrem Kinn bis zu ihrem Ohr vorarbeitete.

Sie stöhnte leise.

Das war alles, was er zu hören brauchte, um sie erneut zu küssen, um seine Zunge tiefer in sie zu senken und seine Hand in ihr seidiges Haar gleiten zu lassen.

Sie duftete nach Sonne, schmeckte zauberhaft und fühlte sich an wie …

Wie nichts, was er in den vergangenen fünfzehn Jahren gespürt hatte.

Während er ihr mit der einen Hand durch das Haar fuhr, ließ er die andere über ihre Schulter zum Brustbein gleiten, zu der Stelle, an der sich ihr Körper wölbte und er ihre Herzschläge zählen konnte, die genauso schnell waren wie seine. Noch ein Kuss, noch ein Atemzug, und er streichelte langsam ihre Brust.

Sofort durchlief ein Schauer ihren ganzen Körper.

»Bin ich auf deinen Schwachpunkt gestoßen?«, murmelte er in ihren Mund.

Sie seufzte. »Wie es scheint, bist *du* mein Schwachpunkt.«

Etwas an der Art und Weise, wie sie das sagte, wie ihr die Stimme dabei stockte, ging ihm direkt zu Herzen. »Und das ist gut so.«

Wieder streiften sich ihre Lippen, ein leises, zufriedenes Stöhnen grollte in Wills Brust, während er den Kuss intensivierte, sodass ihre Münder miteinander verschmolzen. Er ließ sein Bein so weit nach oben gleiten, dass er sie näher an sich heranziehen konnte.

»Ich kann dich nicht nur küssen«, gestand er, während er ihre Brust liebkoste; er sehnte sich bereits danach, ihre nackte Haut zu berühren. »Ich will alles.«

Sie erstarrte einen Moment und lehnte sich nach hinten.

»Nicht hier natürlich«, fügte er hinzu, als er ihren panischen Blick bemerkte.

»Dann machen wir besser mal langsam«, sagte sie; ihre Stimme klang rau.

»Ist es das, was du willst?«

Sie schloss die Augen. »Ich weiß nicht, was ich will, Will.«

»Dann lass mich dir ein paar Möglichkeiten vor Augen führen. Wir könnten uns einfach nur küssen …« Wieder eroberte er ihren Mund und rundete seinen Vorschlag mit einem langen, nassen, rundum positiv aufgenommenen Kuss ab. »Und ich könnte dich berühren.« Er fuhr mit dem Daumen über ihre Brustwarze und liebte die Art und Weise, wie diese darauf reagierte. »Und wir könnten, du weißt schon …« Er drängte seine Erektion an ihren gleichermaßen erregten Körper.

Bisher hielt sie einfach nur die Augen geschlossen und sagte nichts.

»Oder wir könnten …« Er strich mit der anderen Hand über ihre Shorts und ließ sie zwischen ihre Beine gleiten. Da riss sie die Augen auf. »Keine Sorge, Süße. Nichts, was du nicht willst.«

»Ich will das nicht … hier draußen tun.«

»Meinst du, wir können in die Kabine einbrechen?«

Sie lachte ein wenig. »Nein. Nur …« Sie hatte bereits ihre Mühe, gleichmäßig zu atmen; ihre Pupillen waren geweitet, ihr Herz hämmerte. »Küss mich einfach nur ein wenig weiter. Das ist sicher.«

Sicherheit war so wichtig für sie. Das durfte er nicht vergessen. Auf gar keinen Fall.

»Warum unterhalten wir uns nicht einfach?«, schlug er vor.

Sie schenkte ihm ein Lächeln. »Klar. Worüber möchtest du dich unterhalten?«

»Über dich.«

»Was ist mit mir?«

»Als wir im Restaurant waren, hast du gesagt, du hättest alles für die Liebe geopfert. Wer war dieser Clown, der dich verletzt hat?«

Ein seltsamer Ausdruck verdunkelte ihre Augen. »Er hat mich nicht verletzt. Es war meine eigene Entscheidung.«

»Was ist passiert?«

Sie schüttelte den Kopf. »Ich möchte nicht darüber reden.«

»Ich schon. Warst du in ihn verliebt?«

Sie lächelte einfach nur, und verdammt, das versetzte ihm einen Stich. Natürlich hatte Jocelyn andere Männer kennengelernt, hatte sich verliebt, aber das brauchte ihm schließlich nicht zu gefallen.

»Aber du hast nie geheiratet, oder?«

»Nicht einmal annähernd.«

»Wer war er dann? Wie hast du ihn kennengelernt? Wie lange wart ihr zusammen? Du sagtest, du hättest für die Liebe Opfer gebracht. Was für welche?«

»Warum spielt das eine Rolle für dich?«

»Ich sagte doch schon, ich hasse diesen Kerl. Er hat dir wehgetan.«

»Er hat mir überhaupt nichts getan«, versicherte sie ihm.

»Er ist der Grund für deine harte Schale, nicht wahr?« Die Schale, die er knacken würde, und wenn es das Letzte war, was er je tun würde. »Du traust Männern nicht über den Weg, weil dir irgendein Idiot das Herz gebrochen hat.«

Wieder streichelte sie ihm das Gesicht, der Ausdruck in ihren Augen war nicht zu deuten. »Er hat mich nicht verletzt, und er ist nicht der Grund, weshalb ich mich selbst schütze. Du kennst den Grund, Will.«

Gewissensbisse überkamen ihn heftiger als zehn Tonnen Lustgefühle, und das tat weh. Guy war der Grund.

»Und deshalb macht es mich fix und fertig, dass du ihm verziehen hast.«

Aber es war schlimmer als das – er hatte ihm nicht nur verziehen, er hatte Guy Bloom lieb, wo er ihn doch eigentlich hassen sollte. Aber das konnte er nicht. Würde ihn das um jede Chance bringen, die er bei Jocelyn eventuell hatte?

»Will.« Sie berührte sein Gesicht mit sanften, zärtlichen Händen. »Ich glaube, wir können jetzt mal versuchen, uns davonzustehlen.«

»Ich finde, wir sollten noch warten.«

Sie zog eine Augenbraue nach oben. »Das Einzige, was noch schlimmer ist als ein Zauderer, ist ein gelähmter Zauderer.«

Mist. Das war sein ganzes Leben in wenigen Worten zusammengefasst: Der gelähmte Zauderer, der in einer Warteschleife feststeckte.

Aber er hielt eine Frau im Arm, die einen Mann der Tat wollte. Und er wollte sie nie wieder loslassen.

»Also gut, Bloomerang. Gehen wir.«

14

Eine Stunde, nachdem Will sie durch den Jachthafen gehetzt und sicher zur Rückseite des Einkaufszentrums gebracht hatte, überkam Jocelyn endlich wieder das Gefühl, alles unter Kontrolle zu haben.

Einigermaßen.

Ihr Körper vibrierte noch immer von seiner Berührung – und die Gewissheit, dass sie jede Sekunde in eine Kameralinse blicken konnte, machte sie ebenfalls nervös. Sie atmete tief ein und beobachtete die Kreuzung, an der sie anhalten mussten und die, so lange sie denken konnte, »the Fourway« genannt wurde.

Genau an dieser Stelle war sie mitgenommen worden, verletzt, geschlagen und gebrochen, wie sie war. Wenn Will das wüsste ...

»Hat Lacey dir erzählt, dass Clay Charity versprochen hat, kostenlos die Fassade des Super Min zu renovieren, wenn das Casa Blanca fertig ist?«, wollte er wissen; die Frage spiegelte auf unheimliche Art und Weise ihre innersten Gedanken wider.

»Nein.« Sie betrachtete das alte Holzschild und versuchte sich etwas Neues an seiner Stelle vorzustellen. Sie schaffte es nicht. »Es sieht schon seit Ewigkeiten so aus. War das eine Art Friedensangebot?«

»Mehr oder weniger. Es gibt noch immer jede Menge Ressentiments, aber du weißt ja, wie bezaubernd Clay sein kann.«

Sie lachte. »Ich war dabei, als er Lacey verzaubert hat.«

»Er ist entschlossen, jeden Geschäftsmann und jede Geschäftsfrau in Mimosa Key für sich einzunehmen, weil er davon überzeugt ist, dass sie ihm neue Kunden schicken. Außerdem ist der Super Min ein Schandfleck und eines der ersten Dinge, die man sieht, wenn man über den Damm fährt. Diese Insel muss die großen Fische an Land ziehen, nicht die kleinen.«

»Das ist genau das, was Charity und ihre Schwester Patti nicht wollen.«

»Sie werden es schon noch einsehen«, sagte Will zuversichtlich. »Ich habe selbst erlebt, wie Charity angesichts Clays umwerfendem Lächeln eingeknickt ist.«

Jocelyn fasste den Gemischtwarenladen ins Auge. »Dann sollte ich vielleicht hineingehen und wenigstens Hallo sagen.« Als sie sein überraschtes Gesicht sah, fügte sie hinzu: »Um der Sache und meiner Investition in das Casa Blanca zu dienen.«

»Wenn du das willst. Wie schon gesagt, hat sie mich echt überrascht, weil sie dich nicht verraten und verkauft und diese Zeitschriften versteckt hat.«

Das überraschte Jocelyn nicht – nicht das kleinste bisschen. Mimosa Key mochte Charity Grambling zwar für ein sechzigjähriges »böses Mädchen« halten, doch Jocelyn wusste es besser.

»Hey, sieh mal, da ist Slade Garrison.« Will steuerte auf die Abbiegespur, um auf den Parkplatz des Fourway Motels auf der anderen Straßenseite zu fahren. »Wir sollten mit ihm reden.«

Ein uniformierter Hilfssheriff, den Jocelyn nicht kannte, stand an einem Auto und unterhielt sich mit einer dunkelhaarigen Frau, die zu ihm aufblickte und über etwas, was er sagte, lachte.

Die Frau kannte sie dagegen nur allzu gut. »Das ist Charitys Nichte Gloria.« Sie hatte sich in den vergangenen fünfzehn Jahren stark verändert, hatte aber noch immer ein hübsches Lächeln und eine jugendlich fitte Figur. Anders als ihre Cousine Grace, Charitys Tochter, schien Gloria niemals aus Eigennutz zu handeln. Sie arbeitete weder im Super Min noch im Fourway Hotel, sondern frisierte ihre Kundinnen im Beachside Beauty, das ein paar Blocks weiter lag.

»Ist sie immer noch Single?«, fragte Jocelyn. In diesem Moment legte der junge Hilfssheriff die Hand auf Glorias Schulter, eine Geste, die gleichermaßen intim wie vertraut wirkte.

»Slade ist schon seit geraumer Zeit hinter ihr her, aber irgendetwas hält die beiden zurück.« Will lächelte. »Nicht dass ich allzu viel von Klatsch und Tratsch in Mimosa Key mitbekommen würde.«

Sie lachte. »Eigentlich kann man hier kaum leben, ohne etwas davon mitzubekommen.«

Will fuhr auf einen Parkplatz, der direkt zwischen dem Super Min und dem Fourway lag. »Ich werde mit Slade reden, wenn er allein ist«, sagte er.

Genau in dem Moment beugte sich der Sheriff zu Gloria vor, und sie blickte nach rechts und nach links, als wolle sie nachschauen, ob irgendjemand sie beobachtete. Dann stellte sie sich auf Zehenspitzen und küsste Slade flüchtig auf den Mund.

»Sie geben ein hübsches Paar ab«, sinnierte Jocelyn. »Ist er in Ordnung?«

»Ja.« Er warf ihr einen Blick zu. »Warst du mit Gloria befreundet?«

»Eigentlich nicht.« Sie war mit niemandem eng befreundet gewesen, außer mit Will. Es war zu riskant, Freunde mit nach Hause zu bringen, für den Fall, dass Guy einen seiner Anfälle bekam. Doch Gloria war in jener Nacht im Auto gewesen. »Aber ich kenne sie ganz gut.«

Gloria und Slade trennten sich, und Will legte die Hand auf den Türgriff. »Willst du hier warten?«

»Ich will …« Wollte sie das wirklich tun? *Ja.* Als sie letztes Jahr hier gewesen war, waren Charity und Lacey so in ihre

203

rechtlichen Manöver verwickelt gewesen, dass sie sich vom Super Min ferngehalten hatte. »Ich will mitkommen und sehen, was Charity so treibt.«

»Echt? Du willst der Stadtschreierin mitteilen, dass du hier bist? Womöglich forderst du dein Glück dadurch heraus, Joss.«

»Du gehst mit Slade reden.« Sie legte ihre Hand auf seinen Arm. »Und ich kümmere mich um die andere Stimme von Gewicht auf dieser Insel.«

Als sie sich von ihm zurückziehen wollte, ergriff er ihre Hand und hielt sie zurück. »Alles okay?«, fragte er.

»Mir geht es gut.«

»Du bist nicht entsetzt über das, was vorhin passiert ist?«

Meinte er damit die Tatsache, dass sie auf dem Boot miteinander rumgemacht hatten oder dass sie vor den Kameras davongelaufen waren? Denn beides hatte sie mehr entsetzt, als sie sich eingestehen wollte. »Nein«, log sie. »Ich bin nicht entsetzt.«

»Gut.« Er verstärkte seinen Griff und beugte sich zu ihr vor. »Denn ich bin noch nicht fertig, Jocelyn. Ich will …« Er schloss die Augen und atmete aus, wodurch er ihr den Eindruck vermittelte, als hätte er auf der Fahrt hierher lange darüber nachgedacht. »Ich möchte, dass du mir eine Chance gibst.«

»Eine Chance?«

»Eine Chance. Uns beiden. Auf ein Neues.«

Sie sah ihn einfach nur an, dann nickte sie. »Ich bin noch eine Weile hier«, sagte sie. »Wir können darüber reden, während ich die Sache mit Guy regle.«

Er lächelte. »Vielleicht will ich ja nicht auf *alles* warten, weißt du?«

Sie war sich nicht sicher, wie sie das deuten sollte, aber ein träges Brennen tief in ihrem Bauch verriet ihr haargenau, wie ihr Körper seine Worte deutete.

Und mal ehrlich – konnte sie so viel Zeit mit Will verbringen und nicht an Sex denken? Es nicht wollen?

Sie sollte das alles hier auf der Stelle beenden. Stattdessen streichelte sie seine Hand und kletterte ohne eine Antwort aus dem Pick-up, während sie versuchte, sich auf Charity zu konzentrieren. Doch in ihrem Kopf hallten stattdessen Wills Worte wider.

Vielleicht will ich ja nicht auf alles warten, weißt du?

Sie hatte das getan. Und was würde er davon halten?

Sie blickte über ihre Schulter und sah gerade noch, wie er über den Parkplatz schritt. Er bewegte sich leicht und geschmeidig, wie der Athlet, der er schon immer gewesen war. Eine ganz neue Woge des Verlangens spülte über sie hinweg, die fast so stark war wie die auf dem Boot. Alles, woran sie denken konnte, war, wie sich dieser Körper wohl auf ihrem anfühlen würde, sein Mund an ihrem Hals, seine Hände ... fast überall.

Wo es gerade um Kontrollverlust ging. Wenn sie jetzt alles aufgäbe, woran sie sich mit beiden Händen festgeklammert hatte – wenn sie ihre Gefühle zuließe oder sich selbst nachgäbe –, würde es umso mehr wehtun, wenn sie ihn dieses Mal verlassen würde.

Sie schob diese Gefühle von sich und zog die Tür des Super Mins auf. Als das kleine Glöckchen anschlug, lächelte sie die Frau hinter der Theke an. »Hallo, Charity.«

Stechende braune Augen blinzelten in das Sonnenlicht, das durch die Eingangstür fiel, und dann wurde Charitys Miene, die für gewöhnlich griesgrämig war, mit einem Mal ganz weich; ein Netz aus Falten verzog sich zu einem zögerlichen Lächeln.

»Ich habe gehofft, dass du es dieses Mal fertigbringst, mich zu besuchen.«

Jocelyn trat ein paar Schritte näher und sah sich im Laden um. Hinten hielten sich zwei Männer mit Werkzeuggürteln und Schutzhelmen auf, sie gehörten wahrscheinlich zum Bautrupp des Casa Blanca. Ansonsten war der Gemischtwarenladen leer.

Genau wie die Regale für die Klatschzeitschriften, wie Jocelyn bei näherem Betrachten auffiel.

»Ich war letztes Jahr nicht besonders lang hier«, sagte Jocelyn, als sie vor der Theke ankam und stehen blieb. »Aber ich habe gehört, was du zu diesen Reportern gesagt hast, da wollte ich vorbeikommen und mich bei dir bedanken.«

Charity zog ihre knochige Schulter nach oben, als wäre ein Akt der Freundlichkeit ihrerseits etwas völlig Alltägliches und nicht – wie sie beide wussten – eine Seltenheit. »Wir brauchen diese Art von Blödsinn nicht auf dieser Insel.«

»Sie könnten zurückkommen.«

»Meine Einstellung hat sich jedenfalls nicht geändert. Sie sind nicht willkommen, und ich habe dich nicht gesehen.«

Jocelyn legte die Hände auf die Theke. »Nicht das erste Mal, dass du mich deckst, nicht wahr?«

Ein weiteres Schulterzucken. »Hab gehört, er ist krank«, sagte sie.

Jocelyn nickte. »Ja, das ist er.«

»Gut. Ich habe zu verdammt hart daran gearbeitet, ihn aus dieser Sheriffuniform herauszuholen, um zuzulassen, dass er je wieder eine anzieht.«

Jocelyn schüttelte den Kopf. »Er ist nicht mehr in der Lage, diesen Job zu machen.«

»Das war er damals auch nicht.« Charity griff über die Theke und tätschelte Jocelyns Hand. »Du hast nichts zu befürchten, Liebes. Kein stinkender Reporter wird zu dir vordringen, wenn er vorher bei mir vorbeikommt.«

»Danke, Charity. Für alles.«

Sie verdrehte die Augen. »Liebes, du hast mir mit diesem Darlehen mehr als genug gedankt, als Patti so krank war, dass sie eine neue Herzklappe brauchte.«

»Es hätte kein Darlehen sein müssen«, sagte Jocelyn leise. »Ich wollte dir das Geld schenken.«

»Zwanzigtausend Dollar? Du machst wohl Witze.«

»Das bin ich dir schuldig, Charity, und noch mehr als das.«

Sie winkte ab. »Behalt es für dich, sonst ruinierst du hier noch meinen Ruf als böse Hexe. Glaubst du, ich weiß nicht, wie die Leute mich nennen? Ich habe einen Ruf zu verlieren.«

Die Hintertür ging auf, und Gloria trat aus der Damentoilette auf der anderen Seite des Süßigkeitenregals, ihre Augen glitzerten so hell, dass man meinen könnte, sie hätte geweint, nur dass sie vor Glück nur so strahlte. Als sie Joceyln erblickte, klappte ihr die Kinnlade herunter.

Charity hob die Hand. »Sag nicht ihren Namen, Glo. Sie ist unser kleines Geheimnis.«

Gloria lächelte. »Du bist wieder da.« Dann trat sie zurück und musterte Jocelyn von oben bis unten. »Ist es wahr oder eine Lüge?«

Jocelyn seufzte. Mit diesen beiden Frauen verknüpfte sie ein besonderes Band. Sie vertraute ihnen. »Es ist nicht wahr.«

»Ach, wie schade. Meine Cousine Grace ist so was von heiß auf Miles Thayer. Sie hätte alle Einzelheiten wissen wollen.«

»Meine Tochter Grace ist so was von heiß auf jeden, genau das ist ihr Problem.«

»Nein«, schoss Gloria zurück. »Das ist das Problem ihres Mannes Ron.« Sie zwinkerte Jocelyn zu. »Siehst du? Manche Dinge ändern sich nie auf dieser Insel. Ich würde gern noch ein wenig plaudern, Jocelyn, aber Slade hat Feierabend, und wir wollen noch ausgehen.«

»Hast du deiner Mutter gesagt, dass du heute Abend ausgehst?«, fragte Charity und meinte damit natürlich ihre Schwester Patience Vail, Glorias Mutter und die Empfängerin von Jocelyns geheimem Darlehen vor ein paar Jahren.

Gloria biss sich auf die Lippe. »Tante Charity, ich bin über dreißig.«

»Nicht zu alt, um meiner armen Schwester mitzuteilen, wann du wieder nach Hause kommst.«

»Später«, sagte sie, während sie an Jocelyn vorbeischlüpfte und sie dabei anlächelte. »Schön, dich gesehen zu haben, Jocelyn.«

Das Glöckchen bimmelte, als Gloria den Laden verließ. Die beiden Bauarbeiter kamen mit Armen voll Limo und Chips an die Kasse.

»Ich gehe jetzt besser«, sagte Jocelyn.

»Du wartest noch«, befahl Charity, rechnete aber zuerst die Einkäufe der beiden Männer ab. »Ich muss dir etwas sagen.«

Jocelyn drehte sich um, weil sie keinen Blickkontakt mit den Fremden herstellen wollte, und nahm eine Ausgabe der *Mimosa Gazette*, den Blick auf die Schlagzeile gerichtet. *Neue Straßen für Barefoot Bay müssen noch gebilligt werden.*

Lacey sorgte also für Schlagzeilen in der *Mimosa Gazette*, dachte sie lächelnd. Gut für sie. Als die Männer gingen, deutete Charity auf die Zeitung.

»Ich wollte mich gegen dieses Resort wehren, weißt du?«

»Klar wolltest du das.«

»Aber dieser verdammte Clay Walker hat einen Weg gefunden, dass an dieser Straße eine weitere Shell-Tankstelle gebaut werden kann, für die wir die Franchise-Rechte bekommen können. Dann hätten wir zwei Tankstellen im Norden von Mimosa Key, und beide würden mir gehören.« Sie grinste. »Wie hätte ich mich dagegen wehren können?«

»Du wirst dich noch freuen, wenn das Casa Blanca fertig ist«, sagte Jocelyn zu ihr.

Charity verdrehte die Augen, als würde sie das nur ungern zugeben. Dann lockte sie Jocelyn mit dem Zeigefinger näher zu sich und senkte die Stimme, obwohl der Laden jetzt leer war.

»Wie krank ist er?«, fragte sie.

»Ziemlich schlimm. Ich werde ihn in ein ... nun ja, irgendwohin stecken. Ich weiß nur noch nicht, wohin.«

»Frag mal in der Hölle nach. Wie ich gehört habe, ist dort noch jede Menge Platz.«

Jocelyn lächelte.

»Er erfüllt sämtliche Kriterien«, beharrte Charity. »Und falls der Teufel noch eine Empfehlung für ihn braucht« – sie beugte sich noch weiter vor, um zu flüstern –, »ich habe immer noch diese Fotos.«

»Echt?«

»Natürlich. Sie sind in einem Schließfach unten in der Genossenschaftsbank. Sie gehören dir, wenn du sie willst. Ich bewahre sie nur für alle Fälle auf, weißt du?«

»Für was für Fälle?« Der Gedanke, dass es diese Fotos noch immer gab, verursachte Jocelyn ein wenig Übelkeit.

»Du weißt schon, falls er je wieder etwas versucht.«

Sie schüttelte den Kopf. »Das wird er nicht. Er hat sich auf ganz verrückte Weise verändert. Er ist sogar richtig nett geworden.«

»Ich habe dahingehende Gerüchte gehört. Und du kannst diese hübschen Diamantohrringe, die du da trägst, darauf verwetten, dass ich dieses Gerücht nicht weitergegeben habe, weil ich nur Wahrheiten verbreite.«

»Es ist aber wahr. Er ist krank – und nett.«

Sie schnaubte geräuschvoll. »Und du weißt bestimmt, dass

das, was man über die Katze und das Mausen sagt, auch für Frauen verprügelnde Mistkerle gilt.«

»Psst.« Jocelyn schloss die Augen.

»Nun, das ist eine Tatsache. Und ich bereue nicht eine Sekunde, was ich getan habe, junge Dame. Du kannst es Erpressung nennen, wenn du willst, aber dieser Mann war eine Schande für seine Uniform und der Schrecken seiner Familie.«

Dem war nichts entgegenzusetzen.

»Aber du kannst die Bilder haben, wenn du willst.«

Wollte sie das? Sie könnte sie vernichten. Oder sie dazu benutzen, sich selbst daran zu erinnern, warum sie sich in Bezug auf Guy nicht erweichen lassen durfte. »Ja, bitte«, sagte sie. »Ich hätte sie gern.«

Charity nickte. »Gut. Ich hole sie für dich. Und derweil habe ich dich nicht gesehen, und ich bezweifle, dass du jemals hierher zurückkommen wirst. Ach ja, und Klatschblätter führe ich nicht mehr.«

»Das schlägt sich bestimmt auf deinen Umsatz nieder.«

Charity atmete schnaufend aus und fuchtelte mit ihren hellrot lackierten Nägeln herum, als wolle sie eine Fliege verscheuchen. »Mir ist schnurzegal, was sich auf meinen Umsatz niederschlägt, solange mich kein Mann niederschlägt.« Sie streckte die Hand zu einem formellen Handschlag aus; die Geste kam Jocelyn seltsam vor, doch sie ergriff die wettergegerbte Hand der alten Dame. »Wir halten zus…«

Das Glöckchen bimmelte, und Will ertappte sie beim Händeschütteln. Seinem Gesichtsausdruck entnahm Jocelyn, dass hier eine Erklärung nötig wäre. Aber sie wusste auch, dass sie ihm niemals die volle Erklärung liefern würde.

»Tschüss, Charity.« Jocelyn ließ Charitys Hand los und trat zurück.

»Bist du fertig?«, fragte Will und hielt ihr die Tür auf.

Sie nickte Charity zu und folgte Will hinaus in den warmen Sonnenschein.

»Was zum Teufel war das denn, Joss? Ich hatte ja keine Ahnung, dass du so dicke mit ihr bist.«

Sie zuckte nur mit den Schultern. »Nicht jeder hasst Charity Grambling.«

»Na ja, jetzt hat sie dir gegenüber vielleicht freundlich getan, aber glaub mir, sie lebt nur für Klatsch und Tratsch, deshalb wäre ich an deiner Stelle vorsichtig, was du ihr erzählst.«

Die Ironie dieser Bemerkung brachte Jocelyn zum Lächeln. Wenn Charity Grambling nicht gewesen wäre, hätte sie Mimosa Key niemals entkommen können. Wenn sie geblieben wäre, hätte Will die Beweise für Guys Zorn in jener Nacht gesehen.

Anstatt Karriere zu machen, wäre er dann im Gefängnis gelandet, denn er hätte Guy Bloom nicht am Leben gelassen.

Ja, hier war jede Menge Ironie im Spiel. Ironie, an der sie lieber nicht beteiligt gewesen wäre.

»Ich habe Slade ins Bild gesetzt«, sagte er. »Er wird die Augen nach weiteren Reportern offen halten und in meinem Viertel vermehrt Streife fahren lassen.«

Sie nickte, dankbar für die Unterstützung, aber inzwischen erschöpft von dieser ganzen Tortur. »Weißt du was, Will, ich werde das Abendessen heute sausen lassen. Ich bin fix und fertig. Ich glaube, ich sollte direkt zur Barefoot Bay hinauffahren.«

Er warf einen Blick über die Schulter zum Super Min, als würde er Charity für Jocelyns Gesinnungswandel verantwortlich machen. »Okaaay.« Er öffnete die Tür des Pick-ups und beugte sich hinein. »Aber ich bin noch nicht fertig mit dir.«

15

Will hatte nicht mehr als zwei, drei Stunden geschlafen, den überwiegenden Teil der Nacht war es heiß gewesen, sein Bett fühlte sich hart an, und er selbst fühlte sich elend. Gegen fünf war er von seinem verschwitzten Lager aufgestanden und nach unten in seinen alten Trainingsraum gegangen, um Gewichte zu stemmen und seinen Frust am Sandsack auszulassen.

Was nicht das kleinste bisschen geholfen hatte, denn er hatte die ganze Zeit nur auf sein altes Bett gestarrt und sich an all die Stunden erinnert, die er und Jocelyn dort verbracht hatten. Auf dem Bett, nicht im Bett. Jedenfalls war es jetzt ungefähr hundertachtzig verdammte Monate später und er stellte sich immer noch vor, was er mit ihr auf *oder* in diesem Bett anstellen wollte.

Nach einer eiskalten Dusche packte er ein, was er für den Tag brauchte, und machte seinen üblichen Gang durch den Garten zum Haus der Blooms. Er klopfte an die Küchentür, bevor er den Schlüssel benutzte, um hineinzugelangen.

Morgens fand er Guy meistens vor dem Fernseher oder über seine Stickerei gebeugt vor. Manchmal schlief der alte Knabe auch noch, dann sorgte Will dafür, dass er aufstand und mehr oder weniger wusste, welcher Tag heute war.

An manchen Tagen – so wie heute – war Guy in der Küche beschäftigt, bereitete sein Frühstück zu, pfiff vor sich hin und tat so, als würde ihm nichts – aber auch überhaupt nichts – fehlen.

Diese Tage verblüfften Will, aber im Moment machte es ihn einfach nur zornig, weil Jocelyn nicht da war und sah, wie *normal* Guy sein konnte.

Manchmal.

»Guten Morgen, William!« Er blickte von der kleinen Kücheninsel in der Mitte auf, wo er gerade Milch über seine Haferflocken schüttete. »Kannst du dich vielleicht für ein kerngesundes Frühstück erwärmen? Dieser Doctor Oz quasselt immer über die Kraft, die im Hafer steckt.«

»Schon gut, Kumpel. Ich wollte nur vorbeischauen und sehen, wie es dir geht.«

Guy strahlte ihn an. »Du bist der beste Sohn der Welt.«

War er heute Morgen »normal« genug, um der Wahrheit ins Auge zu sehen? »Ich bin nicht dein Sohn«, sagte Will leise. »Und das weißt du auch.«

Er machte sich auf Tränen gefasst, doch Guys Lächeln geriet nicht ins Stocken. »Spielt es eine so große Rolle, ob man blutsverwandt ist? Für mich bist du der beste Sohn, den man sich nur erträumen kann.«

Oh ja, heute war er echt in Form. »Danke.« Will deutete mit dem Kinn auf die Haferflocken. »Und weißt du was? Ich nehme ein Schälchen davon, wenn du mir Milch eingießt.«

Tage wie diese waren so selten, dass Will keine Lust hatte, davonzueilen und Guy allein zu lassen.

»Was ich mich frage«, sagte Guy, während er nach einer weiteren Müslischale griff. »Glaubst du, dieses Mädchen von *Clean House* kommt heute hierher?«

»Jocelyn?« Will nahm am Küchentisch Platz und musterte Guy. Er war so klar, dass sich Will wundern musste. Erkannte Guy seine eigene Tochter nicht? Erinnerte sich Guy nicht an die Nacht, in der er Will gedroht hatte, seine Karriere und sein Leben zu beenden?

Erinnerte er sich an gar nichts mehr?

»Ja, genau. Glaubst du, sie kommt, William? Ich mag sie wirklich gern.«

»Ich auch«, gestand Will.

Bevor Guy die Zahlen in die Mikrowelle tippte, um seinen Haferflockenbrei aufzuwärmen, drehte er sich um. »Das habe ich gemerkt.«

»Ist es so offensichtlich?«

»Sie ist sehr schön.«

Will stieß den Atem aus und fuhr sich mit den Fingern durch das Haar; die Gedanken, die ihn die ganze Nacht wach gehalten hatten, quälten ihn. Natürlich fühlte er sich noch von ihr angezogen. Noch immer verlor er sich in den Tiefen ihrer braunen Augen, in denen ein Hauch von Verletzlichkeit lag, aber auch das Streben nach Kontrolle. Und noch immer wollte er ihr diese Kontrolle mit seinem Mund rauben, wollte diese Kontrolle mithilfe seiner Hände aufbrechen, in sie eindringen mit seinem …

»Also, was ist, würdest du das tun?«

Will schüttelte den Kopf, um wieder klar zu werden. »Tut mir leid. Was würde ich tun?«

Guy gluckste. »Oh, sie hat dich ja voll am Wickel. Du weißt ja nicht mal, welchen Tag wir heute haben und wie spät es ist.«

Will warf ihm einen tödlichen Blick zu. »Das sagt ja genau der Richtige.«

Das brachte Guy noch mehr zum Lachen. Immer noch lächelnd machte er sich daran, ihnen beiden Haferflocken zuzubereiten, stolz darauf, dass er heute derjenige war, der den Alltag im Griff hatte.

Nachdem sie ihren ersten Bissen gegessen hatten, legte Will seinen Löffel weg und sah Guy an. »Komm schon. Was hast du mich eben gefragt?«

Guy warf ihm einen absolut ungläubigen Blick zu. »Du erwartest ausgerechnet von mir, dass ich das noch weiß?« Seine Schultern schüttelten sich erneut vor Lachen. »Ich bin heute ziemlich witzig.«

»Warst du schon immer so witzig?«, fragte Will; er kannte die Antwort zwar, fragte sich aber, was zum Teufel der alte Mann glaubte, wie er früher gewesen war. Er kannte seine eigene Tochter nicht mehr, er kannte seinen Nachbarn nicht mehr; kannte er sich selbst noch?

»Kann ich nicht sagen.« Guy schlürfte seine Haferflocken. »Aber was spielt das schon für eine Rolle? Ich bin *jetzt* witzig.«

Also wirklich, was für eine *Rolle* das spielte? Warum konnte Jocelyn das bloß nicht sehen? Nicht nur, weil sie dann womöglich ihre Meinung ändern und den alten Kerl nicht wegsperren, sondern weil sie ihm auch verzeihen würde.

Und wenn sie ihm verzeihen würde, wenn sie diesen gewaltigen, ungeheuerlichen, unglaublich schweren Schritt gehen und diesem Mann verzeihen konnte, der sich nicht einmal mehr daran erinnerte, wer er gewesen war, dann würde sie loslassen können.

Denn im Moment würde sie selbst mit eingefetteten Fingern keinen Penny loslassen können, ganz zu schweigen von einem lebenslangen Hassturnier, das sie entschlossen war zu gewinnen.

Bevor sie das nicht losließe, würde sie nichts von dem tun können, worüber er die ganze Nacht nachgedacht hatte.

»Du siehst mächtig ernst aus, William.«

»Ich denke nur nach.«

»Über Missy?«

Er lächelte. »Genau.«

»Dich hat es ja schlimm erwischt, Junge. Oh, jetzt weiß ich

wieder, was ich dich fragen wollte!« Er strahlte über das ganze Gesicht.

»Was denn?«

»Warum bist du eigentlich nicht verheiratet?«

Er zuckte ein klein wenig zusammen über diese Frage, die wie ein unerwarteter Knuckleball auf ihn zugerast kam, an der Home Plate abprallte und in den Schmutz fiel. »Ich *war* verheiratet«, sagte er. »Aber jetzt bin ich geschieden.«

Guy nickte und kratzte mit seinem Löffel in der fast leeren Schale herum. »Ich war verheiratet.«

Will rührte sich nicht. »Ich weiß.«

»Sie hieß Mary … Beth.«

»Jo«, korrigierte Will, und Guy sah ihn schockiert an. »Mary Jo«, fügte Will hinzu. »Nicht Mary Beth.«

»Wirklich? Bist du sicher?«

»Ja.« Langsam stand Will auf, nahm sein Schälchen und suchte nach Anzeichen dafür, dass Guy gleich die Fassung verlieren würde. Manche Gespräche frustrierten ihn über alle Maßen, weil er sich erinnern wollte und nicht konnte.

»Sie war bestimmt hübsch«, sagte er leise. »Diese Mary Jo.«

»Das war sie.« Er spülte das Schälchen ab und stellte es in die Spülmaschine. »Möchtest du etwas über sie erfahren?«

Als er keine Antwort bekam, drehte sich Will um und sah, dass Guy ganz langsam seine Papierserviette in lange Streifen riss. Er hatte seine ganze Konzentration darauf gerichtet, seine dicken Finger zitterten ein wenig.

»Möchtest du das, Guy?«

Er blickte Will über die Serviette hinweg an. »Ich habe eine Sendung über Pappmaschee gesehen. Wusstest du, dass das ein französisches Wort ist?«

»Das habe ich mir schon gedacht.« Aber wie kam es, dass Guy das wusste, den Namen seiner eigenen Frau aber nicht?

»Ich glaube, ich werde das mal ausprobieren.«

»Willst du etwas über Mary Jo erfahren?«, beharrte Will. In seinem Inneren machte sich Frust breit.

»Ich kenne keine Mary Jo«, sagte er, dann zerknüllte er die Serviettenfetzen und drückte sie so fest zusammen, dass seine Knöchel ganz weiß wurden. »Und ich will auch keine kennen.«

Und dann war Guys klarer Moment einfach so vorbei.

»Ich muss jetzt los, Kumpel«, sagte Will und ging quer durch die Küche, um Guys Müslischale zu holen. »Ich muss ein paar Sachen in der Stadt erledigen, bevor ich zur Arbeit gehe. Kommst du klar?«

»Wer, ich? Mir geht es gut, William. Einfach gut. Wir sehen uns dann heute Mittag.«

»Kann sein, dass ein Streifenwagen durch das Viertel fährt«, warnte ihn Will vor.

Er stemmte sich nach oben. »Ja, ja, ich weiß. Ich bin jetzt berühmt wegen dieser Fernsehshow.« Er gluckste. »Ich hoffe, diese Missy kommt später noch bei mir vorbei.«

Er schlurfte davon, seine Pantoffeln tapsten über das Linoleum – es war das herzzerreißendste Geräusch, das Will je gehört hatte.

Heitere Gelassenheit lag über der Barefoot Bay, ein einsamer Pelikan segelte auf der Suche nach Frühstück über die glatte Oberfläche des Golfs von Mexiko. Ein Morgen an diesem Strand war mehr als nur göttlich – es war so ruhig, dass man nichts hörte außer den leisen Wellen, die an den Strand schlugen, und gelegentlich den Schrei einer Möwe. Perfekt für eine Stunde Yoga vor einem Tag voller … was immer auch der Tag für sie bereithielt.

Jocelyn grub ihre Zehen in den morgendlich kühlen Sand und versuchte, innerlich eine To-do-Liste heraufzubeschwören. Es gab kaum etwas, was sie mehr hasste, als einen Tag, der nicht durchstrukturiert war.

Okay, sie konnte weitere Heime besichtigen. Oder bei Guy weitere Kisten packen. Sie konnte immer noch Tessa im Garten helfen oder mit Zoe shoppen gehen oder – ein unwillkommener Schauer überlief sie. Sie konnte Will suchen.

Was genau das war, was sie eigentlich wollte.

Frustration erfasste sie und trieb sie über den Strand zu der Stelle mit dem festgetretenen Sand, wo sie mit ihren Dehnübungen würde beginnen können. Mache die Quelle der Frustration ausfindig und eliminiere sie, befahl ihr innerer Berater in allen Lebensfragen.

Will natürlich. Er war der Grund, weshalb sie sich frustriert und hilflos fühlte und keine Kontrolle mehr hatte. Ein paar gestohlene Küsse und schon übersteuerte Jocelyns sträflich vernachlässigte Libido und quälte sie mit Gedanken an seine Hände, seinen Körper und seine ... Hände.

Aber es lag nicht nur an Will. Sie fühlte sich irgendwie verloren. Abgeschnitten von einer Arbeit, die in jedem wachen Moment ihr Gehirn beschäftigt hatte, abgeschnitten von einer Stadt, die sie zwar überwiegend verabscheute, aber trotzdem so etwas wie ihr Zuhause war.

Kein Wunder, dass sie schlechte Laune hatte und sich verloren fühlte.

Als sie zum Wasser hinunterging, erregten zwei Paar Fußabdrücke ihre Aufmerksamkeit. Frische, tiefe Abdrücke, ein Paar davon groß, das andere viel kleiner.

Die Fußspuren eines Paares, das Seite an Seite den Strand entlanggegangen war.

Jocelyn stellte ihren nackten Fuß in die kleineren Abdrücke und folgte ihnen in Richtung Süden. Rechts von ihr schlugen die Wellen an den Strand. Die Fußabdrücke gingen noch etwa dreißig Meter weiter, dann wandten sie sich zum Wasser.

Das Paar war heute Morgen zusammen schwimmen gegangen.

Einen Moment lang stand sie da und starrte zum Horizont, sie stellte sich vor, wie es wäre, so frei zu sein, so verliebt. Mit dem Duft von Salz und Meer, der schwer in der morgendlichen Luft hing, läge man in den Armen eines vertrauten Mannes, dem man sich vollkommen hingäbe.

Der Schmerz, der sie dabei überkam, erfasste ihren ganzen Körper, und zwar nicht nur in sexueller Hinsicht.

Jocelyn hatte Sehnsucht nach Liebe.

Sie ließ diesen Gedanken von der nächsten Welle hinwegspülen, folgte weiterhin den Fußabdrücken, die sich etwa zwölf Meter weiter hinten fortsetzten. Sie wusste genau, in wessen Fußstapfen sie da trat. Natürlich führten sie direkt zum Bauwagen.

Sie trat an die Tür des Bauwagens und klopfte leise. »Jemand zu Hause?« Sie schob die Tür gerade so weit auf, dass sie einen Blick auf Lacey und Clay erhaschte, die sich an der Kaffeemaschine vor dem Empfangsbereich küssten. Sie drehten sich um, mit klatschnassen Haaren, und lächelten zufrieden.

Und Jocelyns Sehnsucht wurde nur noch größer.

»Joss!«, sagte Lacey und wurde rot. »Du bist früh auf.«

»Nicht so früh wie einige ortsansässige Schwimmer.«

Sie lachten und wechselten einen Blick. »Wir gehen jeden Morgen auf dem Weg zur Arbeit kurz schwimmen«, sagte Clay. »Wahrscheinlich werden wir das bald nicht mehr können, deshalb nutzen wir das aus.«

»Weißt du, wenn die Gäste erst mal da sind, wird es peinlich«, sagte Lacey rasch.

»Ihr tragt keine Badekleidung?«, fragte Jocelyn und kämpfte gegen ein Lächeln an.

»Hin und wieder schon.« Clay zwinkerte ihr zu. »Möchtest du Kaffee?«

»Eigentlich wollte ich am Strand ein wenig Yoga machen, aber ich könnte eine Tasse vertragen. Schwarz, bitte.«

Clay nahm einen Becher von den improvisierten Regalen an der Kaffeemaschine. »Erst neulich hat Lacey vorgeschlagen, dass wir morgens Yoga am Strand anbieten sollten«, sagte er. »Unseren Gästen würde das gefallen.«

»Oder textilfreies Schwimmen«, scherzte Jocelyn. Sie nahm ihren Kaffeebecher und tat, als würde sie Clay damit zuprosten. »Das würde ihnen auch gefallen.«

»Hier, das wird ihnen auch gefallen«, sagte Lacey und winkte Jocelyn zu dem wackeligen Kartentisch, auf dem sie eine Reihe von Entwürfen ausrollte. »Warte, bis du das hier gesehen hast, Joss.«

Ein paar Minuten später studierte Jocelyn noch immer die Pläne und war sprachlos vor Bewunderung.

»Hat mein Mann nicht Talent?« Die Frage war an Jocelyn gerichtet, aber Lacey strahlte Clay dabei an.

»Das war Teamarbeit«, sagte er bescheiden.

Und es stimmte absolut. Er war nicht nur aufmerksam, lieb und attraktiv, der Mann war auch ein erstaunlich begabter Architekt, und die Pläne, die Jocelyn gerade unter die Lupe genommen hatte, bewiesen das.

»Dieses Wellnesszentrum ist einfach unglaublich«, stimmte Jocelyn zu. »Mimosa Key hätte sich so etwas Herrliches nie träumen lassen. Mir gefällt, dass es so exklusiv ist und trotzdem so natürlich und selbstverständlich daherkommt.«

»Genau das ist das Ziel des Casa Blanca«, sagte Lacey. »Einfacher Luxus in den Armen von Mutter Natur.«

»Hey.« Jocelyn schnipste mit den Fingern. »Hübscher Slogan.«

Clay kam herübergeschlendert, um einen Blick auf die Entwürfe zu werfen. Er nippte noch immer an seinem Kaffee. »Wir müssen Gebäude fertigstellen, Straßen anlegen und höllisch viele Dinge mehr, bevor wir zu dem vergnüglichen Teil kommen wie Slogans und ganzheitlichen Wellnessangeboten.«

»Du schaffst das schon«, sagte Lacey. In ihrer Stimme lagen Stolz und Zuversicht.

Jocelyn blickte von den Entwürfen auf. »Ach ja, die Zuversicht wahrer Liebe.«

»Ja, ich weiß.« Clay lachte und ging um den Tisch herum, an dem er arbeitete. »Aber es beunruhigt mich. Je höher es hinausgeht, desto tiefer der Fall.«

»Du wirst nicht fallen«, sagte Lacey, bevor sie sich wieder an Jocelyn wandte. »Er hat sich die Finanzierung gut überlegt und diese tollen Deals für alle Sachen, die wir brauchen, ausgehandelt. Die Subunternehmer lieben ihn.«

Clay hob seine Füße, die in Stiefeln steckten, und legte sie auf seinen Schreibtisch, während er Jocelyn angrinste. »Meine Frau hat vergessen zu erwähnen, dass ich auch übers Wasser laufen kann«, sagte er und verdrehte selbstironisch die Augen. »Und wo wir gerade von Subunternehmern sprechen – ich habe gestern meinen Ferienhausschreiner vermisst. Kommt er heute, oder amüsiert ihr beiden euch wieder in Naples?«

»Sie haben sich nicht *amüsiert*«, korrigierte ihn Lacey. »Oder etwa doch?«

»Wir haben uns ein Pflegeheim für meinen Vater angeschaut.« Und dann hatten sie sich vielleicht ein klitzekleines bisschen amüsiert. »Ich kann das allein erledigen, wenn ihr ihn braucht. Ich möchte wirklich nicht diejenige sein, die den Fortgang dieses Projekts hemmt.« Sie deutete auf die Entwürfe, doch Lacey schob die Pläne beiseite.

»Wenn du ihn brauchst, dann nimm ihn mit«, sagte sie. »Wir kommen schon zurecht.«

Clay machte ein Gesicht, das besagte, dass sie überhaupt nicht zurechtkommen würden. »Du wirst wirklich immer weichherziger, Lacey«, sagte er lächelnd.

Lacey lächelte zurück. Jocelyn hatte das deutliche Gefühl, dass zwischen ihnen ein ernstes, lautloses Gespräch in Gang war und dass sie eindeutig nicht diese Geheimsprache sprach.

»Ich arbeite heute ein wenig im Haus meines Vaters«, sagte Jocelyn. »Ich kann morgen noch ein paar von den anderen Heimen besichtigen. Es ist nur so, dass Will mitkommen will. Er ist so …« Sie schüttelte den Kopf. »Engagiert.«

»Er mag deinen Dad«, sagte Clay. »Das habe ich manchen Dingen entnommen, die er gesagt hat.«

Jocelyn senkte ihren Blick auf die Pläne, weil sie auf diese Bemerkung nichts antworten wollte. Sie brauchte nicht aufzusehen, um zu wissen, dass Lacey und Clay wieder stumm kommunizierten.

Sollten sie doch. Sie verstanden das nicht; sie kannten nicht die ganze Geschichte. Niemand kannte sie.

Na ja, ein paar Leute schon. Merkwürdige Leute. Charity Grambling. Coco Kirkman.

»Was mir an Will gefällt«, sagte Clay langsam – er nahm die Füße vom Tisch und beugte sich vor, um seine Aussage zu treffen oder vielleicht auch nur, damit Jocelyn in seine durchdringenden blauen Augen blicken musste. »Abgesehen von der Tatsache, dass er einer der akribischsten und talentiertesten Schreiner ist, die ich je kennengelernt habe, ist er absolut großherzig.«

Aus irgendwelchen Gründen versetzten diese Worte Jocelyn einen Stich, der direkt in ihr Herz zielte. Das war einfach so wahr – und so beängstigend. Jocelyn war nicht großherzig. Ihr

Herz war verschlossen wie eine Auster, und Wills Herz war ge-öffnet und großzügig.

Er verdiente jemanden, der ihn so liebte, wie er selbst liebte, und das würde niemals sie sein.

»War er schon immer so?«, fragte Lacey Jocelyn. »Ich mei-ne, ich kannte ihn schon als Teenager, aber da war er nur dieser Baseball-Superstar, der auf dem Weg war, der nächste Derek Jeter zu werden.«

Jocelyn lächelte. »Ich glaube, er war schon immer der emo-tionale Typ. Er hat viel Herzblut ins Baseballspielen gesteckt, genau wie er jetzt diese Ferienhäuser mit viel Herzblut baut.« Auch ins Küssen steckte er viel Herzblut.

»Und jetzt«, fügte Clay hinzu, während er aufstand, »betreibt er auch noch Tagespflege für Senioren mit Herzblut.«

Aber das war falsch. Dieser Senior hatte Wills Herz nicht verdient.

»Du gehst?«, fragte Lacey und blickte voller Wärme in ihren goldbraunen Augen zu Clay auf.

»Die Typen vom Verkehrsministerium kommen um halb acht, um das Ufer zu inspizieren. Wenn sie hier aufkreuzen, dann sag ihnen, dass ich schon dort bin.« Er kam hinten um den Tisch herum und legte Lacey die Hände auf die Schultern, um sich über sie zu beugen und die Pläne anzuschauen. »Dieses exklusive, superbiologische, astronomisch teuere Wellnesszen-trum gefällt dir wohl, Jocelyn?«

Jocelyn lachte über seinen leicht sarkastischen Unterton. »Ich finde es herrlich, und als Investorin bin ich auch fest da-von überzeugt, dass es gut Profit abwerfen wird.«

»Das könnte sein«, stimmte er zu. »Aber der Bau einer sol-chen Anlage ist höllisch teuer.«

»Der Wellnessbereich ist Clay nicht so wichtig«, erklärte La-cey. »Er interessiert sich nur für die Gebäude und das Design.«

Er beugte sich vor und küsste sie auf den Scheitel. »Geh es langsam an heute, ja?«, flüsterte er.

Sie warf ihm einen Blick zu und nickte. »So langsam es eben geht angesichts ...« Sie verstummte, und wieder wechselten sie einen Blick. »Angesichts dessen, was wir hier bauen«, vollendete sie den Satz.

»Stress dich einfach nicht.« Noch ein Kuss, und er richtete sich wieder auf, wobei er Jocelyn zuzwinkerte. »Sie ist diejenige, die eine Wellnessbehandlung dringend nötig hätte.«

Lacey winkte naserümpfend ab. »Davon hatte ich genug, als ich meine Recherchen durchgeführt habe. Ich will einfach nur, dass das hier so schnell wie möglich fertig wird. Geh und lass die Straßen genehmigen, Clay, damit wir asphaltieren und mit der Sichtschutzmauer anfangen können.«

Er drückte ihr die Schulter, sah dabei aber Jocelyn an. »Sie ist eine Sklaventreiberin.«

»*Sie* hat es eilig«, korrigierte ihn Lacey. »Und *wir* wollen den Zeitplan einhalten.«

Er salutierte. »Aye, aye, Käpt'n. Bis dann, Ladys.«

Er schenkte sich noch einen Becher Kaffee ein und ließ sie allein im Bauwagen zurück.

»Du hast solches Glück«, bemerkte Jocelyn.

Laceys Augen wurden ein wenig feucht. »Du hast ja keine Ahnung.«

»Nein, habe ich nicht«, sagte sie seufzend.

Lacey streckte über die Pläne hinweg die Hand aus und drückte Jocelyns. »Alles in Ordnung?«

»Mir geht es gut. War 'ne harte Nacht.«

»Warst du bei Will?«, fragte sie.

»Nein, natürlich nicht. Warum sollte ich bei Will gewesen sein?«

Lacey zuckte mit den Schultern. »Ich habe mich nur gewundert. Du bist gestern Abend nicht zum Abendessen gekommen, und Tessa und Zoe haben gesagt, dass du nicht mit ihnen zum Mexikaner gehen wolltest. Deshalb dachten wir …«

»Denkt lieber nicht. Ich habe den Abend allein verbracht.«

»Du liebst deine Einsamkeit wirklich«, sagte Lacey. »Zoe sagt immer, du brauchst das Alleinsein so sehr wie die Luft zum Atmen.«

»Zoe ist klüger als man denkt. Ich habe mir aus all den herrlichen Sachen, mit denen du meinen Kühlschrank gefüllt hast, ein Sandwich gemacht. Ich war wirklich müde.«

»Das kenne ich«, sagte Lacey. »Ich bin gestern auch schon gegen neun in die Heia, deshalb ist es okay.« Wieder sah sie Jocelyn forschend an. »Bist du sicher, dass du nicht über Will sprechen möchtest?«

»Ja, da bin ich mir sicher.« Sie tippte auf die Entwürfe. »Wie soll nun ein Lebensberater hier hineinpassen und welche Rolle spiele ich bei dem Ganzen?«

Lacey verstand den Hinweis und wandte ihre Aufmerksamkeit den Plänen zu. »Na ja, ich muss natürlich Leute einstellen. Leute, die das Wellness- und Behandlungszentrum leiten sowie einen Fitnessexperten und ein paar Trainer. Ich brauche eine Kosmetikerin, eine Beauty-Expertin und eine Masseurin.« Lacy seufzte langsam. »Da kommt eine ganze Menge zusammen.«

»Du hast dir nicht mehr vorgenommen, als du schaffen kannst, oder?« Sie hörte sich nämlich völlig erschlagen an von all den Dingen, die da anstanden.

»Nein, aber wenn ich wüsste, dass ich einen wirklich großartigen Wellness-Manager hätte, jemanden mit unglaublichem Organisationstalent und sozialer Kompetenz …« Sie beugte sich vor. »Und vielleicht mit ein wenig Erfahrung als Lebensberater und Erfahrung mit dieser Gemeinde …«

Die Anspielung war nicht zu überhören. »Ich? Ich bin …«
Für den Bruchteil einer Sekunde stellte Jocelyn sich als Leiterin eines hochmodernen Wellnessbereichs vor, umgeben von Schönheit, Frieden und von Menschen, die an sich arbeiten wollen. Es wäre klar, sauber, rein – und sicher. »Ich bin nicht die Richtige dafür.«

»Warum nicht?«

Sie versuchte, darüber hinwegzulachen. »Ähm, weil ich meine Arbeit und mein Leben in Los Angeles habe.«

Lacey zog nur eine Augenbraue nach oben. »Dir gefällt das Leben in L. A. nicht.«

Sie widersprach nicht.

»Und um deine Arbeit dort ist es momentan auch nicht gerade zum Besten bestellt.«

Das konnte man wohl sagen.

»Und wenn Zoe hier wäre, würde sie wahrscheinlich ›welches Leben?‹ fragen.«

Jocelyn lachte. »Wie wahr. Aber du brauchst jemanden, der Erfahrung hat mit der Leitung eines Wellnessbereichs und mit dem Gastgewerbe.«

»Ich habe Hotel- und Gastgewerbe studiert, erinnerst du dich? Ich habe es sogar fast zu einem Abschluss darin gebracht.«

»Nun, dann weil du jemanden brauchst, der …« Ihr wollte kein anderer Grund mehr einfallen, verdammt. »Hier lebt. Oder zumindest in der Nähe.«

Lacey ließ ihre Ellbogen auf den Tisch sinken. »Ich habe Tessa hierhergeholt, oder etwa nicht?«

»Meinst du es wirklich ernst?«

»Warum nicht?«

»Willst du den Wellnessbereich nicht lieber selbst leiten?«, fragte Jocelyn.

»Ich werde das ganze Resort leiten oder zumindest das rich-

tige Management dafür einstellen, und ich werde …« Sie lehnte sich zurück und schüttelte den Kopf ein wenig, unter ihren
Augen zeichneten sich plötzlich Spuren von Schlaflosigkeit ab.
»Dieses Resort zu leiten ist eine riesige Aufgabe. Clay möchte
als Architekt arbeiten, nicht als Resort-Leiter. Ich will alles, was
möglich ist, delegieren, und zwar am besten an vertrauenswür-
dige Freundinnen. Ich möchte mich mit Menschen umgeben,
die ich mag und die meine Kinder und meinen Mann mögen,
deshalb fange ich jetzt schon mal mit dem Anwerben an. Würdest du wenigstens darüber nachdenken, ob …«

»Hast du gerade Kinder gesagt? Plural?«

Lacey klappte die Kinnlade herunter und sie schlug sich die
Hand vor den Mund. »Mist«, murmelte sie. »Das habe ich.«

Einen Augenblick lang starrten sich die beiden an, während
ein Lächeln Laceys Mundwinkel umspielte. »Ich bin schlecht
darin, ein Geheimnis zu wahren.«

Jocelyn sprang auf und stieß einen kleinen Schrei aus. »Oh
mein Gott, Lacey!«

Sie umarmten sich ungelenk über den Tisch hinweg, den sie
dabei fast umwarfen, um dann um ihn herumzuflitzen und sich
richtig zu umarmen.

»Kannst du das glauben?«, quietschte Lacey, in ihren Augen
standen jetzt Tränen des Glücks.

»Wie weit bist du schon?«

»Sechste Woche.«

Jocelyn lehnte sich zurück, ließ dabei aber Laceys Schultern
nicht los und sah sie mit ganz neuen Augen. Das war es also,
was sie ausstrahlte. Nicht einfach nur Liebe, sondern Mutterschaft. Und das war ein verdammt einleuchtender Grund für
ihre Erschöpfung. »Das ist das, was du willst.« Das war keine
Frage.

»Unbedingt.«

»Weiß Ashley schon, dass sie Schwester wird?«

»Wir haben es noch keiner Menschenseele erzählt«, sagte Lacey. »Nicht meinen Eltern, nicht Ashley, nicht Tessa.« Sie verzog das Gesicht. »Das wird nicht lustig werden.«

»Warum nicht? Sie wird sich wahnsinnig freuen.«

»Das bezweifle ich. Du weißt, wie gern sie ein Baby wollte. All die Jahre, in denen sie es mit Billy versucht hat, und jetzt ist seine neue Freundin schwanger geworden, noch bevor die Tinte auf den Scheidungspapieren getrocknet war.«

Jocelyn winkte ab. »Tessa hat dich lieb und sie wird die stolzeste Tante von uns allen sein. Warum wartest du noch damit?«

»Wir behalten es einfach noch für uns, bis wir die Gewissheit haben, dass alles in Ordnung ist. Aber ich gewöhne mich gerade so an den Gedanken und – Gott, wie schaffst du es nur, Geheimnisse so gut zu wahren?«

»Das ist eine Kunst«, sagte sie ironisch. »Deshalb brauchst du dir keine Gedanken um mich zu machen. Ich werde es niemandem verraten, bevor du bereit bist.«

Lacey ließ sich wieder auf ihren Stuhl fallen, noch immer sah sie besorgt aus. »Ich glaube, ich bin bereit, sobald wir es Ashley gesagt haben. Aber allmählich stresst mich der Gedanke, dieses Resort zu leiten *und* ein Baby zu bekommen total.«

»Alles wird gut«, versicherte ihr Jocelyn. »Du wirst es schaffen, so wie alle Mütter, die arbeiten gehen, es schaffen. Mit Listen und Unterstützung, mit Schlafentzug und Wein. Wein! Du hast neulich Wein getrunken.«

»Ich habe nur so getan.« Sie grinste. »Aber meine Pflanzen sind dafür ziemlich ins Schlingern geraten.«

Jocelyn lachte. »Du Luder!«

Doch Lacey beugte sich wieder vor und streckte die Hand nach Jocelyn aus. »Mein Angebot steht, und jetzt weißt du auch, wie sehr ich jemanden wie dich brauche. Vielleicht noch nicht sofort, aber wenn das Baby auf die Welt kommt, stehen wir kurz vor der Eröffnung, und ich will, dass das Ganze läuft wie am Schnürchen. Aber ich will auch eine gute Mom sein.« Sie berührte ihren Bauch und rieb ihn ein wenig. »Also, denk darüber nach, okay? Komm und leite den Wellnessbereich für mich. Davor wirst du noch massenhaft Zeit haben, dein Gewerbe aufzulösen.«

Jocelyn verdrehte die Augen. »Mein Gewerbe löst sich schon ganz von alleine auf.«

»Es wäre so wunderbar, Joss ...«

Die Tür schlug mit einem lauten Knall auf, gefolgt von einem ebenso lauten »Es kotzt mich an!«

Tessa kam hereingesprungen, ihre Stiefel schlugen so hart auf den Bodenbrettern auf, dass der ganze Wagen erbebte.

»Was ist denn los?«, fragten Jocelyn und Lacey wie aus einem Munde.

Tessa fuchtelte mit ihrem Handy herum. »Der verfluchte Mistkerl hat es schon wieder getan!« Sie stiefelte durch den kleinen Raum und knallte das Handy so heftig zwischen ihnen auf den Tisch, dass dieser fast zusammengebrochen wäre. »Seine Freundin ist schon wieder schwanger! Und dann hatte er auch noch die Unverfrorenheit, es mir per SMS mitzuteilen. Ihr erstes Kind ist noch nicht mal ein Jahr alt, sie haben immer noch nicht geheiratet, und jetzt ist schon das nächste unterwegs.«

Jocelyn und Lacey standen mucksmäuschenstill da, beide blinzelten, als wären Scheinwerfer auf sie gerichtet, aber Tessa war viel zu aufgebracht, um es zu bemerken. Sie schnappte sich einen Klappstuhl, warf ihn praktisch neben den Tisch und ließ sich mit einem leisen Fluch darauf nieder.

»Wie kann er mir eine SMS schreiben, als würde er erwarten, dass ich mich für ihn freue? Wer macht so was überhaupt – der

Exfrau eine SMS schicken, wenn die neue Freundin schwanger ist? Was glaubt er eigentlich, woraus ich bestehe?«

Sie brachten immer noch kein Wort heraus. Lacey schluckte schwer und Jocelyn suchte nach den richtigen Worten, fand aber keine.

Tessa blickte von einem zum anderen, dann schaute sie auf die Entwürfe hinunter. »Was besprecht ihr beide eigentlich gerade?«

»M-mein …«, stotterte Lacey und war offenbar unfähig, irgendetwas herauszubringen.

»Ihr Jobangebot«, half Jocelyn aus. »Lacey möchte, dass ich hier arbeite.«

Tessa schnappte nach Luft, grinste und applaudierte lautstark. »Was für eine fabelhafte Idee!«

Und so gelang es ihnen gerade noch, das Gespräch von Babys auf das Geschäftliche zu lenken.

16

Will stieg vor der Genossenschaftsbank der Gemeinde Mimosa Key aus seinem Pick-up, ein paar Minuten, nachdem die Bank geöffnet hatte. Es war der letzte Stopp, den er heute Morgen einlegen würde. Gerade als er nach der pechschwarz getönten Glastür griff, öffnete sich diese, weil jemand sie von innen aufschob.

»Entschuldigung«, murmelte er; er trat beiseite und wäre fast von Charity Grambling umgerannt worden, die mit gesenktem Kopf ihre Nase in die Öffnung eines braunen Briefumschlags gesteckt hatte.

Sie schnappte leise nach Luft und blickte auf, während sie den Umschlag wegriss. Dann warf sie ihm einen niederträchtigen Blick zu, und ihre Gesichtszüge formierten sich zu einer Konstellation, die nur so nach Ärger schrie. Sie zog die Augenbrauen zusammen, die Mundwinkel nach unten, und purer Zorn grub sich in die tiefen Falten in ihrem Gesicht.

Wahrhaftig, sie Charity zu nennen und somit mit Nächstenliebe in Verbindung zu bringen war echt ein Fehlgriff gewesen.

»Alles okay, Charity?«

Ihre dunklen Augen wurden schmal, während der Wind ihr krauses, karamellfarbenes Haar hochwehte und darunter einen grauen Haaransatz zum Vorschein brachte. »Nein, Will. Manche Dinge sind einfach nicht okay.«

Er zögerte und trat noch weiter beiseite, hielt ihr aber immer noch die Tür auf. »Tut mir leid, das zu hören«, sagte er und erwartete, dass sie etwas Bissiges erwidern und davonstapfen würde.

Doch sie sog einfach nur so tief die Luft ein, dass ihre schmalen Nasenlöcher bebten.

Oh, Mann, Charity war in Plauderstimmung. »Ich hoffe, dein Tag wird noch besser«, sagte er rasch und versuchte, an ihr vorbei in den klimatisierten Vorraum der Genossenschaftsbank zu schlüpfen.

Aber sie stand stocksteif da, ein Meter fünfundfünfzig eisernes Stehvermögen. »Wo ist Jocelyn?«

Die Frage brachte ihn so aus dem Konzept, dass er stehen blieb. Charity mochte diese Woche vielleicht den »guten Cop« spielen, aber er kannte diese Frau lange genug, um ihr nicht über den Weg zu trauen. »Ist jemand auf der Suche nach ihr?«, fragte er und gab ihr absichtlich keine Antwort.

»Ja, verdammt noch mal. Ich. Wo ist sie?«

Er schüttelte nur den Kopf.

»Ich muss sie sehen. Ich habe etwas für sie. Ich habe es ihr versprochen.«

Hatte sie das? Neugier erfasste ihn, aber er ließ es sich nicht anmerken. »Ich kann ihr geben, was auch immer du für sie hast, Charity.«

»Vergiss es. Das ist persönlich und nur für ihre Augen bestimmt.«

»Ich werde es mir nicht anschauen.«

Sie johlte geradezu vor Ungläubigkeit. »Als würde ich einem Mann über den Weg trauen.«

»Du kannst mir vertrauen.«

Sie schüttelte den Kopf. »Wo ist sie?«

»Tut mir leid, Charity. Ich habe versprochen, es nicht zu verraten, und ich stehe zu meinem Wort. Was immer du für sie hast, gib es mir. Hat es mit ihrer Situation zu tun?«

»Das kann man wohl sagen.« Sie klopfte sich mit dem Umschlag auf die Hand.

»Ich weiß alles«, sagte er ernst. »Ich kenne die Wahrheit, und sie vertraut mir. Ist es das da, was du ihr geben möchtest?«

Sie umklammerte den braunen Umschlag fester und sah ihn prüfend an, als könne sie dadurch abschätzen, ob er ein Lügner war oder nicht.

»Du kannst mir vertrauen.« Er streckte die Hand aus.

»Sag ihr, sie soll mich anrufen und in den Laden kommen.«

»Das wird sie vielleicht nicht tun«, sagte er. »Sie lebt sehr zurückgezogen. Aber wie du willst. Ich werde ihr sagen, dass ich dich getroffen habe.« Er versuchte, an ihr vorbeizukommen, doch sie vertrat ihm den Weg.

»Und ich kann dir ganz bestimmt vertrauen?«

»Du hast mein Wort.«

Sie drückte ihm den Umschlag in die Hand. »Gib ihr das. Und falls du auch nur daran denkst, ihn zu öffnen, möge dich Gott tot umfallen lassen. Und wenn *er* es nicht tut, dann werde *ich* dafür sorgen.«

Was zum Teufel konnte das sein? Er machte nicht den Fehler, auch nur im Entferntesten einen neugierigen Eindruck zu erwecken, sondern nahm den Umschlag mit einem ernsten Nicken entgegen und klemmte ihn sich unter den Arm. »Willst du, dass sie dich anruft oder so?«

»Sorg einfach dafür …« Wieder holte sie tief Luft. »Sei für sie da, wenn sie dich braucht.«

Bei jedem anderen hätte das wie ein Klischee geklungen. Doch weil es von Charity kam, die in ihrem ganzen Leben keine fünf freundlichen Worte von sich gegeben hatte, hätte ihn das fast umgehauen.

Und es stachelte seine Neugier nur noch zusätzlich an, doch er hielt den Umschlag die ganze Zeit unter seinem Arm geklemmt, während er seine Überweisung am Kassenschalter erledigte und zu seinem Pick-up zurückkehrte. Er fühlte sich ein wenig, als hätte er Schmuggelware bei sich, als er den Umschlag zusammen mit seinem Bandana, seinen Energy-Drinks und einer Schachtel Proteinriegel, die ihn den ganzen Tag fit hielten, auf den Beifahrersitz legte. Nachdem er sich umgeschaut hatte, ob irgendwelche Reporter umherstreunten, die sich auf ihn stürzen oder ihm folgen könnten, machte er sich auf den Weg zur Barefoot Bay.

Wie passte Charity in diesen ganzen Miles-Thayer/Coco-Kirkman-Skandal? Was konnte sie ihm da gegeben haben? Kopien von diesen SMS, von denen im Fernsehen die Rede war? Eine eidesstattliche Erklärung? Die Vertraulichkeitsvereinbarung? Stoff für die Nachrichten? Wie um alles in der Welt sollte so etwas in Charitys Besitz gelangen?

Warum hatte sie ihm gesagt, er solle da sein, wenn Jocelyn ihn brauche?

Als ob es nötig war, ihm diesen Ratschlag zu erteilen. Aber vielleicht würde es bald noch mehr Neuigkeiten geben und ...

Als er nahe der Bucht in eine Kurve fuhr, trat er auf die Bremse und kam kurz vor einer Absperrung aus orangefarbenen Zylindern und zwei Fahrzeugen der Verkehrsbehörde schlitternd zum Stehen.

Alles, was auf dem Beifahrersitz gelegen hatte, flog in hohem Bogen nach vorne – die Energy-Drinks, die Proteinriegel und Charitys Umschlag landeten auf dem Boden.

Mist, er hatte ganz vergessen, dass heute die Verkehrsinspektion stattfinden sollte.

Clay und ein anderer Mann traten hinter einem der Lieferwagen hervor und winkten.

»Moment noch, Will«, rief Clay. »Wir lassen dich gleich durch.«

Will winkte zurück, er stemmte den linken Fuß auf die Bremse und beugte sich zum Boden hinunter, um die Riegel und Getränke aufzuheben.

Und den Inhalt des Umschlags, der herausgerutscht war und nun auf dem Boden lag.

Fotos.

Will erstarrte auf halbem Wege nach unten, absolut unfähig, den Blick abzuwenden, obwohl er versprochen hatte, sich den Inhalt des Umschlags nicht anzuschauen. Doch sein Blick hatte eine Eigendynamik entwickelt und heftete sich auf Fotos von …

Er blinzelte, in seinem Kopf summte es, als sich diese Bilder in sein Gehirn einbrannten.

Bilder von Jocelyn.

Nichts auf der Welt – kein Versprechen, kein Ehrenwort, kein Gelöbnis, sie sich nicht anzuschauen – konnte ihn davon abhalten, auf diese Fotos zu starren. Sein Atem setzte aus, sein Herz übersteuerte und er nahm mit zitternder Hand eines der Fotos vom Boden.

Er starrte darauf und war sich nur halb bewusst, dass sich seine Kehle zugeschnürt hatte und seinem Mund ein schmerzliches Wimmern entwich.

Er fuhr zusammen, als Clay auf die Motorhaube des Pickups schlug. »Hey, wach auf, Palmer. Du kannst jetzt durchfahren.«

Er versuchte zu schlucken, zu atmen, aber er starrte Clay nur an und war sich nicht sicher, ob er überhaupt fahren oder sich auch nur davon abhalten konnte, die Tür zu öffnen und sich die Seele aus dem Leib zu kotzen.

Clay schlug wieder auf die Motorhaube und machte eine übertriebene Geste, um Will mitzuteilen, dass er weiterfahren konnte.

Irgendwie schaffte er das auch, in seiner Hand noch immer ein Foto, das *alles* änderte.

Verdammt noch mal, sie konnte sich nicht mal auf eine einfache tiefe Hockstellung konzentrieren. Jocelyns Fersen pressten sich in den nassen Sand, so wie ihr das Gespräch mit Lacey aufs Herz drückte.

Lacey war schwanger; das war – um ganz ehrlich zu sein – keine Überraschung. Von dem Moment an, in dem Lacey und Clay nicht mehr gegen ihre Gefühle angekämpft, sondern ihnen nachgegeben hatten, hatte Lacey ihrer biologischen Uhr ein Schnippchen schlagen und schnell noch ein Kind bekommen wollen. Auch wenn es schon eine fünfzehnjährige Tochter aus einer längst verflossenen College-Liebesaffäre gab, hatte Lacey immer ein zweites Kind gewollt.

Doch daran lag es nicht, dass Jocelyns langsame Bewegung in die Stuhlposition so unsicher verlief.

Die Gleichgewichtsprobleme kamen aus ihrem tiefsten Inneren, dem Ursprung jeglicher Balance. Denn tief in ihrem Herzen dachte Jocelyn bereits über Laceys Angebot nach. Lacey brauchte sie, und sie brauchte …

»Hey!«

Das eine Wort schoss wie eine Gewehrkugel über den Strand, und sie fiel geradewegs auf den Hintern. Als sie im Sand saß, drehte sie sich um und sah Will über den Strand auf sie zukommen, das erste Aufflackern von Freude erlosch jäh, als sie spürte, dass etwas ganz und gar nicht stimmte.

Er hatte ein Stück Papier oder Pappe oder so etwas in der Hand und ruderte mit den Armen, als könne er auf diese Weise seine Schritte beschleunigen. Seine Miene war finster, seine Muskeln und sein Kiefer angespannt.

War Guy etwas passiert?

Sie stemmte sich hoch, wischte sich den Sand von der Yogahose und wusste nicht, weshalb sie als Erstes an Guy dachte oder sich bei diesem Gedanken ihr Magen vor Sorge zusammenzog.

Irgendetwas stimmte nicht.

Aus einer Entfernung von kaum mehr als sechs Metern konnte sie praktisch erkennen, wie Wills Nasenflügel bebten.

»Was ist los?«, fragte sie. Ihre Worte übertönten den Wind, riefen jedoch keine Reaktion hervor, während er den verbleibenden Weg zurücklegte und direkt vor ihr stehen blieb.

»Will?« Sie versuchte, seine Miene zu entschlüsseln, scheiterte aber.

Er holte langsam Luft, seine Brust hob und senkte sich, als sie ihn anstarrte, sein Schweigen machte sie so nervös, dass sie sich auf die Lippen biss und einen Schritt nach hinten machte.

»Warum hast du es mir nicht gesagt?« Seine Stimme war leise und belegt und wurde vom Schrei einer Möwe beinahe übertönt.

»Dir was nicht …?« Ihr Blick fiel auf den großen Umschlag, den er in der Hand hielt. Und ihr Herz hörte auf zu schlagen.

»Charity ist mir vor der Bank über den Weg gelaufen«, sagte er.

Oh, nein. *Nein.*

»Sie hat mir etwas für dich gegeben.«

Endlich konnte sie ihren Blick von dem Umschlag losreißen und ihn ansehen, unfähig, den emotionalen Tornado in Worte zu fassen, der in ihr tobte. »Und du hast es dir angeschaut.«

»Nicht mit Absicht. Aber ich habe gesehen …« Er schloss die Augen, weil ihn ein Schauder überlief. »Warum wusste ich nichts davon? Warum bist du nicht zu mir gekommen? Warum?«

Sie machte einen weiteren Schritt nach hinten, die Wucht seiner Worte – und die Tatsache, dass er die Wahrheit kannte – war zu viel für sie.

»Er hat dir ein blaues Auge geschlagen.«

Höllenqualen breiteten sich in ihrer Brust aus und bedrückten sie so heftig, dass sie nicht mehr atmen konnte.

»Er hat dich geschlagen.« Seine Stimme brach und er schluckte; sein Adamsapfel zitterte. »Er hat blaue Flecken ... überall auf ... dir hinterlassen.«

Sie schauderte und fuhr sich mit der Hand über ihre von Gänsehaut bedeckten Arme; das Blut schoss ihr so geräuschvoll durch den Kopf, dass sie ihre eigenen Gedanken nicht mehr hören konnte.

»Und du hast es mir nie erzählt.« Der letzte Satz war praktisch ein Seufzer, aller Zorn war verflogen und nur Trauer war geblieben.

Schließlich atmete sie aus. »Du hättest dich umbringen lassen oder wärst im Gefängnis gelandet. Du hättest alles verloren.«

»Wen kümmert das? Er hat dich *geschlagen*, meinetwegen.«

Nein, er hatte sie geschlagen, weil er ein herzloses Tier war. »Du hättest die Bilder nicht anschauen dürfen.«

»Das ist doch jetzt völlig irrelevant, Jocelyn. Du hättest es mir sagen sollen. Du hättest zu *mir* kommen sollen, nicht zu Charity Grambling.«

»Ich bin nicht zu Charity gegangen. Sie hat mich auf der Straße aufgelesen.«

Er stöhnte, als hätte sie ihn geschlagen. »Du bist in dieser Nacht abgehauen, anstatt die fünfzehn Meter bis zu *mir* zu kommen?«

»Damit du was genau tun konntest? Dein Leben ruinieren, samt deiner Träume und deiner Karriere?«

»Jocelyn.« Er brachte kaum ihren Namen heraus. »Er verdiente es zu sterben.«

Sie trat näher und griff nach dem Umschlag. »Er wäre aber nicht gestorben. Du vielleicht schon. Gib her.«

Er umklammerte den Umschlag nur noch fester. »Er hätte dich umbringen können.«

»Das hätte er auch fast getan.« Sie riss ihm den Umschlag aus der Hand, das Papier war noch warm von seiner Berührung. »Jetzt weißt du auch, weshalb ich nie Kontakt zu dir aufgenommen habe.«

Er fuhr sich so grob mit den Fingern durchs Haar, als könnte er dadurch die nackten Tatsachen ausreißen. »Gott, wie ich ihn hasse.«

»Willkommen in meiner Welt.«

Er machte den Mund auf, um etwas zu sagen, und klappte ihn gleich wieder zu. Jocelyn blickte auf den Umschlag hinunter; ein Teil von ihr hätte ihn am liebsten aufgerissen, doch sie würde es nicht ertragen, diese Bilder noch einmal zu sehen. Sie war sich nicht einmal sicher, warum sie Charity darum gebeten hatte, sie ihr zu geben – außer um sie mit Freuden zu verbrennen.

Und jetzt waren sie in Wills Gehirn eingebrannt. Was sie niemals gewollt hatte.

»Das kann doch jetzt keine Überraschung für dich sein«, sagte sie leise, während sie sich die Bilder unter den Arm klemmte.

»Ich hätte nicht gedacht, dass er dich wirklich schlagen würde. Verdammt, warum hat er nicht mich geschlagen? Ich war doch derjenige, der auf dir gelegen hat, als er uns fand.«

»Weil er ein prügelnder *Ehe*mann ist, Will.« Sie spuckte das Wort praktisch aus. »Diese Art von kranken Scheißkerlen hat es nicht auf andere Männer abgesehen, die größer und stärker sind. Sie halten sich lieber an schwache Frauen, die von ihnen abhängig sind.«

Sie machte sich auf den Weg über den Strand, aber er blieb dicht neben ihr.

»Was hast du jetzt vor?«, fragte er.

Sie erstarrte und stieß ein trockenes Lachen aus. »Was ich vorhabe? Ich werde keine Strafanzeige erstatten, wenn es das ist, was du meinst. Ich habe vor fünfzehn Jahren getan, was ich tun musste, Will. Ich bin weggegangen. Ich habe das Einzige, was mir auf der ganzen Welt irgendetwas bedeutet hat, aufgegeben und bin davongelaufen. Ich habe mich irgendwie durchs College gebracht und fünftausend Kilometer von hier entfernt ein Leben begonnen. Jetzt ist es zu spät, noch irgendetwas zu tun.«

Sie wirbelte mit den Füßen den Sand auf, als sie zurück zu ihrem Ferienhaus stapfte, sie konnte einfach nicht ertragen, wie er sie ansah. Sie würde Will Palmer nie wieder ohne die Gewissheit ansehen können, dass er diese Bilder vor sich sah, ihren geschlagenen, hilflosen Körper.

Fotos, auf die Charity bestanden und die sie dazu benutzt hatte, Guy dazu zu bringen, von seinem Posten im Sheriffbüro zurückzutreten und sich in seinem Haus zu verkriechen – aus Angst, dass diese Fotos auf der Titelseite der *Mimosa Gazette* erscheinen könnten.

Will war nach drei Schritten neben ihr. »Was hast du aufgegeben?«, fragte er.

Sie verlangsamte ihren Schritt wieder, unfähig zu glauben, dass er das nicht wusste. »Was glaubst du wohl?«

Er runzelte die Stirn, und dann sackte alles in sich zusammen. Seine Schultern, sein Mund, sein Herz.

»Ich habe dich aufgegeben«, sagte sie und bestätigte damit das, was ihm offensichtlich soeben aufgegangen war.

»Das war ich.« Ihm blieb die Luft weg, als ihm das klar wurde. Sie konnte den Moment erkennen, als es ihm dämmerte und alle Puzzleteile an ihren Platz fielen. »Ich war die Person, die du aus Liebe geopfert hast.«

Sie brauchte es nicht zu bestätigen oder zu widersprechen; sein Gesicht verzerrte sich bei diesem unerwarteten Tiefschlag.

»Du hast mich verlassen, um mich zu schützen, wo ich doch dich hätte …« Er schloss die Augen, unfähig, die letzten Worte auszusprechen. »Mein Gott, Jocelyn.«

Das war genau das, was sie nicht gewollt hatte. Sein Hass und seine Schuldgefühle, seine Reue und sein Zorn, seine Unfähigkeit, sie je wieder anzusehen, ohne sich unzulänglich zu fühlen.

»Deshalb habe ich es dir nicht gesagt.«

»Aber ich habe dich nie gesucht. Ich habe … *gewartet.*« Seine Lippen kräuselten sich vor Selbstverachtung, als er das letzte Wort aussprach.

»Das habe ich auch nicht erwartet«, erwiderte sie rasch, erpicht darauf, diesen Ausdruck aus seinem Gesicht zu vertreiben. »Eigentlich war ich sogar erleichtert, dass du es nicht getan hast. Ich wollte nicht, dass du weiterhin mit Guy Bloom belastet bist …« Sie verstummte, als ihr klar wurde, was sie gerade gesagt hatte. »Das ist mir wohl nicht gelungen, denn jetzt bist du letztendlich doch mit ihm belastet.«

»Ja, zum Teufel, das bin ich.«

Sie wich zurück, überrascht von seiner Heftigkeit.

»Wenn wir diesen Mistkerl schon nicht ins Gefängnis bringen, dann wenigstens in ein Pflegeheim.«

»*Jetzt* willst du ihn plötzlich ins Heim stecken?«

»Jetzt würde ich ihn am liebsten in ein Grab stecken.«

»Nun, ich würde es lieber sehen, wenn du das nicht tun würdest, ich habe nämlich damals schrecklich viel aufgegeben, um sicherzustellen, dass du keinen Mord begehst.« Sie ging weiter, den Blick auf das Ferienhaus in der Ferne gerichtet. Wenn sie es erreichte, konnte sie das hier überleben. Sie konnte diesen Moment in der Hölle durchstehen.

»Wohin gehst du?«, wollte er wissen.

»Weg.« Endlich drehte sie sich um und sah ihn an. »Ich gehe weg.«

»Warum, verdammt noch mal? Warum tust du das immer? Du läufst davon, versteckst dich, verschwindest. Das kannst du nicht schon wieder machen, Jocelyn.«

Oh doch, das konnte sie. »Auf diese Weise habe ich die ersten achtzehn Jahre meines Lebens überstanden, Will. Das werde ich nicht ändern. Nicht mal für dich.«

Der Tiefschlag zeichnete sich auf seinem Gesicht ab, und während er wie zur Salzsäule erstarrt dastand, entkam sie.

Und genau wie damals ließ er sie gehen.

17

Will Palmer, der Mann der verdammten Tatenlosigkeit. Beschützt von ausgerechnet der Frau, die eigentlich er hätte beschützen sollen. Hass – auf sich selbst, auf Guy, auf die schlechten Karten, die sie ausgeteilt bekommen hatten – zog seine Brust so fest zusammen, dass er vor Schmerz kaum atmen konnte.

Beinahe hätte er sein ganzes verdammtes Leben lang nie erfahren, dass seinetwegen die einzige Frau, die er je wirklich geliebt hatte, grün und blau geprügelt worden war.

Seinetwegen.

Er schob die Hand in die Tasche, zog sein Bandana heraus und wischte sich den Schweiß vom Gesicht. Dann ging er über den Strand zum Weg.

Dieses Mal wartete er nicht auf eine Einladung. Er würde nie wieder auf irgendetwas warten, verdammt noch mal. Nicht auf diese Frau, nicht auf eine Erlaubnis, nicht auf eine Entscheidung, nicht auf die Wahrheit. Hochkonzentriert und emotional völlig aufgewühlt näherte er sich leise dem Ferienhaus und merkte, dass die Glastüren an der Seite fest verschlossen waren. Endlich verlangsamte sich sein Herzschlag zu einem gleichmäßigen, wenngleich jämmerlichen Klopfen. Er ging auf die Tür zu, drückte die Klinke herunter und stieß sie auf.

»Joss?«

Von hinten hörte er das leise Rauschen von Wasser. Die Dusche.

»Joss?«, rief er ein wenig lauter, damit er sie nicht erschreckte, wenn er nach hinten ginge.

Sie antwortete nicht, deshalb ging er um die schmale Küchenzeile herum und streckte den Kopf ins Schlafzimmer. Das Bett sah aus, als wäre das Zimmermädchen gerade da gewesen, die Kissen waren aufgeschüttelt und die Moskitonetze ordentlich zurückgezogen.

Nur dass es im Casa Blanca noch keine Zimmermädchen gab.

Tatsächlich war alles in diesem Zimmer makellos, wie damals, als Lacey es hergerichtet hatte, um die Fotos für die ersten Prospekte zu machen. Wenn er nicht die Dusche aus dem Badezimmer hören würde, hätte er schwören können, niemand sei hier.

Er ging zur Badezimmertür, legte die Hand auf die Messingklinke und drückte sie nach unten. Er hatte fast damit gerechnet, die Tür verschlossen vorzufinden, doch dann stellte er erleichtert fest, dass sie sich öffnen ließ.

Trotz der zischenden Dusche konnte er sie schniefen hören.

Sie weinte, natürlich. Der Gedanke zerriss ihm das Herz.

Bestimmt hat sie auch in der Nacht geweint, als Guy sie zusammengeschlagen hat.

Auf dem Boden lagen Papiere. Zettel lagen herum, als hätte jemand eine Packung loser Blätter aufgemacht und als Konfetti verstreut. Er stieß die Tür auf und schaute zu den geschwungenen Glastüren hin, die so verdammt schwer einzubauen gewesen waren. Das Wasser prasselte herunter, aber die Duschkabine war leer.

»Bist du da drin, Joss?«

Dieses Mal wurde das Schniefen von einem Schlottern begleitet und dem Geräusch reißenden Papiers.

Er betrat den Raum und entdeckte sie an der Wand neben der Dusche sitzend, mit BH und Slip bekleidet. Der Boden war mit von Hand beschriebenen Zetteln übersät – auf manchen stand nur ein Wort oder zwei, auf anderen mehr.

Sie blickte nicht von dem Notizbuch auf, das sie vor sich hatte.

»Was machst du da, Bloomerang?«, fragt er und legte alle Behutsamkeit, die er aufbringen konnte, in seine Worte.

»Ich wollte duschen gehen, habe dann aber beschlossen, ein paar Listen aufzustellen.«

Zu jeder anderen Zeit hätte ihm das ein Lächeln abgerungen. Aber ihr schmerzverzerrtes Gesicht hatte ganz und gar nichts Amüsantes an sich. Er ging ein wenig weiter in den Raum. »Was steht darauf?«

Endlich blickte sie auf, ihre Augen waren rot gerändert. »Dinge, die zu erledigen sind.«

»Was für Dinge?«

Sie starrte ihn einen Augenblick lang an, dann riss sie ohne hinzusehen ein Blatt aus ihrem Spiralblock. Das reißende Geräusch hallte im Badezimmer wider. »Ziele, Pläne, Strategien, Taktiken, Fristen, Maßnahmen.«

»Wofür?«

Sie stieß ein wenig die Luft aus. »Das ist ja gerade das Problem. Mir fallen weder die richtigen Themen noch die richtigen Worte ein.«

Er verringerte den Abstand zwischen ihnen, bis er direkt neben ihr stand. Dann ging er wie ein Catcher im Baseball in die Hocke, bis sie beinahe auf gleicher Augenhöhe waren. »Vielleicht kann ich helfen.«

Als Reaktion darauf strich sie schweigend mit der Handfläche über die glatte Seite.

Sein schlimmes Knie pochte, deshalb ließ er sich vollends auf dem Boden neben ihr nieder, wobei er sich auf der Marmorablage abstützte. Er erinnerte sich an den Tag, an dem er diese Ablage eingebaut hatte. Damals hätte er sich niemals träumen lassen, dass er schon bald mit einer halb nackten Jocelyn hier drin sein und Listen aufstellen würde, während die Dusche lief.

»Wie kommst du sonst immer zu einem Thema?«, fragte er.

Sie umklammerte ihren Stift so fest, dass ihre Finger weiß wurden. »Normalerweise fällt es mir einfach ein. Ein Wort, ein Satz taucht auf, und dann weiß ich, was mich beunruhigt und was ich in Ordnung bringen muss.«

»Mit einer Liste?«

»Urteile nicht über Dinge, die du noch nie probiert hast.«

Er blickte auf die Blätter auf dem Boden hinunter, auf den meisten standen ein paar wenige durchgestrichene Wörter. »Vielleicht versuchst du es ja zu sehr«, wandte er ein und streckte die Hand aus, um den Stift aus ihren Fingern zu befreien, bevor sie ihn zerbrach. »Wenn ich einen Durchhänger auf der Home Plate hatte oder mir eine Menge Fehler unterlaufen waren, dann lag es immer daran, dass ich zu sehr versucht hatte, sie zu vermeiden.«

Sie entspannte sich so weit, dass er ihr den Stift abnehmen konnte. »Was hast du dann gemacht?«, fragte sie mit einem durchdringenden Flüstern.

»Ich habe versucht, mir einzureden, dass alles in Ordnung war. Ich ging zur Home Plate und tat so, als würde ich jetzt gleich einen richtig weiten Ball schlagen – und nicht so einen mickrigen. Oder ich ging hinter die Plate und tat einfach so, als würde ich üben, anstatt ein Playoff zu spielen. Solche Dinge eben.«

»Ganz schön viel ›so getan als ob‹«, sagte sie. »Ist dir aufgefallen, dass du das in beiden Fällen so gemacht hast? So getan als ob?«

»Hat jedenfalls funktioniert.«

»Es ist dumm, so zu tun, als ob.«

»Nicht, wenn es dich von einem Durchhänger befreit. Schreib das doch mal auf deine Liste: So tun als ob.«

»Okay, schauen wir mal«, sagte sie und bereitete sich darauf vor, eine Dosis Sarkasmus zu versprühen. »Ich könnte *so tun, als ob* du nie diese Fotos gesehen hättest.«

Hatte er aber.

»Ich könnte *so tun, als ob* du nicht wüsstest, was passiert ist.«

Wusste er aber.

»Ich könnte *so tun, als ob* meine Kindheit völlig normal gewesen wäre.«

War sie aber nicht.

»Ich könnte *so tun, als ob* es mir egal wäre, was du denkst.«

»Hör auf«, sagte er und streckte seine Hand nach ihr aus. »Was ich denke, spielt nicht die geringste Rolle, verdammt.«

Sie atmete langsam und stockend ein und suchte seinen Blick; ihre Augenbrauen zogen sich immer weiter zusammen, als sie mühsam versuchte, ein Schluchzen zu unterdrücken. »Genau da liegst du falsch, Will.«

Sie verlor die Schlacht und wäre fast an dem Kloß in ihrem Hals erstickt; sie wand sich vor Scham. »Ich will nicht, dass du ... darüber ... Bescheid weißt.«

Er packte sie, wobei er darauf achtete, sie nicht zu drücken, nichts zu brechen.

»Das ändert nichts.«

»Es ändert alles!« Ihre Augen blitzten auf und füllten sich mit Tränen. »Ich ertrage es jetzt nicht mal mehr, dich anzusehen.«

»Nein, nein. Sag das nicht. Sag das nie wieder.«

»Ich kann nicht.« Eine Träne rollte ihr über die Wange. »Vorher war es besser«, sagte sie; sie gab ihrem Schluchzen nach und ließ zu, dass er sie an sich zog. »Als du es noch nicht wusstest, war es besser.«

»Vielleicht war es das«, stimmte er zu und strich ihr über das Haar. »Aber es war nicht richtig. Dass wir uns wegen Guy getrennt haben, war niemals richtig. Wir waren doch noch ganz am Anfang.« Er schob sie ein wenig von sich, damit er ihr in die Augen schauen konnte, als er fortfuhr. »Wir waren gerade dabei, uns ineinander zu verlieben.«

Ihr leises Wimmern blieb ihr in der Kehle stecken. »Waren wir verliebt?«

Er strich über ihre nasse Wange und wischte die Träne fort. »Du weißt, dass wir das waren.«

»Ich war es jedenfalls.«

»Ich auch.«

Sie lehnte sich an seine Stirn. »Das hat er uns geraubt.«

»Und wir haben es zugelassen«, sagte er. Seine Stimme war so hart wie der Zwanzig-Zentimeter-Nagel, der sich durch sein Brustbein in sein Herz zu bohren schien. »Jocelyn.« Er umfasste ihr Kinn und hielt ihr Gesicht fest. »Es tut mir so leid, dass er dir wehgetan hat. Es war meine Schuld.«

»Nein, es …«

»Doch, das war es.«

»Du kannst dir nicht selbst die Schuld für seine Gewalttätigkeit geben.«

»Ich hätte es in jener Nacht mit ihm aufnehmen sollen.« Erinnerungen blitzten in seinem Kopf auf: die Waffe, Guys Gesichtsausdruck, die tiefe Gewissheit, dass er gleich sterben würde. Und selbst nachdem Guy weg war, konnte er nur stehen bleiben wie ein vollkommener Idiot und wie gelähmt vor Angst seinen Schrein anstarren.

Während Jocelyn einstecken musste, was eigentlich ihm gegolten hatte. »Ich war ein Schisser«, gestand er. »Es war feige, dir nicht nachzugehen.«

»Er hatte ein Gewehr, deshalb war es eine weise Entscheidung, ein Schisser zu sein.«

»Auch … später. Als ich auf dem College war. Ich wusste, weshalb du mich nicht anrufst, und ich … hatte zu große

Angst … alles zu verlieren.« Vor Abscheu und Reue schnürte sich ihm die Kehle zu, seine Gefühle drohten ihn zu ersticken. »Und ich habe alles verloren. Ich habe dich verloren.«

Sie schauderte leise, als hätten seine Worte sie unter Strom gesetzt.

Er hielt ihr Gesicht, spreizte seine Finger und fuhr ihr damit durch die Haare. »Alles«, flüsterte er. »Du warst alles für mich, und ich wusste es nicht einmal.«

Sie schloss die Augen und atmete lange und tief aus, als hätte sie diesen Atem schon seit Jahren angehalten.

»Aber jetzt ist es zu spät, Will.«

»Ist es das?« Er versuchte, sie näher an sich zu ziehen, doch sie erstarrte und rückte ein wenig von ihm ab. »Ist es das?«, wiederholte er seine Frage, weil er irgendwie spürte, dass sie ihm gerade nicht nur körperlich sondern auch emotional entglitt.

»Natürlich ist es das«, sagte sie brüsk. »Aber vielen Dank.«

»Dank … wofür?«

Sie stieß ihn sanft an und schob ihn damit vollkommen weg von sich, was ihn wahnsinnig machte. »Das ist genau das, was ich gebraucht habe.«

»Was denn?«

»Das Wort für meine Liste. Ich bin einfach nicht dahintergekommen, was ich durchstrukturieren muss, und jetzt weiß ich es.« Sie schnappte sich den Notizblock, nahm Will den Stift wieder aus der Hand und kritzelte das Wort *alles* oben auf die Seite. Dann stand sie auf.

»Alles? Was soll denn das für eine Themenliste werden?«

»Alles, was ich tun muss, um hier wegzukommen.« Sie schrieb *Guy*. »Seinen Umzug organisieren.« *Zeug*. »Seinen Plunder packen.« *Haus*. »Sein Haus verkaufen.« *Arbeit*. »Neue Klienten finden.« Sie ging ein paar Schritte, vollkommen absorbiert von ihrer Liste. »Oh, und ich muss Lacey helfen, eine Wellness-Managerin zu suchen und …« Sie verstummte, während sie zur Badezimmertür hinausging.

»Wo stehe ich auf dieser Liste von allem?«, rief Will ihr nach.

»Du stehst nicht darauf.«

Und warum nicht, verdammt noch mal?

»Das kann ich so nicht akzeptieren.« Wills Hände landeten auf Jocelyns Schultern, sein Griff war weit weniger zärtlich als vorhin im Badezimmer. Er drehte sie vor dem Schrank um, bevor sie die Chance bekam, sich ein Sommerkleid herauszuholen, um sich nach draußen zu setzen und frische Luft zu schnappen.

Sie machte sich nicht die Mühe zu fragen, was er nicht akzeptieren konnte; das ging aus seinem Gesichtsausdruck, seinen blitzenden Augen und seinem entschlossen zusammengepressten Kiefer hervor.

»Ich will auch auf die Liste gesetzt werden.«

Nein, das würde niemals funktionieren. Nicht jetzt, wo er die Wahrheit kannte. Und sie kannte Will; Guy würde in seinem großen Herzen Platz finden. Und diese Geschichte würde immer zwischen ihnen stehen, würde sie ständig heimsuchen. Oder noch schlimmer: Er würde Guy verzeihen und dasselbe von ihr erwarten. *Nein.* »Für dich ist kein Platz auf meiner Liste.« *Oder in meinem geordneten, kontrollierten, emotional risikolosen Leben.*

»Dann mach Platz.«

»Ich habe keine Zeit für dich.«

»Dann nimm dir welche.«

»Für dich gibt es kein …« Sie schüttelte den Kopf. »Bitte, Will. Die Sache, die schon immer zwischen uns gestanden hat, steht immer noch zwischen uns.«

»Guy? Ich dachte, wir hätten eine ...« Er deutete auf den Notizblock auf dem Bett. »Eine Strategie für ihn.«

»Wir?« Fast hätte sie gelächelt.

»Alles hat sich jetzt verändert, Joss. Wir stecken da zusammen drin. Alles hat sich verändert.«

»Ja, das stimmt. Du weißt es, und ich ... ich kann nicht ertragen, dass du es weißt.«

»Ich kann nicht ertragen, dass ich nichts getan habe, um es zu verhindern. Dass du weggelaufen bist, damit ich ein Leben haben konnte, dass du alles aufgegeben hast ...«

»Ich habe nicht alles aufgegeben, Will.« Sie wandte sich wieder dem Schrank zu, versuchte nachzudenken, versuchte frenetisch, das Chaos in ihrem Herzen in den Griff zu bekommen. Und scheiterte.

»Wie hast du ... wie ist das eigentlich alles gelaufen?«

Musste er das wirklich erfahren? Ungehalten schob sie ein paar Kleiderbügel beiseite, als wären es Erinnerungen, die sie nicht haben wollte. »Charity und Gloria haben mich auf der Straße aufgesammelt. Charity hat mich mit zu sich nach Hause genommen und respektiert, dass ich keine Anzeige erstatten wollte.«

»Aber warum nicht, verdammt noch mal?«

Sie schloss die Augen und atmete aus.

»Mir zuliebe«, riet er und lag damit genau richtig.

»Ich wollte nicht, dass du in der Woche, in der du mit dem College und deiner Baseballkarriere beginnst, als Zeuge mit hineingezogen wirst.«

Er fluchte leise hinter ihr. »Und was war dann?«

»Dann hat mich Charity verarztet, hat alle meine Sachen geholt und mich zum College gebracht. Und sie hat dafür gesorgt, dass mein Vater wusste, dass sie Beweise hatte für das, was er getan hatte. Und sie hat ihn gezwungen, seinen Job an den Nagel zu hängen. Sie kam auch regelmäßig vorbei, um nach meiner Mutter zu schauen, damit sie mir mitteilen konnte, dass alles in Ordnung war.«

»Dann wurde ich also durch Charity Grambling ersetzt.«

»Will!« Sie wirbelte herum, ihre Geduld war am Ende. »Hier geht es doch gar nicht um dich.«

Er hob beide Hände, um ihre Wut abzuwehren. »Ich weiß, Joss, ich weiß. Aber ich ertrage es verdammt noch mal nicht, dass ich dich auf diese Weise im Stich gelassen habe.« Seine Hände entspannten sich und legten sich auf ihre nackten Schultern. »Ich möchte das wiedergutmachen.«

Sie hob den Blick und sah ihm in die Augen; sie wusste, dass der Schmerz und die Reue, die sie dort sah, ihre eigenen Gefühle widerspiegelten. »Das hast du doch bereits. Du hast dich um Guy gekümmert.«

Er grunzte leise. »Wenn ich gewusst hätte …«

»Dann hättest du ihn umgebracht.«

»Und jetzt hat sich alles so entwickelt, wie es sollte, denn er ist am Leben und ich auch … und du … und wir sind zusammen.«

Sie zog eine Augenbraue nach oben. »Nicht direkt.«

»Ich möchte es aber gerne. Ich möchte mit dir zusammen sein. Ich möchte …«

Er zog sie an sich und presste seinen Mund auf ihren – leidenschaftlich, impulsiv und unerwartet. Seine Arme spannten sich an und er drückte sie fest, ohne Hinterhalt, aber mit umso mehr Leidenschaft.

»Gib mir eine Chance, Joss.« Er krächzte die Worte in ihren Mund. »Gib mir eine gottverdammte Chance, dir das zu zeigen.«

Ihre Finger schlossen sich um seine Arme, die Kraft darin durchströmte ihren ganzen Körper. Alles in ihr reagierte, von Kopf bis Fuß, mit Herz und Seele. Einen Moment lang wehrte sie sich dagegen, sie ballte die Hände zu Fäusten, schob ihn weg und zog ihn an sich.

Aber sie musste aufhören. *Musste es einfach.*

Konnte aber nicht.

Stattdessen öffnete sie ihren Mund und ließ ihn hinein; sie bog ihren Rücken nach hinten und presste ihren Körper an seinen, benommen von der Erregung, in die allein schon dieser Kontakt sie versetzte. Er strich mit den Händen über ihren nackten Rücken bis hinunter zu ihrem Hintern, wo er durch ein wenig Druck noch mehr Lust und Schmerz hervorrief.

Sie grub ihre Finger in sein Haar, hielt seinen Kopf fest und nahm gierig den Kuss in sich auf.

Aber sie musste aufhören. Sonst würden sie …

Mit übermenschlicher Anstrengung löste sie sich endlich von ihm – die Trennung fügte ihr regelrecht Schmerzen zu.

»Will.« Sie atmete aus. »Du bist vollkommen von deinen Emotionen gesteuert.«

Und sie sollte das nicht sein. Sie konnte es sich nicht leisten, die Kontrolle zu verlieren und sich einem Mann anzuvertrauen. Nicht einmal Will. *Vor allem* nicht Will.

Seine Mundwinkel wanderten nach oben und er lächelte halb. »Ja, das bin ich.«

»So kann man doch nicht leben.« Zumindest sie konnte das nicht. Es jagte ihr viel zu viel Angst ein und machte sie viel zu verletzlich.

»Das ist genau das, was du nicht verstehst, Joss. Anders kann man nicht leben; sondern nur dahinvegetieren.«

Sie schloss die Augen und beugte sich hemmungslos zitternd zu ihm vor. Ihr ganzer Körper wurde von Furcht erfasst. »Ich will nicht die Kontrolle verlieren«, flüsterte sie.

»Das habe ich gemerkt.« Er küsste sie auf die Wange, den Hals, die Schulterlinie. Sie spürte seine Erektion wachsen, sein

Herz schlagen. »Aber ich werde tun, was immer nötig ist, um es auf deine verdammte Liste zu schaffen.«

Sie ließ den Kopf an seine Schulter sinken, was sie so mit Wonne erfüllte, dass sie ganz weiche Knie bekam. »Du willst nicht wirklich auf meiner Liste stehen, Will.«

»Genau da irrst du dich. Wir stecken da jetzt gemeinsam drin. Fünfzehn Jahre müssen wiedergutgemacht werden, und das werde ich schaffen. Ganz sicher.« Er hob ihr Kinn, raubte ihr die Stärke seiner Schulter und ersetzte sie durch die Kraft seiner Augen. »Ganz sicher.«

Tief in ihrem Inneren brodelte, sprudelte und blubberte es und bedrohte … alles. Fast hätten ihre Beine unter ihr nachgegeben, und weil er das spürte, schob er sie rückwärts auf das Bett zu und ließ sie vorsichtig darauf hinuntersinken.

Oh Gott. War es das?

Jeder Kuss war so heiß, dass sein Mund ihre Haut verbrannte; er hatte eine Hand auf ihren BH gelegt, die andere glitt über ihren Bauch.

Sie stieß einen leisen Schrei aus und schob ihn mit den Armen von sich, während sie ihn mit den Beinen zu sich zog.

Was zum Teufel war bloß los mit ihr? »Stopp, Will, stopp.«

Er hörte sofort auf. Er hob den Kopf, um ihr in die Augen zu sehen, seine Hand lag wie erstarrt über ihren Brüsten. »Willst du es nicht?«

Oh doch, sie wollte. Sie wollte es mit jedem weißglühenden Nervenstrang in ihrem Körper. Aber sie … wie konnte sie ihm die Wahrheit sagen?

Hatte er nicht bereits genug Enthüllungen von kapitalem Ausmaß erlebt? »Sag mir, woran du gerade denkst, Joss. Sag es mir einfach. Wir fangen noch mal ganz von vorn an, am Ausgangspunkt, neues Spiel, erstes Inning. Sag mir, woran du gerade denkst.«

Wie konnte sie? »Ich habe eine Heidenangst.« Vor dem Unvermeidlichen: Sex. Jedes Mal sprudelten diese alten Ängste in ihr hoch – Erinnerungen an jene Nacht, als sie so kurz davor waren, die Kontrolle zu verlieren. Und was sie das gekostet hatte. »Ich habe Angst vor dem Gefühl, nicht alles unter Kontrolle zu haben.«

»Erzähl mir etwas Neues.«

Vielleicht sollte sie das. Vielleicht sollte sie ihm einfach sagen, dass sie aufgrund jener Nacht ...

Von der Kommode her rettete sie das leise Klingeln ihres Handys vor irgendwelchen Geständnissen. Sie schob Will von sich und erntete ein frustriertes Jammern, als sie sich vollends aus seinen Armen löste, um ans Telefon zu gehen.

»Hey, Zoe, was gibt's?«, fragte sie, nachdem sie auf die Anruferkennung geschaut hatte.

»Ich bin bei deinem Dad zu Hause.« Es waren nicht die Worte, sondern der gänzlich fehlende Humor in Zoes Stimme, was Jocelyn dazu veranlasste, sich aufzusetzen und zuzuhören, wobei sie sich mit der Hand ein wenig auf der Kommode abstützte.

»Ja?«

»Tessa ist zur Arbeit gegangen, und da fiel mir der alte Junge wieder ein, weißt du? Und da dachte ich mir, ich sehe mal nach ihm, nachdem ich gestern so viel Spaß beim Babysitten hatte.«

»Das war sehr fürsorglich von dir.« Guy schien heutzutage *jeden* zu Fürsorge zu animieren. »Und?«

»Du musst herkommen, Joss.«

Jocelyn versuchte zu schlucken, aber das war gar nicht so einfach. »Warum?«

»Komm einfach her. Schnell.«

»Okay, ich bin gleich da.« Sie tippte auf das Display und drehte sich zu Will um, während sich tausend Möglichkeiten, wie sie damit umgehen sollte, in ihrem Kopf gegenseitig bekriegten.

Irgendetwas war mit Guy. Wie würde Will darauf reagieren? So wie er auf alles reagierte: emotional. Damit konnte sie jetzt nicht umgehen. Sie konnte das momentan nicht *kontrollieren*. Das würde sie niemals können.

»Was ist los?«, fragte er.

»Das war Zoe.« Sie schlüpfte an ihm vorbei, um etwas zum Anziehen aus dem Schrank zu nehmen. »Sie … braucht mich.«

»Ist alles in Ordnung bei ihr?« Er stellte sich ihr in den Weg, berührte ihr Gesicht. »Du siehst so blass aus.«

»Ja, alles okay. Zoe eben. Alles ist eine Krise. Kein Grund zur Besorgnis. Sie ist eine Drama-Queen, aber ich gehe runter zu, ähm, Tessa, um sie zu treffen. Deshalb …«

»Deshalb soll ich die Fliege machen.«

Sie lächelte. »So würde ich das nicht ausdrücken.«

»Dann sag mir klar und deutlich, was du willst.«

Alles, was sie wollte, war: Freiraum, Alleinsein und Sicherheit. Nur … sie warf einen Blick auf den zerwühlten Bettüberwurf und malte sich aus, was hier gerade fast passiert wäre.

Freiraum, Alleinsein, Sicherheit – und jetzt auch noch *Sex*.

Sie wollte es so sehr, dass sie sich selbst nicht über den Weg traute, wenn sie mit Will allein war. »Ich brauche nur etwas Zeit und Freiraum«, sagte sie vage.

»Du kannst ein wenig von beidem haben«, stimmte er zu, während er sie um die Hüften fasste und an sich zog. »Und darüber hinaus möchte ich dich warnen.«

Sie riss die Augen auf wegen seines Tonfalls.

»Wir fangen gerade erst an, Jocelyn Bloom. Ich habe es total vermasselt. Aber ich muss fünfzehn Jahre wiedergutmachen, und das werde ich auch. Ganz egal, was es mich kostet. Ich werde es dir gegenüber wiedergutmachen, und ich werde die verdammte Maßnahme sein, die ganz oben auf deiner gott-verdammten Liste steht. Und weißt du, wie das Thema lauten wird?«

Sex? Heilung? Liebe? »Was?«

»Alles.« Er zog sie an sich, während er das Wort herauspress-te. »Ich will alles.«

Sie blinzelte ihn nur an. »Ich habe noch nie jemandem … alles gegeben.«

»Irgendwann ist es immer das erste Mal.« Er strich mit dem Finger über ihre Kehle, bis er an der weichen Erhebung ihrer Brüste, direkt über ihrem Herzen anlangte. »Ich werde diese Schale aufbrechen, Joss. Das schwör ich dir. Ich werde derje-nige sein.«

Fast wäre sie ohnmächtig geworden, weil seine Worte sie so hart trafen.

»Will, ich habe Angst.«

»Wovor?«

Vor allem. »Wenn du diese Schale aufbrichst, brichst du mir das Herz.«

»Das würde ich nie tun«, schwor er, seine Stimme klang an-gespannt unter der Gewichtigkeit seines Versprechens. »Das würde ich nie tun.«

Sie ließ einfach ihren Kopf an seine Brust sinken, weil sie ihm so sehr glauben wollte, dass es wehtat. Doch das würde be-deuten, dass sie ihre Kontrolle komplett aufgeben müsste, und sie war sich einfach nicht sicher, ob sie das überleben würde.

18

Jocelyn blieb das Herz stehen, als sie am Sea Breeze einbog; der Anblick, der sich ihr dort bot, war dermaßen surreal, dass sie bremsen und blinzeln musste, um sich zu vergewissern, was sie da gerade sah.

Guy stand mitten auf der Straße und zog ihr altes Aluminiumruderboot hinter sich her. Und Zoe *half* ihm dabei.

»Was macht ihr denn da?«, fragte Jocelyn, als sie aus dem Wagen stieg.

»Oh, Mist«, sagte Guy und ließ das Seil fallen. »Jetzt sind wir erledigt.«

Jocelyn knallte die Autotür zu und kam auf sie zugestapft, ihre Aufmerksamkeit sowohl auf Guy, der ein wenig verlegen aussah, als auch auf Zoe gerichtet, die eine Hand in die Hüfte gestemmt hatte und ihn mit einem Hab-ich-dir-doch-gesagt-Blick zum Schweigen brachte.

»Wohin wollt ihr mit dem Ding?«, wollte Jocelyn wissen, die keine Ahnung hatte, wie sie das Boot vom Dachboden der Garage heruntergeschafft hatten.

»Wir verstecken es«, sagte Guy.

»Wo? Und vor allen Dingen, warum?«

Hilfe suchend sah er Zoe an, aber sie machte nur eine ahnungslose Geste. »Das ist dein Auftritt, du flotter Hirsch. Du musst dafür geradestehen.«

»Wir verstecken es im Fluss«, sagte Guy schließlich und kam in alten Turnschuhen auf sie zugeschlurft. Es war das erste Mal, dass Jocelyn ihn ohne seine Pantoffeln sah. »Du weißt das wahrscheinlich nicht, aber hinter diesen Häusern ist einer«, fügte er hinzu.

Das war eigentlich kein Fluss, eher eine Reihe sich kreuzender Kanäle, die den westlichen Rand von Pleasure Pointe durchschnitten. Die Wasserwege waren von winzigen Mangrovenmatten übersät, die großzügig als »Inseln« bezeichnet wurden, auch wenn sie nicht viel mehr waren als Dreckhügel, die Alligatoren und Schlangen ein Zuhause boten. Die Einheimischen fuhren dort Kajak und angelten, genau wie Guy vor vielen Jahren.

In *diesem* Boot.

»Ich weiß, was dort hinten ist«, sagte sie und wandte ihre Aufmerksamkeit dem Boot zu, weil plötzlich und unerwartet eine Erinnerung in ihr hochkam. Eher ein Schnappschuss, eine Momentaufnahme – sie saß in diesem Ruderboot, hielt ein Paddel in der Hand, lächelte Mom an, die lachend die Kamera zückte und *Happy Birthday, Jossie* rief.

Sie schlug die Hand vor den Mund, als die Wirkung des Ganzen über sie hinwegspülte, so frisch und intensiv, dass sie das brackige Wasser praktisch riechen und das warme Holz eines Paddels in der Hand förmlich spüren konnte.

»Warum macht ihr das?« Sie richtete die Frage an Zoe, die es eigentlich besser wissen sollte.

»Damit du es nicht auf dem privaten Flohmarkt verkaufst«, sagte Zoe, wobei sie offenbar Guy nachäffte.

Als Jocelyn den Mund aufmachte, um zu widersprechen, hob ihr Vater die Hand. »Versuch nicht, mich zu bestechen, Mädchen, es gibt nichts auf der Welt, das aufwiegen könnte, was mir dieses Boot bedeutet.«

»Es *bedeutet* dir etwas?« Wie war das möglich? Er hatte keine Erinnerungen an dieses Boot, ganz zu schweigen von einer Bindung.

»Ganz genau.«

»Was?« Jocelyn war jetzt nah genug, um zwei hellrote Flecken auf seinen Wangen zu erkennen und einen dünnen Schweißfilm, der von der Anstrengung herrührte. »Was bedeutet es für dich, Guy?«

Er holte tief Luft, sein Blick wanderte auf eine Art und Weise hin und her, die verriet, dass er nach einer Erinnerung grub und nichts dabei herauskam. Schließlich blickte er verzweifelt zu Zoe. »Hilf mir doch mal auf die Sprünge, Blondie. Du weißt doch, dass ich in Details ganz schlecht bin.«

Zoe strich sich eine widerspenstige Locke aus dem Gesicht, auch sie hatte gerötete Wangen – entweder von der Sonne oder vor Anstrengung oder Verschmitztheit. »Er war zu dieser Idee wild entschlossen.« Sie schob ihre Sonnenbrille nach oben, um ihre Äußerung durch den entsprechenden Blick zu unterstreichen. »Ich nehme an, dass Sturheit erblich ist«, sagte sie so leise, dass Guy es nicht hören konnte.

»Nun, Dummheit aber nicht, und das hier ist einfach …« Frustration überkam sie beim bloßen Anblick des verdammten Bootes, das eigentlich nur ein Blechkanu mit Planken und Rudern war. Aber immerhin war es *ihr* Boot gewesen. »Aber ihr könnt das nicht einfach zum Kanal tragen und dort lassen.«

»Warum nicht?«, fragten sie wie aus einem Munde und – was noch schlimmer war – vollkommen einmütig.

»Dort wird es nur gestohlen«, sagte Jocelyn.

Zoe schnaubte. »Hast du dir den Kutter mal genau anschaut?«

Im Sonnenlicht sah das dreißig Jahre alte Aluminium eher wie betagtes Zinn aus, jeglicher Glanz, den es mal gehabt hatte, war längst verblichen. Die drei »Holzbänke« die quer in seinem Rumpf verliefen, waren verwittert und rissig, und die alten Schiffszahlen auf der einen Seite waren mittlerweile unleserlich.

»Keiner wird es klauen, Missy.« Guy bückte sich, um das Seil wieder aufzuheben und zu schultern, und der Aluminiumrumpf verursachte ein kreischendes Geräusch, als er das Boot über den Asphalt zog.

»Ihr solltet es tragen«, schlug Jocelyn vor und griff automatisch nach dem Boot, um den Schaden einzudämmen und das unerträgliche Kreischen zu stoppen.

»Es wiegt vierundvierzig Kilo!«, sagte er.

Wie konnte er sich daran erinnern, aber nicht an seine eigene Tochter? »Ich helfe euch.« Sie packte an der Seite mit an. »Man muss es eigentlich umgekehrt über dem Kopf tragen. Zu dritt schaffen wir das. Lasst es uns zurück in die Garage tragen.«

»Nein!«, brüllte er, dass Jocelyn zusammenzuckte.

»Guy …«

»Missy«, heulte er. »Lass es uns für eine Fahrt auf dem Fluss mitnehmen. Bitte?« Er klang eher, als wäre er sechs statt vierundsechzig. »Ich will meiner neuen Freundin die Inseln zeigen und all die Tiere.«

Jocelyn sah Zoe Hilfe heischend an.

»Na ja«, sagte Zoe, »jetzt haben wir es schon den ganzen Weg hier herausgeschleift, und es ist ein wirklich schöner Tag.«

Nicht *diese* Art von Hilfe. »Nein, wir bringen es zurück.«

»Jocelyn!«

»Missy!«

Wieder dieser Einklang und diese Harmonie. Wie hatte sie es bloß für eine gute Idee halten können, diese beiden zusammenzubringen?

»Also wirklich, Joss«, fügte Zoe hinzu. »Warum denn nicht?«

»Weil …« Sie trat vor Zoe, sodass sie Guy den Rücken zudrehte. Dann senkte sie die Stimme, um zähneknirschend ih-

261

ren Standpunkt klarzumachen. »Du hast gesagt, es wäre eine Art Notfall.«

»War es auch, aber ich habe das Problem gelöst.«

»Indem ihr das Kanu über die Straße zieht?«

»Es hat ihn beruhigt. Als ich hier war, saß er im Wandschrank, hat geweint wie ein Baby und irgendetwas von einem Kanu gefaselt. Die einzige Möglichkeit, ihn zu beruhigen, bestand darin, dass er es mir zeigte. Als wir es dann vor uns hatten ...« Sie zuckte mit den Schultern. »Mann, echt, ich mag Bootsfahrten. Ich dachte, das könnte lustig werden.«

»Was ist daran bitte lustig?«

»Himmel noch mal, Joss, mach dich mal locker. Er hat gar nichts mehr. Er ist einsam und langweilt sich. Lass ihn uns hinaus aufs Wasser bringen. Was schadet das schon?«

»Es könnte ...« *Mir schaden.* »Seinen Augen schaden, so ohne Sonnenbrille.«

Zoe legte den Kopf zur Seite. »*Wie* bitte?«

Wie konnte sie Zoe nur sagen, dass eine Bootsfahrt auf diesen Kanälen Jocelyn nicht nur Kopfschmerzen bereiten, sondern ihr auch im Herzen wehtun würde? Sie würde herrliche Erinnerungen an perfekte Nachmittage heraufbeschwören, die nie und nimmer heraufbeschworen werden sollten.

Es war schon schlimm genug, dass die einzige Version von Guy, die Zoe kannte, ein lieber alter Mann war, der gern stickte und sich die Wiederholungen von Einrichtungsshows ansah. Wenn sie wüsste, dass es eine Zeit gab, in der er ...

Daddy war.

»Ich schmelze in dieser Hitze«, zwitscherte Zoe.

»Auf den Kanälen ist es schön kühl«, sagte Guy. »Auch schattig.«

»Ich ...« Jocelyn blickte von einem zum anderen und dann auf das uralte Boot hinunter.

Sie sollte wirklich in der Lage sein mitzukommen, eine kleine, entspannende Bootsfahrt zu unternehmen und dann einfach weiterzumachen, verdammt. War das nicht genau das, was sie einer Klientin jetzt raten würde? *Sie sollte sich wirklich mal an die eigene Nase fassen.*

»Okay«, sagte sie leise, während sie sich vorbeugte, um nach dem Boot zu greifen. »Geh die Paddel holen, Zoe. Ohne können wir ja wohl kaum einen Fluss hinaufrudern, oder?«

Zoe schlang den Arm um Jocelyns Hals, während Guy »Hurra!« brüllte.

»Braves Mädchen«, flüsterte Zoe Jocelyn ins Ohr.

Jocelyn befreite sich aus ihrem Griff und bedachte sie mit einem vernichtenden Blick. »Das steht so was von überhaupt nicht auf meiner heutigen To-do-Liste.«

»O Spontaneität« – Zoe richtete ihren Blick gen Himmel – »ich habe hiermit meinen Beitrag geleistet.«

»Das hast du dir wohl so gedacht«, sagte Jocelyn. »Du paddelst.«

Das Treffen der Subunternehmer ging zu Ende und Will hatte keine Ahnung, worüber in der vergangenen halben Stunde gesprochen worden war. Wie immer hatte Clay die wöchentlich stattfindende Sitzung geleitet, und da die meisten Diskussionen sich um den Zeitplan für das Hauptgebäude drehten, hatte Will seine Gedanken schweifen lassen.

Denn alles, woran er denken konnte, waren diese Bilder. Und die Art und Weise, wie es sich angefühlt hatte, als Jocelyn in seinen Armen lag, wie sehr ihn das nach all den Jahren noch immer mitgenommen hatte. Er war hin- und hergerissen, verwirrt, verletzt und vor allem so voller Zorn und Hass, dass er am liebsten auf eine Wand eingedroschen hätte, anstatt eine zu bauen.

»Machst du das, Will?«

Will stutzte, als er Clays Frage hörte und keine Ahnung hatte, was er antworten sollte.

»Die Verlegung des Marmors im großen Badezimmer von Bay Laurel. Übernimmst du das nächste Woche?«

Würde er das? Woher sollte er verdammt noch mal wissen, was er nächste Woche machte? Oder ob er nächste Woche überhaupt etwas verlegte oder flachlegte. »Ich gebe dir noch Bescheid«, sagte er.

Clay stieß ein trockenes Lachen aus. »Das wäre gut, Will, ich leite nämlich diese ganze Show hier.«

»Tut mir leid«, sagte Will, während er sich umdrehte, um den Bauwagen zu verlassen. »Mir gehen so viele Dinge durch den Kopf.«

»Wem sagst du das. Komm.« Clay stieß ihn an. »Ich gehe jetzt hinüber zu Bay Laurel und sehe mir mal an, wie weit du gekommen bist.«

»Ich bin fast fertig«, sagte er. »Nicht nötig, nachzuschauen.«

Clay lächelte. »Ich glaube, wir müssen reden.«

Okay. Entweder flog er jetzt in hohem Bogen raus oder Clay hatte etwas im Sinn. *Jemanden* im Sinn.

Schweigend gingen sie um die anderen Bauarbeiter herum und schlugen den Weg Richtung Bay Laurel ein, dem größten Ferienhaus des Anwesens.

»Wie läuft es denn so mit Jocelyn?«

Er kam ja wirklich schnell zur Sache. »Gut.«

»Ihr kennt euch schon lange, wie ich gehört habe.«

Will warf ihm einen Seitenblick zu. »Yep.«

»Und jetzt hat sie vor, ihren Vater in ein Heim zu stecken.«

Was noch zu gut für ihn wäre. »So sagt die Gerüchteküche, die offenbar auch bis zu dir vorgedrungen ist.«

Clay lachte. »Lacey erzählt mir alles.«

Überraschenderweise versetzte ihm das einen eifersüchtigen Stich. »Das muss schön sein.«

»Wir haben Zeiten hinter uns, die alles andere als schön waren.« Als sie am Ferienhaus anlangten, ging Will sogleich hinein, während Clay noch auf der vorderen Veranda blieb, um sich die Bretter an der Unterseite des Vordachs im ersten Stock anzuschauen, die letzte Woche vom Dachdecker angebracht worden waren.

»Ich bin schon bei den Fußleisten«, sagte Will und war froh, dass er durch die harten Schläge heute Morgen seine Frustration bereits abgebaut hatte. »Ein paar Abschlussleisten, ein wenig Kitt auf die Nägel und wir sind fertig.«

Clay stieß einen leisen, anerkennenden Pfiff aus, während er über die Schwelle trat. Ein Grinsen breitete sich auf seinem Gesicht aus, als er sich umsah. »Verdammt. Was für ein schönes Holz. Es ist wirklich jeden Cent wert.«

Die dunkle Körnung schimmerte in der Nachmittagssonne, auch wenn sie noch von ein wenig Sägemehl bestäubt war. »Das ist womöglich der schönste Boden, den ich je gesehen habe«, stimmte Will ihm zu.

Clay ging in die Hocke, um einen der Übergänge und die unsichtbare Nagelung zu untersuchen, während Will sein Urteil abwartete. »Das ist womöglich der am schönsten *verlegte* Boden, den ich je gesehen habe.«

Will nickte dankend. »Dann bin ich also nicht gefeuert.«

Lachend stemmte sich Clay nach oben. »Warum zum Teufel sollte ich dich feuern?«

Will kratzte sich am Kopf und blickte zu Boden. »Weil ich keine Ahnung habe, worum es in diesem Meeting ging«, gestand er. »Und ich nicht bei der Sache bin.«

Clay verschränkte die Arme und ging an der Seite des Raumes entlang, wobei er den Boden zu betrachten schien; doch

Will wusste, dass er nachdachte. »Erstens: Was glaubst du eigentlich, wie mühsam es gewesen wäre, jemanden von deinem Kaliber zu finden, der bereit gewesen wäre, auf diese Insel zu kommen, um hier zu arbeiten?«

»Danke, Mann.«

»Das ist mein Ernst. Ich wache nachts schweißgebadet auf und mache mir Sorgen, du könntest einen Anruf von irgendeinem Baseballteam bekommen. Was würde dann aus mir?«

Will zuckte mit den Schultern, weil er nicht so recht wusste, was er darauf antworten sollte.

»Aber mir ist aufgefallen, dass dich in den letzten paar Tagen vieles beschäftigt hat. Wir liegen gut im Zeitplan, falls du dir ein paar Tage freinehmen möchtest.«

»Alles in Ordnung«, sagte er. »Ich sage dir Bescheid, wenn ich das brauche.«

Clay warf ihm einen langen Blick zu. »Was ist heute Morgen im Auto passiert?«

Mist. Clay hatte ihn genau in dem Moment gesehen, in dem er die Bilder entdeckt hatte. »Nichts.«

»Nichts? Du hast ausgesehen, als wärst du einem Gespenst begegnet, und dann wärst du dem Inspektor von der Verkehrsbehörde fast über die Stiefel gefahren.«

»Echt?« Will verzog das Gesicht. »Hoffentlich haben wir die Genehmigung trotzdem bekommen.«

Clay lachte leise und setzte sich auf einen Hocker, den Will benutzte, wenn er etwas sägte. »Du warst bei der Besprechung wirklich nicht besonders bei der Sache. Ja, wir haben die Genehmigung, und ich habe deine Fahrweise auf den Morgennebel geschoben. Aber weißt du auch, wie oft du dich beim Subunternehmer-Meeting zu Wort gemeldet hast?«

»Ich mache mir mehr Sorgen darüber, was ich gesagt habe.«

»Nicht nötig. Du hast nämlich kein Wort gesagt, aber genau das ist es ja, Will. Du brauchst es auch nicht.«

Will blickte in Clays scharfsinnige blaue Augen. Er hatte sich an das längere Haar, den Ohrring und das Tattoo des jüngeren Mannes gewöhnt. Clay sah zwar nicht aus wie ein knallharter Profi, aber er war einer. Und dafür, dass er noch kaum dreißig war, war er verdammt klug.

»Was willst du damit sagen?«, fragte Will.

»Gar nichts, ich biete dir nur ein offenes Ohr an. Ich weiß, dass da etwas im Busch ist zwischen Jocelyn und dir und ihrem Dad. Und da dachte ich mir, du möchtest vielleicht darüber sprechen.«

Wollte er das? Wollte er Clay erzählen, dass Jocelyn verprügelt worden war? Teufel, nein. Dass sie es ihm verheimlicht hatte und er Scheuklappen aufgesetzt hatte, um sich selbst zu schützen? Wohl kaum.

Doch seine Gefühle brodelten in ihm, und die Worte, die ihn den ganzen Tag gequält hatten, drangen an die Oberfläche. »Ich habe nur festgestellt, dass ich an einem bestimmten Punkt in meinem Leben etwas hätte tun sollen, auch wenn es mich alles hätte kosten können. Aber ich habe nichts getan.« Er räusperte sich und schaute weg. »Jetzt muss ich etwas tun, aber es könnte zu spät sein.« Er verstummte; das Echo seines vagen Geständnisses hing noch in der Luft. »Ergibt das einen Sinn?«

Clay lachte. »Sinn genug. Ich weiß, wie es ist, wenn man das Gefühl hat, dass man etwas schon vor Jahren hätte tun sollen und es nicht getan hat. Ich möchte nicht neugierig sein, deshalb werde ich nicht genauer nachfragen. Aber eins kann ich dir sagen. Jocelyn und Lacey sind schon sehr lange befreundet, deshalb gehe ich davon aus, dass sie etwas Grundsätzliches verbindet. Wozu auch die Fähigkeit gehört, jemandem zu verzeihen, der sich wie ein Vollidiot benommen hat oder wie ein Armleuchter oder wie ein sturer Dickkopf.«

Will lachte. »Warum habe ich den Eindruck, dass du gerade aus eigener Erfahrung sprichst?«

»Weil es genau so ist. Aber Lacey war es allemal wert.«

»Du hast es also vermasselt, bist zu ihr zurückgekrochen und hast um Gnade gewinselt?«

»Mehr als nur einmal«, sagte er mit gespieltem Stolz. »Du musst dir darüber im Klaren sein, wie wichtig sie für dich ist.«

Will nickte nur, nicht bereit zuzugeben, dass ihm allein bei dem Gedanken an Jocelyn die Knie weich und andere Körperstellen hart wurden. Für heute hatte er genug von sich preisgegeben.

»Nimm dir also die Zeit, die du brauchst.« Clay stand vom Hocker auf. »Aber verlege den Marmor möglichst bald.«

»Wird gemacht, Boss.« Will schnappte sich den Hammer. »Bis heute Abend bin ich hier fertig, und dann nehme ich mir gleich das Badezimmer und den Marmor vor.«

Als Clay das Ferienhaus verließ, blieb er in der Tür stehen. »Was passiert, wenn du diesen Anruf bekommst?«

Will runzelte die Stirn, weil er ihm nicht folgen konnte.

»Von diesem Baseballteam. Du wartest doch noch auf diese Trainerstelle, oder?«

»Oh, ja. Aber mach dir keine Sorgen, Clay. Solche Stellen sind rar, und dieser Anruf wird nicht so bald kommen. Und wenn doch, dann würde ich dich nicht hängen lassen. Ich würde dir helfen, einen Schreiner zu finden, der mich ersetzen kann.«

»Ich meinte, was ist dann mit dir und Jocelyn?«

Seine Brust zog sich zusammen. »Es gibt kein ›ich und Jocelyn‹.« Noch nicht.

Dieses Mal runzelte Clay verwirrt die Stirn. »Oh, dann habe ich das missverstanden. Ich hätte schwören können, dass Lacey gesagt hat, das wäre einer der Gründe, weshalb Jocelyn sich überlegen würde, hierherzuziehen und den Wellnessbereich zu leiten. Das sei von der Lage her wünschenswert und alles, deshalb dachte ich einfach …« Er verstummte, wahrscheinlich weil er den Ausdruck auf Wills Gesicht sah, der ungläubig, hoffnungsvoll und zugleich total schockiert war. »Vergiss es. Ich schaue später noch mal bei dir vorbei.«

Clay drehte sich um und verschwand, bevor Will irgendwelche Fragen stellen konnte. Jocelyn dachte darüber nach hierherzuziehen?

Hoffnung erstickte ihn fast. Und dann wurde plötzlich alles kristallklar: Er würde alles in seiner Macht Stehende tun, sie zum Bleiben zu bewegen. Worum ging es schließlich bei dieser gesamten Lebensberatungssache? Darum, dass man seine Leidenschaft entdeckt. Die eine Sache, die einem Freude macht.

Nun, er hatte seine Leidenschaft gefunden. Und er würde alles tun, damit sie bei ihm bliebe.

19

»Ist das dort das, was ich glaube?« Zoe hockte auf der Ruderbank, umklammerte die Bootsflanken und starrte den pechschwarzen Alligator an, der sich keine drei Meter von ihnen entfernt am Rand eines sumpfigen Grasstücks sonnte.

Jocelyn lächelte nur. »Bleib im Boot, Zoe. Du kannst es nicht mit ihm aufnehmen.«

»Ich will nur ein Foto machen«, sagte Zoe und klopfte ihre Taschen ab.

Von ihrem Sitzplatz auf der mittleren Bank aus betätigte Jocelyn trotz ihrer Drohung gegenüber Zoe die Ruder und warf einen Blick auf Guy, der auf der hinteren Bank saß und sein Gesicht der Sonne zugewandt hatte, wie ein Gefangener, dem gerade eine Stunde Freiheit gewährt wurde.

Sie versuchte, die Gewissensbisse zu unterdrücken, die dieses Bild in ihr hervorrief, und ein Durcheinander an Erinnerungen wurde aufgewühlt wie der Schlamm unter ihren Rudern. In den frühesten Tagen ihrer Kindheit, lange bevor der allererste »Anfall« Guy Bloom in ein Monster verwandelte, hatten Jocelyn und ihr Vater Tage auf diesen Kanälen verbracht, hatten zusammen gefischt, sich unterhalten und nach Alligatoren wie dem, den sie gerade gesehen hatten, Ausschau gehalten.

»Ich habe mein Handy nicht dabei«, sagte Zoe und streckte Jocelyn die Hand hin. »Gib mir deines, schnell. Ich muss unbedingt ein Foto für Tante Pasha machen! Sie hat noch nie einen Alligator gesehen, glaube ich.«

270

»Zoe, du warst an der University of Florida. Das ist unser Maskottchen und die Seen dort oben haben davon nur so gewimmelt.«

»Aber meine Großtante hat noch nie einen gesehen. Vielleicht wird sie nie die Gelegenheit dazu bekommen. Dein Handy, bitte.«

Jocelyn fischte das Handy aus ihrer Tasche und reichte es weiter, dann bremste sie mit dem Ruder und drehte das Boot, damit Zoe ein gutes Bild machen konnte.

»Du weißt, dass du dein Handy auf lautlos gestellt hast?«, fragte Zoe, als sie auf das Display schaute, um die Kamera zu finden.

Weil sie nicht wollte, dass Will anrief, herausfände, wo sie war, und nachkäme. Soweit sie das einschätzen konnte, würde er Guy dann den Krokodilen zum Fraß vorwerfen. »Hier draußen ist es zu friedlich für Anrufe.«

»Du hast eine SMS verpasst.«

»Robert! Sieh mal, da ist Robert!«, rief Guy aufgeregt und lehnte sich so weit vor, dass das Boot ein wenig anfing zu schaukeln. »Robert, der Reiher!«

Jocelyn schnappte nach Luft und Zoe lachte, während sie sich automatisch in Richtung Backbord beugte, damit sie wieder im Gleichgewicht waren. »Keine Sorge, Joss. Wir kentern schon nicht.«

Das Boot kenterte zwar nicht, aber dafür machte ihr Herz einen Satz und versank in der Tiefe.

Ganz langsam, als hätte sie Angst vor dem, was sie gleich sehen würde, blickte sie über ihre Schulter zu Guy.

»Robert?«, fragte sie mit bewegter Stimme. »Du … erinnerst dich an ihn?«

Er grinste und legte sein gesamtes Gesicht in Falten; seine Augen funkelten hinter den Brillengläsern. »Ist das nicht ein

Wunder?« Er klatschte sich mit den Händen auf die Oberschenkel und tippte sich dann gegen die Schläfe. »Ab und zu spuckt diese alte Popcornmaschine doch noch etwas Gutes aus.«

»Siehst du?«, sagte Zoe, während sie wild drauflosknipste. »Frische Luft und freie Natur tun ihm gut.«

»Aber Hallo! Sieh dir nur diesen prächtigen blauen Burschen an. Ich habe ihn immer geliebt.«

Jocelyn stieß beide Ruder ins Wasser und zog tief durch.

Wie konnte er sich an einen Blaureiher erinnern, den sie auf einem Angelausflug adoptiert hatten – und das hier war vermutlich der Urgroßenkel dieses Reihers –, aber nicht an *seine eigene Tochter?*

Oder daran, was er ihr angetan hatte.

Verstohlen blickte sie ihn wieder an. Vielleicht erinnerte er sich auch. Vielleicht schauspielerte er nur, damit sie ihm verzieh. Oh, sie hasste diesen Gedanken, aber hin und wieder schlich er sich in ihren Kopf.

»Komm her, Robert«, rief Guy und gab klickende Geräusche von sich, die den Vogel zweifellos erschrecken würden. Der Reiher balancierte auf einem seiner langen, dünnen Beine, sein hellorangefarbener Schnabel bog sich in königlicher Pose gen Himmel. »Ich wünschte, wir hätten ein paar Brotkrumen. Das liebt er.«

Und *daran* erinnerte er sich auch? Schmerz schnürte ihr die Kehle zu, sodass sie kaum mehr atmen konnte. Warum wirkte diese Krankheit so beliebig? Warum erinnerte er sich bequemerweise an den Spitznamen eines Vogels, aber nicht an seine Frau und seine Tochter?

Weil er den Vogel nie *geschlagen* hat.

»Hey«, sagte Zoe leise, während sie direkt vor Jocelyn auf beiden Knien balancierte. »Alles okay, Liebes?«

Es gelang ihr zu nicken. »Alles okay. Heiß hier draußen.«

»Soll ich eine Weile das Rudern übernehmen? Ich werde das schon hinkriegen.«

Sie schüttelte den Kopf. »Von wem war die SMS?« *Will.* Sag Will. Bitte, bitte sag Will.

Zoe tippte auf das Display und las vor. »La Vista d'Or.«

Ein Pflegeheim in Naples. »Was steht drin?«

»Es ist unerwartet etwas frei geworden.« Sie flüsterte, auch wenn Jocelyns Position in der Mitte des Bootes Guy von dem Gespräch ausschloss. »In solchen Einrichtungen ist es nie ein gutes Zeichen, wenn unerwartet etwas frei wird.«

Jemand war gestorben und hatte Platz gemacht für Guy. Guy und sein superselektives Gehirn. Guy, der es eigentlich verdient hätte, ins Gefängnis gesteckt zu werden, anstatt in ein teueres Heim. Guy, der …

»Mach's gut, Robert!«, rief er. »Nächstes Mal bringen wir Brot mit, nicht wahr, ähm … Missy?«

Guy, der sich nicht mehr an ihren Namen erinnerte.

Zoe beugte sich vor und las. »Sie wollen, dass du heute zu einer Besichtigung vorbeikommst. Du bist die Nächste auf der Warteliste, aber wenn sie heute nichts von dir hören, vergeben sie den Platz an jemand anderes.« Erwartungsvoll blickte sie Jocelyn an. »Soll ich zurückschreiben, dass du nicht kannst?«

Sie schloss die Augen und versuchte, sich vorzustellen, was sie wollte. Will. Sie hatte immer Will gehabt, wenn sie vor ihrem Vater flüchten musste. Doch jetzt war es fünfzehn Jahre später, und sie musste dieses Problem selbst lösen. Sofort. Die SMS war ein Zeichen, und sie würde ihm folgen.

»Nein«, sagte sie. »Ich gehe heute Nachmittag hin.«

»Wirklich?«

Doch sie konnte das nicht allein. Und sie konnte Will nicht anrufen. »Könntest du mich begleiten?«, fragte sie.

Einen Moment lang dachte sie, Zoe würde Nein sagen, denn alles in ihrem Gesichtsausdruck schien auf Krawall gebürstet.

»Guy wird zurechtkommen«, versicherte ihr Jocelyn. »Wir sagen ihm, dass er nicht an die Tür gehen soll.«

»Also gut«, stimmte Zoe widerwillig zu. »Aber ich habe ihm versprochen, dass wir heute Abend bei ihm zu Hause grillen würden.«

Jocelyn warf ihr einen vollkommen ungläubigen Blick zu. »Du hast was?«

»Komm schon, Joss ...« Sie spähte über Jocelyns Schulter, doch Jocelyn wandte sich nicht zu Guy um. »Sei nicht herzlos.«

Genau das war das Problem. Sie *hatte* ein Herz, und das war völlig zerrissen, anstatt hübsch in seine üblichen Schutzpanzer eingebettet zu sein.

»Gehen wir«, sagte Jocelyn laut und tauchte das Ruder ein. »Die Party ist vorbei. Ich habe heute Nachmittag zu tun.«

»Ich auch«, sagte Guy von hinten.

»Was hast du denn vor?«, fragte Zoe strahlend, während sie sich an Jocelyn vorbeilehnte, um Guy anzulächeln.

»Ich werde dieses Boot putzen und ihm einen neuen Anstrich verpassen.«

»Echt?«, fragte Zoe.

»Ich will mit Will, meinem Jungen, Angeln gehen, so wie damals, als er noch klein war.«

Jocelyn spürte, wie ihr der Kiefer herunterklappte, doch Zoe legte ihr die Hand aufs Knie und schüttelte den Kopf. »Lass gut sein«, flüsterte sie. »Lass es einfach dabei bewenden.«

Das Problem war, dass Jocelyn in ihrem ganzen Leben noch nie hatte loslassen können. Außer der einen Sache, die sie hätte festhalten sollen.

Eine Stunde später hatte es sich Guy vor einem *House-Hunters-International*-Marathon gemütlich gemacht, und Jocelyn und Zoe kletterten in den riesigen Jeep Rubicon, den Zoe gemietet hatte.

Zoe tätschelte liebevoll das Lenkrad. »Ich bin so froh, dass mein Baby bei Hertz verfügbar war. Weißt du noch, wie viel Spaß wir letztes Jahr in diesem Ding hatten?«

»Spaß?« Jocelyn hätte fast die Stimme versagt. »Ich erinnere mich nicht an irgendwelchen Spaß.«

»Das liegt daran, dass du nicht weißt, wie man Spaß *hat*. Gott, ich muss dich wirklich mal bearbeiten.«

»Ich hatte heute Spaß«, gestand sie. Die Worte schmeckten wie Sand in ihrem Mund. »Bis Robert des Weges kam.«

»Weißt du, was du brauchst, Joss?«

Oh Mann. »Ah, Dr. Zoe Tamarin erteilt Ratschläge. Ich kenne dieses Rezept. Sex, Reisen und einen Cocktail.«

»Gott, ich hasse es, wenn ich so berechenbar bin. Nur um dich aus dem Konzept zu bringen – eigentlich wollte ich dir sagen, dass du einen Lebensberater brauchst.«

»Sehr witzig.«

Zoe bahnte sich ihren Weg durch den schwachen Verkehr und bog auf den Damm ab. Dann drückte sie aufs Gas, sodass der Wind nur so durch das offene Verdeck peitschte.

»Du brauchst wirklich einen.«

»Hör auf damit.« Jocelyn rückte Baseballmütze und Sonnenbrille zurecht und hielt beides fest. »Mir geht es gut.«

»Ehrlich? Lass uns das mal testen, ja?«

»Nein.«

Zoe ließ sich tiefer in den Fahrersitz sinken, die eine Hand auf dem Lenkrad, die andere in ihrem zerzausten Haar, das wie eine lockige Platinflagge hinter ihr herwehte. »Zuerst hat man dich fälschlicherweise beschuldigt, eine der berühmtesten Ehen der Welt eigenhändig zerstört zu haben, und dennoch weigerst du dich, deinen guten Ruf wiederherzustellen.«

Jocelyn rutschte auf ihrem Sitz herum. »Ich habe meine Gründe.«

»Daher bist du gezwungen, dich versteckt zu halten oder eine Verkleidung zu tragen. Das ist total normal.«

»Mildernde Umstände.«

»Zweitens hasst du deinen Vater …«

»Und das aus gutem Grund.«

»Und doch magst du ihn genug, um den richtigen Ort zum Leben für ihn zu suchen, und du sorgst dafür, dass er nicht allein ist, während du das tust. Und du hast ihm einen Abschiedskuss gegeben, als wir gegangen sind.«

Ugh. Sie hatte gehofft, Zoe hätte das nicht bemerkt. »*Er* hat mich geküsst. Er macht das jetzt. Glaub mir, das liegt nur an seiner Krankheit.«

»An seiner Krankheit, die ihn freundlich und liebevoll macht, trotz der Tatsache, dass Alzheimer die Leute bekanntlich garstiger macht und nicht netter.«

Verdammt, sie hasste es, wenn Zoe tiefgründig wurde. Konnte sie nicht einfach bei Witzen über Sex und Saufen bleiben? »Ich nehme an, dass er ein ungewöhnlicher Fall ist. Aber ich hasse es trotzdem, wie er meine Mutter behandelt hat.« *Und mich. Und Will.* »Das war … schlimm.«

»Aber er hat es vergessen.«

»Hat er das? Ich weiß nicht. Also, ich habe es ganz bestimmt nicht vergessen.«

»Du glaubst, er simuliert?« Sie sah Jocelyn verstohlen an. »Ich muss dir nämlich sagen, dass mir dieser Gedanke auch schon gekommen ist.«

»Wäre doch bequem für ihn, nicht wahr?«

Zoe stieß angewidert den Atem aus. »Das wäre so beschissen, dass mir die Worte fehlen. Aber auch irgendwie brillant.«

Jocelyn drückte wegen des Windes die Krempe ihrer Mütze herunter. »Ich weiß nicht, wie krank man sein muss, um zu vergessen, dass man das Lieblingsparfüm seiner Frau genommen und ins Klo geschüttet hat, weil sie vergessen hatte, den Klempner anzurufen.«

»Was war das für ein Parfüm?«

Jocelyn gab einen erstickten Laut von sich. »Chanel Nummer fünf.«

»Autsch. Das *gute* Zeug. Aber mal im Ernst, glaubst du, der alte Knabe simuliert das alles?«

Jocelyn zog den Sicherheitsgurt von sich weg; der Druck auf ihrer Brust erlaubte es ihr kaum zu atmen. »Ich würde ihm alles zutrauen. Wie kann er sich an Robert den Reiher erinnern, aber nicht an seine eigene Tochter?«

»Ich habe irgendwo gelesen, dass sich Alzheimerpatienten an völlig zufällige Dinge erinnern, zum Beispiel daran, welche Schuhe sie 1940 getragen, aber nicht daran, welche Unterwäsche sie heute Morgen angezogen haben.«

»Wann hast du etwas über Alzheimer gelesen?«

»Ich habe vieles über alte Menschen gelesen, Joss. Die Frau, die mich aufgezogen hat, ist fast achtzig. Vielleicht älter, vielleicht auch jünger – sie will es nicht sagen.«

»Pasha ist gesund wie ein Pferd.«

Zoe blickte einfach hinaus über das blaue Wasser der Küstenwasserstraße. »Was ist, wenn das alles gespielt ist und er herausfindet, dass das, womit er alles verdecken will, ihn in ein Pflegeheim bringt?«

»Dann würde er alles aufdecken, mit Sicherheit.«

Zoe trat auf die Bremse, als der Wagen vor ihnen langsamer wurde, und nutzte die Gelegenheit, Jocelyn scharf anzuschauen. »Glaubst du wirklich, dass er uns das alles vorgaukelt?«

»Ich weiß es nicht. Manchmal habe ich so den Eindruck, aber vielleicht irre ich mich auch. Es würde meine Entscheidung ohnehin nicht ändern.«

»Aber wenn er für sich selbst sorgen kann, warum lässt du ihn dann nicht einfach da, wo er ist?«

»Weil er nicht für sich selbst sorgen kann«, sagte sie; Wut und Frustration kamen in ihr auf. »Will muss für ihn sorgen, und das ist nicht in Ordnung. Will ist nicht sein Sohn, egal was Guy glaubt. Deshalb geht er ins Pflegeheim, ob er das nun will oder weiß oder überhaupt eine Meinung dazu hat.«

»Ganz recht«, sagte Zoe. »Darauf verstehst du dich ja bestens. Organisieren, managen, die bösen Buben in die passenden Schubladen stecken.«

Jocelyn schloss nur die Augen und ließ die Worte, die sie nicht hören wollte, von den heftigen Windböen schlucken, zumindest teilweise.

Schubste sie Guy in eine Schublade? Na ja, verdammt, warum auch nicht? Er hatte ihre Mutter mal in einen Schrank geschubst.

»Also, wo waren wir noch mal?«, fragte Zoe.

»Auf dem Weg zum Vista d'Or.«

»Ich meine, wo auf dem Jocelyn-Bloom-Life-Management-Pfad waren wir stehen geblieben?«

»Wir waren an seinem Ende angelangt.« Jocelyn verschränkte die Arme und wandte sich ab in der Hoffnung, dass das Gespräch damit beendet wäre.

»Ohne einen winzigen Abstecher auf die Will Palmer Road?«, fragte Zoe.

»Sackgasse. An der nächsten Ampel links abbiegen.«

Zoe bog auf einen breiten Boulevard mitten in Naples ab

und schaute sich im Vorbeifahren die Designerläden und exklusiven Restaurants an. »Sind wir hier im Klinikviertel?«, fragte sie.

»Ich glaube, das Krankenhaus ist hier ganz in der Nähe.«

»Es gibt immer eins in der Nähe dieser Pflegeheime, oder? Und dann kommt gleich auch noch der Friedhof.«

»Wie nett, Zoe.«

»Sag mir nicht, du wärst nicht glücklich und zufrieden, wenn Guy tot umfallen und dir die ganze Sache dadurch erleichtern würde.«

Jocelyn klappte den Mund zu, weil sie nicht lügen wollte. Stattdessen schielte sie auf das GPS auf ihrem Handy. »Fahr einfach noch ein paar Blocks weiter.«

»Okay, zurück zu Will-Boy. Hat er dir deine Jungfräulichkeit geraubt?«

Oh, Gott. Jocelyn gab einen ungehaltenen Laut von sich. »Warum bin ich noch gleich mit dir befreundet?«

»Die Frage ist leicht zu beantworten.« Zoe grinste. »Weil ich dir den Kopf gehalten habe, als du nach dem Alabama-Spiel betrunken warst und dir die Seele aus dem Leib gekotzt hast. Erinnerst du dich noch?«

Eigentlich erinnerte sie sich an fast gar nichts mehr, aber Zoe erinnerte sie nur allzu gern an jenen Abend in ihrem ersten Collegejahr in Florida. »Das war das erste, letzte und einzige Mal, dass ich je so betrunken war. Und trotzdem wirst du mir das bis in alle Ewigkeit vorhalten.«

»Dafür sind Freundinnen da. Und damit man ihnen Geheimnisse anvertraut. Erzähl mir von Will. Ich will wissen, ob …« Zoe trat so heftig auf die Bremse, dass Jocelyn in ihren Gurt fiel. Sie suchte die Straße ab; kein Auto, kein Fußgänger, kein verirrter Hund weit und breit.

»Was zum Teufel ist los, Zoe?«

Jocelyn beugte sich nach vorn, um herauszufinden, wer oder was Zoe dazu gebracht hatte, sie fast umzubringen. Designerschuhe? Ein scharfer Typ? Nein, ein schlichtes Gebäude im spanischen Stil neben einem Frozen-Joghurt-Laden.

Sie folgte Zoes starrem Blick und las die eleganten Goldbuchstaben auf einem Schild an dem unauffälligen Gebäude.

Dr. Oliver Bradbury
Onkologe

Für einen langen Moment starrte Jocelyn schweigend auf die Worte.

»Er braucht keinen Onkologen«, sagte Jocelyn. »Und ob du mir jetzt glaubst oder nicht, darüber bin ich sehr froh.«

Ganz langsam richtete Zoe ihren Blick geradeaus, alle Farbe war ihr aus dem Gesicht gewichen. »Er muss hier wohnen«, flüsterte sie.

»Wer?« Jocelyn blickte erneut auf den Namen, und sofort flackerte eine Erinnerung in ihr auf. »Das ist der Typ, den wir letztes Jahr vor dem Ritz in Naples gesehen haben, nicht wahr? Der, der dich so zum Ausflippen gebracht hat.«

»Ich bin nicht ausgeflippt«, sagte sie. Hinter ihnen hupte jemand ungeduldig. Jocelyn erwartete irgendeine für Zoe typische Reaktion, was so ziemlich alles sein konnte von einem freundlichen Winken bis hin zu einem ausgestreckten Mittelfinger, doch sie stellte einfach nur sanft den Fuß aufs Gaspedal und fuhr mit etwa acht Stundenkilometern weiter.

»Du bist ausgeflippt«, stellte Jocelyn klar. »Du hast dich auf den Boden genau dieses Wagens geworfen – oder eines Wagens, der ganz genauso aussah und von derselben Mietfirma war – und ...« Jocelyn schnippte mit den Fingern, weil ihr jetzt die ganze Geschichte wieder einfiel. »Im Ritz fand eine Tagung für Onkologen statt. Und dieser Kerl, Oliver, war dort mit seiner Fr...« Sie schluckte das letzte Wort hinunter.

Zoe biss sich gerade ein verdammtes Loch in die Unterlippe.

»Alles okay?«, fragte Jocelyn leise.

»Alles gut«, krächzte Zoe. »Wo muss ich als Nächstes abbiegen?«

»Zoe, wer ist dieser Typ? Was ist passiert?« Abgesehen vom Offensichtlichen. Aber, Gott, sie hoffte bloß, dass Zoe nicht so dumm gewesen war, sich mit einem verheirateten Mann einzulassen.

»Nichts. Eine uralte Geschichte.«

Es war so verlockend, sie damit aufzuziehen, schon allein um Zoe zum Lachen zu bringen. Aber irgendetwas an diesem Oliver war ganz und gar nicht lustig. Nicht für Zoe.

»Geradeaus, nur noch ein paar Blocks«, sagte Jocelyn stattdessen, und sie fuhren schweigend weiter, bis sie zu einem zweistöckigen Stuckgebäude mit spärlich angelegtem Garten und – oh Gott – Gittern vor den Fenstern kamen.

»Hast du nicht gesagt, dass dieses Heim sehr begehrt wäre.«

»Das habe ich ihrem Internetauftritt entnommen«, sagte Jocelyn. »Vielleicht sieht es von hinten besser aus. Außerdem merken das die Achtzigjährigen doch gar nicht.«

»Er ist gerade mal über sechzig, Joss«, sagte Zoe, während sie die Tür aufstieß. »Und keine achtzig.«

Jocelyn antwortete nicht, sondern kam um das Auto herum und ging auf die Eingangstür zu. Als sie näher kamen, entdeckte sie abblätternde Farbe, Spaliere ohne Blumen und Rost auf dem riesigen Türknauf. Der Empfangsbereich war dämmrig beleuchtet und bestand lediglich aus zwei beigefarbenen Sofas und einer Plastikplatte, die den oberen Teil des Kopfes einer Frau verdeckte. Jocelyn näherte sich ihr und wartete. Die Frau blickte nicht einmal auf.

»Entschuldigen Sie bitte«, sagte Jocelyn.

»Moment.« Die Frau schrieb weiter.

Endlich sah sie Jocelyn aus kalten grauen Augen an. »Ja?«

»Man hat mir mitgeteilt, dass unerwartet ein Platz freigeworden ist, und da bin ich gekommen, um mir das Ganze einmal anzusehen.«

»Name des Patienten?«

»Ähm … eigentlich wollte ich mich erst mal hier umschauen.«

»Versicherungsschutz?«

»Gibt es, aber ich wollte wirklich nicht …«

»Warten Sie.« Sie drückte auf einen Ohrstöpsel, der Jocelyn zuvor gar nicht aufgefallen war. »Was gibt es, Mrs Golgrath?« Sie schloss die Augen und stieß einen ungeduldigen Seufzer aus. »Na ja, das ist der einzige Kanal, für den Sie bezahlen, deshalb werden Sie sich *Singing in the Rain* wohl noch einmal anschauen müssen, meine Liebe.« Sie machte eine Pause, nachdem sie das letzte Wort förmlich ausgespuckt hatte. »Nein, mindestens die nächsten zwei Stunden kann keine Pflegekraft zu Ihnen ins Zimmer kommen. Schauen Sie sich einfach den Film an. Bestimmt ist es so, als würden Sie ihn zum allerersten Mal sehen. Dann auf Wiedersehen … was?« Kopfschüttelnd konzentrierte sie sich weiterhin auf die Stimme in ihrem Ohr und strömte dabei Ungeduld aus wie Körpergeruch. »Mrs Golgrath, Sie bekommen Ihr Mittagessen, wenn Sie Ihr Mittagessen bekommen. Haben wir Sie je vergessen, seit Sie hier bei uns sind?« Sie wartete einen Augenblick, dann blickte sie wieder zu Jocelyn auf. »Nach dem Essen kann Sie jemand herumführen. Vielleicht um drei Uhr. Wir sind heute total unterbesetzt.«

Jocelyn schluckte. »Nein, schon gut.«

»Sie können im Wartezimmer einen Film ansehen.«

Jocelyn trat zurück und stieß gegen Zoe, die direkt hinter ihr stand. »Ich …« *Würde nicht mal meinen schlimmsten Feind in dieses Höllenloch stecken.* »… habe dafür keine Zeit.«

Die Frau zuckte mit den Schultern und wandte sich wieder ihrer Arbeit zu.

»Nichts wie raus hier«, flüsterte sie Zoe zu und zerrte sie förmlich nach draußen. »Im Internet hat es sehr viel besser ausgesehen.«

»Das ist mit den meisten Dingen so«, befand Zoe trocken.

Sie konnten gar nicht schnell genug hinauskommen, und nach der abgestandenen Luft und der armseligen, bedrückenden Atmosphäre sogen beide begierig die frische Luft in sich hinein.

»Das streiche ich von der Liste«, sagte Jocelyn, als sie den Parkplatz erreichten.

Sie wartete darauf, dass Zoe einen Scherz machen würde, doch nichts dergleichen geschah. Zoe rückte nur ihre Sonnenbrille zurecht, und Jocelyn hätte schwören können, dass sie hinter eines der Brillengläser gegriffen hatte, um sich das Auge zu wischen.

»Vielleicht war das keine gute Idee«, sagte Jocelyn. »Ich hätte allein hierherkommen sollen.«

»Nein, nein. Es ist nur …«

»Du denkst an deine Tante Pasha?« Oder … an Oliver Bradbury.

»Nein, an diese arme Mrs Golgrath.« Ihre Stimme versagte. »Ich hasse diesen albernen Film.«

Jocelyn seufzte und nickte. »Das erste Heim, das ich besichtigt habe, war besser.«

»Ach ja?«

»Ich schwöre.«

Zoe blieb mitten auf dem Parkplatz stehen und setzte die Sonnenbrille ab. Sie blickte Jocelyn direkt an, ohne die Tränen in ihren Augen zu verbergen. »Erinnerst du dich an den Abend, an dem du so betrunken warst?«

War das ihr Ernst? »Meine Güte, wie oft werden wir ihn noch wiederaufleben lassen?«

»Erinnerst du dich daran?«, beharrte sie.

»Na ja, da ich hackedicht war von Southern Comfort und Orangensaft, werde ich jetzt Nein sagen. Ich erinnere mich nicht mehr an Einzelheiten, nur noch an die Tatsache, dass ich nie wieder so betrunken sein wollte. Und das war ich danach auch nicht mehr.«

»Dann erinnerst du dich wahrscheinlich nicht mehr daran, was du zu mir gesagt hast. Du hast gesagt, dass das Einzige, worauf es dir in deinem ganzen Leben ankäme, darin bestünde, deinen Vater zur Hölle fahren zu sehen.«

Jocelyn schluckte. »Das habe ich gesagt?«

Zoe drückte sie. »Manche Träume sind einfach nicht totzukriegen, was?«

20

Will traute sich nicht, bei Guy vorbeizugehen, als er von der Arbeit nach Hause kam. Nein, die Versuchung wäre zu groß, dem alten Mistkerl eine Kostprobe davon zu geben, wie sich eine Faust im Gesicht anfühlte.

Zum ersten Mal seit Monaten, vermutlich schon seit über einem Jahr, fuhr Will an 543 Sea Breeze Drive vorbei und direkt in seine Garage nebenan. Er machte sich nicht die Mühe, in den Briefkasten zu schauen, warf sein Werkzeug auf den Tisch und verschwendete keine Zeit damit, seinen Laptop aufzuklappen und nachzuschauen, ob sein Agent eine E-Mail geschickt hätte, was ohnehin nicht der Fall sein würde.

Unruhig, angespannt und streitlustig zog er seine Arbeitskleidung aus, streifte eine abgetragene Jeans über und ging hinauf in sein altes Zimmer, wobei er jeweils zwei Treppenstufen auf einmal nahm.

Auf halber Strecke blieb er stehen und schloss die Augen.

Seit diesem dunklen Abend vor fünfzehn Jahren war er vielleicht tausendmal in diesem Zimmer gewesen. Irgendwann hatte es ihn nicht mehr an Jocelyn, nicht einmal mehr an Guy erinnert.

Doch jetzt würde er sich erinnern müssen. Daran, wie das frühe Abendlicht Jocelyn in Goldtöne getaucht hatte, während sie zusammengerollt auf seinem Bett gelegen und an seiner Decke geschnuppert hatte. Er würde sich daran erinnern müssen, wie sie sich geküsst und berührt hatten, an die schiere Atemlosigkeit zu wissen, dass es endlich passieren würde. Er würde sich ins Gedächtnis rufen müssen, wie weit sie gegangen waren: Er hatte seine Finger in ihr, und sie bettelte um mehr, sie drückte sich an ihn und …

»Hey.«

Er wirbelte so schnell herum, dass er fast das Gleichgewicht verlor. Er umklammerte das Geländer und bellte »Was willst du hier?«, als er Guy unten an der Treppe stehen sah. »Du kommst doch sonst nie herüber.«

»Dachte mir, das lässt sich ändern.« Guy wich zurück und trat aus dem Schatten des Treppenabsatzes ins schwächer werdende Licht. »Stimmt etwas nicht, mein Sohn?«

»Ich bin nicht dein Sohn.« Er sprach durch zusammengebissene Zähne und umklammerte das Geländer, als wäre es ein Baseballschläger – mit dem er am liebsten Guys Kopf bearbeitet hätte. »Was willst du?«

Die Worte fühlten sich fremd und hässlich auf seiner Zunge an. So sprach Will nicht mit Guy; er hatte noch nie ein hartes Wort zu ihm gesagt, außer wenn er Guy hin und wieder dafür tadelte, weil er seine Anweisungen nicht befolgte oder die Fernbedienung in den Mülleimer warf.

Guy war zu hilflos, zu alt, zu verloren, als dass man so mit ihm hätte sprechen können.

Will schloss die Augen und beschwor in Gedanken die violetten Blutergüsse auf Jocelyns Teenager-Arm herauf und das auberginefarbene Veilchen, durch das ihr Auge zu einem Schlitz verengt war.

»Was meinst du damit, was ich will?« Guy kam die ersten paar Stufen herauf und griff nach dem Geländer.

»Komm nicht hier rauf«, sagte Will.

Der alte Mann runzelte die Stirn, dann rückte er seine verbogene Brille zurecht. »Ich wollte dich nur fragen, ob dir gefällt, was ich anhabe.«

Was? Was zum Teufel hatte er da überhaupt an? Eine hellgelbe Hose und einen orangefarbenen Pulli.

»Du siehst aus wie ein Wassereis am Stiel.«

Guy versuchte zu lachen, aber es klang eher wie ein Husten. »Ist das gut oder schlecht?«

»Warum hast du dich so aufgebretzelt?«, fragte er und wünschte, es wäre ihm total egal.

»Für die Party!«

»Was?«

»Sie feiern heute Abend bei mir zu Hause eine Party«, sagte er. Dabei klang seine Stimme, als würde das jeder, der Rang und Namen hatte, wissen. »Die ganze Crew von *Clean House* wird da sein, hat Blondie gesagt.«

»Blondie?« Zoe natürlich.

»Und du weißt genau, wer noch da sein wird.« Er drohte ihm scherzhaft mit dem Zeigefinger und sang den Satz wie ein Schmählied unter Zweitklässlern.

Er wusste wer.

»Komm schon, William.« Guy machte noch ein paar Schritte, jeder davon kostete ihn Mühe, aber er war eindeutig von Glückseligkeit getrieben. Das war das, was wirklich nervte.

Er sah aus wie ein orange-gelber Glückskeks.

Ob er wohl immer noch glücklich wäre, wenn er herausfand, was die sogenannte *Clean-House*-Crew wirklich vorhatte? Wie glücklich wäre er wohl, wenn er einen gründlichen Blick auf diese Fotos von »Missy« werfen müsste und man ihm ganz unverblümt sagen würde, dass es seine Hände gewesen waren, die sie so zugerichtet hatten?

Wie glücklich wäre der alte Saftsack wohl dann noch?

Will wartete darauf, dass sich Worte bildeten, dass Anschuldigungen hin und her flogen, aber er stand nur wie versteinert da, während sein ganzer Körper juckte und schwitzte.

»Du magst sie doch, oder?«, fragte Guy. »Ich meine, ich bin zwar alt und habe mehr Löcher im Gehirn als ein Schwamm, aber was ich sehe, das sehe ich, und ihr beiden mögt euch.«

»Das geht dich nichts an«, sagte Will brüsk.

Guys Blick flackerte überrascht auf, dann hielt er seine Hände hoch und geriet ins Taumeln, als hätte er das Gleichgewicht verloren.

»Himmel«, murmelte Will und stürzte nach vorne, um dafür zu sorgen, dass der alte Mann nicht stürzte.

»Oh, oh! Alles in Ordnung.« Guys Hand flog ins Leere, bevor sie endlich das Geländer fand, damit er sich wieder aufrichten konnte. »Nicht das erste Mal heute, dass es abwärts geht.«

»Nicht? Bist du heute schon gestürzt?« *Warum* um Himmels willen kümmerte ihn das überhaupt?

»Wohl besser gekentert.« Er grinste, seine Zähne hatten fast die gleiche Farbe wie seine Hose. »Mit meinem Boot, William. Meinem alten Ruderboot! Wir haben es heute herausgeholt!«

»Wer denn?«

»Die Mädels und ich.« Seine Schultern bebten, als er vorgab zu kichern. »Wahrscheinlich kann man da nicht mehr von Mädels sprechen, aber das werden sie immer für mich …«

»Welche Mädels?« Jocelyn war doch wohl heute nicht mit Guy im Boot rausgefahren? Sie hatte Will doch bestimmt nicht verlassen – als sie sich geküsst, in den Armen gehalten und alle möglichen emotionalen Durchbrüche gehabt hatten –, nur um mit Guy eine Bootsfahrt zu unternehmen? Nachdem …

»Blondie und Missy natürlich.« Er klatschte in die Hände. »Und wir haben Robert den Reiher gesehen, William! Oh, ich werde bald eine Überraschung für dich haben. Jetzt noch nicht, aber bald. Ich starte ein neues Projekt.«

Erschöpfung überkam Will und zwang ihn, rückwärts die

Treppe hinaufzugehen; dabei sah er weiterhin zu Guy hin, um sich zu vergewissern, dass ihm der alte Mann nicht folgte.

»Ich kann nicht zu deiner Party kommen«, sagte er schroff. »Ich habe zu viel Arbeit.«

»Arbeit?«, jammerte Guy. »Du hast den ganzen Tag gearbeitet, Junge. Du musst lernen, ein wenig Spaß zu haben. Ab und an …« Er ballte die Hände zu Fäusten und machte den lächerlichen Versuch, irgendeine Art von Tanz aufzuführen. »Ein wenig loszulassen.«

Will atmete langsam ein und schüttelte dann den Kopf. »Ich kann nicht, tut mir leid.« Warum entschuldigte er sich?

»Was für Arbeit?«, fragte Guy trotzig.

»Zum einen deine Rechnungen«, schoss er zurück. »Deine Versicherungsformulare und die Krankenversicherung. Deine Hypothek und deine Nebenkosten. Du bist echt ein Vollzeitjob, Guy.«

Guys glückliches Gesicht fiel in sich zusammen wie Schlagsahne, die gegen eine Wand geklatscht wurde. »Oh«, sagte er. »Verstehe.«

Nein, das tat er nicht, aber Will fühlte sich nach diesem Ausbruch auch nicht besser. Er fühlte sich wie Hundekacke, die unter einem Absatz klebte, was er auch war.

»Zoe weiß gar nicht, wie man eine schlechte Party schmeißt.« Tessa ließ sich neben Jocelyn auf das rissige Vinylkissen sinken, setzte damit die Schaukel in Bewegung und blickte hinauf in einen beinahe bedrohlichen Himmel. »Und selbst wenn es regnet, findet sie einen Weg, dieses Ding nach drinnen zu stellen und deinen Vater noch vor neun Uhr dazu zu überreden, Wahrheit oder Pflicht zu spielen.«

Jocelyn lächelte, als sie beobachtete, wie Guy sich mit Laceys halbwüchsiger Tochter Ashley durch ein Spiel Egyptian Rat

Screws kämpfte. »Ich kann nicht glauben, dass sie dieses Spiel immer noch mag und es anderen Leuten beibringt. Es ist, als würde sie eine Seuche verbreiten.«

»Ich weigere mich, es mit ihr zu spielen«, sagte Tessa. »Und ich kann euch sagen – als ich bei Zoe und ihrer Großtante da draußen in Flagstaff gewohnt habe, haben sie vierstündige Rat-Screws-Marathons gespielt.«

»Ich habe das Gefühl, dass dieses Kartenspiel Guys neuer Lieblingszeitvertreib wird.«

Tessa blickte sich um. »Dann sollte Will das Spiel lernen. Wo ist er überhaupt?«

»Ich habe keine Ahnung«, sagte Jocelyn, aber natürlich wusste sie genau, warum er nicht da war. Er war zu wütend auf Guy, um zu der spontanen Party zu kommen. Aber das würde nicht lang anhalten. Er würde vergeben und vergessen, weil er zu warmherzig war, um sich von Hass vergiften zu lassen.

Aber sie konnte das. Auch wenn das bedeutete, dass sie nie die Chance hätte, ihre Gefühle für Will zu erkunden oder in den süßen Geständnissen zu schwelgen, die er ihr heute Morgen gemacht hatte.

Er war ihr Ein und Alles gewesen.

Sie starrte ihren Vater an, den Dieb, der ihr Glück gestohlen hatte.

Auf der anderen Seite der Terrasse standen Clay und Lacey Arm in Arm vor dem Grill und lachten, während er Burger wendete und dabei fast jeden Satz mit einem Kuss untermalte, einer Berührung, einem liebevollen Blick, der erwidert wurde. Niemand hatte ihr Glück gestohlen, dachte sie düster.

»Willst du nicht versuchen, Will aufzutreiben?«, fragte Tessa. »Man sollte annehmen, dass allein schon der Duft von brutzelndem Fleisch einen Junggesellen aus seinem Haus und hinter dem Ofen hervorlocken würde.«

Jocelyn versuchte, unbekümmert mit der Schulter zu zucken.

»Hey.« Tessa legte ihre Hand auf Jocelyns Arm. »Geh ihn suchen. Du starrst die ganze Zeit auf sein Haus.«

Sie schaute weg. »Tue ich nicht.«

Tessa stieß die Luft aus und sprang von der Schaukel, sodass Jocelyn fast heruntergefallen wäre.

»Entschuldigung«, sagte Tessa und ging hinüber zum Tisch. »Guy, hast du Will gesehen?«

Jocelyn beobachtete ihren Vater und erwartete sein übliches blickloses Starren oder dass er mit den Schultern zuckte wie ein großer Bär. Doch stattdessen flackerten Emotionen in seinen Augen auf, so schnell, dass es außer ihr wahrscheinlich keiner gesehen hatte. Nur jemand, der jede Minute seiner Kindheit damit verbracht hatte, dieses Gesicht nach einem Hinweis darauf, wann es passieren würde, abzusuchen, würde es bemerken.

Sie hatten miteinander gesprochen. Jocelyn wusste es sofort. Was hatte Will zu ihm gesagt? Und war er deswegen so auffällig abwesend?

»Als ich ihn das letzte Mal gesehen habe, war er bei sich zu Hause«, sagte Guy.

»Wann war das?«, fragte Tessa.

Jetzt wurde sein Blick leer, und er zog die Schulter nach oben.

»In der letzten Stunde oder so?«, hakte Tessa nach.

»Ich habe ihn joggen sehen«, sagte Ashley, während sie ihre nächste Karte über dem Kartentisch bereithielt. »Er ist in Richtung Highschool gerannt, als wir hierhergefahren sind. Okay, bereit? Stich!«

Ashley warf eine Karte hin, und Guy war ganz bei der Sache und hatte das Gespräch bereits vergessen, als Tessa wieder an der Schaukel anlangte.

291

»In der nächsten halben Stunde wird es wohl regnen«, sagte Tessa. »Wahrscheinlich genau dann, wenn wir essen wollen, deshalb decke ich wohl besser drinnen einen Tisch.«

Jocelyn stand auf. »Ich helfe dir.«

»Nein, das wirst du nicht.«

»Ich möchte nicht einfach so herumsitzen, Tess.«

Tessa warf ihr einen finsteren Blick zu. »Geh ihn suchen. Sag ihm, was immer dich zum Seufzen bringt, wenn du zu dem Zimmer hinaufstarrst, was meiner Meinung nach nur sein Schlafzimmer sein kann.«

»Ich …«

»Ich werde dich hier vertreten. Schnell, geh, bevor es regnet.« Sie streckte die Hand aus, um Jocelyn aufzuhelfen, und lächelte sie dabei vielsagend an. »Ich habe gesehen, wir ihr beiden euch heute Morgen am Strand gestritten habt«, fügte sie leise hinzu. »Wahrscheinlich wartet er nur darauf, dass du ihn zu unserer kleinen Party einlädst.«

Jocelyn lachte nur leise. »Geheimnisse werden hier in der Gegend so was von überschätzt.«

»Bei mir sowieso.« Sie beugte sich zur Kühlbox mit den Getränken, die Clay und Lacey mitgebracht hatten, und nahm ein Bier heraus. »Nimm ihm das als Friedensangebot mit.«

»Wir sind nicht im Krieg.«

Tessa zog einfach ihre Augenbraue nach oben und bedeutete Jocelyn zu gehen.

Ein paar Minuten später hatte sich Jocelyn unbemerkt durch den Vorgarten davongeschlichen. Sie steckte das Bier in die Tasche ihrer weißen Cargohose und ging den vertrauten Weg in Richtung Highschool.

Wenn sie Will gut kannte – und das tat sie –, dann wusste sie genau, wo er war.

Die Dämmerung senkte sich über das Baseball-Feld der Mimosa High, und durch die Wolken, die im Osten heraufzogen, wurde es sogar noch dunkler.

Doch Jocelyn brauchte keine Lichter auf dem Spielfeld. Sie folgte einfach dem vertrauten *Ping* eines Baseballs, der gegen einen Metallschläger prallte. Rhythmisch und gleichmäßig; etwas sauste durch die Luft, schlug geräuschvoll zu und ein Ball fiel mit einem leisen Ploppen auf das Außenfeld.

Schlug er etwa allein Bälle?

Sie blickte zur Spielerbank der heimischen Mannschaft hinüber und hielt wie immer inne, als sie die Zahlen auf der hinteren Wand sah, die jeweils von den Umrissen eines Baseballs und einem Jahr eingerahmt waren. Die erfolgreichsten Spieler der Mimosa Scorpions.

Und keiner war erfolgreicher als der Superstar des Jahres 1997, die Nummer einunddreißig – Team-Captain William Palmer.

Whoosh, ping – das war ein langer Ball – *plop.*

Sie fuhr mit den Fingern über die rote Farbe seines Namens, dann ging sie um die Spielerbank herum und hielt sich weit genug von der mit einer Kette verbundenen Absperrung entfernt, um eine gute Aussicht auf ihn zu haben, ohne von ihm gesehen zu werden.

Apropos Aussicht.

Außer einer mindestens hundert Jahre alten Jeans hatte er nichts an, und die hing so weit unten, dass sie praktisch seine Hüftknochen sehen konnte und den Streifen dunkler Haare, der sich von seinem Nabel nach unten zog bis …

Sie zwang sich, ihren Blick wieder nach oben wandern zu lassen, aber er blieb an seiner nackten, schweißglänzenden Brust hängen, an der sich jeder Muskel wölbte, wenn er ausholte.

Ganz unten, ganz tief in ihrem Bauch ballte sich Verlangen zusammen und zerrte an ihr.

Er hielt den Schläger an seiner rechten Schulter und warf einen Ball hoch – sie entdeckte einen weißen Plastikkorb voller Bälle neben ihm – dann umklammerte er mit einer einzigen geschmeidigen Bewegung den Schläger und holte aus, wobei er den Ball hoch in die Luft oder geradeaus durch die Mitte schlug. Diese Übung hatte einen bestimmten Namen. Fun irgendwas? Es fiel ihr nicht mehr ein, aber zu sehen, wie er mit dem Schläger ausholte, versetzte sie zurück in eine Zeit, in der die gleichen Gefühle des Verlangens und des Begehrens ihren jungen Körper erschüttert hatten.

Fast hätte sie diesen Gefühlen nachgegeben. Was wäre passiert, wenn Guy an jenem Abend nicht dazugekommen wäre? Wie anders wäre ihr Leben verlaufen? Hätten sie es langfristig geschafft? Oder würde sie trotzdem in L. A. leben und so absolut einsam sein?

Töricht, überhaupt nur darüber nachzudenken, schalt sie sich selbst. Die Vergangenheit konnte man nicht ändern.

Aber man konnte sich an sie erinnern. Die nächsten zehn Schläge lang stand sie einfach neben der Spielerbank und labte sich an Wills Anblick auf der Home Plate. Er holte jetzt ein wenig anders aus, ein wenig langsamer, ein bisschen weniger selbstbewusst als damals, als er noch ein übermütiger Highschool-Superstar gewesen war. So vieles war heute anders an Will.

Sein Haar lockte sich an den Spitzen vor Schweiß, trotz des schwarzen Bandanas, das er sich um den Kopf geschlungen hatte. Sein Körper hatte das sehnige Aussehen der Jugend verloren und stattdessen breitere Flächen bekommen, reifere Muskeln, sogar bessere Schultern zum Anlehnen.

Ohne nachzudenken trat sie einen Schritt nach vorn, schloss die Finger um das kühle Metall der Kettenelemente und …

Erregte sofort seine Aufmerksamkeit.

Sie starrten sich gegenseitig etwa für den Zeitraum an, den ein Flugball brauchte, um den Zaun zu erreichen.

»Ich habe dir ein Friedensangebot mitgebracht«, sagte sie schließlich und hielt die Bierflasche hoch.

Er beugte sich vor und hob einen weiteren Ball auf, warf ihn mit der linken Hand und holte dann kraftvoll aus. »Das ist genau das Richtige, wenn man Innenfeld-Fungoes geschlagen hat.«

Fungoes. Das war das Wort, das sie gesucht hatte. »Dieses Wort habe ich seit fünfzehn Jahren nicht mehr gehört.«

Er lächelte und schlug einen weiteren Ball. Er flog weit und lang, bevor er über den Boden hüpfte und weit im Mittelfeld zum Liegen kam.

Das war kein *Innenfeld*-Fungo. »Du schlägst heute Abend ja ganz schön zu.«

»Auf der Spielerbank ist ein Handschuh, wenn du im Feld spielen willst«, sagte er.

Ihr Mund verzog sich zu einem Lächeln. »Du glaubst, ich kann diese Fungoes fangen?«

»Ich werde sie für dich sanfter werfen, Bloomerang.« Er grinste und deutete mit dem Schläger auf die Spielerbank.

Bloomerang. *Das Mädchen, das immer wieder zurückkommt.*

Sie ging zur Spielerbank, stellte das Bier ab und schnappte sich den braunen Baseball-Handschuh. »Sie lassen dieses Zeug einfach hier draußen herumliegen?«, fragte sie.

»Mein Schlüssel zum Geräteraum passt noch.«

Das brachte sie zum Lachen. »Im Ernst? Sie haben seit fünfzehn Jahren das Schloss nicht ausgewechselt?«

»Hier hat sich in den letzten fünfzehn Jahren nicht besonders viel verändert.«

Während sie auf das Feld hinaustrat, zog sie sich den Handschuh über die linke Hand. »Du schon, Will.«

»Wir alle, Jossie.«

Sie trottete in ihren flachen Riemchensandalen, die absolut ungeeignet waren für Baseball, auf das Mittelfeld hinaus. »Warte«, sagte sie und schleuderte sie sich von den Füßen. »Okay, Schlagmann.«

Sie brachte sich hinter der zweiten Base in Position, die Hände auf den Knien, den Hintern herausgestreckt. »Zeig, was du draufhast.«

Er warf ihr einen langsamen, niedrigen Ball zu. Der Ball rollte so sanft auf sie zu, dass sie ihm entgegenlaufen musste, bevor er liegen blieb. »Das kannst du aber besser, Palmer.«

»Zeig mir, was du in den Armen hast.«

Sie schnappte sich den Ball, dann richtete sich auf, hielt ihn hoch und warf ihn geradewegs auf den Boden.

»Ah, die Perfektion des weiblichen Wurfes.«

»Leck mich.«

Aus zwölf Metern Entfernung sah sie sein Grinsen.

»Ist es das, was du als Coach tun wirst?«, fragte sie.

»Beim Feldtraining.« Er schlug einen weiteren Ball auf das Mittelfeld, dieses Mal ein wenig härter, und es gelang ihr, ihn zu fangen.

»Hässlich«, befand er. »Aber du hast es geschafft.«

Sie warf den Ball zurück. »Was ist mit all den Bällen da draußen im Außenfeld?«

»Ich räume auf, wenn ich fertig bin.«

»Wann bist du denn fertig?«

Er schleuderte ihr einen Flugball entgegen. »Geh zurück, geh zurück«, rief er. Sie gehorchte; sie wollte die Frau sein, die einfach den Handschuh drehte und ihn auffing, und nicht die, die sich hinter dem Handschuh versteckte in der Hoffnung, dass sie der Ball nicht am Kopf traf.

Sie streckte den Handschuh aus und griff daneben.

»Oh Mann«, sagte er angewidert. »Lauf die Bases ab, du Amateurin.«

»Was?«

»Du hast mich verstanden. Lauf die Bases ab. Beschwer dich, und du machst es gleich zweimal.«

Sie stemmte die Hände in die Hüften und klappte den Mund auf, um ...

»Drei Runden.«

»Schlag mir den Ball zu, Palmer.«

»Fang die nächsten drei, und ich erlasse es dir.«

Sie lachte und spreizte die Füße, um das Gleichgewicht besser halten zu können. Das Gras fühlte sich weich und kühl an ihren Zehen an, und sie war tief dankbar für diesen Moment des puren Vergnügens. Der Regen, der gleich niedergehen würde, lag schwer in der Luft, genau wie der unausgesprochene Waffenstillstand, der besagte, dass sie nur zum Spielen hier waren.

»Du hast ja einen vergnüglichen Job«, sagte sie, als er gerade einen Ball hochwarf, um mit dem Baseballschläger daraufzuschlagen.

»Weil ich Bälle in die Luft werfe?«

»Weil du spielst. Dich einfach entspannst.«

»Na ja, eigentlich habe ich den Job im Moment ja gar nicht.« Er warf ihr einen weiteren weichen Ball zu. »Hier kommt der Erste«, sagte er.

Sie warf den Ball grob in Richtung Home Base und Will sprang zur Seite und schnappte sich den Ball, bevor er auf dem Boden aufkam.

»Noch immer ein großartiger Fänger«, sagte sie.

»Ganz passabel, aber meine Knie beschweren sich. Bereit?«

Dieses Mal schlug er ein wenig härter zu, aber sie hechtete vor, stürzte ins Gras und fing ihn. Dann riss sie den Ball weit theatralischer nach oben, als es die Situation erfordert hätte.

»Uh, du musst einen flachen Ball zur Base werfen, sonst ist es kein Out.«

Sie winkte mit dem Handschuh ab. »Spitzfindigkeiten.«

Er hatte den nächsten Ball in der Hand, doch anstatt ihn hochzuwerfen und draufzuschlagen, schaute er reglos über das Feld. Es war so dunkel, dass sie seinen Gesichtsausdruck nicht entschlüsseln konnte, doch sie kannte Wills Körpersprache.

»Du bist nicht mehr zornig«, bemerkte sie.

»Daran habe ich im Moment nicht gedacht.«

»Woran hast du gedacht?«, fragte sie. In ihrer Brust keimte eine seltsame, unbändige Vorahnung auf bei der Vertrautheit seines Tonfalls.

»Ich dachte gerade, dass ...« Er legte sich den Schläger über die Schulter und hielt den Ball hoch. »Dass du sogar noch hübscher bist als damals, als du noch ein Teenager warst.«

Ihr Herz geriet ins Stocken.

»Und damals warst du ziemlich hübsch.«

Sie lächelte, weil sie wusste, dass er sie im Dunkeln nicht sehen konnte, dankte ihm aber trotzdem für das Kompliment. »Du bist jetzt auch hübscher«, sagte sie.

Lachend warf er den Ball nach oben, ließ den Schläger herunterkippen und schlug zu, sodass der Ball, hoch und weit, das ganze Stück bis zum Zaun flog.

»Wer Erster ist, bekommt das Bier!«, sagte er, dann warf er den Schläger hin und rannte los.

Als ihr klar wurde, dass das ein Wettrennen war, rannte sie sofort los, aber er schloss in Sekundenschnelle zu ihr auf und verlangsamte dann, sodass sie den Ball gleichzeitig erreichten. Beide hechteten nach vorne und stürzten ins Gras.

Und weil es kein großes Kopfzerbrechen bereitete, die natürlichste Sache der Welt zu tun, griff Jocelyn nach Will und er zog sie an sich und küsste sie mit der gleichen Kraft, mit der er auch den Ball geschlagen hatte.

21

Oh Mann. Das Einzige, was noch besser war als der würzige, frische Duft von Außenfeldgras, war das bodenlose Vergnügen, sich mit Jocelyn Bloom darin zu wälzen.

In dem Moment, in dem sich ihre Münder berührten, versuchte Will, sie nach unten zu manövrieren und über sie zu gelangen, auf sie. Das Verlangen überkam ihn rasch und verzweifelt, und er war so erregt, dass er aufstöhnte.

Sie stieß ihn auf den Rücken und beugte sich über ihn. »Meine weiße Hose wird Grasflecken bekommen«, murmelte sie in seinen Kuss.

»Du hast recht«, sagte er mit vorgetäuschter Besorgnis. »Besser, du ziehst sie aus.«

Sie lachte und küsste ihn weiter, wobei sie jedoch die Führung übernahm, indem sie über ihm war, die Hände auf seinem Gesicht, jeder Muskel angespannt. »Es reicht schon, dass einer von uns halb nackt ist.«

Nein, das reichte nicht. Entschlossen wälzte er sie herum, sodass er oben war, was ihm weitaus besser gefiel. »Ab und zu musst du die Kontrolle abgeben.«

»Wer sagt das?«

»Ich sage das. Was machst du überhaupt hier?«

Ihre Mundwinkel zogen sich nach oben, als sie ihm den Finger mitten auf die nackte Brust legte. »Ich bin hergekommen, um dich halb nackt zu sehen.«

»Das kannst du jederzeit haben«, sagte er. »Du brauchst mich nur darum zu bitten.«

Sie ließ ihre Finger auf seiner Brust nach oben über die Kehle bis zu seinem Adamsapfel wandern, eine ihrer liebsten Stellen überhaupt.

Eine Sekunde lang blitzte ein Déjà-vu hinter seinen Augen auf, das so schnell wieder verschwand, wie es gekommen war. Sie ließ den Finger weiterwandern und fuhr den Umriss seines Kiefers entlang, dann den seines Mundes, bis sie ihm schließlich in die Augen schaute.

»Wir haben es nie zu Ende gebracht«, sagte sie leise.

»Heute Morgen?«

»In jener Nacht. Heute Morgen. In diesem ganzen Leben. Alles an dir ist wie ein ... nicht zum Abschluss gebrachtes Geschäft.« Sie lächelte zittrig. »Du weißt, dass mich das fast so verrückt macht wie die Grasflecken, die meine Lieblings-Cargohose gerade abbekommt und die nie wieder herausgehen werden.«

»Das ist gut für dich«, sagte er. »Es ist notwendig, dass du verrückt gemacht wirst, Joss. Lass einfach los und lass mich ...«

Sie rührte sich nicht, das einzige Geräusch waren ihre einander angepassten, leicht beschleunigten Atemzüge. »Lass mich was?«

»Dich verrückt machen.«

Sie nickte kaum merklich, und er senkte sein Gesicht zu ihrem hinab, wobei er sanft und zärtlich anfing – was ungefähr vier Sekunden dauerte – und dann alles ... intensivierte. Ihr stockte der Atem, und sie schlang ihr Bein um seines. Ihr nackter Fuß streifte seinen Schenkel und sandte flackernde Hitze direkt in seine Eier.

Sofort wurde er hart.

Sobald sie seine Erektion spürte, legte sie ihm beide Hände auf die Schultern und wollte ihn wegschieben, doch er küsste sie weiter, folterte weiterhin ihre Zunge, knabberte an ihren Lippen und streifte ihre Schneidezähne, bis sich ihre Finger entspannten. Für einen endlos langen Kuss spürte er, wie sie hin und her gerissen war zwischen Kapitulation und Zweifeln.

»Will«, flüsterte sie. »Ich weiß nicht, ob ich das kann.«

»Du bist nur zum Üben hier, Jossie«, versicherte er ihr. »Niemand wird einen Home-Run machen, das verspreche ich dir.«

»Versprochen?«

Er nickte. »Wir üben nur Fungoes.« Er küsste sich seinen Weg von ihren Lippen bis zur Öffnung ihres Kragens, wobei er den Stoff zurückschob, um mehr Haut zu entblößen. »Mit Betonung auf ›Fun‹.«

Sie lachte leise, bog den Rücken so weit durch, dass all ihre erogenen Zonen auf seine trafen und eine Welle Blut von seinem Gehirn in die erogenste aller Zonen strömte. Seine Erektion war so hart wie der Baseballschläger, den er gerade auf den Lehm geworfen hatte, und befand sich direkt über ihrem Schambein. Er wiegte sich ein wenig vor und zurück, und sie schnappte rasch und entzückt nach Luft.

»Siehst du?«, sagte er. »Nur ein kleines bisschen Gegnerkontakt.«

»Geht es bei dieser ganzen Fummelei eigentlich um Baseballkalauer?«

Er gluckste, während er sie erneut küsste. »Ja, vielleicht. Hier haben wir die erste Base, nicht wahr?« Er öffnete den Mund und ließ seine Zunge in ihren Mund vordringen. Jocelyn saugte daran und leckte sie, begleitet von einem süßen, wonnigen Stöhnen.

»Gefällt dir die erste Base?«

Sie seufzte und beugte den Kopf nach hinten, um ihm ihren Hals anzubieten. »Eins steht fest. Mit der ersten Base komme ich zurecht.«

Sie küssten sich weiter, doch er hatte seine Hände nicht unter Kontrolle. Er konnte nicht widerstehen, um ihre Rippen zu gleiten und sie verstohlen zu berühren. Ihre einzige Reaktion bestand darin, dass sie scharf die Luft einsog, deshalb knöpfte er ihren ersten Knopf auf und dann den nächsten.

»Wie es scheint, ist ein Läufer unterwegs zur zweiten Base«, neckte sie ihn und brachte ihn dadurch zum Lachen.

»Der Catcher ist beschäftigt. Der Typ hat die Base erreicht.«

Sie stöhnte ein »Ja«, und er öffnete die beiden nächsten Knöpfe, begeistert, einen BH vorzufinden, der den Verschluss vorne hatte. Er würde ihn noch vor ihrem nächsten Atemzug geöffnet haben. Jocelyn küsste ihn derweil weiter, schlang ihm die Hand um den Hals und streichelte die Muskeln auf seiner Brust.

»Das ist unfair«, flüsterte er. »Ich habe kein Hemd an.«

»Was du nicht sagst.« Sie küsste ihn erneut. »Das ist mir nicht entgangen.« Noch ein Kuss. »Das, und noch einiges mehr.«

Er gluckste, als er das Kompliment hörte, dann wiegte er langsam seine Hüften gegen ihre.

Gott, und wie sie zusammenpassten. Ihre Finger verstärkten ihren Griff in seinen Haaren, sodass er den Kopf nach hinten beugte; ihre Küsse wurden tiefer, und sie erteilte ihm stumm jegliche Art von Erlaubnis. Er schob ihr Shirt über ihre Schultern, nahm den BH gleich mit, sodass sie schließlich ihre nackten Brüste an seine Brust presste.

»Will, wir sind im Freien.«

Er lachte. »Es ist ein Heimspiel, Liebling. Ich weiß schon, was ich tue.«

Sie keuchte auf, als seine Hand ihre Brust berührte, ihre Brustwarze stellte sich an seiner Handfläche auf. Noch mehr Blut strömte in seine Erektion, und er stöhnte erneut auf.

Sie spannte sich so an, dass er spürte, wie sich all ihre Muskeln verkrampften. Hatte sie Angst vor ihm?

Nein, ihre dunklen Augen sagten ihm, dass er weitermachen sollte. Völlig durcheinander und neben sich, ließ sie sich fallen, wie er es noch nie erlebt hatte. Er brauchte einen Moment, um die Form ihrer Brüste in sich aufzunehmen, die feminine Mulde dazwischen, die tiefrosafarbenen Brustwarzen. Nur einen Moment noch. Er musste wissen, wie sie schmecken.

Sie hielt immer noch seinen Kopf und führte ihn dorthin. Ihre Hüften bewegten sich in einem perfekten Rhythmus. Seine deutlich spürbare Erektion fand die süße Stelle zwischen ihren Beinen, und lediglich abgetragener Jeansstoff und dünne weiße Baumwolle trennten ihre Körper noch voneinander.

Sie murmelte seinen Namen, ihr Kopf fiel von einer Seite auf die andere, während er an ihrer einen Brust saugte und mit dem Daumen über die andere strich.

»Oh mein Gott, Will.«

Geräuschvoll ließ er von ihr ab und wandte sich wieder ihrem Mund zu, um ihn mit Küssen zu überhäufen. Erst da merkte er, dass ihr Gesicht nass war.

Der Anblick traf ihn, als hätte ihm jemand einen Fastball in den Magen geschleudert. »Weinst du? Nein.« Er wischte ihr das Gesicht ab. »Nicht ...«

»Es ist Regen, Will. Spürst du das nicht?«

In dem Moment, als sie es sagte, fiel ihm ein Tropfen auf den Rücken. »Oh, Gott sei Dank. Ich dachte schon, ich hätte dich zum Weinen gebracht. Jocelyn, ich möchte dich niemals zum Weinen bringen. Niemals.«

Sie biss sich auf die Lippen. »Ich werde nicht weinen, aber ...«

»Was? Was ist los?«

Sie schloss die Augen und stieß ein hilfloses Stöhnen aus, sie bewegte ihre Lippen an seinen, bewegte sich auf seiner Erektion. »Das fühlt sich so gut an … ich habe noch nie …« Jeder Atemzug strengte sie an, während sie sich schneller bewegte. »Ich habe noch nie … etwas wie das hier … empfunden. Oh, Gott, Will, ich kann nicht aufhören.«

Sie stieß ihren Körper gegen seinen, ihre Augen schlossen sich vor Ekstase, während ein Orgasmus über sie hinwegspülte. »Ich kann nicht aufhören«, murmelte sie immer wieder; sie hielt ihn fest mit allem, was sie hatte, während sie seinen armen, geschwollenen Schwanz bearbeitete und er verdammt kurz davor war, ebenfalls zu kommen.

Doch er hielt durch. Der Regen nahm zu und spritzte so kühl auf ihre erhitzten Körper, dass er überrascht war, dass es nicht zischte, wenn er dort auftraf.

»Ich kann nicht glauben, dass das gerade passiert ist«, stieß sie – noch immer bebend – hervor. »Ich bin … du weißt schon … auf dem Baseballfeld der Mimosa High.«

Er grinste. »Was gerade zur besten Erinnerung meines Lebens in Bezug auf diesen Rasen geworden ist. Und da gab es viele gute Erinnerungen.«

Endlich schlug sie die Augen auf, die unfokussiert und verloren wirkten. »Ich kann nicht glauben, dass ich gerade …«

»Glaube es ruhig.« Er beruhigte sie mit einem Kuss. »Und dann auch noch im strömenden Regen.«

Sie schlang die Arme um ihn und unterdrückte ein Lächeln. »Mir hat es gefallen.«

»Was du nicht sagst.«

Sie lächelte, ihre Augen glitzerten noch vor Erregung, ihre Wangen waren vom Höhepunkt noch gerötet und nass vom Regen. Sie schlang ihre Beine ganz um ihn herum. »Was ist deine beste Erinnerung an dieses Feld?«, fragte sie.

»Abgesehen von den letzten fünf Minuten? Hm, lass mich nachdenken.«

305

»Die Meisterschaft gegen Collier?«, fragte sie. »Nein, ich wette, es war dieses Grand-Slam-Turnier im ersten Jahr.«

Er antwortete nicht, doch ein ungläubiger Schauer überlief langsam seine nackte Haut.

»Vielleicht war es aber auch der Abend, an dem du als Freshman zum besten Spieler ernannt wurdest. Das war großartig.«

Große Güte. »An all das erinnerst du dich?«

»Natürlich. Du warst …« Sie schluckte und schenkte ihm bei dem Gedanken an ihre Vergangenheit ein wehmütiges Lächeln. »Du warst alles für mich.« Damit wiederholte sie seine Worte von heute Morgen, und sie waren so süß wie ein Fastball, der in seinen Handschuh flog.

Außer dass sie die Vergangenheitsform verwendet hatte. Er wollte *jetzt* alles für sie sein.

Er umfasste ihre Brüste, ihr Herz schlug an seinen Handflächen, als würde ihr Blut geradewegs in ihn hineinpulsieren. Er sah ihr in die Augen. Die Welt um sie herum lag vollkommen still da, abgesehen vom sanften Klatschen der Regentropfen auf dem Gras und auf seinem Rücken.

»Jocelyn, was muss passieren?«

»Um mich ins Bett zu kriegen?«

Er lächelte. »Ich glaube, dazu sind wir auf dem besten Wege. Nein, dich dazu zu bringen, diese Worte zu sagen, die du in jener Nacht nicht die Gelegenheit hattest auszusprechen?«

Für mindestens fünf, sechs, vielleicht auch sieben ihrer Herzschläge, die er unter seiner Hand spüren konnte, blickte sie ihn an.

»Du willst, dass ich sage …«

»Ich lie…«

»Nein.« Sie legte die Hand auf seinen Mund. »Noch nicht. Nicht hier. Nicht halb nackt im Gras.«

»Ich kann mir keinen besseren Zeitpunkt und Ort vorstellen.«
Sie schüttelte den Kopf. »Nein.«

Enttäuschung pochte in seinem Magen, doch er nickte nur.

»Hey«, flüsterte sie, während sie ihre Hüften anhob. »Lassen wir auf der zweiten Base einen Läufer einfach so stehen?«

»Nicht, wenn ich der Schiedsrichter bin.« Er küsste sie wieder und strich mit der Hand über ihren nackten Körper. Er liebte jede Kurve, jedes Stöhnen, jede Explosion der Sinne. Der Regen wurde stärker, es war jetzt kein Nieselregen mehr; er prasselte in Sturzbächen auf sie herunter. Will ließ die Hand zwischen ihre Beine gleiten und massierte sie dort sanft. Dann ließ er den Druckknopf aufschnappen und zog den Reißverschluss an ihrer ehemals weißen Hose auf, die inzwischen tatsächlich voller Grasflecken war.

»Jossie?«

»Hmmmm?«

»Ich glaube, ich komme gleich zur dritten Base.«

Er senkte seine Hand auf ihren Unterleib herunter, ließ sie in ihr Satinhöschen gleiten, auf ihren süßen Venushügel. Sie wölbte sich nach oben, seiner Berührung entgegen, und gewährte ihm Zutritt zu ihrer feuchten Weiblichkeit.

Dort. Dort. Dort war alles, was er wollte. Weißes Licht explodierte hinter seinen Augen, blendete ihn und …

»Verdammt!« Sie sprangen beide auf; der nahe Donner, der fast gleichzeitig erfolgt war, warnte sie, wie nah ihnen dieser Blitz gekommen war.

»Runter vom Feld!« Er raffte ihre herumliegenden Kleider zusammen, ergriff ihre Hände, um sie hochzuziehen, und rannte über das Feld. In diesem Moment zerriss ein weiterer gezackter Blitz den schwarzen Himmel, und ein Donnergrollen rumpelte über das Stadion.

Ihre Hand entglitt der seinen, und er wirbelte herum, um

sie im Regen stehen zu sehen, von der Hüfte aufwärts nackt, barfuß, tropfnass und so verdammt schön, dass es ihm das Herz förmlich aus der Brust herausriss.

»Joss, komm schon«, drängte er. »Das Gewitter ist schon ganz nah.«

Sie rührte sich nicht, ihr Gesicht war von Schock und Panik gezeichnet.

Er griff nach ihrer Hand, weil er wusste, dass der nächste Blitzschlag nur Sekunden entfernt war. Er hatte schon mal gesehen, wie der Blitz in die Foul-Stange eingeschlagen war und wusste, wie gefährlich das sein konnte. »*Komm* jetzt.«

Sie gab nach und ließ sich von ihm mitziehen; sie rutschte, als sie den matschigen Lehm erreichten, deshalb musste er den Arm um sie legen, damit sie nicht den Halt verlor.

Gerade als der nächste Blitz aufleuchtete, stürzte er sie beide in den Unterstand der Spielerbank, wo es jedoch noch immer nicht ungefährlich war.

»Heiliger Bimbam, dieses Gewitter ist ganz schön schnell heraufgezogen.« Er stand vor ihr, schützte sie und gab ihr das nasse Shirt, das sie sich zusammengeknüllt vor ihre nackten Brüste hielt. Sie saß auf der Bank und blickte zu ihm auf, klatschnasse Haarsträhnen fielen ihr über das Gesicht; der Hauch von Make-up, den sie aufgelegt hatte, war unter ihren Augen verschmiert. Atemlos nickte sie.

»Warum bist du so stocksteif stehen geblieben?«, fragte er. »Panik?«

Wieder nickte sie, während sie ihre Unterlippe unter die Schneidezähne zog.

»Sei unbesorgt«, sagte er und griff in seine Tasche. »Wir können uns in den Geräteraum quetschen.« Er zog einen Schlüsselbund heraus und grinste. »Und es zu Ende bringen.«

Doch da sah sie ebenso panisch aus wie vorhin bei dem Blitz.

22

Panik? Sollte er es ruhig glauben. Besser als die Wahrheit.

Jocelyn folgte Will um die Spielerbank herum zum Klubhaus, wobei sie sich dicht an das Betongebäude hielt – ein wachsames Auge auf den Himmel und auf den Mann gerichtet, der vorausging.

Ihre Kindheitsgefühle und die Verliebtheit ihrer Jugend zu hegen und zu pflegen war eine Sache. Ebenso ihre anfängliche Wut darüber loszulassen, dass Will sich um Guy kümmerte und dass sie in ihm noch immer den bemerkenswerten, attraktiven Mann sah, zu dem er geworden war.

Aber die Gefühle, die sie soeben bis hinunter zu ihren nackten Zehen erschüttert hatten?

Nein. Das war etwas ganz anderes, und diese Gefühle *mussten* aufhören. Sofort. Denn diese Gefühle gehörten zu einer Person, die nichts unter Kontrolle hatte. Zumindest gehörten sie zu einer verblendeten Träumerin, die glaubte, Liebe wäre etwas Gutes, Großartiges und Unvergängliches.

Nicht jedoch zu Jocelyn Bloom. Sie war nicht verblendet und ganz bestimmt hegte sie keine solchen Träume.

»Ich wünschte, wir könnten ins Klubhaus gelangen.« Will rüttelte an dem rostigen Knauf des kleinen Baseball-Klubhauses auf der anderen Seite der Spielerbank. »Aber diese Schlösser haben sie ausgetauscht.« Er steckte den Schlüssel in die Metalltür eines freistehenden Gebäudes weiter links, das sie schon hundertmal gesehen hatte, aber nie gedacht hätte, dass sie es je betreten würde.

Als er die Tür öffnete und sie hineinführte, strich er mit der Hand über den Türrahmen. »Gut. Mit Gummi isoliert. Dann verglühen wir wenigstens nicht, wenn der Blitz einschlägt. Höchstens …« Er lächelte, als er die Tür zuzog und sie beide in Dunkelheit getaucht wurden. »… verglühen wir auf andere Weise.«

»Wie lange meinst du, müssen wir hier drin warten?« Wie lange würde sie mit Will in einer dunklen Kammer eingeschlossen sein, ihre neuen, wilden, beängstigenden Gefühle so dicht an der Oberfläche, dass sie sich schon beim nächsten Donnerschlag Bahn brechen konnten – oder beim ersten heißen Kuss?

»Solange du willst.«

»Sie werden sich Sorgen um mich machen«, sagte Jocelyn und blinzelte, um in der Dunkelheit etwas zu erkennen, aber es war noch immer nahezu stockfinster.

Und dann nicht mehr, denn Will drückte auf den Lichtschalter, und der kleine Raum erstrahlte in gelbem Licht, das einen halben Quadratmeter Durcheinander aus Schlägern, Ballkörben, verlorenen Handschuhen, Helmen und den riesigen Brustschutzwesten der Fänger preisgab, die wie tote Männer an Haken an der Wand hingen.

Er starrte sie an, eindringlich und direkt. Ihr Griff um das zerknüllte Shirt vor ihrer Brust wurde fester, als sie seinen Blick erwiderte. Erahnte er das Gefühl der Verletzlichkeit, das sie gerade überkam?

»Nichts, was du nicht möchtest, wird hier drin geschehen, Joss. Das Licht kann anbleiben.«

Doch das Licht bewirkte nur, dass sie seine entschlossene Kieferpartie sehen konnte, die Glut in seinen Augen und das Heben und Senken seiner atemberaubenden Brust. Unwillkürlich senkte sich ihr Blick auf diesen Anblick, dann weiter nach unten zu seiner Jeans und …

Sie blickte wieder auf. »Zu hell. M

Sofort waren sie wieder im Dunk n vom Echo des Donners und dem Prasseln des R m Dach. Der atemberaubende Geruch von Leder vertraute Ge-rüche, die sie anderthalb Jahrzehnte etzten in eine Zeit, in der ihr das bloße Kratzen vo llen auf Beton weiche Knie bescherte.

»Was ist?«, fragte er; er durchscha irlich.

»Nichts, ich …«

»Irgendetwas ist doch.«

»Ich …« *Denk nach, Jocelyn.* »Ic das erste Mal nicht in einer Kammer erleben«, flüs und war ein we-nig überrascht über den tatsächliche eitsgehalt dieses Geständnisses.

»Nun, das sind ja gute Neuigkeiter

Ach ja? »Was denn?«

»Dass es ein erstes Mal für uns geb.« Sein verführeri-scher Tonfall hinterließ einen leichte er auf ihrer Haut, genau wie der verdampfende Regen. ennoch ließ sie ihre Hände an den Seiten herunterfallen hirt hatte sie noch immer in ihre Fingerspitzen eingeha Brüste waren jetzt vollkommen entblößt.

Er stand etwa fünfzehn Zentime on ihr entfernt und rührte sich nicht.

»Jocelyn?«

»Mmmm?«

»Bist du über diesen Panikmomen weggekommen?«

Nicht einmal annähernd. »Ja.« G sie wollte ihn berüh-ren. Sie wollte einfach ihr Verlange tillen und diesen wil-den Ritt vollkommener Hemmun osigkeit wiederholen. Warum musste er draußen auf dem ld nur von *Liebe* anfan-gen?

Sie gewöhnte si den Gedanken, Sex zu haben, und er hatte ausge ache aufgebracht, die ihr noch mehr Angst einjagt e Sache, die ihr auch noch das letzte Fünkchen Kote.

Er trat einen Schisie berührten sich. Seine nackte Brust und ihre nacktne Beine und ihre Beine. Sein …

Oh *Gott*. Er war s

Er presste seine ingstigende, mächtige Erektion an ihren Bauch, und sie tun konnte, war, ihr Shirt mit einem leisen Geräus u lassen.

»Also, was war das los?«, fragte er. »Hast du Angst vor Gewittern?«

»Ich habe Angst v be. »Dem hier.«

»Davor, mit mir zu zu sein?«

Definiere *zusamm* Vielleicht.«

Er tippte mit dem n ihr Kinn an, dann nahm er ihr Gesicht in seine Hän zwang sie, zu ihm aufzublicken. Der Lüftungsschacht r Tür ließ einen Hauch von Licht einfallen, genug um zu, wie ernst er war. »Hast du Angst vor Sex?«

»Es erinnert mich i an … jene Nacht«, gestand sie. »Und daran, was passie «

»Oh.« Er legte den schief, seine ganze Miene drückte Mitgefühl aus, und der ge Laut, den er von sich gegeben hatte, Schmerz. »Dann n wir umso mehr Grund, neue Erinnerungen zu schaffen

Sie schloss die Augen ir fallen immer die richtigen Worte ein.«

»Und die richtigen Ta.« Er presste sich an sie, sodass sich ihre Brustwarzen an sein warmen, nassen Brust aufrichteten. Zwischen ihren Beinen lte sich wieder brennendes Verlangen zusammen. In ihrem opf summte es.

Es war, als wäre man betrunken. Hilflos. Gott, sie hasste Hilflosigkeit. Mehr als alles andere.

»Es ist so beängstigend, die Kontrolle zu verlieren.« Vielleicht war es beides: Der Verlust der Kontrolle, des Verstandes bedeutete Schmerz und Leid. War das die Gleichung, auf die alles hinauslief, wenn sie sich so fühlte?

Nicht dass außer Will irgendjemand anderes diese Gefühle jemals auch nur *annähernd* hervorgerufen hätte.

»Ich kann dir die Kontrolle überlassen«, sagte er leise, während er sie auf die Stirn küsste. »Möchtest du bestimmen, was geschieht?«

Sie nickte, und ihr klappte der Mund auf, weil sie von so viel Verlangen durchströmt wurde.

»Was möchtest du?«

»Ich möchte … die Kontrolle nicht verlieren.«

»Dann übernimmst du die Regie«, sagte er, wobei er sanft über ihre nackten Arme strich. »Du pfeifst das Spiel, Coach.«

Sie benetzte ihre Lippen, aber es half nichts gegen ihren ausgetrockneten Mund. Sie legte ihm die Hände auf die Schultern. Sie liebte diese großen, starken, verlässlichen Schultern.

Sie spreizte die Finger über seinen Muskeln und ließ sie nach unten wandern, näher zu dem, was sie wollte. Als sie bei seinen Bauchmuskeln anlangte, schloss sie die Augen und konzentrierte alle ihre Sinne auf die maskulinen Wölbungen jedes perfekt geformten Muskels.

Sie schaffte das. Sie schaffte das, ohne die Anschuldigungen zu hören und die Schläge zu spüren, ohne jene Nacht noch einmal zu durchleben, in der es ihr so viel Schmerz verursacht hatte loszulassen.

Sie verdrängte ihre Erinnerungen und ließ sich auf die Knie sinken. Auf dem Weg nach unten löste sie die Knöpfe und öffnete den Reißverschluss seiner Jeans.

313

Darunter war er nackt, steif, pulsierend und so groß, wie sie es sich immer vorgestellt hatte.

Und wie sie ihn sich vorgestellt hatte, verdammt.

»Joss.« Seine Finger verfingen sich in ihren Haaren. Seine Haut roch nach Salz und nach etwas, was sexy war, sie aber nicht definieren konnte. Nicht nach Schweiß. Sondern einfach nur nach Mann.

Ein Stein drückte ihr ins Knie, und Schweiß brannte auf ihrer Haut. Durch die Ritzen der Belüftungsklappe erleuchtete ein Blitz eine Sekunde lang alles so weit, dass sie seine geschwollene, nasse, glatte Spitze sehen konnte, während sie ihn befreite.

Will schob die Jeans nach unten und führte ihren Mund heran, während er »bitte« murmelte.

Sie hatte die Kontrolle. Vollkommene, absolute, glückselige Kontrolle. Und sie übernahm sie, während sie zuerst sanft saugte und ihn dann mit der Hand liebkoste und streichelte.

Seine Knie gaben nach und er fluchte und bettelte, während er sich in ihren Mund senkte und wieder auftauchte, immer wieder, zuerst langsam, dann schneller, tief und flach, lange Stöße, dann schnelle. Ihre Hände bewegten sich, ihre Zunge leckte, und ihr Mund nahm ihn ganz in sich auf, bis er die Kontrolle verlor, die sie so fest im Griff hatte. Mit einem leisen, langen, hilflosen Stöhnen der Erleichterung ergoss er sich in ihren Mund, umklammerte ihren Kopf mit beiden Händen und hätte bei jedem Spritzer fast geweint vor Erleichterung.

In ihrem Kopf pulsierte es vor Erregung. Das pure, köstliche Wunder, Will nur mit ihren Händen und ihrem Mund zum Kommen zu bringen. Schließlich ließ sie seinen Penis los und blickte zu ihm auf.

Sein Gesicht war noch immer nass vom …

Nein, es war kein Regen. Ganz langsam stand sie auf, unsicher, ob ihre Beine der Aufgabe gewachsen wären.

»Will?«

Er schloss nur die Augen und schüttelte den Kopf, unfähig zu sprechen.

»Oh Will.« Sie legte ihre Hand auf sein Gesicht. »Nicht.«

»Tut mir leid, Jocelyn.« Seine Stimme war kaum mehr als ein Flüstern. »Dass ich nicht für dich da war, als du mich gebraucht hast.«

Plötzlich fror sie. In diesem winzigen, luftarmen Raum, in dem wahrscheinlich dreißig Grad Celsius und hundert Prozent Luftfeuchtigkeit herrschten, fror sie. Das Frösteln kam von innen, aus ihrer Brust – aus ihrem Herzen. Eisige, leere Kälte. »Will, wenn du nicht vergessen kannst, was du auf diesen Bildern gesehen hast, dann kann ich nicht mit dir zusammen sein.«

Er nickte, als würde er verstehen. »Ich werde es vergessen.« Er zog sie in eine Umarmung und hielt sie fest. Sein Körper bebte noch immer von seinem Orgasmus. »Ich verspreche dir, es zu vergessen.«

Aber konnte er das?

Als sie erschauerte, bückte sich Will und hob ihre Bluse auf; er schüttelte sie aus und reichte sie ihr. Sie fuhr mit den Armen in die Ärmel, aber die Bluse war nass, wodurch ihr noch kälter wurde.

»Das Gewitter zieht weiter. Lass uns nach Hause gehen, Babe«, flüsterte er. »Ich will dich heute Nacht neben mir im Bett haben.«

Jetzt. Sie musste es erklären. Musste ihm die Wahrheit sagen.

»Kennst du diesen Moment, in dem … du merkst, dass …« Sie rang nach Atem und den richtigen Worten. »Du etwas willst, was du niemals haben kannst?«

»Ja.« Er stieß ein leises Lachen aus. »Ich kenne diesen Moment.«

315

»Na ja, deshalb bin ich wie erstarrt stehen geblieben.«

»Was ist es, das du möchtest und nie haben kannst?«

Liebe. Vertrauen. Sex. Einen vollkommenen, absoluten Kontrollverlust. »Ähm, Will, es gibt da Dinge, die du nicht über mich weißt. Dinge, die du vielleicht nicht glauben kannst, auch wenn ich es dir sage.«

»Oh.« Es war kaum mehr als ein leises Stöhnen. »Liebes.« Als hätte er eine Schlacht verloren, streckte er die Hand nach ihr aus, zog sie an sich, drückte sie; drückte sie so fest, dass sie kaum atmen konnte. »Deine Vergangenheit ist mir egal. Es macht mir auch nichts aus, wenn … wenn …«

Sie schwieg und wartete darauf, dass er zu Ende sprach. »Wenn was?«, ermutigte sie ihn, als er es nicht tat.

»Was immer in Kalifornien geschehen ist, es macht mir nichts aus.«

Es war eher das, was *nicht* geschehen war, aber wenn er es so wollte, war es umso einfacher für sie.

»Na ja, ich bin noch nicht bereit … die Nacht mit dir zu verbringen«, gestand sie.

Mit einem leisen Seufzen knöpfte er ihr die Bluse bis ganz oben zu. »Ich kann warten. Darin bin ich ziemlich gut, wie du weißt.« Er ergriff ihre Hand und führte sie hinaus in den sanften abendlichen Regen.

23

Guy sah sich die Fremden in seinem Wohnzimmer an, die sich hier zusammengerottet hatten, als das Gewitter losbrach.

Wer *waren* diese Leute? Angst schnürte ihm die Brust zu, als er von einem zum anderen blickte und versuchte, den Gesichtern Namen zuzuordnen – und scheiterte. Da war eine Frau mit welligem, kupferfarbenem Haar, die mit einem jungen Mann Händchen hielt, der sie dauernd zum Lachen brachte.

Ein junges Mädchen, dem der Mund einfach nicht stillstand und das keinen Satz ohne »und so« zustande brachte; aber sie war sehr nett zu ihm gewesen, als sie Karten gespielt hatten und er dauernd vergessen hatte, wie viele man für Könige und Asse legen musste.

Dann war da noch Blondie, die wie eine Brise frischer Wind ins Zimmer und wieder hinaus wehte; irgendwie tat sie so, als würde ihr das Haus gehören, so wie sie Getränke austeilte und Witze riss.

Aber *wo war William?*

Gütiger Gott, er war derjenige, der fehlte. Er hatte William nicht noch einmal verloren, oder? Nicht seinen Sohn. Nicht wie damals.

Ein alter dumpfer Schmerz, den er vor langer Zeit gelernt hatte zu ignorieren, drückte ihm aufs Herz, klopfte wie ein Hammer von innen dagegen und erinnerte ihn an Dinge, die er vergessen wollte.

Sein Sohn.

317

»Wo ist William?«, rief er aus und brachte damit das leise Summen der Gespräche zum Stillstand, weil sich plötzlich alle zu ihm umdrehten. Scham überkam ihn, weil er geschrien hatte, und er rückte sich die Brille zurecht und räusperte sich. »Ich habe ihn nicht gesehen«, fügte er verlegen hinzu.

Eine Frau, mit der er noch kaum ein Wort gewechselt hatte, kam aus der Küche. »Jocelyn ist ihn suchen gegangen, und dann hat es angefangen zu regnen. Ich nehme an, sie sind in ein Restaurant gerannt oder so.«

»Das nimmst du also an?« Guy hatte nicht vorgehabt, die Frage so zu brüllen, und er hatte auch nicht gewollt, dass das Mädchen, das ihm gegenübersaß, erschrocken zusammenzuckte. »Was, wenn ihm etwas zugestoßen ist?«

Was zum Teufel würde dann mit Guy geschehen? William war *alles* für ihn.

»Ich bin mir sicher, dass es ihnen gut geht«, beruhigte ihn die Frau, während sie sich die straßenköterbraunen Haare hinter das Ohr klemmte und ihm ein mechanisches Lächeln schenkte, das sich nicht in ihren Augen widerspiegelte.

Sie log.

»Wie kannst du dir da so sicher sein?« Er stemmte sich so schnell aus seinem Sessel hoch, dass er gegen den Tisch stieß, der danebenstand, und die Lampe darauf zum Schwanken brachte.

Blondie stürzte hinzu und griff gerade noch rechtzeitig nach dem Lampenschirm. »Langsam, Großer. Er wird schon nach Hause kommen. Ich schreibe Jocelyn jetzt eine SMS und frage sie, wo sie sind.«

»Wer zum Teufel ist Jocelyn?« Es war ihm egal, dass er schrie. Das hier war ein Haufen verdammter Fremder. Fremde jagten ihm Angst ein. »Und wer zum Teufel seid ihr alle? Ich habe nie einen von euch in dieser Show gesehen!« Er warf die Fernbedienung so heftig auf den Boden, dass die Batterien heraussprangen und sich überall verteilten.

Und in diesem Augenblick kam William zur Haustür herein. Missy, die aussah wie eine abgesoffene Ratte, war direkt neben ihm, die Augen weit aufgerissen und eine Hand vor den Mund geschlagen.

»Was ist hier los«, wollte William wissen, während er auf Guy zukam. Sein Blick war wild und zornig.

Das machte Guy nur noch wütender, verdammt. »Sag du es mir, mein Sohn! Du verschwindest einfach und lässt mich hier mit einem Haus voller Fremder zurück.«

»Guy.« Die Blonde trat näher, und er winkte ab, wobei ihr seine Hand so nahe kam, dass sie sich duckte.

»Lass das!« Will stürzte sich auf ihn, er war jetzt völlig außer sich. Sein Tonfall verwandelte Guys Innereien in Brei und seine Beine in Wackelpudding.

»Was zum Teufel hast du vor, Guy? Willst du sie schlagen?«

Guy schrak zurück und duckte sich, völlig bestürzt von seinem William, den er so nicht kannte.

»Schon okay«, beschwichtigte Blondie und kam näher. »Es war …«

»Nein!«, schrie William. »Es ist nicht okay. Es ist nicht okay, die Hand gegen eine Frau – oder gegen sonst jemand – zu erheben, Guy. Hast du mich verstanden? Hast du mich *verstanden?*«

»Will.« Missy kam ins Zimmer und schlang ihren Arm um Williams Arm, wobei ihr Unterkiefer zitterte. »Nicht.«

»Nicht?« Er wirbelte zu ihr herum. »Letztes Mal habe ich *nichts* getan, Joss, und schau nur, wie großartig das für uns ausgegangen ist.«

Wovon redete er? Guys Augen füllten sich mit Tränen, und er versuchte, sie abzuwischen, doch dabei fiel seine Brille zu Boden. Missy hob sie sofort für ihn auf.

319

»Hier.« Sie streckte die Arme aus und gab sie ihm zurück, dann wandte sie sich zu William. »Das ist weder der richtige Zeitpunkt noch der richtige Ort für dieses Gespräch. Außerdem ist es ohnehin zu spät.«

»Wovon redet ihr beiden da?«, wollte Guy wissen, eine Mischung aus Zorn, Trauer und Angst ballte sich in seinem Bauch zusammen. »William, du hast mich mit all diesen Leuten hier allein gelassen und ich … ich hatte Angst.« Er sah die Blonde an, deren Name ihm plötzlich wie ein Geschenk der Gedächtnis-Götter durch den Kopf schoss. »Zoe war sehr nett und hat mir beigebracht, wie man Karten spielt, und … und …« Er machte eine Handbewegung zu dem Paar mit dem Teenager. »Und die waren auch nett, aber … William.«

Mist, jetzt weinte er, und nichts auf der Welt konnte bewirken, dass er aufhörte. »Du hast mich verlassen und ich dachte … ich dachte …« Er heulte und Missy zog ein Papiertuch aus einer Box auf dem Tisch. Er nahm es und schnäuzte sich, wobei ihm bewusst wurde, dass es im ganzen Zimmer totenstill war.

Alle sahen ihn an. Die Fremden erwartungsvoll. Das Mädchen von *Clean House* mitleidig. Und William. Wie konnte es passieren, dass William ihn so hasserfüllt ansah? »Bist du böse auf mich, William?« Er brachte die Worte nur mühsam heraus.

William schluckte nur und nahm einen tiefen Atemzug, so wie er es immer tat, wenn Guy den Herd angelassen oder seine Stickerei verlegt hatte. Oder wenn er schreiend aus seinem Zimmer gestürzt kam, weil ihn ein Fremder aus dem Spiegel angeschaut hatte.

Da war *immer* ein Fremder im Spiegel, und jetzt, genau in diesem Moment, konnte er das nicht mehr ertragen.

»Bitte hasse mich nicht, William!«, weinte er. »Das wäre, als würde ich wieder ein Kind verlieren. Ich … ertrage das nicht.«

Missys Augen weiteten sich, doch William trat näher. »Hör auf zu weinen, Guy«, sagte er, aber nicht mit seiner normalen Stimme. Es war nicht diese freundliche Stimme, die Guy das Gefühl vermittelte, dass er wirklich aufhören konnte zu weinen.

»Ich kann nicht aufhören zu weinen«, sagte er

»Doch, das kannst du.« Missy trat neben ihn. Eigentlich kam sie näher, als sie ihm jemals gekommen war, seit er sie kennengelernt hatte. Sie war eine kühle Person, die immer einen unsichtbaren Zaun um sich herum gezogen hatte, die das Gesicht verzog, wenn er versuchte, sie zu berühren, und die ihm eisige Blicke zuwarf, als wüsste sie etwas, was er nicht wusste. Aber im Moment war sie nicht so eisig. Sie war so freundlich, wie William sonst immer. »Setz dich einfach hin, Guy.«

Aber er rührte sich nicht. Stattdessen starrte er William an, der zurückstarrte. Was ging im Kopf dieses jungen Mannes vor?

»Ich will dich nicht nochmals verlieren, mein Sohn.«

William schloss die Augen, aber er antwortete nicht.

»Denn als du nach all den Jahren zu mir zurückgekommen bist …« Verdammt, Guys Stimme brach, und sie starrten ihn alle an. Sogar das junge Mädchen. Er hasste es, so zur Schau gestellt zu sein, doch wenn das notwendig war, damit William die Wahrheit kannte, dann würde er es über sich ergehen lassen. »Ich dachte, ich hätte dich für immer verloren. Sie sagte mir, du seist weggegangen.«

Verwirrung stand William auf die Stirn geschrieben. »Ich weiß nicht, wovon du redest.«

»Doch, das tust du, William«, beharrte Guy. »Du weißt, wovon ich rede.«

»Ganz und gar nicht.« Er bückte sich und hob die Fernbedienung samt Batterien auf, wobei er Guys Blick auswich, während er alles wieder zusammensteckte. »Aber beruhige dich jetzt einfach …«

»Ich will mich nicht beruhigen!«, brüllte Guy.

Missy schnappte leise nach Luft und fuhr zurück.

»Tut mir leid«, sagte er rasch und griff nach ihr, aber sie wich vor ihm zurück und hob die Hand.

»Nicht.« In Sekundenschnelle war William zwischen ihnen, als wolle er sie beschützen.

»Ich werde … sie nicht …« Einer dieser losen Fäden zupfte an seinem Gehirn. Ein altes, ausgefranstes Stück, an das er kaum einen Gedanken verschwendete, aber man konnte sich gut vorstellen, was gerade in seinem Kopf passierte, denn dieser Faden schlängelte sich in eines der vielen Löcher in seinem Gehirn und versuchte, etwas zu verbinden.

William … und dieses Mädchen.

William … und … noch jemand.

Doch egal, wie heftig er an dem Faden zog, er konnte die Erinnerung nicht heraufbeschwören. »Bitte, seid nicht wütend auf mich«, sagte er stattdessen zu beiden. »Und William, du musst verstehen, wie viel Angst mir das bereitet, wenn du nicht da bist. Ich habe dich schon einmal verloren und dachte wirklich, ich würde dich nie wiedersehen, und alles, was ich hatte, war meine Tocht…«

Der Faden griff, und plötzlich erinnerte er sich.

Beide starrten ihn mit offenem Mund an. Oje, was hatte er jetzt wieder getan?

»Deine was?«, fragte Missy.

Er schloss die Augen. »Ich hatte eine Tochter.«

Niemand im Raum sagte ein Wort; nicht ein einziger von ihnen wagte auch nur zu atmen.

»Aber sie ist gestorben, als sie noch ganz, ganz klein war.« Guy streckte die Hand nach William aus. »Deshalb bist du alles, was ich habe, meine Sohn. Alles.«

»Okay, Guy. Wir machen jetzt mal Feierabend, Kumpel.«

»Oh, danke.« Guy spürte noch immer, dass die Tränen flossen, aber das war ihm egal, als er William in die Arme schließen wollte. »Ich liebe dich, mein Sohn. Ich liebe dich so sehr.«

Will erwiderte die Umarmung nicht, aber das war okay. Er war da. Sein Sohn war da.

Jocelyn konnte mit Lacey und Clay zur Barefoot Bay zurückfahren, auch wenn Will darüber nicht gerade glücklich gewesen war. Er brachte sie zum Wagen und versprach, am nächsten Tag mit ihr zu reden, aber sie hatte erst mal genug von Enthüllungen, genug von Emotionen, genug von Guy, genug von brenzligen Situationen – genug von allem.

Alles in ihr schrie nach Alleinsein.

Sie fuhr hinten in Clays Pick-up mit, zusammen mit Ashley, die SMS schrieb und Jocelyn hin und wieder einen Seitenblick zuwarf.

»Ja, Ash, das mit meinem Vater ist eine schlimme Sache«, sagte Jocelyn schließlich. »Du darfst mir dazu ruhig Fragen stellen, Kleines.«

Lacey schaute über ihre Schulter und warf Jocelyn einen dankbaren Blick zu.

»Ich habe mich gefragt, warum du klatschnass zurückgekommen bist.«

»Wir sind in den Regen gekommen.«

Ashley beugte sich vor und flüsterte: »Tante Zoe hat gesagt, dass du deinen BH gar nicht mehr anhattest.«

Jocelyn klappte der Kiefer herunter, aber verdammt nochmal, Clay hatte es gehört und lachte.

»Hör Musik auf deinem iPod, bis wir zu Hause sind«, sagte Lacey streng und unterdrückte dabei ein Lächeln. »Aber wenn du über deinen Dad sprechen willst, Joss, dann komme ich mit in dein Ferienhaus, und Clay kann Ashley nach Hause bringen.«

323

»Danke«, sagte Jocelyn. Sosehr es ihr auch nach Alleinsein verlangte, so musste sie doch auch mit Lacey reden. Zumindest kurz. »Das wäre gut.«

Wieder warf ihr Ashley einen Seitenblick zu, und Jocelyn schlug ihr freundschaftlich auf den Oberschenkel.

»Hey, womit habe ich das verdient?«, fragte Ashley.

»Das ist für Zoe. Das kannst du ihr weitergeben, wenn du sie das nächste Mal siehst.«

Als Jocelyn und Lacey das dämmrige Ferienhaus betraten, war Lacey diejenige, die sich mit einem riesigen Seufzer auf das Sofa fallen ließ. »Du hast das ganze Drama verpasst.«

»Ich hatte genug davon, vielen Dank.« Jocelyn schaltete das weichste Licht im Wohnbereich ein und blickte auf ihr Oberteil hinunter. »Warum muss Zoe aber auch alles merken?«

»Wo ist er?«, fragte Lacey, während sie sich eine lange rot-blonde Strähne um die Finger wickelte und Jocelyn verlegen und gleichzeitig spöttisch anlächelte.

»Irgendwo rechts auf dem Außenfeld.«

»An der Mimosa High?« Fast hätte sie sich verschluckt.

»Jetzt tu nicht so entsetzt. Ich bin mir sicher, das war nicht der erste BH, der auf diesem Feld zurückgelassen wurde. Himmel, wahrscheinlich ist ein ganzer Victoria's-Secret-Katalog unter diesen Tribünen begraben.« Jocelyn ging nach hinten. »Ich ziehe mich mal um. Du kannst dir gern ein Glas Wasser holen … oder Milch.«

Nachdem sie sich eine Pyjamahose und ein Tanktop angezogen, sich den Regen aus den Haaren gebürstet und die Haare hochgesteckt hatte, kehrte sie ins Wohnzimmer zurück, wo Lacey ausgestreckt auf der Couch lag und tief und fest schlief.

»Wow, Mama ist wohl müde.«

Lacey blinzelte, seufzte und wälzte sich auf die Seite, während sie sich mit einem leisen Stöhnen ein Kissen schnappte.

»Gibt das keine Flecken, wenn du da draufsabberst?«

Sie lächelte mit geschlossenen Augen. »So ein Baby zu machen ist ganz schön anstrengend.«

»Vor allem, wenn man nebenher noch eine Ferienanlage baut, einen Teenager erzieht und sich Familiendramen mitanschaut.«

Sie schlug die Augen auf. »Er ist echt neben der Spur, nicht wahr?«

»Verwirrt ist hier glaube ich der richtige Ausdruck.« Jocelyn öffnete eine Wasserflasche. »Irgendwie wünschte ich mir, das wäre Wein.«

»Da drin ist welcher«, sagte Lacey. »Ich habe deinen Kühlschrank aufgestockt.«

»Kein Wunder, dass du erschöpft bist.«

»Also …« Lacey stemmte sich mühsam hoch. »Möchtest du mir jetzt von Will erzählen, oder soll ich berichten, wie Tessa die Neuigkeiten aufgenommen hat?«

Jocelyn knallte so heftig die Flasche auf den Tisch, dass ein wenig Wasser herausspritzte. »Du hast es ihr gesagt?«

»Wir haben es allen gesagt. Na ja, zu Hause haben wir es erst mal Ashley erzählt. Und heute Abend allen anderen.«

Jocelyn bekam ein schlechtes Gewissen. »Verdammt, was habe ich getan? Ich hätte für Tessa da sein sollen.«

»Zoe war da. Du hast Unterwäsche auf dem Baseballfeld verstreut. Habt ihr es getan?«

»Nein.« Jocelyn verdrehte die Augen. »Dir ist auch nichts heilig, oder?«

»Ach ja?« Lacey setzte sich ein wenig auf. »Ist Sex mit Will Palmer heilig?«

Was für eine verdammt gute Frage. »Es ist nicht … bedeutungslos, sagen wir es mal so.« Das Bedürfnis, über ihre Ängste zu sprechen, kam ein wenig in ihr auf, aber sie unterdrück-

325

te es. Sie ging sehr umsichtig mit ihrem Mitteilungsbedürfnis um. Und gab ihm sehr, sehr selten nach. Und dieses Thema? Absolut tabu. »Wie hat Tessa die Neuigkeit aufgenommen?«

»Gut. Ich glaube, sie wusste es schon.«

»Echt?« Hätte sie das dann Jocelyn gegenüber nicht erwähnt? Sie hatten in den letzten acht bis zehn Jahren so viel über Unfruchtbarkeit gesprochen. »Gott, ich hasse es, dass wir dauernd Dinge voreinander verheimlichen.«

»Das sagt ausgerechnet die Königin der Geheimniskrämerei.«

Jocelyn zuckte mit den Achseln. »Meine Geheimnisse sind jetzt gelüftet«, sagte sie. »Mein Dad ist fies und schlimm ...«

»Verwirrt.«

»Ja. Und ich bin von einem Spaziergang mit meinem langjährigen Nachbarn zurückgekommen und hatte nicht mehr alle Klamotten dabei. Weitere Geheimnisse habe ich nicht.« Nur eins noch.

»Coco Kirkman?«

Okay, zwei. »Keine Neuigkeiten von diesen Reportern?«, fragte sie.

»Clay hat mit Slade Garrison gesprochen, er hat gesagt, dass ein paar hier herumschnüffeln und Fragen stellen. Nimm es nicht persönlich, aber die meisten Leute auf dieser Insel erinnern sich kaum noch an dich. Slade kennt natürlich deinen Dad, weil er früher Sheriff war, aber er ist so früh in Pension gegangen, sogar noch bevor deine Mom gestorben ist. Aber seitdem ist Guy vom Radar verschwunden, und diese Reporter erreichen absolut gar nichts. Die einzige wirkliche Gefahr stellt Charity dar.«

Charity war keine Gefahr. »Ich werde morgen bei ihr vorbeigehen.«

»Hier oben bist du sicher«, sagte Lacey.

»Ich weiß.« Eine Woge der Zuneigung überkam Jocelyn und veranlasste sie, Laceys Fußknöchel zu drücken. »Danke für dieses Refugium. Du hast keine Ahnung, wie viel mir das bedeutet.«

Lacey lächelte. »Du kannst dich revanchieren.«

»Alles, was du willst. Du brauchst es bloß zu sagen.«

»Nimm den Job an.«

Jocelyn lachte leise. »Da bin ich wohl in die Falle getappt.«

»Ich meine es ernst.«

»Lacey ... ich weiß es nicht.«

Lacey setzte sich auf, sie war jetzt wieder hellwach. Und, oh Gott, sie hatte eine Eingebung. »Du könntest in der Nähe von Will sein.«

»Was veranlasst dich zu der Annahme, dass das ein Pluspunkt wäre?«

»Der BH auf dem Außenfeld.«

Das würde sie noch ewig zu hören bekommen. »Eine kleine Runde um das Spielfeld macht noch keine Beziehung aus.«

Lacey wandte den Blick gen Himmel. »Du bist so was von verknallt in ihn, warum machst du dir selber etwas vor? Und er ist einfach ... wow. Er verehrt dich. Das sieht doch ein Blinder. Er hat gestern beim Subunternehmer-Treffen nicht einen vernünftigen Satz herausgebracht.«

»Das lag nicht an mir.« Das lag an dem, was Guy getan hatte.

»Blödsinn.«

»Nein, aber hör mal, bei deinem Jobangebot geht es nicht um Will. Oder überhaupt irgendeinen Mann. Nicht dass es da einen anderen Mann gäbe, der berücksichtigt werden müsste, aber ...«

»Natürlich gibt es einen.«

»Nein.« Sie warf Lacey einen ernsten Blick zu. »Ich gehe in

327

L. A. mit niemandem aus. Nicht mal mit Klienten«, fügte sie mit einem reumütigen Lachen hinzu.

»Das ist nicht der Mann, den ich meinte. Ich meinte deinen Vater.«

»Oh, den. Ich stecke ihn in ein Pflegeheim.« Oder?

In Laceys Blick lag pures Mitgefühl, und möglicherweise las sie auch ein wenig Jocelyns Gedanken. »Bist du dir da sicher?«

Vielleicht sollte sie die Bilder, die sie in ihrer Kommode versteckt hatte, herausholen und dadurch diese ganze Debatte beenden. »Relativ sicher.«

»Zoe hat nämlich gesagt …«

»Was?«

Sie zuckte mit den Schultern, stellte die Füße auf den Boden und ließ sie in ihre Flipflops gleiten. »Nichts. Sie hat sich geirrt.«

»Was hat Zoe gesagt, Lace?«

»Sie dachte, du könntest deine Meinung vielleicht noch ändern, das ist alles. Ich glaube, sie entwickelt gerade eine Schwäche für den alten Knaben.« Lacey stand auf, strich ihr zerknittertes Oberteil glatt und zog ihr Handy heraus, um eine SMS zu lesen. »Clay holt mich ab, und wir gehen zu Fuß nach Hause«, sagte sie.

»Okay.« Jocelyn stand auf, um ihre Freundin zu umarmen. Dabei drückte sie sie fester und hielt sie länger als sie es mit den meisten anderen Leuten tat. »Ich fühle mich geehrt, dass du mir diesen Job zutraust.«

»Machst du Witze? Der Wellnessbereich wäre so gut organisiert wie ein deutsches U-Boot. Aber nicht nur das«, sagte sie, während sie Jocelyns Gesicht in beide Hände nahm. »Du musst Risiken eingehen, Joss. Du musst Gelegenheiten ergreifen. Wenn nicht, wirst du nie an den Ball kommen.«

»Und du glaubst, dieser neue Job ist das Risiko, das ich eingehen soll?«

»Dieser neue Job und …« Lacey zog sie an sich, um sie auf den Hals zu küssen. »Will Palmer.«

»Ich werde darüber nachdenken«, versprach sie. Einen Augenblick später lächelte sie. »Ich werde ein paar Listen aufstellen.«

Lacey lachte. »Wenn das nicht ein vielversprechendes Zeichen ist.« Ihr Handy vibrierte. »Mein Mann ist da. Wir sehen uns morgen.«

Jocelyn begleitete sie zur Haustür und winkte Clay zu, der mit einer winzigen Taschenlampe, deren Lichtstrahl bei jedem Schritt hüpfte, den Weg herunterkam. Sie beobachtete, wie sie sich mit einem Kuss begrüßten, dann winkte sie ihnen zum Abschied zu.

Als sie die Tür geschlossen hatte, lehnte sie sich noch lange Zeit dagegen, die Hände auf das schimmernde Holz gepresst, während sie sich die Hände vorstellte, die dieses Holz bearbeitet hatten.

Und sie.

Ja, wenn sie diesen Job annähme, wäre sie bei Will. *Und* Guy.

Das hatte sie bestimmt nicht erwartet, als sie Zuflucht gesucht hatte. Vielleicht wäre es sicherer gewesen, in L. A. zu bleiben und sich dort vor den Medien zu verstecken.

Sie sehnte sich noch immer nach frischer Luft, deshalb öffnete sie die Haustür erneut und runzelte die Stirn, als sie sah, dass sich der kleine Lichtkegel auf den Strand zubewegte. Sie trat hinaus, blickte zu dem tanzenden Licht hinüber und sah die Silhouetten von Clay und Lacey, als der Mond hinter den Wolken hervorkam. Sie gingen am Strand entlang und blieben ab und zu stehen, um sich zu küssen.

Das war Liebe, und trotzdem war hier keine Angst im Spiel, kein drohendes Unheil, nicht das Gefühl, dass Liebe eine Lüge war. Konnte sich Jocelyn nicht an ihrer besten Freundin ein Beispiel nehmen anstatt an ihren eigenen Eltern?

Sehnsucht keimte in ihr auf, brannte in ihren Augen, schmerzte in ihrem Magen. Eifersucht packte sie und nahm von ihr Besitz.

Wie es wohl wäre, wenn man einem Mann so vertraute? Wie es wohl wäre, an diese Art der Liebe zu glauben? Wie es wohl wäre … mit Will?

Gütiger Himmel, sie hatte noch nie in ihrem Leben etwas so sehr gewollt. Was hielt sie davon ab, abgesehen von Guy?

Ihr Vater war in jeder Hinsicht derjenige, der sie dieser Art von Glück beraubt hatte. Würde es sie befreien, wenn sie ihn in eines dieser Heime steckte? Würde ihr Herz sich für neue Dinge öffnen, wenn sie ihn aus dem Weg schaffte?

Nein. Sie würde vergeben und vergessen müssen. Das eine konnte sie nicht, und das andere wollte sie nicht.

Wie Musik im Mondschein wehte Laceys Lachen leise über den Sand herüber und erinnerte Jocelyn an das, was sie niemals haben konnte, wonach sie sich aber mehr sehnte, als ihr je bewusst gewesen war.

24

Jocelyn war um vier Uhr morgens aufgestanden und hatte sich darangemacht, die Mutter aller Listen aufzustellen, deshalb fühlte sich die Last auf ihren Schultern bei Sonnenaufgang schon ein wenig leichter an. Sie saß auf der Veranda vor dem Haus und beobachtete, wie sich das Wasser und der Himmel vom dunklen Violett der Nacht in die pfirsichfarbenen Töne des Morgens verwandelten. Sie strich mit den Händen über die Seiten, zufrieden mit jeder Maßnahme, jeder Prioritäteneinschätzung, jeder Frist – und mit den netten kleinen Kästchen zum Abhaken.

Sie hatte einen Plan. Mehrere sogar, mit verschiedenen Strategien je nach Entwicklung der unterschiedlichen Taktiken für jedes einzelne ihrer akuten Probleme.

Sie schloss die Augen, ließ ihren Kopf an das Kissen sinken und lächelte.

Mit anderen Worten: Alles konnte passieren, aber sie würde auf alles gefasst sein – was auch immer es war. Das Erste, was jetzt passieren sollte, war schlafen. Oder wenigstens Kaffee.

»Hey, aufwachen.«

Mit einem leisen Keuchen fuhr sie hoch, der Anblick von Tessa mit zwei riesigen Pappbechern war ihr willkommener als alles, was sie sich in diesem Moment hätte vorstellen können.

»Mein höchstes Opfer für dich«, sagte Tessa, während sie die beiden Stufen zu Jocelyn hinaufging und ihr einen der Becher reichte. »Ich trinke nicht-biologischen Lipton-Tee aus dem

Super Min, anstatt meines üblichen nepalesischen Schwarztees, der ausschließlich aus dem Himalaja kommt. Aber du bekommst nur das Beste von Charity Grambling.«

»Ich würde jetzt auch Motoröl trinken, wenn du welches mitgebracht hättest«, sagte Jocelyn, während sie zur Seite rutschte, um ihr Platz zu machen. »Tausend Dank, Liebes. Da drin ist auch eine Kaffeemaschine, aber ich glaube, ich müsste erst Kaffee mahlen.« Sie nippte an dem Becher und schloss genießerisch die Augen. »Nenn mich verrückt, aber ich mag Charitys Kaffee. Ist es nicht noch ein bisschen früh, selbst für Biogärtner?«

»Mmm. Ich habe nicht gut geschlafen.«

»Da bist du nicht die Einzige«, sagte Jocelyn, tätschelte dabei jedoch zärtlich Tessas Knie, das unter ihren Arbeitsshorts so gebräunt und muskulös war. »Ich stelle Listen auf, wenn ich nicht schlafen kann.« Sie deutete mit dem Kopf auf den Stapel Papier, der am anderen Ende des Tisches lag.

»Ich weiß«, sagte Tessa. »Wir haben uns am College ein Zimmer geteilt, weißt du noch?«

»Was machst denn du, wenn du nicht schlafen kannst?« Jocelyn runzelte die Stirn. »Nicht dass ich mich daran erinnern könnte, dass du je Schwierigkeiten damit hattest.«

Tessa zuckte mit den Schultern. »Ich gehe dann natürlich in der Erde wühlen, was ich jetzt auch gleich tun werde. Willst du mitkommen, um die nächste Generation Pak Choi und Grünkohl mit mir anzupflanzen oder einfach einen Spaziergang am Strand zu machen?«

Die Message zwischen den Zeilen lautete: *Ich muss mit einer Freundin reden,* wie Jocelyn sehr wohl verstand. »Ich mache einen Spaziergang mit dir.«

Sie nahmen ihre Becher, überquerten den Pfad und bahnten sich ihren Weg durch das Ufergras. Es herrschte gerade

Ebbe, sodass eine weite Fläche unberührten, kühlen cremefarbenen Sandes, gesprenkelt mit bunten Muscheln, entstanden war.

»Guter Tag zum Muschelnsammeln«, überlegte Tessa.

»Perfekt.« Das Korallenriff und die Sandbank, die sich unter dem ruhigen Wasser der Barefoot Bay versteckten, gaben bei Flut herrliche Muscheln im Überfluss frei, und wenn das Wasser wieder zurückwich, kamen die Sammler auf ihre Kosten.

»Wetten, dass alle, die hier Urlaub machen, welche als Souvenir mit nach Hause nehmen?«

»Das kann man ihnen nicht verübeln.« Der Gedanke hinterließ in Jocelyns Herz eine gewisse Wirkung – eine kleine Sehnsucht, dabei zu sein, wenn diese Gäste all die Geheimnisse der Barefoot Bay entdeckten.

»Ich bin so froh, dass Lacey dieses Land behalten und das Richtige daraus machen konnte«, sinnierte Tessa. »Ich meine, ich weiß, dass Bauprojekte nach diesem Wirbelsturm unvermeidbar waren, aber wenigstens fügt sich das Casa Blanca in die Landschaft ein und wird mit Respekt vor der Umwelt gebaut, ohne diese zu zerstören.«

»Es wird ein großartiges Resort werden«, stimmte Jocelyn zu. »Absolut einzigartig.«

Tessa warf ihr einen Seitenblick zu. »Einzigartig genug, um dich hierherzulocken?«

Jocelyn lachte leise. »Laceys Vorschlag macht wohl schon in der ganzen Stadt die Runde.«

»Mach dir keine Sorgen. Ich habe es Charity nicht erzählt, sonst wäre es so. Reizt es dich überhaupt, darüber nachzudenken, Joss?«

Wozu lügen. »Ein wenig.« Sehr. »Es ist kompliziert.«

»L. A. zu verlassen, deine Arbeit aufzugeben und einen ganz neuen Job anzufangen?«, fragte Tessa. »Kompliziert wäre da noch untertrieben. Aber es freut mich sehr, dass du es in Erwägung ziehst.«

»Ich würde nicht so weit gehen, dass ich es ›in Erwägung ziehe‹, aber na ja, sagen wir mal so – es hat auf meinen Listen von heute Morgen ein paar Zeilen eingenommen.«

»Cool.« Tessa wartete einen Augenblick, dann sah sie Jocelyn abermals von der Seite an. »Wer wird das Thema jetzt zuerst aufbringen?«

»Wegen Lacey?«

Tessa nickte. »Ich bin nur ein wenig wütend darüber, dass sie es dir zuerst gesagt hat.«

Jocelyn hielt mit einer Hand ihren Kaffee und legte ihren freien Arm um Tessa. »Sie hat es mir nicht gesagt. Es ist ihr eher herausgerutscht.«

Tessa antwortete nicht, sondern blickte zu Boden, als würde sie sich für die Muscheln interessieren, und ließ sich das Haar vor das Gesicht fallen. Jocelyn beugte sich ein wenig vor und nahm ihre Freundin forschend ins Visier. »Ist es nur das, was dich wütend macht?«

Tessa blieb stehen, nippte an ihrem Tee und verzog das Gesicht, als sein ungenießbarer Geschmack sich auf ihrer Zunge breitmachte. »Gott, ich bin doch nicht wütend. Ich bin nur, du weißt schon …«

»Ich weiß«, versicherte ihr Jocelyn. »Du fühlst dich beschissen, und schlimmer noch – du hast Schuldgefühle deswegen. Du weißt, dass du dich freuen solltest für Lacey – was du ja auch tust –, aber deine biologische Uhr tickt, und du bist noch nicht wirklich bereit zu akzeptieren, dass du vielleicht nie selbst Kinder haben wirst.«

Tessa warf ihr einen Blick zu. »Musst du so schonungslos ehrlich sein?«

»Habe ich recht?«

Keine Antwort.

»Möchtest du Beschönigungen und Plattitüden hören?«, fragte Jocelyn. »Möchtest du um den heißen Brei herumreden? Oder möchtest du deine Probleme lösen?«

»Ich Glückspilz habe mir natürlich den knallharten Kontroll-freak-Lebensberater ausgesucht, um mich in Zeiten der Not auszusprechen.«

»Es ist ja nicht so, dass wir das erste Mal darüber sprechen, Tess. Und ich bin nicht knallhart.«

»Du bist tough.«

War sie das? »Ich fühle mich im Moment nicht besonders tough, aber ich bin Lebensberater von Beruf, deshalb gehört es zu meinen Standardmethoden, jemanden mit der Wahrheit zu konfrontieren. Und mit einer Liste«, fügte sie lächelnd hinzu.

»Was würde auf meiner Liste stehen?«

»Deine Probleme.«

Tessa schüttelte den Kopf, eine sanfte Brise hob eine Strähne ihres goldbraunen, gewellten Haares. »Ich habe keine Probleme, Joss. Ich liebe meinen Job, ich lebe gern auf Mimosa Key.«

»Dein Exmann ist eine Baby-Zeugungs-Maschine, und du sehnst dich so sehr nach einem Baby wie nach deinem nächsten Atemzug. Und deine beste Freundin und Kollegin hat gerade verkündet, dass sie im Alter von sechsunddreißig Jahren schwanger geworden ist.«

»Siebenunddreißig. Was mir Hoffnung machen sollte – Lacey ist ein paar Jahre älter als wir.«

»Du brauchst keine Hoffnung, Liebes – du brauchst einen Aktionsplan.«

»Ich brauche eine neue Gebärmutter.«

Jocelyn stieß die Luft aus, unsicher, wie sie darauf reagieren sollte, denn Tessa war unumstößlich darauf fixiert, ein eigenes Baby zu bekommen, nicht das von jemand anderem.

»Und ich könnte einen Ehemann gebrauchen.«

»Das ist für einen Biotee trinkenden Hippie wie dich ziemlich konventionell.«

»Ich bin kein Hippie!« Tessa versetzte Jocelyn einen Stoß mit der Schulter. »Meine Eltern waren das, aber ich bin nur ...«

Jocelyn wartete, weil sie wusste, dass das nächste Wort der Wahrheit ziemlich nahekommen würde.

»Verzweifelt«, gestand Tessa seufzend.

»Ach, Tess.« Verzweiflung war am schlimmsten. »Du weißt, dass es noch andere Möglichkeiten gibt.«

»Ich möchte das nicht allein durchziehen, und mal ehrlich – ich hatte einen Mann, wie du dich vielleicht erinnerst. Ich kann weder durch Liebe noch durch Geld schwanger werden. Wir haben beides versucht.«

»Im Ernst, Tess, warum ziehst du nicht eine Adoption in Betracht?«

Sie schüttelte den Kopf. »Das ist nicht das, was ich will.« Sie blieb stehen und sah auf eine Ansammlung von Muscheln hinunter, dann bückte sie sich, um eine aufzuheben. »Sieh dir das an. Die reinste Perfektion.«

»Wirf sie weg«, sagte Jocelyn.

»Warum?«

»Wirf sie einfach, so weit du kannst.«

»Sie gefällt mir. Ich möchte sie behalten.« Sie steckte die Hand in die Tasche. »Seit ich hier lebe, sammle ich sie. Ich habe einen einheimischen Künstler kennengelernt, der eine Art Muschelexperte ist, und er macht ...«

»Ist er interessant?«

»Halt die Klappe. Er macht diese faszinierenden Stücke, und ich dachte mir, ich könnte mal versuchen ...«

»Wirf sie weg«, befahl Jocelyn.

Tessa starrte sie an, sie sahen sich gegenseitig in die Augen.
»Na schön.« Sie zog die Muschel wieder aus der Tasche, holte
damit über die Schulter aus und legte den Kopf in den Nacken.
»Und was soll das jetzt?«

»Das könnte dein Baby sein.«

»Oh, bitte.«

»Ich meine es ernst. Irgendein perfektes Baby wird gerade
irgendwo ... losgelassen. Irgendwo bekommt gerade jemand
ein Baby, das eine gute Mutter braucht. Dieses Kind ist irgendwo da draußen, wie eine von diesen Muscheln, und wartet auf
dich.«

Tessa wollte widersprechen, doch dann klappte sie den
Mund zu und schüttelte den Kopf. »Ich habe das schon zur
Genüge gehört, und ich werde meine Meinung nicht ändern.
Wenn du mich deswegen für ein selbstsüchtiges Monster hältst,
dann ...«

»Natürlich nicht. Aber das macht eine Lügnerin aus dir. Du
willst nicht *ein* Baby. Du willst *dein eigenes* Baby. Dein Körper
spielt nicht mit. Deshalb solltest du deinen Traum aufgeben
oder ein Baby adoptieren.«

»Das mit der Lügnerin sagt genau die Richtige.«

Jocelyn hätte beinahe den Schluck Kaffee ausgespuckt, den
sie gerade genommen hatte. »Wie bitte?«

»Weil du deinem Vater erzählt hast, du kämst von *Clean
House*.«

»Ich habe versucht, ihm zu sagen, wer ich bin, aber es ist
nicht bei ihm angekommen. Gib mir nicht die Schuld an dieser
ganzen Scharade. Ich spiele nur mit, weil Will das so möchte.
Vorerst jedenfalls.«

»Will möchte dich.«

»Ach, Tess. Will weiß zu viel über mich.«

»Und das ist ein Problem?« Sie gab einen ungläubigen erstickten Laut von sich. »Sieh es doch einmal anders. Er weiß, was du alles durchgemacht hast, und er mag dich trotzdem. Und vielleicht genau deswegen noch mehr. Das ist ein Geschenk, Joss. Das ist ein seltenes und wunderbares ... Oh mein Gott, sieh mal. Eine Rote Fechterschnecke.«

Tessa hüpfte davon und hob eine Muschel vom Boden auf.

»Was ist das?«

»Eine seltene Schönheit.« Sie drehte die Muschel auf den Rücken und betrachtete sie eingehend. »Diese Art von Muschel findet man fast ausschließlich im Süden der USA. Barefoot Bay verfügt über einige der seltensten Muscheln des Landes.«

»Das wusste ich nicht.«

Sie hielt sie gegen die Sonne. »Dieses orangefarbene Schillern bedeutet, dass das Tier, das in dieser Muschel gelebt hat, ein strammes Kerlchen und vielleicht in die eine oder andere Meinungsverschiedenheit da unten am Meeresboden verwickelt war.«

»Wow. Da verbringt wohl jemand schrecklich viel Zeit mit dem einheimischen Muschelexperten.«

»Der ungefähr fünfundfünfzig Jahre alt ist. Vergiss es.«

Jocelyn lächelte und griff nach der Muschel. »Lass mal sehen. Das ist eine zum Behalten, was?«

Tessa zog die Muschel weg. »Keine Chance, dass ich sie dir gebe, damit du sie wegwerfen kannst, um damit irgendeine abstruse Theorie zu veranschaulichen.«

Lachend griff Jocelyn danach. »Ich will sie nur sehen. Ich schwöre es.«

»Wirklich?« Tessas sanfte braune Augen funkelten. »Na schön. Mach deine Hand auf.«

Sie führte etwas im Schilde. Trotzdem gehorchte Jocelyn; sie

338

hielt die Handfläche nach oben, und Tessa legte ihr die Muschel mitten auf die Hand.

»Das, meine Freundin, ist etwas zum Behalten.« Tessa war so ernst und ruhig, dass sich bei ihrer Stimme die feinen Härchen in Jocelyns Nacken aufstellten. »Vielleicht hat sie ein paar Fehler, aber sie sieht trotzdem großartig aus.« Tessa fuhr mit dem Finger den sanft geschwungenen Rand der Muschel entlang. »Die Ränder sind gerade so abgenutzt, dass man weiß, dass sie lange Zeit im Meer verbracht hat, aber sie ist trotzdem noch schön und wird noch viele Tausend Tage bestehen, bevor der Zahn der Zeit, der Sand und der Wind sie kleinkriegen.«

Jocelyn sah sie an und merkte genau, worauf das hinauslaufen würde. »Will?«

Tessa zog eine Schulter nach oben. »Du kannst sie zurück ins Meer werfen, wenn du möchtest. Aber dir wird angeboten, sie zu behalten.«

Jocelyn verdrehte die Augen. »Jetzt bist du mit deinen Ratschlägen ins Melodramatische abgerutscht.«

»Ich habe mithilfe einer Muschel etwas zum Ausdruck gebracht, genau wie du es getan hast.«

»Heißt das, du willst sie mir schenken?«, fragte Jocelyn.

»Ja, das will ich.«

Sie beugte sich vor und gab Tessa einen Kuss auf die Wange. »Dann werde ich sie nicht wegwerfen. Und, Tess? Dafür, dass du eine Gärtnerin bist, bist du gar kein so übler Berater.«

Sie lachte. »Apropos Garten, willst du mit mir da raufgehen?«

Jocelyn schüttelte den Kopf. »Ich glaube, ich bleibe hier unten, bis die Sonne aufgeht, und dann mache ich mich an meine Liste.«

»Okay. Vielen Dank für den Rat.«

»Dir ebenfalls.«

Sie umarmten sich rasch, und Tessa machte sich auf den Weg, doch Jocelyn blieb noch lange Zeit stehen, blickte über den Golf, hielt ihre Muschel in der Hand und dachte nach.

Sie wollte Will. Sie wollte ihn auf jede erdenkliche Weise. Was hinderte sie daran? Sie blickte auf ihre Hand hinunter und betrachtete die Muschel. Verdammt, sie hatte die Nase so voll von harten Schalen. Vor allem von der, die ihr Herz umgab.

25

Die Garage war fertig, und die Sonne war aufgegangen.
Fantastisch.

Will trat im Morgenlicht auf die Einfahrt hinaus, betrachtete sein Werk und war zufrieden mit dem Resultat von sechs Stunden harter Arbeit. Der Dachboden war ausgeräumt. Die Garage war leer, abgesehen von ein paar Kisten und einem halben Dutzend Mülltüten. Und Guy war noch nicht mal aufgestanden.

Da hörte er, wie hinter ihm ein Auto anhielt. Er drehte sich um, überrascht den Wagen des Sheriffs von Lee County mit Deputy Slade Garrison hinter dem Steuer in Guys Einfahrt einbiegen zu sehen.

»Guten Morgen, Will«, sagte Slade, während er das Fenster herunterkurbelte.

»Slade. Was gibt's?«

»Ich schaue nur vorbei, um mich zu vergewissern, dass ihr keine Probleme mit den Medien habt.«

»Warum? Waren sie wieder in der Gegend?« Nicht dass er noch einen Grund dafür gebraucht hätte, seinen Plan zu beschleunigen, aber diese Typen würden ihm ganz bestimmt einen liefern.

»Charity hat gesagt, dass sie wieder bei ihr vorbeigeschaut hätten, und ich habe gehört, dass gestern Abend ein paar Typen im Toasted Pelican waren und nach Jocelyn gefragt haben.«

»Mist«, murmelte Will und legte die Hand aufs Autodach, um Slades Gesicht gegen die Sonne abzuschirmen. »Hat jemand was gesagt?«

»Nur ganz wenige wissen, dass sie hier ist.«

»Charity weiß es.« Und das wäre normalerweise so, als würde man es auf der Titelseite der *Mimosa Gazette* abdrucken.

»Nun, sie hält dicht«, sagte Slade. »Aus welchem Grund auch immer.«

Will kannte den Grund. Charity war diejenige gewesen, die die Teile wieder zusammengefügt hatte, die Will zerbrochen hatte. Unweigerlich überkam ihn ein Schuldgefühl, so wie es schon die ganze Nacht geschehen war, während er Guys Sachen eingepackt hatte.

»Wie geht es dem alten Knaben?«, fragte Slade, der jetzt ebenso wie Will in Richtung Garage blickte.

»Er kommt demnächst in betreutes Wohnen.«

Slade nickte. »Dann stimmt es wohl, was ich gehört habe.«

Will sah ihn fragend an.

»Es gab viele Gerüchte, weshalb ›Big Guy‹ so jung den Dienst quittiert hat, sogar noch bevor er Pension bekam«, erklärte Slade, wobei er den Spitznamen des ehemaligen Sheriffs mit in der Luft angedeuteten Anführungszeichen versah.

Will reagierte nicht; er wusste jetzt, weshalb »Big Guy« den Dienst quittiert hatte: Charitys Erpresserfotos. »Ein paar von den Älteren haben gesagt, dass er Probleme gehabt hätte und dem Job psychisch nicht mehr gewachsen gewesen wäre«, fuhr Slade fort.

»Muss wohl so sein«, sagte Will, der kein Interesse daran hatte, dem jungen Mann die Wahrheit zu verraten. »Ich bin dir wirklich dankbar, dass du ein Auge auf alles hast, Slade.«

»Keine Ursache. Außerdem scheint es Charity glücklich zu machen, und ich möchte bei der ganzen Familie einen guten Eindruck hinterlassen.«

»Sieht aus, als hättest du schon bei ihrer Nichte einen guten Eindruck hinterlassen.«

Slade grinste. »Ich arbeite daran, Mann. Wie läuft es mit dir und Jocelyn?«

War das so offensichtlich? »Ich arbeite daran, Mann.«

»Auch wenn sie eine Affäre mit diesem Filmschauspieler hatte?«

Wut packte ihn. »Hatte sie nicht. Das ist alles gelogen.«

Slades Augenbrauen schossen nach oben. »Das wird mal mächtig schwierig werden, sich vor der Presse zu verstecken, wenn diese Schauspielerin lügt. Und der Typ? Miles? Er behauptet mehr oder weniger, dass das alles stimmt.«

Wills Hände ballten sich zu Fäusten, als wollte er gleich ordentlich in seinen Handschuh schlagen. »Echt?«

»Lest ihr diese Revolverblätter nicht, vor denen ihr euch so eifrig versteckt?« Slade beugte sich zum Beifahrersitz hinüber und griff nach einer Zeitschrift, die er Will reichte.

»Ich dachte, Charity verkauft die nicht.«

»Gloria hat sie mir gegeben.«

Will nahm das Klatschblatt, ohne es auch nur eines Blickes zu würdigen. »Ich werde es dazu verwenden, Guys Geschirr zu verpacken«, sagte er. »Aber nur weil ich keinen Hund habe, der draufkacken könnte.«

Lachend legte Slade den Rückwärtsgang ein. »Mach damit, was immer du willst, Will. Aber du solltest wissen, dass die Dinge nur schlechter werden für sie. Ich werde diese Straße überwachen, solange es geht, aber diese Typen …« Er nickte in Richtung Zeitschrift. »Sie werden nicht lockerlassen, bevor sie nicht irgendeine Art von Statement abgegeben hat. Vielleicht kannst du sie davon überzeugen, das zu tun.«

Vielleicht würde er nächstes Jahr auch bei der Weltmeisterschaft mitspielen. »Ich werde es versuchen«, sagte er, während Slade rückwärts aus der Ausfahrt heraussetzte. In diesem Moment fuhr ein anderes Auto die Sea Breeze entlang.

Slade blickte in den Seitenspiegel, um den Wagen zu überprüfen. »Da ist sie ja. Perfektes Timing.«

Er fuhr aus der Einfahrt und Jocelyn fuhr hinein; sie hatte das Fenster heruntergekurbelt, ihr Haar war zerzaust, ihr Gesicht seltsam glücklich.

Will rollte das Klatschblatt ein und ignorierte eine Welle der Freude, als er die Tür öffnete. »Guten Morgen. Du siehst einfach toll aus.«

Sie lächelte, stieg aus und neigte den Kopf, um ihn genauer anzusehen. »Ich wünschte, ich könnte dasselbe von dir sagen.«

»Autsch.«

»Harte Nacht, Will?«

Er fuhr sich mit der Hand durch die Haare und rieb sich seine unrasierten Wangen. Ja, wahrscheinlich sah er furchtbar aus. »Ich zeige dir gleich mal, wie hart. Machen Sie sich auf etwas gefasst, Miss Bloom. Ich habe eine Überraschung für Sie.«

Er legte den Arm mit der Hand, in der er die Zeitschrift hielt, um sie und führte sie zur Garage. »Da soll noch einer sagen, dass ich kein Mann der Tat bin oder einer, der keine Entscheidung treffen kann.«

In der Garage deutete er auf die Kisten und Säcke – alles war leer, bis auf den Spitzboden der Garage. »Den Dachboden des Hauses habe ich auch geleert. Und du hast die Küche und das Wohnzimmer geräumt. Somit bleiben nur noch ein paar Schränke im Haus. Oh, und ich habe uns für Besichtigungstermine in zwei weiteren Pflegeheimen angemeldet, deshalb nehme ich an, dass wir ihn nächste Woche irgendwo unterbringen können.«

Sie schwieg und wandte sich zu ihm um. »Das ist ja eine richtige Hundertachtziggradwendung. Du bist der Traum eines jeden Lebensberaters.« Sie trat näher und streckte vorsichtig die Hand nach seinem Gesicht aus. Wenn sie ihn jetzt berührte, wäre alles vorbei. Ihre Finger streiften kaum seine unrasierte Wange.

»Ich wäre sehr gern der Traum eines Lebensberaters«, sagte er. »Wenn du dieser Berater bist.«

Ihre Augen weiteten sich, und ihr ganzer Körper kam irgendwie zur Ruhe.

»Will, ich …«

»Hör mal, Joss.« Er unterbrach sie, indem er sie an den Schultern fasste und festhielt. »Gestern Abend auf dem Baseballfeld, das war …« *Ein Schlüsselerlebnis.* »Sehr schön mit dir. Und als wir nach Hause kamen und Guy diesen kleinen Tobsuchtsanfall hatte, wusste ich, dass das nicht mehr länger hinausgezögert werden kann.«

Sie sah ihn forschend an und ließ jedes Wort einsinken. »Dieser Gesinnungswechsel wurde nicht etwa durch die … die Bilder hervorgerufen? Durch das, was in jener Nacht passiert ist?«

»Zum Teil«, gab er zu. »Ich bin maßlos wütend und fühle mich von ihm betrogen.«

»Er kann nichts dafür, dass er sich nicht mehr erinnert.«

Er wich zurück und versuchte, diese Feststellung zu verarbeiten. »Und wer hat hier nun einen Gesinnungswandel durchgemacht?«

»Nein, nein.« Sie schüttelte den Kopf. »Ich habe, was ihn betrifft, wirklich keine andere Wahl, aber ich stimme dir zu.« Sie löste sich aus seinem Griff, ging auf den Lagerraum über der Garage zu und zeigte auf die Schachteln dort oben. »Das ist also alles, was hier draußen noch übrig ist?«

Er warf die Zeitschrift hinter ihr auf einen offenen Karton, nicht bereit, die Richtung dieser Begegnung zu ändern, indem er das Thema auf die Medien und Miles Thayer lenkte. Je früher sie Guy dazu brachten, umzuziehen, desto schneller konn-

345

ten sie über ihn hinwegkommen und das nächste Problem in Angriff nehmen.

Handeln fühlte sich gut an, merkte er, während er beobachtete, wie sie die Sprossen der Leiter ergriff, sich hochzog und beim Klettern über ihre Schulter blickte.

»Warum lächelst du?«, fragte sie.

»Schöne Aussicht«, sagte er und machte eine Kopfbewegung in Richtung ihres Hinterns.

Sie verzog das Gesicht und kletterte weiter. Er folgte ihr, und sie zogen die Köpfe ein, damit sie nicht an die Decke stießen, während sie den Weg zu den beiden Kartons zurücklegten, die er hinten in der Ecke zurückgelassen hatte.

»Ich habe keine Ahnung, was das alles ist«, sagte er. »Ich habe versucht, sie hochzuheben, aber sie wiegen mindestens eine Tonne, deshalb dachte ich, ich sehe sie durch und werfe etwas davon weg oder sortiere die Sachen.«

Jocelyn bahnte sich ihren Weg zu ihm hinüber und ging neben den Kisten in die Hocke. Sie wischte ein paar Spinnweben weg, die sich auf ihr Gesicht gelegt hatten. »Die Sachen wurden im Schrank meiner Mutter gefunden, nachdem sie gestorben war.«

»Oh.« Er setzte sich neben sie. »Das wusste ich nicht.«

Sie legte die Hand auf eine der Kisten, machte aber keine Anstalten, sie zu öffnen. »Als ich zur Beerdigung nach Hause kam, waren diese Kisten alle gepackt. Ich weiß nicht, ob Guy das gemacht hat oder sonst wer, aber ich habe sie nie durchgeschaut.«

»Möchtest du das jetzt tun?« Er legte ihr die Hand auf den Rücken, weil er spürte, dass sie zauderte. »Du musst das nicht tun.«

»Doch, das muss ich«, sagte sie. »Das ist alles, was mir von ihr geblieben ist.«

»Nein, ist es nicht, Joss. Du hast deine Erinnerungen.«

346

Sie seufzte, als wäre das nicht genug. »Schon gut. Ich bin bereit. Mach sie auf.« Sie legte die Hand auf seinen Arm. »Aber Achtung, ich könnte vielleicht … Trost brauchen.«

Er beugte sich vor und küsste sie auf die Wange. »Den bekommst du.«

Der schwache Duft eines würzigen Parfüms vermischte sich mit dem moschusartigen Geruch alter Kleider, als Will das Klebeband von dem Karton entfernte und die Klappe öffnete. Er zog einen Stapel Pullover heraus und warf Jocelyn einen fragenden Blick zu.

»Ich bezweifle, dass wir die noch verkaufen können«, sagte sie, während sie den pastellfarbenen Stapel an sich nahm. »Sie sind ziemlich aus der Mode.«

»Oh«, sagte Will und griff tiefer in die Kiste. »Das war also so schwer.«

Jocelyn hockte sich auf die Knie auf und nieste leise. »Was ist das?«

»Ein Möbelstück. Ein kleines Holzschränkchen.« Er griff hinein und legte die Hände auf beide Seiten einer großen Schachtel. »Seltsam. Warum ist es in einem Karton? Hast du es schon einmal gesehen?«

»Ich glaube nicht. Hier. Ich halte die Schachtel fest und du ziehst es heraus.«

Sie mussten sich ein wenig anstrengen, doch dann zogen sie ein fantastisches Rosenholzschränkchen heraus, das knapp einen Meter breit war und zwei Schubladen hatte.

»Wow, das ist aber schön«, sagte Will, während er über das polierte Holz strich. »Handgemacht von einem Profi. Du hast es noch nie zuvor gesehen?«

Sie schüttelte den Kopf.

Will zog an dem Messingknauf. »Es sieht aus wie eine altmodische …« – er zog die Schublade auf – »… Babykommode.«

347

Voller Babykleidung. Winzige, nagelneue *blaue* Babykleidung für ein Neugeborenes.

Jocelyns Finger zitterten, als sie nach dem winzigen marineblauen Babyschlafanzug griff, auf dessen Vorderseite ein Baseballschläger abgebildet war. »Sind die zufälligerweise von dir?«, fragte sie.

»Keine Ahnung. Aber was hätten sie dann in eurer Garage zu suchen?«

»Ich weiß es nicht«, sagte sie, während sie eines der kostbaren Stücke nach dem anderen herausnahm. »Seltsam. Da sind noch die Etiketten dran.«

Die Kleider waren liebevoll zusammengelegt, einheitlich angeordnet und durch ein Papiertuch getrennt. In der oberen Schublade befanden sich nur Einteiler und winzige Schlafanzüge mit Füßen.

In der unteren Schublade lagen kleine Jungen-T-Shirts mit Autos und Lokomotiven darauf, winzige Shorts, die nicht größer waren als Jocelyns Hand, Söckchen und drei Paar winziger Schühchen.

»Ich sollte das alles Lacey geben«, sagte Jocelyn. »Aber ich weiß nicht, wem es gehört.«

»Bist du sicher, dass deine Mutter es hinterlassen hat, als sie starb?«

Sie nickte. »Ich erinnere mich ganz genau daran, wie es aus dem Schlafzimmer meiner Eltern gebracht wurde, von meinem Vater mit Klebeband verschlossen.« Sie hob die letzte Schicht Babykleidung hoch und fand ein blaues, in Satin eingebundenes Buch. »Oh. Vielleicht sind wir gleich schlauer.«

Der Buchrücken knackte, als sie es aufschlug, als wäre es nie benutzt worden. Aber auf die erste Seite hatte jemand etwas von Hand geschrieben. Die charakteristische, zur Seite geneigte Handschrift ihrer Mutter. Die Worte ließen Jocelyn nach Luft schnappen.

Alexander Michael Bloom jr.
Beigesetzt am 19. Januar 1986

Sie hatte einen Bruder gehabt? Die Worte verschwammen ihr vor den Augen. Wie war das möglich? Sie riss ihren Blick von dem Buch los, um Will anzusehen, sein Gesichtsausdruck war so schockiert und verwirrt wie ihr eigener mit Sicherheit auch.

»Du warst damals, was, sieben Jahre alt?«, fragte er.

Sie konnte nicht sprechen, deshalb nickte sie nur.

»Und sie haben ein Baby bekommen, von dem du nichts wusstest?«

Das konnte nicht sein. Ihre Kehle fühlte sich an, als hätte ihr jemand die Hand um den Hals gelegt und würde nicht aufhören zuzudrücken. Ganz langsam blätterte sie die Seiten eines Buches um, das dem ausdrücklichen Zweck diente, sich das Leben eines Babys in Erinnerung zu rufen.

Die ersten Tage des Babys! Eine körnige, verblasste Ultraschallaufnahme auf vergilbtem Papier, weit verschwommener als die, die heute gemacht werden, war auf die Seite geklebt. Die Buchstaben in der Ecke waren mit der Zeit verblichen, doch Jocelyn konnte die Worte noch erkennen.

Bloom, Junge. 9. Dezember 1985

»Oh mein Gott, Will.« Die Worte kamen wie ein schmerzhaftes Krächzen heraus, als sie die Seite umblätterte.

Mommy wird auch größer! Eine Liste der Monate von August bis Januar mit einer Kilogrammangabe in der Handschrift ihrer Mutter. Jocelyn fröstelte trotz der Hitze in der Garage am ganzen Körper. Will blätterte die nächste Seite für sie um, aber dort war jede einzelne Zeile leer.

Ankunft des Babys! Aber die Seite war leer. Kein Datum, keine Bilder, keine Worte.

349

Babys erstes Bad! Leer. *Baby kann sitzen!* Leer. *Baby fängt an zu krabbeln!* Leer.

Seite um Seite – die traurigste Geschichte, die nie erzählt worden war. Die *Jocelyn* nie erzählt worden war. Der Gedanke schlug wie eine Bombe bei ihr ein. »Er wurde bestimmt tot geboren. Warum haben sie mir das nicht gesagt? Ich wusste nicht mal, dass sie schwanger war.«

»Du warst erst sieben, Joss. Du hättest nicht damit umgehen können.«

»Aber später! Als ich älter war.« Sie spreizte ihr Hand über der leeren Seite, die für *Babys Wachstumstabelle* reserviert war, während sie in ihren Erinnerungen kramte, die sich als so leer wie diese Seite erwiesen. »Warum hat mir meine Mutter nicht erzählt, dass sie schwanger mit einem Jungen war – und ihn verloren hat?«

»Ich weiß es nicht«, sagte er und blätterte weiter. »Zu schmerzhaft, nehme ich an.«

Dann dämmerte ihr etwas. »Sie war im Krankenhaus, als ich in der zweiten Klasse war«, sagte sie und starrte vor sich hin, während sie nach Erinnerungen grub. »Sie haben mir gesagt, sie hätte eine Blinddarmentzündung. Sie muss wohl …« – sie blätterte zurück zu der Ultraschallaufnahme und kniff die Augen zusammen, um die Zahlen zu erkennen, während sie schnell nachrechnete – »fünf Monate schwanger gewesen sein und dann das Baby verloren haben. Ich erinnere mich dunkel daran, dass meine Großeltern aus dem Norden herunterkamen und ein paar Tage blieben, bis sie wieder nach Hause kam.«

»Erinnerst du dich noch daran, wie sie es verkraftet hat?«

»Nein, aber in dieser Zeit haben Guys Anfälle angefangen.« Sie blinzelte die Tränen zurück, als es ihr langsam dämmerte und sie verstand.

Das war der Grund, weshalb er ausrastete. Weshalb er gewalttätig und launisch geworden war. Und warum … oh Gott. Jetzt wurde ihr einiges klar. »Darum denkt er, du wärst sein Sohn, den er für immer verloren glaubte.«

Er schloss die Augen, als ihn diese Erkenntnis wie ein Schlag in die Magengrube traf.

Sie blätterte zur letzten Seite, auf der eine Lasche für Erinnerungen war, auf der *Babys erste Haare* stand. Ein Stück Papier, das in der Mitte gefaltet war, steckte darin.

Mit einem Blick zu Will zog sie es heraus, ihre Hände zitterten, als ihr die Bedeutung des Ganzen allmählich klar wurde. Während sie den Zettel aufklappte, schluckte sie schwer beim Anblick der charakteristischen Handschrift ihres Vaters.

»Er hat das geschrieben«, sagte sie, ihre Stimme war so zittrig wie der ganze Rest von ihr.

Will legte den Arm um sie und hielt sie fest. »Lass es uns gemeinsam lesen.«

An meinen Sohn …

Sie schloss die Augen und stieß ein leises Wimmern aus.

»Es ist ein Gedicht«, sagte Will, während er sie an sich zog, sodass sie an ihm lehnte.

Einen Moment später schlug sie die Augen auf und las.

Adieu, kleiner Mann,
ich wollt, ich hätte dich gekannt.
Gern wär ich dir ein Freund gewesen,
doch dazu waren wir nicht auserlesen.

Jocelyn schlug die Hand vor den Mund, um ein Schluchzen zu unterdrücken. Will strich ihr über den Arm, bis sie sich imstande fühlte, den Rest zu lesen.

Du warst nie auf dieser Welt, mein Kleiner,
doch bist und bleibst du ewig meiner.
Keine Worte hab ich für diesen Schmerz,
vor Pein zerreißt es mir das Herz.
Du bist fort, du bist fort, du bist …

Das war alles.

»Wer hätte gedacht, dass er schlechte Gedichte schrieb?«, fragte Will wehmütig.

Fast hätte sie gelächelt. »Der Mann, der gern stickt und Schöner-Wohnen-Shows liebt. Das hat schon immer in ihm gesteckt. Immer.« Doch dann hatte sich dieser Mann verändert. Er fing an, seine Frau zu schlagen. »Er muss meiner Mutter die Schuld gegeben haben«, sagte Jocelyn, als all die einzelnen Teile sich allmählich zu einem Ganzen zusammenfügten. »Er ist zusammengebrochen und hat seinen ganzen Schmerz an ihr ausgelassen.« Sie würgte, als sie die Tränen hinunterschluckte, während sie sich an Will wandte. »Ich hätte ihn nicht so sehr hassen sollen.«

»Ein Schicksalsschlag ist keine Entschuldigung«, sagte Will leise. »Möchtest du zu ihm gehen und mit ihm reden?«

»Was würde das nützen? Er erinnert sich nicht. Er erinnert sich an gar nichts. Nicht an dieses ungeborene Kind, nicht an mich, nicht an meine Mutter, nicht daran, was er getan hat. Ganz bestimmt wird er sich auch nicht an diese Kleider oder dieses Schränkchen erinnern.« Ihre Stimme wurde bei jedem Wort lauter, bis es sie zu erdrücken, zu ersticken drohte.

Sie stemmte sich nach oben, sie brauchte unbedingt frische Luft. Ohne ein Wort stolperte sie an den Rand der Dachkammer.

»Wohin gehst du?«, fragte er.

»Ich muss frische Luft schnappen. Und ich muss nachdenken.« *Ich muss alles, was ich für die Wahrheit gehalten habe, neu überdenken.* »Ich muss einfach …« Sie verstummte, kletterte die Leiter hinunter und ging immer nur weiter, erpicht darauf, die Garage zu verlassen.

Ein tot geborener Junge. Das konnte einen Mann und eine Ehe verändern. Es konnte eine glückliche Familie, die mit dem Ruderboot fischen ging, in eine Familie verwandeln, in der über frische Blumen gestritten wurde.

Will hatte recht. Das war keine Entschuldigung für das, was er getan hatte, aber es war eine Erklärung. Und aus Gründen, die sie nicht so ganz verstand, wollte sie sich daran festklammern.

Sie erreichte die Rasenfläche neben dem Haus und ging ohne nachzudenken weiter, beschleunigte ihre Schritte, unsicher, wohin sie gehen wollte, bis sie vor der Hintertür des palmer'schen Hauses stand. Der Tür, die hinauf zu Wills Zimmer führte.

In Sekundenschnelle war er neben ihr, schlang die Arme um sie, drückte sie zärtlich an sich, so wie immer.

Sie blickte zu ihm auf. »Ich muss wieder da raufgehen.«

»In die Garage?«, fragte er.

»Nein, hier hinauf.« Sie deutete zu seinem Zimmer. »Du musst mich in den Arm nehmen, ich brauche das.«

Wortlos öffnete er die Tür, führte sie die schmale Treppe hinauf, auf der sie vor langer Zeit Abschied von ihm genommen hatte, und brachte sie geradewegs zu seiner tröstlichen alten Dodgers-Decke.

26

Der Sonne nach zu urteilen, die durch das Schlafzimmerfenster hereinfiel, hatten Jocelyn und Will mindestens ein paar Stunden geschlafen. Sie hatte die Beine um seine geschlungen und ihr Gesicht an seine Schulter gedrückt. Sie wachte mit einem seltsamen Gefühl im Herzen auf, einer Mischung aus abgrundtiefer Erschöpfung und so etwas wie Freiheit.

War sie jetzt frei?

Es fühlte sich auf jeden Fall so an. Ihr ganzes Wesen fühlte sich leichter an, trotz der Neuigkeit, dass sie vor siebenundzwanzig Jahren ein Brüderchen verloren hatte. Guy musste völlig zusammengebrochen sein; vielleicht hatte ihre Mutter versehentlich eine Fehlgeburt ausgelöst, und Guy hatte ihr einfach nicht verzeihen können.

Nein, das war keine Entschuldigung, das war ihr klar. Das, was er ihnen beiden angetan hatte, konnte man auf gar keinen Fall durchgehen lassen, aber irgendwie hatte Jocelyn auf einmal das Gefühl, als hätte sich eine eiserne Kette, die um ihre Brust gespannt war, gelöst, und sie konnte wieder atmen.

Als sie hier hochgekommen waren, hatte sie gestammelt, geschnieft und geschluchzt wie verrückt, und Will hatte getan, was Will am besten konnte: Er hatte sie in den Armen gehalten. Und dann waren sie eingeschlafen – obwohl sie in der Nacht zuvor getrennt geschlafen und sich rastlos nach einander gesehnt hatten. Oder vielleicht gerade deshalb.

Sie seufzte und nestelte sich ein wenig tiefer in seine Seite, den Arm um seine Brust gelegt, das Haar über ihren Wangen ausgebreitet. Sie konnte aus diesem Blickwinkel sein Gesicht nicht sehen, wollte aber nicht riskieren, sich zu bewegen und ihn dadurch aufzuwecken.

Deshalb ließ sie einfach zu, dass ihr sein moschusartiger, maskuliner Geruch zu Kopfe stieg, anstatt Will anzuschauen.

Stinkt nach Schweiß, Gras und einem Hauch von Verlässlichkeit?

Nein. Es riecht nach Trost. Sie hörte die Worte so klar und deutlich, als wäre dieser Dialog, der in genau diesem Zimmer stattgefunden hatte, letzte Nacht und nicht vor fünfzehn Jahren gesprochen worden. Sie hatte ihn damals geliebt und sie ...

Was genau empfand sie jetzt?

Komm schon, Joss. *Du liebst ihn. Du hast ihn* immer *geliebt.* Sie schlang die Finger um die Decke und zog sie nach oben. Sie mochte die Weichheit der alten blauen Decke, das Symbol seines ultimativen Dream-Teams.

Was absurd war – er würde L. A. hassen. Genau wie sie.

Sie blinzelte bei dem Gedanken. Sie hatte sich ihre Probleme mit dem überfüllten, glitzernden Durcheinander, das Los Angeles war, immer eingestanden, aber hatte sie es wirklich gehasst, dort zu leben? Vielleicht nicht bevor sie hierher nach Mimosa Key zurückgekehrt war, was wohl oder übel ihr Zuhause war.

Warum also zurückgehen? Warum sich nicht einfach hier niederlassen, in diesen Armen, mit diesem Mann, in einem neuen Job, mit einem neuen Leben und sogar einem neuen Vater?

Konnte sie jetzt, wo sie die Wahrheit kannte, Guy womöglich verzeihen? Vielleicht nicht, aber sie konnte auf Zehenspitzen um ihren Schmerz herumschleichen und zu einem besseren Verhältnis zu Guy gelangen. Oder nicht?

Doch. Denn sie würde absolut alles für Will tun. Sogar Guy verzeihen.

Bei diesem Gedanken erwärmte sie von ganz tief innen eine ungewohnte Freude. Sie fühlte sich strahlend an, real – und absolut unerschütterlich.

War das Liebe? Dieses Gefühl der Gewissheit? Dieser Wunsch, alles für jemanden zu tun? Dieses Gefühl, dass das Leben nicht mehr besser werden konnte, kombiniert mit dem Bewusstsein, dass es noch besser werden *würde*?

Ja, das war eindeutig Liebe.

Als ihr das klar wurde, rührte sie sich in Wills Armen, streckte sich an seiner harten Seite, schob ihr Bein über seines und brachte sich in Position, um zuzusehen, wie dieser atemberaubende Mann aufwachte, während sich gleichzeitig sein Glied aufrichtete. Apropos Sonnenaufgang.

Unter ihrem Schenkel zuckte und pulsierte seine Männlichkeit. Ein tiefes Seufzen drang ihm aus der Brust und er drehte sich um, um sie anzusehen.

»Warum lächelt diese Frau?«

Sie strich einfach mit ihrem Schenkel über seine Erektion, eine schwache Vorahnung und leichte Nervosität kämpften gegen ihre eigene aufkommende Erregung an. »Weil sie glücklich ist.«

Er runzelte ein wenig die Stirn. »Du bist weinend eingeschlafen.«

Wieder strich sie über seine Erektion. »Und du bist schlaff eingeschlafen.«

Er verzog das Gesicht. »Das ist ein sehr hässliches Wort.«

»Nichts ist hässlich an …« Sie senkte die Hand auf seine zu einem Zelt aufgerichteten Shorts. »… dem hier.«

Sein Gesichtsausdruck verwandelte sich von verschlafen in sexy, als er zischend die Luft einsog. Sie ließ ihren Blick über sein Gesicht schweifen und auf seinem Mund verweilen, was tief in ihr alles in Erregung versetzte. Ihre Schenkel spannten sich an und ihre Brüste schienen anzuschwellen und wehzutun.

»Ich bin jetzt bereit.«

Er wusste nicht so genau, was diese Worte bedeuten sollten, und das war fürs Erste okay. Irgendwann würde sie es ihm sagen; vielleicht schon bald. Aber wenn sie jetzt eine große Ankündigung machen würde, würde ihn das völlig verunsichern. Sie wollte keine Verunsicherung. Sie wollte ihn.

Er bewegte sich ein wenig, damit die Erektion bequem Platz hatte, und als er das tat, fing sie an, ihrer beider Beine zu entwirren, doch Will presste seine zusammen, damit ihre Wade zwischen seinen eingeklemmt war.

»Du bist bereit?«

»Das lange Warten hat ein Ende.« Ein für alle Mal. Unwillkürlich lächelte sie. Sie hatte die richtige Entscheidung getroffen. Es hatte jede Menge Beinahe-Sex-Geschichten gegeben, jede Menge angepisste Beinahe-Liebhaber, jede Menge Nächte, in denen sie die Kontrolle hatte verlieren wollen, es aber nicht gekonnt oder gewollt oder einfach gekniffen hatte.

Aber jetzt war sie endlich bereit.

»Oh, Jossie.« Er streichelte ihr Gesicht und strich ihr das Haar zurück. »Meine schöne, süße, starke, sexy Bloomerang. Ich wusste, du würdest zu mir zurückkehren.«

Zeit und Raum hingen wie ein Vorhang, der gleich fallen würde, in der Luft. Ihr Herz hämmerte. Ihr Atem stockte. Ihr ganzer Körper spannte sich vor Erwartung an.

Kein Warten mehr.

Er küsste sie so leidenschaftlich, dass ihre Zähne gegeneinanderstießen und beide die Luft einsogen, die sie angehalten hatten. Mit offenem Mund ließen sie ihre Zungen einander

357

berühren, ihre Erregung erreichte ihren Höhepunkt, als sie sich in die natürlichste aller Positionen brachten, Körper an Körper, und fast sofort anfingen, sich in einem himmlischen Rhythmus zu bewegen.

»Ich kann nicht länger warten, Joss«, gestand er mit rauer Stimme und ließ seine Hände bereits über ihren Körper wandern. »Ich kann nicht warten.«

»Dann tu es nicht.« Sie küsste seinen Hals und ließ die Hände über seine Brust wandern, ebenso begierig wie er. »Dann warte nicht. Hör nicht auf. Tu alles, was du willst. Mach ... alles.«

Er wälzte sie auf den Rücken und legte sich auf sie, sodass er zum Küssen seinen ganzen Körper einsetzen konnte. Er hielt sich nicht damit auf, unter ihr Shirt zu greifen, sondern zog es ihr mit einer befriedigenden Bewegung aus, die sie umgehend nachahmte, als sie ihm das T-Shirt herunterriss.

Seine Hand zitterte, als er ihren BH löste, dann schloss er die Handflächen um ihre Brüste und stieß ein hilfloses Stöhnen aus, als er den Kopf senkte, um ihre Brustwarze in den Mund zu nehmen.

Warum hatte sie damit gewartet?

Weil es Will hatte sein müssen. Es *musste* er sein.

Er leckte ihre Brustwarze, bis sie unter seiner Zunge hart wurde und hervortrat, dann ging er zurück zu ihrem Mund, zu ihren Wangen, ihrem Hals, ihren Ohren. Währenddessen stießen sie in einem uralten Rhythmus aus Verlangen und Begehren gegeneinander.

Verlangen führte sie normalerweise immer an einen dunklen Ort. Doch dieses Mal empfand sie nur Ehrfurcht und Erleichterung und noch mehr Verlangen. Mit einem leisen, wonnigen Stöhnen wälzte sie ihn herum, sodass sie jetzt oben lag und ihr Haar auf sein Gesicht hinunterfiel.

Sie richtete sich auf, sodass sie rittlings auf ihm saß, und machte den Reißverschluss an ihren Shorts auf; sie sah ihm fest in die Augen und machte eine Million mentaler Schnappschüsse, weil sie wollte, dass dieser außergewöhnliche, perfekte Moment von Dauer wäre. Sie wollte so sehr das große schwarze Loch des Verlangens und des Wartens wiedergutmachen, das sie in den letzten fünfzehn Jahren aufgezehrt hatte.

Sie ließ sich von ihm heruntergleiten, um sich die Shorts auszuziehen, und er riss sich seine herunter, und dann lagen sie etwa zehn Sekunden nur nackt da, ohne sich zu berühren.

Sie lächelte und berührte seine Lippen mit dem Finger. »Das Warten ist vorbei, Will Palmer. Schlaf mit mir.«

Er küsste ihre Fingerspitzen und schloss die Augen. »Das ist wie … Konfetti auf der Weltmeisterschaftsfeier. Nichts könnte sich besser anfühlen als diese Worte.«

Lachend steckte sie den Finger zwischen seine Lippen und zog ihn wieder heraus. »Etwas schon.«

»Du hast recht.« Ganz langsam, so sanft er nur konnte, legte er sie wieder auf den Rücken und nahm sich einen Moment Zeit, ihre Brüste zu liebkosen und mit der Hand über ihren Körper bis hinunter zu ihren Schenkeln gleiten zu lassen.

Sie stöhnte vor Lust und hob ihre Hüften, um seine Berührung herauszufordern.

»Meine Jocelyn«, flüsterte er, während er seinen Finger von ihrem Bauchnabel nach unten, direkt in ihr Zentrum, gleiten ließ.

Seine Jocelyn.

»Ja, das bin ich«, flüsterte sie, während sie zu ihm aufsah und sich anstrengte, nicht vollständig die Kontrolle zu verlieren und sich ihm entgegenzuwölben, wie sie es am liebsten getan hätte.

»Meine beste Freundin.« Er berührte die allerweichste Stelle an ihr; sie sog die Luft ein, wahrte aber die Kontrolle. »Mein Mädchen von nebenan.« Er senkte den Kopf und küsste ihren

Bauch, während seine Finger ein wenig tiefer in sie eindrangen. »Meine Geliebte.«

»Endlich.« Das Wort wurde halb keuchend ausgestoßen, als seine Zunge über sie glitt.

»Ich liebe deinen Körper«, murmelte er, während er mit aller Zärtlichkeit küsste und saugte.

Sie antwortete mit einem weiteren Stöhnen, grub ihre Finger in sein Haar und hielt seinen Kopf dort, wo sie ihn haben wollte. Lust explodierte in ihr, die so anders war als die rasche Befreiung, die sie letzte Nacht erfahren hatte. Das hier war intensiv, lebendig, tief. Heiße Flammen leckten über ihre Haut, und jede Zelle sprühte Funken.

»Ich liebe …« Ihr Bauch spannte sich vor Vorfreude an, weil sie wusste, dass er es jetzt sagen würde. Er hatte es vor all diesen Jahren gesagt. Will hatte kein Problem damit, sich zu seiner Liebe zu bekennen.

Doch anstatt noch irgendetwas zu sagen, öffnete er seinen Mund über ihr, ließ die Zunge in sie gleiten und hätte sie beinahe mit einem einzigen Lecken zum Explodieren gebracht. Sie war so erregt, dass ihr der Kopf dröhnte, weil das Blut daraus abgezogen war. Die Kontrolle verflüchtigte sich und hinterließ nur noch Bruchstücke von Bewusstsein, alles konzentrierte sich so wahnsinnig auf *da unten*. Mit einem langen, verzweifelten Schrei purer Lust wölbte sie sich gegen ihn und kam gnadenlos an seinem Mund.

Noch immer schwer atmend zog sie ihn zu sich nach oben und ließ ihn jeden Zentimeter, den er finden konnte, küssen, bis sich ihre Lippen trafen.

Sie versuchte zu sprechen, aber ein weiteres kleines Nachbeben raubte ihr die Stimme, deshalb blickte sie zu ihm auf, kaum fähig, den nächsten Atemzug zu nehmen. »Wie stehen die Chancen, Will?«

Eigentlich meinte sie, was hatte es zu bedeuten, dass sie all die Jahre gewartet und schließlich den Weg zurück in dieses Zimmer gefunden hatte, um zum ersten Mal miteinander zu schlafen? Es war, als hätte sie es ganz hinten in ihrem Gehirn gewusst. Sie *hatte* es gewusst. Sooft sie auch ihre geistige Gesundheit infrage gestellt, hundert Ausflüchte erfunden oder sogar in Bezug auf ihr Sexleben gelogen hatte, sie *hatte es gewusst.*

Es musste Will sein.

»Du meinst, wie stehen die Chancen, dass wir an ein Kondom kommen?«

Nein, das hatte sie ganz und gar nicht gemeint, aber sie war noch nicht bereit, ihm das zu sagen. Sie kannte Will gut genug, um zu wissen, dass er das ganze Spiel hinschmeißen würde, und sie wollte ihn jetzt. Alles von ihm, in ihr.

Er griff über die Seite des Bettes nach seinen Shorts, die auf dem Boden lagen. Er schüttelte sie, und mit einem dumpfen Geräusch fiel sein Handy heraus, gefolgt von seiner Brieftasche. »Nach letzter Nacht? Meine Brieftasche ist gut bestückt.«

Er zog sich das Kondom über, stieg dann auf sie, hielt ihren Blick, während er seine Spitze über ihre noch immer wie elektrisierte Weiblichkeit gleiten ließ.

Und sie wusste: Sie sollte es ihm sagen. Es war *falsch,* es ihm nicht zu sagen. Er wäre glücklich. Welcher Kerl wäre nicht gern der Erste?

Sie holte Luft und sagte: »Ich muss dir etwas sagen.«

Ein Hauch von Frustration verdunkelte seine Augen, während er seinen Körper gegen ihren stieß. »*Jetzt?*«

»Ja. Bevor ich … bevor du in mir bist, musst du etwas wissen.« Sie berührte sein Gesicht. Wie würde er es aufnehmen?

»Joss, ich bringe hier gerade mehr Kontrolle und Selbst-

361

beherrschung auf, als ich es je für möglich gehalten hätte. Sag es einfach, Liebling. Sag es. Sag, dass du mich liebst.«

Sie biss sich auf die Lippe und hob ihre Hüften – eine so natürliche Bewegung. Denn es war alles so, wie es sein sollte. Sie liebte ihn. Sie *liebte* ihn. Und eigentlich war das in diesem Moment, so kurz davor, *alles,* was er wissen musste. »Ich liebe dich, Will Palmer.«

Ein langsames, schönes Lächeln, das aus tiefstem Herzen kam, umspielte seine Lippen. »Ja?«

»Das war schon immer so und wird auch immer so sein.«

»Nun, darauf hat es sich gelohnt zu warten.«

Und darauf auch.

Will knirschte mit den Zähnen, um sich davon abzuhalten, vorzustoßen; Zentimeter für Zentimeter atemberaubender Enge umgab ihn, sodass er am liebsten geschrien hätte. Sie war so verdammt eng.

Aber er hielt sich zurück, beobachtete ihr Gesicht, las die Hinweise, sah, wie sie sich auf die Lippen biss, sodass er sich fragte, ob sie vielleicht eher Schmerz als Lust empfand bei ihrer Vereinigung. Er stützte sich auf dem Bett ab und drang trotzdem blind vor Verlangen weiter in sie ein, bis er ganz in ihr war.

»Alles in Ordnung?«, fragte er.

Wieder biss sie sich auf die Lippen, nickte, kämpfte um jeden Atemzug. Er wollte aufhören oder zumindest langsamer machen, doch jeder Stoß war unglaublicher als der letzte, jedes Eintauchen brachte ihn der Befreiung näher.

»Will.« Sie zog an ihm, hatte ihre Beine um ihn geschwungen, während sich ihre Körper bewegten und perfekt aufeinander abgestimmt waren. »Komm näher. Komm näher.«

Er vergrub das Gesicht in ihren Haaren, ihre Lippen waren neben seinem Ohr. »Hör mir zu«, flüsterte sie; ihre Stimme war so umwerfend sexy wie ihr Körper, in dem er sich verloren hatte.

Er nickte kaum merklich, Blut pumpte und pulsierte, sein Atem ging so rasch und keuchend, dass er sie kaum hören konnte.

»Will.« Sie drückte ihn fester, ihre Bewegungen waren jetzt langsamer und kontrollierter. »Hör mir zu«, sagte sie wieder. »Ich möchte dir etwas sagen. Ich muss.«

Sollte sie doch reden. Sie konnte sagen, was sie wollte. Alles, was er wollte, war diese irrsinnige Lust, die gleich ...

»Ich habe noch nie ...«

Er schüttelte den Kopf, unfähig sie durch das Rauschen des Blutes hindurch zu hören. Keine Worte drangen mehr zu ihm durch, als alles Süße und Sanfte hektisch und fieberhaft wurde, die Geräusche ihres Atems und ihrer Körper zu einem ohrenbetäubenden Rauschen anschwoll, untermalt von rhythmischen Geräuschen und Schreien, die schließlich außer Kontrolle gerieten.

Vollkommen verloren in wilder, gnadenloser Befreiung, ergoss er sich in sie, Stoß um Stoß, ein Rausch, der so intensiv war, dass er beinahe aufgejault hätte.

Erschöpft, ausgelaugt und so verdammt glücklich, dass er hätte heulen können, ließ er sich auf sie fallen. Sie liebte ihn.

»Was hast du gesagt, Joss?«, krächzte er.

»Ich sagte ... ich habe noch nie ...« Sie schloss die Augen. »Ich habe noch nie zuvor so etwas gefühlt.«

»Ich auch nicht. Gott, du bist wie, oh ...« Irgendwo auf dem Boden vibrierte sein Handy. Er konnte sich nicht rühren. Er konnte nur noch daran denken, wie überwältigend das gerade gewesen war. Und daran, dass sie ihn liebte.

Sie *liebte* ihn.

Wieder vibrierte das Handy.

»Willst du nicht rangehen?«, fragte sie.

Es gelang ihm, seine Augen zu bewegen, um sie anzusehen. »Nein.«

Das Handy vibrierte ein weiteres Mal, dann wurde der Anruf auf die Mailbox umgeleitet.

»Geh ruhig ran«, drängte sie. »Ich verstehe das vollkommen.«

»Nichts ist wichtiger als du.« Als das, was sie ihm gerade gegeben hatte.

»Es könnte Guy sein. Hat er irgendeine Ahnung, wo du bist?«

Irgendwie brachte er die Kraft auf, seinen Arm auf den Boden fallen zu lassen, herumzutasten und das Handy zu finden, es ins Bett zu ziehen und die Anruferkennung zu lesen.

Scott Meyers, Amerikanisches Sport Management.

Sein Agent?

»Ist es wichtig?«, fragte sie.

»Es ist nicht Guy.« Aber es hätte wichtig sein können. Er drückte auf die Nummer für die Mailbox und drehte sich um, um sie anzusehen, während er das Handy an sein Ohr hielt. Während er hörte, wie es klingelte, strich er ihr mit dem Finger über die Wange, dann über die Lippen.

Lippen, die gerade gesagt hatten, dass sie ihn liebte.

Sie lächelte unter seiner Berührung. »Ich habe eine Entscheidung getroffen, Will.«

»Hey, Kumpel, wo um alles in der Welt steckst du? Ich habe Neuigkeiten für dich.«

Will blinzelte sie an, die kreissägenartige Stimme seines hyperaktiven Agenten fühlte sich vollkommen falsch an, wenn er Jocelyn ansah.

»Was gibt es?« Er hatte die Frage an sie gerichtet, aber Scotts Nachricht lief weiter.

»Ach, was soll's. Ich sage es dir. Du hast ein Jobangebot, alter Junge.«

»Ich möchte nicht zurück nach L. A., Will. Ich nehme Laceys Jobangebot an.«

»Ich … nicht?«

»Die Los Angeles Dodgers, Alter! Der verdammte Rancho Cucamonga braucht einen Aufwärm- und Anfänger-Coach. Vorstellungsgespräch findet morgen früh statt. Schwing deinen Hintern in den nächsten Flieger nach Südkalifornien, Palmer. Wir haben es geschafft, Mann!«

»Ich will hier bei dir in Mimosa Key bleiben.«

Dort … hier … *was?* Sein Kopf war kurz vor dem Explodieren bei all den widersprüchlichen Ankündigungen.

»Ruf mich so schnell wie möglich an. Sie sind verzweifelt auf der Suche nach jemandem, und wir können einen hübschen Deal machen. Glückwunsch, Mann. Das ist genau das, worauf du gewartet hast, stimmt's?«

Stimmt.

»Will?« Jocelyn stützte sich auf dem Ellbogen auf und sah ihn forschend an. »Stimmt was nicht?«

Ja. Etwas stimmte wirklich nicht. Er hatte zu lange gewartet.

27

»Nicht so schnell mit diesen überstürzten Entscheidungen, Joss.«

Etwas in Wills Stimme machte alles in ihr zunichte, er hatte ein langes Gesicht gemacht, als sie ihm ihre Pläne mitgeteilt und er dabei die Nachricht von irgendjemandem abgehört hatte. All ihre Worte, Versprechungen, Schwüre und tief empfundenen Ankündigungen der Liebe verpufften einfach im Gesicht eines Mannes, der einfach nicht so aussah, als wollte er sie hören.

Natürlich wollte er das nicht. Was zum Teufel hatte sie denn erwartet? Plötzlich war ihr bewusst, wie nackt und offen sie vor ihm dalag, deshalb griff sie nach der alten Decke, ihre Finger schlossen sich um die ausgefransten Ränder. Als sie sich den Stoff fast bis zur Nase hinaufgezogen hatte, fühlte sie sich bedeckt, aber der alte Geruch von Wills Zimmer machte sie benommen, was durch den ungewohnten, herben Geruch von Sex und den Ausdruck schierer Fassungslosigkeit auf seinem Gesicht noch verstärkt wurde.

Sie räusperte sich, weil sie ihrer Stimme nicht traute, aber er sprach zuerst. »Das war mein Agent.«

»Oh.«

Sorgfältig legte er das Handy auf das Kissen zwischen ihnen, das er sorgsam glattstrich, als wolle er Zeit gewinnen.

»Sieht so aus, als ...« Seine Lippen verzogen sich zu einem Lächeln, das eher bitter war als strahlend. »Als hätte das Warten ein Ende.«

Das Warten. »Auf einen neuen Job?«

Er nickte langsam, sein Blick wanderte über ihr Gesicht, als würde er etwas suchen und vielleicht auch etwas verbergen.

»Wow«, flüsterte sie. »Das ist ...« Unglaublich schlechtes Timing. »Fantastisch. Was für ein Job ist es?«

»Aufwärm- und Anfänger-Coaching für die unteren Ligen.«

»Genau das, was du wolltest, oder?« Außer dass sie irgendwann im Lauf der letzten Stunde oder des letzten Tages oder vielleicht auch der letzten Woche beschlossen hatte, dass sie *ihn* wollte. »Weißt du, alles, was ich gerade gesagt habe ...«

»Joss.« Er berührte wieder ihr Gesicht, umfasste es, rückte seinen warmen Körper neben ihren. »Der Job ist in L. A.«

Einen Moment lang war sie sich nicht sicher, ob sie richtig gehört hatte.

»Los Angeles«, bestätigte er.

»Bei den Dodgers?« Ihre Finger umklammerten die Decke, den Dodgers-blauen Trostspender. Die Verkörperung eines Kindheitstraum-Trösters.

»Das Rancho-Cucamonga-Team der unteren Liga.«

Verdammt. »Das ist eine halbe Stunde Autofahrt von meinem Haus in Pasadena entfernt.«

»Wegen dieser Entscheidung, in Mimosa Key zu bleiben ...« Er streichelte ihre Wange und wickelte sich ihr Haar um den Finger.

»Ja, die hast du gerade kompliziert gemacht.«

»Kompliziert gemacht? Die Entscheidung ist getroffen.« Er legte das letzte bisschen Entfernung zwischen ihnen zurück und schlang sein Bein um ihren Oberschenkel, um sie an sich zu ziehen. »Wir gehen zusammen. Wir werden *zusammen* sein. Wir werden ...«

Sie legte die Hand auf seine Lippen. »Was ist mit Guy?«

»Was mit ihm ist? Unser Plan ist perfekt. Wir bringen ihn in ein Pflege...«

»Jetzt ist das also *unser* Plan? Bevor dir Charity Grambling ein paar Fotos in die Hand gedrückt hat, hast du Himmel und Hölle in Bewegung gesetzt, mich davon zu überzeugen, dass das eine sehr schlechte Idee ist, dass Guy zu Hause bleiben muss, dass er eine Hilfe braucht und …«

»Alles hat sich verändert, Jocelyn.« Er setzte sich auf.

»Alles hat sich in den letzten beiden Tagen verändert. Ich weiß, was passiert ist …«

»Ich auch.« Sie wich zurück, wobei sie weiterhin die Decke festhielt, um sich zu bedecken. »Zumindest habe ich eine Vorstellung davon. Er ist ausgerastet, als dieses Baby gestorben ist. Eigentlich ergibt das dann alles einen Sinn. Vielleicht hat er meiner Mutter dafür die Schuld gegeben, vielleicht hatte sie einen Unfall, vielleicht …«

»Nein«, sagte er scharf. »Nein. So rasch kannst du ihm nicht verzeihen.«

Sie zuckte zurück. »Seit ich angekommen bin, bittest du mich darum, genau das zu tun. Und rasch ist das absolut nicht. Er ist so anders gewesen, er hat sich so verändert und …«

»Nein.« Er holte tief Luft, als müsste er Kraft sammeln, um sein Argument vorzubringen. »Das ist zu perfekt. Das ist Schicksal. Ein Job in Los Angeles. Bei« – er deutete auf die Decke – »meinem Traum-Team. Und du lebst dort. Jocelyn, das ist perfekt.«

»Aber mein Vater …«

»Hat dich windelweich geprügelt, als du jung und wehrlos warst«, schoss er zurück, während er sich aus dem Bett schwang und nach seinen Shorts griff. »Und außerdem hat er gedroht, mich umzubringen oder zumindest meine Karriere zu zerstören, weshalb du die Entscheidung getroffen hast, nie wieder mit mir zu sprechen.«

Sie wollte antworten, aber er machte eine Handbewegung,

um sie davon abzuhalten. »Und ich weiß, dass ich da mitgespielt habe, deshalb trifft mich ebenfalls Schuld, aber Himmel noch mal, Jocelyn. Das Schicksal und die Los Angeles Dodgers haben mir vielleicht gerade genau das angeboten, was ich jemals beruflich erreichen wollte.« Er schlüpfte in seine Shorts und sah sie aus funkelnden Augen an. »Und fünf Minuten vorher hast du mir alles geboten, was ich je privat erreichen wollte. Und ich will beides, verdammt noch mal.«

»Was ist mit dem, was ich will?« *Ein Mal im Bett und er übernimmt die ganze Kontrolle?* Wut und Groll schossen durch ihre sexgesättigten Zellen. Nein, so würde das nicht funktionieren.

Er starrte sie an, als würde diese Frage keinen Sinn ergeben. »Du hast gesagt, dass du mich liebst.«

Und er hatte es nie erwidert. »Ich war mitten in einem Höhepunkt.«

Er runzelte die Stirn. »Nicht direkt.«

»Aber kurz davor.« Eine Lüge, eine komplette Lüge. Aber er hatte es nicht erwidert, deshalb …

»Und du hast gesagt, du hättest beschlossen, nicht wegzugehen.« Er fuhr sich mit der Hand durch die Haare und wich nachdenklich ein wenig zurück. »Aber du hast es Lacey noch nicht gesagt, oder? Also gehen wir einfach nach L. A.«

»So? Tun wir das?« Sie schleuderte ihm die Worte härter entgegen, als es ihre Absicht gewesen war.

»Jocelyn, hör mal.«

»Nein.« Sie schüttelte den Kopf. »Du kannst in meinem Leben nicht den Ton angeben. Ich will nicht dorthin zurückkehren, weil ich bis über beide Ohren in diesem ganzen Mist stecke. Du kannst nicht …« *Nicht zu den Dodgers gehen.* Das war undenkbar.

Sie atmete lang aus, als ihr dämmerte, was sie da gerade machte. Wieder hielt sie die Schlüssel zu seiner Karriere in der

Hand. Letztes Mal hatte sie sie ihm gelassen. Aber dieses Mal? Wenn sie ihn darum bitten würde zu bleiben, würde er das tun, nachdem er gründlich darüber nachgedacht hätte. Er war so edelmütig, so loyal, so grundsolide und zuverlässig.

Und wieder wusste sie, dass es höllisch wehtun würde, das Richtige zu tun.

»Wann geht es los?«

»Sofort«, sagte er und griff nach seinem Handy. »Das Vorstellungsgespräch ist morgen früh. Ich muss jetzt Scott anrufen.«

»Und ich muss …« *Mir überlegen, was zum Teufel ich mit meinem Leben anfangen soll – und mit meinem Vater.* »… nach Dad sehen.«

Seine Augen blitzten auf. »Seit wann nennst du ihn nicht mehr Guy?«

»Seit ich erfahren habe, dass er eine große Tragödie erlebt hat.«

»*Dich* hat er aber nicht durch eine Fehlgeburt verloren.«

»Aber verloren hat er mich auch.«

Will hätte sich fast verschluckt. »Weil er dich fast umgebracht hätte, verdammt! Und mich hat er auch gedroht umzubringen.«

»Aber bevor du das wusstest, hattest du ihm verziehen, Will. Du hast dich um ihn gekümmert. Dir Sorgen um ihn gemacht. Du hast ihn geschätzt. Du …« Sollte sie es wagen, das zu sagen? »Du hast ihn *geliebt.*«

Er seufzte nur. »Aber jetzt weiß ich es besser.«

»Du hast also aufgehört, ihn zu lieben?«

»Es hat mich …« Er hielt sich den Kopf, als würde er gleich explodieren. »Ja, das habe ich. Hör mal, wir finden eine Lösung. Wir werden ihn irgendwo unterbringen. Wir sorgen dafür, dass es funktioniert, Jocelyn. Ich will nicht …«

»Du kannst also so einfach aufhören, jemanden zu lieben?«
Allein die Vorstellung raubte ihr den Atem. »Nur weil derjenige etwas gemacht hat, was du für falsch hältst? Du gehst dann einfach weg?«

»Nein, ich …«

»Was, wenn du herausfinden würdest, dass ich *tatsächlich* eine Affäre mit Miles Thayer hatte?«

Seine Augen weiteten sich kaum wahrnehmbar, aber sie erkannte, welche Wirkung diese Frage auf ihn hatte. Das war ihr gleichgültig. Sie musste es wissen. Sie musste wissen, aus was für einem Holz er geschnitzt war. Denn wenn er nicht war, was sie sich erhofft hatte, dann war er das Risiko nicht wert.

Als er nicht antwortete, hakte sie weiter nach. »Würdest du mich dann nicht mehr mögen, weil ich etwas gemacht hätte, was dich abstößt?«

Er schluckte. »Ich weiß nicht, warum du nicht die Wahrheit sagst.«

Sie hatte *ihm* die Wahrheit gesagt. Reichte das nicht? »Weißt du, was dein Problem ist, Will?«

»Du wirst es mir bestimmt gleich sagen.«

»Bei dir geht es immer um alles oder nichts. Was sagtest du noch, was du mit mir willst? Was war das Wort, das du benutzt hast? Das Wort, das du an dem Morgen geflüstert hast, an dem du mich im Ferienhaus hast aufstehen sehen?«

Dieses Mal war seine Reaktion ganz und gar nicht unmerklich. Mit finsterer Miene wich er zurück. »Was habe ich gesagt?«

»*Alles.* Du hast ›alles‹ geflüstert, genau wie vor einer halben Stunde, als wir im Bett lagen. Genau wie du in meinem Ferienhaus gesagt hast. Du willst alles, weil du ein Alles-oder-nichts-Typ bist. Bei dir gibt es keine Grauzone.«

Er verschränkte die Arme und wackelte ein wenig mit dem Kopf, widersprach aber nicht. »Was zum Teufel ist daran so falsch?«

»Es jagt mir Angst ein«, gestand sie.

»Warum?«

»Wenn du bereit bist, einen Mann im Stich zu lassen, den du anderthalb Jahre lang gepflegt hast, nur weil du etwas herausgefunden hast, das er vor fünfzehn Jahren getan hat, dann ...« War das nicht eindeutig genug? Musste sie es auch noch aussprechen? Sie sah ihn an, während sie sich auf die Lippe biss, um ihre Gefühle im Zaum zu halten. »Ein Alles-oder-nichts-Mann ist der schlimmstmögliche Typ für eine Frau, die in einem Haushalt aufgewachsen ist, der auf Angst basierte.«

»Jocelyn.« Er kam näher und streckte die Hände aus. »Ich würde dir nie wehtun.«

Sie starrte ihn nur an. »Aber was, wenn ich etwas täte, das dich verletzt? Könntest du dann einfach so aufhören, mich zu lieben?« So wie sie es irgendwie geschafft hatte, nicht zu erwähnen, dass er ihr gerade die Jungfräulichkeit geraubt hatte?

Man konnte die Rädchen in seinem Gehirn arbeiten sehen und sein Gesichtsausdruck veränderte sich. »Hast du so etwas getan? Wolltest du mir das vorhin sagen?«

Ihre Finger gruben sich ein wenig tiefer in die Decke, die Worte blieben ihr in der Kehle stecken.

»Hast du mit Miles Thayer geschlafen?«, fragte er mit stockender Stimme. »Hattest du eine Affäre mit dem Ehemann deiner Klientin?«

Die Worte schlugen mit derselben Wucht ein wie der Ring ihres Vaters an ihrem Zahn, deshalb fuhr sie mit der Zunge über den alten, vertrauten Riss. »Glaubst du wirklich, ich hätte das gemeint?«, fragte sie.

»Nun, hast du es getan?«, wollte er wissen. »Gehst du deshalb nicht einfach da raus und dementierst es, sondern versteckst dich hinter einem Kodex der Berufsethik, anstatt dich zu verteidigen?«

Oh. Das konnte sie nicht ertragen. Sie senkte den Blick und blinzelte durch Tränen auf das Dodgers-Logo hinunter, das sie zu verhöhnen schien und nur noch eine Farce des einstigen Trostes bot.

»Will. Ich muss mich jetzt anziehen. Warum gehst du nicht nach unten, rufst deinen Agenten an und …« *Verfolgst deine Dodgers-Träume.* »… ich sage dir noch auf Wiedersehen, bevor du gehst?«

»Jocelyn.« Er streckte die Hand nach ihr aus, doch sie wich zurück, zu verletzt, um sich von ihm berühren zu lassen. Frustriert atmete er aus und ließ die Hand sinken.

»Geh einfach, Will.«

Alle Farbe wich ihm aus dem Gesicht, während er sie anstarrte und das verarbeitete, was er für die Wahrheit hielt. Sollte er doch. Es spielte keine Rolle, dass es nicht die Wahrheit war.

Was eine Rolle spielte, war, dass er glaubte, dass es die Wahrheit wäre, und dass er ein Alles-oder-nichts-Typ war, und sie jetzt mit leeren Händen dastand.

Sie hatte nur noch ihren Vater, der sie wirklich brauchte.

Jocelyn wusch sich in Wills Badezimmer, sammelte sich und stellte eine kleine mentale To-do-Liste zusammen. Darauf gab es nur einen einzigen Punkt: Verzeihen. Vielleicht würde die Freude, das zu tun, den Schmerz über Wills eindeutige Zweifel an ihr und ihre Zweifel an ihm mildern.

Unten angekommen, blieb sie auf dem Weg nach draußen nicht stehen, sondern schlüpfte zur Hintertür hinaus und ging durch ihre Gärten. Doch bevor sie Guy besuchte, ging sie vorne um das Haus herum – und blieb abrupt stehen, als sie in der Ferne etwas aufblitzen sah. Als würde Sonnenlicht auf Glas treffen.

Wie die Linse einer Kamera.

Sie wich in den Schutz des Hauses zurück, duckte sich hinter der Hecke und beobachtete, wie ein Wagen langsam die Sea Breeze entlangfuhr, das hintere Fenster, aus dem ein Teleobjektiv ragte, halb offen.

Als der Wagen außer Sicht war, rannte sie in die Garage und schlug auf den Knopf, um die automatische Tür zu schließen. Verdammt. Sie hatten sie gefunden. Sie musste Guy hier rausholen und zur Barefoot Bay mitnehmen, wo sie sicher wären. Clay würde niemanden auf das Grundstück des Casa Blanca lassen, und sie könnten dort warten, bis es vorbei war.

Doch für wie lange? Wie lange würde es dauern, bis sie Schnee von gestern wäre? Wie lange würde es dauern, bis die Leute vergessen hatten? Will würde es ganz sicher nicht vergessen.

Der Gedanke quälte sie, als sie sich wieder hinauf in den Speicherraum über der Garage zog und zu der Kiste kroch, die sie geöffnet hatten.

Sie nahm so viel von den Kleidern, wie sie tragen konnte, und das Babyalbum, in dem Guys Gedicht steckte. Vielleicht würde sie ihn ganz behutsam dazu bringen, die Sachen anzuschauen; womöglich würde das seinem Gedächtnis auf die Sprünge helfen.

Auf dem Weg nach unten suchte sie die Garage mit Blicken nach einer leeren Schachtel ab. Direkt neben der Garagentür entdeckte sie einen Karton in der perfekten Größe, auf dem eine Zeitung lag. Der würde gehen, dachte sie und trug die Kleidung zu ihm hinüber.

Und wieder blieb sie wie erstarrt stehen.

Dieses Mal lag es nicht an der Kamera, sondern an den Schlagzeilen, die ihr einen Tiefschlag versetzten. Schlagzeilen, die Will gelesen hatte, während er packte.

Miles vermisst Lebensberaterin!

Sie blinzelte, und sie fühlte sich ein wenig benommen, als sie sich vorstellte, wie Will diese Zeitung gehalten und die Worte gelesen hatte, während die Samen dieser hässlichen Lügen in seinem Herzen Wurzeln schlugen.

Was sie noch benommener machte, war der Gedanke, dass er daraufhin mit ihr geschlafen und nicht gesagt hatte, dass er sie liebte, obwohl sie ihm ihre Gefühle gestanden hatte.

Gott sei Dank hatte sie nicht alles gestanden.

Aber hätte er ihr überhaupt geglaubt? Wenn sie ihm gesagt hätte, dass er ihr Erster war, hätte sie vielleicht nie diese Schatten des Zweifels in seinen Augen sehen müssen.

Denn dieser Schatten *schmerzte.*

Sie trat näher und quälte sich noch weiter, indem sie die erste Zeile des Artikels las.

Miles Thayer, der sich weigert, den Aufenthaltsort seiner Geliebten preiszugeben …

Sie schloss die Augen, und ein paar der Babyklamotten flatterten auf den Garagenboden. Ein Teil ihres neuerdings verzeihenden Herzen wollte, dass sie zurück über den Rasen rannte, dabei riskierte, auf die Reporter zu treffen, und Will die Wahrheit zubrüllte.

Aber das hätte eigentlich gar nicht erst notwendig werden sollen, dachte sie, während sie sich bückte, um den winzigen Schlafanzug und die Schühchen aufzuheben. Er sollte ihr glauben. Wenn er *alles* wollte, war da Vertrauen dann nicht miteingeschlossen?

Sie ignorierte die Schachtel, umklammerte die Babysachen

und fummelte am Türknauf herum, um ins Haus zu gelangen. »Guy?«

Als keine Antwort kam, ging sie geradewegs den Flur entlang zu den Schlafzimmern.

»Guy, bist du hier hinten?«

Sie hörte ein dumpfes Geräusch aus dem Schrank, das plötzliche Klirren von Kleiderbügeln an einer Stange, dann ging die Tür auf und er trat heraus.

»Hast du geweint?«, fragte sie, während sie den ganzen Arm voll Zeug auf das Bett fallen ließ, um die Hand nach ihm auszustrecken. »Was ist los?«

»Missy.« Er kam geradewegs auf sie zu und schloss sie in die Arme, was ihr eine seltsame Mischung aus Schauern über den Rücken jagte. »Da bist du ja.«

»Was hast du da drin gemacht, Guy?« Das Herz ging ihr auf und schlug gleichzeitig eine Art Purzelbaum.

»Ich habe jemanden vermisst.« Er lehnte sich zurück. »Ich habe ihren Namen vergessen.«

Sie tätschelte ihm die Schulter mit einer ungeschickten, aber nichtsdestoweniger natürlichen Geste. Sie würde sich jetzt an dieses Gefühl gewöhnen müssen. »Schon gut. Jetzt bin ich ja da, und rate mal, was wir jetzt machen?«

»Packen und Preisschildchen für den privaten Flohmarkt schreiben?« Seine grauen Augen leuchteten auf und seine Augenbrauen schossen auf seiner runzligen Stirn weit nach oben.

»Noch besser: Wir machen einen Ausflug.«

Sein Lächeln wankte. »Wo willst du mich hinstecken, Missy?«

Großer Gott. Fast hätte sie ihn *tatsächlich* irgendwohin gesteckt. Das konnte sie immer noch. Ihr Blick streifte die Babysachen. Nein, konnte sie nicht.

»Ich bringe dich einfach für eine kleine Weile in ein sehr

schönes Ferienhaus«, sagte sie. »Es ist ein sicheres kleines Haus, und ich wohne in derselben Straße bei einer Freundin.«

»Oh, ich weiß, was das ist!« Er klatschte in die Hände wie ein kleines Kind. »Das ist der Teil, in dem sie die Leute in ein schickes Hotel bringen, wo sie schwimmen gehen und Pläne schmieden können, wie sie ihr Leben verändern und in einem *Clean House* leben können!« Die letzten Worte brüllte er hinaus wie in einer Werbung für eine Fernsehshow.

»So ungefähr, ja.« Das war eigentlich die perfekte Methode, ihn hier herauszukriegen. Und in Anbetracht des Wagens da draußen mussten sie sich beeilen.

»Aber wir sind noch nicht fertig«, sagte er. »Werde ich zum Flohmarkt nicht hier sein, um zu sehen, wie viel Geld eingenommen wurde und was ihr dann damit Neues holt?«

Gott, gab es nicht irgendeinen Aspekt dieser Show, den er sich nicht gemerkt hatte? »Wir werden zurückkommen, wenn es so weit ist«, versicherte sie ihm. »Aber lass uns Kleider für ein paar Tage einpacken.«

Er sah den Stapel blau-weißer Babysachen an. »Was ist das alles?«

Jetzt war nicht der richtige Zeitpunkt, sein vernebeltes Gedächtnis zu durchforsten. »Nur ein paar Sachen, die ich gefunden habe und die ich einer Freundin geben möchte, die ein Baby erwartet. Ich packe das mal in ein paar Taschen, während du einen Koffer suchst.« Sie deutete auf den Schrank. »Soll ich dir helfen?«

»Nein!«, sagte er schnell und versperrte ihr den Weg zum Schrank. »Geh du nur.« Er fuchtelte mit der Hand. »Such du deine Tasche, und ich kümmere mich um meine.«

»Okay. Aber beeil dich.«

»Warum diese Hektik?«, fragte er.

»Ähm, die Kameras werden bald hier sein. Du bist nicht bereit für …«

»Die große Enthüllung!« Er strahlte sie wieder an. »Ich kenne dieses Spiel, Missy.«

»Allerdings.« Sie hob die Arme und hätte sie fast nach ihm ausgestreckt, da erstarrte sie. Es würde noch sehr lange dauern, bis es sich natürlich anfühlte, ihn zu umarmen.

Aber das reichte ihm schon. Er trat vor, in ihre Arme, und klopfte ihr sanft auf den Rücken. »Du bist echt lustig, Missy.«

Das war sie, oder?

»Wie war noch mal dein richtiger Name?«

Sie schluckte. »Jocelyn.« Mit einem tiefen, beruhigenden Atemzug fügte sie hinzu: »Bloom. Jocelyn Bloom.«

Sie hätte schwören können, dass er sich kurz versteifte und sich dann wieder entspannte. »Du bist ein gutes Mädchen, Jocelyn.«

»Und du bist ein guter Mann … Guy.«

In der Ferne hörte sie eine Autotür zuschlagen, und sie machte einen Satz nach hinten. »Beeil dich jetzt. Pack deine Sachen. Ich bin gleich wieder da.«

Sie hetzte durch den Flur geradewegs zur Haustür und spähte vorsichtig auf die Einfahrt hinaus.

Keine fremden Autos, nur ihrer und …

Will stand neben ihrem Wagen, auf der Beifahrerseite, und schaute sich irgendetwas an. Sie konnte es aus dieser Perspektive nicht erkennen, deshalb ging sie zum Esszimmerfenster und zog vorsichtig die Jalousien einen Spalt breit auf, um eine perfekte Aussicht auf ihn in der Einfahrt zu bekommen.

Er blickte auf ihr Handy; sie hatte es auf der Konsole liegen lassen, als sie ausgestiegen war, um ihm Hallo zu sagen.

Was machte er da? Suchte er nach SMS von Miles Thayer?

Der Gedanke daran fühlte sich wie ein spitzer Stachel in ihrem Herzen an.

Er kam mit dem Handy in der Hand um das Auto herum und ging auf die Haustür zu. Auf dem Weg dorthin verlangsamte er seine Schritte und drehte sich um, weil ein Wagen die Straße entlanggefahren kam. Derselbe Wagen mit demselben Teleobjektiv.

Das Fenster auf der Fahrerseite wurde heruntergekurbelt. »Hey, ist Jocelyn Bloom da drin?«

Will ignorierte die Frage, ging zur Haustür und schloss sie auf. Dann betrat er das Haus. Sie wartete auf ihn, als er hereinkam.

Einen Augenblick lang sah er sie forschend an, dann sagte er: »Sie sind schon eine ganze Weile da draußen.«

»Ich weiß«, sagte sie. »Ich nehme Guy mit hinauf zur Barefoot Bay.«

Er hielt ihr das Handy hin. »Du hast es in deinem Auto liegen lassen.« Sein Blick war misstrauisch, beinahe kalt. Sie nahm es ihm ab, wobei sie darauf achtete, seine Hände nicht zu berühren, um das elektrisierende Gefühl nicht ertragen zu müssen. »Ich dachte, ich hole es heraus, damit die Mistkerle, die das Haus umkreisen, nicht auf die Idee kommen, es dir zu klauen.«

»Danke.«

»William!« Guy kam durch den Flur gehüpft. »Schau mal, was Missy gefunden hat! All deine alten Babysachen.«

Will warf ihr einen finsteren Blick zu, doch sie intervenierte sofort. »Die sind für meine Freundin Lacey, Guy.« Sie streckte die Hand aus, um ihm das Bündel abzunehmen. »Sie gehören nicht Will.«

»Aber sie haben ihm gehört.« Guy gelang es, einen der kleinen Schlafanzüge festzuhalten und wie eine babyblaue Flagge

379

zu schwenken. »Ich kann nicht glauben, dass du je so klein gewesen bist, mein Junge.«

»Das sind nicht meine, Guy.«

»Wem sollen sie denn sonst gehören?«, fragte Guy und schaute verwirrt von einem zum anderen.

Niemand sagte ein Wort.

»Sie gehören einem Baby, das nicht mehr da ist«, sagte Jocelyn leise, nahm ihm den Schlafanzug aus der Hand und legte ihm die Hand auf den Rücken. »Komm jetzt, Guy. Du musst dich konzentrieren. Wir müssen schnell weg von hier.«

Er drehte sich um, um Will anzusehen. »Das ist der Teil, in dem ich in das schicke Hotel gebracht werde. Du weißt das doch, William, oder? In der Show? Sie schicken die Leute immer an einen schönen Ort. Wirst du auch dort sein?«

»Er geht nach Kalifornien«, sagte Jocelyn und hasste das Eis in ihrer Stimme, machte aber keine Anstalten, es schmelzen zu lassen.

Guy erstarrte, seine Augen weiteten sich vor Entsetzen. »Was?«

»Nur für einen Tag«, sagte Will rasch. »Jocelyn bleibt bei dir.«

Das beruhigte ihn, und er ließ sich von ihr zurück in den Flur führen. »Wann geht es los?«, rief Guy.

»Na ja«, sagte Will. »Ich wollte mich eigentlich sofort auf den Weg machen, aber …«

Jocelyn drehte sich zu ihm um. »Aber was?«

»Ich möchte nicht gehen, wenn …« Er deutete auf die Straße.

Sie drängte Guy weiter und kehrte dann ins Esszimmer zurück. »Ich habe das im Griff. Wir sind dann im Casa Blanca, und Clay wird nicht zulassen, dass jemand das Grundstück betritt.«

»Ich werde euch bis zur Barefoot Bay folgen, um sicherzustellen …«

»Nein!« Sie hatte nicht vorgehabt, es wie ein Bellen klingen zu lassen. »Tu mir einfach den Gefallen und geh.«

»Das werde ich«, sagte er schlicht und ergreifend. »Ich gehe nach Kalifornien, Jocelyn, und ich werde dir auch sagen, warum.«

»Ich weiß, warum.«

»Nein, das weißt du nicht.« Er beugte sich ein wenig näher zu ihr hin; er roch frisch, als hätte er gerade geduscht. Und sie und ihre Liebesgeständnisse abgewaschen. »Du glaubst, alles zu wissen. Du glaubst, du könntest alles unter Kontrolle halten. Du glaubst …«

»Schon kapiert.« Sie winkte ihn zur Tür. »Ich weiß überhaupt nichts, Will. Und in dir habe ich mich ganz sicher getäuscht.«

Er sah sie scharf an, die Augenbrauen über gequälten Augen zusammengezogen. »Und ich habe mich in dir getäuscht.«

Autsch. Sie schluckte und schloss die Augen, um nicht darauf zu reagieren. »Tu mir einen Gefallen, Will. Fahr bitte mein Auto in die Garage, wenn du gehst, und sag den Reportern, dass du mich vom Flughafen abholst. Spiel den Lockvogel und lass dich von ihnen verfolgen.«

»Glaubst du, dass sie darauf hereinfallen werden?«

»Wenn du überzeugend auftrittst, ja. Wirst du das für mich tun?«

»Tatsächlich würde ich sehr viel mehr für dich tun.«

»Nicht nötig«, sagte sie rasch. »Das ist alles, was ich brauche. Das genügt.«

»Na schön«, stimmte er zu. »Erledige das auf deine Weise. Aber ich will, dass du eins weißt.« Er nahm ihr Kinn in seine Hand und hielt es so fest, dass sie sich nicht losreißen konnte und gezwungen war, ihm in die Augen zu schauen. »Ich weiß, was ich vor all diesen Jahren falsch gemacht habe. Ich weiß, was ich hätte tun sollen und nicht getan habe. Und jetzt weiß ich, welche Konsequenzen das hatte« – er musste sich zusammenreißen, damit seine Stimme nicht brach, was schmerzlicher schien, als wenn er geweint hätte – »ich werde das dir gegenüber wiedergutmachen.«

Indem er forderte, dass sie zurück nach Kalifornien ging? Indem er Klatschgeschichten Glauben schenkte statt ihr? »Das brauchst du nicht«, stieß sie hervor.

»Aber das werde ich. Ich werde das tun, was ich damals hätte tun sollen.«

Er hätte nach Kalifornien gehen sollen, um dem Traum seines Vaters, das blaue Dodgers-Trikot zu tragen, nachzujagen? Doch sie hatte nicht das Herz, ihm das zu sagen, denn tief in ihrem Inneren liebte sie Will Palmer noch. Sie hatte ihn immer geliebt und würde ihn immer lieben.

Aber Liebe war nicht genug. Es musste auch Vertrauen da sein.

»Dann viel Glück, Will. Ich hoffe, du findest in Kalifornien das, was du suchst.«

Er rieb sich über seine noch immer unrasierte Wange und nickte ihr zu. »Das werde ich. Vorher werde ich nicht zurückkommen.«

Dann werde ich dich vermissen. »Mach's gut.«

Er ging hinaus, fuhr den Toyota in die Garage und machte das Garagentor zu. Dann sah sie, wie er auf die Straße hinausging und mit dem Fahrer des Wagens sprach, in dem der Fotograf saß. Ein paar Minuten später fuhr Will aus seiner Einfahrt und die Presse folgte seinem Pick-up.

Jocelyn lehnte sich einfach gegen das Fenster, und wie so viele Male in diesem Haus weinte sie, weil sie einfach nur wollte, dass dieser eine Mann sie liebte – aber das tat er nicht.

28

Gerade als Jocelyn auf die leere Straße hinausfuhr, packte Guy sie mit einem plötzlichen Wimmern am Arm.

»Ich habe etwas vergessen!«

»Was?«

»Ich …« Er presste so heftig die Hände gegen die Schläfen, dass er Abdrücke hinterließ. »Ich kann mich nicht daran erinnern, zum Kuckuck.«

Sie blickte nach rechts und links, weil sie jederzeit damit rechnete, dass Reporter aus den Büschen gesprungen kamen. »Was immer du vergessen hast – ich kann zurückkommen und es holen.« Oder jemand anderes konnte das tun. »Du musst jetzt aufhören, dir Sorgen zu machen, und dich entspannen.«

Er sah aus, als würde er nicht wissen, was ›entspannen‹ bedeutete, sondern beugte sich vor, als wäre er drauf und dran, aus dem Wagen zu springen und wegzulaufen. »William ist weg«, sagte er. »Das war das, was ich vergessen habe.«

»William macht nur eine kurze Geschäftsreise«, versicherte sie ihm und zwang sich, ihrer Stimme Leichtigkeit zu verleihen, auch wenn ihr bei dieser Bemerkung ganz und gar nicht danach zumute war. »Ehe du dich versiehst, ist er schon wieder zurück.«

»Vor dem privaten Flohmarkt?«

»Ja«, log sie. »Vor deinem Flohmarkt. Schnall dich jetzt an, dann fahren wir zu diesem tollen Hotel. Es wird dir gefallen.«

Abgesehen vom UPS-Lieferwagen begegnete ihnen kein weiteres Fahrzeug, bis sie sich der Stadt näherten. Niemand hupte, schnitt ihr den Weg ab oder ordnete sich neben ihr ein, als sie den Fourway, die Kreuzung zwischen Zentrum und Hafen, erreichte und anhielt.

Dort entdeckte sie den Wagen des Sheriffs auf dem Parkplatz des Super Min. Wenn das Schicksal es gut mit ihr meinte, war das Deputy Slade Garrison, und sie würde ihm mitteilen können, was gerade vor sich ging.

Als sie abbog, packte Guy sie wieder am Arm. »Ich gehe da nicht hinein.«

»Ich will nur …« Erinnerte er sich an Charity? »Warum nicht?«

Er schüttelte heftig den Kopf. »Nein, da gehe ich nicht hinein.« Charity hatte es zu ihrer Mission erklärt, ihn dazu zu zwingen, von seinem Posten als stellvertretender Sheriff der Stadt zurückzutreten, und hatte ihm im Grunde damit gedroht, ihn aufgrund dessen, was er Jocelyn angetan hatte, zu ruinieren. Wie würde sie reagieren, wenn Jocelyn ihr mitteilte, sie hätte ihrem Vater verziehen?

Egal. Jetzt war nicht die Zeit, um sich darüber Sorgen zu machen; sie musste mit Slade reden und nicht hier in aller Öffentlichkeit herumsitzen.

»Bleib im Wagen«, sagte sie, während sie auf einem freien Parkplatz an der Seite des Gemischtwarenladens einparkte. »Ich bin gleich wieder da.«

Er warf ihr einen zweifelnden Blick zu; sein Mund war verzerrt und die Schultern eingesunken.

»Alles wird gut, Guy«, versprach sie ihm.

Doch seine Augen füllten sich mit Tränen. »Ich vermisse William jetzt schon.«

»Ich auch«, gestand sie. »Nur eine Sekunde, okay?«

Als sie gerade aussteigen wollte, hörte sie ihn etwas vor sich hin murmeln. »Himmel, ich hasse diese Frau.«

384

Sie erstarrte und drehte sich zu ihm um. »Du *erinnerst* dich an Charity?«

»Nein«, sagte er schnell. »Ich erinnere mich nur daran, dass ich sie hasse.«

Alles drückte so schwer auf sie herunter wie die Sonne Floridas. »Warte hier, Guy«, sagte sie, während sie ausstieg, um in den Super Min zu eilen.

Slade lehnte an der Ladentheke und unterhielt sich mit Gloria Vail, die hinter der Kasse stand.

»Ich muss mit Deputy Garrison sprechen«, sagte sie rasch. »Unter vier Augen.« Der Deputy und Gloria wechselten einen Blick, der Jocelyn sagte, dass Gloria über alles im Bilde war. »Oder auch nicht«, fügte Jocelyn mit einem Nicken hinzu. »Dann erzähle ich es euch beiden.«

Die hintere Tür ging auf und Charity trat ein. »Alles okay bei dir?«, fragte sie.

Dieser Frau entging absolut gar nichts. Wahrscheinlich beobachtete sie per Videoüberwachung den Laden von ihrem Büro aus.

»Mir geht es gut, aber die Medien haben mich jetzt eindeutig aufgestöbert. Sie lauern vor meinem Elternhaus, deshalb nehme ich meinen Vater mit hinauf zur Barefoot Bay.«

»Du nimmst ihn mit?« Charitys aufgemalte Augenbrauen schossen nach oben. »Warum?«

Sie schluckte. »Damit er geschützt ist.«

Die ältere Frau schnaubte, doch da mischte sich Slade in das Gespräch ein. »Das ist klug, Jocelyn. Hast du zufällig gesehen, was für ein Auto sie fahren?«

Sie beschrieb es so gut sie konnte und beantwortete ein paar weitere Fragen. Dabei war sie sich Charitys finsterem, missbilligendem Gesichtsausdruck schmerzlich bewusst. Als Slade beiseitetrat, um einen anderen Deputy anzurufen, kam

Charity um den Ladentisch herum und packte Jocelyn am Ellbogen.

»Komm mit«, sagte sie barsch.

»Ich kann nicht, Charity. Ich habe ihn im Auto sitzen lassen.«

»Soll er doch da verrotten!«

Jocelyn befreite sich aus dem Griff der anderen Frau. »Bitte.«

»Also wirklich, Tante Charity«, sagte Gloria. »Slade hat das alles im Griff.«

Charity warf ihrer Nichte einen vernichtenden Blick zu und packte Jocelyn wieder am Arm. »Es dauert nur eine Minute. Komm nach hinten. Es könnte dein Leben verändern.«

»Mein Leben hat sich schon verändert«, sagte sie leise. »Ich will ihm verzeihen, Charity.«

»Ach, zum Teufel. Komm her.« Sie schob Jocelyn auf die Hintertür zu, und diese folgte ihr eher neugierig als alles andere.

Das Büro war winzig, unaufgeräumt und roch nach den Pappschachteln der Snacks, die in der Ecke lagerten, doch Charity schien genau zu wissen, was sie wollte, und ging geradewegs zu einem Aktenschrank, wo sie eine Schublade aufriss.

»Du willst ihm also verzeihen, ja?«

»Ich möchte es hinter mir lassen.« Sie hasste dieses Klischee, aber im Moment funktionierte es. Was bewahrte Charity in dieser Schublade auf?

Eine dünne Aktenmappe, wie sich herausstellte, mit der sich Charity jetzt Luft zufächelte. »Ich hatte ein Auge auf deinen alten Herrn.«

»Das weiß ich. Zumindest bis meine Mutter gestorben ist.«

»Und danach auch noch.« Charity stemmte die Hände in ihre knochigen Hüften. »Jemand musste auf den alten Scheißkerl aufpassen.«

Das hatte jemand getan: Will. Doch sie schwieg und wartete auf eine Erklärung von Charity.

»Nach ihrem Tod ging es steil bergab mit ihm«, sagte Charity.

»Ich weiß.«

Sie hielt Jocelyn die Mappe hin. »Nicht wahr?« Als Jocelyn sich nicht rührte, um sie zu nehmen, ließ Charity die Mappe knallen wie eine Peitsche. »Möchtest du es nicht wissen?«

Vielleicht wollte sie das gar nicht. »Was immer du da hast, spielt keine Rolle, Charity, weil so viel Zeit …«

»Es spielt eine Rolle!« Sie fuchtelte wild mit der Mappe herum. »Mit Misshandlung kann man keinen davonkommen lassen!«

»Die Misshandlungen sind Geschichte.« An diesen Glauben musste sie sich einfach klammern. Es hatte so lange gedauert, an diesem Punkt anzulangen, und es hatte sie so viel gekostet. Sie war nicht bereit, sich von der alten Wichtigtuerin diesen Entschluss nehmen zu lassen. »Guy leidet an Demenz und erinnert sich nicht einmal mehr an das, was er getan hat.«

Charity warf die Aktenmappe mit einem dramatischen Seufzer auf ihren ohnehin schon überladenen Schreibtisch. »Natürlich will er, dass du das glaubst, Jocelyn! Was, wenn du Anzeige gegen ihn erstatten würdest?«

»Ich habe mich schon vor langer Zeit dagegen entschieden.«

»Selbst als deine Mutter gestorben ist?« Die Frage steckte voller Andeutungen.

»An einem Gehirntumor, Charity. Er hat sie nicht umgebracht.« Er hatte ihr Leben zwar zu einer Hölle auf Erden gemacht, aber sein Ende hatte er nicht herbeigeführt.

»Bist du dir da sicher?«

»Absolut. Ich habe mit den Ärzten gesprochen.«

»Sie starb ganz plötzlich, nicht wahr?«

Jocelyns Blick wanderte zu der Akte. Sie hatte keine Zweifel daran, dass ihre Mutter an einer natürlichen Ursache gestorben war – und möglicherweise einem gebrochenen Herzen. Aber Guy hatte sie nicht umgebracht.

»Sieh es dir einfach an, Herrgott noch mal.«

Ganz langsam griff sie nach der Mappe, schlug sie auf und fand ein einzelnes Blatt Papier darin, auf dem oben *Lee-County-Bibliothek Südwest-Florida* stand.

»Das hat mir Marian Winstead freundlicherweise zur Verfügung gestellt.«

»Marian the Librarian«, sagte Jocelyn leise; der Spitzname, den die Einheimischen der scharfsinnigen Bibliothekarin von Mimosa Key verliehen hatten, schoss ihr sofort durch den Kopf.

»Sie mag es nicht, wenn man sie so nennt«, sagte Charity. »Wie du vielleicht weißt, sind wir schon unser ganzes Leben lang eng befreundet. Sie ist sehr vertrauenswürdig.«

Jocelyn las sich eine Liste von Büchern und Ausleihdaten durch.

Rentenrecht: Finanzielle und rechtliche Erwägungen für den Alzheimer-Patient

Alzheimer und das Recht

Die Verteidigung ruht: Freispruch und Demenz

»Bestimmt ist dir aufgefallen, dass all diese Bücher innerhalb von fünf Monaten von Alexander Bloom ausgeliehen wurden.«

Alexander. So wie der kleine Junge. Sie schüttelte den Kopf und wünschte, sie könnte all diese Gedanken loswerden und einfach neu anfangen. »Was willst du damit sagen?«

»Ich will überhaupt nichts sagen. Ich glaube, diese Liste sagt alles. Nun, ich klage ihn wegen nichts an, dessen er nicht ohnehin schon schuldig ist.« Sie ging ein paar Schritte weiter. »Es gibt einem nur zu denken, nicht wahr? Wie praktisch es für ihn ist, ›Alzheimer zu haben‹.« Sie zeichnete mit den Fingern Anführungszeichen in die Luft und senkte ihre Stimme auf eine ganz neue Ebene des Sarkasmus.

Jocelyn legte die Mappe weg und sah Charity an. »Wenn du damit andeuten willst, dass er die Demenz nur vortäuscht, um etwas zu verbergen, was er getan oder *nicht getan* hat, dann irrst du dich.«

»Du lässt ihn also ungeschoren davonkommen.« Charitys Nasenlöcher bebten bei diesem Gedanken. »Vielleicht solltest du dir diese Bilder noch mal anschauen, die ich Will Palmer mitgegeben habe. Zähl die blauen Flecken. Erinnere dich an die Schmerzen. Ich war diejenige, die dir die Eisbeutel aufgelegt hat, wie du weißt. Ich war diejenige …«

»Ich weiß!« Gleich nachdem der Ausruf ihrem Mund entwichen war, flogen ihre Hände zu einer entschuldigenden Geste nach oben. »Ich weiß«, wiederholte sie in sanfterem Ton. »Ich möchte nur nicht mehr mit all diesem Hass leben. Er ist krank.«

»Ist er das? Bist du dir dessen absolut sicher, Jocelyn?«

Sie schloss die Augen und stellte sich Guy vor und all das, was er nicht mehr wusste und woran er sich nicht mehr erinnerte.

Ich hasse diese Frau.

Sie konnte noch immer das Echo von Guys hinterhältigem Kommentar hören. »Die Krankheit ist sehr schwer zu verstehen.«

Charity beugte sich so nahe zu Jocelyn, dass diese ihre übergroßen Poren zählen konnte. »Misshandlung auch. Ich weiß. Bei mir hat es auch gebrochene Rippen gebraucht, bis ich es *verstanden* habe. Und ich bin schnellstmöglich abgehauen und habe meine Gracie mitgenommen. Was mehr ist als man von deiner bedauernswerten toten Mutter behaupten kann.«

Das konnte sie nicht hinnehmen. Egal, was Charity für sie getan hatte, sie konnte nicht dastehen und sich anhören, wie sie

Guy beschuldigte, ein Betrüger oder Mörder oder was auch immer zu sein. Er war, was er war – und Jocelyn hatte beschlossen, dies hinter sich zu lassen, ganz gleich was Charity von ihr verlangte. »Ich habe eine Entscheidung getroffen, Charity. Danke für die Informationen.«

Als sie sich zur Tür wandte, landete Charitys Hand auf ihrem Arm. »Es wäre doch ein Jammer, wenn diese Aktenmappe in den Händen der falschen Person landen würde.«

Jocelyn erstarrte und sah sie an. »Ja, das wäre es.«

»Du weißt schon, zum Beispiel dem *National Enquirer.*«

Ohne zu antworten öffnete Jocelyn die Tür und trat in den Laden, wo sie Gloria und Slade zunickte. »Danke noch mal«, sagte sie leise. »Wenn ihr mich braucht, ich bin oben bei Lacey und Clay Walker.«

Draußen brannte die Sonne auf sie herunter und blendete sie nach ihrem Aufenthalt in dem düsteren, trübseligen Büro hinten im Super Min. Aber sie konnte die Anschuldigungen und Zweifel nicht vertreiben. Vielleicht hatte Guy gemerkt, dass er Dinge vergaß, und musste seine Rechte oder seine Versicherung daraufhin überprüfen. Es wäre nur vernünftig, wenn er sich nach Moms Tod und folglich ohne ihre Hilfe darüber Gedanken gemacht hätte.

Vielleicht hatte er Angst, dass all das, was er getan hatte, herauskommen würde.

Vielleicht war er …

Weg.

Jocelyn blieb wie angewurzelt stehen und starrte auf den leeren Vordersitz des Wagens und die sperrangelweit geöffnete Beifahrertür.

»Guy!« Sie rannte um das Auto herum und drehte sich dabei um ihre eigene Achse. Schweiß rann ihr bereits den Rücken hinunter. »Guy!«

Sie rannte auf den Parkplatz, schaute von der Kreuzung aus nach links und rechts, suchte den Parkplatz des Hotels ab, suchte überall, *überall.*

Guy war verschwunden.

Als Will in L. A. landete, war es noch immer hell und relativ früh – ein Segen für jemanden, der in so kurzer Zeit wie möglich quer durchs Land fliegen will. Wenn alles nach Plan lief, konnte er einen Nachtflug nehmen, nachdem er seine Mission erfüllt hatte. Wenn nicht, hätte sein Plan voll versagt.

Aber er hatte etwas zu erledigen. Er musste Jocelyn helfen – dieses Mal. Und es durfte nicht zu spät sein. Es *musste* einfach funktionieren.

Scott war natürlich nicht gerade begeistert gewesen, als Will ihn zurückgerufen und sein Angebot ausgeschlagen hatte. Aber Jocelyn zu sagen, er hätte den Job abgelehnt, hätte sie von überhaupt nichts überzeugt; er musste ihr zeigen, dass er sie liebte. Außerdem hätte sie sich in Schuldgefühlen gesuhlt, wenn sie angenommen hätte, dass ihre Entscheidung zu bleiben seine Entscheidung bestimmt hätte.

Was absolut nicht stimmte. Sie liebte ihn, und er würde sie nie wieder verlieren. Doch er hätte sie erst verdient, wenn er die Fehler, die er seit fünfzehn Jahren mit sich herumschleppte, wiedergutgemacht hätte.

Na ja, jetzt war er kurz davor. Das hoffte er jedenfalls. Es sei denn, diese Nummer hier würde sich als vergeblich herausstellen.

Nachdem er sich in seinen Mietwagen gesetzt und herausgefunden hatte, welche Autobahn er nehmen musste, checkte er für alle Fälle sein Handy. Jocelyn hatte ein Mal angerufen, als er am Flughafen angekommen war, und Mann o Mann, hatte sie elend geklungen. Ein wenig verängstigt und sehr gestresst.

Sie hatte ihn dreimal gefragt, ob er sicher sei, dass ihm die Reporter gefolgt waren, und er hatte es ihr bestätigt. Aber es mussten wohl noch mehr dort sein, wenn sie so angespannt war. Diese verdammten Reporter trieben inzwischen wahrscheinlich auf der gesamten Insel ihr Unwesen, was seine Mission noch zwingender machte. Dieses Mal wurde sie zwar nicht physisch geschlagen, aber sie wurde emotional, beruflich und persönlich in Bedrängnis gebracht, und er würde sich ganz sicher nicht – ein weiteres Mal – zurücklehnen und dabei zuschauen.

Zielstrebig steuerte er durch die schäbigen Straßen von Los Angeles, in denen der Verkehr unerträglich langsam floss, bahnte sich seinen Weg durch die Hügel Hollywoods und bog auf eine Canyon-Straße ab, die vom Sunset Boulevard abzweigte. Er fand die Adresse und fuhr vor einem zweieinhalb Meter hohen Tor vor, dann nahm er sein Handy und rief die Nummer an, die er Jocelyns Handy entnommen hatte. Er wusste, dass es die richtige Nummer war, denn sie hatte heute Morgen, als er die erste SMS geschickt und seinen Plan ins Rollen gebracht hatte, funktioniert.

»Ich komme mit Jocelyn Bloom«, sagte er, als jemand ans Telefon ging. Bitte frag bloß nicht, ob du mit ihr sprechen kannst.

Sie fragte nicht. Einen Augenblick später öffnete sich das Tor, als würden zwei Arme ausgebreitet, und Will fuhr über achthundert Meter cremeweißer Ziegelsteine zu einem ansehnlichen Haus im Tudor-Stil, das inmitten von Bäumen stand.

Die Eingangstür ging auf, und eine Frau stand im Türrahmen, die so klein war, dass er einen Moment lang dachte, er hätte eine Teenagerin vor sich und nicht den Filmstar, der glaubte, Jocelyn wollte sie besuchen kommen. Als er ausstieg, konnte er ihr Gesicht sehen und schwor sich, nie wieder auf Fernsehschönheiten hereinzufallen.

Coco Kirkman sah ganz anders aus als im Fernsehen.

»Hallo.« Er nickte, als er näher kam.

Ein übergroßes Sweatshirt hing ihr bis auf die Knie hinunter, die Ärmel waren so lang, dass sie ihre Hände verbargen. Während er auf sie zuging, schlang sie die Arme um ihren Körper, als wäre ihr trotz des Kapuzenshirts und des schwarzen Schals, der um ihren Hals geknotet war, kalt. Ein paar honigfarbene Haarsträhnen glitten aus ihrem nachlässig gebundenen Pferdeschwanz, und sie strich sie beiseite, um ihre berühmten himmelblauen Augen auf ihn zu richten.

»Wo ist Jocelyn?«, wollte sie wissen und beugte sich vor, um ins Auto zu spähen, als hätte er sie darin versteckt.

Zeit, reinen Tisch zu machen. »Sie ist nicht hier.«

»Wie bitte?« Ihre Augen blitzten erschrocken auf. »In ihrer SMS stand, dass sie mit einem Bodyguard kommen würde, um mit mir zu reden. Sie haben meine Privatnummer?«

»Sie hat sie mir gegeben.« Mehr oder weniger.

Sie machte keine Anstalten, ihn hereinzubitten, sondern verstellte die Tür, so gut das mit dem Körper eines magersüchtigen Teenagers eben ging, deshalb blieb er auf der unteren Steinstufe stehen, sodass sie im Grunde auf Augenhöhe waren.

Hinter ihr beleuchtete ein Kristallleuchter einen überdimensionierten Eingangsbereich und eine geschwungene Marmortreppe, die Will ganz bestimmt nicht in ein Tudor-Haus bauen würde, aber wahrscheinlich mehr gekostet hatte, als er in einem ganzen Jahr verdiente.

»Dann …« Sie verlagerte ihr Gewicht von einem nackten Fuß auf den anderen und warf einen raschen Blick über die Schulter, als könne dort jeden Augenblick jemand auftauchen. »Warum hat sie Sie hergeschickt?«

»Das hat sie gar nicht«, sagte er. »Ich habe Ihnen die SMS geschickt, damit sie glauben, sie wäre von Jocelyn.«

393

»Oh, Mist.« Sie fluchte schnaubend. »Ich kann nicht glauben, dass ich darauf hereingefallen bin. Natürlich hat außer Jocelyn kein Mensch der Welt diese Nummer, ich bin ja nicht vollkommen bescheuert. Was wollen Sie?«

»Was glauben Sie, was ich will? Ich möchte Sie inständig darum bitten zu überdenken, was Sie da tun, und der Welt zu sagen, dass es eine Lüge ist.«

Sie zog die Augenbraue nach oben. »Sie glauben, es wäre gelogen?«

»Ich weiß, dass es das ist. Jocelyn würde eher vom Empire State Building springen, als eine Ehe zu zerstören. Und sie will nicht sagen, warum sie zulässt, dass man Lügen über sie verbreitet. Sie brauchen sich jetzt also gar nicht erst auf sie zu stürzen und zu beschuldigen, gegen ihre Berufsethik verstoßen zu haben.«

Ein leichtes Lächeln umspielte ihre Lippen. Es war ein trauriges Lächeln, das nirgendwo sonst in ihrem Gesicht Ausdruck fand. Sie lehnte sich an den Türrahmen, die Arme noch immer fest um den Körper geschlungen. »Sie sind dieser Kerl.«

»Was für ein Kerl?«

»Der Baseballspieler.«

Er nickte und unterdrückte die überwältigende Freude darüber, dass Jocelyn tatsächlich von ihm gesprochen hatte.

»Also hat alles, was sie über Sie gesagt hat, gestimmt.«

»Das hängt wohl davon ab«, sagte er vage, »was sie Ihnen erzählt hat.«

»Sie sagte, Sie seien … nett.«

War er das? Oder hatte sie das nur mit *passiv* verwechselt? »Ich habe so meine Momente.«

»Und zuverlässig.«

»Man tut, was man kann.«

»Und …« Sie nickte anerkennend. »Heiß.«

»Ich bin nicht hierhergekommen, um über mich zu reden.« Er trat einen Schritt näher und spähte ins Haus, um sie stumm darum zu ersuchen, ihn hereinzubitten.

Sie schüttelte den Kopf, und ihre Augen weiteten sich ein wenig. »Hören Sie, der einzige Grund, weshalb ich die SMS mit Ja beantwortet habe, war, dass ich geglaubt habe, Jocelyn wollte mich sehen. Will sie das? Oder hat sie eine Nachricht für mich?«

»Ja. Schwingen Sie Ihren Hintern vor eine Kamera und sagen Sie der Welt, dass Sie gelogen haben.«

Sie biss sich so fest auf die Unterlippe, dass er dachte, sie würde gleich bluten. »Sie weiß, dass ich das nicht kann.« Er hörte ihr Flüstern kaum.

Okay, er hatte nicht erwartet, dass das hier leicht werden würde. Aber er hätte auch nicht gedacht, dass er auf ihrer Veranda stehen und sie anbetteln würde. »Sind Sie wirklich so selbstsüchtig, dass Ihnen Jocelyns Ruf und ihre Gefühle gleichgültig sind?«

»Sie ist die stärkste Person, die ich je kennengelernt habe.«

»Deshalb haben Sie sie zum Sündenbock erkoren?«

Sie lachte leise. »Deshalb hat sie sich freiwillig für den Job gemeldet.«

»Sie hat was?«

Wieder schlang sie die Arme fester um sich und sah so klein und verletzlich aus, dass er sich fragte, was um alles in der Welt sie dazu bewogen hatte, eine Karriere zu verfolgen, bei der sie unentwegt im Rampenlicht stand. »Vermutlich hat sie Ihnen nicht alles erzählt.«

»Wohl nicht.« Jocelyn wusste darüber *Bescheid?* »Warum?«

»Um mich zu schützen natürlich.«

»Auf Kosten ihrer Karriere?«

Sie zuckte mit den Schultern. »Das wird vorbeigehen, und

sie wird …« Sie blickte seitwärts ins Haus, dann trat sie ein wenig aus dem Türrahmen heraus. »Sie wird diesen Sturm besser überstehen als ich. Es war ihre Idee.«

War es das? Würde sie ihr ganzes Leben lang ihr eigenes Glück für andere opfern?

Ja, vielleicht würde sie das. Und war das nicht eins der Dinge, die er an ihr liebte?

Ein Geräusch drang aus dem Haus, und sofort erschrak sie und zuckte zusammen; sie warf einen argwöhnischen Blick über ihre Schulter, aber da war niemand.

»Wer war das?«, fragte er.

»Meine Haushälterin«, sagte sie rasch. »Außerdem habe ich Sicherheitsleute hier.«

»Dann sollte es Ihnen doch nichts ausmachen, mich hereinzulassen. Ich bin weder bewaffnet, noch werde ich Ihnen etwas tun. Ich will nur, dass Sie begreifen, was Jocelyn Ihretwegen durchmacht.«

»Es ist nicht …« Sie schloss die Augen und rang um etwas – um das richtige Wort vielleicht oder um Fassung. Innere Stärke. Sie sah wie ein Mensch aus, der keine hatte – weder innere noch äußere Stärke. Sie hatte etwas Hilfloses an sich, das ihn an jemanden erinnerte. Nicht an Jocelyn, so viel war sicher. »Es liegt nicht an mir«, fügte sie hinzu.

»Miles?«

Ihre Augen blitzten warnend auf, wie eine Geheimbotschaft an ihn.

»Er hat gedroht zu … Sie wissen schon.«

Nein, wusste er nicht. Aber er schöpfte allmählich einen Verdacht. »Ihr Mann hat gedroht, Ihnen wehzutun?«

Sie nickte.

»Und Jocelyn hat vorgeschlagen zu behaupten, er hätte eine Affäre mit ihr, damit Sie … was?«

Sie schluckte schwer. »Damit ich versuchen könnte, ihn zu verlassen.«

»Versuchen?«, fragte er wutentbrannt.

»Psst.« Wieder huschte ihr Blick umher. Er war voller Angst. »Warum? Ist er hier?«

»Nein, nur die Haushälterin.«

»Wer ist dein Freund, Coco?« Eine männliche Stimme dröhnte von drinnen, und sie fuhr zusammen, als ein Mann hinter ihr auftauchte.

Wie lange hatte dieser Mistkerl schon dort gestanden?

Anders als Coco sah Miles Thayer ganz und gar wie der Filmstar aus, der er war. Nicht besonders groß oder breitschultrig, aber er hatte das glamouröse gute Aussehen und das falsche Lächeln, das die Kamera liebte. Er streckte Will die Hand entgegen. »Ich bin Miles. Kennen wir uns?«

Will ignorierte seine Hand. »Ich bin nicht gekommen, um mit Ihnen zu reden.«

»Komisch, das ist mein Haus. Sie sind auf meinem Grundbesitz. Sie sprechen mit meiner Frau. Wer zum Teufel sind Sie?«

»Er ist ein Freund von Jocelyn.«

Miles verarbeitete diese Nachricht, legte den Kopf schief und kratze sich unter seinen langen blonden Haaren, die genau die gleiche Farbe wie Cocos hatten. Sie waren wie füreinander gemacht, außer dass Coco winzig und wehrlos und ihr Mann ein absolutes Ekel war.

»Und wie ich sehe, sind Sie gerade dabei zu gehen«, sagte Miles.

»Ich gehe erst, wenn einer von Ihnen eine Pressekonferenz einberuft und allen die Wahrheit sagt.«

»Die Wahrheit ist schon herausgekommen, Kumpel. Ich hab die Lebensberaterin gebumst.«

397

Coco starrte zu Boden, und Will ballte die Hände zu Fäusten wie ein Läufer, der als Erstes losrast, um sich den Ball zu schnappen. Jede Zelle in seinem Körper brannte darauf, zu handeln. Eine Faust schleudern, wenn schon keinen Ball. Diesen Armleuchter zum Schweigen bringen.

»Sie haben ein Problem damit?«, fragte Miles, während er Coco mit der Schulter aus dem Weg stieß. »Denn das ist unsere Geschichte. Und sie gefällt uns. Nicht wahr, Co?«

Sofort blickte sie zu Will auf, einen bittenden Ausdruck in ihren blauen Augen. »Sagen Sie ihr nicht, dass er hier ist, bitte. Gehen Sie jetzt einfach.«

»Guter Rat«, sagte Miles. »Verschwinden Sie, bevor ich die Polizei rufe.«

»Miles, bit…«

»Geh ins Haus.« Miles packte sie am Arm und zerrte sie praktisch hinein. »Ich kümmere mich um unseren …«

Will stürzte nach vorne und riss die Hand des anderen Mannes von der Frau. »Wagen Sie es nicht, sie anzurühren.«

Sie erstarrten beide und sahen ihn an. Coco schüttelte den Kopf ein wenig, doch auf Miles' Gesicht machte sich plötzlich ein viel echteres Grinsen breit. »Haben Sie mich gerade angefasst, Sie Schwachkopf?«

Erinnerungen durchzuckten Will mit einer solchen Kraft, wie er sie auf diesen Hurensohn am liebsten anwenden würde.

Du *vergreifst dich an einem Mann des Gesetzes, junger Mann?*

Will holte Luft, um sich zu beruhigen, und versuchte seinen Gegner einzuschätzen.

Keine Waffe dieses Mal, und Will konnte es mit ihm aufnehmen. Aber mit welchem Ergebnis? Coco würde ins Haus laufen, und er hätte seine Chance vertan, sie dazu zu bringen, Jocelyn zu helfen.

»Lassen Sie sie einfach in Ruhe«, sagte Will ruhig. »Ich würde mich gern noch ein wenig mit ihr unterhalten.«

»Nun, sie aber nicht mit Ihnen.«

Er sah Coco an, die so winzig, verängstigt und machtlos war. Und dann fiel ihm ein, an wen sie ihn erinnerte: an Mary Jo Bloom. Sie hatte den angespannten, angstvollen Blick eines Opfers. Auch ihre Schultern hingen hilflos herunter, und ihr Kinn war nach unten geneigt.

Hatte Jocelyn deshalb dieses Spiel mitgespielt, oder war sie sogar selber auf diese Idee gekommen? Weil auch sie wiedergutmachen wollte, dass sie in der Vergangenheit jemandem nicht geholfen hatte?

Coco strich sich die Haare nach hinten, die Bewegung verschob ihren Ausschnitt gerade so weit, dass Will einen tiefvioletten Bluterguss sehen konnte, der ihre Haut verunstaltete.

Sein Magen zog sich zusammen, als sich die Bilder von Jocelyns Blutergüssen in seinen Kopf drängten, und unbändige Wut machte sich in seinem ganzen Körper breit.

»Du elender Mistkerl«, zischte er Miles zu.

»Wie bitte?« Miles trat näher und rüttelte an seiner Schulter.

Er war keine eins achtzig groß, und ganz bestimmt hatte er nicht sein Leben lang Sport getrieben oder einen rückschlagfreien Hammer geschwungen. »Wie haben Sie mich gerade genannt?«

»Bitte«, flehte Coco. »Bitte prügelt euch nicht. Es ist meine eigene Schuld, dass ich ihn wieder aufgenommen habe. Will, gehen Sie einfach.«

»Ja, Will, hauen Sie verdammt noch mal ab, oder …« Er hob die Hand, doch Will landete den ersten Treffer, ein befriedigender rechter Haken, der den Kiefer des Filmstars traf und seinen Kopf nach hinten riss.

Coco schrie und stürzte auf sie zu, gerade als Miles sich wieder von seinem Schlag erholt hatte. Miles wirbelte herum und schubste sie so heftig ins Haus, dass sie hintenüberfiel.

Will schoss in vollem Angriffsmodus nach vorne, packte den Mann an der Schulter, riss ihn herum und rammte ihm abermals die Hand ins Gesicht.

»Du verdammter …« Miles schlug zurück. Zwar konnte er kaum ein nennenswertes Maß an Kraft aufbringen, doch es reichte aus, um Will die Treppe hinunterzustoßen und ins Wanken zu bringen.

Miles machte einen Satz, stürzte sich auf Will und landete ebenfalls einen Treffer in dessen Gesicht, während Coco schreiend auf der Türschwelle stand. Mit aller Kraft schleuderte Will Miles auf den Rücken, stellte ihm das Knie auf die Brust und drückte ihn nach unten.

Mit einem Schrei setzte sich Miles zur Wehr, aber er konnte Will nichts entgegensetzen. Will hatte diesen Kampf mit Leichtigkeit unter Kontrolle, er hob die rechte Faust, spürte das Blut durch seinen Arm pulsieren – und erstarrte.

Blut tröpfelte aus Miles' Nase und er presste die Augen zusammen, weil er sich auf den nächsten Schlag gefasst machte. Als Will nicht ausholte, wimmerte der andere Mann wie der Feigling, der er war.

Will blickte zu Coco auf, die noch immer die Arme um sich geschlungen hatte und sich hin und her wiegte. Sie wimmerte ebenfalls. Einen Moment lang sahen sie sich in die Augen, weil auch sie darauf wartete, dass die Faust zuschlug.

Aber dann wäre er nicht besser als dieser Scheißkerl hier oder Deputy Sheriff Guy Bloom oder irgendein anderer Mann, der glaubte, *das* hier seien Heldentaten.

Er kniff die Augen zusammen und sah Coco an. »Sie wollen ihm helfen? Oder wollen Sie sich selbst helfen?«

Sie biss sich auf die Lippe und nickte. »Steigen Sie in den Wagen und lassen Sie sich von mir von hier wegbringen.«

Miles wand sich unter ihm. »Denk nicht mal daran, Coco!« Will drückte ihm das Knie in die Brust und machte eine Kopfbewegung zum Auto hin.

»Kommen Sie, Coco«, drängte Will. »Sie schaffen das.«

Sie holte Luft und war schon kurz davor, es zu tun, da schüttelte sie den Kopf. »Ich kann nicht.« Sie formte die Worte mit den Lippen. »Jocelyn versteht das.«

»Dann tun Sie es für sich selbst, wenn Sie es schon nicht für sie tun«, beharrte er. »Befreien Sie sich aus Ihrem Gefängnis. Sie brauchen nicht so zu leben.«

»Fick dich!«, schrie Miles, sein Filmstar-Gesicht war zu einer zornigen Fratze verzerrt. »Wenn du in das verdammte Auto steigst, Coco, dann bringe ich dich um. Das meine ich ernst!«

»Geben Sie ihm nicht diese Macht«, sagte Will leise. »Sie können sich gegen ihn zur Wehr setzen, und das wird auf sehr viele Frauen eine Wirkung haben.«

Sie gab einen erstickten Laut von sich. »Das ist genau das, was Jocelyn auch gesagt hat.«

»Warum tun Sie es dann nicht?«

»Ich habe Angst.« Sie zitterte und wich zurück wie ein geschlagener Hund.

»Haben Sie keine Angst«, sagte er. »Holen Sie, was Sie brauchen, und steigen Sie in den Wagen. Er kann Ihnen nicht mehr wehtun.«

»Und was dann?«

Will lächelte sie an. »Dann werden Sie ein echter Star sein.«

»Eine Bewegung und du bist tot, Coco«, knurrte Miles.

Sie fuhr sich ins Haar und zerrte es nach hinten, wobei sie einen weiteren Bluterguss neben dem Ohr enthüllte.

401

»Bleiben Sie hier und Sie sind tot, Coco«, sagte Will. »Das ist nur eine Frage der Zeit.«

Er hielt Miles so lange unten, bis sie ihre Entscheidung getroffen hatte.

29

Jocelyn fummelte am Stickfaden herum, der Stickring lag auf ihrem Schoß; die Geräusche des geschäftigen Treibens im Haus traten in den Hintergrund, als sich das Gewicht des Verlustes schwer auf ihre Brust legte.

Diese ganze Situation erinnerte sie an den Abend der Beerdigung ihrer Mutter. Nur dass Guy nicht tot war. Hoffte sie.

Bitte, lieber Gott, mach, dass er nicht tot ist. Ich muss ihm sagen, dass ...

Zoe trat hinter Jocelyn, legte ihr die Hände auf die Schultern und drückte sie sanft. »Hübsche Gladiolen.«

Jocelyn lächelte fast ein wenig und drehte die Nadel. »Ich möchte das für ihn fertig machen, aber ich habe keine Ahnung, wie so etwas geht.«

»Ich schon.« Zoe nahm die Nadel und ließ sie wie einen winzigen Taktstock herumwirbeln. »Ich weiß, wer hätte schon gedacht, dass ich eine Ader für Handarbeiten habe? Aber du musst jetzt in die Küche gehen, Süße.«

»Warum?«

»Der Deputy will mit dir reden.«

Jocelyn fuhr herum, das Stickgarn fiel zu Boden. »Slade ist hier? Haben sie ...« Alle Farbe wich ihr aus dem Gesicht.

»Keine Neuigkeiten, ich schwöre. Er will dir nur mitteilen, wie der Plan für die Nacht aussieht.«

Die Nacht. Es war jetzt schon seit mehreren Stunden dunkel. Nachdem sie anfangs überall in der Stadt, danach auf allen Ausfallstraßen gesucht hatten, hatte sich der zusammengewür-

403

felte Suchtrupp, bestehend aus Lacey, Clay, Tessa und Zoe, später auch aus Laceys Tochter Ashley, hier im Haus versammelt und alles Weitere den Profis überlassen.

Aber niemand hatte ihn gesehen. Ein Zimmermädchen des Fourway Motels meinte, sie hätte einen Mann, auf den die Beschreibung passte, den Weg hinter dem Hotel entlanggehen sehen, aber eine gründliche Durchsuchung des Gebäudes hatte nichts ergeben. Ein Tourist im Hafen war sich sicher, dass er einen alten Mann wie ihn gesehen hatte, der an den Docks geangelt hatte, aber auch diese Spur führte nirgendwohin.

Und das Schlimmste von allem war, dass der UPS-Typ gesagt hatte, er hätte vielleicht einen alten Mann gesehen, der den Damm überquerte. Was, wenn er von der Brücke gefallen war? Was, wenn er …

Bitte, Gott, bitte nicht.

Der Schmerz in ihrem Herzen wog so schwer wie eine Kugel aus Blei. Jocelyn reichte Zoe den Stickring und weigerte sich, ihre finsteren Gedanken in Worte zu fassen. »Du kannst sticken?« Jocelyn lächelte nur, als Zoe nickte. »Du steckst voller Überraschungen.«

»Nicht wahr?« Sie deutete mit der Nadel in Richtung Küche. »Geh jetzt mit dem heißen Cop reden.«

Jocelyn wollte gerade hinausgehen, doch Zoe hielt sie zurück. »Apropos heiß, hast du Will inzwischen erreicht?«

Sie hatte es seit diesem einen Anruf, durch den sie sich hatte vergewissern wollen, dass er die Reporter aus der Stadt gelockt hatte, nicht mehr versucht. Sie hatte sich nämlich gefragt, ob etwa jemand von der Pressebrut Guy gekidnappt hatte, um an sie heranzukommen. Doch sie hatte Will nicht erzählt, dass sie Guy verloren hatte. »Er hätte sich bloß ins nächste Flugzeug hierher gesetzt und sein Vorstellungsgespräch morgen früh sausen lassen. Es gibt nichts, was er hier tun könnte.«

»Er könnte dich trösten«, sagte Zoe.

Nicht mehr. Jocelyn schüttelte nur den Kopf und ließ Zoe zurück; sie bog um die Ecke und sah sich einer Küche voller Leute gegenüber.

Tessa und Lacey hatten Kaffee aufgesetzt und Essen auf den Tisch gestellt. Ashley räumte auf. Clay und ein paar andere Männer unterhielten sich mit Slade Garrison.

»Gibt es irgendwelche Neuigkeiten?«, fragte sie den Deputy, als er ihr seine Aufmerksamkeit zuwandte.

»Kein Mensch will ihn gesehen haben außer denjenigen, von denen ich Ihnen schon erzählt habe. Und, Jocelyn, Zeit spielt eine wichtige Rolle. Er muss in den ersten vierundzwanzig Stunden gefunden werden, sonst …«

Sie winkte ab. »Ich kenne die Statistik.«

Er trat näher, seine Miene wurde weicher. Lacey und Tessa mischten sich nun ebenfalls in das Gespräch ein, sie flankierten Jocelyn, um sie zu unterstützen.

»Hören Sie, mir ist klar, dass wir es hier mit einer besonderen Situation zu tun haben«, sagte Slade. »Und aus Respekt vor Ihrer Privatsphäre und aufgrund der Tatsache, dass es dank unserer Insellage schwer ist, allzu weit zu kommen, habe ich den nächsten Schritt noch hinausgezögert. Aber ich muss einen Silver Alert auslösen, Jocelyn. Dazu bin ich verpflichtet, es tut mir leid.«

»Was genau ist das?«, fragte Tessa.

»Es ist so etwas wie ein Amber Alert für vermisste Teenager, nur dass es hier um ältere Demenzpatienten geht.«

»Warum *wollten* Sie das nicht tun?«, fragte Lacey.

»Weil dann spätestens morgen früh die Presse über die Stadt herfallen wird«, sagte Jocelyn.

Slade nickte. »Genau das wird passieren. Aber es gibt keinen Grund, weshalb Sie dann im Rampenlicht stehen müssten, Jocelyn. Mein Büro wird sich um die Pressekontakte kümmern.«

»Aber das wird die Reporter aufmerksam machen.«

»Möglich«, sagte er. »Aber genauso möglich ist es, dass jemand, der das lokale Fernsehprogramm anschaut, ihn gesehen hat. So funktioniert das normalerweise, wenn wir schnell handeln. Normalerweise würde ich das mit der Familie gar nicht erst besprechen, aber in Anbetracht der Situation und allem …«

»Tun Sie es«, sagte Jocelyn ohne zu zögern. »Tun Sie, was immer Sie für richtig halten.«

Er nickte. »Das werde ich, Jocelyn. Gehen Sie sich ein wenig ausruhen. Wir werden die ganze Nacht auf Hochtouren arbeiten.«

»Bitte sagen Sie Ihren Leuten, dass sie das hier als Einsatzzentrale betrachten können«, sagte Lacey. »Wir werden Kaffee und etwas zu essen und was immer sie brauchen bereithalten.«

Lacey und Tessa zogen Jocelyn in eine rasche Umarmung, als plötzlich die Haustür ohne vorheriges Klopfen aufgerissen wurde. Alle drehten sich erwartungsvoll um und sahen, wie Charity Grambling hereinmarschiert kam, als würde ihr das Haus gehören.

»Habt ihr den alten Mistkerl noch nicht gefunden?«

Lacey erstarrte auf der Stelle. »Charity, mach das Ganze nicht schlimmer, als es ohnehin schon ist.«

Charity ignorierte sie und blickte Slade an. »Meine Nichte hat mir gesagt, dass ich dich hier finde.«

Slade sah darüber nicht besonders glücklich aus. »Du hilfst uns am meisten, wenn du im Super Min bleibst, Charity. Du kannst mit jedem einzelnen Kunden sprechen, und ehrlich gesagt war das ja auch der Ort, an dem er zum letzten Mal gesehen wurde. Wir brauchen dich dort, nicht hier.«

»Gloria ist dort, wie du genau weißt. Ich bin hier, um Jocelyn zu helfen.«

Wieder reagierte Lacey gereizt. »Sie braucht dich nicht …«

»Doch«, sagte Jocelyn und trat vor. Charity hatte sie damals gerettet, und ganz gleich, was sie von Jocelyns kürzlichem Sinneswandel hielt, sie würde immer willkommen sein. »Danke, dass du gekommen bist, Charity.«

Jocelyn spürte, dass Lacey sie anfunkelte, doch sie führte Charity ins Wohnzimmer, wo Zoe auf dem Sofa saß und stickte. Tessa und Lacey folgten ihr wie Bodyguards.

»Kann ich dir eine Tasse Kaffee bringen, Charity?«, fragte Jocelyn.

Die ältere Frau stand mitten im Zimmer, ihr strohiges gefärbtes Haar stand in alle Richtungen, eine khakifarbene Hose hing ihr lose auf den Hüften. Sie steckte die Hände in die Hosentaschen und hielt ihren Blick auf Jocelyn geheftet. »Ich weiß, dass dir nicht gefallen hat, was ich dir heute zu sagen hatte, aber du musst die Möglichkeit in Betracht ziehen, dass es stimmt.«

»Dass was stimmt?«, fragte Zoe, die entweder die seltsame Stimmung im Raum nicht mitgekriegt hatte oder sie zumindest ignorierte.

»Dass er tut, als hätte er Alzheimer«, sagte Charity.

Tessa und Lacey schnappten leise nach Luft, doch Zoe zog nur einen langen grünen Faden Stickgarn durch das Muster. »Der Gedanke ist mir auch schon gekommen.«

»Echt?«, fragte Tessa.

»Was glaubst du?«, fragte Lacey Jocelyn. »Du kennst ihn besser als alle anderen.«

»Ich glaube nicht, dass er es vortäuscht«, sagte sie. »Er war schon immer … nicht wirklich stabil.«

Charity schnaubte. »Er ist ein verdammter Krimineller!«

Die Frauen starrten sie an, doch Jocelyn hob die Hände. »Das ist nicht wahr …«

»Wie kannst du so etwas sagen?« Charity stampfte förmlich mit dem Fuß auf. »Er hätte dich um ein Haar umgebracht.«

»Was?«, entfuhr es den drei Frauen gleichzeitig.

Sie starrten sie mit einer Mischung aus Entsetzen, Schock und echtem Mitgefühl an. Jocelyn wandte sich zur Küche um und entdeckte Ashley im Türrahmen. »Liebes, bitte. Nicht.«

»Gib uns eine Minute, Ash«, sagte Lacey rasch zu ihrer Tochter, die gehorchte, indem sie sich auf dem Absatz umdrehte und verschwand.

»Warum hast du uns das nicht erzählt, Joss?« Tessas Stimme brach bei dieser Frage, was Jocelyn beinahe das Herz aus dem Leib riss.

»Ihr brauchtet die Details nicht zu erfahren. Und ehrlich gesagt, hat er nicht …« Doch, hatte er. »Es ist lange …« Das spielte keine Rolle. »Ich habe versucht, es zu vergessen.«

»Nun, ich nicht.« Charity spuckte die Worte förmlich aus. »Und offen gesagt, wenn er vom Damm fiele, wäre das noch zu gnädig für ihn.«

»Charity, bitte.« Jocelyn streckte die Hand nach ihr aus. »Ich weiß, wie du dich fühlst. Und ich weiß, dass es eine Art persönlicher Affront ist, wenn ich ihm jetzt verzeihe, oder es so aussieht, als ob ich dir nicht dankbar wäre für das, was du getan hast, aber …«

»Was hat sie denn getan?«, fragte Lacey, unfähig, die Ungläubigkeit in ihrer Stimme zu unterdrücken. Natürlich kannte Lacey wie alle anderen, die schon ihr Leben lang in Mimosa Key leben, Charity als fieses, kleinliches Klatschmaul. Und letztes Jahr hatte sie es in dieser Kleinlichkeit zu neuen persönlichen Bestleistungen gebracht, als sie versucht hatte zu verhindern, dass das Casa Blanca gebaut wurde.

»Ich habe ihr das Leben gerettet.«

Wieder waren alle Blicke auf sie geheftet. Zoes stickende Finger hielten inne und Lacey sah aus, als würde ihr hundeelend werden bei dieser Wendung der Ereignisse. Und Tessa, die Geheimnisse am allermeisten hasste, war eindeutig den Tränen nahe.

Jocelyn ließ sich mit einem Seufzer auf die Sofakante sinken. »Ich wollte euch das eigentlich nie erzählen.«

Zoe legte den Stickrahmen auf den Tisch und griff nach ihr. »Irgendwie wussten wir es ja.«

»Nicht so richtig.« Jocelyn sah zu Charity auf. »Nicht das ganze Ausmaß. Nicht, wie schlimm es wirklich war.«

»Ich werde es ihnen zeigen.« Charity griff in ihre hintere Tasche. »Du glaubst ja wohl nicht, dass ich so dumm bin und dir die einzigen Abzüge der Bilder überlasse, oder?«

»Nein!« Jocelyn sprang auf, doch Charity warf die Bilder auf den Tisch, als würde sie Pokerkarten austeilen – und vor ihnen breitete sich ein Spektrum aus Blutergüssen, Blut und Brutalität aus.

Oh Gott. Sie konnte nicht einmal hinsehen – nicht mit den Augen ihrer Freundinnen. Scharfe Dolche der Scham bohrten sich in ihr Herz und brannten ihr in den Augen, als sie ein Schluchzen unterdrückte. Sie musste hier raus. *Sie musste hier raus.*

»Heilige Sch…«, sagte Zoe. »Er *hat* dich fast umgebracht.«

»Warum tust du das?«, wollte Jocelyn von Charity wissen. »Warum verrätst du mich? Ich habe dir vertraut.«

»Ihr?« Lacey spuckte das Wort praktisch aus. »Warum solltest du ihr vertrauen?«

»Weil sie mich auf der Straße aufgesammelt hat, als ich weglief.« Charity war die richtige Person zur richtigen Zeit gewesen. »Sie hat mir geholfen.«

Charity winkte ab. »Ich bin kein guter Samariter, glaub mir. Ich hasse nur Gewalttäter. Ich hasse prügelnde Männer.« Sie berührte ihr Gesicht, als könnte sie noch immer den Schmerz einer Faust dort spüren. »Und ich hasse Guy Bloom, und es ist mir so was von egal, wenn er tot ist.«

Jocelyn schloss die Augen. »Aber mir ist es nicht egal.« Sie hob kapitulierend die Hände – sie konnte dieses Gespräch, die mitleidigen Blicke und den Schmerz darüber, nicht eingeweiht worden zu sein, nicht ertragen. Sie rannte beinahe aus dem Raum und ging über den Flur in Guys Zimmer, wobei sie den Impuls unterdrückte, die Tür zuzuknallen, um einige der Gefühle loszuwerden, die sie gerade überwältigten.

Schluchzend ließ sie sich aufs Bett fallen.

Jetzt wussten sie alles. Genau wie Will würden sie sie nie wieder mit denselben Augen sehen. Sie würden auch Guy nie wieder mit denselben Augen sehen. Früher hätte das keine Rolle gespielt, jetzt hingegen schon.

Jetzt hasste sie ihn nicht nur nicht mehr, sondern mochte ihn sogar. Sie …

»Hey.« Die Tür ging auf und Laceys rötlich blonde Locken schoben sich durch den Türspalt. »Dürfen wir hereinkommen?«

Alles in ihr wollte Nein brüllen. *Geht weg. Lasst mich in Ruhe.*

Allein sein war ihr Ziel, ihr bevorzugter Zustand. Aber allein sein war so – einsam. Und jetzt wusste sie, wie ätzend es war, allein zu sein.

»Ja.«

In Sekundenschnelle waren die drei im Zimmer, standen um das Bett herum, gurrten, seufzten, legten ihr die Hände so liebevoll und stützend auf den Rücken, dass sie fast wieder angefangen hätte zu weinen.

»Tut mir leid, Leute«, murmelte sie. »Ich hätte es euch sagen sollen.«

»Schon gut«, sagte Lacey.

»Wir verstehen das«, fügte Tessa hinzu.

»Du wirst uns auf immer und ewig etwas schulden«, scherzte Zoe.

Sie sah von einem zum anderen, das Herz schwoll ihr vor Zuneigung an. »Es ist mir so peinlich.«

»Uns gegenüber?« Tessa tätschelte ihr das Bein. »Es gibt nichts, was wir nicht voneinander wissen oder gesehen haben. Wir haben dich lieb.«

»Und« – Jocelyn holte tief Luft – »ich will nicht, dass ihr ihn hasst. Denn wenn ich ihn finde – und das werde ich –, werde ich ihm vergeben und für ihn sorgen, solange ich dazu in der Lage bin.«

Sie machte sich auf einen Sturm aus Verurteilungen und Meinungsbekundungen gefasst, doch nichts dergleichen geschah.

»Er ist jetzt ein anderer Mensch«, sagte Zoe schließlich.

»Er hat es vergessen«, fügte Tessa hinzu. »Deshalb ist es verdammt großherzig von dir, es auch zu tun.«

Lacey strich mit der Hand über Jocelyns Arm. »Es wird aber schwer werden. Charity ist wild entschlossen und unter Umständen nicht länger bereit, dein Geheimnis zu wahren. Sie ärgert sich, dass du ihn vom Haken lässt. Darauf musst du dich einstellen.«

»Ich würde mich auf alles Mögliche einstellen, wenn es dazu beiträgt, ihn zu fin…« Plötzlich blitzte ein Gedanke in ihrem von Tränen aufgeweichten Gehirn auf und brachte sie dazu, sich aufzusetzen. »Die Medien. Die Klatschpresse.«

Sie starrten sie an.

»Vergesst den Silver Alert. Wenn ich eine Pressekonferenz einberufe, um über Coco zu sprechen – stellt euch nur vor, wie weit die Botschaft dringen würde. Network TV, *Entertainment Tonight* – sie alle müssten die Story bringen. Und vielleicht hat ihn ja jemand gesehen, vielleicht weiß jemand, wo er ist. Selbst wenn« – sie zuckte zusammen bei diesem Gedanken – »selbst wenn er es nur vortäuscht und sich versteckt oder so. Ich weiß nicht, was in seinem Kopf vorgeht. Ich weiß nur, dass ich ihn finden muss. Und was dient besser als Megafon als die Presse?«

Sie sahen sich gegenseitig an und waren sich eindeutig unsicher.

»Ich glaube, diese Revolverblätter haben mehr Interesse an deinen schmutzigen Geschichten als an deinem Dad«, sagte Zoe.

»Es *gibt* keine schmutzigen Geschichten«, stellte sie klar.

»Dann musst du ihnen die Wahrheit sagen und ihnen mitteilen, weshalb du den Sündenbock spielst in einer Ehe, die du nicht zerstört hast.«

Würde sie das tun? Würde sie Coco verraten, um ihren Dad zu finden? »Vielleicht spreche ich das dann einfach gar nicht an.« Nein, das würde niemals funktionieren.

»Sag ihnen einfach die Wahrheit«, sagte Lacey leise. »Was kann denn schlimmstenfalls passieren?«

»Mir selbst nichts. Aber Coco.« Sie ließ sich auf das Kissen zurückfallen. Sie konnte Coco dieser Gefahr nicht aussetzen. Sie konnte der armen, schwachen, lieben Coco nicht wehtun, die so sehr einer anderen armen, schwachen, lieben Frau ähnelte, dass sie sich für immer einen Platz in Jocelyns Herz erobert hatte.

Aber wenn Jocelyn ihre Mutter zum Handeln gezwungen hätte, hätte sie vielleicht nicht in Angst leben müssen.

»Das werde ich morgen früh entscheiden«, sagte sie schließlich. »Vielleicht finden sie Guy ja über Nacht.«

»Vielleicht«, stimmten die anderen zu.

Aber keine von ihnen klang besonders überzeugt.

Ein bösartiger Moskito knabberte an Guys Hals, aber er war zu müde und zu verängstigt, um nach ihm zu schlagen. Wo war Robert? Sollte er nicht hier sein, mit den Flügeln schlagen und dieses schreckliche Ungeziefer verjagen? Guy kauerte sich tiefer in die winzige Öffnung, die er in den Mangroven gefunden hatte. Der süßliche Gestank von verrottendem Honig, den diese verdammten weißen Blumen ausströmten, bereitete ihm Übelkeit. Der scharfe Geruch der Pfefferbäume brachte ihn zum Niesen. Er schniefte erneut, dann fing er an zu flennen wie ein Kleinkind.

Was er vielleicht auch war.

Er rückte von der steifen Baumwurzel ab, die sich in seinen Rücken bohrte, und wischte sich Sand und Schmutz von der Wange. Etwas krabbelte über seine Finger und zwickte ihn.

Eine Feuerameise. Mist.

Er schüttelte sie ab und versuchte, es sich bequem zu machen an diesem Ort, an dem er manchmal, wenn alles ganz still war, diese Spinnweben in seinem Kopf entfernen konnte.

Denn manche Sachen blieben ihm wirklich im Gedächtnis. Sie gerieten durcheinander, klar, und verwirrten sich wie dieses billige rote Garn, das er anfangs zum Stricken verwendet hatte. Doch das Wesentliche der Erinnerung war da, deshalb konnte er die Augen schließen und sich das Gesicht auf diesem Foto vorstellen.

Oh, dieses Foto. Das hatte ihn vor allem in Schwierigkeiten gebracht. Er hatte zurückgehen wollen und es holen, aber er hatte nicht gewollt, dass Missy hinter ihm hergerannt käme und ihm sagte, er solle aufhören damit und in irgendein Hotel gehen. Wenn er sich dieses Foto nicht holte, würden es die Leute von *Clean House* wegwerfen!

Und dann würde er ganz bestimmt sterben, weil es das einzige Foto mit dem Mädchen war, das ihn »Daddy« genannt hatte.

Er konnte sich nicht an ihren Namen erinnern. Vielleicht hieß sie wie ihre Mutter. So schien es ihm jedenfalls. Aber er konnte sich an ihr Gesicht erinnern. Braune Augen und eine riesige Zahnlücke, in der ihre Schneidezähne wachsen würden.

Aber sie sind nie gewachsen, oder? Nein. Weil sie …

Tränen brannten ihm in den Augen. Himmel noch mal. Waren diese alten Augen immer noch nicht ausgetrocknet? Musste er jedes Mal, wenn er an das Kind dachte, das er verloren hatte, weinerlich werden wie eine Frau?

Er erinnerte sich nicht mal so recht. Er wusste nur, dass da ein Mädchen gewesen war. Ein süßes kleines Mädchen, das mit ihm Angeln gegangen war.

Und da war Schmerz gewesen. Ein tiefer, stechender, betäubender, wechselnder Schmerz, weil er ein Kind verloren hatte. Deshalb …

Was ist aus ihr geworden?

Wieder summte ein Moskito an seinem Ohr vorbei, und ein kleines Stück von ihm entfernt platschte etwas ins Wasser. Oh Mann. Hoffentlich waren die Krokodile nicht hungrig.

Wie zum Teufel war er hierhergekommen? Er kniff die Augen zu und versuchte, sich daran zu erinnern, was passiert war. Er hatte so darauf geachtet, nicht gesehen zu werden, als er diese alten Seitenstraßen genommen hatte.

Irgendwie hatte er sich an den Weg erinnert. Doch dann war er zum Haus gelangt und musste zur Hintertür hineingehen, und dort war das alte Boot, das an der Seite lehnte und …

Doch jetzt war das Boot umgekippt und von Wasser bedeckt, und Guy war ganz allein.

Kein William. Keine Missy. Nicht einmal Robert, der Reiher, tauchte auf, um ihm Gesellschaft zu leisten.

Sein Magen knurrte vor Hunger, und alles, was er tun konnte, war, seine eigene Spucke zu schlucken, um seine ausgetrocknete Kehle zu benetzen.

Noch ein Platschen, dieses Mal lauter. Näher.

»Robert? Bist du das?«

Vielleicht war es Missy. Vielleicht war es William! Er setzte sich auf und lauschte, doch nur Zikaden und Grillen zirpten und Moskitos summten.

Guy bedeckte einfach nur sein Gesicht mit den Händen und ließ den Tränen freien Lauf, bis sie auf seinen Wangen brannten. Das war's also. Er würde heute Nacht ganz bestimmt sterben.

Und irgendwo ganz hinten in seinem umwölkten Gehirn kannte er die Wahrheit. Er bekam nur, was er verdiente.

Das Platschen war so laut, dass Guy einen Satz machte und aufschrie. »Geh weg, Alligator! Verschwinde!«

Nichts. Wenn nur jemand bei ihm wäre. Wenn doch nur Robert angeflogen käme und in dieser letzten Nacht seinen Kopf neben Guy legen würde. Denn ganz bestimmt war dies Guys letzte Nacht, und danach würde er an einen anderen Ort kommen. Er wusste nicht so recht, warum, aber irgendwie hatte er das Gefühl, dass das nicht der *gute* Ort sein würde.

Er zog die Beine an, schlang die Arme darum und grub seinen Kopf in die Finsternis. Was hatte er getan? Was in Gottes Namen hatte er bloß getan?

Er wusste es nicht. Er wusste nur, wie er sich genau jetzt fühlte. Langsam hob er den Kopf und blickte zu den Sternen hinauf, so tief in die Finsternis, wie es nur ging, um mit Wer-auch-immer-zuhörte zu sprechen.

»Ich weiß nicht, was ich getan habe, aber ich weiß, dass es schlimm war. Und es tut mir leid.«

Aber er bezweifelte stark, dass außer den Insekten, Krokodilen und Vögeln, die wie seine Erinnerungen davongeflogen waren, irgendjemand sein Geständnis hörte.

30

Jocelyn setzte sich kerzengerade auf, als der Radiowecker neben Guys Bett auf sechs Uhr klickte, die leichte Decke, mit der sie eines der Mädels zugedeckt hatte, rutschte zum Fußende des Bettes. Der Nieselregen und die Dämmerung draußen hüllten das Zimmer in einen trostlosen Schleier.

Sie ließ sich vom Bett gleiten und öffnete die Tür, aber das Haus lag vollkommen still und dunkel da. Wo waren alle?

Sie schliefen noch, wie sie nach einem raschen Rundgang im Haus feststellte. Tessa und Zoe lagen aneinandergeschmiegt in einem Doppelbett in Jocelyns altem Zimmer. Die Leute des Sheriffs waren gegangen. Clay und Lacey hatten Ashley früher nach Hause gebracht und mussten wohl dort geblieben sein.

Sie ging zurück in Guys Zimmer, umrundete das Bett und blieb vor der Kommode stehen, die einst ihrer Mutter gehört hatte. Jetzt war sie leer, weder standen dort die Parfümflaschen noch diese hübsche rosafarbene Schmuckschatulle mit der großen gestickten Rose, die Jocelyn geliebt hatte, als sie noch klein war.

War diese Schmuckschatulle verschwunden? Sie hatte sie beim Aufräumen und Sortieren nicht gesehen, aber mit den Schränken waren sie ja noch nicht fertig. Sie wandte sich Guys Schrank zu und öffnete die Tür. Als sie das Licht einschaltete und nach unten blickte, wurde sie durch den Anblick genau jener Schatulle belohnt, die sie soeben vermisst hatte. Sie war nicht weggeworfen worden, sondern stand weit geöffnet auf dem Boden.

Jocelyn kniete sich hin, um sich den Inhalt anzuschauen; sie nahm eine alte Kette aus nicht echtem Gold heraus, die sich mit der Zeit schwarz verfärbt hatte, und zwei kleine Ringe mit blauen Steinen; sie erinnerte sich vage daran, dass es sich dabei um den Geburtsstein ihrer Mutter handelte.

Das obere Fach konnte herausgenommen werden, das Fach darunter war abgesehen von einem Foto leer.

Oh. Ein Stück ihres Herzens brach ab und hinterließ eine gezackte Kante in ihrer Brust, als sie den Schnappschuss anstarrte. Die Kanten waren vom Anfassen ganz abgenutzt und das Foto selbst fühlte sich beinahe warm an.

Und die Erinnerung an diesen Moment schoss Jocelyn so klar und deutlich durch den Kopf, dass sie einen kleinen Schrei ausstieß, als sie es ansah.

Es war ihr siebter Geburtstag gewesen, also der 4. Januar 1986.

Januar 1986? Das war der Monat, in dem …

Sie schlug die Hand vor den Mund, als sich die Puzzleteile zusammenfügten. Da waren sie zum letzten Mal mit dem Ruderboot hinausgefahren. Danach hatte sich Guy verändert. Das Leben hatte sich verändert. Alles hatte sich verändert.

Hatte sich Guy dieses Foto angeschaut, als sie gekommen war, um ihn zur Barefoot Bay zu schaffen? War ihm klar geworden, dass seine »Missy« und dieses kleine Mädchen ein und dieselbe waren? Hatte er sich an den Tag erinnert, an dem sie mit dem Ruder…

Sie schnappte leise nach Luft und rappelte sich auf. Hatte jemand nach dem Boot gesehen? Hatte jemand daran gedacht, die Inseln abzusuchen? Sie musste Slade anrufen. Sie mussten sofort da draußen nach ihm suchen.

Sie umklammert das Foto und rannte über den Flur, wobei sie sich nicht darum scherte, leise zu sein, um die Mädels nicht aufzuwecken. Sie brauchte ihr Handy. Sie drehte sich im Kreis und konnte sich nicht daran erinnern, wo sie es zum letzten Mal gesehen hatte. Leise Panik und eine schreckliche Gewissheit ließen sie am ganzen Körper erzittern, und sie musste unbedingt wissen, ob ihre Vermutung richtig war.

Sie stieß die Garagentür auf und schaute sich nach dem Ruderboot um, aber sie und Zoe hatten es draußen gelassen, damit es in der Sonne trocknete. Barfuß flitzte sie durch die Garage, um die Seitentür zum Haus zu öffnen, aber ...

»Heilige Sch...«, murmelte sie und starrte auf die leere Stelle, an der sie das Boot abgestellt hatten. »Ist das möglich?«

Sie blinzelte in den Tagesanbruch und wischte sich Regentropfen aus dem Gesicht.

War Guy *ganz allein* da draußen auf den Kanälen oder den Inseln?

Angst packte sie, und sie rannte los; sie rutschte im nassen Gras aus und ignorierte die eisige Brise, die die regnerische Kaltfront mitbrachte. Sie machte sich nicht die Mühe aufzupassen, als sie über die Straße rannte, doch aus den Augenwinkeln sah sie, wie weiter hinten in der Straße ein Auto ausparkte.

Sie fröstelte und bekam Gänsehaut an den Armen. Der Silver Alert war vor Stunden erlassen worden, und sie war mit ziemlicher Sicherheit als nächste Verwandte angegeben worden. Die Wölfe erwarteten sie schon mit Kameras und Mikrofonen.

Na schön. Wenn sich ihr Verdacht als falsch erweisen sollte – und, bei Gott, das hoffte sie –, dann würde sie, was auch immer nötig war, tun, um ihren Vater zu finden. Sogar die Wahrheit sagen, wenn es denn sein musste.

Sie kämpfte sich durch einige Büsche im Nachbargarten und machte sich nicht die Mühe, den Zugangspfad zu den Kanälen

zu benutzen. Wie weit konnte er gekommen sein? Ruderte er
da draußen herum? Hatte er sich verirrt? Oder ...

Sie stieß einen leisen Schrei aus, als sie ans Wasser kam, der
Schlamm drückte sich zwischen ihren nackten Zehen hindurch.
Der Kanal war nicht tief, vielleicht einen Meter, und sie konnte darin waten oder schwimmen, aber nicht für lange. Und es
war nicht ungefährlich.

Sie schaute nach rechts und links, während sie intensiv und
rasch nachdachte; dann erspähte sie ein hellgelbes Plastikkajak,
das zwei Häuser weiter an einem Anleger lehnte. Sie ging darauf zu, während ihr eine Million Rechtfertigungen durch den
Kopf schossen. Aber niemand rief ihr zu, um sie aufzuhalten,
als sie das leichte Wasserfahrzeug einen Steinpfad hinunterzog,
sich mit dem Ruder abstieß und sich auf den einzigen Sitzplatz
fallen ließ.

Der Regen platschte auf das Wasser und erzeugte klopfende
Geräusche auf dem Plastikkajak; er fiel so stark, dass das ganze
Unterfangen mehr als unangenehm wurde und die Umgebung
nass und verschwommen dalag.

Vielleicht verschwamm ihre Sicht auch wegen der Tränen,
die ihr, ohne dass sie sich dessen bewusst war, über die Wangen strömten.

Sie konnte nur an Guy denken, der irgendwo da draußen
war, verloren, allein und verängstigt, und es brach ihr das Herz.
Bitte, lieber Gott, bitte mach, dass er okay ist.

Sie zog das Ruder durch das Wasser und spähte über die
kleinen Hügel und Mangroven, die die Inseln bildeten, während eine Frage sie quälte, die so hartnäckig war wie der Regen.

Seit wann bedeutete er ihr so viel?

Warum liebte sie einen Mann, der aus ihrem Leben eine
Hölle auf Erden gemacht hatte?

»Weil dieser Mann verschwunden ist«, murmelte sie in den Regen und den Wind. Und an seine Stelle war ein neuer Mann getreten, der eine zweite Chance verdient hatte.

Genau wie Will.

Vielleicht hatte Will seine Karriere nicht für sie geopfert und hatte nicht nach ihr gesucht, als sie getrennt worden waren, und vielleicht hatte er sein Herz und sein Leben einem Mann geöffnet, den Jocelyn glaubte zu hassen. Vielleicht brauchte auch Will eine zweite Chance.

Vielleicht musste Jocelyn loslassen und lieben, anstatt sich an ihren Hass zu klammern.

Ein »vielleicht« war hier nicht angebracht. Aber zuerst musste sie ihren Vater finden.

Ein lautes Platschen ließ sie zusammenfahren, und fast hätte sie ihr Ruder fallen lassen, doch sie umklammerte den glitschigen Stab, und ihre Blicke huschten hin und her, weil sie sich schon Auge in Auge mit einem Alligator sah. Doch es war nur ein gewaltiger Blaureiher, der das Geräusch von sich gegeben hatte, ein hilfloser Fisch hing ihm aus dem Schnabel.

»Robert«, flüsterte sie, ein Schluchzen drohte sie zu ersticken. »Hast du meinen Daddy gesehen?«

Er klappte den Kopf in den Nacken und verschlang sein Frühstück, dann breitete er die Flügel aus, flog in Richtung Süden und verschwand im Regen. Ohne einen blassen Schimmer, in welche Richtung sie sich wenden sollte, folgte sie ihm; sie hielt sich nah am Ufer, und ihre Arme brannten bereits von der Anstrengung, das Kajak durch das Wasser zu bewegen.

Das war Wahnsinn. Er war nicht hier draußen.

Aber wer hatte das Ruderboot genommen, beharrte eine innere Stimme.

Wie hatte er es über die Straße und ins Wasser gezogen, so ganz all…

Das Kajak prallte mit etwas zusammen und sie schnappte wieder nach Luft. Was zum …

Eine schmale Kante Aluminium ragte aus dem Wasser. Die Spitze eines gesunkenen Ruderbootes. Nein, nein. Das war nicht *irgendein* Ruderboot. Es war ihr Ruderboot!

Sie strich sich nasse Strähnen aus dem Gesicht und unterdrückte ihre Panik; sie blickte sich um und fasste einen Mangrovenhain ins Auge, der etwa sechs Meter von ihr entfernt lag. Es war die nächste Insel, der einzige Ort, zu dem ein Mensch von hier aus schwimmen konnte.

»Guy!«, rief sie, die Worte verloren sich im Regen. »Guy!«

Mit jedem Quentchen Kraft, das sie in sich hatte, zog sie das Ruder durch das Wasser und erreichte die Insel mit etwa fünfzehn brennenden Ruderschlägen. Er musste hier sein. Er *musste*.

Sie kletterte aus dem Kajak, steckte die Kante ihres Ruders in den Schlamm, um Halt zu bekommen, und landete mit dem Fuß auf einem spitzen Stein, woraufhin sie vor Schmerz stöhnte. Während sie das Kajak an Land zog, fiel ihr das Foto wieder ein, das sie mitgenommen hatte, und fand es auf dem nassen Sitz des Kajaks wieder.

Sie wollte es bei sich haben, deshalb zog sie es aus seiner Plastikhülle. Dann drehte sie sich um und blinzelte in den Regen und durch die Mangroven, die das Ufer der Insel säumten.

»Guy! Bist du hier?«

Sie schob Zweige aus dem Weg, während sie auf die Mitte des Hains zusteuerte, der einen Durchmesser von nur etwa neun Metern hatte. In der Mitte war eine freie Fläche und …

Sie entdeckte ihn zu einer Kugel zusammengerollt unter einem Brasilianischen Pfefferbaum.

»Guy!« Sie ignorierte die Wurzeln und Steine, die sich ihr in die nackten Füße bohrten, und rannte zu ihm. Überwältigt vor Erleichterung ließ sich auf ihn fallen. »Oh mein Gott, geht es dir gut?«

Er stöhnte, murmelte und drehte sich ein wenig; seine Brille war durch das Gewicht seines Kopfes völlig verbogen, sein bedauernswertes Gesicht war von Insektenstichen übersät, seine Zähne waren so gelb wie immer, als er sie zu einem Lächeln entblößte.

»Bist du das, Missy?«

Er war am Leben. Erleichterung überkam sie. »Ja, Guy. Ich bin es.« Sie nahm ihn in den Arm und presste die Augen zusammen, in denen neue Tränen brannten.

»Bist du böse auf mich?«, fragte er, zerknirscht wie ein Kind.

Sie setzte sich auf und hielt ihm zärtlich den Kopf, während sie ihm die zerstörte Brille vom Gesicht nahm. »Nein.« Ihre Stimme brach. »Sag mir einfach, dass alles in Ordnung ist.«

»Es geht mir gut.«

Aber an seiner barschen, heiseren Stimme merkte sie, dass das nicht stimmte. Er hatte Angst und litt, und bestimmt hätte er das nicht mehr viel länger durchgestanden.

»Habe ich den Flohmarkt verpasst?«

Fast hätte sie gelacht, doch sie schüttelte nur den Kopf, setzte sich mit ihm in ihren Armen auf die nasse, grasbewachsene Erde zurück.

»Wir haben damit auf dich gewartet.« Sie lehnte sich ein wenig zurück, um ihm forschend ins Gesicht zu sehen, das so ramponiert und zerstochen, so alt und müde war. Er hatte nicht mehr die geringste Ähnlichkeit mit dem Mann aus ihrer Kindheit. Weder innerlich noch äußerlich. »Was ist passiert, Guy? Warum hast du mich verlassen?«

Sein Blick umwölkte sich, während er den Kopf schüttelte. »Ich weiß es nicht mehr.«

Wirklich? Sagte er die Wahrheit? »Du erinnerst dich wirklich an nichts mehr, Guy? Nicht daran, weshalb du weggegangen bist oder wie dein Leben war oder ...«

»Das wollte ich haben! Wie kommt es hierher?« Er schnappte sich das nasse Foto, das auf den Boden gefallen war.

»Ich ...« Sie nahm ihm das Foto aus den Fingern, das Bild war vom Wasser so beschädigt, dass man die Details kaum mehr erkennen konnte. »Es gehört mir«, sagte sie.

»Kennst du dieses kleine Mädchen?« Seine Stimme wurde durch eine Mischung aus Furcht und Hoffnung um eine Oktave höher.

Jocelyn nickte und biss sich auf die Lippen, um gegen noch mehr Tränen anzukämpfen. Schließlich blickte sie auf und sah in seine grauen Augen. »Das kleine Mädchen bin ich.«

Etwas flackerte in seinen Augen auf, ein Hauch des Wiedererkennens, ein Sekundenbruchteil der Erkenntnis – dann kam der Nebel zurück.

»Weißt du das, Guy?«

Er schloss die Augen und schüttelte den Kopf, abgrundtiefes Leid lag in dieser winzigen Bewegung. »Ich habe es vergessen.«

Sie legte ihm die Hand um das Gesicht. »Dann werde ich das auch.« Sie beugte sich vor, sodass ihre Stirn die seine berührte. »Ich vergesse und ich verzeihe dir.«

Er stieß einen abgrundtiefen Seufzer aus.

Sie hob den Kopf, presste ihre Lippen auf seine nasse Stirn und gab ihm einen Kuss. »Lass uns nach Hause gehen, Daddy.«

Der Rückenwind, der den Überlandflug in der Morgendämmerung amerikanischer Ostküstenzeit erfasste, stellte sich als Kaltfront heraus, die den Südwesten Floridas in Nebel und kalten Regen tauchte und schon am frühen Morgen den Verkehr zum Erliegen brachte.

Bildete sich Will das nur ein oder war auf dem Damm mehr los als sonst?

Neben ihm rührte sich Coco, die endlich ihre Baseballmütze und die Sonnenbrille absetzte, die sie aufgehabt hatte, bis er seinen Mietwagen am L. A. International Airport abgegeben hatte. Das musste wohl die Standardtarnung in L. A. sein, sinnierte er, weil er an Jocelyn und ihre Designermütze denken musste.

Coco hatte fast den ganzen Flug über geschlafen, war ziemlich still geblieben, als sie aufgewacht war, und war bemerkenswerterweise von fast allen ignoriert worden.

Natürlich hatte ihr der Blick, den Will jedem zuwarf, der sich ihr auf anderthalb Meter näherte, alle neugierigen Promi-Jäger vom Hals gehalten.

»Bist du sicher, dass sie da sein wird?«, fragte Coco, während sein Pick-up über den Damm auf Mimosa Key zurumpelte. »Denn ich werde das *nicht* ohne Jocelyn durchziehen.«

Er antwortete nicht, sondern schlängelte sich durch weit mehr Verkehr, als er so früh am Morgen erwartet hätte.

»Du bist dir dessen ganz sicher, oder?«, hakte sie nach.

»Sicher weiß ich überhaupt nichts«, sagte er aufrichtig.

»Außer dass du sie liebst.«

Er warf ihr einen überraschten Blick zu. »Ist das so offensichtlich?«

Zum ersten Mal lachte sie leise. »Vielleicht solltest du einen Schritt auf Abstand gehen und dein Verhalten der letzten Tage betrachten. Hast du überhaupt mal geschlafen? Nein, du bist nur quer durchs Land geflogen – zweimal –, hast dich einer Frau ausgeliefert, die du nie kennengelernt hast, hast einen Filmstar verprügelt und mich gekidnappt, um …«

»Ich habe dich nicht gekidnappt«, schoss er zurück. »Du warst bereit, ihn zu verlassen.«

424

»Ich glaubte, ihn bereits verlassen zu haben. Aber dann bin ich wieder zurück zu ihm. Jetzt habe ich damit abgeschlossen.«

»Was hat letztendlich deine Meinung geändert?«

Sie stieß einen dramatischen Seufzer aus. »Du.«

»Weil ich deinen Mann verprügelt habe?«

»Weil du Jocelyn so sehr liebst, dass es Grund genug für dich war, all das zu tun, was du getan hast. Das ist das, was ich möchte«, sagte sie schlicht und ergreifend. »Ich habe das jetzt in Wirklichkeit erlebt, nicht in irgendeinem Drehbuch gelesen. Es war real. Und das wünsche ich mir auch für mich.«

»Dann solltest du anfangen, es zu suchen.«

»Das ist der erste Schritt, du großer, verrückter Lover-Boy.«

Er grinste sie an. »Du hältst mich für verrückt?«

»Ja, und deshalb bist du meiner Meinung nach genau der Richtige für Jocelyn.«

»Warum? Weil es ihre Aufgabe im Leben ist, verrückte Leute wieder in die richtige Spur zu bringen?«

»Nein, weil sie selbst total durchgeknallt ist.«

Er nahm den Blick von der Straße, um sie anzusehen. »Sprechen wir von derselben Frau? Ich habe noch nie einen vernünftigeren Menschen als Jocelyn kennengelernt.«

»Mit diesem zwanghaften Aufstellen von Listen?«

Er lachte leise. »Ja, sie ist eine Listenschreiberin vor dem Herrn, aber deshalb ist sie doch nicht verrückt. Dadurch ist sie gut organisiert, und es gibt ihr das Gefühl, alles unter Kontrolle zu haben.« Und das liebte er an ihr.

»Und die Ordentlichkeit?«

»Wie schon gesagt – Kontrolle und Organisation. Sie ist nicht neurotisch.«

»Borderlinerin. Und tut mir leid, aber nichts ist vernünftig daran, seine Jungfräulichkeit zu wahren, bis man jenseits der dreißig ist.«

425

Er stieg auf die Bremse, woraufhin der arme Kerl hinter ihm ohrenbetäubend hupte. »*Was?*«

»Du hast es nicht gewusst?«

Ein paar weiße Lichter blitzten hinten in seinem Kopf auf und blendeten ihn vorübergehend.

Jocelyn hatte noch nie mit jemandem geschlafen?

Das konnte nicht sein. Das war nicht *normal*. Und es stimmte auch nicht mehr, selbst wenn diese Frau hier Bescheid wusste, selbst wenn die Frau die richtigen Informationen gehabt haben sollte, was er ernsthaft bezweifelte. »Ich glaube kaum, dass sie der Typ ist, der das mit Freundinnen bespricht.«

»Oh, wir haben darüber gesprochen. Sie hat über alles mit mir gesprochen.«

Über alles wohl nicht, aber er würde nicht derjenige sein, der ihre Geheimnisse ausplauderte.

»Ich weiß Bescheid über ihren Dad.«

Okay, vielleicht doch alles. Er stellte die Scheibenwischer schneller ein, als sie durch einen heftigen Regenguss fuhren. »Er hat sie nur … nur ein Mal geschlagen«, sagte er und hörte dabei die Scham in seiner Stimme. Wusste sie, welche Rolle Will in dieser spektakulären Nacht gespielt hatte?

»Ein Mal hat ausgereicht, um sie sexmäßig völlig erstarren zu lassen.«

Er fuhr um einen langsamen Lieferwagen herum, dass das Wasser nur so aufspritzte. Das Ende des Dammes war bereits in Sicht. Und das Ende dieses Gesprächs auch, wie er hoffte. »Ich glaube nicht, dass du weißt, wovon du redest.«

Zumindest betete er darum, dass sie es nicht wusste. Nicht dass ihm die Idee nicht gefiel, der einzige Mann zu sein, mit dem sie je geschlafen hatte, aber hatte er wirklich eine Rolle darin gespielt, ihr auch *das* noch zu rauben? Schuldgefühle schnürten seine Brust zusammen.

»Ich weiß, was sie gesagt hat. Ihr alter Herr hätte fast den Kerl umgebracht, der mit ihr herumgefummelt hat. Ihr Dad – er scheint ja eine ganz besondere Nummer zu sein, nicht wahr? Jedenfalls hat sie mir erzählt, dass er sie mit dem Typen erwischt und sie grün und blau geprügelt hat. Hat sie immer wieder als Hure beschimpft. Bei jedem Schlag aufs Neue ...«

»Hör auf.« Er schlug auf das Lenkrad, seine Augen brannten. »Hör ... einfach auf.«

»Oh mein Gott, das warst du.« Sie packte ihn am Arm. »Du warst der Kerl, bei dem sie in jener Nacht war. Sie hat mir nie gesagt, dass es der Baseball-Boy war, nur dass da eben ... ein Typ war.«

Natürlich nicht – sie *beschützte ihn schließlich immer noch.* Er schüttelte ihre Hand ab, knirschte stumm mit den Zähnen, während erneut Wogen des Hasses über ihn hinwegspülten. Gewissensbisse und Reue drehten sich in seinem Magen und bereiteten ihm Übelkeit.

»Sie hat mir nie seinen Namen gesagt«, fuhr Coco fort, die jetzt in Fahrt gekommen war. »Sie hat nur Himmel und Hölle in Bewegung gesetzt, um mich dazu zu bringen, Miles zu verlassen, und dabei ist diese ganze Geschichte aus ihr herausgesprudelt. Und ich ... ich konnte nicht einfach weggehen. Ich war feige, deshalb kam sie mit dieser Idee an, dieser angeblichen Affäre. Dadurch konnte ich mein Gesicht wahren und er seines auch. Wir hofften, das würde ausreichen, um ...«

»Um was?«

»Ihn von mir fernzuhalten.«

Er grunzte. »Dafür gibt es einstweilige Verfügungen.«

Sie schüttelte den Kopf und rutschte auf ihrem Sitz herum. »Jocelyn ist einzigartig, weißt du?«

Gott ja, das wusste er. *Fünfzehn Jahre.* Das war eine verdammt lange Zeit, um allein zu sein. Zu lang.

Er stieg aufs Gaspedal, als könne er diese Zeit dadurch verkürzen, und geriet ein wenig ins Schlingern, als er noch mehr Verkehr auswich.

»Verdammter Mist!« Sie duckte sich, als hätte jemand durch die Windschutzscheibe geschossen, und kämpfte mit ihrem Sicherheitsgurt.

»Was ist los?« Er blickte zu dem Auto neben ihnen und sah direkt in ein Teleobjektiv. »Was zum Teufel …?«

»Fahr einfach. Schnell!« Sie drängte sich in den Fußraum und griff hektisch nach ihrer Mütze und der Sonnenbrille. »Wie weit ist es noch?«

»Wir sind fast da.« Doch der dunkle Lieferwagen ordnete sich direkt hinter ihnen ein, heftete sich an ihre Fersen und blieb dort, bis Will auf die Sea Breeze einbog und erneut auf die Bremsen trat, um sich das Spektakel anzuschauen, das überhaupt keinen Sinn ergab. Oder vielleicht doch?

»Ähm, Coco.«

Sie rührte sich nicht in ihrem Versteck unter dem Armaturenbrett. »Was?«

»Wegen dieser Pressekonferenz.«

»Was ist mit ihr?«

»Ich glaube, sie hat ohne dich angefangen.«

31

Sie waren völlig durchnässt, als Jocelyn es geschafft hatte, Guy zurück zu der Anlegestelle zu bringen, an der sie das Kajak gefunden hatte. Das Ganze dauerte über eine Stunde, weil das Kajak nur auf eine Person zugeschnitten war. Sie schaffte es dennoch, sie beide hineinzubugsieren, ihn ruhig zu halten, ihn ins Wasser und aus dem Wasser zu bringen und seinem von Insekten zerstochenen Körper zu helfen, die kurze Fahrt zu überstehen.

Inzwischen waren die Kajakbesitzer bestimmt aufgewacht, doch die ganzen Häuser wirkten unnatürlich leer. Und still. Trotzdem machte irgendjemand Krach. Jocelyn konnte Stimmen hören – ziemlich viele sogar.

Sie legte den Arm um Guy und führte ihn über die Grasfläche.

»Alles wird gut«, versprach sie ihm, während sie ihn an der dichten, einen Meter achtzig hohen Hibiskushecke entlangführte, die die Sicht auf die Straße und auf sein Haus versperrte. »Wir schmieren ein wenig Salbe auf diese …«

Plötzlich wurden die Stimmen lauter, es hörte sich fast an wie die jubelnde Menge bei einer Sportveranstaltung, und sie verlangsamten ihre Schritte.

»Was war das?«, fragte Guy und klammerte sich fester an sie.

»Ich weiß n…« Aber tief in ihrem Inneren wusste sie es. Ganz tief drinnen wusste sie genau, was sie vorfinden würden, wenn sie die Straße erreichten. Reporter. Kameras. Paparazzi.

»Guy, ich muss dir etwas sagen.«

Er antwortete nicht, sondern ging weiter durch das nasse Gras und den Nieselregen, der seine Brille benetzte.

»Ich will, dass du gewappnet bist, wenn du auf die Straße hinausgehst.«

»Warum?«

»Weil …« Sie ging ein paar Schritte weiter mit ihm, der Lärm der Menge schwoll an, als hätte sie sie schon entdeckt. Das permanente Klicken der Kameras klang wie eine Serenade von Grillen; Rufe waren zu hören, aber die Worte waren nicht auszumachen. Nachbarn, die sie erkannte, hatten sich in kleinen Gruppen vor ihren Häusern versammelt, einige noch in Bademänteln, manche mit eigenen Kameras.

»Da ist sie!«, rief jemand.

»Mit diesem Mann!«

Jocelyn wandte sich verwirrt nach rechts und links. Niemand zeigte auf sie. Keine Reporter kamen auf sie zugerannt. Sie machte noch ein paar Schritte und ging um das Gebüsch herum, um Guys Haus sehen zu können.

»Ach du liebe Güte, Missy, sieh nur!« Guy stolperte praktisch, als sie ihn vorwärtszog, und sie sahen die Menge, die den Rasen im Vorgarten und die Einfahrt bevölkerte und sich auf die Straße ergoss.

»Ich weiß, Guy, ich weiß.«

Er wandte sich zu ihr um und warf die Arme um sie. »Du hast es geschafft, Mädchen!« Er schlug sich die Brille aus dem Gesicht, sodass sie zu Boden fiel, aber er merkte es nicht einmal, weil er praktisch auf und ab hüpfte. »Du hast ja massenhaft Leute für den Flohmarkt hierhergebracht! Sieh dir die ganzen Kameras an!«

Unwillkürlich musste sie über seine Überschwänglichkeit und die pure Unschuld seiner Annahme lachen. »Ja, wir haben es wohl geschafft, Guy.« Sie bückte sich, um seine Brille aufzuheben, und wischte sie mit dem Zipfel ihres Oberteils ab, was zwar überhaupt nichts half, ihr aber eine Sekunde Zeit verschaffte, ihre Gedanken zu sammeln, während sie an ihm vorbei auf das Rudel Reporter spähte.

Warum waren die Kameras alle auf die Straße gerichtet, wo sich langsam ein Pick-up ...

Nicht irgendein Pick-up. *Wills* Pick-up. Schauer überliefen ihren Körper, während sie schockiert die Hände vor den Mund schlug. »Oh mein Gott, er ist wieder da.«

»William?« Guy schnappte sich gierig seine Brille. »Ich wusste es! Ich wusste, er würde zu mir zurückkommen. Das tut er immer. Wie ... wie ... wie eins dieser österreichischen Spielzeuge.«

»Australische.«

»Wie nennt man sie noch gleich?«

Sie lächelte nur – ein unerklärliches Glücksgefühl spülte über sie hinweg wie der Regen, der auf sie herabfiel. »Bumerang.« Oder *Bloom*-erang.

Du kommst immer wieder zu mir zurück.

»Aber dieses Vorstellungsgespräch ...« *War heute.* Ihre Worte wurden vom Wind davongetragen und gingen im Lärmen der Menge unter, als der Pick-up vor dem Haus anhielt, weil er nicht in die Einfahrt kam.

»Komm.« Guy zog an ihr, mittlerweile von purem Adrenalin angetrieben. »Wir müssen dorthin.«

»Warte.« Die Medienleute stürmten den Pick-up, umringten ihn, schrien Fragen, klopften auf die Motorhaube. Glaubten sie etwa, sie wäre da drin?

Will parkte gerade an der Straße ein, als die Haustür aufging und ein halbes Dutzend Deputys des Sheriffs aus Guys Haus geströmt kamen. Sie teilten die Menge und bildeten einen Schutzkorridor zum Wagen.

Alles für *Will?*

Merkten die Medienleute nicht, dass die Person, die sie suchten, direkt hinter ihnen war und völlig ungeschützt dastand? Offenbar nicht, was ihr die Gelegenheit gab, ihren Plan zu ändern. Sie hatte Guy ja jetzt gefunden; es gab keinen Grund mehr für ihren Appell an die Öffentlichkeit.

Genau da fing die Menge an zu toben, weil Will aus dem Wagen stieg und auf die andere Seite ging, während er die Kameraleute anschrie. Noch ein paar mehr Deputys umringten das Auto, einer von ihnen öffnete die Beifahrertür, um irgendjemandem herauszuhelfen.

Oh, nicht *irgendjemandem.* Coco.

Einen Moment lang war Jocelyn sprachlos. Schock und Ungläubigkeit raubten ihr den Atem und pressten ihre Lungen zusammen. Coco Kirkman war hier? Mit Will?

Warum?

Die Presseleute brüllten Fragen, doch Will und einer der Deputys flankierten Coco, die ihre Hand hob, um sich mehr Raum zu verschaffen. Will brüllte den Reportern etwas zu, aber Jocelyn konnte es nicht verstehen bei all dem Lärm. Würde sie ein Statement abgegeben? War es das, was er gesagt hatte?

Neben ihr schüttelte Guy nur den Kopf und tätschelte ihr liebevoll den Rücken. »Eins muss man dir lassen, Missy. So einen Flohmarkt habe ich noch nie erlebt.«

Sie auch nicht. »Lass uns durch den Garten der Nachbarn gehen, Guy. Dann gehen wir hinten herum über die Terrasse ins Haus. Niemand wird uns bemerken.« Nicht, wenn ein Superstar wie Coco durch die Vordertür hineinging.

Er blinzelte sie an. »Warum?«

»Damit wir …« Sie kramte in ihrem Gehirn nach einem Grund, der ihn dazu bringen würde, sich von der Stelle zu bewegen. »... die Moderatorin treffen können. Das ist die Frau, die gerade hereingebracht wird.«

»Nicey?«

Sie drängte ihn über die Straße und ignorierte dabei die seltsamen Blicke der Nachbarn. »Dieses Mal nicht, Guy. Sie heißt Coco. Und ich kann gar nicht abwarten zu hören, was sie zu sagen hat.«

»Sie ist verschwunden. Ebenso wie ihr Vater.«

Will schob die Weigerung seines Gehirns zu verarbeiten, was Lacey sagte, als sie Coco ins Haus brachten, auf den Schlafmangel.

Coco hingegen verarbeitete es sofort und fing an zu jammern. »Ohne sie kann ich kein Statement abgeben!«

»Warte mal. Warte.« Will hob die Hand, um sie zum Schweigen zu bringen, weil er in diesem Augenblick Guys Bild im Fernsehen entdeckte. Was zum *Teufel* ...?

Ein absolut schlechtes Gefühl legte sich auf seinen Magen, aber er unterdrückte es und konzentrierte sich stattdessen auf Lacey und Clay. »Wo sind sie?«, wollte er wissen.

»Wir wissen es nicht«, sagte Clay, während er schützend den Arm um Lacey legte, die blass war und genauso gestresst aussah wie Coco, nur dass sie sich ruhiger verhielt.

»Ich muss Jocelyn sprechen«, beharrte Coco. »Ich werde nicht da rausgehen, bevor ich nicht mit ihr gesprochen habe. Ich muss ...«

Zoe kam hereingefegt und schnappte sich die Schauspielerin praktisch, während Tessa sofort an Cocos andere Seite sprang.

»Wir bringen Sie nach hinten, Ms Kirkman, da können Sie sich ein wenig beruhigen«, sagte Tessa.

»Ja«, fügte Zoe hinzu, während sie sich dicht zu Coco vor-

433

beugte. »Sie könnten nämlich wirklich ein wenig Make-up vertragen, bevor Sie vor irgendwelche Kameras treten, Süße.«

Will warf ihnen einen dankbaren Blick zu und wandte sich wieder an Lacey, Clay und Slade. »Sagt mir jetzt mal jemand, was zum Teufel hier los ist?«

Während sie es ihm erklärten, blieben nur bestimmte Wörter wirklich hängen. Guy wurde seit gestern vermisst. Als sie aufwachten, war Jocelyn verschwunden. Der Silver Alert hatte die Medien hierhergelockt.

Und sie selbst hatten auch jede Menge Fragen, doch die Notwendigkeit, Jocelyn und Guy zu finden, schoss wie flüssiges Quecksilber durch seine Venen.

»Wir müssen sie finden«, sagte er nur, während er zur Tür ging, bereit, es mit jedem verdammten Reporter und einer ganzen Armee von Deputys aufzunehmen, um seine Frau zurückzubekommen. Und deren Vater.

Verdammt, sie gehörten alle zusammen. Sie alle …

»William!«

Er erstarrte, seine Erleichterung war so groß, dass sein Herz einen Sprung machte. Er wandte sich zur Terrasse um und sah, wie Guy über den Rasen gehumpelt kam, Jocelyn an seiner Seite; beide waren durchnässt, schmutzig und der absolut schönste Anblick, der Will je beschert wurde.

Will ignorierte die lautstarke Reaktion der anderen im Raum, ging zu der Schiebetür aus Glas und öffnete sie. Dann rannte er über die Veranda und riss die Fliegengittertür praktisch aus den Angeln, um die beiden Menschen, die er so verdammt liebte, in die Arme zu schließen.

Guy mochte vielleicht geschluchzt haben und Jocelyn stieß ein leises, süßes Jammern aus, aber einen glücklichen Atemzug lang hielten sie sich alle drei fest, und niemand sagte ein Wort. Sie standen einfach in vollkommener Eintracht zusammen.

Schließlich löste sich Guy von ihnen. »Wo ist Nicey?

»Was zum Teufel ist mit deinem Gesicht passiert?« Guy war von Beulen übersät, seine Brille war so gut wie kaputt, seine Kleider schmutzig und nass.

Jocelyn war genauso nass, und ihr Gesicht war von Schmutz und Tränen verschmiert. »Er hat die Nacht auf einer Insel im Kanal verbracht«, sagte sie mit brechender Stimme. »Er hat sich … verlaufen.« Sie schloss die Augen und ließ ihren Kopf an Wills Brust sinken. »Wir müssen uns um ihn kümmern. Bitte, Will. Bitte steck ihn nicht in ein …«

»Psst.« Er beruhigte sie, indem er ihr einen Kuss auf den nassen Scheitel drückte und ihr einen Finger auf die Lippen legte. »Das werden wir nicht. Ich verspreche es. Wir werden das nicht tun.«

»Wo bleibt diese Moderatorin?« Guy entfernte sich von ihnen und ging aufs Haus zu. Will drehte sich um, um ihm zu folgen, doch Jocelyn packte ihn an den Schultern.

»Will, er ist nicht mehr derselbe.«

»Ich weiß«, räumte er ein. »Und ich auch nicht.«

Sie runzelte die Stirn. »Wie meinst du das?«

»Es wird nicht mehr gewartet. Ab jetzt wird gehandelt. Und sei nicht allzu überrascht, aber ich habe jemanden aus L. A. mitgebracht. Sie möchte die Wahrheit sagen, deinen Ruf wiederherstellen und anderen misshandelten Frauen helfen. Du brauchst ihretwegen nicht mehr mit dieser Lüge zu leben, Joss.«

»Oh, Will.« Sie lehnte sich an ihn, um sich noch einmal von ihm umarmen zu lassen. »Ich kann nicht glauben, dass du das getan hast. Ich kann nicht glauben …« Sie lehnte sich zurück, sah ihn forschend an und runzelte verwirrt die Stirn. »Was ist mit der Stelle als Trainer?«

Er schnaubte. »Ich hatte sie schon abgelehnt, noch bevor ich Mimosa Key überhaupt verlassen habe. Ich gehe nicht nach

L. A. Ich bleibe hier und baue Dinge, die bleiben. Zum Beispiel Ferienhäuser und Wohnhäuser und ein Leben mit dir.«

Sie schlug sich die Hand vor den Mund, als könne sie ihr Glück gar nicht fassen. »Hier?«

»Genau hier.« Er zog sie an sich und schlang die Arme um sie. »Genau hier, wo du hingehörst, Bloomerang.«

Sie antwortete ihm mit einem salzig-süßen Kuss, der aus tiefstem Herzen kam.

32

Will übernahm es, sich um Guy zu kümmern, während es die fünf Frauen irgendwie schafften, sich in das Badezimmer zu quetschen, in das sich Jocelyn während Guys Anfällen oft eingeschlossen hatte, wobei sie vor Angst gezittert, ihr Leben gehasst und ihm den Tod gewünscht hatte.

Dieses Mal war Coco diejenige, die vor Angst zitterte; sie hockte auf dem Toilettendeckel, damit Lacey ihre Frisur in Ordnung bringen und Zoe Make-up auftragen konnte. Tessa lehnte an der Ablage und machte sich Notizen für Cocos Rede.

Jocelyn kauerte am Boden und hielt der Schauspielerin die zarten Hände.

»Du musst das nicht tun, Coco.«

Coco blickte zu Boden. »Doch, muss ich.«

»Aber du musst mich anschauen«, beharrte Zoe. »Es sei denn, du gibst dich mit nicht perfektem Make-up zufrieden.«

Coco gehorchte. »Und ich will es auch, Joss«, fügte sie hinzu. »Nicht nur für dich, nicht nur für mich, sondern für jede Frau, die je in einer vergleichbaren Situation war.«

»Großartiges Stichwort«, sagte Tessa, deren Stift über das Papier huschte.

»Danke«, sagte Coco. »Das ist mir im Flugzeug eingefallen.«

»Du brauchst keine Stichwörter.« Jocelyn drückte sanft Cocos Hände. »Sag einfach, was dir auf der Seele brennt.«

»Ich bin Schauspielerin. Ich brauche Stichwörter.«

»Du bist eine Frau, genau wie wir«, sagte Jocelyn zu ihr.

437

»Und wenn du gehört werden willst, dann musst du in die Kamera schauen und aufrichtig sprechen. Und du musst dich auf die Gegenreaktion gefasst machen, Süße.«

»Gegenreaktion?«, fragte Lacey, während sie eine Strähne von Cocos Haar festhielt, das sie gerade kämmte. »Was für eine Art von Gegenreaktion sollte es schon geben, wenn sie etwas tut, was so richtig ist?«

»Zum einen Miles' Fans«, sagte Coco. »Das sind skrupellose Frauen, die für ihn durchs Feuer gehen würden.«

Zoe schnaubte. »Dann sollten sie vielleicht bei ihm einziehen.«

Coco lächelte zu ihr auf. »Du gefällst mir. Hast du je darüber nachgedacht, Schauspielerin zu werden?«

Zoe schüttelte den Kopf, was alle überraschte. »Rampenlicht ist nichts für mich, Püppi. Das Geld und die Autos würde ich schon nehmen. Schließ die Augen, dann verdecke ich deine Krähenfüße mit Smokey-Eye-Make-up.«

Coco gehorchte und drückte Jocelyns Finger ebenfalls. »Alles wird gutgehen«, sagte sie. »Solange du bei mir bist und die Fragen beantwortest, weshalb wir das getan haben.«

»Gerne.«

»Und vielleicht hilft dir das, ein paar Klienten zurückzugewinnen«, fügte Coco hinzu. »Es tut mir wirklich leid, dass dein Ruf so darunter leiden musste.«

Jocelyn zuckte mit den Schultern. »Mir nicht. Ich mache mich auf zu neuen Ufern.«

Lacey hielt mitten im Kämmen inne. »Echt?«

»Ich werde Wellness-Managerin im Casa Blanca.«

Zoe kreischte.

Tessa schnappte nach Luft.

Und Lacey ließ den Kamm fallen und sank auf die Knie. »Jocelyn! Danke!«

»Warum seid ihr alle so überrascht?«, fragte Coco. »Sie hat diesen Adonis von einem Baseballspieler, der alles für sie tun würde, und großartige Freundinnen, die für sie da sind. Und einen verschrobenen, aber süßen alten Vater.«

Jocelyn lächelte sie an und war so unendlich froh, dass Coco nicht empört gewesen war, als sie ihr ihre Entscheidung, Guy zu vergeben, erklärt hatte. »Genau«, stimmte Jocelyn zu. »Warum seid ihr alle so schockiert?«

»Aber ich habe gedacht …« Tessa ließ stirnrunzelnd das Blatt Papier sinken. »Dass Will ein Vorstellungsgespräch für einen Job in L. A. hatte.«

»Er hat es sausen lassen, um in Mimosa Key zu bleiben und der verdammt beste Schreiner zu werden, den diese Insel je hatte.« Und der verdammt beste *Mann*, den Jocelyn je kennengelernt hatte.

»Der einzige Job, um den er sich bewirbt, ist der, deine lebende Wärmflasche zu werden«, sagte Coco. »Dieser Mann ist dankbar, wenn er dir den Hintern küssen darf.«

»Ähem«, sagte Tessa demonstrativ.

»Amen«, erwiderte Lacey.

»Das Mädchen gefällt mir«, sagte Zoe grinsend.

Jocelyn strahlte nur. »Vielleicht kriegt er den Job ja.«

»Großartig.« Coco lachte. »Es wird großartig für dich sein, endlich diese lästige Jungfräulichkeit zu verlieren, die du schon dein Lebtag mit dir herumschleppst.«

Lähmendes Schweigen war die Folge, und Jocelyn spürte, wie Hitze an ihrem Hals emporstieg.

Zoes Hände hielten mitten im Make-up-Auftragen inne. »Du bist noch *Jungfrau?*«

Jocelyn schluckte. »Nicht mehr.«

»Aber … mit Will … er war dein *Erster?*«

Sie nickte, dann blickte sie Hilfe suchend zu Lacey und Tessa auf, erntete aber nur Ungläubigkeit in Form von offenen Mündern und großen Augen.

»Ihr wisst doch, dass ich im College nie mit jemandem zusammen war«, sagte Jocelyn.

»Aber wir dachten … danach … niemand?« Zoe schüttelte den Kopf, als würde dieser Gedanke in ihrem Gehirn einfach keinen Platz finden. »In deinem Alter?«

»Zoe, nicht jeder ist so eine sexuelle Wildkatze wie du.«

»Aber *niemand* ist in deinem Alter noch Jungfrau.«

»Nun, ich schon«, sagte Jocelyn.

Zoe warf Jocelyn einen Blick zu und richtete sich dann auf, um weiter an Cocos Make-up zu arbeiten, noch immer nicht in der Lage, die unglaublichen Neuigkeiten zu verdauen.

»So«, sagte Tessa, während sie mit dem Stift auf das Papier klopfte. »Du sagst deinen drei besten Freundinnen also nicht, dass du noch Jungfrau bist, einer deiner Klientinnen aber schon.«

»Coco ist mehr als nur eine Klientin«, beeilte sich Jocelyn klarzustellen. »Sie ist auch meine Freundin. Außerdem ist sie eine Leidensgenossin in …« Sie schloss ihre Augen. Sie würde gleich öffentlich darüber sprechen müssen, deshalb konnte sie genauso gut mit denen üben, die sie am meisten liebten. »In Bezug auf Misshandlungen.«

Ein paar Sekunden lang sagte niemand etwas, doch Jocelyn und Coco drückten sich gegenseitig die Hände; die Erfahrung, die sie beide gemacht hatten, würde sie für immer verbinden.

»Also gut, Ms Kirkman«, sagte Zoe und griff nach einem Handspiegel. »Jetzt bist du bereit, um deinen Bewunderern gegenüberzutreten.«

»Ja, das bin ich.« Doch sie schaute sich nicht einmal an, sondern erhob sich langsam und zog Jocelyn mit sich. »Leute, ihr seid toll, und Jocelyn hat Glück, dass sie euch hat.«

»Das wissen wir«, sagte Tessa, während sie Jocelyn umarmte. »Wir lieben sie, auch wenn wir ihre Geheimnisse nicht kennen.«

»Jetzt kennt ihr sie alle«, sagte Jocelyn. »Und in ein paar Minuten auch der Rest der Welt.«

»Außer dem Älteste-noch-lebende-Jungfrau-Teil.« Zoe packte Jocelyn und drückte sie auf den Toilettensitz hinunter. »Uh, du brauchst auch eine kleine Generalüberholung, Joss. Du willst ja wohl nicht, dass *der einzige Mann, mit dem du je geschlafen hast,* dich so sieht.«

Zehn Minuten später traten Coco und Jocelyn Hand in Hand auf die Veranda von 543 Sea Breeze Drive, der Adresse so vieler unglücklicher, gewalttätiger Momente in der Vergangenheit. Die Sonne war endlich hinter den Wolken hervorgekommen, und die Meute der Reporter war exponentiell gewachsen.

Jubel brach los, als Coco in Sicht kam und zu einem Podium ging, das hastig von einem Medienausstatter errichtet worden war, den sie für die Pressekonferenz angeheuert hatte.

Nervös blickte sie Jocelyn an. »Vielleicht solltest du mich vorstellen, weißt du?«

»Vielleicht solltest du dich selber vorstellen.«

Coco nickte und ging auf das Mikrofon zu, die Zettel, die Tessa geschrieben hatte, flatterten in ihrer Hand. Sie tippte ans Mikro, was nur noch mehr Lärm hervorrief, der sie zusammenzucken ließ. Jocelyn trat neben sie und ergriff ihre Hand.

»Komm schon Coco, du schaffst das. Für jede Frau, der es genauso ergangen ist wie uns.«

»Hallo«, sagte sie ins Mikro. Als sich die Menge beruhigte, beugte sie sich vor und sagte. »Ich stehe heute hier, um im Namen jedes Mädchens zu sprechen, das jemals geschlagen wurde, jeder Frau, die je verprügelt wurde, und jeder Ehefrau, die je lügen musste, um der Gewalt zu entrinnen.«

Vollkommene Stille legte sich über die Menge, und eine sanfte Brise erfasste einen ihrer Zettel und trug ihn davon. Coco ignorierte den Verlust und blickte auf die Menschenmenge hinaus.

»Ich habe eine Botschaft für Sie, und ich will, dass Sie sie bis in die hintersten Winkel der Welt hinaustragen, denn Misshandlungen *müssen ein Ende haben.*«

Hinter ihr ging die Fliegengittertür auf, und Guy trat auf die Terrasse heraus, sein Gesicht war von Verwirrung gezeichnet. Sofort ging Jocelyn auf ihn zu, doch Coco sprach weiter.

Jocelyn erreichte Guy, drehte ihn um und führte ihn wieder ins Haus zurück. Will war im Wohnzimmer, er lehnte an der Backsteinwand und teilte seine Aufmerksamkeit zwischen Coco live im Fernsehen und Jocelyn auf.

»Er versteht nicht so ganz, was vor sich geht«, sagte Will. »Ich habe mein Bestes getan, es ihm zu erklären.«

»Es ist nur Teil der Show, Guy«, sagte sie, während sie ihn zum Sessel führte.

»Diesen Teil der Show habe ich noch nie gesehen.« Er ließ sich in seinen Sessel fallen und tastete die Armlehne automatisch nach der Fernbedienung ab. »Wann kommt der Teil mit den Geschenken? Wann bekomme ich dieses ganz besondere Geschenk von euch?«

»Jetzt gleich«, sagte sie, während sie sich neben ihn kniete.

Will kam herein und gab ihr die Fernbedienung. »Sie war in der …«

»Waschmaschine, ich weiß.« Sie lächelte zu ihm auf. »Was, meinst du, sollen wir Guy dafür schenken, nach all dem Ärger, den er in den letzten Wochen durchgemacht hat?«

Will streckte die Hand nach ihr aus. »Lass uns darüber reden.« Er schlang die Arme um sie und führte sie ein paar Schritte weg von Guy. »Du hast ihm verziehen?«

Sie nickte. »Vollkommen. Ich kann nicht zulassen, dass die Vergangenheit die Gegenwart ruiniert, Will. Und ich kann die Zeit, die ihm noch bleibt, nicht damit verbringen, ihn zu hassen.« Die Ankündigung fühlte sich so gut und richtig auf ihren Lippen an.

»Und mich?«

»Dich? Dich könnte ich niemals hassen. Ich liebe ...«

»Warte.« Er umfasste ihr Gesicht mit beiden Händen. »Ich zuerst. Jocelyn, ich liebe dich. Ich möchte jeden Tag für dich, mit dir und an deiner Seite leben. Ich vertraue dir, ich brauche dich, und du warst schon immer die Einzige für mich. Schon immer.«

Eine Freude ergriff sie, die so tief war, dass sie sie bis in die Zehenspitzen spüren konnte. »Ich liebe dich auch, Will.«

»Stehe ich jetzt auf deiner Liste von allem?«

Auf der Liste, die jetzt Familie, Vertrauen und ewige Liebe umfasste? »Du stehst ganz oben, und dort stehst du für den Rest unseres ...«

»Entschuldigt mal!«, rief Guy. »Mein Geschenk, Missy?«

»... Lebens«, vervollständigte Will den Satz für sie, während er sie zurück zum Sessel führte. »Wie wäre es damit, Kumpel? Wir werden heiraten.«

Jocelyn sog bei dieser Ankündigung leise die Luft ein, doch Guy setzte sich kerzengerade auf. »Echt?«

»Ja«, fuhr Will fort. »Wir werden gleich nebenan wohnen und ein Auge auf dich haben.« Er warf Jocelyn einen fragenden Blick zu, und sie lächelte glücklich. »Und wir werden Kinder haben.«

Guy versuchte, sein Lächeln zu verbergen, und scheiterte. »Kinder, die hier herumrennen und mich verrückt nennen?«

»Nein.« Jocelyn legte eine Hand auf Guys Arm und die andere auf Wills starke Schulter, während Dankbarkeit für das Geschenk der Vergebung und der Liebe ihre Brust durchflutete. »Sie werden dich nicht verrückt nennen. Sondern … *Groß-vater.*«

Epilog

Sieben Monate später

Der Parkplatz des Casa Blanca war nun nicht mehr die kiesbedeckte Fläche, auf der der Bauwagen stand, sondern eine glatte Asphaltebene, die sich gerade mit schimmernden Mercedes-Benz, BMWs und Jaguars füllte. Die neue Oberfläche war so glatt, dass Jocelyns hohe Absätze ein sattes Klappern von sich gaben, als Will die Tür ihres Lexus öffnete und sie ausstieg.

Als ihr seidiger Rock weit an ihrem Schenkel hinaufrutschte, stieß Will einen anerkennenden Pfiff aus.

»Zoe hat dieses Outfit ausgesucht«, sagte sie.

»Sie glaubt eben wahrhaftig mehr an Form als an Funktion.« Will lockerte den Knoten um seinen Hals und wandte erst wieder den Blick von ihr ab, als ihn das Aufheulen eines Sportwagens ablenkte. »Wie nennt man dieses Ding noch mal?«

»Krawatte?«

Lachend ergriff er ihre Hand, während sie ausstieg. »Ich meine, diese ausgelassene Party, zu der wir uns so aufgebretzelt haben.«

»Ein Soft Opening.«

»Klingt gut.« Er zog sie an sich und atmete tief ein, als könne er gar nicht genug bekommen von ihrem Duft. »Wie du weißt, ist Artemesia das einzige Ferienhaus, das noch nicht ganz fertig ist. Ich habe die Hintertür nicht abgeschlossen. Komm, wir schleichen uns hinauf und finden dein Soft Opening.«

Sie presste sich in seiner Umarmung ein wenig an ihn, sie passten so selbstverständlich zueinander, dass sie gar nicht darüber nachzudenken brauchten. »Später, das verspreche ich dir. Aber jetzt ist es an der Zeit, den Geldadel von Naples zu bespaßen, der zur VIP-Preview des Resorts hergekommen ist.«

Sie drehte sich um, als ein paar Schritte von ihr entfernt ein liebesapfelroter Porsche auf einen freien Parkplatz fuhr.

»Stilvoller Auftritt«, bemerkte er.

»Was soll's? Diese Ladys geben einen Haufen Geld für Luxus aus, und Lacey und ich wollen genau das in die Welt bringen.«

»So wie Lacey aussieht, könnte sie jede Minute etwas *auf* die Welt bringen.«

Sie nahm ihr Umhängetuch und ihre Tasche und hakte sich bei ihm unter. »Vor einer Stunde war sie sich noch ziemlich sicher, dass sie das hier schaffen würde, aber sie hat schon den ganzen Tag Wehen. Eine solche Ausrede kann ich nicht vorweisen, und weil ich den Wellnessbereich manage, muss ich Kontakte knüpfen und potenzielle Kunden um den kleinen Finger wickeln.«

Ein Mann, der aussah, als wäre er direkt von einem wichtigen Casting zu diesem Event geschickt worden, kletterte aus dem Porsche. Er hatte schwarzes Haar, das einen Hauch von Silberfäden aufwies, und er sah so unverschämt gut aus, dass einem im wahrsten Sinne des Wortes der Kiefer herunterklappte. Er trug einen Armani-Anzug und hielt ein Handy ans Ohr gepresst.

»Wenn sie nicht auf das Sandostatin anspricht, müssen wir die Nierenfunktion über Nacht beobachten«, sagte der Mann mit barscher Autorität, während er um den Wagen herum zur Beifahrertür ging und danach griff. Jocelyn kam er irgendwie bekannt vor. »Wenden Sie es in den nächsten drei Stunden an und sedieren Sie die Patientin so lange. Rufen Sie mich an, falls sich irgendetwas verändert.«

Er öffnete die Beifahrertür und eine elegante Brünette stieg aus. Sie trug ein weißes, trägerloses Kleid, und ihr Gesicht wirkte so eisig wie die Diamanten um ihren Hals. »Du sagtest doch, dass deine Kollegen heute Abend Notdienst haben.«

»Für diesen Fall gelten mildernde Umstände …«

»Was geht mich das an. Du musst noch einen Abend lang so tun als ob.«

»Versprich mir, dass wir niemals streiten werden«, sagte Will.

»Niemals? Solche Versprechen gebe ich nicht. Aber du musst mir versprechen, dass wir niemals einen schreiend roten Porsche fahren werden.«

»Niemals? Solche Versprechen gebe ich nicht.«

Sie lachten, sahen sich in die Augen und verlangsamten ihre Schritte gerade so, dass sie sich küssen konnten.

»Komm schon, Joss«, murmelte er. »Lass uns das Ganze hier abblasen und Fungoes spielen gehen.« Er strich mit der Hand über ihre Taille und ihren Hintern. »Ich habe jetzt den Schlüssel zum Klubhaus.«

»Ach, die Befugnisse eines ehrenamtlichen Highschool-Coachs«, neckte sie ihn. »Wer braucht schon einen Hunderttausend-Dollar-Sportwagen, wenn du mich an den Spinden der Highschoolschüler nageln kannst?«

Er grinste. »Deine Einstellung gefällt mir.«

»Benimm dich, Will Palmer«, warnte sie ihn, als zwei uniformierte Portiers sie willkommen hießen und ihnen die Tür zur traumhaften, cremefarbenen Lobby des Casa Blanca öffneten.

Will ließ die Hand auf Jocelyns Rücken liegen, während sie die Menge absuchten. Die meisten Gesichter kannten sie nicht, manche jedoch schon, zum Beispiel das von Gloria Vail, die sich gegen den Wunsch ihrer Tante einverstanden erklärt hat-

447

te, im Friseursalon zu arbeiten. Die Gäste schauten sich gerade die imposanten nordafrikanischen Mosaikarbeiten an, die die Anmeldetheke schmückten, und lasen sich die Informationsbroschüren über den biologischen Wellnessbereich des Casa Blanca durch, den Lacey und Jocelyn Eucalyptus getauft hatten.

Das Personal und die Subunternehmer standen in Grüppchen herum und unterhielten sich. Alle sahen rundum zufrieden aus. Sie hatten es geschafft. Sie hatten die Frist einhalten können. Laceys Geburtstermin war de facto zum »Endtermin« der letzten sechs Monate geworden, und die ständig wachsenden Crews für Bau, Hotel, Restaurant und Wellnessbereich hatten nonstop gearbeitet, um das Resort fertig zu bekommen, bevor der kleine Walker-Boy auf die Welt käme.

»Wo sind denn alle?«, fragte Jocelyn Will.

»Und mit alle meinst du wohl Lacey, Tessa und Zoe.«

»Und Clay.« Sie blickte sich um, aber keine der Personen, die sie am meisten sehen wollte, war zu sehen.

Plötzlich wurde die mit Mehndis verzierte Glastür des Wellnessbereichs aufgerissen, und Ashley kam herausgeschossen, sie sah mehr als nur ein wenig panisch aus. Als sie Jocelyn entdeckte, sah Laceys Tochter aus, als würde sie gleich vor Erleichterung losheulen.

»Tante Jocelyn! Wir haben ein Problem.« Sie packte Jocelyn am Arm und zog sie zu sich, in ihren Augen schwammen Tränen. »Bei meiner Mom haben die Wehen eingesetzt. Es ging alles so schnell. Clay hat sie in den Wellnessbereich gebracht, und wir haben den Notruf gewählt, und sie sind schon unterwegs über den Damm, aber, oh mein Gott, ich glaube, das Baby kann jede Sekunde kommen!«

Will und Jocelyn sahen sich an und tauschten sich wortlos aus.

»Ich hole diesen Arzt«, sagte Will. »Geh du zu Lacey.«

Will eilte davon, und Jocelyn legte den Arm um die völlig bestürzte Ashley. »Mach dir keine Sorgen. Alles wird gut.«

»Ich weiß nicht. Sie hat solche Schmerzen.«

»Sie bekommt ein Baby, Ash. Das tut eben weh.« Sie eilten durch die Tür und rannten, so schnell es ihre Absätze zuließen. Jocelyn nahm kaum Notiz von dem silbernen Spiegel aus Marrakesch, den sie an diesem Nachmittag aufgehängt hatte, oder von den marokkanischen Berberteppichen, die sie extra für die Eröffnung importiert hatten.

Das Eucalyptus war ein exotischer, einladender, luxuriöser Wellnessbereich, aber nicht der ideale Ort, um ein Baby zur Welt zu bringen.

Jocelyn holte tief Luft und unterdrückte den gewohnten Impuls, alles unter Kontrolle haben zu wollen. Das hier war für sie ganz bestimmt nicht kontrollierbar.

Ashley stieß die Tür zum Massageraum auf, wo die gedämpfte Beleuchtung für eine entspannte Atmosphäre sorgen sollte, doch die Frau auf dem Tisch war alles andere als entspannt. Tessa und Zoe verstellten ihr den Blick auf Lacey, doch Jocelyn hörte den langen, qualvollen Schmerzensschrei ihrer Freundin.

Ashley erstarrte und schlug sich die Hand vor den Mund. »Mom!«

»Psshh. Ash. Entspann dich.« Jocelyn ging um den Tisch herum, um sich neben Clay zu stellen, der ebenso bleich war wie seine Stieftochter. Er hielt Laceys Hand, und so wie es aussah, zerquetschte sie ihm gerade die Finger. Laceys hübsches, immergrünblaues Seidenkleid war von Schweiß und noch etwas anderem getränkt. Sie hatte die Schuhe ausgezogen und die Füße hochgelegt, ihr Haar war ein wildes, kupfergoldenes Durcheinander.

»Ein Arzt ist auf dem Weg hierher«, sagte Jocelyn, während sie Clays andere Hand ergriff. »Er wird jeden Augenblick da sein.«

»Er beeilt sich besser mal, verdammt«, stieß Lacey zähneknirschend hervor und schlug mit ihrer anderen Hand auf den Massagetisch, ihr aufgeblähter Bauch hob sich mit jedem Atemzug. »Ich muss nämlich pressen. Ich muss *sofort* pressen!«

»Tu das nicht«, mahnte Zoe.

»Warum nicht?«

»Weil sie in Filmen immer sagen, dass man das nicht tun soll.«

»Ich kann … nichts dafür …«

Die Tür flog auf, der Mann vom Parkplatz kam ins Zimmer gestürzt und verströmte sofort eine Aura der Ruhe und der Kontrolle in dem kleinen Raum.

»Den Tisch leermachen«, befahl er.

Alle traten zurück, bis auf Zoe, die stocksteif, leichenblass und sprachlos dastand.

Der Arzt stand am Fußende des improvisierten Bettes und feuerte Fragen auf Clay ab. Wie lange, wie viele, wie oft, wie schlimm.

Clay antwortete, während Tessa den Arm um Ashley legte. »Lass uns rausgehen, Liebes.«

»Nein, meine Mom braucht mich.«

Ihre Mom heulte vor Schmerz auf.

»Für deine Mom ist es jetzt wichtig, dass du rausgehst«, befahl Tessa mit mehr Nachdruck und führte Ashley zur Tür.

»Können Sie ein Baby entbinden?«, fragte Jocelyn den Arzt, der sich gerade bereitmachte, genau das zu tun.

»Ich habe Medizin studiert«, sagte er herablassend. »Holen Sie mir Handschuhe und eine sterile Schere.« Er legte die Hände auf Laceys Knie, während sie die nächste Wehe über sich ergehen ließ. »Und Handtücher.«

»Hilf mir, das alles zu holen«, sagte Jocelyn zu Zoe, erleichtert, dass der Arzt einen so kompetenten Eindruck machte.

Doch Zoe blieb weiterhin wie angewurzelt stehen und starrte noch immer den Mann an.

»Mach schon, Zoe«, drängte Jocelyn.

Als sie den Namen sagte, blickte der Arzt von seiner Patientin auf und entdeckte Zoe jetzt erst. Seine Augen wurden so groß wie ihre, und in diesem Moment wusste Jocelyn wieder, wo sie ihn schon einmal gesehen hatte.

Oliver. Der Arzt, vor dem Zoe vor all diesen Monaten in Deckung gegangen war. Der, an dessen Praxis sie vorbeigekommen waren, als sie in Naples waren.

»Zoe?«, fragte er und war offenbar so perplex wie sie. »Was machst du denn hier?«

Lacey grunzte und zerstörte Clays Hand vollends. »Um Gottes willen, ich muss pressen!«

Will tauchte mit den Handschuhen und der Schere auf und war Gott sei Dank konzentrierter, als Jocelyn es war. Jocelyn drehte sich um, öffnete einen Schrank und riss einen Stapel frischer Handtücher heraus.

»Sie können jetzt gehen«, sagte der Arzt, während er sich die Latexhandschuhe überzog. »Ich brauche hier nur den Kindsvater.«

Will nahm die beiden Frauen und führte sie hinaus, wobei er Zoe ein wenig stärker anschubsen musste als Jocelyn. In dem kleinen Vorraum, in dem die Kundinnen vor und nach der Massage meditieren konnten, stand Tessa; sie hatte beide Arme um Ashley geschlungen.

»Er wird das Baby entbinden«, versicherte Jocelyn eher sich selbst als den anderen. »Er scheint ein echt guter Arzt zu sein.«

Zoe schnaubte.

Alle sahen sie nur an, doch Will sagte: »Eigentlich ist er Onkologe. Seine Frau hat mir unmissverständlich klargemacht, dass er nicht zum Arbeiten hier ist.«

Zoe schloss die Augen und entfernte sich durch den Flur von der Gruppe, während Tessa weiter beruhigend auf Ashley einredete.

»Komm her.« Will griff nach Jocelyns Hand und zog sie aus dem Vorraum.

Sie warf einen Blick über die Schulter zur geschlossenen Tür des Massageraums. »Ich möchte hier warten«, sagte sie. »Es kann jede Minute so weit sein.«

»Wir werden gleich um die Ecke sein. Ich brauche etwas.«

Wegen seines ernsten Tonfalls folgte sie ihm in den Raum für Gesichtsbehandlungen, der vollkommen dunkel und kühl war und ein wenig nach Minze und Lavendel duftete. In der Mitte des Zimmers wartete ein einfaches Bett mit sauberen Laken auf die erste Gesichts… oder …

Sie lächelte ihn an. »Das ist nicht dein Ernst, oder?«

»Es ist mir todernst.«

Lachend legte sie ihm die Hand auf die Brust. »Lass es uns auf später im Ferienhaus verschieben.«

Wills Augen blitzten dunkelblau auf, während er näher kam und die Arme um sie herumschlang. »Mach dir keine Sorgen, das werden wir. Um zu feiern.«

»Das neue Baby?«

»Die Kurvenbälle des Lebens.«

»Da spricht der Catcher aus dir.«

»Ich meine es ernst.« Und das war er auch. Da war kein Lächeln auf seinem Gesicht, kein Schalk in seiner Miene. »Shit happens, und zwar schnell und unerwartet.«

»Ja, das stimmt.«

»Lass mich dir deshalb eine Frage stellen, Joss. Wofür wärst du bereit zu sterben?«

Sie blinzelte ihn an. »Wie bitte?«

»Das ist die Frage, die du mir damals gestellt hast, als du für mich den Lebensberater gespielt hast. Du meintest, das sagt dir etwas darüber, was demjenigen wichtig ist.«

»Das war eigentlich eine rhetorische Frage, die ich meinen Klienten nur gestellt habe, um das Gespräch am Laufen zu halten.«

»Ich weiß, wofür ich bereit bin zu *leben*.« Er trat näher und raubte ihr die Atemluft, den Platz und das letzte bisschen Verstand, als er sie in die Mitte des Raumes führte. »Für dich.«

Sie schmolz förmlich dahin und ließ sich von ihm rückwärts auf das Gesichtsbehandlungsbett setzen. »Gleichfalls.«

»Warum also auf den richtigen Zeitpunkt warten?«

»Ich weiß, dass du es inzwischen hasst zu warten«, neckte sie ihn, aber es war schwierig zu scherzen angesichts all dieser Gewissheit. Entschlossenheit. Zielgerichtetheit.

»Ich möchte keinen Tag, keine Nacht und keine Minute mehr warten.«

Sie schloss die Augen und ließ sich nach hinten fallen, die Worte und der Mann rissen sie praktisch vom Hocker. »Ich habe ein Monster geschaffen, das sich weigert, auf irgendetwas zu warten.«

Er lachte ein wenig und küsste ihren Hals. »Wann also?«

»Gleich hier und gleich jetzt?« Ein Schauder der Vorfreude und des Verlangens überkam sie, ihr entglitt die Kontrolle, als er mit der Zunge die Linie ihres Kinns nachzog und sie noch tiefer in das Bett drückte.

»Vielleicht nächste Woche.«

Sie schob ihn ein wenig von sich weg, um sein Gesicht sehen zu können. »Nächste Woche?«

»Bis dahin haben wir alles beisammen.«

»Du meinst für Sex?«

»Ich meine für die Hochzeit.« Er legte die Hände um ihr Gesicht. »Ich liebe dich so sehr, Jocelyn. Ich will einfach wissen, dass wir zusammen sind, vereint, für immer.«

»Oh Will, ich liebe dich auch. Du weißt, dass wir zusammen sind.«

»Ich weiß gar nichts, außer dass ich dich liebe.« Er küsste sie, während er weiterhin ihr Gesicht umfasste, ganz zärtlich, als wäre sie sein Preis. »Ich liebe dein Herz.«

Sie legte ihm die Hand auf die Brust. »Du bist hier derjenige mit dem großen Herzen, Will. Du bist ganz und gar Herz.«

Er schmiegte sich an sie. »Nicht ganz.«

»Okay, und etwas Seele.«

Er küsste sich bis zu ihrem Ohr vor. »Lass es uns ganz offiziell machen. Jocelyn Mary Bloom, Liebe meines Lebens, Mädchen meiner Träume, Mutter meiner zukünftigen …«

Die Tür wurde aufgerissen und sie erstarrten, während Zoe in fassungslosem Schweigen dastand und die Szene auf sich wirken ließ. »Also wirklich, Leute. Jetzt?«

Will hielt Jocelyn auf dem Bett fest und ignorierte die Unterbrechung mit unerschütterlichem Blick. »Ich habe ihr gerade einen Heiratsantrag gemacht«, sagte er.

»Oh«, flüsterte Zoe. »Und? Was hat sie gesagt?«

»Ich weiß es noch nicht.« Will umfasste sie ein wenig fester, als noch mehr Schritte sich dem Raum näherten und Tessa mit glücklichem Gesicht hereingeschwebt kam.

»Wir haben Publikum«, flüsterte Jocelyn.

»Das ist mir egal. Wo war ich gerade?«

»Ich glaube, es ging um Liebe, Mädchen, Träume, Mutterschaft …« Sie schloss die Augen, als sie von Glück erfüllt wurde. »Es war alles gut.«

»Sag Ja, Bloomerang.«

»Lass uns nicht zappeln«, zwitscherte Zoe von der Tür her. »Sag einfach Ja.«

»Ja, sag einfach Ja, Tante Jocelyn«, fügte Ashley hinzu.

Jocelyn sah Will in die Augen und rief: »Tess, wofür stimmst du?«

»Nichts wie ran, Mädchen. Zerbrich die verdammte Schale um dein Herz.«

Sie holte tief Luft, genoss im Voraus das Wort, das sie gleich sagen, die Zusage, die sie gleich geben, und das Leben, das sie jetzt leben würde.

Genau in diesem Augenblick stieß Elijah Clayton Walker seinen allerersten Schrei aus, und sie schrien alle gleichzeitig. »Ja!«

Die Frauen im Türrahmen verschwanden auf der Stelle und ließen sie allein; sie waren bereits auf dem Weg zu einem besseren Drama.

»Du hast Ja gesagt«, flüsterte Will.

»Ich habe Ja gebrüllt.«

»Noch besser.« Er schenkte ihr dieses träge, süße, sexy Lächeln, das ihren ganzen Körper in Brei verwandelte. »Nun rate mal, was ich jetzt endlich habe?«

»Eine Verlobte?«

Er küsste sie auf die Stirn, die Augen, die Wangen und legte seine Lippen auf ihre, um ihr die Antwort darauf zu geben. »Ich habe … *alles*.«

Zoe Tamarin bleibt nie allzu lang an einem Ort, deshalb haben ihr ihre Freundinnen den Spitznamen »Blatt im Wind« verpasst.

Doch als das Blatt im Wind in Barefoot Bay angeweht kommt, sieht es sich plötzlich dem Mann gegenüber, den es mehr als alles andere gehofft hat, zurückgelassen zu haben …

Auf den folgenden Seiten erhalten Sie einen kleinen Vorgeschmack auf »Barefoot in the Sun«.

Wer immer den Ausdruck »die Hitze von tausend Sonnen« erfunden hat, muss genau hier gesessen haben, in einem offenen Cabrio auf dem schwarzen Asphalt von Naples, Florida, und das im Hochsommer. Kochend heiß. Wie in einer Bratpfanne. Brutzelnd wie ein Stück Speck. Eine einzige Sonne konnte doch nie und nimmer diese Hitze erzeugen, die gerade auf Zoe Tamarins Kopf herunterbrannte. Sie schloss die Augen und versuchte, die Nerven für das aufzubringen, was sie hier vorhatte.

Sie grub tief nach ihrem inneren Zen, fand nichts und schmolz ein wenig mehr in die glühenden Ledersitze ihres gemieteten Allradfahrzeugs.

Komm schon, Zoe. Steig aus dem Auto und *trete ihm entgegen.*

Sie ließ ihren Blick über den breiten Boulevard schweifen, der eine Schneise durch den exklusiven Geschäftsbezirk der Stadt am Meer darstellte, und musterte das zweistöckige Gebäude im spanischen *Hacienda*-Stil. Zwischen ihr und ihrem Ziel flimmerte die Hitze wie glühende Kohlen auf der Straße.

Ich würde für dich durchs Feuer gehen.

Ja, *klar.*

Sie atmete die feuchte, schwüle Luft ein, hob ihr Haar hoch und fächelte ihrem Gesicht und ihrem Hals mit der anderen Hand Luft zu. Sie musste das tun. Was waren schon ein wenig Demütigung, Herzschmerz oder pathetische Verzweiflung zwischen alten Freunden, nicht wahr? Zoe war damit aufgewachsen, auf die »Zeichen des Universums« zu achten, und gestern Abend hatte ihr das Universum einen ganzen Gartenzaun über den Schädel gezogen.

Während all ihre Freundinnen das faszinierende Drama, das die Geburt eines Kindes darstellt, gefeiert hatten – eines Kindes, das mit atemberaubender Geschwindigkeit während der großen Eröffnungsfeier des Casa Blanca Resort & Spa auf die Welt gekommen war –, war Zoe vor allem erschüttert gewesen über den Anblick eines Mannes, der aus dem *Nichts* aufgetaucht war, um Lacey und Clay Walkers Baby zu entbinden.

Sie würde nie den Schock vergessen, den sie erlitten hatte, als sie von Laceys improvisiertem Entbindungstisch aufgeblickt und den Arzt gesehen hatte, der in den Raum gerauscht war, um einem gesunden Baby auf die Welt zu helfen.

Als die Sanitäter dann Mutter, Kind und den stolzen Papa ins Krankenhaus brachten, war der Arzt – der eigentlich einer der Partygäste gewesen war – verschwunden. Von der Trage aus, auf der sie ihr kleines Bündel hielt, hatte Lacey ihn einen »Engel« genannt.

Ganz im Gegenteil, meine Liebe. Dieser Mann war kein Engel. Ganz bestimmt nicht. Und jetzt war es an der Zeit, einen Pakt mit dem Teufel zu schließen, der Zoe zufälligerweise noch etwas schuldete, und zwar gewaltig. Denn wenn er glaubte, sie wären »quitt«, weil er zufällig zur Stelle gewesen war und notfallmäßig Laceys Baby entbunden hatte, dann hatte er sich gewaltig getäuscht.

Sie waren nicht einmal annähernd quitt für das, was er ihr angetan hatte, und jetzt war es an der Zeit, etwas dafür einzufordern.

Angetrieben von diesem Gedanken riss sie den Schlüssel aus dem Zündschloss und sprang aus dem Wagen. Als sie auf das Pflaster trat, drang die Hitze sofort durch ihre Sandalen, deren Sohlen dünn wie Oblaten waren. Sie drückte die Schultern durch, heftete ihren Blick auf die Flügeltür aus Mahagoni und überquerte, ohne auf den Verkehr zu achten, die Straße, um ihr Ziel zu erreichen.

Würde er oder würde er nicht …

Er *musste*.

An der Tür atmete sie flach ein und fuhr mit den Fingern über die eleganten Goldbuchstaben, die genau ankündigten, was sich in diesem bescheidenen Gebäude befand, das zwischen einer Kunstgalerie und einem Frozen-Joghurt-Laden im stinkvornehmen Medizinerviertel einer der reichsten Städte der Welt lag.

Dr. Oliver Bradbury
Onkologe

Es gab nur einen Weg, um …

Beide Flügel der Tür schwangen von innen her auf, und Zoe war gezwungen, auszuweichen. Eine Frau kam heraus, sie blieb stehen, um in die Sonne zu blinzeln und eine riesige Tasche aufzureißen, die über und über mit den Initialen eines Designers bedeckt war. Sie zog eine Sonnenbrille heraus, auf der seitlich dieselben Initialen zu sehen waren.

Doch bevor sie sie aufsetzte, sah Zoe ihr Gesicht.

Und ihr Herz fiel geradewegs auf diesen glühenden Gehweg und verbrutzelte zischend.

Der Brille folgte ein Handy, das unter seidiges schwarzes Haar geschoben wurde, das ihre Schultern umspielte. »Gott sei Dank«, sagte sie; ihre Stimme triefte vor Sarkasmus, klang jedoch trotzdem erstaunlich sexy. »Es ist vollbracht.«

Zoe stand wie erstarrt und völlig gebannt da. Als wäre der Frau plötzlich bewusst geworden, dass jemand sie anstarrte, drehte sie sich um; ihre Augen waren von der Sonnenbrille verdeckt, doch ihr Blick war dennoch durchdringend. Zoe konnte sich noch immer nicht rühren, als sie die schiere Schönheit dieses Gesichts, die Aura des Reichtums, die an ihr haftete wie ein Spritzer Chanel, und die herablassende, abweisende Haltung auf sich wirken ließ.

Sie kannte dieses Gesicht natürlich – dank Google und ein paar Gläsern Wein. Es war nur ein schwacher Trost, dass Olivers Frau ohne die Vorzüge von Photoshop nicht ganz so perfekt aussah.

»Entschuldigen Sie«, sagte Zoe und griff nach der Türklinke.

»Natürlich.« Adele trat beiseite und klemmte das Handy an das andere Ohr. »Nein«, sagte sie in das Telefon, während Zoe in das Gebäude ging. »Das war niemand. Ich höre dir zu.«

Niemand? Zoe wirbelte herum, doch die Tür fiel zu und schloss Gott sei Dank die Sonne und den Anblick der Frau aus, die den einzigen Mann geheiratet hatte, den Zoe je geliebt hatte.

Drinnen legte sich die kühle Luft wie ein perfekt temperierter Martini auf Zoe, während sie die schneeweißen Wände und den eisigen Marmorfußboden auf sich wirken ließ. Sie ließ sich einen Augenblick Zeit, um sich von der Atmosphäre bezaubern zu lassen, während sie sich im Rezeptionsbereich umsah, der ganz anders war als in allen anderen Arztpraxen, die sie je gesehen hatte. Keine unordentlich herumliegenden Zeitschriften auf einem billigen Couchtisch bei Dr. Bradbury. Und auch keine unpersönliche Glasscheibe, die sich öffnete und schloss wie ein Beichtstuhl. Keine abgewetzten Lederstühle, geschmacklose Kunst oder Videopräsentationen.

Nichts, nur altes Geld und elegante Raffinesse.

Also hatte wohl *Mrs* Bradbury die Praxis ausgestattet.

»Kann ich Ihnen helfen?«

Zoe drehte sich zu einer aparten Rothaarigen mit einem winzigen Headset im Ohr um, die an einem Glastisch saß, der abgesehen von einem Tabletcomputer leer war. Ihr Lächeln passte zu ihrer Umgebung – es war kalt und unpersönlich, genau wie ihre arktisch blauen Augen.

»Ich bin hier ...« Zoes Stimme brach wie die eines Teenagers im Stimmbruch. Sie räusperte sich. »Ich würde gern zu Dr. Bradbury.«

Die Rothaarige runzelte fast unmerklich die Stirn. »Wann haben Sie denn Ihren Termin?«

»Er wird mich empfangen.« Vor allem jetzt, wo seine *Frau* gerade weggegangen ist.

»Es tut mir leid.« Die Frau legte den Kopf schief, eine einstudierte Mischung aus Mitleid und Macht breitete sich auf ihrem Gesicht aus. »Sie müssen einen Termin vereinbaren, und dafür brauchen Sie eine Überweisung. Und um ganz ehrlich zu sein, hat Dr. Bradbury eine Warteliste von einem Jahr. Wir können Ihnen eine Liste von ...«

»Er wird mich empfangen«, sagte Zoe scharf. »Ich heiße ...«

»Nein.« Die junge Frau hob die Hand. »Bitte. Wenn Sie keinen Termin haben, wird er Sie *nicht* empfangen. Es gibt absolut keine Ausnahmen für diese Regel.«

»Ich bin die Ausnahme. Zoe Tamarin.«

Die Frau rührte sich nicht, sondern richtete ihre eisblauen Augen zu einem Showdown aus. »Hätten Sie gern die Liste der Ärzte, die ich gerade erwähnt habe?«

»Nein. Ich möchte mit Oliver sprechen. Ich bin eine persönliche Bekannte.«

Die Frau antwortete, indem sie Zoe von oben bis unten musterte und dabei an dem dünnen Tanktop hängen blieb, das an ihrer verschwitzten Haut klebte. Das weiße Baumwollshirt, das so neckisch gewirkt hatte, als sie es bei Old Navy ausgesucht hatte, fühlte sich plötzlich wie ein billiger Fetzen an im Vergleich zu der Seide und den Perlen der Empfangsdame.

Die Rothaarige lächelte schmallippig, schüttelte den Kopf und stand auf; sie war auf ihren zehn Zentimeter hohen Absätzen locker einen Meter achtzig groß. »Es tut mir sehr leid, dass Sie in dieser Situation sind, aber Sie müssen jetzt gehen.«

Zoe blinzelte sie nur an. »Diese Situation?« Sie kannte ihre Situation nicht mal, verdammt. »Bitte rufen Sie seine Assistentin an oder wen auch immer, und sagen Sie ihm, dass Zoe Tamarin ihn sehen möchte.«

Einen Moment später berührte die Frau ihren Ohrstöpsel, und Zoe seufzte leise vor Erleichterung. Sobald Oliver …

»Beth, wir brauchen Sicherheitspersonal in der Lobby.«

Zoe hustete krächzend. »Wie bitte?«

Die andere Frau ignorierte sie komplett. »Sofort«, sagte sie ins Leere. Dann, zu Zoe gewandt: »Wir haben hier oft verzweifelte Leute, die zu Dr. Bradbury wollen, und …«

»Nun, ich bin nicht verzweifelt.« Was glatt gelogen war, aber sie trat trotzdem vor. »Geben Sie ihm einfach meinen verdammten Namen.«

»Ich fürchte, das geht nicht.« Sie blickte auf ihr Tablet hinunter, als würde dort gerade etwas viel Wichtigeres erscheinen.

Zoe fasste die einzige Tür hinten im Raum ins Auge, eine nahezu unsichtbare Platte aus poliertem Rosenholz, die geradezu mit der Wand verschmolz. Aber da war diese schmale silberne Klinke, und vielleicht war ja nicht abgeschlossen. Was zum Teufel hatte sie schon zu verlieren? Mit einem kurzen Blick auf den Rotschopf, der sie jetzt demonstrativ ignorierte, machte Zoe einen Satz zur Tür.

»Hey!«, schrie die Frau, doch Zoe presste die Klinke herunter und schob die Tür auf.

»Oliver! Ich bin es! Zoe!«

Der Rotschopf erwischte sie und packte sie am Arm, um sie

zurück in die Lobby zu zerren. »Sie werden das Gebäude jetzt verlassen, Ma'am. Und. Zwar. Sofort.«

Zoe wehrte sich gegen ihre Finger und riss ihren Körper mit der ganzen Kraft, die sie aufbringen konnte, von ihr weg; plötzlich ließ die Frau los und Zoe stolperte vorwärts, ging zu Boden und die Haare fielen ihr über das Gesicht.

»Was zum Teufel ist hier los?«

Samt. Bariton. Macht. Oliver. Sie sah nicht auf, sondern schloss die Augen und ließ seine Stimme in sie eindringen und sie berühren.

»Zoe?«

»Sie kennen sie, Dr. Bradbury?«

Das leichte Entsetzen in der Stimme der Rothaarigen wog die Demütigung, aufzublicken und ihm in die Augen zu sehen, fast auf.

Doch der Anblick dieser bodenlosen Espresso-Augen hätte sie fast erneut umgehauen.

»Gütiger Gott«, sagte er, während er sich auf ein Knie fallen ließ und die Hand ausstreckte. »Was machst du … hier, steh auf.« Seine Hand umhüllte die ihre, diese starke, maskuline, tüchtige Hand, die heilte und Zoe mit einer einzigen Berührung der Finger heiß machte. »Was machst du …«

Sie zog eine Augenbraue nach oben, während sie sich zu ihrer vollen Größe aufrichtete, was knapp unter eins fünfundsechzig war, also nicht ganz so groß wie ihre Widersacherin und nur auf Brusthöhe mit Oliver. Aber, ach, was für eine Brust. Bedeckt von einem astronomisch teuren weißen Hemd, das so weich und kostbar war, dass sie sich gut vorstellen konnte, dass es handgewebt und eigens auf diese unglaublichen Schultern zugeschnitten war.

»Da ist es ja einfacher ins Oval Office zu kommen«, sagte sie nur.

Er lächelte fast – es war dieser Hauch von einem Lächeln, der die bernsteinfarbenen Funken in seinen Augen zum Tanzen brachte. »Du brauchst keinen Termin, um mich zu sehen.«

Am liebsten hätte Zoe der Rezeptionistin ein »Hast du gehört, du Schlampe?« zugeworfen, doch Oliver hielt noch immer ihre Hand; er zog sie ein wenig zu sich und wickelte sie mit diesem sauberen, gepflegten, frischen Duft von Autorität – und Oliver – ein. »Du *willst* mich doch sehen?«

Dieses winzige bisschen Unsicherheit hätte sie fast umgebracht. »Ja.«

Ja. Ja. Gott, wie sie sich damals danach gesehnt hatte, dieses Wort zu ihm zu sagen.

Aber sie hatte andere Worte gesagt, und die hatten ihr Schicksal auf ganz andere Weise besiegelt.

Doch jemand hatte »Ja« zu ihm gesagt. Jemand mit dunklen Haaren und Designertaschen und dem Geruch nach Reichtum und einer angesehenen Familie. Einer großen, mächtigen, unübersehbaren Familie. Die eine Sache, die Zoe ihm niemals bieten konnte.

Sie hob das Kinn, und sein Gesichtsausdruck flackerte, schwankte irgendwo zwischen atemberaubend und überwältigend hin und her, während er sie musterte.

»Komm in mein Büro«, befahl er – die Worte eines Mannes, der die hohe Kunst der *Andeutung* nicht beherrschte. Das hatte sie am Abend zuvor an ihm bemerkt, als er den Raum mit einem einzigen gebellten Befehl geleert hatte. Autorität machte sich gut auf diesen breiten Schultern.

Deshalb folgte ihm Zoe.

»Möchtest du einen Kaffee? Wasser?«, fragte er und hielt inne, bevor sie eine Stufe hinaufgingen.

»Nach dem, was ich durchgemacht habe, um hier reinzukommen? Einen doppelten Wodka, ohne Eis.«

464

Er nickte der Rezeptionistin nur zu. »Sagen sie Mr Reddick, dass es noch ein paar Minuten dauern wird.«

Zoe blendete Rotschopf mit einem falschen Lächeln. »Vielen herzlichen Dank für Ihre Hilfe. Attila, nicht wahr?«

Die andere Frau blickte Oliver an, der sich auf die Lippe biss. »Komm, Zoe. Hier lang.«

Er deutete den Flur entlang und blieb einen Schritt hinter ihr, als sie schweigend um eine Ecke bogen. Sie strich mit den Händen über ihr zerknittertes Shirt. Ihre Sandalen gaben auf dem plüschigen Teppich kein Geräusch von sich, doch ihr Herz klopfte so laut, dass es nur so durch den Flur von Dr. Bradburys superfeudaler, megaexklusiver Warteliste-für-ein-Jahr-Praxis hallte.

Sein Büro war natürlich riesig – alles an Oliver war übergroß und maßgeblich – aber sehr viel wärmer als der Rezeptionsbereich. Kirschbaum, Leder und der Duft nach Kiefer und Komfort.

Sie hatte ihm den Rücken zugewandt, atmete ein letztes Mal tief durch und ging noch mal ihren Schlachtplan durch.

Der für diesen einigermaßen spontanen Besuch eigentlich gar nicht existierte. Sollte sie betteln? Fordern? Erpressen? Was immer sie täte, sie musste stark und unnachgiebig sein. Sie würde ein Nein nicht als Antwort gelten lassen. Sie würde nicht …

»Dreh dich um.«

Dahinschmelzen.

Ja, das könnte passieren. Denn Oliver brachte sie immer zum Dahinschmelzen. Sie stählte sich, indem sie sich schwor, nicht zu unterliegen. Dafür müsste Zoe sich als felsenfest erweisen und dazu bereit, um das, was sie wollte, zu kämpfen.

Langsam drehte sie sich um und blickte in das Gesicht eines Mannes, der aussah, als hätte er seit Tagen nichts gegessen und sie selbst wäre ein menschlicher Windbeutel mit Sahne.

»Wie geht es dem Baby?«

Einen Moment lang hatte sie keinen blassen Schimmer, wovon er redete. Das war so eine Sache an Oliver. Er brachte Zoe dazu, ihre Gedankengänge, ihre Geheimhaltungsschwüre, ihre Lebenspläne zu vergessen.

»Ich gehe davon aus, dass es Mutter und Kind hervorragend geht?«

Oh, *das* Baby. Das, das er am Abend zuvor entbunden hatte. »Es geht ihm … perfekt. Einfach wunderbar, ja. Du bist so schnell gegangen, und Lacey wollte sich noch bei dir bedanken.«

Ein Schatten der Enttäuschung verdunkelte seinen Blick, der jedoch verschwunden war, noch bevor sie ihn richtig gesehen hatte. »Bist du deshalb gekommen?«

Sie konnte jetzt Ja sagen, und fertig. Sie hätte eine Ausrede und er müsste den wirklichen Grund nie erfahren.

Doch dann würde sie die eine Sache, die sie am allermeisten wollte, nicht bekommen.

Verdammt, warum musste er diese Macht haben? Warum ausgerechnet er?

Sie stieß den Atem aus und versuchte, sich auch nur an ein einziges Wort ihrer Rede zu erinnern, die sie den ganzen Weg über den Damm hierher geübt hatte. Nichts. Das Comeback der Sarkasmus-Queen erwies sich als sprachloses Desaster.

»Das war wirklich keine große Sache«, sagte er, nachdem ein paar Sekunden zu viel verstrichen waren. »Ich habe in meiner Laufbahn schon etliche Notfallentbindungen durchgeführt.« Dann trat er einen Schritt näher, senkte fast unmerklich den Kopf und sah sie forschend an. »Zoe?«

»Oliver, du bist einer von zwei Menschen auf der Welt, die die Wahrheit über mich wissen.«

Jetzt war er an der Reihe, stumm zu blinzeln.

»Und du hast einmal zu mir gesagt, dass du alles für mich tun würdest.«

Er hatte Mühe zu schlucken, weil er sich zweifellos daran erinnerte, dass er dieses Versprechen gebrochen hatte.

»Weißt du noch, dass du das gesagt hast, Oliver?«, hakte sie nach.

»Natürlich.« Er verschränkte die Arme – seine Machtpose. »Was brauchst du, Zoe?«

Sie holte langsam Luft, bereit zuzuschlagen. »Meine Großtante Pasha ist krank. Sehr, sehr krank. Du weißt, dass sie … Sie kann keine großen Sprünge machen, was das Gesundheitssystem anbelangt, weil sie … es nicht kann.«

Er starrte sie nur an.

»Ich will, dass du sie behandelst. Und es niemals jemandem erzählst.«

Seine Augen wurden schmal, als diese Forderung richtig bei ihm ankam. »Du bittest mich darum, etwas …«

»Etwas Illegales zu tun, ja. Ich weiß, dass du ein großer, wichtiger, erfolgreicher Arzt bist, der keine rechtlichen Risiken eingehen sollte, weil das möglicherweise seiner tollen, boomenden Praxis schaden würde, aber das ist mir egal, Oliver, denn nachdem …«

»Stopp.« Mit einem Schritt stand er vor ihr, eine Hand auf ihrer Schulter.

»Wirst du es tun?«, fragte sie, entschlossen, ein Ja zu erhalten, bevor … irgendetwas anderes passierte.

Er war so nah, dass sie seinen Atem spüren konnte. »Wie könnte ich das tun?«

»Wie? In aller Stille. Heimlich. Unter dem Tisch, ohne es zu verbuchen, verborgen vor den neugierigen Blicken deines hexenartigen Personals.« Sie hob ihr Kinn und hasste es, dass er sah, wie sie zitterte. Hoffentlich glaubte er, es läge daran, dass

467

sie seine Hilfe brauchte, und nicht daran, dass jede Zelle ihres Körpers nach ihm schrie. Nach seinem Mund. Nach seinem Körper. Nach dem, was sie einst hatten.

»So könntest du es machen«, schloss sie. »Und das wirst du auch. Weil du es mir schuldest, Oliver Bradbury.«

»Ich weiß nicht, ob ich das kann …«

»Oliver!« Frustriert stieß sie gegen seine Brust. »Du musst!«

»Ich werde tun, was ich kann«, sagte er vage und zog sie mit einer Bewegung an sich, die intim und natürlich und *falsch* war. »Innerhalb eines gewissen Rahmens.«

So viel zum Thema Hippokratischer Eid.« Sie blickte hinunter auf seine Finger, die ihren Arm streichelten und dabei bereits Besitz ergriffen und Grenzen verschoben. »Sieh mal, selbst wenn du nicht verheiratet wärst, würde ich mir lieber Nägel in die Augen stecken, mir die Finger abschneiden, ins Feuer steigen und mich nackt an einem Baum aufhängen, bevor ich je wieder …«

»Bin ich nicht.«

Sie erstarrte. »Du willst keinen Sex?«

»Ich bin nicht mehr verheiratet.«

Oh. *Oh.*

Danksagungen

Mein Team ist einfach fabelhaft! Ich kann gar nicht jedem einzelnen der vielen Menschen danken, die dazu beitragen, meinen Büchern Leben einzuhauchen, aber einigen von ihnen soll an dieser Stelle auf das Herzlichste gedankt werden:

Die Superlative gehen mir aus, wenn es um mein Team bei Grand Central/Forever Publishing geht! Geleitet von der brillanten Amy Pierpont mit den scharfen Augen und zusammengehalten von ihrer unersetzlichen Assistentin Lauren Plude, gehören diese Profis zu den Besten in der Branche, und ich habe das Glück, ihnen meine Protagonisten zu übergeben und zuzusehen, wie sie Wunder wirken.

Die wunderbare, entzückende und unermüdliche Agentin Robin Rue und ihre rechte Hand, Beth Miller, begleiten mich auf Schritt und Tritt auf meinem beruflichen Weg. Dank ihnen habe ich mich nie verirrt.

Ich danke den vielen mit mir befreundeten Liebesroman-verfasserinnen und -verfassern, vor allem meinen Mit-Blog-gerinnen, die mich noch mögen und unterstützen, obwohl ich den Mord aus Murder She Writes herausgestrichen habe. Ihr seid mein A-Team, und ich bin stolz darauf, schon so lange dazuzugehören.

Mein Dank gilt der Erstleserin Barbie Furtado, die sich nie darüber beschwert, dass sie wieder und wieder überarbeitete Versionen derselben Szenen lesen muss. Gut möglich, dass sie meine Protagonisten besser kennt als ich. Sie hat mich jeden einzelnen Tag zum Schreiben dieses Buches ermutigt.

Danke an die vielen Einzelpersonen, Ärzte und Spezialisten der Alzheimer's Association, die sich Zeit genommen haben, mich mit Informationen über die Pflege, Betreuung und Erforschung aller Arten von Demenz zu versorgen. Diese Menschen sind im wahrsten Sinne des Wortes Helden.

Schließlich möchte ich noch meiner ach so geduldigen, liebevollen und absolut wunderbaren Familie danken. Ich kann euch gar nicht genug zu schätzen wissen. Und natürlich gilt all mein Dank dem Einen, der alles erschaffen und mich mit der Fähigkeit, Geschichten zu erzählen, gesegnet hat.

Roxanne St. Claire
Bullet Catcher
Romantic Thrill

Die Bullet Catcher – sexy und gefährlich!

Sie sehen gut aus, sind charmant und gehen jedes Risiko ein. Die sexy Bodyguards aus Roxanne St. Claires spannender Romantic-Thrill-Reihe beschützen ihre Klientinnen mit ihrem eigenen Leben. Problematisch wird dies nur, wenn sie sich von ihren Gefühlen ablenken lassen …

»Wer kann bei diesen wunderbar raubeinigen Helden schon widerstehen? Roxanne St. Claires Serie wird immer besser!« *Romantic Times*

je ca. 350 Seiten, kartoniert mit Klappe

Band 1: Alex
ISBN 978-3-8025-8348-3

Band 2: Max
ISBN 978-3-8025-8349-0

Band 3: Johnny
ISBN 978-3-8025-8350-6

Band 4: Adrien
ISBN 978-3-8025-8624-8

Band 5: Wade
ISBN 978-3-8025-8630-9

Band 6: Jack
ISBN 978-3-8025-8631-6

Band 7: Dan
ISBN 978-3-8025-9091-7

Band 1: € 9,95 [D]
Band 2-7: € 9,99 [D]

www.egmont-lyx.de

Mehr zu Ihren Lieblingsautoren und -büchern
sowie Interviews, Newsletter, Leseproben,
Gewinnspiele und Trailer finden Sie unter:

www.egmont-lyx.de

Ruthie Knox
Wie für mich gemacht
Roman

Heiter, romantisch, sexy!

Kuratorin Catherine Talarico zieht nach London, um ein neues Leben zu beginnen – und sich von Männern fernzuhalten. Doch als sie dem Bankier Neville Chamberlain begegnet, gerät ihr Entschluss gefährlich ins Wanken. Nev ist attraktiv und wohlhabend und die Verkörperung von all dem, was gerade nicht zu Cath und ihrer wilden Vergangenheit zu passen scheint …

»Frech, sexy und absolut unterhaltsam.« *Julie James*

320 Seiten, kartoniert mit Klappe
€ 9,99 [D]
ISBN 978-3-8025-9305-5

www.egmont-lyx.de

Mehr zu Ihren Lieblingsautoren und –büchern
sowie Interviews, Newsletter, Leseproben,
Gewinnspiele und Trailer finden Sie unter:

www.egmont-lyx.de

Erin McCarthy
True – Wenn ich mich verliere
Roman

Wahre Liebe kennt keine Grenzen

Als Rory Macintoshs Freundinnen herausfinden, dass sie noch Jungfrau ist, heuern sie den attraktiven Tyler Mann an, damit er sie verführt. Doch die Gefühle, die zwischen Rory und Tyler bei ihrer ersten Begegnung erwachen, sind ebenso leidenschaftlich wie echt – und schon bald müssen die beiden sich entscheiden, wie viel sie bereit sind, für den jeweils anderen aufzugeben …

»Dieses Buch wird Sie lachen, weinen und jubeln lassen.« *USA Today*

Band 1 der Serie
316 Seiten, kartoniert mit Klappe
€ 9,99 [D]
ISBN 978-3-8025-9390-1

www.egmont-lyx.de

Mehr zu Ihren Lieblingsautoren und –büchern
sowie Interviews, Newsletter, Leseproben,
Gewinnspiele und Trailer finden Sie unter:

www.egmont-lyx.de

Cora Carmack
Losing it
Alles nicht so einfach
Roman

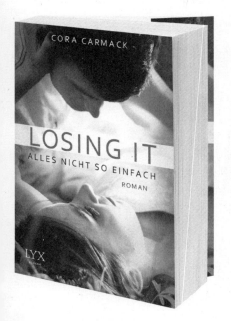

Liebe ist alles – nur nicht einfach ...

Bliss Edwards steht kurz vor dem Collegeabschluss und ist immer noch Jungfrau. Um dem abzuhelfen, beschließt sie, sich auf einen One-Night-Stand einzulassen. Im letzten Moment bekommt sie jedoch kalte Füße und lässt den attraktiven Fremden allein im Bett zurück – der sich kurz darauf als ihr neuer College-Dozent entpuppt ...

»Bliss' und Garricks verbotene Liebe fesselt an die Seiten. Unterhaltsam und inspirierend!« *Romantic Times*

Band 1 der Serie
320 Seiten, kartoniert mit Klappe
€ 9,99 [D]
ISBN 978-3-8025-9364-2

www.egmont-lyx.de

Mehr zu Ihren Lieblingsautoren und –büchern
sowie Interviews, Newsletter, Leseproben,
Gewinnspiele und Trailer finden Sie unter:
www.egmont-lyx.de

Kira Licht
Süße Sünden

Roman

Witzig, frech und mit ganz viel Gefühl!

Ein Kurzurlaub im »Single-Hotel«, um dort das Einmaleins des Flirtens zu lernen?! Maya ist empört, als ihre Freundinnen sie zu dem Trip überreden wollen! Zugegeben, jedes Mal hinter der Theke ihres kleinen Cafés in Deckung zu gehen, wenn Max ihr von seinem Sportladen aus zuwinkt, ist wahrscheinlich nicht der richtige Weg, um sein Herz zu erobern. Vielleicht kann ein bisschen Nachhilfe tatsächlich nicht schaden. Allerdings ist Maya überzeugt, dass sie nicht die Einzige ist, die in Sachen Liebe noch etwas lernen kann …

»Ein wunderbarer, lockerer Roman über die Schwierigkeiten des Flirtens, Freundschaft und Beziehungen.« *LoveLetter*

320 Seiten, kartoniert mit Klappe
€ 9,99 [D]
ISBN 978-3-8025-9402-1

Werde Teil unserer LYX-Community bei Facebook

Unser schnellster Newskanal:
Hier erhältst du die neusten Programmhinweise und Veranstaltungstipps

Exklusive Fan-Aktionen:
Regelmäßige Gewinnspiele,
Rätsel und Votings

Finde Gleichgesinnte:
Tausche dich mit anderen Fans über
deine Lieblingsromane aus

JETZT FAN WERDEN BEI:
www.egmont-lyx.de/facebook